btb

Aus Freude am Lesen

btb

Der Flug des Feuervogels

Rothenburg ob der Tauber, Ende des 14. Jahrhunderts: Inmitten unerklärlicher Feuersbrünste, die die Stadt in Angst und Schrecken versetzen, verlieben sich die schöne Jüdin Judith und der Christ Attila ineinander. Doch bald müssen die beiden feststellen, dass nicht nur die Religion ihrem Wunsch nach Freiheit und Liebe im Weg steht...

Die Raben von Carcassonne

Südfrankreich im 13. Jahrhundert: Leander ist Henker und übt sein Handwerk, das in seiner Familie Tradition hat, gewissenhaft aus. Sein Leben ändert sich jedoch schlagartig, als eine verurteilte Ketzerin in ihm den Erben des heiligen Grals und den Retter der Katharer zu sehen glaubt. Eine schicksalhafte Begegnung für Leander, denn schon bereitet die Kirche die Vernichtung der Katharer vor...

Autor

E.W. Heine, in Berlin geboren, arbeitete über ein Jahrzehnt als Architekt in Südafrika und mehrere Jahre in arabischen Ländern. Er ist nicht nur ein Meister satirisch-makaberer Miniaturen, sondern beherrscht ebenso die große Form des opulenten historischen Romans, durch die er einem größeren Publikum bekannt wurde. Heine zählt heute zu den erfolgreichsten deutschen Autoren der Gegenwart und lebt als freier Autor in Bayern.

E. W. Heine

Der Flug des Feuervogels
Die Raben von Carcassonne

Zwei Romane in einem Band

btb

FSC
Mixed Sources
Product group from well-managed forests and other controlled sources

Cert no. GFA-COC-1223
www.fsc.org
© 1996 Forest Stewardship Council

Verlagsgruppe Random House FSC-DEU-0100
Das für dieses Buch verwendete FSC-zertifizierte Papier *Munken Print* liefert Arctic Paper Munkedals AB, Schweden.

Einmalige Sonderausgabe Dezember 2006
btb Verlag in der Verlagsgruppe Random House GmbH, München
Der Flug des Feuervogels

Die Raben von Carcassonne

Umschlaggestaltung: Design Team München
Umschlagmotiv: Corbis
Satz: Uhl + Massopust, Aalen
Druck und Einband: Clausen & Bosse, Leck
MM · Herstellung: AW
Printed in Germany
ISBN-10: 3-442-73599-8
ISBN-13: 978-3-442-73599-0

www.btb-verlag.de

Der Flug des Feuervogels

Gott nur weiß, woher ich stamme.
Heiß und hungrig wie die Flamme,
brenne ich vor wilder Pein.
Glut wird alles, was ich fasse,
Asche alles, was ich lasse.
Feuer bin ich, will ich sein.

ERSTES KAPITEL

Nacht über dem Taubertal. Der Himmel mondlos und schwer von Wolken. Nebelschwaden wallen über sumpfige Wiesen, streifen lautlos um Korbweiden, um Ulmen und Pappeln. In den Gräben schmatzt und gurgelt die Nässe. Bisweilen stöhnen die Äste eines alten Baumes unter der Last der Jahre. Drohendes Dunkel, Einsamkeit. Und mitten darin wie eine Insel im Ozean: die Stadt hinter der hohen Mauer, bewacht vom Türmer und Nachtwächter, behütet von Gott und den Heiligen.

Im Kloster der Franziskaner hatten die Mönche ihre mitternächtlichen Laudes beendet: Media in vita in morte sumus, mitten im Leben sind wir vom Tod umgeben.

Der letzte Kerzenschimmer hinter den Fensterkreuzen war längst erloschen. Nun leuchteten nur noch die ewigen Lichter über den Altären, brennende Botschaft des Auferstandenen an seine Jünger: Pax vobiscum.

Ein Hornsignal!

Ein Hornsignal hoch oben vom Turm zerriss die Stille, gellte wie ein Aufschrei über die Dächer und Zinnen, über Kamine und Mauerkronen, schwoll an wie in höchster Todesangst, erstarb, erhob sich aufs Neue.

Ein zweites Signal vom Osttor!

Zappelig wie Fische an der Angelleine begannen die Glocken im Frauenkloster zu bimmeln. Und dann erwachten wie der Sturmwind die großen Glocken von Sankt Jakob:

Feuer, Feuer, Feuer.

Schreckensbleich, nur mit dem Nötigsten bekleidet, stürzten die Menschen auf die Straßen.

Flüche, Kinderweinen, Hundegebell, Befehle, Rufe: Feuer! Feuer in der Stadt, das war wie die Pest, wie der Teufel im Leib, Höllenfeuer!

Vor dem Feind bot die Stadtmauer Schutz. Die Kornspeicher bewahrten vor Hungersnot. Den Flammen aber waren sie ausgeliefert wie die Wolken dem Sturm.

Heiliger Florian, hilf, hilf uns in der Not! Sankt Jakob steh uns bei! Gütige Mutter Gottes, voll der Gnade, rette unsere Stadt!

Die Menge drängte dem Rödertor zu, wo der Himmel blutrot aufleuchtete, als ginge mitten in der Nacht die Sonne auf. Das Prasseln der Flammen in dem trockenen Gebälk wurde lauter, als sich die Menschen dem Unglücksort näherten. Funken wirbelten durch die Luft, glühende Schneeflocken, toll gewordenes Gestirn vor nachtschwarzem Himmel.

»Das Haus zum Bären brennt!«

In langen Ketten flogen die ledernen Eimer herbei. Schwarzer Rauch mischte sich zischend mit weißem Dampf. Da war keiner, der abseits stand. Schwitzend schaufelten die Knechte nassen Sand in die Glut. Sogar Dreschflegel waren im Einsatz. Hier brannte nicht ein Haus; hier brannte die Stadt. Ein Gebäude aus einem Guß war die Stadt. Giebel an Giebel, Waben in einem Bienenstock. Wehe, wenn der brannte!

Weiber und Männer, Greise und Knaben, alle löschten, so gut es ging. Selbst der alte Priester, der herbeigeeilt war, um seinen Segen zu spenden, hatte sich in die Eimerkette eingereiht, wohl wissend, dass Löschwasser jetzt wichtiger war als Weihwasser.

»Seht nur! Seht!«, rief eine Frau und zeigte in die schwelende Asche. Und nun sahen es alle, den fast völlig verbrannten Körper eines Menschen. Wie gekrümmte Vogelkrallen ragten die Rippen aus dem verkohlten Fleisch des Brustkorbs. Kopf und Gliedmaßen fehlten. Der herbeigeholte Priester erteilte dem Toten den letzten Segen: per aspera ad immortalitatem, aus dem Elend in die Unsterblichkeit, als ein Junge meinte: »Der hat ja einen Schwanz.« Und richtig, an dem verkohlten Korpus befand sich, für alle sichtbar, ein Schwanz.

Erschreckt schlugen die Herbeigelaufenen ein Kreuz.

»Ein Teufel! Heilige Mutter Gottes, ein Teufel!«

Eine verbrannte Ausgeburt der Hölle. Was hatte das zu bedeuten? Hatte die Hölle ihre Pforten geöffnet, um die Stadt zu verschlingen, so wie Sodom und Gomorrha von den Flammen verschlungen worden waren?

Uriel in urbe. Cave malum! Weihwasser wurde verspritzt. Miserere mei, Herr, erbarme dich.

Unfähig davonzulaufen, gelähmt wie Mäuse beim Anblick der Schlange, fielen die Umstehenden auf die Knie.

Uriel in urbe, der Teufel in der Stadt!

Doch dann verflog der böse Zauber. Der einbeinige Fleischhauer Hiob vom Rödertor hinkte zu dem Kadaver, betrachtete ihn mit zusammengekniffenen Augen, riss sich ein Stück aus dem dampfenden Fleisch, beroch es und – alle sahen es mit Entsetzen – schob sich den Satansbraten in den Mund. Dabei schmatzte er mit geschlossenen Augen, so wie es die Kellermeister beim Probieren des jungen Fassweines machen.

»Das ist eine Sau«, sagte er, »eine ganz gewöhnliche Sau.«

Er bückte sich und zeigte den Umstehenden den versengten Saufuß, der bei dem Kadaver lag. Kopfschüttelnd steckte der Priester seine sakralen Gerätschaften fort.

»Es ist unglaublich«, sagte eine Alte, die neben ihm stand. »Er hat einer Sau den Weg in die Unsterblichkeit gewiesen.«

Das Haus zum Bären war verloren; jetzt mussten alle Kräfte aufgebracht werden, um die Ausbreitung der Flammen zu verhindern. Mit feuchten Tüchern erstickten sie die schwelende Glut auf den Nachbardächern. Am Ende kam ihnen der Himmel zur Hilfe. Es regnete aus vollen Kannen, so als hätte der heilige Florian ihr Gebet erhört.

*

Milchig blass wie der Wintermond ging die Sonne am nächsten Tag über der Stadt auf. Ein klebriger Geruch von Rauch und nasser Asche zog durch die menschenleeren Gassen. Bis weit in den Tag hinein lag die Stadt in tiefer, traumloser Erschöpfung. Krieger nach der Schlacht schlafen so.

Nur am Hauptmarkt im Haus Zum goldenen Greifen brannte hinter bleiverglasten Fenstern Licht. Bürgermeister Heinrich Toppler hatte noch in der Nacht den Inneren Rat zusammengerufen. Übernächtigt, mit angesengtem Haupt- und Barthaar, in rußfleckigen Gewändern drängten die Männer sich in der niedrigen Stube.

»Im Namen aller Heiligen, das war der dritte Brand, der dritte innerhalb eines Jahres.«

Der Satz stand im Raum wie eine ungeheure Anklage. Alle dachten sie das gleiche: So viel Unachtsamkeit gibt es nicht. Das war kein Unfall. Was hat das zu bedeuten? Wer steckt dahinter? Gottes Strafgericht oder gar der Teufel, wie es die Pfaffen von den Kanzeln der Kirchen predigten! Nein. Aber dann war es Menschenwerk? Einer von ihnen – war das denkbar? Nein und abermals nein. Und dennoch konnte es nur einer von ihnen gewesen sein. Stadtfeinde kamen nicht in Frage, denn die Stadttore waren des Nachts fest verschlossen.

»Gibt es nicht so etwas wie Selbstentzündung?«, fragte der alte Sylvester. »Feuchtes Heu kann sich so erhitzen, dass es entflammt. Eine meiner Scheunen hat vor ein paar Jahren …«

»Das Haus zum Bären war keine Scheune«, unterbrach ihn der Bürgermeister. »Dort gab es weder Heu noch Stroh. Es diente den Franziskanern als Gästehaus und als Lager für Leder, Hanf und Pergament.«

»Waren letzte Nacht Gäste in dem Haus?«

»Nein. Dort brannte weder ein offenes Licht noch Feuer. Und Gewitter, wie ihr alle wisst, gab es auch nicht. Blitz und Selbstentzündung scheiden aus. Wer auch immer das Feuer legte, er befindet sich unter uns, innerhalb der Stadtmauern.«

»Was werdet Ihr dagegen unternehmen?«, fragte Gernot, der Gerber, den Bürgermeister.

»Ich werde die Franziskaner mit der Lösung des Falles beauftragen.«

»Die Franziskaner? Seit wann lösen Mönche unsere Probleme?«

»Das Haus zum Bären gehört ihnen. Sie haben folglich ein starkes Interesse daran herauszufinden, wer ihnen den roten Hahn aufs Dach gesetzt hat. Außerdem nennen sie sich voller Stolz canes papae, Spürhunde des Papstes. Wir werden ja sehen, ob auf diese Hunde Verlass ist.«

*

Am darauf folgenden Sonntag – es war der Namenstag des heiligen Kastulus – hielt der Prior der Franziskanermönche, Bernardinus von Babenhausen, die Predigt in Sankt Jakob. Die Kirche vermochte die Menschen nicht alle zu fassen. Wie die Bienen beim Hochzeitsflug drängten sie sich in dichten Trauben vor den Toren des Gotteshauses.

Als Pater Bernardinus die Kanzel betrat, war es so still in dem hohen Kirchenschiff, dass man das Fallen einer Feder vernommen hätte. Sein blasses, hageres Gesicht wirkte noch ernster, als es von Natur aus schon war. Die tief eingegrabenen Falten waren wie in Hartholz geschnitzt. Dünnes weißes Greisenhaar klebte wie Spinnengewebe an Stirn und Schläfen. Alles an ihm war ehrwürdig alt. Umso beeindruckender waren das lebendige Feuer, das in seinen Augen brannte, und die Stimme, die nichts von ihrer jugendlichen Kraft eingebüßt hatte:

»Im Namen des Vaters und des Sohnes und des heiligen Geistes. So steht es geschrieben im neunzehnten Kapitel der Genesis: Als die Sonne über dem Land aufgegangen war und sich Lot im Auftrag der Engel nach Zoar begeben hatte, ließ der Herr auf Sodom und Gomorrha Schwefel und Feuer regnen. Von Grund auf vernichtete er ihre Häuser und mit ihnen alle Bewohner der Stadt und alles Vieh und alles, was auf den Feldern wuchs. Und am Morgen begab sich Lot an den Ort, an dem der Herr das Strafgericht vollzogen hatte. Er blickte auf die schwelenden Ruinen und auf das ganze Elend im weiten Umkreis. Schwarzer Rauch wie aus einem Schmelzofen stieg zum Himmel empor und verfinsterte die Sonne.«

Pater Bernardinus hob das blasse Gesicht und starrte zur Kirchendecke empor, als sähe er das rauchende Inferno der sündigen Städte mit eigenen Augen. Dabei senkte er die Stimme, als spräche er zu sich selbst: »Der Geruch von Asche, von verkohltem Holz, nach versengtem Haar und verbranntem Fleisch, nach Schweiß und Angst.«

Er beugte sich über den Rand der Kanzel und sog für alle hörbar die Atemluft durch seine hagere Greisennase ein.

»Riecht ihr es nicht?«

Und alle rochen es mit Schaudern.

»Ubi est gloria nunc Babyloniae? Wo ist nun der Glanz Babylons? Ist nicht die Stadt die Wurzel allen Übels? Ihr Erfinder war Kain, der erste Mörder der Menschheit. Wehe der Stadt, die den Zorn des Herrn auf sich lädt. Sie wird brennen wie Sodom und Gomorrha. Die Pforten der Hölle werden sich öffnen und die vier Reiter der Apokalypse ausspeien. Die Offenbarung des heiligen Johannes wird sich erfüllen. Die Posaune des Jüngsten Gerichtes wird ertönen. Wer Ohren hat zu hören, der höre!«

Es war totenstill in dem mit Menschenleibern gefüllten Raum. Kein Hauch war zu hören. Mit angehaltenem Atem lauschten sie dem Klopfen ihrer Herzen.

Wie ein Stein, der den Wasserspiegel eines schlafenden Sees zerschlägt, zerriss ein furchtbarer Laut die Stille. Was war das? Werwölfe heulen so, die Seelen der Verdammten am Jüngsten Tag.

Alle Augen richteten sich auf den Urheber des Höllengeheules, einen Gnom mit unförmigem Wasserkopf auf dem Körper eines verkrüppelten Kindes. Was seinen Beinen an Länge fehlte, schienen seine Arme zu viel zu haben. Sie baumelten an dem schmächtigen Leib herab wie Affenarme, ständig in nervöser Bewegung, begleitet von fröhlichem Glöckchengebimmel. Denn sie hatten ihm, wie das Gesetz es verlangte, ein Narrengewand mit aufgesetzten Schellen angezogen, damit jedermann schon von weitem erkennen konnte: Nimm dich in Acht! Hier ist einer, der nicht weiß, was er tut, ein toller Hund, ein Narr.

»Wie kommt der Kürbiskopf in die Kirche?«

»Werft ihn hinaus!«

»Stopft ihm das Maul!«

Sie ergriffen ihn. Er schlug um sich, schrie weiter. Einer steckte ihm einen Fußlappen in den aufgerissenen Mund. Ein anderer schnallte ihm mit dem Ledergürtel die Arme an den Leib. Zappelnd und quiekend wie ein Spanferkel wurde er ins Freie befördert, eine Ausgeburt der Hölle, die das Kirchentor ausgespien hat. Mit dem Gesicht in einer Regenpfütze, die Augen schielend zum Himmel verdreht, so lag er dort, bis eine Marktfrau ihm die Fesseln abnahm und ihn aus seiner elenden Lage befreite. Begleitet vom Gelächter der Umstehenden, flatterte er mit ausgebreiteten Armen davon wie ein Huhn.

Angeheizt durch die Predigten der Franziskaner, wucherte schon bald der wildeste Aberglaube in der Stadt. Der Gürtelschneider Adam wollte nach dem Sechserläuten bei den Taubermühlen Stimmen gehört haben, die ihm zuwisperten: »Das Feuer wird euch alle fressen. Lauf, lauf um dein Leben!« Und dabei hatten Lichter unter der Wasseroberfläche geleuchtet. »Flackerndes Feuer, Irrlichter, verlorene Seelen«, wie er angstschlotternd stammelte: »Lauft, lauft um euer Leben!«

Schafhirten von dem Topplerschen Gut hatten in der Nacht Feuerbälle gesehen, die wie Kugelblitze über Stroh und Heu rollten, ohne es zu entzünden. Sie schossen lautlos wie die Fledermäuse zur einen Seite der Feldscheune hinein und zur anderen wieder heraus. Es roch nach verbranntem Pferdehuf, nach Ziegenbock und Verwesung. Heiland, steh uns bei! Dabei schlugen sie das Kreuz und schauten so angewidert drein, als hätten sie sämtliche Ausdünstungen Satans mit der Nase erfahren.

Einer Magd vom Gänsemarkt war die Gottesmutter erschienen. Sie habe bittere Tränen vergossen über die Stadt, deren Schicksal so besiegelt sei wie der Kreuzestod ihres Sohnes. Da die Anna als schwachsinnig galt, nahm niemand ihre Geschichten ernst, aber dennoch – stand nicht geschrieben: Selig sind, die da geistig schwach sind, denn sie werden das Himmelreich erblicken?

Alle spürten die Bedrohung, die wie ein Fluch über der Stadt hing. Kinder hatten einen Salamander mit zwei Köpfen gefangen. Der Einhorn-Wirt hatte zur Mitternacht den Feuervogel Fuhd gesehen, wie er mit flammendem Gefieder um den Turm von Sankt Jakob kreiste. Die Konstellation der Planeten kündete nichts Gutes. Saturn, der Kinderverschlinger, triumphierte über Jupiter. Venus stand im Schatten des Mars, und das bei abnehmendem Mond! In der Nacht ertönte Hundegeheul, ohne dass jemand einen Hund gesehen hätte. Es gab keine Hunde in der Stadt. Man hielt sie für überflüssige Fresser. Es gab auch keine Katzen, obwohl es von Ratten und Mäusen nur so wimmelte. Katzen galten wie die Fledermäuse, Fliegen und Flöhe als Ausgeburten der Hölle. Wenn sich eine in die Stadt wagte, wurde sie gesteinigt und gekreuzigt. Mit auseinandergezerrten Vorderbeinen auf ein Brett genagelt, hing sie dann als Vogelscheuche in einem der Stadtgärten, bis ihr die Raben den letzten Fetzen Fleisch aus dem verluderten Fell gehackt hatten.

Die Nacht gehörte in Rothenburg den Schweinen, hochbeinigen, boshaften Tieren mit spitzen Ohren und wimpernlosen Augen, dicht behaart mit schmutzigen Borsten. Sie, die bei Tageslicht Steinwürfe und Fußtritte genug einstecken mussten, waren des Nachts die Herren der Straßen. Bei Tage schliefen sie im Schatten der Zäune, hinter hoch gestapelten Holzscheiten oder in Regenpfützen, meist zu müde, um die Fliegen zu verscheuchen, die grünschillernd auf ihnen herumkrochen. Aber nach Sonnenuntergang, wenn die Menschen in tiefem Schlaf lagen, erwachten die Schweine zum Leben, um den Unrat zu beseitigen, den die Menschen während des Tages vor ihre Haustüren geworfen hatten. Abfall, Essensreste, faulige Früchte, totes Getier und Kot, alles wurde schnüffelnd und schmatzend zu Schweinemist verdaut, den der Regen fortschwemmte oder den die Bürger sich in ihre Hausgärten holten.

Gegen Mitternacht kamen die Schweine von Rothenburg an bestimmten Plätzen zusammen, die sie von Zeit zu Zeit wechselten. Am häufigsten trafen sie sich vor der steinernen Halle der Fleischhauer beim Hauptmarkt. Dort standen sie mit der feierlichen Scheu von Friedhofsbesuchern, so als wüssten sie, dass in jenem dunklen Gebäude der Tod auf sie wartete. Oder war es die Ausdünstung von totem Schweinefleisch, die sie so erregte, dass ihnen der weiße Schaum aus den Rüsseln quoll?

Der Nachtwächter, der als einziger Mensch um diese Zeit unterwegs war, ging ihnen respektvoll aus dem Weg, ahnend, dass die Schweine ein Geheimnis hüteten, das nur ihnen gehörte.

Die meisten Schweine gab es in der Bäckergasse, denn nirgendwo fiel so viel nahrhafter Abfall an wie bei den Bäckern und Müllern. Aus diesem Grund war es ihnen erlaubt, sich mehr Schweine zu halten als alle anderen Haushalte in der Stadt. Der süßliche Duft von warmem Lebkuchen, Honigbrot und Himbeermus mischte sich mit dem beißenden Gestank von frischem Schweinemist und der sauren Ausdünstung von lebendiger Schweinehaut. Man nahm das als gegeben in Kauf wie den Lärm in der Gasse der Kesselflicker und die Fliegen in der Gerbergasse. Die Schweine gehörten zum Alltag. Sie galten als unentbehrlich. In Friedenszeiten erledigten sie die Abfallbeseitigung; bei Belagerung aber versorgten sie die Eingeschlossenen mit frischem Fleisch. So manche mittelalterliche Stadt verdankte ihr Überleben dem eingebürgerten Borstenvieh, was sich belobigend in ihrem Namen widerspiegelte, von Eberswalde bis Schweinfurt.

»Weg da! Aus dem Weg!«, schimpfte Bruder Barnabas und trat dem jungen Schwein, das ihm den Weg versperrte, in den schmutzigen Schinken. Mit einem Quiekser fuhr der Frischling aus dem Mittagsschlaf. Er schüttelte sich, dass ihm die Schlappohren um den Schädel schlugen. Bruder Barnabas spürte angeekelt, wie ihm der Straßenkot über Stirn und Lippen spritzte.

»Zum Henker, oder nein: zum Metzger mit dir, du Schandfleck der Schöpfung!«

Im Weitereilen dachte er: Jesus wusste schon, was er tat, als er Satan in die Säue fahren ließ, sodass sich diese ins Meer stürzten und jämmerlich ertranken. Nur ein geröstetes Schwein ist ein gutes Schwein. Das haben sie mit den Häretikern gemein. Bruder Barnabas hing düsteren Gedanken nach, denn am Abend zuvor war er damit beauftragt worden herauszufinden, wer oder was hinter den Stadtbränden steckte.

Quousque abuterit patientia nostra? Wie lange missbraucht er noch unsere Geduld, dieser Feuerteufel?, hatte der Abt ausgerufen und dabei mit der Faust so heftig auf den Tisch geschlagen, dass man es noch im angrenzenden Scriptorium gehört hatte.

Zum Teufel, warum ausgerechnet ich?, dachte Bruder Barnabas. Warum hat man ausgerechnet mich mit der Lösung dieses Verbrechens beauftragt? Bin ich denn ein Büttel oder ein Exorzist? Wenn es irgendeinen im ganzen Kloster gibt, der für diese Aufgabe gänzlich ungeeignet ist, dann bin ich es: ein Einzelgänger, der sich lieber mit wissenschaftlichen Studien befasst als mit Menschen. Was weiß ich, was in den Köpfen dieser Bäcker, Metzger und Schneider vorgeht, warum sie ihre eigene Stadt in Brand stecken? Ich will es auch nicht wissen. Es ist mir gleichgültig.

Die Welt ist ein Irrenhaus. Wäre ich sonst ins Kloster gegangen? Das Geschehen da draußen interessiert mich nicht. Nicht dass ich nicht neugierig wäre. O nein, ich bin sehr neugierig, aber nicht auf das, was diese Krämerseelen hier anstellen oder unterlassen. Das geheime Walten der Natur, das Wissen um die Elemente der Alchimie, das ist es, was ich ergründen will. Der Weg zum Stein der Weisen, die Kunst des Goldmachens, die

Kräfte des Mondes und des Elektrons, die alten Schriften des Aristoteles und die arabischen Texte des Avicenna und Abulcasis – welch eine Welt voller Wunder, die alle darauf warten, entdeckt zu werden! Das Laboratorium im Kellergewölbe der Mälzerei – das ist meine Welt. Ich bin ein Mann der Wissenschaft, einer, der rechnet, vergleicht, forscht, entdeckt.

»Das ist der Grund, warum ich dich und keinen anderen für diese Aufgabe ausgewählt habe«, hatte der Abt ihm auf seine Einwände erwidert. »Wenn einer diesen rätselhaften Fall lösen kann, dann bist du es. Dominus tecum! Der Herr wird dir helfen.«

Aber der Herr hilft nur dem, der sein Fach versteht, dachte Barnabas. So ist es in der Wissenschaft, und so ist es im Leben. Der erste Schritt ist immer der wichtigste. Doch wo beginnen?

Scheiße! Schon wieder trat er auf ein Schwein. Ein alter einäugiger Eber mit großen gelben Hauern. Er lag da wie tot. Tritte schreckten ihn nicht mehr. Er hatte Schlimmeres erlebt. Die Abgeklärtheit des leiderfahrenen Alters ging von ihm aus. Mit seinem Auge blickte er auf Barnabas, als wollte er sagen: Was weißt du schon vom Leben? Du kennst doch nur die Sonnenseite. Mir aber gehört die Nacht. Ich habe mit meinem einen Auge mehr wahrgenommen, als du mit beiden.

Wenn einer den Brandstifter kennt, so sind es die Schweine, dachte Bruder Barnabas. Ihnen gehört die Nacht. Sie wissen, wo der Feuerteufel ist, der unsere Häuser in Brand steckt.

ZWEITES KAPITEL

Wolkenbewegter herbstlicher Himmel über dem Fluss. Der gewundene Weg gesäumt von steifen Pappeln. Aufgeregt wirbelte das silbrige Laub im Wind. Im Schatten der Bäume ein Reiter, barhäuptig und jung. Leichtfüßig trabte sein Pferd den Ufersaum entlang. Sie befanden sich auf dem Heimweg. Bei der nächsten Flussbiegung würden in der Ferne die Türme der roten Burg auftauchen.

Attila Toppler lehnte sich zurück und tastete mit der Linken nach den Bienenkörben hinter dem Sattelknauf. Wenn er seine Hand darauf legte, konnte er das vibrierende Brummen spüren. Der Korb bebte vom Zorn seiner Bewohner. Für sie war der rüttelnde Rhythmus des mehrstündigen Rittes eine Kampfansage. Die Knechte beim väterlichen Gut hatten die Fluglöcher mit Siegelwachs verschlossen.

»Gib gut Acht, dass sie nicht aufgehen!«, hatten sie ihn gewarnt, bevor sie die gefährliche Fracht auf sein Pferd geschnallt hatten. »Und bloß nicht vor morgen früh öffnen!«

»Ich werde mich hüten.«

Es war nicht das erste Mal, dass er Bienen transportierte. Die Imkerei war ein einträgliches Geschäft. Vor allem das Wachs war eine begehrte Ware. Attila mochte die Bienen. Wenn man sie richtig behandelte, waren sie harmlose, nützliche Gefährten.

Immen sind schwach in der Einzahl, aber gemeinsam schlagen sie selbst den Bären in die Flucht. Einer für alle, alle für einen. So brachte es Bruder Balduin seinen Schülern bei. Der Stock ist ihre Stadt, der Stachel ihre Wehr, die Wabe ihr Lagerhaus. Mit anderen Worten: Bienen sind Bürger wie wir. Lasst dem Adel seine Löwen und Adler. Unser Wappentier ist die Biene.

Ein auffliegendes Rebhuhn unterbrach Attilas Gedankengang. Er beschloss, eine kurze Rast einzulegen. Da vernahm er das Bellen, Hundegebell. Es klang böse.

Als er näher heranritt, sah er die beiden Männer. Sie schienen etwas zu jagen, das er aus der Entfernung nicht auszumachen vermochte, einen Biber oder einen Dachs. Auf jeden Fall war es ein fliehendes Wild, das im hohen Schilf des Flussufers Schutz suchte und das die Männer immer wieder mit lautem Geschrei und Gejohle aufschreckten und vor sich hertrieben, wobei sie mit ihren Lanzenschäften nach ihm stießen.

In dem älteren der beiden Männer erkannte Attila den Struzz zu Frickenhausen, einen üblen Haudegen, dem man besser aus dem Weg ging. Ritter Falk Struzz zu Frickenhausen trug eine blau-rote Narbe wie ein Kainsmal mitten im Gesicht. Sie zerpflügte Stirn, Braue, rechte Wange und verlor sich in dem struppigen Bart, der den größten Teil seines Gesichts bedeckte. Hemd und Wams waren zerschlissen und geflickt. Die Beine steckten in Lederstiefeln mit spanischen Sporen.

Der andere war mehr Knabe als Mann. Obwohl glattwangig und blond gelockt, hätte er ein Sohn des Bärtigen sein können. Er war aus dem Sattel gesprungen und hielt die Hunde, zwei Doggen mit eisenbeschlagenen Halsbändern. Der Speichel troff ihnen aus den geifernden Lefzen. Sie winselten vor Wut und rissen an ihren Leinen, bereit, ihr Opfer zu zerfleischen. Jäger und Hunde waren so mit sich selbst beschäftigt, dass sie Attilas Kommen nicht bemerkt hatten.

Halb verdeckt von herabhängendem Weidengeäst, beobachtete der junge Toppler das erregende Schauspiel. Jetzt ließ der Knabe den Doggen Leine. Sie schossen mit einem Satz ins Schilf. Gleichzeitig flog aus dem hohen Gras ein aufrecht gehendes, glatthäutiges Geschöpf. Attila fuhr sich erschrocken über die Augen, so als könne nicht wahr sein, was er sah. Er blickte auf ein Mädchen, nackt, mit aufgelöstem, langem schwarzen Haar. Es wollte fliehen. Da war der Bärtige hoch zu Ross schon neben ihm. Aus dem Sattel ließ er sich auf sein Opfer fallen. Der Aufprall warf beide zu Boden. Der Alte lag auf ihr. Mit seinem Gewicht hielt er sie nieder. Die Kleine kratzte und biss um sich wie eine Wildkatze. Sie erwischte seine linke Hand. Ein zorniger Aufschrei. Und schon war das Mädchen wieder frei.

»Na warte, du Hurenkind!«, schrie der alte Struzz. »Dir werde ich's zeigen.«

Sein Gesicht war rot vor Zorn und Anstrengung. Das Mädchen hatte sich dem Schilf zugewandt, wollte die schützende Deckung erreichen, doch dort versperrten ihm die Hunde den Weg. Die junge Frau zögerte, wollte fliehen, wusste nicht, wohin. Da war der Alte wieder bei ihr. Er griff nach ihr. Wie ein Aal entglitt sie ihm. Er erwischte sie bei den Haaren. Sie schrie. Ein hässliches Lachen war die Antwort. Doch bevor der Alte wusste, wie ihm geschah, hatte sie sich erneut in seine Hand verbissen. Ein Faustschlag ins Gesicht streckte sie zu Boden. Leblos wie eine Puppe lag sie im Gras, auf dem Rücken, die Arme ausgebreitet.

Der Alte betrachtete die Nackte mit sichtlichem Wohlgefallen. Er knöpfte sich den Hosenlatz auf und rief: »Komm her, mein Sohn! Schau sie dir an! Ein frisches, kräftiges Stück Fleisch, das nur darauf wartet, bearbeitet zu werden. Pflock die Hunde an!«

Dann streifte er die Stiefel von den Füßen, stieg aus seinem Beinkleid und warf es hinter sich ins Gras. Sein blasses Gesäß, schweißnass, dampfte wie frisch aus dem Backofen gezogenes Ferkelfleisch.

»Pass gut auf, wie ich es mache«, sagte er zu seinem Sohn. »Wenn ich sie gehabt habe, bist du dran.« Dabei kratzte er sich genüsslich den Bauch. Er ließ sich zwischen den Schenkeln des Mädchens auf die Knie fallen.

Attila vermochte nicht genau auszumachen, was weiter geschah. Der Junge verdeckte ihm die Sicht. Da war nur der Wind in den Weiden und das Fließen des Flusses.

Ein wilder Schrei zerriss die Stille.

Doch es war nicht das Mädchen, das da schrie, es war der Alte. Es klang schmerzvoll.

Und plötzlich kam das Mädchen wieder ins Blickfeld, aufrecht auf beiden Beinen.

»Mach die Doggen los!«, schrie der Alte. »Hetz ihr die Hunde auf den Leib!« Die Narbe in seinem Gesicht war aufgeplatzt. Der Bart troff von Blut. Es rann ihm die Brust und den Bauch hinab. »Greif dir das Miststück!«

Das Mädchen blickte sich um wie ein gehetztes Wild.

Da entdeckte es Attila, der sich in der Aufregung weiter aus seinem Versteck herausgewagt hatte, als es klug war. In panischer Angst flog das Mädchen auf ihn zu, die Doggen dicht hinter sich. Es rannte um sein Leben.

Alles, was von nun an geschah, geschah instinktiv. So wie sich beim Heranfliegen eines Gegenstandes unser Augenlid blitzartig schließt, so reagierte Attila, ohne einen Moment zu zögern. Er beugte sich zu der Fliehenden hinab, zog sie zu sich aufs Pferd, wendete den Hengst auf der Hinterhand. Während er das Mädchen mit der rechten Hand hielt, schnitt er mit der linken die Bienenkörbe los, die zu Boden purzelten und den anstürmenden Doggen entgegenrollten. Voller Wut verbissen die sich in den vermeintlichen Angreifer, der es wagte, sich ihnen in den Weg zu stellen. Bevor sie wussten, wie ihnen geschah, waren die erbosten Immen über ihnen. Attila nutzte das heulende Inferno und suchte in gestrecktem Galopp das Weite. Erst als er die Kuppe der bewaldeten Hügel erreicht hatte, wagte er es, sich umzublicken. Was er sah, gefiel ihm.

Am Flussufer schien noch immer die Hölle los zu sein. Die Bienen hatten sich auch über die Rösser hergemacht. Das eine wälzte sich auf dem Rücken im Gras, die Hufe hoch in der Luft. Das andere hatte sich losgerissen und war durch den Fluß geschwommen. Auch Struzz zu Frickenhausen und sein Sohn hatten sich in die Tauber geflüchtet, um ihre Stichwunden zu kühlen. Von den Doggen war nichts zu sehen. Die Bienen hatten sie umgebracht, wie Attila später erfuhr. Er glitt vom Pferd. Das Mädchen folgte seinem Beispiel. Schwer atmend standen sie sich gegenüber, fremd und doch miteinander verbunden durch die gemeinsam gemeisterte Gefahr, zwei Schiffbrüchige, die den Untergang ihres Schiffes überlebt hatten. So fühlten sie sich, erleichtert und erlöst.

Attila hatte zum ersten Mal Gelegenheit, sie aus der Nähe zu betrachten. Trotz Schmutz und blutiger Schrammen, trotz ihrer zerzausten Haare voller Kletten war sie eine junge Frau von außergewöhnlicher Anmut. Noch nie hatte Attila in zwei so nachtschwarze Augen geblickt. Tiere und Kinder haben solche Augen, so nass, leuchtend und beseelt. Überhaupt erinnerte sie ihn an ein junges Tier. Obwohl sie nackt war, schien sie ohne alle Scheu zu sein. Animalische Natürlichkeit ging von ihr aus. Wie eine Katze hatte sie gekämpft. Welch ein Mädchen! Schlank wie ein Knabe. Ganz und gar anders als alle Frauen, die Attila kannte.

Auch sie betrachtete ihn, als wollte sie ihm auf den Grund der Seele schauen. Attila zog sein Hemd aus und gab es ihr. Für einen Augenblick huschte der Anflug eines Lächelns über ihr Gesicht: »Danke.«

Mit raschen Bewegungen zog sie sich das Leinenhemd über den Kopf. Es bedeckte nur knapp ihre Blöße.

»In zwei Stunden geht die Sonne unter«, sagte Attila. »Dann wird es keinem mehr auffallen, dass dein Kleid zu kurz ist.«

»Warum tust du das?«, fragte sie.

»Was?«

»Warum hilfst du mir?«

»Ist es nicht Christenpflicht?«

»Die beiden Männer dort unten am Fluß sind auch Christen.«

»Das sind Schweine. Das sind keine Christen.«

»Auch ich bin keine Christin.«

Und als Attila sie anschaute, als habe er nicht recht verstanden, fügte sie hinzu: »Ich bin Jüdin.«

»Ach, deshalb …«

»Ich verstehe dich nicht.«

»Ich meine, deshalb kenne ich dich nicht. Ich frage mich die ganze Zeit, wie es möglich ist, dass es in der Stadt ein Mädchen wie dich gibt, dem ich nie begegnet bin. Wie heißt du?«

»Judith. Josua Süßkind ist mein Oheim.«

»Du bist...« Attila brachte den Satz nicht zu Ende. Das Erstaunen stand ihm ins Gesicht geschrieben. Die Jüdin aus Aragon. Natürlich hatte er von ihr gehört. Sie war eine Sephardim, eine spanische Jüdin. Es hieß, der alte Süßkind hütete sie wie einen Schatz. Und jetzt das hier! Das einzige Kind des reichsten Juden der Stadt von zwei Rittern gejagt wie Freiwild. Es war nicht zu fassen.

»Wer bist du?«, fragte sie.

»Attila Toppler.«

»Dein Vater ist der Bürgermeister?«

»Du sagst es.«

»Du kennst die Männer?« Sie blickte hinunter zum Fluß.

»Wer kennt sie nicht: Struzz zu Frickenhausen und sein Sohn.«

Er hob sie aufs Pferd. Sie schien am Ende ihrer Kräfte zu sein. Die Augen geschlossen, das Kinn auf der Brust, kraftlos wie ein krankes Kind. Ihr Haar wehte im Wind. So ritten sie durch die immer länger werdenden Schatten des Tages. Keiner sprach. Sie lag in seinen Armen wie eine Tote. Ein Bauer kam ihnen entgegen. Erschrocken schlug er ein Kreuz, so als sehe er ein Gespenst. Attila wickelte sie in das Tuch, mit dem die Knechte seine Bienen zugedeckt hatten. Zum Glück war es bei ihrer Flucht am Sattelknauf hängen geblieben.

O mein Gott, wird das ein Gerede geben. Die Jüdin aus Aragon! Sie lebte noch nicht lange in Rothenburg. Der alte Süßkind hatte das Kind seines Bruders aus Aragon zu sich geholt, nachdem ihre Familie bei einem Autodafé verbrannt worden war. So wussten es die Leute in der Stadt. Sie erzählten sich auch, dass die kleine Jüdin wild wie ein Tier sei. Sie reitet wie der Teufel! Sie badet im Fluß! Sie jagt mit Pfeil und Bogen. Einige hielten sie sogar für einen Mann. Nun, ein Mann war sie nicht. Davon hatte sich Attila mit eigenen Augen überzeugt.

Das treibende Gewölk am Himmel verfinsterte sich. Kalt stieg der Abendnebel aus dem Taubertal. Weißer Dampf stand dem Pferd vor dem Maul. Aus dem Trab war längst ein schwerfälliger Trott geworden.

Beim Klingentor drängten sich die Herden, die allabendlich in die Stadt getrieben wurden. Zwischen schnatternden, flügelschlagenden Gänsen und brummenden Milchkühen nahm die Torwache nur flüchtig Notiz von ihnen. Ein Ochse, der sich sein Gehörn an der hölzernen Pavese blank scheuerte, beanspruchte ihre ganze Aufmerksamkeit.

»Weiter, weiter, blödes Vieh!«

»Begrüßt man so einen heimkehrenden Bürger?«

»Ach, Unsinn, Attila. Gott zum Gruß!«, lachten die Wächter. »Aber sag, was hast du da vor dir auf dem Pferd? Was verbirgst du da unter dem Tuch?«

»Ein Mädchen.«

»Ein Mädchen?«

»Ja, ein Mädchen. Und so viel ich weiß, ist die Einfuhr von Mädchen in unsere Stadt nicht verboten.«

»Nicht, wenn sie schön sind«, lachten die Wächter. »Ist sie schön?«

»Schöner als die Lilien auf dem Felde.«

Und als Attila weiterritt, ohne sich noch einmal umzudrehen, rief der Kräftigste der Torhüter, der eine Hellebarde in den Händen hielt: »Halt, wir wollen sehen, was du da hast.«

»Lass ihn«, sagte sein kahlköpfiger Kamerad. »Er hat einen langen Ritt hinter sich. Ich weiß, was unter dem Tuch steckt.«

»Woher willst du das wissen?«

»Er hat es mir erzählt, heute Morgen, als er zum Tor hinausritt. Er hat Bienen geholt.«

»Und warum verbirgt er sie vor uns?«

»Bienen brauchen Wärme.«

Mitgespült vom Strom der dampfenden Leiber, hielt sich Attila dicht bei der Stadtmauer, die rechter Hand steil zum Taubertal abfiel. Vorbei am Klingenturm und am Strafturm lenkte er das müde Pferd. Zwei Raben zankten sich laut krächzend um den Kadaver einer toten Henne. Kinder warfen Steine nach einem Schwein, das sich in einer Pfütze wälzte. Darüber trockneten fleckige Laken im Wind.

Ein Geruch von saurem Kohl und gebratenen Zwiebeln, von Holzkohle und heißem Schmalz quoll aus offenen Fenstern und Türen. Eine Klosterfrau eilte vorüber, den Blick zu Boden gesenkt. Der Rosenkranz in ihren Händen bewegte sich im Takt ihrer Schritte: »Christus optimus princeps et dux.« Kinderweinen, das Klappern von Töpfen und Pfannen verschluckten ihre Worte.

Als Attila die Judengasse erreichte, erschrak er für einen Augenblick. Leer und verlassen lag sie vor ihm, als sei sie unbewohnt. Keine Menschenseele, kein Laut, kein Licht. Tiefschwarz die Fensterlöcher: erblindete Augen, frisch ausgehobene Gräber. Nur der harte Schlag der Pferdehufe auf dem Kopfsteinpflaster war zu hören. Doch erklang da nicht Gesang?

In der Synagoge brannte Licht. Dort feierten die Juden der Stadt Schawuot, den Festtag, an dem Moses am Berg Sinai die Zehn Gebote aus der Hand Gottes empfangen hatte.

Als der Hengst anhielt, hob Judith den Kopf.

»Wir sind am Ziel«, sagte Attila. Gleichzeitig glitten sie beide hinab auf die Straße, der eine links, die andere rechts vom Pferd. Der hohe Rücken des Tieres trennte sie für einen Augenblick. Attila vernahm ein paar rasche Schritte. Eine Tür fiel ins Schloss. Dann stand er allein auf der Straße.

Ein paar Herzschläge wartete er noch, so als könnte dieser plötzliche Abschied nicht alles gewesen sein, als müsste noch irgendetwas geschehen. Aber er wartete vergeblich.

Als er zu Fuß – das Ross am Halfter – die Obere Schmiedgasse erreichte, glaubte er, nur geträumt zu haben. Aber wo hatte er dann seine Bienen verloren? Nein, es war kein Traum, und es war dennoch ein Traum.

*

Das Schacharit, das tägliche Morgengebet, war längst gesprochen. Josua Süßkind und Rebecca, seine Frau, hatten sich in den hinteren intimen Teil ihres geräumigen Hauses zurückgezogen, wo die Fenster in einen Innenhof blickten, der von wildem Wein zugewuchert war und von der Straße nicht eingesehen werden konnte. Ein Kerzenleuchter erhellte den Raum. Mehrere gerahmte venezianische Spiegel reflektierten das flackernde Licht. Im Kamin brannte ein Feuer. Dicht daneben hatte sich Rebecca niedergelassen. Josua Süßkind lief im Zimmer auf und ab. Obwohl auf das Äußerste erregt, strahlten seine langsamen, kontrollierten Bewegungen jene Souveränität aus, die ein Ausdruck von Überlegenheit ist.

»Diese Schande! Adonai, diese Schande!«

»Ein Goldstück verliert nicht an Wert, nur weil es von einem Schwein beleckt worden ist. Die Mikwa wird allen Schmutz abwaschen.«

»Schande lässt sich nicht abwaschen, nicht einmal mit Blut.«

»Du übertreibst«, sagte Rebecca. »Was ist geschehen? Nichts ist geschehen, nichts von Bedeutung. Unserer Tochter wurde beinahe Gewalt angetan, beinahe. Beinahe wäre die ganze Stadt abgebrannt. Wie oft sind wir schon beinahe gestorben. Aber wir leben. Das Leben ist voller Beinahe.«

»Aber die Schande…«

»Niemand wird davon erfahren. Die beiden Ritter werden kein Wort über die Angelegenheit verlieren. Sie würden sich zum Gespött der ganzen Stadt machen. Wer brüstet sich schon mit solch einer Peinlichkeit? Zwei Herrenmenschen lassen sich von einem Jungen und ein paar Bienen in die Flucht schlagen, mit heruntergelassener Hose und zerstochenen Ärschen. Welch ein Bild des Jammers! Nein, glaube mir, sie werden schweigen wie die Fische. Das Gleiche werden wir tun.«

»Und der junge Toppler?«

»Du musst mit seinem Vater reden. Als Bürgermeister ist ihm daran gelegen, Schande und Fehde von der Stadt fernzuhalten. Vor allem sollten wir uns bei dem Jungen bedanken. Ohne ihn wäre die Geschichte schlimm ausgegangen. Wir werden ihn einladen.«

»Einladen?«

»Ja, oder willst du dich auf der Straße bei ihm bedanken?«

»Ein Goi an unserem Tisch? Kennst du nicht die Kaschrut-Vorschriften? Hat Maimonides nicht geschrieben: Das Geheimnis jüdischen Überlebens liegt in der Absonderung. Die Speisegesetze lassen sich nur befolgen, indem ihr euch abseits von denen aufhaltet, die sie ablehnen. Wenn wir mit ihnen zusammen essen, werden sich unsere Söhne mit ihren Töchtern verheiraten. Und das Judentum wird nicht rein erhalten bleiben. So steht es geschrieben.«

»Aber es steht auch geschrieben: Nichts zählt vor dem Herrn so hoch wie eine gute Tat. Und es heißt mit Recht: Dankbarkeit ist das Gold der Großherzigen. Außerdem kannst du dich gar nicht wirklich absondern. Leben wir nicht unter Christen? Wir brauchen sie wie der Bauer den Boden.«

»Kein Bauer holt sich den Boden ins Haus. Er braucht ihn, aber er lässt ihn draußen. Er liebt ihn nicht.«

»Warum sollte er auch? Liebe ist ein kostbares Elixier. Wie unerträglich wäre die Welt, wenn sie voller Liebe wäre. Wenn der Prophet Jesus wirklich gesagt hat: Liebe alle Menschen wie dich selbst, so war er ein lebensfremder Fantast. Achte sie, habe Mitleid mit ihnen, respektiere ihre Würde! Aber lieben? Wie viel verdanke ich denen, die ich nicht liebe? Sie rauben mir nicht die innere Ruhe wie die, an denen mein Herz hängt. Sie lassen mir meinen Frieden und meine Freiheit, die ich so dringend benötige wie die Luft zum Atmen. Vor allem aber brauche ich jetzt Schlaf.«

Sie erhob sich aus ihrem Sessel, küsste Josua auf die Wange und sagte: »Lieber, du siehst müde aus.« Und als sie schon nebeneinander in ihrem Bett lagen, ermahnte sie ihn noch: »Vergiss nicht, dem Jungen die Immen zu ersetzen.«

*

Am anderen Morgen legte Josua Süßkind seinen pelzbesetzten Mantel aus bestem Brabanter Tuch an, nahm Hut und Stock, ohne die er nie das Haus verließ. Wenn es auch in Rothenburg keine demütigende Kleidervorschrift für Juden gab, wie sie seit dem vierten Laterankonzil immer wieder gefordert wurde, so legte er doch großen Wert darauf, schon von weitem als Jude erkannt zu werden. Der Vollbart – nach jüdischer Art ungestutzt – vollendete das Bild. Im Rathaus erfuhr er, dass der Bürgermeister nach Nürnberg zum Burggrafen geritten sei und erst gegen Sonntag zurückerwartet werde.

Vor dem Haus Zum goldenen Greifen drängte sich eine Schar von Bäuerinnen, beladen mit geflochtenen Käfigen voll gackerndem Geflügel. In ihrer Mitte erkannte Josua den jungen Toppler, der damit beschäftigt war, die lebende Pacht der Topplerschen Bauernhöfe in Empfang zu nehmen. Er zählte die zappelnden Hennen, hob sie prüfend an den Füßen empor, übergab sie einem Hausknecht und verzeichnete dann mit einem Gänsefederkiel den Eingang in ein ledergebundenes Buch. Ein kleines Mädchen hielt ihm das Tintenfaß. Es war ein Bild bäuerlicher Lebensfreude. Das Flügelschlagen und Gackern der Hennen, begleitet vom Lachen und lauten Reden der Bäuerinnen, die für den Gang in die Stadt ihre guten Gewänder aus den Truhen geholt hatten. Das Spektakel war denkbar ungünstig für ein ernsthaftes Gespräch. Josua Süßkind wollte sich schon zurückziehen, als Attila ihn erkannte: »Bitte bleibt! Ich bin gleich fertig.«

Drei Dutzend Hennen später führte er seinen Gast in ein Zimmer des oberen Stockwerks. Er wollte Zinnkrüge und Wein holen, doch Josua Süßkind wehrte ab: Der Tag ist noch zu jung, und ich bin zu alt. Ich bin gekommen, um dir zu danken und um von dir zu hören, wie sich das Schandwerk zugetragen hat.«

Attila erzählte. Als er zu der Stelle kam, an der Struzz das Mädchen mit einem Faustschlag niedergestreckt und sich seiner Hosen entledigt hatte, schlug der Alte die faltigen Hände vor das Gesicht, um Zorn, Schmerz und Scham zu verbergen.

»Und er hat sie wirklich nicht…?« Er suchte nach dem passenden Verb.

»Nein, sie hat sich gewehrt wie eine Wildkatze.«

»Dieser Höllenhund und sein Geierküken.«

»Vergesst ihn.«

»Ich vergesse nie etwas, weder die Gemeinheiten meiner Gegner noch den Beistand meiner Freunde.« Dabei blickte er Attila in die Augen. Es war wie ein Treueschwur unter Kampfgefährten. Einen Atemzug lang waren sich die beiden unterschiedlichen Männer so nahe wie Vater und Sohn.

Josua holte aus den Falten seines Mantels einen Lederbeutel hervor und legte ihn auf den Tisch.

»Was soll das? Wollt Ihr mich bezahlen?«

»Lass mich wenigstens für den Schaden aufkommen.«

»Ich nehme kein Geld.« Es klang zornig.

»Verzeih mir, Attila, ich wollte dich nicht kränken. Darf ich dir zwei Bienenvölker und ein neues Gewand kaufen?«

»Das ist etwas anderes.«

Der Alte betrachtete den Jungen prüfend, bevor er fragte: »Würdest du in mein Haus kommen, wenn ich dich einlade?«

»Warum wollt Ihr das tun?«

»Judith schuldet dir noch ihren Dank.«

»Wie geht es ihr?«

»Es geht. Sie hat Schlimmeres überlebt. Wirst du kommen?«

»Aber ja, gerne.«

Josua Süßkind bemerkte, dass die Augen des Jungen freudig aufleuchteten: »Aber ja, gerne.« Die Antwort erfolgte rasch und unüberlegt, mehr aus dem Herzen als aus dem Kopf kommend. Und so, als schämte er sich seiner Gefühle, fügte er betont sachlich hinzu:

»Was ich euch schon die ganze Zeit fragen wollte: Wie ist Eure Tochter zur Tauber hinabgelangt? Ich meine, hatte sie ein Pferd? Ich habe keines gesehen.«

»Die Torwächter haben es heute Morgen vor den Mauern der

Stadt eingefangen, bis auf ein paar Bienenstiche unversehrt. Woher hattest du überhaupt die Bienen?«

»Ich wollte sie vom Gut Nordenberg in die Stadt holen.«

»Und wie bist du auf die Idee gekommen, sie als Waffe einzusetzen?«

»Ich hatte keine andere Wahl.«

»Fürwahr, eine wirksame Waffe. Wir sollten zur Verteidigung der großen Mauer in Zukunft statt Pech Bienen einsetzen. Im Gegensatz zum Pech würde die neue Stichwaffe der Stadt noch zusätzlich erheblichen Gewinn einbringen.«

Und als Attila lachend den Kopf schüttelte, sagte Süßkind: »Ich meine es ernst. Die Idee ist gut. Ich werde die Anschaffung der ersten Immenvölker aus eigener Tasche finanzieren.«

DRITTES KAPITEL

Der Gang hinab in die Unterwelt jagte Judith jedes Mal aufs Neue Schauer über die Haut. Es war nicht die Grabeskühle, die aus dem lichtlosen Schacht aufstieg, es war der heilige Schauer, der von diesem Ort ausging wie von einer geöffneten Gruft, ein Gefühl, als griffe eine kalte Hand nach ihrem Herzen.

Die beiden Frauen hielten sich fest bei den Händen, wie zwei Kinder, die sich im Wald verlaufen haben. Rebecca trug in der Linken eine brennende Fackel. Zappelig wie Fledermausflug huschte das Flammenlicht über die rauen Wände des engen Schachtes, gerade groß genug für die steinerne Treppe. Der Fels hatte die Farbe von Knochen und geronnenem Blut. Fackelruß mischte sich mit dem Rost der eisernen Ringe, die das Geländerseil hielten. Die Meißel, mit deren Hilfe der Brunnenschacht aus dem felsigen Grund geschlagen worden war, hatten wie nagende Zähne sichtbare Kerben hinterlassen. Erdrückender als Finsternis und Enge war die Stille, die nur vom Fallen der Tropfen unterbrochen und gespenstisch verstärkt wurde.

Die Frauen wagten nicht zu sprechen. Schweigend zählten sie die Anzahl der Stufen: zwanzig, dreißig, vierzig, vierundvierzig Schritte hinab in die Unterwelt, in die dunkle Welt der Wurzeln, zum Urgrund allen Wassers.

Als sie die Sohle des Ritualbades erreicht hatten, entzündete Rebecca zwei weitere Fackeln und steckte sie in die dafür vorgesehenen Eisenringe an der Wand. Judith legte ihre Gewänder ab. Ohne einen Atemzug lang zu zögern, stieg sie in das kristallklare Becken. Langsam kniete sie nieder. Das Wasser reichte ihr bis über die Brüste. Die frische Kühle belebte sie. Nie war sie sich ihres Leibes so bewusst wie im Wasser. Sie genoss das wohlige Prickeln auf der nackten Haut, das Anschwellen der Brustknospen. Von den Zehenspitzen bis zu den Ohrläppchen – da war keine Stelle ihres Körpers, die sie nicht mit allen Sinnen empfand. Sie spürte, wie sich ihr After zusammenzog, fühlte den Fluss des Blutes in den Halsschlagadern; deutlich vernahm sie das Pochen ihres Herzens. Wohliges Frösteln ergriff sie.

»Ist es schlimm?«, fragte Rebecca.

»Nein, es ist herrlich!«

»Du bist der reinste Fisch.«

»Ich liebe das Wasser. Es erfüllt mich mit Leben. Für gewöhnlich nehmen wir unseren Körper nur wahr, wenn er uns wehtut. Wir spüren unser Gehirn nur, wenn wir Kopfschmerzen haben. Knochen und Zähne erwachen erst zum Leben, wenn sie schmerzen. Aber im Wasser begegnen wir uns selbst wie nirgendwo sonst.«

»Ist das der Grund, weshalb du in der Tauber badest?«

»Gibt es Schöneres, als in einem Fluss zu schwimmen oder sich von den Wellen des Meeres tragen zu lassen?«

»Wie kann man als Frau in einen Fluss steigen, völlig entblößt?«

»Als Kinder haben wir in Aragon…«

»Judith, du bist kein Kind mehr. Wann wirst du endlich erwachsen? Du wirst bald sechzehn. Du bist jetzt eine Frau und tätest gut daran, Vernunft anzunehmen.«

Judith überhörte den Einwand. Sie fuhr mit der Hand durch das Wasser und erklärte: »In Aragon bestatten sie ihre Toten im Ozean. Sie sagen nicht: Vom Staube kommst du, zum Staube kehrst du zurück. Sie sagen: Aus dem Wasser kommst du, zum lebendigen Wasser kehrst du heim. Wasser ist Leben. Hast du schon einmal einen Ertrunkenen gesehen? Sie tragen ein Lächeln auf den Lippen. Es muss ein schöner Tod sein, der leichteste, sagen die Fischer auf dem Ebro, im Gegensatz zum Tod in den Flammen, der grausamsten Art, aus dem Leben zu scheiden. Gibt es Schlimmeres, als verbrannt zu werden?«

Rebecca bemerkte, wie Judiths Miene sich verfinsterte. »O Kind«, rief sie, um von dem Thema abzulenken, »pass auf, dass du dich nicht erkältest!« Dabei streckte sie ihr das auseinander gefaltete Leinentuch entgegen: »Komm, lass dich abtrocknen.«

Und als Judith noch tiefer ins Wasser eintauchte, sagte sie: »Die Mikwa ist kein Bad, sondern ein rituelles Becken.«

»Benutzen eigentlich auch Männer die Mikwa?« fragte Judith.

»Früher taten sie es, vor dem Sabbat und vor den Festtagen. Heute gehört sie uns ganz allein, um die Tohora, die Reinheit, nach der Monatsblutung wiederzugewinnen. Erst danach darf ein Mann sein Weib umarmen.«

Judith strich sich die Haare aus der Stirn und fragte: »Was für ein Gefühl ist es, von einem Mann umarmt zu werden?«

Während Rebecca noch nach den richtigen Worten suchte, fragte sie weiter: »Ist es schön?«

»Ja, sehr schön.«

»Wirklich?«

»Ja. Warum fragst du?«

»Ich fand es widerlich, ganz widerlich. Der Mann am Fluss hatte die Haut eines Schweines, bleich und behaart. Er stank wie ein Ziegenbock, nach Schweiß, Schmutz und Fäulnis. Der Speichel floss ihm aus der Schnauze wie einem Schwein. Die Rute rot und klebrig. Wie ekelhaft!«

Sie sprach mit geschlossenen Augen, so als sähe sie das Geschehen noch einmal vor ihrem geistigen Auge. Rebecca beobachtete sie. Sie dachte: Wie heißt es im Talmud? Die Klage ist ein Teil der Befreiung. Auch Worte vermögen zu reinigen.

»Warum benötigen wir Männer«, wollte Judith wissen, »um Kinder zu kriegen? Warum reifen sie in unseren Leibern nicht von allein heran? Legen die Hühner nicht auch Eier ohne den Hahn? Hast du mal zugeschaut, wie eine Kuh gedeckt wird? Ihre Flanken zittern vor Angst, oder ist es Ekel? Der Stier bespringt sie mit der Brutalität eines hungrigen Raubtiers. Da ist keine Spur von Liebe.«

»Du kannst doch nicht Tiere mit Menschen vergleichen.«

»Bei den Menschen ist es nicht anders.«

»Wie kannst du so etwas behaupten?«

»Ich habe als kleines Mädchen in den Ställen mit angehört, wie die Knechte die Mägde geliebt haben. Haben sie sie wirklich geliebt? Ihr Röcheln und Stöhnen war grauenhaft. Es klang schmerzvoll.«

»Eines Tages wirst du anders darüber denken«, sagte Rebecca, »wenn der richtige Mann …«

»Nein, niemals«, unterbrach sie Judith. »Niemals will ich einem Mann gehören, niemals.«

»Aber Kind, die Männer …«

»Zur Hölle mit ihnen! Das Feuer soll sie fressen, diese bärtigen Teufel! Die Männer am Fluss haben mich gejagt wie wilde Hunde, tollwütige Wölfe. Es hätte nicht viel gefehlt, und sie hätten mich getötet, aus Geilheit gemordet, nur weil ich eine Frau bin. Sind das noch Menschen?«

»Aber Judith …?«

»Ich wollte, ich wäre ein Mann und könnte gegen sie kämpfen. Ich würde diese Schweine in Stücke hauen. In ihrem Blut sollten sie sich wälzen. Ich hasse sie. Ich hasse sie alle!«

Die letzten Worte hatte sie so wild ausgestoßen, dass sich Rebecca entsetzt die Ohren zuhielt. Vielfach verstärkt hallte Judiths Zorn durch den engen Schacht. Nie war dieser rituelle Ort so von Hass entweiht worden. Ihre Fäuste peitschten das Wasser. Eine schaurige Klage voller Verzweiflung, Hilflosigkeit und Hass. Am Ende ließ sie sich erschöpft in dem kalten Wasser versinken. Als sie wieder auftauchte, hatte sie ihre Fassung zurückgewonnen. Der Sturm war vorüber.

Die rituelle Reinigung war abgeschlossen.

*

Nach rechts gekrümmt wie die Sichel des abnehmenden Mondes, so stieg die Judengasse zum Weißen Turm hin an, so steil, dass ein beladenes Pferdegespann Mühe hatte, die Steigung zu überwinden. Auf halber Höhe, dort, wo die Deutschherrengasse die Judengasse kreuzte, lag das Haus Süßkind. Seine Fassade unterschied sich nur wenig von den Nachbarhäusern. Die niedrige Pforte und die kleinen Fenster, vergittert mit rostigem Schmiedeeisen, verrieten nichts von dem Wohlstand der Bewohner. Überschritt man aber die Türschwelle, so war man überrascht von der großzügigen Weiträumigkeit des Hauses.

Attila blickte in eine hohe, hallenartige Diele, von der verschiedene Zimmer abzweigten. Eine Treppe verband das Untergeschoss mit den darüber liegenden Stockwerken.

Aus einer geöffneten Doppeltür fiel helles Licht. Dorthin führte Josua Süßkind seinen Gast, nachdem er ihn eigenhändig eingelassen hatte. Sie betraten einen holzgetäfelten Raum, erleuchtet von zahllosen Kerzen. Ihr Licht fiel auf einen festlich gedeckten Tisch mit Trinkbechern, Tellern und Schüsseln von funkelndem Zinn, so blank wie venezianisches Spiegelglas.

»Erwartet Ihr außer mir noch andere Gäste?«, fragte Attila.

»Nein, du bist unser einziger Gast, unser Ehrengast.«

»Ich weiß nicht…«

»Was weißt du nicht?«

Ein Schrei unterbrach ihr Gespräch, ein schrilles Kreischen, eine raue Stimme in höchster Todesangst.

»Um Gottes willen, was ist das?«

»Komm, ich will dir etwas zeigen«, sagte der Hausherr. Er öffnete die Tür zu einem angrenzenden Kabinett. Das Kreischen schwoll an und überschlug sich in höchstem Diskant.

Süßkind lüftete ein Tuch. Darunter kam ein Käfig zum Vorschein. Attila erblickte einen Vogel mit einem Federkleid von so leuchtender Farbenpracht wie ein Kirchenfenster.

»Was ist das für ein prächtiges Geschöpf? Es sieht aus, als käme es direkt aus dem Paradies.«

»Nun, aus dem Garten Eden stammt er nicht«, lachte Süßkind. »Einer meiner Geldboten hat ihn aus dem Maghreb mitgebracht. Die Mauren nennen ihn al-Maharab. Meine Tochter ruft ihn Jakob.«

Er öffnete den Käfig und streckte die Hand aus. Ohne alle Scheu bestieg sie der Vogel. Dabei neigte er den schönen Kopf und betrachtete Attila von der Seite her mit einem Auge. Es war bernsteinfarben und voller Neugier.

»Er sieht so aus, als wäre er nicht nur schön, sondern auch klug.«

»So ist es. Er kann mit menschlicher Stimme sprechen.«

»Er kann sprechen? Ihr scherzt.«

»Nun, nicht wirklich so wie wir. Aber er kann einzelne Wörter, ja ganze Sätze erlernen und aufsagen.«

So als hätte der Wundervogel sie verstanden, reckte er sich zu voller Größe und krächzte: »Judith.«

»Da bin ich ja schon«, lachte eine Stimme hinter ihnen.

Attila fuhr herum. Vor ihm stand das schönste Mädchen, dem er je begegnet war.

Sie gab ihm die Hand und sagte: »Schalom, Attila.«

Ihm war so, als blicke er in das Gesicht eines Engels mit himmlisch leuchtenden Augen, umrahmt von nachtschwarzen Locken. Sie war hoch gewachsen, hatte lange Beine, lange Wimpern, langes Haar; alles an ihr war ungewöhnlich lang wie bei einem jungen Fohlen. Sie entzog ihm die Hand, die er nicht loslassen wollte. Sie lächelte ihn selbstsicher an, so als wüsste sie, wie schön und begehrenswert sie war. Er kam sich klein vor neben ihr, obwohl sie ihm nur bis zur Schulter reichte und jünger war als er. Keine Spur mehr von der gehetzten, hilflosen Halbwilden, die er nackt am Ufer der Tauber aufgelesen hatte. Er spürte, wie ihm die Röte ins Gesicht stieg.

»Du hast dich gut erholt«, sagte er. Sie spürte die freudige Erregung, die ihr Erscheinen ausgelöst hatte, und genoss es. »Schön, dass du gekommen bist, Attila.«

»Ja, es ist schön«, sagte Rebecca, die die Treppe herunterkam und Attila beide Hände entgegenstreckte. Es war eine herzliche Geste, so wie man einen Freund empfängt.

Später auf dem Heimweg wusste Attila nicht mehr mit Bestimmtheit zu sagen, was er gegessen und getrunken hatte. Aber er erinnerte sich sehr genau an die Gespräche, an ihre Gesichter. Da waren Rebeccas Augen, von dem hellen Grün reifer Trauben. Lebhaft und temperamentvoll war die Sprache ihrer Hände. Auffällig glatt und hell ihre Haut. Ein seidenes Tuch bedeckte ihr Haar. Erst später erfuhr er, dass Jüdinnen bei der Hochzeit kahl geschoren werden wie die Nonnen. Sie lachte viel und sprach mit rollendem R.

Im Vergleich zu seinem Weib wirkte der alte Süßkind wie ein alter Mähnenwolf neben einem Reh. Der ergraute Bart ließ ihn älter erscheinen, als er an Jahren war. Wie alle Kurzsichtigen kniff er bei gründlicher Betrachtung die Augen zusammen, wobei er sein Gesicht zu einer Grimasse verzog, die ihm etwas Verschlagenes gab.

Aber da war vor allem Judith. Welch ein Mädchen!

»Warum tut Ihr das für mich?«, hatte er seine Gastgeber gefragt. »Warum bewirtet Ihr mich wie einen großen Herrn?«

»Um dir zu danken.«

Und als Attila noch immer nicht verstand, sagte Süßkind: »Wer so viel Bedrohung überlebt hat wie wir Juden, muss wohl ein besonderes Verhältnis zum Dank entwickelt haben. Dank ist nicht nur eine Tugend, Dank hilft auch zu überleben.« Er hob seinen Weinbecher: »Vor allem aber schafft er Freunde. Ist es nicht so, Rebecca?« Sie legte ihre Hand auf die seine und erwiderte: »Nicht immer gewinnt man zum Freund, dem man hilft. Häufiger gewinnt man zum Freund den, von dem man sich helfen lässt.«

Als Attila den Lammbraten an Judith weiterreichen wollte, sagte sie: »Nein, danke. Wer Fleisch isst, unterstützt das Gesetz der Wildnis. Gott hat uns nicht als Raubtiere erschaffen. Erst der Sündenfall hat uns dazu gemacht. Im Paradies gab es keine Fleischfresser. Der Verzicht auf Fleisch ist mein Bekenntnis zur Schöpfung, wie sie sein sollte.«

»Judith hat ihre eigene Religion«, sagte Rebecca entschuldigend zu Attila. Sie nahm eine Scheibe Fleisch und fügte spöttisch hinzu: »Sie lehnt sogar Bittgebete ab.«

»Und warum?«, wollte Attila wissen.

»Jedermann bettelt heutzutage«, erwiderte Judith lebhaft, »nicht nur die Armen, sondern auch die Reichen: Kauft meine Waren, vergebt mir meine Verbrechen. Selbst der König bettelt um die Gunst der Kurfürsten. Ich verlange von niemandem etwas, nicht einmal von meinen Freunden und erst recht nicht von Gott. Er soll tun, was er für richtig hält. Ist das Sünde?«

»Du sprichst nicht wie ein Mädchen, sondern wie ein Mann«, sagte Süßkind. »Was glaubst du, wer du bist?«

»Judith!« rief der Paradiesvogel aus dem Nebenzimmer.

»Da hast du die Antwort«, lachte Judith. Und nun lachten auch die anderen, der alte Süßkind am lautesten.

Josua füllte ihre Becher mit weißem Wein, den er Jajin mebussam nannte, mit Honig gesüßt und mit Pfeffer gewürzt. Später gab es feinsten Duftwein mit den Blüten des wilden Weinstocks aus dem Heiligen Land.

»Weißt du eigentlich, wer der heilige Attila war?« fragte Rebecca.

Und als Attila verneinend den Kopf schüttelte, sagte sie: »Er war ein Aragonese. Sein Leib ruht in Ildefonso zu Zamora, sein Kopf in der Kathedrale von Toledo.«

»Haben sie ihn enthauptet?«

»Nein«, lachte Rebecca«, sie haben ihn so sehr verehrt, dass sie sich um seine Gebeine stritten.«

Und Judith hatte ihn gefragt: »Unter welchem Sternbild bist du geboren, Attila?«

»Hier, unter den Sternen dieser Stadt.«

»Nein, ich will nicht wissen, wo, sondern wann du das Licht der Welt erblickt hast«, erklärte Judith.

»Am Tag des heiligen Attila.«

»Und wann ist das?«

»Der erste Tag im Erntemonat.«

»Ach, an Rosch ha-Schana«, sagte Rebecca.

»Wann?«

»Am Neujahrstag.«

»Aber der ist doch nicht im Erntemonat.«

»Der jüdische schon«, belehrte ihn Josua.

Seltsam, dachte Attila auf dem Heimweg durch die dunklen Gassen. Wir leben in derselben Stadt, im Schutz derselben Mauer und leben dennoch in verschiedenen Welten. War es nicht allgemein üblich, dass jedermann sein eigenes Messer und seinen Löffel mitbrachte, wenn er zum Essen eingeladen wurde? Bei den Süßkinds aber lagen sie auf dem Tisch und waren nicht etwa aus Holz oder Horn, sondern aus schwerem Silber.

Während es in den meisten Häusern der Stadt an jenem Mittwochabend geselchtes Schweinefleisch mit Kohl gab, wurden hier in der Judengasse Eiersuppen mit Safran serviert, Pfefferkuchen, Ingwer und Mandelbitter, kleine gesottene Aale, Stockfisch und gesüßter Rahm.

Selbst die Zeit vergeht anders für sie als für uns. Ihr Kalender ist nicht unser Kalender. Ihre Festtage sind nicht unsere Festtage. Wenn wir von der Arbeit ausruhen, dann arbeiten sie. Ihr Sonntag ist der Samstag. Sie schreiben das Jahr 6160 und wir das Jahr 1390. Gibt es größere Distanzen als die der Zeit? Nichts ist so weit entfernt wie der gestrige Tag. Vielleicht altern sie sogar anders als wir. Vielleicht ist ein Judenlebensjahr viel länger oder kürzer als ein christliches. Judith war sechzehn, aber sie wirkte viel reifer.

Nein, dachte er, das kann nicht sein. Sie sind Menschen wie wir. Aber sind sie das wirklich? Hatte er nicht in der Klosterschule gelernt, dass nur Getaufte eine unsterbliche Seele besitzen? Ein Geschöpf ohne Seele aber war kein Mensch. Was waren sie denn? Tiere? Nein. Ungläubige? Sie hatten einen Gott, aber einen anderen. Es gibt nur einen Gott, so lautet das erste Gebot. Also beteten sie einen falschen Gott an, einen Götzen. Aber wie war das doch: Hatte nicht Moses die Zehn Gebote von Gott empfangen? Und Moses war ein Jude. Das Leben erschien ihm so kompliziert wie nie zuvor. Schade, dass sie eine Jüdin ist, dachte er beim Einschlafen.

In jener Nacht träumte er zum ersten Mal von ihr: Gefühle, Bilder und Berührungen, die sich nicht in Worte fassen ließen.

VIERTES KAPITEL

Es regnete seit Sonnenaufgang, oder richtiger: seit Tagesanbruch, denn die Sonne war an jenem Morgen erst gar nicht aufgegangen. Sie hatte sich hinter tief hängenden Wolken versteckt, als schäme sie sich, wie abgezehrt und altersschwach sie in letzter Zeit geworden war.

Kein Vogel, kein Insekt, nicht einmal die Ratten wagten sich hervor. Allein den Schweinen schien die Nässe nichts auszumachen. Sie genossen es, dass Markt und Gassen ihnen ganz gehörten. Nur das gleichmäßige Rauschen des Regens war zu hören. Doch was war das für Stimmengewirr vor dem Galgentor? Bei den Floriansteichen drängten sich Menschen wie die Heuschrecken. Es schien, als sei die ganze Stadt herbeigeströmt, um sich trotz Wind und Wetter an einem ganz besonderen Spektakel zu erfreuen. Da waren die Hübscherinnen vom Lusteck in buntem Tuch; die Dominikanerinnen dohlenschwarz; herausgeputzte Patrizierinnen, barfüßige Hausmädchen und Mütter mit Säuglingen im Arm, Männer aus allen Zünften, vor allem jedoch junges Volk. Die Knaben der Klosterschule waren auf die Korbweiden geklettert, die ihre Äste in den Teich hängten. Da war ein Geschrei und Geschiebe wie auf einer Jahrmarktsgaudi: Scherzen, Lachen, Zurufe und Spottgesang.

Endlich brachten sie den »Täufling«, einen blassen kleinen Mann im Büßerhemd, rückwärts auf einem Esel sitzend, das Gesicht dem Schwanzende zugewandt. So zerrten sie ihn durch die Menge zu dem hölzernen Gerät am Ufer des Weihers. Bruder Barnabas hatte nie dergleichen gesehen: eine riesige Kinderwippe. An der einen Seite des Schwebebalkens – hoch zum Himmel gereckt – befand sich ein eiserner Käfig, auf der anderen als Gegengewicht ein großer Stein. Drei kräftige Burschen waren nötig, um den Käfig auf die Erde herabzuziehen. Zwei andere Burschen schoben den Büßer mit dem Kopf voran in den eisernen Korb. Er steckte darin wie ein Küken in seinem Ei. Der Arm der Schandschaukel wurde herumgeschwenkt, sodass der Käfig jetzt über dem Wasser hing. »Was geschieht mit dem Mann?«, fragte Bruder Barnabas einen Jungen mit einer Bäckerschürze, der neben ihm stand. Seine Augen leuchteten vor freudiger Erregung.

»Er kriegt die Bäckertaufe.«

»Die Taufe?«

»Ja, die Bäckertaufe.«

»Und warum?«

»Weil sein Brot nicht das richtige Gewicht hatte.«

»Du meinst, er hat zu kleine Brote gebacken?«

»Nein, zu große.«

»Zu große? Warum sollte einer bestraft werden wie ein Dieb, der nicht nimmt, sondern gibt?«

»Sag mal, willst du mich zum Narren halten?«, fragte der Junge. »Weißt du nicht, dass der Rat der Stadt das rechte Maß festgelegt hat? Das wäre ja wohl ein schöner Wirrwarr, wenn jeder seine Brote so groß machen würde, wie er wollte. Wo kämen wir denn da hin?«

Und als Bruder Barnabas immer noch so dreinschaute, als verstünde er nicht, sagte der Junge:

»Wer sein Brot zu klein backt, betrügt die Käufer. Wer sie zu groß macht, betrügt seine Zunftbrüder. Das eine ist so schlimm wie das andere, weil …« Er unterbrach seine Erklärung, denn jetzt senkte sich der Käfig dem Wasser zu. Unter ungeheurem Jubel wurde der Bäcker immer wieder in das kalte, schwarze Gewässer getaucht, betont langsam mit Pausen, um dem Schauspiel die gehörige Länge zu geben. Wer bei diesem Wetter hier herausgekommen war, der hatte ein Anrecht darauf, dass er etwas zu sehen bekam. Wie hieß es in der Satzung der Halsgerichtsbarkeit: Gerechtigkeit soll nicht nur geschehen; Gerechtigkeit soll zur Mahnung vor aller Augen ausgeübt werden.

Wie der Mond im Meer, so versank das bleiche Gesicht des Bäckers in der schlammigen Flut. Blasen stiegen auf. Eine Ewigkeit verging.

Mein Gott, er ertrinkt, dachte Bruder Barnabas.

Langsam, viel zu langsam zogen sie den Elenden wieder empor, Wasser speiend, nach Luft ringend. Und immer wieder wurde er unter lautem Jubel untergetaucht. Den Mund weit aufgerissen, die Augen verdreht, dass man nur noch das Weiße sah, ein aufgeweichtes, triefendes Häuflein Elend, mehr tot als lebendig. Gnadenlos weideten sich die Herbeigelaufenen an seiner Qual. Im Sprechchor riefen sie: »Gut Schluck! Gut Schluck!«

»Herr, vergib ihnen, denn sie wissen nicht, was sie tun«, murmelte Bruder Barnabas, dem die Bäckertaufe besonders grausam erscheinen musste, da er wasserscheu wie ein Huhn war. »Wie kann man nur«, seufzte er kopfschüttelnd. »Und das alles nur, weil der Ärmste zu viel Brot gebacken hat. Nicht auszudenken, was diese Unmenschen bei der wunderbaren Vermehrung der Brote in Kanaan mit dem Heiland gemacht hätten!«

Bruder Barnabas wäre es nie in den Sinn gekommen, an einer öffentlichen Bestrafung teilzunehmen. Er verachtete diese Gaffer, die sich an den Qualen anderer erfreuten und sich besser dünkten als die Verurteilten. Der Gang hierher war ein Teil seiner Nachforschungen. Hier hatte er sie einmal alle beisammen, die Bäcker und Büttner, Sieber und Seiler, Waffen- und Wannenschmiede, Korbflechter, Knechte und Eseltreiber, die Schenkwirte mit ledernen Schürzen, Riemenschneider und Schusterjungen. Er erkannte die Schäfer vom Nordenberg, die städtischen Pfeifer und Trommler, Doktor Abacus und Adam, den einarmigen Stadtschreiber. Sogar ein paar Brüder seines Ordens hatten sich unter das Volk gemischt. Kaum einer fehlte. Und jeder von ihnen konnte der Feuerteufel sein.

Nun gut, nicht jeder. Seine Klosterbrüder schieden wohl aus, und auch der Kürbiskopf, der jetzt zum Gelächter aller im Watschelgang zum Wasser humpelte und dem Bäcker eine Blume entgegenstreckte. Es war eine unendlich zärtliche Geste, als wolle der Gnom wieder gutmachen, was die Selbstgerechten an dem armen Täufling gesündigt hatten.

Lacht nur, dachte Bruder Barnabas. Einer von euch ist es. Und glaub mir, du entgehst mir nicht. Ich habe Zeit. Tandem patientia vincit. Am Ende siegt immer die Geduld.

Zurück in der Klosterzelle, fiel sein Blick auf die Notiz, die er vor ein paar Tagen auf der Schiefertafel festgehalten hatte: Wenn einer den Feuerteufel kennt, dann sind es die Schweine.

Was wusste man über die Schweine? Was für Geschöpfe waren diese borstigen, vierfüßigen Rüsseltiere? Über welche Fähigkeiten verfügten sie? Dumm waren sie weiß Gott nicht. Aber waren sie auch gefährlich oder gar mit dem Bösen im Bunde?

Als geistlicher Ordensbruder hatte Barnabas sich bisher nur wenig für die Landwirtschaft interessiert. Dafür gab es die Blauröcke, wie sie im Kloster die Fratres servientes nannten, die Brüder, die nicht die höheren Weihen erhalten hatten, sondern dem Orden als Handwerker und Knechte dienten, so wie der alte Chrystophorus, der für die Schweine verantwortlich war. Zu ihm ging Barnabas noch am selben Tag. Die Fütterung hatte gerade begonnen. Die Sauen schrien, als säßen sie mit ihren Schinken auf glühenden Kohlen. Barnabas hielt sich die Ohren zu und wünschte, er hätte drei Hände, um sich auch die Nase zuhalten zu können. Als endlich alle Tröge gefüllt waren, erstarb das schrille Geschrei der Gier. Stattdessen hob ein scheußliches Geschmatze und Geschlabbere an.

»O Heiland, wie kann man hier arbeiten?«, stöhnte Barnabas.

»Auch das ist ein Teil unseres Ordens«, sagte Chrystophorus. »So wie jeder Heilige ein Arschloch hat, so hat auch jedes Kloster seinen Saustall. Naturalia non sunt turpia. Natürliches ist nicht hässlich.«

Grob wie seine Ausdrucksweise waren auch seine Gesichtszüge. Barnabas betrachtete ihn und dachte: So wie es Menschen gibt, die sich derart im Heiland verlieren, dass sie stigmatisiert werden, gibt es seltsamerweise auch Menschen, die so in der Viehzucht aufgehen, dass sie das Aussehen der ihnen anvertrauten Tiere annehmen. Chrystophorus war der lebende Beweis für die Worte des heiligen Augustinus: Du wirst, was du denkst und tust.

Alles an ihm war schweinern: die blassen, viel zu großen Ohren, das wabbelige Doppelkinn, der feiste Nacken und die Hängebacken. Aus kleinen Schweinsäuglein, umrahmt von farblosen Ferkelwimpern, blickte er auf seinen Besucher: »Was treibt dich zu uns?«

Wie entsetzlich, dachte Bruder Barnabas, er ist der einzige Mensch hier in diesem Stall. Und er fragt: Was treibt dich zu uns? Er rechnet sich schon zu den Säuen.

Laut sagte er: »Ich brauche einige Instruktionen über das Leben der Schweine.«

»Wer kümmert sich schon um das Leben des Borstenviehs?«,

wunderte sich Chrystophorus. »Für die meisten von uns erwacht das Interesse am Schwein erst mit dessen Ableben. Schweine sind wie Geizhälse.«

»Wieso wie Geizhälse?«

»So wie das Schwein erst nach seinem Tod Freude bereitet, so erfreut auch der Geizige erst nach dem Ableben seine Mitmenschen durch seinen Nachlass.«

»Bruder, lass das Scherzen«, sagte Barnabas. »Was weißt du von den Schweinen?«

»Schau sie dir an, diese lebenden Schinken, diese vierbeinigen Würste, diese Presssäcke und Sülzköpfe! Was gibt es schon über sie zu sagen? Sie leben von Küchenabfällen wie die Ärmsten der Armen. Im Wald wühlen sie mit ihren Rüsseln nach Knollen, Pilzen, Wurzeln, Eicheln, Kastanien, Bucheckern, Würmern und Aas. Sie sind Allesfresser wie der Mensch. Sie leben in Horden wie wir. Ihr Körper ist nur spärlich behaart wie der unsrige. Sie sind nicht nur ausdauernde Läufer, sondern auch gute Schwimmer. Das männliche Geschlecht geht bei ihnen wie bei uns in Waffen. Ihre Lanzen und Degen sind ihre Hauer. Im Gegensatz zu uns wachsen ihnen die zerbrochenen Zähne wieder nach. Darin sind sie uns überlegen.«

Er entblößte seine schwarzen Zähne mit wehleidiger Miene, als wollte er sagen: Ach, wäre ich doch ein Schwein.

»Obwohl sie fett sind, sind sie nicht faul. Ursprünglich Waldtiere, lieben sie das freie Umherschweifen. Auch in der Gefangenschaft halten sie fest am Wechsel von der Schlafstelle zur Suhle und vom Futterplatz zur Kotecke. Auch hierin sind sie wie wir. Wer schläft schon gern beim Waschzuber oder scheißt in die Küche?«

Daher ihr nächtliches Umherschweifen in der Stadt, dachte Barnabas. Der Wechsel ist ein Teil ihrer Natur.

Zu Chrystophorus sagte er: »In der christlichen Symbolik erscheint der Teufel häufig in Gestalt eines Schweins. Hatte doch Christus die bösen Geister des Versuchers in eine Rotte Säue verbannt. Den Juden gilt das Schwein als Symbol der Unreinheit und der Unkeuschheit. Bei den Muselmanen ist es nicht anders. Ist dir je etwas Teuflisches an ihnen aufgefallen?«

»Sie stinken wie der Teufel und können verdammt böse werden. Aber manche mögen sie. Der heilige Antonius hat mit einem Schwein zusammengelebt, so brüderlich zusammengelebt, dass der Orden der Antoniter das Schwein zu einem Attribut seines Begründers ernannt hat.«

Unglaublich, dachte Barnabas, was dem Heiligen Geist die Taube, ist dem heiligen Antonius das Schwein.

In der Klosterbibliothek musste er lange stöbern, bevor er fand, wonach er suchte. Doch dann las er mit Verwunderung: Bei den römischen Klassikern genossen die Schweine ein erstaunlich hohes Ansehen. Die Antike hielt sie für Respekt einflößende Gegner. Der Sieg des Herakles über den thrakischen Eber war in ihren Augen eine größere Tat als sein Kampf mit dem Löwen. Und so wie nördlich der Alpen Könige und Fürsten sich Heinrich der Löwe oder Richard der Bär nannten, so gab es im antiken Rom adlige Familien wie die Porcier und die Sulier, die ihre Namen vom Schwein ableiteten.

Wie war das möglich? Was hatten diese Tiere an sich, das ihm bisher entgangen war? Wie konnte eine Epoche von so hoher Ästhetik, von solcher Begeisterung am Schönen, Gefallen an widerwärtigen Schweinen finden?

Im zehnten Gesang der Odyssee wurden Odysseus und seine Mitstreiter in Schweine verwandelt. Warum gerade in Schweine? Was wollte Homer damit ausdrücken? Hätte die Zauberin Circe nicht mehr von den Männern gehabt, wenn sie sie so gelassen hätte, wie sie waren? Aber symbolisierte das Schwein im chinesischen Tierkreiszeichen nicht männliche Potenz? Bei Plinius dem Älteren fand Barnabas in der *Naturalis historia* diese Annahme wissenschaftlich bestätigt. Dort hieß es: »So viel Eiweiß wie in zwanzig Enteneiern enthalten ist, so viel Samenflüssigkeit kann der Eber des Hausschweines bei einer einzigen Paarung abgeben.«

Und weiter las er: »Ein Teil des Spermas gerinnt dabei zu einem Pfropf im Gebärmutterhals der Sau. So soll verhindert werden, dass ein anderer Eber zur Zeugung gelangt. Nur durch einen im Vergleich zu allen anderen Tieren sehr langen Geschlechtsakt und durch enorme Mengen an Ejakulat kann ein Rivale diesen Pfropf wieder auflösen.«

Barnabas schüttelte sich vor Grausen: Mein Gott, wie ekelhaft! Aber, da hatte er eine hervorragende Eigenschaft der Schweine entdeckt. Sie waren übernatürlich potent, geil wie der Teufel, der als Incubus und Succubus alles schwängerte, was ihm über den Weg lief. Und des Teufels Element war das Feuer. Liebeslust und Feuer waren zwei Seiten derselben Münze. Wie sangen die jungen Weiber bei der Bleiche: Kein Feuer, keine Kohle tut brennen so heiß, als heimliche Liebe, von der niemand nichts weiß.

Der Gedanke an heimliche Liebe erfüllte ihn mit Schrecken und Schuldgefühl. Sein Leben lang hatte er gegen die Versuchung seines Fleisches angekämpft, und immer wieder war er schwach geworden. Im Schlafsaal der Novizen waren sie bewacht worden wie Gefangene. Selbst den Abort hatten sie nur in Begleitung eines Lehrmönchs aufsuchen dürfen, und dennoch hatten sie es fertig gebracht, Hand an sich zu legen, der verbotenen Lust zu erliegen, der Schande, die am Ende gebeichtet werden musste. Die Folge waren Prügel, Schlaf- und Essensentzug. Ein Elend ohne Ende.

»Inter urinas et faeces nascimur«, so stand es beim Kirchenvater Augustinus: Zwischen Urin und Kot sind wir geboren.

Sein Verhältnis zum Geschlecht war vor allem schuldbeladen. Wie den meisten seiner Ordensbrüder war ihm bereits die Vorstellung peinlich, er habe bei seiner Geburt mit einer Frau im Bett gelegen und noch dazu nackt!

Geschaffen ist der Mensch aus Staub und, was nichtswürdiger ist, aus ekelerregendem Samen, empfangen in der Geilheit des Fleisches. Der Gipfel aller Geilheit aber war das Schwein.

Bei seinem nächsten Stadtgang betrachtete Bruder Barnabas die Hoden der Eber lange und gründlich: prall fleischig, von doppelter Faustgröße, die verkörperte Geilheit. Zwanzig Enteneier Ejakulat – das war mehr als der Inhalt von zwei Bechern Meßwein. Welch ein Elixier des Teufels!

Gott sei Dank hatte er den Lebensabschnitt der Jugendsünden hinter sich gebracht. Gelobt sei das Alter! Gemessen an seinen Mitmenschen war Barnabas alt, denn die große Mehrzahl aller Bürger in der Stadt war jünger als dreißig Jahre. Galt nicht das Ende des dritten Lebensjahrzehnts als krönender Höhepunkt und Abschluss des Lebens? In diesem Alter war Jesus gekreuzigt worden. In diesem Alter erfolgte die leibliche Auferstehung am Jüngsten Tag, gleichgültig, ob einer als Wickelkind oder als Greis gestorben war. Alles, was nach dem dritten Lebensjahrzehnt kam, war nichts weiter als Mühsal und Vorbereitung auf das ewige Leben.

Ab vierzig zählte man zu den Alten. Barnabas hatte bereits die Fünfzig überschritten und bezeichnete sich selbst als Senex, als Greis. Er sah auch so aus, nicht nur weil er kahlköpfig war – das waren seine Klosterbrüder auch –, sondern vor allem, weil ihm sämtliche Schneidezähne fehlten. Sein Gesicht war voller Pockennarben. Die faltige Haut seines Halses hätte ausgereicht, zwei Hälse zu umspannen. Ein Adamsapfel, der größenmäßig seinen Namen zu Recht trug, glitt beim Schlucken erschreckend eindrucksvoll hoch und hinunter. Die Opfer von Schlangen werden so verschlungen.

Er hatte einen hageren Leib mit großen Händen und noch größeren Füßen. Leibliche Speise hielt er für wenig beachtenswert. Ungeheuer war jedoch seine Wissbegierde. Nihil tam difficile est, quin quaerendo investigari possit, lautete sein Leitspruch: Nichts ist so schwierig, dass es nicht erforscht werden könnte.

Im Alter von vier Jahren hatte man ihn an der Klosterpforte abgegeben. Der Lehrstand war sein Zuhause. Von Anfang an war sein Wissensdurst größer gewesen als seine Glaubensbereitschaft. Seine Neugier wollte den Dingen auf den Grund gehen. Er wollte Beweise, wo andere bereit waren zu glauben. Er las unermüdlich und hing einer Maxime des großen Aristoteles an: »Von allem, was wir haben, scheint allein die Denkkraft und die Vernunft unsterblich und gottähnlich zu sein.«

Suspekt war ihm der Grundsatz seines Ordens: »Der Glaube ist ein besserer Ratgeber als die Vernunft. Die Vernunft hat Grenzen, der Glaube keine.«

Er verabscheute das Sacrificium intellectus, die Opferung des Verstandes zugunsten der Glaubenserkenntnis, wie Paulus es im zweiten Brief an die Korinther gefordert hatte. Dort hieß es doch allen Ernstes: »Lasst uns niederreißen die Gedankengebäude und alle hoch aufragenden Bauten der Logik, die uns den Blick auf den Glauben an Gott verstellen. Lasst uns in Gefangenschaft führen alles Verstandesvermögen im Gehorsam gegenüber Christus.«

Wenn der Apostel das wirklich geschrieben hatte, dann war er ein Esel. Wie viel mehr bedeuteten ihm da die Worte des römischen Dichters Horaz: Sapere aude! Wage es, weise zu sein! Es war Aufgabe des Verstandes, zwischen Wahrem und Falschem zu unterscheiden. Dem Glauben war da nicht zu trauen, denn lieber will der menschliche Geist sich täuschen, als an nichts zu glauben. Somit war der Glaube bereits ein Teil der Täuschung.

Barnabas würde sich nicht täuschen lassen. Denn darin gab er den Philosophen der Griechen recht: Das Glück liegt in der Suche nach Wahrheit.

Wichtig ist vor allem Erkenntnis. Zur Erkenntnis aber gehören wache Sinne. In der Klosterschule war ihnen eingehämmert worden: »Euch soll Hören und Sehen vergehen! Denn nicht die äußerlichen Wahrnehmungen sind wichtig, sondern die Gedanken und Vorstellungen der verinnerlichten geistigen Welt. Im Innern des Menschen liegt die Wahrheit.«

Wenn einer von den jungen Novizen sagte: »Ich dachte …«, so hieß es gleich: Du Grünschnabel sollst nicht denken, sondern auswendig lernen!

Barnabas hatte auswendig gelernt, viel auswendig gelernt, aber noch mehr nachgedacht. Er wusste aus eigener Erkenntnis: Die Wissenschaft belehrt nur die Klugen, die Religion auch die Dummen.

FÜNFTES KAPITEL

Obwohl Heinrich Toppler an jenem Sonntagmorgen das Haus zum Goldenen Greifen früher als gewöhnlich verließ, wartete bereits eine Schar von Bürgern auf ihn, um ihm das Geleit in die Kirche zu geben. Erst letzte Nacht war er aus Würzburg zurückgekommen. Trotz Wind und Regen hatte er für den Weg keine acht Stunden gebraucht. Er war geritten, als sei der Teufel hinter ihm her, um den sonntäglichen Gottesdienst in seiner Stadt nicht zu versäumen. Jetzt tat ihm das Kreuz weh. Mit achtundvierzig sollte man nicht mehr reiten, als wäre man achtzehn, dachte er. Die Menschen winkten ihm zu, riefen seinen Namen. Er winkte lachend zurück. König von Rothenburg nannten sie ihn bewundernd, und manchmal fühlte er sich auch so.

Es hatte sich eingebürgert, dass die Rothenburger ihren beliebten Bürgermeister auf dem Kirchgang begleiteten. Jeder wollte ihm so nah wie möglich sein. Er genoss ihre Verehrung. Sie entschädigte ihn für den Ärger und die schlaflosen Nächte, die er für seine Stadt auf sich nahm. Ja, weiß Gott, es war seine Stadt. Als sie ihn das erste Mal zum Bürgermeister gewählt hatten, war Rothenburg eine Kleinstadt ohne eigenes Umland gewesen. Das städtische Gebiet endete mit der Stadtmauer. Fuhr man aus dem Tor, befand man sich auf fremdem Territorium. Es gab nicht einen Rothenburger Bauer. Die umliegenden Ländereien gehörten alten Adelsgeschlechtern oder waren im Besitz des Deutschordens. Wie die meisten kleineren Städte war Rothenburg ständig der Bedrohung ausgesetzt, von einem mächtigeren Nachbarn geschluckt zu werden. Sowohl der Bischof von

Würzburg als auch der Burggraf von Nürnberg erhoben Ansprüche auf die Stadt.

Nur eine reiche, weitgehend autarke Stadt ist auf Dauer in der Lage, ihre Unabhängigkeit zu verteidigen. Das war Topplers Devise. Rothenburg braucht starke Mauern, verlässliche Bündnispartner und bäuerliches Umland für seine Versorgung mit Lebensmitteln. Um das zu erreichen, hatte er einen Weg gewählt, der in der Geschichte seiner Zeit wohl einmalig war. Er eroberte das Land seiner adligen Nachbarn nicht in kriegerischen Auseinandersetzungen, sondern kaufte es ihnen ab. Gegen Barzahlung nahm er die umliegenden Gehöfte, Ländereien und Burgen in Besitz. Wenn ihm eine Burg erst einmal gehörte, ließ er sie abtragen oder einfach verfallen.

In wenigen Jahren war es ihm gelungen, das städtische Gebiet um viele Hektar zu vergrößern. Er hatte aus der Kleinstadt einen mächtigen Stadtstaat gemacht. Kaum eine andere deutsche Reichsstadt besaß ein so großes städtisches Territorium, nicht einmal das einflussreiche Nürnberg. Diese Landkäufe erforderten politische und wirtschaftliche Schläue, vor allem aber ungeheure finanzielle Reserven, die sich nicht mit städtischen Mitteln finanzieren ließen. Dafür war Rothenburg zu arm. Heinrich Toppler borgte sich einen Teil des Geldes von den Juden. Er sagte sich mit Recht: Nur in einem geordneten Stadtsystem können die Juden ungestört ihren Geschäften nachgehen. Deshalb werden sie meine unblutigen Landeroberungen bereitwillig unterstützen. Warum soll man Tausende von Gulden in eine so unsichere Angelegenheit wie den Krieg stecken, wenn man für das gleiche Geld die Beute friedlich und unversehrt erwerben kann?

Einen Teil der Ankäufe finanzierte er aus eigener Tasche. Er konnte es sich leisten. Nur wenige Bürger nördlich der Alpen verfügten über so viel Geld wie er.

Solche und ähnliche Gedanken gingen dem Bürgermeister durch den Kopf. Aber da saß er schon längst in der kunstvoll geschnitzten Kirchenbank, die Vater Conrad gestiftet hatte und in der nun der Sohn mit seinen Kindern saß.

Meine Kleine nannte er den Blondkopf zu seiner Linken, obwohl ihm Katharina bereits bis zur Schulter reichte. Attila neben ihr war so groß wie sein Vater. Zwei prächtige Kinder hatte er, beide blond, hochgewachsen und schlank. Sie könnten wahrhaftig Geschwister sein. Katharina wurde im Laufe der Jahre ihrer Mutter immer ähnlicher. Die Art, wie sie sich die Locken aus der Stirn strich, wie sie sich die Lippen leckte, ja selbst ihr Gang erinnerten an Barbara.

Attila sah so aus wie die jungen Staufer auf den zerborstenen Wandgemälden in der Burgruine. Der lange Schädel, die zarten Hände, die schmale Nase, der feingliedrige Knochenbau. Ja, der Junge hatte etwas von den Herren, die die Burg oberhalb der Tauber hatten errichten lassen. Neben seinem Sohn wirkte Heinrich wie ein Holzknecht. Er hat nichts von mir und nichts von Barbara, dachte er. Wie kann es auch anders sein.

War für die meisten Menschen die Kirche der Ort, um mit Gott zu sprechen, so war sie für ihn ein Refugium, um mit sich selbst Zwiesprache zu halten. Nirgendwo sonst fand er so klar und sicher die richtigen Entscheidungen. Nirgendwo sonst fühlte er sich mit der Vergangenheit so verwurzelt wie hier.

Im Schatten der Kirche lagen Vater und Mutter und drei seiner Geschwister. Hier ruhte Barbara, seine Frau, und zwei ihrer gemeinsamen Kinder. Dieser Ort hier war wie kein anderer dazu angetan, Kraft aus den Quellen zu schöpfen. In der nächsten Woche würde sich Barbaras Todestag zum sechsten Mal jähren. Zum sechsten Mal! Unglaublich, wie die Zeit verrann.

Der Priester und die Messknaben sangen das Tedeum. Weihrauchschwaden verwischten die Konturen des geschnitzten Altarbildes. Die Erinnerung gewann wieder Oberhand über die Gegenwart: Siebzehn Jahre war sie alt, als ich ihr zum ersten Mal begegnet bin; nein, begegnet ist nicht richtig, begegnet sind wir uns schon früher, aber sie ist mir nie aufgefallen. Sie war keine atemberaubende Schönheit, aber sie war die Tochter des reichsten Mannes der Stadt. Ich war fast doppelt so alt wie sie und ein Niemand, Sohn des Gastwirtes Conrad Toppler, der zwar im Inneren Rat saß und dessen Stifterbild in der Kirche Sankt Johannis hing, aber ich war halt nur eines seiner fünf Kinder. Und das obwohl ich schon die Dreißig überschritten hatte. Das alles änderte sich mit Barbara. Er sah sie wieder vor sich.

In einem langen weißen Kleid aus Seide und Damastschleifen kam sie im Ballhaus der Patrizier die große Treppe herabgeschwebt. Alle hatten den Atem angehalten: ein Kind in der Robe einer Königin. Wir haben miteinander getanzt. Alle Männer haben mit ihr getanzt. Aber an mir hat sie Gefallen gefunden. Warum ausgerechnet an mir?, dachte er. Gott hat mir die Gabe verliehen, auf Frauen zu wirken. Auch heute Morgen waren unter den Bürgern, die mir das Geleit zur Kirche gegeben haben, auffallend viele Frauen gewesen.

Vielleicht war es Gottes Fügung. Ja, das war es, ganz bestimmt. Hätte sie keinen Gefallen an mir gefunden, die Geschichte dieser Stadt wäre anders verlaufen.

Das Läuten der Glöckchen zur Enthüllung des Allerheiligsten holte ihn von seinem Gedankenflug zurück. Er erhob sich von der Bank und sprach das Gebet im Chor mit der Gemeinde. Hier in der Kirche haben wir heimlich Briefe ausgetauscht, Liebespfänder. Am Ende waren wir ein Paar. Der erste Kuss. Heimliche Treffen unten am Fluss und bei den Burgwällen. Ich war ihr erster Mann. Sie brannte in meinen Armen wie eine Fackel. Es war ein schnell errungener Sieg, ein einziger Rausch.

Treueschwüre. »Was wird dein Vater sagen? Wird er mich nicht aus dem Haus jagen?«

»Warum sollte er, Lieber? Ich werde mit ihm sprechen. Er hat mir noch nie einen Wunsch abgeschlagen. Er liebt mich.«

»Eben deshalb.«

»Du wirst sehen, alles wird gut werden.«

Aber es wurde nicht gut. Der alte Wernitzer war so wütend

geworden, wie ihn noch keiner erlebt hatte. Ins Kloster wollte er sie stecken. Am Ende hatte er sie nach Ulm verbannt, zu Freunden. Aber es war schon zu spät. Sie war bereits schwanger.

»Wenn ihr glaubt, ihr könnt mich mit einem Kind erpressen«, hatte der alte Wernitzer geschrien, »so irrt ihr euch gewaltig. Eher wird meine Tochter einen Bastard zur Welt bringen, als dass ich einen wie den Toppler zum Schwiegersohn nehme.«

Heinrichs Miene verfinsterte sich bei dem Gedanken an jene grauenhaften Tage. Obwohl ihn der alte Wernitzer überwachen ließ, war er heimlich in Ulm gewesen. Einen Tag und eine Nacht war er geritten. Bleib bei mir, hatte sie ihn beschworen. Hilf mir! Wenn du mich verlässt, töte ich mich. Und sie sah so aus, als ob sie es wirklich täte. Ein verzweifeltes Kind, das ein Kind erwartete, von ihm. Himmel und Hölle hatte er in Bewegung gesetzt. Ein Priester, der sie heimlich getraut hätte, fand sich selbst in Ulm nicht. Zu groß war die Angst vor dem Zorn des reichen Wernitzer. Der Priester von Sankt Johannis versuchte den Alten umzustimmen, der Abt der Dominikaner und Vater Conrad Toppler. Nichts fruchtete.

Lass ihn, schrieb Barbara in einem heimlichen Brief. Ich kenne ihn. Alles wird anders werden, wenn er das Kind erst sieht. Ich weiß, er wünscht sich nichts so sehr wie einen Enkel. Ich bete zur Gottesmutter, dass es ein Sohn wird. Maria, die Gnadenreiche, wird uns helfen. Aber sie half nicht.

Die Hebamme hatte für den Tag der Niederkunft den ersten Mittwoch im Erntemonat berechnet. Wieder bin ich die ganze Nacht geritten, erinnerte sich Heinrich. Ich habe gebetet wie noch nie zuvor in meinem Leben: Herr, schenke mir einen gesunden Sohn. Und dann: Ulm. Als ich eintraf, hatte sie bereits geboren, eine Tochter, ein erbärmlich winziges Geschöpf, das noch am selben Tag seine Seele aushauchte. Alles war vorbei.

In meinen Ohren dröhnte bereits das höhnische Gelächter des alten Wernitzer: Die Frucht der Sünde verdorrt am Stamm. Was habt ihr anderes erwartet? Nie würde dieser Querkopf jetzt noch einer Verbindung zustimmen. Und Heirat gegen den Willen des Brautvaters war seit jeher ein schweres Verbrechen und wurde entsprechend geahndet. Der alte Wernitzer würde mich an den Galgen bringen. Daran bestand kein Zweifel.

Im Leben eines jeden Menschen gibt es Augenblicke, in denen es um alles oder nichts geht. Die Annalen der Geschichte sind voll davon. Eine falsche Entscheidung bestimmt den Ausgang der Schlacht: Ein ganzes Volk geht unter. Umgekehrt entstehen mächtige Reiche, weil ein Mann im richtigen Augenblick das Richtige tut.

Ulm war so eine Sternstunde. Alles schien verloren. Ich musste handeln, und zwar sofort. Ich tat das Einzige, was noch übrig blieb. Es gab keinen anderen Ausweg. Ein Sohn musste her!

Ich sagte mir: In jeder Stadt werden mehr Kinder geboren, als willkommen sind. Die meisten Kinder in unseren Waisenhäusern sind nicht elternlos, sondern unerwünscht. Keine Stadt ohne Findelhaus. Kein Kloster, das nicht Neugeborene aufnimmt. Zwei Nächte habe ich vor dem Findelhaus der Barmherzigen Schwestern auf meinen Sohn gewartet. Am Ende bekam ich, was ich wollte. Ich habe es gewusst. Es musste so kommen. Mein ganzes Leben wäre anders verlaufen, hätte ich nicht die Tochter des alten Wernitzer zur Frau bekommen. Sein Kapital war das Fundament meines Erfolges. Und mein Erfolg ist diese Stadt.

Das alles hätte es nicht gegeben ohne das Neugeborene auf den Stufen der Barmherzigen Schwestern. Es war ein schwächliches Kind, aber es war ein Junge. O Barbara, du liebtest ihn vom ersten Augenblick an, als sei er unser Fleisch und Blut. Attila nanntest du ihn, weil wir ihn am Tag des heiligen Attila gefunden hatten. Das Geheimnis seiner Herkunft verband uns noch inniger miteinander.

*

Bruder Barnabas hatte sich in die abgeschlossene Stille seiner Zelle zurückgezogen, um in seinem Monasterium, wie er es nannte, nachzudenken. Wenn er schon kostbare Zeit für Büttelarbeit vergeuden musste, dann wollte er wenigstens nach den Gesetzen der Logik vorgehen, so wie es schon Pythagoras gelehrt hatte. Auf seiner Schiefertafel notierte er:

Datum est, gegeben sind: drei Brände.

Postulatum est, gesucht wird: der Brandstifter.

Nein, das war schon verkehrt im Ansatz. Brandstifter setzte voraus, dass es sich um eine Person handelte. Vielleicht hatte die Entzündung eine ganz andere Ursache. Ex falso sequuntur omnia. Aus dem Falschen lässt sich alles ableiten.

Die vornehmste Aufgabe aller Wissenschaften ist es, nicht so sehr die Wahrheit zu erkennen, als vielmehr sie vor Fehlern zu schützen. Die erste Reaktion auf eine Neuheit muss immer und vor allem der Zweifel sein. Er verbesserte seinen Arbeitsansatz.

Gegeben: drei Brände.

Gesucht: die Ursache der Brände.

Wie heißt es in der Algebra: Sind zwei Größen einer dritten gleich, so sind sie auch untereinander gleich. Was verband diese Fälle miteinander? Worin glichen sie sich? Barnabas hatte herausgefunden: Zwei der abgebrannten Häuser gehörten den Franziskanern. Der Besitzer des dritten war Hans Werrn, aber der hatte das baufällige Anwesen erst kürzlich dem Orden der Franziskaner abgekauft. Bei allen drei Anschlägen gab es also eine Verbindung zu den Franziskanern. War das Zufall? Setzte man die Anzahl aller vorhandenen Häuser ins Verhältnis zu der Anzahl der Bauten, die den Franziskanern gehörten, so wurde sogleich offensichtlich, dass es eine Zusammenballung von so viel Zufall nicht geben konnte.

Warum brannten die Häuser der Franziskaner? Gingen sie unachtsamer mit dem offenen Feuer um als alle anderen Bürger der Stadt? Bruder Barnabas dachte eine Weile über diese Hypothese nach und kam zu dem Schluss, dass sie unhaltbar sei. Warum gerade die Franziskaner und warum erst seit einem Jahr? Warum hatten ihre Häuser in all den Jahren davor nie gebrannt?

Höhere Naturgewalt wie Gewitter oder Selbstentzündung schloss Barnabas aus. Warum sollte der Blitz ausschließlich bei den Franziskanern einschlagen?

Barnabas konnte das Thema angehen, wie er wollte, er gelangte immer zu dem gleichen Resultat. Es kam nur eine Ursache in Frage: Brandstiftung. Jemand zündete den Franziskanern die Häuser an. Und dieser Jemand war ein denkendes Wesen. Woher sollte ein Tier oder ein Kind wissen, welches Gebäude den Franziskanern gehörte? Dieses denkende Wesen konnte natürlich auch ein Dämon oder der Teufel persönlich sein. Aber das wollte Bruder Barnabas erst einmal außer Acht lassen. Sein logisch geschulter Geist wehrte sich gegen diesen verstandesmäßig nicht zu erfassenden Spuk.

Damit kam er zum nächsten Punkt seiner Spezifikation:

Cur est, warum ist es geschehen? Wer hat ein Interesse daran, den Franziskanern Schaden zuzufügen?

*

In der Rothenburger Stadtsatzung war festgeschrieben, dass der Bürgermeister in Person sich in regelmäßigen Abständen von der Tüchtigkeit der Wehranlagen zu überzeugen habe. Zu diesem Zweck war Heinrich Toppler mit seinem Sohn auf die Stadtmauer gestiegen, um die Pechnasen in Augenschein zu nehmen. Die beiden Männer standen auf dem Johanniterturm, überblickten die Stadt und tief unter sich die Tauber, die sich in weitem Bogen um den Burghügel wand.

»Eine Stadt ist so mächtig wie ihre Mauern«, sagte Heinrich Toppler. »Köln ist nicht die größte Stadt im ganzen Reich, weil dort die meisten Menschen leben, sondern weil kein anderer Ort von einer so mächtigen Mauer beschützt wird.«

»Und was ist mit unserer prächtigen Mauer?«, fragte Attila. »Schau dir an, wie schön sie ist.«

»Schön ist nicht genug. Sie muss standhalten, wenn die Mauerbrecher kommen, wenn die an Eisenketten hängenden Sturmböcke gegen sie anrennen. Da hilft es wenig, wenn wir siedendes Wasser, heißes Pech oder ungelöschten Kalk auf die Angreifer schütten. Nur die Mauer garantiert unser Überleben.«

Der alte Toppler legte seine Hände auf die steinernen Zinnen der Stadtmauer und streichelte sie, als wären sie lebendig.

»Hier in dieser Mauer steckt so mancher gute Tropfen.«

»Guter Tropfen? Wie meinst du das?«

»Nun, die Rothenburger Mauer wird mit dem Ungeld finanziert. Das ist, wie du weißt, die Steuer, die auf allem Bier und Wein liegt. Je mehr getrunken wird, desto besser wird die Mauer. Wir saufen für unsere Sicherheit!«

Nun mussten beide Männer lachen. Heinrich wischte sich die Tränen aus den Augen und sagte: »Ich war heute Morgen bei Josua Süßkind, um mit ihm den Ankauf von Stauferland zu besprechen. Er hat mir von der neuen Wunderwaffe berichtet.«

»Was für eine Wunderwaffe?«

»Von deinen Bienen.«

»Ach so, von den Bienen.«

»Wieso erfahre ich erst heute davon? Warum erzählst du mir so etwas nicht?«

»Du warst in Nürnberg, Vater, und danach in Würzburg. Später habe ich es dann vergessen.«

»Du hast das vergessen?« Der alte Toppler betrachtete seinen Sohn, als sähe er ihn zum ersten Mal. »Ich bin stolz auf dich«, sagte er. »Du hast dich benommen wie ein Mann. Josua Süßkind hat mir erzählt, was sich zugetragen hat. Aber ich würde die ganze Geschichte gern noch einmal von dir hören. Komm, Attila!«

Er legte seinen Arm um die Schulter des Jungen und blickte ihm erwartungsvoll ins Gesicht. Attila genoss die liebevolle Aufmerksamkeit seines Vaters. So nah waren sie sich nur selten. Er berichtete, was er erlebt hatte.

»Der Struzz ist ein verdammt gefährlicher Gegner«, sagte Toppler, als Attila die Schilderung beendet hatte. »Nimm dich in Acht vor ihm. Das wird er dir so schnell nicht vergessen.«

Er boxte Attila in die Rippen und fragte mit spitzbübischem Grinsen: »War sie wirklich ganz nackt, die kleine Jüdin? Und du hattest sie vor dir auf dem Pferd in deinen Armen?«

»Ja.«

»Ist sie schön?«

»Sehr schön.«

Vater Toppler nahm zur Kenntnis, dass sein Sohn bis über beide Ohren errötete. Er fuhr ihm durchs Haar und sagte: »Du wirst dich doch wohl nicht in sie verguckt haben. Falls ja, so lass dich nicht erwischen. Du weißt, es gilt als Gipfel der Unmoral, sich mit Juden einzulassen, obwohl es gewiss reizvoll ist. Denn es sind die verbotenen Früchte, die uns am besten schmecken. Aber merke dir gut: Lass dich nicht erwischen! Du kennst den Fall der Katharina von Wassertrüdingen. Sie lebte unkeusch mit dem Juden David Falk. Sie erhielt Stadtverbot auf ewig.«

»Und der Jude?«

»Er durfte bleiben.«

»Ist das nicht ungerecht?«

»Wenn es um Geld geht, bleibt die Gerechtigkeit auf der Strecke. Im Richtspruch hieß es, sie habe ihn mit weiblicher Schamlosigkeit verführt.«

»Hat sie ihn verführt?«

»Vielleicht. Vielleicht auch nicht. Auf jeden Fall wurde die Finanzkraft des David Falk dringender benötigt als der Liebreiz der Katharina von Trüdingen. Im Übrigen hatte sie Glück, dass sich der Fall in Rothenburg ereignete. Die Würzburger hätten ihr vor dem Stadtverweis den Kopf geschoren und den Ringfinger abgehackt.«

»Und das alles nur, weil sie mit einem Juden ins Bett gegangen ist? Was ist anders an ihnen als an uns?«

»Jud und Christ sind so verschieden und gehören so fest zueinander wie Pferd und Reiter«, sagte Heinrich Toppler.

»Du meinst«, sagte Attila, »wir sind die Reiter und sie die Pferde?« Es klang höhnisch.

»Richtig, aber vergiss nicht: Ein Pferd ohne Reiter bleibt ein Pferd; aber ein Reiter ohne Pferd ist nur ein ganz gewöhnlicher Fußgänger. Er verliert mit dem Pferd seinen gehobenen Rang.«

»Du übertreibst.«

»Nein, glaube mir, die Juden sind unsere wichtigsten Verbündeten.«

»Verbündete gegen wen?«

»Gegen Adel und König.«

»Gegen den König? Ist der König nicht der höchste Herr unserer Stadt?«

»Ja, wir gehören ihm, so wie ihm die Juden gehören. Beide unterstehen wir dem besonderen Schutz der Krone, und beide werden wir als erste zur Ader gelassen, wenn der König Geld braucht. Beide sind Fremdkörper in der alten Gesellschaftsordnung, die nur drei Stände gelten lässt: den Adel als Wehrstand, die Bauern als Nährstand und den Klerus als Lehrstand. Von König Wenzel stammt der Satz: Wer Wolle will, muss Schafe halten. Wer Geld will, muss sich Juden halten. Er vergaß hinzuzufügen: Und Städte! Ja, und Städte.«

Toppler war aufgestanden. Das Thema erregte ihn.

»Ich war zehn Jahre alt, als der Kaiser die Stadt an unseren Erzfeind, den Bischof von Würzburg, verpfändete, so wie man eine Kuh verpfändet. Nach geltendem Recht darf er das. Die hohen Herren pflegen ihre Schulden dadurch zu begleichen, dass sie ihre Reichsstädte mit allen Bewohnern und Häusern, vor allem aber mit sämtlichen Einkünften, an zahlungskräftige Fürsten oder Bischöfe meistbietend versteigern.

Wir haben uns damals aus eigener Kraft, mit unserem eigenen, mühsam zusammengesparten Geld freigekauft, denn auch die Freiheit ist eine Ware, die ihren Preis hat, einen hohen Preis. Das weiß keiner besser als die Juden. Ihr Überleben hängt von ihrer Zahlungsbereitschaft ab. Ihr Geld ist die wichtigste Einnahmequelle für den König. Aber nicht nur für den, sondern vor allem auch für uns, die Städte.«

»Auch für uns?«, fragte Attila ungläubig.

»Auch für uns. Acht Familienvorstände der jüdischen Gemeinde von Rothenburg zahlen jährlich ein Zehntel des städtischen Steuereinkommens. Der Rest wird von über eintausend Haushalten der christlichen Bürgerschaft aufgebracht.«

»Woher nehmen sie diese enormen Summen?«, wollte Attila wissen.

»Sie verleihen Geld und nehmen Zins dafür, ein bis zwei Prozent pro Woche. Das sind fünfzig bis einhundert Prozent im Jahr. Manchmal sind es sogar noch mehr wie beim Ritter Falk zu Falkenberg. Er lieh sich vor vier Jahren zum Johannistag von dem Juden Liebenträutin fünfzig Pfund Heller für einen guten Weißpfennig die Woche, was einem Jahreszins von zweihundertfünfzig Prozent entspricht. Dafür verpfändete der Ritter sein Stadthaus. Er musste es verkaufen, weil er das Geld nicht aufbringen konnte. Nicht anders erging es letztes Jahr dem Ritter Weiprecht von Tann zu Insingen. Er verlor seinen gesamten Besitz.«

»Aber warum leihen sich diese Dummköpfe Geld, wenn die Rückzahlungen so hoch sind, dass sie keiner aufbringen kann?«, verwunderte sich Attila.

»Nun, sie leihen sich Geld, weil sie es brauchen. Je bedeutender ihr Rang, desto mehr benötigen sie. Geld regiert die Welt. Die Papst- und Königswahl verschlingen immer größere Bestechungsgelder. Der Krieg mit Söldnerheeren wird ständig kostspieliger. Burgen, Dome, Stadtmauern sind Großbaustellen, die finanziert werden wollen. Nicht nur Gegenstände, auch alle Rechte und Freiheiten haben ihren Preis. Selbst Strafen und Todsünden können mit harter Münze abgetragen werden.«

»Aber warum ist der Wucherzins der Juden so gnadenlos hoch?«

»Sie haben gar keine andere Wahl«, sagte Toppler. »Da ist nicht nur die Stadtsteuer, sondern auch noch die Judensteuer, die zu gleichen Teilen in unsere Stadtkasse und an den König geht. Hinzu kommt die Kopfsteuer, die jeder männliche Jude über zwölf Jahre an den König abführen muss. Für die Wehrbefreiung wird ein Kriegszins verlangt, für ein Haus in der Stadt ein Hauszins, für die Bestattung auf dem Judenfriedhof ein Begräbniszins. Bei der Wahl eines neuen Königs wird die Krönungssteuer für alle Juden fällig. Am schlimmsten aber sind die kaiserlichen Erlasse, die mit einem Federstrich die Tilgung sämtlicher Judenforderungen annullieren. All diese Abgaben und Verluste lassen sich nur mit Wucherzins erwirtschaften.«

»Findest du das in Ordnung?«, fragte Attila seinen Vater.

»Diesem System verdanken wir Städte unsere Existenz. Denn ein nicht unbeträchtlicher Teil der Wucherzinsen fließt an uns zurück. Wir profitieren am meisten von den Geldgeschäften der Juden. Die Ritterschaft ist bei den Juden am höchsten verschuldet. Obwohl diese hochwohlgeborenen Herren die Städte hassen, finanzieren sie uns. Denn die Zinsen, die ihnen die Juden abverlangen, landen am Ende als Judensteuer in der Stadtkasse. Mit diesem Geld kaufe ich dann ihr Land, wenn sie die wöchentlichen Rückzahlungen nicht mehr aufbringen können.

So arbeiten die Juden ganz und gar in unserem Interesse. Sie sind das Ross, das wir reiten, um vorwärts zu kommen, die Hefe in dem Brot, von dem wir leben.«

SECHSTES KAPITEL

Betrat man durch das Rödertor die Stadt, so gab es linker Hand dicht bei der großen Mauer eine alte Scheune, die dem Juden Süßkind gehörte. Unscheinbar wie ein bemooster Baumstamm im Grün des Waldes versteckte sie sich in den Gärten hinter den Bürgerhäusern, eine ländliche Idylle abseits der Straße mit ihren stolzen Giebeln.

Auf dem schiefen Strohdach nistete der Storch. Brennesseln und Brombeeren umwucherten das Fachwerk. Eine Rotdornhecke verwehrte den Zugang. Nur eine schmale, rostige Eisenpforte führte in das kleine Paradies, wie Judith ihr Reich im Schatten der Stadtmauer nannte. Eine ganze Schar von Tauben bevölkerte das verwilderte Anwesen. Unter dem Giebel hausten Eulen und Fledermäuse. Es gab einen gezähmten Fuchs, einen Raben und mehrere Bienenvölker. Vor allem aber hatte Judiths Stute Rethel hier ihren Stall. So wie das himmlische Paradies von Engeln bewacht wird, so wurde auch das kleine Paradies behütet, zwar nicht von Engeln, aber dafür nicht weniger aufmerksam von Kürbiskopf, dem Krüppel, der im Pferdestall hauste, als wäre er ein Ross. Überhaupt hatte der großköpfige Zwerg ein so ungestörtes Verhältnis zu allem Getier, als stünde er ihm näher als den Menschen.

Ohne Gesichtsschutz und ohne Handschuhe holte er die mit Honig gefüllten Waben aus den Immenkörben. Dabei sprach er mit den Bienen oder, richtiger, er sang ihnen etwas vor, wenn auch sein kehliges Krächzen mit Gesang nur wenig gemein hatte. Nie wurde er gestochen.

Vor allem die Tauben schienen ihn zu lieben. Wenn er die Arme ausbreitete, ließen sie sich in dichter Schar auf ihm nieder, sodass er umhüllt von zappelnden Federleibern ausschaute wie ein Vogelmensch, was den Raben Rufus in einen wahren Eifersuchtstaumel versetzte. Mit gebrochenen Flügeln, hilflos und halb verhungert, hatte Kürbiskopf ihn an einem Winterabend aufgelesen. Nach nur wenigen Wochen konnte der Unglücksvogel wieder fliegen, aber er blieb. Tagsüber umflatterte er seinen Herrn wie ein schwarzer Schutzengel, nachts kauerte er auf dessen Brust, wobei er dem Schlafenden mit dem Schnabel in den offenen Mund fuhr, um ihm die Zähne von allen Essensresten zu reinigen. Er hing an seinem Herrn mit hündischer Treue so wie der Fuchs, dessen Mutter ihr Leben in der Schlagfalle eines Bauern beendet hatte.

Nun ist es ja nicht selten, dass junge Waldtiere in menschlicher Gesellschaft zahm werden, rätselhaft war jedoch, dass der kleine Fuchs nicht weiterzuwachsen schien. Seit Beginn seiner

Gefangenschaft vor zwei Jahren war er der niedliche kleine Fuchs geblieben. Wie der Zwerg das fertig brachte, war sein Geheimnis, das er keinem verriet, schon deshalb nicht, weil niemand ihn verstand. Obwohl er weder taub noch stumm war, fehlte ihm die Fähigkeit, sich in menschlicher Sprache auszudrücken, nicht weil er zu dumm war, sondern weil er eine viel zu massige Zunge hatte. Er hat eine Ochsenzunge, sagten die Menschen, wenn sie sich über ihn lustig machten. Und in der Tat füllte seine Zunge den Rachenraum so aus, dass sie ihm ständig aus dem Mund quoll, wobei ihm der Speichel das Kinn hinabrann. So abstoßend sein Äußeres war, so grenzenlos schien seine Güte gegenüber aller Kreatur zu sein. Man spottete, er hielte sogar die Stadtschweine für seine Brüder und Schwestern. Der Nachtwächter wollte ihn in einer hellen Mondnacht gesehen haben, wie er einer Sau beim Gebären half und dabei die Ferkel so liebevoll im Arm hielt wie ein Vater, der seinen Erstgeborenen in den Schlaf wiegt. In den Gasthäusern wurde gewitzelt, dass der großköpfige Krüppel auch fleischlich mit den Säuen und Stuten der Stadt verkehre. Sein Geschlecht sei noch voluminöser als seine Zunge.

»Glaubt mir, er hat eine Rute wie ein Esel«, sagte der Nachtwächter, der ihn beim Wasserlassen beobachtet hatte.

Als Judith an jenem Nachmittag den Stall betrat, war der Zwerg gerade damit beschäftigt, die Stute Rethel zu putzen. Er hatte ihr die viel zu langen Arme um den Hals gelegt, kraulte ihre Mähne und beleckte ihr Fell, wie es Katzenmütter mit ihren Jungen tun. Die Stute genoss es. Mit geschlossenen Augen nahm sie die Liebkosungen entgegen. Ihr rehbraunes Fell glänzte wie Geigenholz.

»Schalom, Tabas.« Judith hatte ihm diesen Namen gegeben, weil sie fand, dass er zu ihm passte. Der kleine Krüppel gab einen Freudenquiekser von sich. Sein rundes Gesicht glänzte vor Erwartung. Er griff nach dem Korb mit Käse und Dinkelbrot, den Judith für ihn mitgebracht hatte, und verschwand damit armeschlenkernd in der angrenzenden Futterkammer. Kurz darauf hörte sie ihn schmatzen. Heu und Körner für die Tiere wurden regelmäßig von einem Bauern gebracht. Rabe und Fuchs waren Selbstversorger. Sie fingen sich die Mäuse und Spatzen, die von der Futterkiste angelockt wurden. Aber niemand dachte an Tabas, niemand außer Judith. Dafür liebte sie der kleine Gnom mit der ganzen Hingabe seines Herzens. Es gab nichts, das er für seine Herrin nicht getan hätte.

Judith stieg die steile Treppe zum Dachgeschoß empor. Halbdunkel umfing sie. Die mit Schweinsblasen bespannten Fenster ließen nur spärlich das Sonnenlicht hindurch. Wie sehr liebte sie das alte Bauwerk mit seinen ungehobelten Balken und gebeilten Brettern, die bei Wind knarrten und knackten wie ein Schiff bei bewegter See. Hier war ihr Reich. Hier verbrachte sie viele Stunden während der warmen Jahreszeit mit naturwissenschaftlichen Studien.

Es gibt Behausungen, die kommen uns entgegen, ja, sind uns vertraut vom ersten Betreten an. Von solcher Art war die alte Scheune beim Rödertor für Judith. Das Sonnenlicht fing sich in dem Spinnengewebe, das sich von Deckenbalken zu Deckenbalken spannte. Da war Federrascheln und Gegurre, denn der darüber liegende Dachboden gehörte den Tauben. Es roch nach Heu, Pferdemist, Sattelleder. Je nach Jahreszeit war die Luft zudem erfüllt vom Duft der Kletterrosen, von Jasmin und Buchsbaum, meistens jedoch vom Geruch irgendwelcher Gase, Säuren oder anderer chemischer Verbindungen.

»Sie wird sich noch in die Luft sprengen«, hatte Rebecca wiederholt gewarnt. Aber Josua Süßkind war der Meinung, es sei lobenswerter, seine Zeit mit Naturstudien zu verbringen als mit Häkeln oder am Stickrahmen.

»Warum sollen Mädchen dümmer sein als Jungen?«, pflegte er zu sagen. »Schau dir die Jüdinnen des Alten Testaments an. Welch ein Reichtum an kraftvollen und hochgescheiten Gestalten!«

Judith liebte ihren Oheim, der ihr so viel Freiheit ließ wie einem Sohn. Und Josua liebte Judith, als wäre sie sein einziger Sohn.

Sie schob sich einen dreibeinigen Schemel an den Tisch beim Fenster und betrachtete die Anordnung der töpfernen und gläsernen Geräte, mit denen sie vor zwei Tagen eine neue Versuchsreihe begonnen hatte. Sie entnahm einer Zinnbüchse ein gelbes Salz und tat es in den Mörser, um es mit gleichmäßigen, rhythmischen Handbewegungen zu zermahlen. Danach vermischte sie das Dottergelb des Sulfurs mit dem Schwarz von pulverisierter Holzkohle, fügte Salpetersalz hinzu und erfreute sich an der blauen Stichflamme, mit der das Gemisch verpuffte.

Sie entstöpselte Tonflakons mit rauchenden Säuren, andere mit wässrigen oder zähflüssigen Inhalten, grün-blau wie Gallensaft, rot wie Ochsenblut. Stechender Geruch stieg ihr in die Nase. Sie arbeitete mit großem Ernst und vermerkte die Beobachtungen in einem Heft von Pergament.

Der treue Tabas kam ungerufen nach oben, um mit Werg und Flint ein Feuer zu entfachen, das mit heller Flamme in einem Ölkocher brannte. Darüber wurde ein eiserner Dreifuß gestellt. In einem Tiegel brodelte honigfarbene Masse. Während Judith wachsam die Vorgänge verfolgte, hielt sich der Zwerg im Hintergrund immer bereit, auf einen Wink einzuspringen. Das alles geschah schweigend und so selbstverständlich wie die Zusammenarbeit zwischen einem Jäger und seinem Hund.

Am späten Nachmittag desselben Tages erschien Josua Süßkind im kleinen Paradies. Es geschah nicht oft, dass der Alte sich hier blicken ließ.

»Ich muss doch mal sehen, was du hier so treibst!«

Judith war gerade damit beschäftigt, eine ölige Flüssigkeit zu destillieren.

Josua betrachtete die aufsteigenden Blasen und fragte spöttisch: »Mischst du wieder Gifte, oder bist du auf der Suche nach dem Stein der Weisen?«

»Gift benötige ich nicht, und der Stein der Weisen interessiert mich nicht.«

»Warum versuchst du es nicht mal mit Goldmachen? Aber nein, besser, du lässt es. Es wäre eine Kunst, die uns alle ins Unglück stürzen würde. Nichts macht Menschen so grausam wie Gold.«

Er zog sich mit dem Gehstock einen Hocker herbei, ließ sich darauf nieder und fragte: »Woran arbeitest du gerade?«

Judith ergriff Josuas Hand und zog ihn hinter sich her zu einem anderen Tisch. »Ich will dir etwas zeigen.«

Sie nahm ein hohes, schlankes Gefäß und stellte eine angezündete Kerze hinein.

»Sie brennt. Aber wenn ich das Gefäß verschließe, verlischt die Flamme. Warum? Warum tut sie das? Sie hat genügend Wachs. Kein Windhauch stört ihren Brand. Und dennoch erlischt sie.«

»Vielleicht braucht sie Wind«, meinte Josua. »In jeder Schmiede gibt es einen Blasebalg, weil die Glut mit Wind besser brennt.«

»Aber die Flamme brennt auf meinem Tisch auch bei völliger Windstille. Sie stirbt jedoch, wenn man sie wegschließt. Es ist nichts in dem Gefäß, das den Brand behindern könnte. Schau selber, da ist nichts. Wie kann nichts etwas bewirken?«

»Vielleicht ist es unsichtbar«, gab Süßkind zu bedenken.

»Etwas Unsichtbares, das Feuer löscht. Wenn wir herausfänden, was es ist, so bräuchten wir keine Angst mehr vor Stadtbränden zu haben. Wir könnten alle Flammen ersticken.«

»Welch ein Gedanke!«

»Aber wie stellt man ein unsichtbares Nichts her?«

Etwas später, nachdem Judith auf ihrem Ölkocher einen Tee zubereitet hatte, sagte Josua: »Ich bin nicht ohne Grund hergekommen. Ich muss mit dir sprechen, allein, unter vier Augen. Du bist kein Kind mehr. Du bist eine junge Frau, eine sehr schöne junge Frau.«

Judith wollte widersprechen, doch er ließ sie nicht zu Wort kommen. »Nein, bitte lass mich ausreden. Und glaube mir, ich bin nicht der Einzige, der das erkennt.«

Er machte eine kurze Pause, als suche er nach den richtigen Worten: »Jemand hat um deine Hand angehalten.«

»Um meine Hand!« Es klang erschrocken. Doch dann lachte sie, dass ihr die Tränen über die Wangen liefen.

»Sei nicht so albern. Was gibt es da zu lachen? Einer der reichsten Juden von Nürnberg freit um dich. Er ist nicht nur wohlhabend, sondern er stammt auch aus bester Familie. Rabbi ben Meir gehört zu seinen Vorvätern. Es wäre eine Partie, von der alle Frauen träumen.«

»Wer ist es? Kenne ich ihn?«

»Wir haben ihn und seine Familie beim Laubhüttenfest in Nürnberg kennen gelernt, beim Empfang im Judentanzhaus.«

»Da waren viele Leute.«

»Der Geschichtenerzähler an unserem Tisch.«

»Was für Geschichten?«

»Von dem Wunderheiligen, der auf dem Wasser laufen konnte. Erinnerst du dich nicht? Du hast so gelacht.«

»Nein.«

»Ein Priester von Andernach am Rhein brüstete sich damit, dass er wie der Herr Jesus auf dem Wasser laufen könne. Erlangt habe er diese Fähigkeit durch zehnjähriges Fasten und Kasteien. Ein Jude fragte ihn: Was nimmt der Fährmann für eine Überfahrt über den Fluss? Einen Pfennig, erwiderte der Priester. Darauf der Jude: Wie kann man zehn Jahre darauf verschwenden, etwas zu erlernen, das nur einen Pfennig kostet.«

»Ja, jetzt erinnere ich mich«, sagte Judith, »aber der diese Geschichte erzählt hat, war ein alter Mann.«

»Abraham ben Meir ist nur wenig über vierzig.«

»Dann ist er fast ein Vierteljahrhundert älter als ich.«

»Auch ich bin wesentlich älter als Rebecca.«

»Das ist etwas ganz anderes.«

»Was ist daran anders?«

»Dich will ich ja auch nicht zum Ehemann. Ich will überhaupt keinen Mann, weder den Abraham aus Nürnberg noch sonst einen. Ich will ein Doktor werden. Wir haben doch oft darüber gesprochen.«

»Ja, aber…«

»Da gibt es kein Aber.«

»Ich meine es gut mit dir, Mädchen. Das ist ein schwerer Weg, den du dir vorgenommen hast. Ich glaube, du weißt gar nicht, wie schwer er ist. Für weibliche Tätigkeit außerhalb der Familie ist in unserer Welt nur wenig Platz. Der Wert des Mannes gründet sich auf das, was er tut, der der Frau auf das, was sie ist. Ich meine, eine Frau gewinnt nicht durch ihre Taten, sondern durch ihr Wesen.«

»Das alles sind Vorstellungen und Vorschriften, die von Männern verfasst wurden, ohne die Frauen zu fragen. Ich spiele da nicht mit. Ich will mehr als Adams Rippe sein.«

»Lass Adam und Eva aus dem Spiel«, sagte Josua. »Da schneidet ihr Frauen schlecht ab.«

»Nein, ganz und gar nicht«, ereiferte sich Judith. »Schau dir den Garten Eden an. Welch ein Ort der Langeweile, ein Garten geistloser Selbstgenügsamkeit. Das ändert sich erst mit Eva. Sie will nicht nur dahinvegetieren, sie will wissen. Sie interessiert sich für den Baum der Erkenntnis, obwohl das verboten ist. Adam hatte dem Baum keine Beachtung geschenkt, und ohne Eva hätte er vermutlich weiterhin gehorcht, denn es sind die Männer, die Gehorsam für die hervorstechendste aller Tugenden halten. Die ganze Welt der Kriegsknechte, Vasallen, Zunftmitglieder und Priester beruht auf Unterordnung gegenüber Autoritäten. Männer gehen folgsam wie Schlachtvieh in den Heldentod.«

Josua wollte etwas einwenden, aber Judith ließ ihn nicht zu Wort kommen. »Bitte lass mich ausreden«, bat sie.

»In dem Gespräch mit der Schlange erfährt Eva, dass ihr die

Augen aufgehen werden, wenn sie von den Früchten isst: Ihr werdet sein wie Gott, wissend um Gut und Böse. Die Schlange verbietet nichts, befiehlt nicht, beschwatzt nicht, sie verführt nicht. Sie gibt nur eine Auskunft, und es liegt ganz bei Eva, was sie damit anfängt. Adam hätte ganz gewiss nichts unternommen. Eva aber will wissen.

Zu Erkenntnissen zu gelangen, auch wenn dabei Gefahr im Spiel ist, ist das nicht die hervorstechendste Eigenschaft des Menschen? In der Bibel heißt es: Da gingen beiden die Augen auf.

Es war Eva, die nach den Früchten der Erkenntnis griff. Adam bekam sie aus zweiter Hand. Wäre Eva nicht gewesen, hingen die Äpfel noch heute unversehrt am Baum, und die Menschen lebten wie die Tiere in unwissender Unschuld im Garten der Langeweile. Adam wurde als erster erschaffen, aber am Anfang aller geistigen Entwicklung des Menschengeschlechts steht Eva. Sie hat sich nicht damit begnügt, dem Mann zu dienen. Sie hat die Initiative ergriffen, als es um Wissen ging. Und genau das werde auch ich tun.«

SIEBTES KAPITEL

Am Tag vor Eustasius flüchtete sich bei Öffnung der Tore eine Schar verängstigter Bauern in die Stadt. Sie berichteten unter lautem Wehklagen, eine Rotte von Rittern habe sie überfallen und ausgeplündert. Sie hätten alles Vieh weggetrieben und sich ihrer Feldfrüchte bemächtigt. Die Rothenburger Bürgerwehr wurde im Eiltempo zusammengetrommelt. Sechs von sieben Rittern wurden gefangen, nachdem der Schneidermeister Rattzinger einem von ihnen einen eisernen Armbrustbolzen durch das Knie geschossen hatte. Sein Wehgeschrei entmutigte die anderen Räuber so sehr, dass sie die Waffen von sich warfen und sich ohne Widerstand gefangen nehmen ließen. Die Festgenommenen wurden in den Turm gesteckt und erst wieder freigelassen, nachdem sie für den angerichteten Schaden mit Heller und Pfennig aufgekommen waren.

Aber nicht nur die hochwohlgeborenen Herren klauten wie die Elstern, sondern auch ihr Gesinde. Zwei Knechte des Conrad Truchsess von Warberg und ein Knappe des Ulrich von Murr wurden gefangen genommen, nachdem sie eine Reihe von städtischen Bauernhöfen überfallen hatten. Sie blieben so lange im Faulturm, bis sie von ihren Herren wieder ausgelöst wurden.

Das schnelle und rücksichtslose Vorgehen der Bürgerwehr gegen die Raubritter bewirkte, dass diese bei ihren Plünderungen immer gewalttätiger vorgingen. Sie trieben nun nicht nur das Vieh weg, sondern zündeten den Bauern auch noch die Häuser an und vergifteten ihre Brunnen mit fauligem Aas. Obwohl diese Überfälle immer öfter und dreister begangen wurden, gelang es der Bürgerwehr nur selten, einen der Räuber zu fangen.

Der Planwagen eines Nürnberger Gewürzhändlers wurde ausgeraubt, Maultiere mit Bernstein verschwanden, eine ganze Ladung Tuch aus Brügge. In den meisten Fällen kam die Bürgerwehr zu spät. Wachen wurden aufgestellt, vergebens. Kaum waren sie abgerückt, schlugen die Räuber zu.

»Diese Schnapphähne stehen mit dem Teufel im Bund«, sagte der Gürtelschneider Northeimer, der die Bürgerwehr anführte.

»Nein, nicht mit dem Teufel«, meinte Heinrich Toppler. »Sie müssen ihre Spitzel in der Stadt haben, die ihnen mitteilen, wann und wohin wir ausreiten. Unser wichtigster Schutz ist die Stadtmauer. Sie hält den Feind draußen. Wie aber schützen wir uns vor den Feinden innerhalb der Mauer?«

Die Frage wurde im Inneren Rat aufgeworfen. Und alle wussten, wovon der Bürgermeister sprach. Jeder von ihnen kannte die Schwachstellen, die Eiterbeulen im eigenen Fleisch.

Es waren dies die Klöster der Stadt, die nicht dem Rat unterstanden, sondern der Kirche, genauer, dem Fürstbischof von Würzburg, einem erklärten Feind der Städte. Aber nicht alle

Klöster waren gleichermaßen gefährlich. Die Johanniter unterhielten seit Barbarossas Zeiten eine Art Herberge für Durchreisende. Sie waren arm und sahen sich schon früh gezwungen, den Rat um wirtschaftliche Unterstützung zu bitten. Diese wurde ihnen gewährt, und damit gerieten sie immer mehr unter den Einfluss der Stadt.

Der Deutsche Orden verfügte über großen Besitz in Franken und war ein Machtfaktor im ganzen Reich. Als einziger Orden unterhielt er eine Klosterschule in der Stadt, in der alle Bürgerkinder unterrichtet wurden. Damit übte er großen Einfluss aus. Die Mitglieder des Deutschen Ordens waren von adliger Herkunft und fühlten sich den Rittern, Grafen und Fürsten – also den Stadtfeinden – enger verbunden als den städtischen Bürgern, auf die sie verächtlich herabschauten.

Ganz im Gegensatz dazu bezeichneten sich die Franziskaner als Bürger von Rothenburg, was ihnen eine Sonderstellung unter den Klöstern garantierte. Sie besaßen eine ganze Reihe von Häusern innerhalb der Stadt.

Die Kluft zwischen dem Deutschen Orden und den Franziskanern war so groß, dass Bruder Barnabas bei seinen Ermittlungen den Deutschen Orden in den Kreis der Verdächtigen einbezogen hatte, was er aber rasch wieder verwarf, weil Gegensätzlichkeit noch kein ausreichendes Motiv für ein Verbrechen darstellt.

»Ärgste Eiterbeule in der Stadt«, sagte Heinrich Toppler, »ist das Kloster der Dominikanerinnen. Die adligen Weibsbilder beziehen ganz unverhohlen Partei für die adligen Stadtfeinde. Wir müssen diesen Unruhestifterinnen das Handwerk legen.«

»Das wird kein leichtes Unterfangen sein«, meinte der alte Sylvester, »die hochwohlgeborenen Damen des Ordens genießen nicht nur päpstliche und kaiserliche Privilegien und haben einflussreiche Verwandte an allen europäischen Höfen. Sie sind, wie wir alle wissen, auch noch überaus reich mit irdischen Gütern gesegnet.«

»Der Bürgermeister hat Recht«, sagte Gernot, der Gerber.

»Diese blaublütigen Hexen müssen daran gehindert werden, für ihre Väter und Brüder zu spionieren. Die Lage des Klosters am oberen Steilhang zum Taubertal bietet einen weiten Rundblick. Da entgeht ihnen keine Bewegung unserer Leute.«

»Ja. Das kann so nicht weitergehen.«

»Was hast du vor, Heinrich?«

»Wir werden das Kloster Tag und Nacht beobachten. Vor allem die Hangseite. Ich nehme an, sie werfen Nachrichten auf zusammengefalteten Zetteln aus den Fenstern, die die Knechte der Ritter dort einsammeln. Vielleicht geben sie auch Blinkzeichen. Auf jeden Fall werden wir sie nicht mehr aus den Augen lassen.«

Und so geschah es. Acht Männer der Bürgerwehr bewachten in dreistündigem Wechsel den Rebenhang, acht andere den in der Stadt gelegenen Eingangsbereich des Klosters.

Die Beobachter im Torbereich meldeten, wie nicht anders zu erwarten, regen Verkehr. Toppler ließ sich die Beobachtungen täglich in die Ratsstube bringen und las sie nicht ohne Vergnügen. Dort hieß es:

Am Tag Paternus: Nach der Messe standen die Klosterpforten offen bis zur Vesper. *(Das hätte nicht sein dürfen.)* In der Zwischenzeit waren viel Leut und fremde Mönche zugegen. *(Und das bei geöffneten Türen!)* Unter ihnen war der Lesemeister Bruder Hermann und der Holzschuhmacher vom Kummereck. Der Mönch Hertlin von Mergentheim aß mit zwei Bäckergesellen des Klosters und nicht daheim mit seinen Ordensbrüdern. *(Wie es sich eigentlich gehörte.)*

Am Tag der heiligen Agia: Noch vor der Frühmesse wurde die Waschfrau aus dem Kloster gelassen. Bruder Hermann stand vor dem Kloster und segnete durch die geöffnete Pforte die Frauen. *(Schon wieder steht die Pforte offen!)* Dinkelkorn wird angeliefert, Rüben, Milch und lebende Tauben. Krüppel und Arme werden versorgt. *(Der Beobachter nennt sie beim Namen. Kürbiskopf befindet sich unter ihnen.)* Sie erhalten Brot und warme Suppe.

Zu Kajus: Gesang schallt aus dem Kloster. Ein Reiter bringt einen Brief. *(Sehr verdächtig!)* Der schieläugige Geselle des Flickschusters Ruprecht holt Schuhe ab. Zwei Esel schleppen Brennholz herbei. Einer bockt und wirft die Ladung in hohem Bogen auf die Portalstufen. Da ist viel Lachens!

Auf der Hangseite des Klosters tat sich nichts. Es wurden keine geheimen Nachrichten aus den Fenstern geworfen und keine Blinkzeichen gegeben. Und dennoch nahmen die frechen Überfälle zu, ohne dass es der Bürgerwehr gelang, einen Räuber dingfest zu machen.

»Vielleicht sitzen die Spitzel gar nicht im Kloster der Dominikanerinnen, sondern bei den Deutschherren«, meinte Peter Northeimer.

»Nein, die Lage ihres Klosters mitten in der Stadt ist zum Auskundschaften völlig ungeeignet. Es muss da etwas geben, das wir nicht bedacht haben. Aber was?«

Immer wieder las Heinrich Toppler die Beobachtungen seiner Späher, vergeblich. Aber dann ganz plötzlich – es war schon Mitternacht, und er saß seit Stunden über den Texten – fand er, wonach er gesucht hatte.

Mein Gott, dachte er, wie kann man so etwas nur übersehen!

Am nächsten Morgen klopfte er an die eisenbeschlagene Pforte des Dominikanerinnenklosters. Der Himmel war wolkenverhangen, und die Nässe tropfte von den Dächern. Ein vergittertes Fenster wurde geöffnet. Eine Frauenstimme fragte: »Wer ist da?«

»Ich bin es, Heinrich Toppler. Ich will die Äbtissin sprechen.«

»Die Äbtissin?« Es klang erschrocken. »Ich will sehen, ob das möglich ist.«

»Es ist möglich. Sag ihr, ich muss sie sprechen, auf der Stelle.«

Das Fenster wurde geschlossen. Regen hatte eingesetzt.

Nach einer Weile, die dem Wartenden wie eine Ewigkeit erschien, wurde von innen ein eiserner Riegel zurückgestoßen. Quietschend öffnete sich die Pforte. Eine schwarz verhüllte Gestalt erschien im Türrahmen. Das kleine Gesicht in dem dunklen

Tuch war so weiß wie chinesisches Porzellan. Es war ein altes Gesicht. Ohne Gruß gab die Alte mit der Hand ein Zeichen, ihr zu folgen.

Über einen langen Gang und viele steinerne Stufen gelangten sie an eine doppelflügelige Tür, höher und reicher beschnitzt als die Tür zum Ratssaal der Stadt. Die Alte klopfte. Wie von Geisterhand öffneten sich die Türflügel. Eine junge Nonne huschte davon. Toppler betrat einen holzgetäfelten Raum, der jedem Schloss zur Ehre gereicht hätte. Goldgerahmte Gemälde schmückten die Wände. Teppiche bedeckten den Boden.

Aus einer Nebentür, hinter der man die Bücherregale der Bibliothek erblickte, kam ihm eine Frauengestalt entgegen. Natürlich kannte Heinrich Toppler Ursula von Seckendorf, die Äbtissin der Dominikanerinnen. In einer kleinen Stadt wie Rothenburg kannte jeder jeden. Aber auf den Prozessionen und Festveranstaltungen war ihm die kleine schlanke Frau nie so königlich erschienen wie jetzt in ihrem eigenen Herrschaftsbereich. Sie trug ein erdfarbenes Wollkleid, das bis auf den Boden reichte. Ein silbernes Kreuz an einer Halskette war ihr einziger Schmuck. Eine Samtkappe bedeckte ihr Haupthaar. Hoheitsvolle Würde ging von ihr aus. Sie bedachte ihn mit einem Lächeln: »Gott zum Gruß, Bürgermeister. Was führt Euch zu uns in so früher Stunde, bei solchem Wetter?«

Sie benutzte das dem Adel vorbehaltene Ihr und Euch. Toppler nahm es zur Kenntnis und dachte: Vermutlich reden sich alle Dominikanerinnen so an. Schließlich entstammen sie dem Adel.

»Ich kann Euch keinen Platz anbieten«, sagte sie, »denn wie Ihr wisst, erlaubt uns die klösterliche Klausur keine Besuche. Als Bürgermeister der Stadt genießt Ihr gewissermaßen eine Art Ausnahmeprivileg.«

»Ich bin mir der Ehre bewusst.«

Sie nahm in einem Armsessel Platz, der beim Fenster stand, und faltete die Hände – es waren sehr schöne Hände – auf ihrem

Schoß. Toppler spürte ihre Augen erwartungsvoll auf sich gerichtet.

Er sagte: »Ich komme wegen der Überfälle auf unsere Bauern und Kaufleute. Ihr habt gewiss davon gehört.«

»Ja, auch unsere Bauern sind davon betroffen.«

»Auch Eure?«

»Was ist daran so erstaunlich?«

»Nun, die Übergriffe auf die Bauern werden von Leuten Eures Standes verursacht, von Rittern.«

»Jemand, der Wehrlose überfällt, ist kein Ritter.«

»Aber ...« Toppler war so irritiert, dass er nicht wusste, was er sagen sollte.

Sie nahm seine Verblüffung zur Kenntnis und sagte: »Wenn Ihr glaubt, dass wir gemeinsame Sache mit diesen Räubern machen, so habt Ihr keine hohe Meinung von uns. Wir achten die Zehn Gebote. Diebstahl ist nicht nur ein Verbrechen, sondern auch eine schwere Sünde.«

»Das freut mich zu hören. Wir dachten ...«

»Ihr dachtet, weil die Nonnen unseres Ordens Schwestern und Töchter von Adel sind, könnten sie mit den Rittern, die sich am Gut der Stadt vergehen, gemeinsame Sache machen? Ist das der Grund Eures Kommens?«

»Ja.«

»Nehmt mein Wort, dass es nicht so ist.«

»Das freut mich sehr. Aber darf ich Euch eine Frage stellen?«

Die Äbtissin, die sich schon erhoben hatte, um ihn zu verabschieden, nickte mit dem Kopf.

»Wann gab es im Kloster zum letzten Mal gebratene Tauben?«

»Gebratene Tauben?« Die Äbtissin wiederholte die Frage, als hätte sie nicht recht verstanden. »Habt Ihr wirklich gebratene Tauben gesagt?«

Ein amüsiertes Lächeln huschte über ihr Gesicht.

»Ja«, sagte Toppler. »Und bitte nehmt mir meine Frage nicht übel. Es ist kein Scherz. Ich meine es ernst.«

Sie schüttelte ihren schönen Kopf, als wollte sie sagen: Verstehe einer die Menschen. Dann sagte sie: »Wir essen keine Tauben. Wenn es nach mir ginge, gäbe es überhaupt kein Fleisch im Kloster. Doch die Mehrzahl der Frauen mag außerhalb der Fastenzeit nicht darauf verzichten. Aus diesem Grund gibt es auf unserem Speiseplan das Fleisch vom Schwein und von Lämmern, natürlich essen wir auch Fisch. Aber Tauben, Drosseln und Schnepfen sind keine angemessene Nahrung für Nonnen. Es gibt ein paar Tauben im Kloster. Die Frauen erfreuen sich an ihnen wie an den Blumen in unserem Garten.«

»Wer betreut Eure Tauben?«

»Was soll diese Frage? Erwartet Ihr allen Ernstes, dass ich Euch darauf antworte? Es gibt eine Verschwiegenheitspflicht, die es uns verbietet, Vorgänge des Klosterlebens auszuplaudern.«

Daheim las Toppler noch einmal in den Tagesberichten seiner Späher. Dreimal innerhalb von drei Wochen waren Käfige mit lebenden Tauben angeliefert worden.

Was machen die Nonnen mit so vielen Tauben, wenn sie sie nicht essen? In jedem der Körbe steckten mindestens vier Vögel. Jemand, der sich Tauben hält aus Liebe zu den Tieren, schafft sich nicht ständig neue an. Im Gegenteil, er muss sehen, wie er seine Tauben los wird, denn Tauben sind von Natur aus so fruchtbar wie die Hasen.

Nein, dachte Heinrich Toppler, da bin ich mir ganz sicher: Das sind Brieftauben. Sie verraten unsere Einsätze mit Hilfe der Tauben.

Dann wäre Ursula von Seckendorf eine Lügnerin. Nein, dachte er, das ist sie nicht. Jemand paktiert ohne ihr Wissen im Kloster mit dem Stadtfeind.

Noch am selben Tag erschien die vierzehnjährige Tochter von Peter Northeimer an der Klosterpforte der Dominikanerinnen. In einem Körbchen trug sie eine Taube, der man zuvor einen Flügel gebrochen hatte. Das Mädchen erzählte der Pförtnerin, es habe die Taube am Tauberhang, unterhalb des Klosters gefunden. Sie sei gewiss von hier. »Gehört sie Euch?«

»Oh, vielen Dank, du gutes Kind. Der heilige Franziskus wird es dir vergelten. Ich werde die Taube zu Schwester Immaculata tragen lassen. Sie betreut unsere Tauben und kann ihr gewiss helfen.«

ACHTES KAPITEL

Sie waren vor Sonnenaufgang aus der Stadt geritten: Heinrich Toppler, Attila und der Schmied von Bamberg mit seinen beiden Gesellen.

Der Schmied war ein Mann um die Dreißig. Sein Gesicht, breit und knochig, hatte einen offenen, freundlichen Blick, eine Adlernase und einen von Bartstoppeln umsäumten Mund. Erdgebundene Frische ging von ihm aus. »Schwarze Pranken gehören zu einem Grobschmied wie weiße Titten zu einem Bettschatz«, pflegte er zu sagen.

Seine beiden Knechte waren noch rechte Kinder, ungelenk mit pickeligen Gesichtern, wenig beachtenswert wie unbeschriebenes Pergament. Wer interessiert sich schon für die Gesichter von Schafen?

Josua Süßkind hatte sich ihnen angeschlossen. Niemand reiste in diesen verworrenen Zeiten allein, zumal wenn er Ware von Wert mit sich führte. Unter seinem weiten Mantel trug der Jude eine lederne Geldkatze mit zweihundert Hellern in Silber. Wenn die Pferde trabten, vernahm Josua das Klingeln der Münzen unter seinem Vollbart wie fernes Glockengeläut. Ihr Ziel war Würzburg.

Der Morgen war windig und regnerisch. Schweigend ritten die Männer gen Norden. In Mergentheim legten sie längere Rast ein, zur Stärkung der Rösser, wie der Schmied meinte. Sie hatten jetzt ein Viertel der Strecke hinter sich gebracht. Weiter ging es bis zum

Burgmannshof am Hirschenberg. Hier wurden die Pferde, einschließlich der Packesel, die sie mit sich führten, mit Hafer und Häcksel versorgt. Die Männer machten es sich in der Gaststube um den runden Tisch bequem. Während Toppler das Tischgebet sprach: Komm, Herr Jesus, sei unser Gast, wusch sich Josua draußen bei der Pferdetränke dreimal die Hände, die linke zuerst, dann die rechte und so weiter, wie es das mosaische Reinigungsgesetz vorschreibt. Dabei dachte er: Wie kann ein Mensch mit so schwarzen Fingern Essen anrühren? Der Schmied beobachtete ihn durch das Fenster und meinte: »Wie kann einer so verrückt sein und seine Hände bei solchem Sauwetter in kaltem Wasser baden.«

Der Wirt und seine schielende Tochter brachten in irdenen Schüsseln Hirsebrei, Ziegenmilch und Dinkelbrot. Dazu Mus von Quitten und Holunder. Die Männer aßen mit großem Appetit, auch Josua Süßkind, der für gewöhnlich keine Christenspeise zu sich nahm, von der man nie wusste, ob sie Blut, Schweineschmalz oder Milch vermischt mit Fleisch enthielt.

Gegen Mittag brach die Sonne durch die Wolkendecke und löste Mensch und Tier aus ihrer frostigen Erstarrung. Die wohlige Wärme lockerte ihre Zungen. Sie ritten dicht beieinander und unterhielten sich mit allerlei Geschichten, in denen sich Wahres mit gut Erfundenem mischte. Soeben war Josua Süßkind an der Reihe:

»Auf einer Insel in einem Fluss lebte ein Einsiedler, der wegen seiner Weisheit und Frömmigkeit von allen verehrt wurde. Als in einem besonders regenreichen Jahr der Fluss so anschwoll, dass alle Fischer und Bauern ihre Hütten verlassen mussten, um sich auf höher gelegenes Hügelland zu retten, da warnten sie auch den Einsiedler: Komm mit uns, bis die Flut vorüber ist! Doch der gab zur Antwort: Gott hat mich hierher gesandt. Hier werde ich bleiben. Gott wird mich beschützen.

Die Menschen flohen. Das Wasser stieg. Da schickten die Bauern ihm einen Jungen mit einem Maulesel: Rette dich, noch ist es Zeit!

O ihr Kleingläubigen, sagte der fromme Mann. Wie kann ich? Gott hat mich hierher geschickt. Er wird mich beschützen.

Das Wasser stieg. Schon reichte es dem Einsiedler bis über die Knie. Zwei Fischer kamen in einem Ruderboot, um ihn zu holen. Der Weise lehnte ihr Angebot ab: Gott hat mich hierher gesandt. Hier werde ich bleiben. Gott wird mich beschützen.

Die Flut stieg, der heilige Mann ertrank und kam direkt in den Himmel. Er eilte vor Gottes Thron und wollte wissen: Wie konntest du das zulassen, Herr? Mein ganzes Leben lang habe ich dir gedient, und du lässt mich ersaufen wie eine Ratte. Warum hast du mir nicht geholfen?

Und Gott erwiderte: Ich habe dir einen Boten geschickt. Ich habe dir ein Maultier geschickt. Ich habe dir ein Boot geschickt. Sag mir, was hätte ich denn sonst noch tun sollen?«

»Nun, er hätte ein richtiges Wunder vollbringen können«, meinte der eine der beiden Schmiedegesellen.

»Ist es nicht ein Wunder, wenn einem drei Mal hintereinander Hilfe in der Not angeboten wird?«, meinte Josua. »Nein, glaubt mir, die Welt ist voller Wunder, die wir nur nicht erkennen, weil wir uns an sie gewöhnt haben.«

Er hob einen Stein auf und sagte: »Wenn ich den Stein loslasse, und er steigt zum Himmel, so wäre das ein Wunder. Dabei ist es ein genauso großes Wunder, dass er zur Erde fällt. Wir haben uns daran gewöhnt, dass alles zu Boden sinkt. Aber warum ist das so? Welche wunderbare Kraft bewirkt das?«

»Ja, die Welt ist voll von den wunderlichsten Dingen«, sagte der Schmied von Bamberg. Und dann erzählte er die folgende Geschichte:

»Als König Ludwig einmal durch den Bayerischen Wald kam, hörte er von einem einäugigen Köhler, der als Einsiedler auf dem Arber lebte und von dem es hieß, er sei so weise wie König Salomo.

Wie kann ein primitiver Waldköhler weise sein, dachte der König, und er beschloss, ihn aufzusuchen.

Der Einsiedler hauste in einem hohlen Baumstamm. Er nährte sich von Wurzeln und dem Honig wilder Bienen. Bart und Haupthaar umwucherten ihn wie eine Löwenmähne. Er hatte sich seit Jahren nicht gewaschen und stank wie ein Ziegenbock.

Die beiden so ungleichen Männer betrachteten sich lange. Dann sagte König Ludwig: ›Vom Leben verstehe ich mehr als du. Aber sag mir, wie verhält es sich mit dem, was danach kommt? Erkläre mir den Himmel und die Hölle.‹

›Ich würde dir das gerne erklären‹, sagte der Köhler, ›aber du würdest mich nicht verstehen, weil du nicht genug Verstand dafür hast.‹

›Weißt du überhaupt, mit wem du sprichst?‹, fuhr ihn Ludwig an. ›Ich bin dein König.‹

›Ich habe mir schon so etwas gedacht‹, erwiderte der Alte. ›Und deshalb glaube ich, dass du zu dumm bist, das wahre Wesen des Himmels und der Hölle zu begreifen.‹

›Er wagt es, so mit mir zu sprechen…‹ Voller Zorn griff der König nach seinem Schwert.

›Siehst du‹, sagte der Alte, ›das ist die Hölle.‹

König Ludwig verstand die Belehrung. Beschämt nahm er die Hand von der Waffe und neigte sein Haupt vor dem heiligen Mann.

›Und das‹, sagte der Alte, ›ist der Himmel.‹«

Vom Himmel war es nicht mehr weit bis zum schönen Geschlecht. Und so drehte sich schon bald ihr Gespräch um die Frauen.

»Man muss die Weiber mit Nachsicht behandeln«, sagte der Schmied. »Aus einer krummen Rippe wurden sie erschaffen. Gott selbst konnte sie nicht gerade machen. Wolltest du ein Weib zurechtbiegen, so würde es zerbrechen.« Er schnäuzte sich und meinte: »Die Frau ähnelt der Sardine. Wenn sie gut ist, ist sie nichts Besonderes; wenn sie schlecht ist, ist sie scheußlich.«

Josua erwiderte: »Hätte Gott die Frau dem Manne zur Herrin bestimmt, hätte er sie aus Adams Kopf genommen. Hätte er sie Adam zur Sklavin gegeben, aus den Füßen. Aber er nahm sie aus der Seite, weil er sie ihm zur Gefährtin bestimmte.«

»Vermutlich hat Gott die Frau erschaffen, um den Mann kleinzukriegen«, meinte der ältere der beiden Schmiedegesellen. »Mein Vater – das ewige Leben sei ihm gewiss – pflegte immer zu sagen: Ein jeder hat seinen Teufel. Der meine liegt bei mir im Ehebett. Wenn es gut wäre, eine Frau zu haben, so hätte Gott auch eine.«

»Der Mann ist geschaffen, um über die Natur zu gebieten, das Weib aber, um den Mann zu regieren«, sagte Toppler. »Zum ersteren gehört viel Kraft, zum anderen viel Geschicklichkeit und ein wenig Liebreiz. Es gibt zwei Arten von Schönheit: Lieblichkeit und Würde. Lieblichkeit ist die weibliche Form und Würde die männliche.«

»Und was hältst du von der Ehe?«

»Heirate oder heirate nicht, du wirst beides bereuen.«

»Kann man ein Weib sein ganzes Leben lang lieben?«

»Nicht mangelnde Liebe, mangelnde Freundschaft führt zu unglücklichen Ehen«, sagte Josua Süßkind, und Heinrich Toppler gab ihm Recht.

So verging die Zeit wie im Flug. Am späten Nachmittag erblickten sie in der Ferne die Kirchtürme von Würzburg. Und als sie näher heranritten, wuchsen die wuchtigen Wehrtürme, schwer und uneinnehmbar, gen Himmel, befestigt mit unzähligen Zinnen und Schießscharten, davor der Wassergraben, so breit wie die Tauber. Etwas später trabten sie über die Zugbrücke des Südtores, vorbei an den Galgengerüsten, die sich dort drohend zum Himmel reckten zur Warnung für jeden, der die Stadt betrat.

»Der Diebe letzte Ruhestätte, wenn der Wind nicht weht«, kicherte ein vorüberhinkendes Bettlerweib mit krächzender Stimme.

Attila hielt sein Pferd an und betrachtete die Schädelstätte mit Grausen. Er zählte die Galgen. Es waren sieben. An jedem hing ein Mensch oder das, was von ihm übrig geblieben war.

»Sie lassen sie hängen, bis sie von allein herabfallen«, sagte der Schmied. »Den Rest erledigen die Raben und die Ratten.«

»Und die Apotheker«, ergänzte Heinrich Toppler. »Sie machen aus dem luftgetrockneten Leichenfleisch Mumienlatwerge, eine ekelhafte, aber sehr begehrte Medizin.«

Attila erinnerte sich daran, dass Katharina ihn gebeten hatte, ihr Latwerge mitzubringen.

»Am liebsten wäre mir natürlich eine Alraune«, hatte sie beim Abschied gesagt.

»Und wozu braucht meine kleine Schwester so starke Medizin?«

»Gegen meine Pickel. Wer mag schon ein Mädchen mit unreiner Haut?«

»Du übertreibst.«

»Ich warne dich«, hatte sie lachend geantwortet, »wenn du mir nicht hilfst, Bruderherz, wird mich keiner wollen, und ich werde noch als alte Jungfer meine Füße unter deinen Tisch stecken.«

Katharina glaubte an allen möglichen Zauber, an Wunschringe, Minnekräuter, Schutzamulette, am meisten aber an Alraunen, jene geheimnisvollen Wurzelmännlein, die in der Erde unter dem Galgengerüst heranwachsen, wenn der letzte Same des Gehenkten zu Boden tropft und im Mondlicht zur Mandragora heranreift.

Auf dem Hauptmarkt trennten sich ihre Wege. Der Schmied von Bamberg wollte Eisen einkaufen, Josua Süßkind musste den jüdischen Wechsler Abraham aufsuchen, und Toppler hatte eine Zusammenkunft mit dem Bischof. Man verabredete sich für den nächsten Morgen zum Angelusläuten vor der Hauptkirche.

*

Während ihres Rittes hinauf zur bischöflichen Festung fragte Attila seinen Vater: »Was für ein Mensch ist der Fürstbischof?«

»Gerhard von Schwarzburg stammt aus thüringischem Grafengeschlecht. Er ist nur wenig älter als ich. Bereits in deinem Alter wurde er vom Papst mit einem Kanonikat in Würzburg providiert.«

»Du meinst, er war erst achtzehn, als er sein hohes Amt erhielt? Wie ist das möglich? Wie kann der Papst so etwas zulassen?«

»Papst Johannes XXII. war ein Greis von bürgerlicher Herkunft, klein, hässlich, aber sehr verschlagen und geschäftstüchtig. Keiner kennt den Preis, den die Schwarzburgs für das Amt entrichteten. Auf jeden Fall hatten sie Geld. Der gräfliche Grünschnabel kaufte sich ein Kanonikat nach dem anderen: Naumburg, Straßburg, Bamberg und Regensburg. Dabei war ihm an der Ausübung des geistlichen Berufes nur wenig gelegen, denn er verschob seine Weihe von Jahr zu Jahr immer wieder. Erst 1365 wurde er zum Bischof geweiht. Das war in Naumburg. Und als ihn das dortige Domkapitel davonjagte, wurde er vom Papst mit dem Bistum Würzburg providiert. Dabei hatten die Würzburger sich gerade erst einen neuen, sehr beliebten Bischof gewählt. Der wurde vom Papst nach Naumburg versetzt. Die Würzburger wollten sich das nicht gefallen lassen. Sie ließen den unliebsamen Eindringling wissen, er solle sich zur Hölle scheren.

Der Papst forderte die Markgrafen von Meißen auf, dem neu ernannten Bischof zu seinem Recht zu verhelfen. Mit dessen Hilfe und mit Unterstützung des Stiftsadels fiel der verschmähte Bischof Ostern 1373 in die Würzburger Lande ein. Er verwüstete das umliegende Bauernland und belagerte die Stadt. In der Woche vor Pfingsten unterzeichneten die ausgehungerten Würzburger die Kapitulation. Die Kosten für diesen unglaublichen Eroberungskrieg, den ein Bischof gegen seine eigene Herde führte, waren enorm. Noch während der Belagerung hatte der Papst seinem Oberhirten die Erhebung von Sondersteuern genehmigt, mit denen die rebellischen Würzburger die Kosten des gegen sie gerichteten Eroberungskrieges aus eigener Tasche bezahlen mussten.«

»Das ist kein Hirte; das ist ein Wolf«, sagte Attila.

»So ist es. Wichtiger als der Mensch oder sein Seelenheil ist dem Fürstbischof der Profit, der sich mit beidem erwirtschaften lässt. Siege bedeuten ihm mehr als Nächstenliebe. Beim Städtekrieg 1377 zog er gemeinsam mit dem Kaiser gegen den Schwäbischen Bund. Seine Truppen belagerten Ulm. Dieser Oberhirte Christi lässt keinen Waffengang aus, der Gewinn verspricht.«

*

Entgegen seiner Gewohnheit, Besucher warten zu lassen, ließ der Fürstbischof den alten Toppler und seinen Sohn sogleich zu sich rufen, kaum dass sie das Vorzimmer zum Audienzsaal betreten hatten. Er thronte auch nicht wie sonst in seinem Armsessel mit hoher Lehne und Löwenfüßen, sondern kam ihnen mit ausgebreiteten Armen entgegen.

So viel Entgegenkommen bei mächtigen Herren zeugt selten von Wohlwollen als vielmehr von dem Versuch, mit geheuchelter Güte zu erreichen, was sich derzeitig mit Gewalt nicht erzwingen lässt. Er legte seine weiche, goldberingte Hand Attila auf die Schulter und meinte: »Mein Gott, wie die Zeit vergeht! Als ich dich das letzte Mal sah, warst du noch ein Kind. Jetzt bist du schon ein richtiger Mann, das lebendige Abbild des Vaters.«

Toppler dachte an das Sprichwort: Willst du den Leuten gefallen, so lobe ihre Kinder und streichle ihre Hunde.

Der Fürst führte seine Besucher in ein angrenzendes Kabinett, dessen Wände mit kostbaren Seidengobelins behängt waren. Durch ein geöffnetes Fenster reichte der Blick über die Weinberge bis hinab auf die Dächer und Zinnen der Stadt, seiner Stadt, wie er zu sagen beliebte.

Der Fürst nahm in dem einzigen Sessel des Raumes Platz. Ungerufen erschien ein Diener in einer Tapetentür, um den weiten Faltenwurf des kostbar bestickten Gewandes in die gewünschte Form zu legen. Toppler und sein Sohn hatten selbstverständlich zu stehen. So weit ging das Entgegenkommen nun doch nicht von einem, der gewohnt war, dass man vor ihm das Knie beugte, um ihm die Hand zu küssen. Ein zweiter Diener, der mehr wie ein Mönch als ein Lakai aussah, brachte auf einem Tablett drei silberne Becher und eine Karaffe voll von rotem Wein.

Der Fürstbischof ergriff einen Becher, führte ihn an die Lippen und trank daraus wie aus einem Abendmahlskelch. Toppler und Attila folgten seinem Beispiel, als wären sie Teilhaber an einem religiösen Ritual.

»Ich habe Euren Brief gelesen«, sagte der Bischof zu Toppler gewandt. »Ihr wollt das Frauenkloster unter Eure Obhut bringen. Wie stellt ihr Euch das vor? Sämtliche Dominikanerinnen sind von Adel. Ihre männlichen Verwandten stammen aus Fürstenhäusern und Grafschaften. Ihre Väter und Brüder bekleiden hohe Ämter bei Hof.«

»Ihr kennt die Gründe, warum wir das Kloster der Stadt unterstellen wollen.«

»Ich kenne die Gründe. Ihr habt sie mir in Eurem Schreiben aufgezählt. Das ändert jedoch nichts an der Tatsache, dass Ihr Unmögliches von mir verlangt, fast Unmögliches«, verbesserte sich der Bischof.

»Wir sind bereit, dafür zu zahlen.«

»Wie viel?«

»Darüber will ich mit Euch sprechen.«

»Macht mir ein Angebot.«

»Was verlangt Ihr?«

Der Bischof holte eine Schiefertafel aus den Falten seines Ornats hervor und schrieb eine Zahl darauf. Das Kratzen des Griffels auf dem harten Schiefer dauerte lange. Es war eine große Zahl. Ohne ein Wort reichte er die Tafel an Toppler weiter. Der warf einen Blick darauf und sagte: »Wir wollen das Kloster und seine Ländereien nicht kaufen. Es verbleibt in kirchlichem Besitz. Wie kann es anders sein? Wir wollen Euer Kloster lediglich der Gerichtsbarkeit und der Verwaltung der Stadt unterstellen.

Wir wollen es nicht erwerben, sondern schützen. Und dafür ist dieser Preis hier zu hoch.«

»Zu hoch?«

Der Fürstbischof erhob sich aus seinem Sessel. Man sah ihm an, dass er Widerspruch nicht gewohnt war. Zornesröte stieg ihm in die Stirn.

»Zu hoch? Dann habt Ihr den Weg von Rothenburg hierher vergeblich zurückgelegt. Ich lasse mit mir nicht handeln wie ein Pfeffersack.«

»Das tut mir Leid«, sagte Toppler, »sehr Leid, aber als Bürgermeister einer freien Reichsstadt sind mir Grenzen gesetzt. Ich hatte gehofft...«

»Was hattet Ihr gehofft?«

»Ich hatte gehofft, dass wir uns einigen könnten.«

»Worauf?«

Heinrich Toppler bat um den Griffel und schrieb nun seinerseits einen Betrag auf die Tafel, die er dem Bischof reichte.

»Unmöglich, ganz unmöglich«, sagte der Bischof. »Da müsst Ihr gewaltig drauflegen, wenn Ihr wollt, dass ich Euch meinen Segen dazu gebe. Ein städtisches Kloster ist keine Bauernkate.«

Als Toppler und sein Sohn im Burghof ihre Pferde bestiegen, um zu ihrer Herberge in die Stadt hinabzureiten, meinte Attila: »Du warst dir so sicher, Vater, dass es uns gelingen würde, das Frauenkloster einzugliedern. Was machen wir jetzt?«

»Wir warten auf den Boten des Bischofs, der uns bitten wird, morgen wieder zur Audienz zu kommen. Der alte Fuchs braucht unser Geld. Die brüske Ablehnung heute ist nur ein Teil seiner Verhandlungstaktik.«

»Was macht dich so sicher?«

»Der Narr hat wieder einmal die Steuern erhöht und damit den Widerspruch von elf fränkischen Städten herausgefordert. Ihren Widerstand glaubt er mit dem Kirchenbann brechen zu können. Es gärt überall. Er hat sich bereits auf seine Burg zurückgezogen, weil er mit Aufstand und Rebellion rechnet. Für gewöhnlich residiert er nämlich in seinem Stadtpalais, musst du wissen. Er befindet sich in einer bösen Lage. Er braucht schnellstens Geld für Söldner, für Waffen und Proviant. Er kann es sich gar nicht leisten, uns wegzuschicken.«

Und richtig, noch am Abend desselben Tages erschien ein berittener Bote im Gasthof Zum eisernen Eber, wo die Topplers Quartier genommen hatten. Die mündliche Botschaft, die er im Namen des Fürstbischofs überbrachte, lautete, nach dem Sechserläuten am anderen Morgen auf dem Marienberg vorzusprechen.

*

Der Fürstbischof fing sich eine Fliege, die vom Geruch des Gebratenen angelockt worden war. Er durchbohrte sie mit einer Nadel und beobachtete aufmerksam, wie ihr summender Flügelschlag immer schwächer wurde. Seine Heiligkeit liebte es, Insekten aufzuspießen.

Gerhard von Schwarzburg saß nach schlafloser Nacht vor seiner Morgenspeise, die die Diener in einem Alkoven des fürstlichen Schlafgemachs aufgetragen hatten. Obwohl er die erste Mahlzeit des Tages als die wichtigste erachtete, schien er an jenem Morgen keinen Gefallen an den in Honig gebratenen Drosseln zu finden.

»Ihr sorgt Euch zu viel«, sagte Donna Lätitia, die Mätresse des Fürsten. »In der Lombardei sagen wir: Wer einen Fehler gemacht hat und ihn nicht korrigiert, begeht einen zweiten. Ihr habt alle Zügel in der Hand. Die Zollern und die Hohenlohe haben Euch bereits wissen lassen, dass Ihr mit ihrer Unterstützung rechnen könnt. Auch der König wird …«

»Lass den König aus dem Spiel. Wenzel ist auf der Seite derer, die am meisten zahlen.«

»Das ist gut. Das macht ihn berechenbar. Bietet ihm mehr als die rebellischen Städte.«

»Die Städte sind reich.«

»Aber uneinig und nur auf ihre eigenen Vorteile bedacht. Divide et impera, teile und herrsche! Das wussten schon die Römer.«

Donna Lätitia stand in ihrem fast durchsichtigen Nachtgewand vor dem Spiegel neben dem von einem Baldachin überspannten Prunkbett seiner Heiligkeit und kämmte ihr hüftlanges Haar. Sie steckte es mit goldenen Spangen fest und fragte: »Was ist mit diesem Bürgermeister von Rothenburg? Wird er zahlen?«

»Er sitzt seit dem Sechserläuten im Audienzzimmer.«

»Dann geht und lasst ihn nicht länger warten.«

»Dieser Bursche weiß, dass wir ihn dringend brauchen, und legt eine Arroganz an den Tag, die seinem Stand nicht zukommt. Er wird sich noch eine Weile gedulden müssen, bevor wir ihm erlauben, sein Geld bei uns abzuliefern. Dabei fangen wir gleich drei Füchse in einer Falle. Erstens: Wir bekommen eine Menge Gulden, die wir dringend brauchen. Zweitens: Er wird sich aus dem Aufstand der Städte gegen mich heraushalten. Und drittens übertragen wir ihm die Verantwortung für das adlige Damenstift, das nichts einbringt. Soll er sich mit den widerspenstigen Dominikanerinnen herumärgern. Der Zorn der großen Adelsfamilien aus dem ganzen Reich ist ihm gewiss. Das gibt mir Gelegenheit, gegen ihn vorzugehen.«

Er griff sich ein Stück Pastete. »Du hast recht, Liebste, ich mache mir zu viele Gedanken.«

»Godiamoci il papato, poiche Dio ci l'ha dato«, lachte Lätitia. »Lass uns das Papsttum genießen, so wie Gott es uns verliehen hat, soll Papst Urban bei seiner Wahl gesagt haben. Und was für den Papst gilt, gilt auch für seine Bischöfe.« Sie ließ sich ins Bett gleiten und winkte ihn zu sich: »Du hast recht, dieser Bürgermeister kann warten.«

Der Fürstbischof entledigte sich seiner Gewänder mit dem gewohnten feierlichen Ernst seines Amtes. Dabei sprach er: »Dulce est desipere in loco. Es macht Spaß, sich hin und wieder gehen zu lassen.«

NEUNTES KAPITEL

Als die Männer sich, wie verabredet, zum Angelusläuten vor der Hauptkirche trafen, empfing sie dort eine lärmende, ausgelassene Schar von Leuten. Sie drängelten sich um ein erhöhtes, hölzernes Podest.

»Wir kommen gerade recht«, lachte Attila. »Hier gibt es etwas ganz Besonderes zu sehen.«

»Fahrendes Volk, Vaganten«, sagte der Schmied von Bamberg.

Doch als sie näher heranritten, sahen sie den Grund für das Spektakel: zwei Menschen am Pranger. Ein Wächter mit Lanze stand dabei, um die Gesetzesbrecher vor ernsthaften Verletzungen zu schützen. Schusterjungen, Bauernknechte, Marktweiber, die ihre Muskuchen feilhielten, Wäscherinnen von der nahen Bleiche, vor allem aber Kinder jeden Alters hatten ihren Spaß mit den Gedemütigten. Sie bewarfen sie mit Kieselsteinen und Pferdekot.

An dem einen Schandpfahl hing ein Junge mit geflickter Hose und zerrissenem Hemd. Das Haar fiel ihm bis über die Augen. Der Rotz lief ihm aus der Nase. Er konnte ihn nicht wegwischen. Seine Hände steckten gefesselt im Stock. Daneben ein graubärtiger Mann, bekleidet mit Wams und Weste. Sein Unterleib aber war vom Nabel abwärts entblößt. Vor milchfarbenem Fleisch kräuselte sich schwarzes Schamhaar. Darunter faltig und schlaff sein Geschlecht, blassrot die Eichel. Ganz offensichtlich war der Mann beschnitten.

»Ein Jude«, sagte der Schmied von Bamberg.

»Ja, natürlich, ein Jude«, lachte eine Frauenstimme neben ihnen.

»Ein Saujude. Seht ihn euch an, dieses Ferkel! Wie ekelhaft!«

»Was hat der Mann verbrochen?«, fragte Heinrich Toppler.

»Er hat in unserem Lusthaus bei einer Hübscherin gelegen.«

»Was hat er gemacht?«, fragte Attila.

»Er hat im christlichen Bordell der Stadt eine Christin gevögelt«, sagte der Schmied.

»Er hat sie geschändet«, verbesserte ihn einer der Knechte. »Mit diesem widerwärtigen nackten Affenpimmel.«

»Ja, seht ihn euch an«, meinte ein Mann, der die blaue Kluft der weltlichen Klosterbrüder trug. »So sieht ein beschnittener Schwanz aus. Pfui Teufel!« Er spuckte in Richtung des Entblößten. Der stand dort wie zur Salzsäule erstarrt. Das Halseisen zwang ihn, fast auf den Zehenspitzen zu stehen. Die Hände steckten in Höhe des Gesichts im hölzernen Block.

Der Junge trug nur Fußfesseln an einer Kette, so wie man sie kleinen Affen auf dem Jahrmarkt anlegt.

»Was hat der Kleine verbrochen?«

»Er hat ein Ei gestohlen«, sagte eine Alte.

Auf dem Heimritt drehten sich die Gespräche der Männer um den Schandpfahl.

»Strafe muss sein«, meinte der Schmied. »Wenn bei jedem Verbrechen die Todesstrafe angewandt würde, hätte der Henker bald mehr zu tun als der Metzger. Es gäbe bald mehr Galgen als Bäume. Aber auch die Leibesstrafen, bei denen den Gesetzesbrechern die Augen ausgestochen, die Ohren abgeschnitten oder die Finger abgehackt werden, taugen letztendlich nichts, weil sie das Heer von nichtsnutzigen Bettlern und Krüppeln nur vergrößern. Hier helfen die Ehrenstrafen am Pranger, damit jeder erkennt: Schaut her, das ist ein Milchpanscher, oder der hat sich gegen die Stadt vergangen.«

»Aber mit nacktem Unterleib«, gab Josua Süßkind zu bedenken. »Muss das wirklich sein?«

Nein, darin waren sich die Männer einig. So etwas wäre in Rothenburg undenkbar.

»Nicht mit mir als Bürgermeister«, meinte Toppler.

»Der Fürstbischof ist kein Freund der Juden«, sagte der ältere der beiden Schmiedegesellen. »Er lässt keine Gelegenheit aus, sie zu demütigen.«

»So ist es«, meinte sein Meister. »Mit der Schaustellung einer Beschneidung will er den Menschen vor Augen führen: Schau, sie haben nicht nur einen anderen Glauben; sie sind nicht nur anders gekleidet als wir, sie sind auch körperlich keine Menschen wie wir, mehr Affe als Adam.«

»Betrachtest du das auch so?«, wandte sich Heinrich Toppler an Josua Süßkind.

»Ja, der Junge hat Recht.«

Sie ritten gerade an einem Holzkreuz vorüber, das am Weg stand, zur Erinnerung an einen Fuhrknecht, der hier von zwei Räubern erschlagen worden war.

»Seht her«, sagte Josua, »schaut ihn euch an, den Gekreuzigten! Habt ihr euch mal gefragt, warum sein Unterleib immer von einem Lendentuch verhüllt wird?«

»Na, aus Scham.«

»Tote schämen sich nicht.«

»Mit Rücksicht auf die Scham der Gläubigen.«

»Mit Rücksicht auf die Scham der Gläubigen?«, höhnte Josua. »Glaubt ihr das wirklich? Ihr habt es gerade mit eigenen Augen gesehen: Selbst der Bischof scheut sich nicht, einen Menschen schamlos zu entblößen, ohne Rücksicht auf euer Schamgefühl.«

»Der Gekreuzigte hängt meistens in der Kirche. Und in der Kirche gelten andere moralische Maßstäbe als am Pranger«, meinte der Schmied.

»In den Kirchen«, sagte Josua, »gibt es viele Nackte. Adam und Eva, den heiligen Sebastian, rosige Engelärsche, sogar entblößte Frauenbrüste: Susanna im Bade, die armen Sünderinnen beim Jüngsten Gericht. Nein, es ist nicht die Scham.«

»Was ist es dann?«

»Der Nazarener trägt einen Lendenschurz, damit euch nicht täglich vor Augen geführt wird, dass er einer von uns ist. Denn Jesus war wie alle Juden beschnitten. Er sah unterhalb seines Nabels so aus wie der Mann am Pranger, vor dem sich alle guten Christen so abgestoßen fühlten.«

»Donnerwetter«, sagte der Schmied, »so habe ich das ...«

Er blickte auf Josua und brach den Satz ab. Der ganze Gedankengang gefiel ihm nicht.

Heinrich Toppler sagte: »Sie sollten das Gesicht des Gekreuzigten verhüllen.«

»Wieso sein Gesicht?«, fragte Attila.

»Gesichter zeigen uns immer einen ganz bestimmten Menschen. Leiber dagegen sind alle mehr oder weniger gleich. Ein Arm ist ein Arm und ein Bein ein Bein. Gut, das eine ist ein wenig länger oder ein bisschen dicker, aber bei Gesichtern ist das ganz anders. In ihnen verkörpern sich alle guten und alle schlechten Eigenschaften eines Menschen, selbst die seiner Vorfahren. Nein, glaubt mir, sie sollten sein Gesicht verhüllen. Es stört die alles umfassende Größe des Allmächtigen.«

Und als die anderen ihn immer noch mit verständnislosen Gesichtern anschauten, weil er wie ein Pfaffe zu ihnen sprach, fragte er: »Hat Gottes Sohn eine kleine Nase oder eine große jüdische? Ist sein Gesicht verhärmt, faltig, hübsch? Hat er ein kräftiges Kinn oder ein demutsvoll weiches? Ist es rasiert oder bärtig? Sind seine Lippen voll und sinnlich oder schmal und asketisch? Hat er gesundes, dichtes Haar, gelockt, glatt, blond, schwarz, oder hat er eine hohe Stirn, eine Halbglatze? Trägt er wie seine Mönche eine Tonsur? Was steht in seinen Augen? Augen sind das Fenster der Seele. Welche Kraft muss von den Augen ausgehen, aus denen uns Gottes Sohn anschaut? Welcher Künstler könnte das darstellen? Nein, glaubt mir, sie sollten sein Gesicht verhüllen.«

»Das ist der Grund«, sagte Josua, »warum wir Juden Gott nicht bildlich darstellen.«

*

Bruder Barnabas hatte sich auf einer Schieferplatte eine Stadtkarte angefertigt, auf der alle Bauten der Franziskaner mit roter Kreide markiert waren. Da die Brände immer bei Neumond ausbrachen, hoffte er, mit Hilfe des Plans in jenen mondlosen Nächten alle feuergefährdeten Bauten im Auge behalten zu können.

Wieder einmal auf seinem Rundgang, hatte er hinter einer Bretterbude der Eselhändler beim Heumarkt Stellung bezogen, um das gegenüberliegende Fachwerk der Franziskaner zu beobachten. Das unbewohnte Lagerhaus, gefüllt mit Stroh und hölzernen Dachschindeln, würde wohl, wie er meinte, auf einen Feuerteufel besondere Anziehungskraft ausüben. Die Nacht war schon weit vorangeschritten. Es war so finster wie in einem fensterlosen Keller. Bruder Barnabas, der auch bei Tageslicht nicht sonderlich gut sah, musste sich ganz auf sein Gehör verlassen.

Obwohl alle Bürger in tiefem Schlaf lagen, war die Nacht voller Geräusche. Die Windfahne auf dem Erkerturm neben dem Lagerhaus drehte sich quietschend in ihrer rostigen Halterung. Irgendwo schlug ein Fensterladen in unregelmäßigem Takt gegen seinen Rahmen. Aus dem Taubertal ertönte die Totenklage einer Schleiereule. Kinderweinen war zu hören, das so rasch verebbte, wie es begann. Aus unverglastem Fenster drang Schnarchen, gleichmäßig wie der Blasebalg einer Hufschmiede.

Barnabas überlegte, ob er seinen Beobachtungsposten wechseln sollte, als er das Licht sah. Es kam aus der engen Gasse dicht bei dem Gildehaus. Es war ein phosphoreszierendes Licht, bläulich kalt, von geisterhaftem Glanz.

Er kniff die Augen zu schmalen Schlitzen zusammen. Das Licht verschwand, um kurz darauf wieder aufzuglimmen. Es schwebte nur einen Fuß hoch über dem Boden durch die Nacht. Ein Irrlicht aus den Sümpfen oder ein Kugelblitz. Barnabas spürte, wie sich seine Nackenhaare aufrichteten. Der Spuk bewegte sich direkt auf ihn zu.

Leicht auf und ab schwingend kam er näher und näher. Jetzt war er höchstens noch zwanzig Schritte entfernt. Barnabas duckte sich gegen den Boden wie ein Hase beim Heranrücken der Jäger. Ohne das Irrlicht aus den Augen zu lassen, hielt er den

Atem an. Plötzlich erlosch es, um dicht vor ihm wieder aufzublitzen. Und dann urplötzlich: bärenhafte Brummlaute, Grollen wie aus dem Rachen eines Raubtiers, gieriges Schmatzen, als würde die Hölle ihren Schlund öffnen, um Bruder Barnabas zu verschlingen.

Vor Entsetzen sprang er auf. Sein Angstschrei mischte sich mit einem wilden Quietschen in höchsten Tönen. Säue schreien so, wenn ihnen das Messer durch die Kehle fährt.

Barnabas befand sich Auge in Auge mit einem Schwein. Beide waren vor Schreck so starr wie aus Zinn gegossen. Das Schwein gewann als Erstes seine Fassung zurück. Es gab einen Schmatzer von sich, der so klang wie: Was hast du hier zu suchen? Scher dich zum Teufel! Mit der würdevollen Überlegenheit eines Löwen erhob der Eber sein eckzahnbewehrtes Haupt. Barnabas erschien es wie eine Geste von sakraler Beschwörung. Priester während der Messe erheben so die Monstranz, um das Wunder der Verwandlung zu demonstrieren. Und bei Gott, es war ein Wunder! Bruder Barnabas sah, dass der Kopf des Tieres von einer Gloriole umgeben war, wie sie für gewöhnlich dem Heiland oder den Heiligen vorbehalten ist.

Es hätte nicht viel gefehlt, und Barnabas wäre auf die Knie gesunken. Doch dann öffnete das Schwein schmatzend seine Kiefer. Für einen Augenblick entblößte es seine Schnauze. Bis tief hinab in den Schlund brannte die Glut der leibhaftigen Hölle.

Bruder Barnabas hob die Arme zum Himmel und schrie, als würde ihn der Leibhaftige verschlingen. Dann rannte er, wie man rennt, wenn es um das Leben geht. Schweißgebadet und am Ende seiner Kräfte erreichte er die Klosterpforte. Dort fanden ihn die Brüder am Morgen auf den Knien vor dem Gekreuzigten.

»Ich habe Satan gesehen«, sagte er. »Er ist wie weiland im Heiligen Land in die Säue gefahren, um uns alle zu verderben.«

Als Barnabas dem Abt sein nächtliches Erlebnis berichtete, sagte der: »Deine Entdeckung erklärt die seltsame Tatsache, warum wir in der Asche der abgebrannten Häuser tote Schweine finden. Sie tragen das Feuer in die Bauten und verbrennen mit ihnen: Märtyrer des Bösen, vierfüßige Engel der Hölle. Was haben wir getan, dass Gott uns so fürchterlich straft?«

Der Abt unterrichtete den Bürgermeister persönlich von dem Ergebnis der Untersuchung.

»Und was gedenkt Ihr dagegen zu tun?«, fragte Heinrich Toppler.

»Wir werden den Inquisitor rufen. Der Fall ist zu groß für uns. Hier kann nur Rom entscheiden.«

»Wäre es nicht einfacher, alle Stadtschweine zu schlachten?« meinte der Bürgermeister. »Oder warum geben wir ihnen nicht Weihwasser zu saufen?«

»Die Angelegenheit ist zu ernst, um Possen zu reißen.«

»Das sind keine Possen. Heißt es nicht, dass geweihtes Wasser Höllenglut löscht?«

»Willst du wirklich die Schweine mit Weihwasser tränken?«

»Warum nicht. Der Zweck heiligt die Mittel. Um den Teufel zu bekämpfen, ist jedes Mittel recht. So steht es beim Kirchenvater Augustinus. Aber bevor wir etwas unternehmen, bitte ich Euch um eine Gefälligkeit: Behaltet Eure Entdeckung noch für Euch. Wenn die Rothenburger erfahren, dass Ihr die Schweine für die Stadtbrände verantwortlich macht, wird es Aufruhr geben.«

»Was hast du vor?«

»Als Bürgermeister habe ich es mir zur Gewohnheit gemacht, die Ursachen der Probleme persönlich in Augenschein zu nehmen, bevor ich ihnen zu Leibe rücke.«

»Du willst doch nicht etwa ...?«

»Doch, ich werde.«

»Dann geh nicht allein, und nimm dich in Acht!«

»Vor den Schweinen?«

»Nein, vor dem Bösen.«

Beim Abendessen fragte Heinrich Toppler seinen Sohn: »Fürchtest du dich vor Schweinen?«

»Sehe ich so aus?«, lachte Attila. »Was soll die Frage?«

Und dann berichtete der Alte, was Barnabas in der vergangenen Nacht erlebt hatte. Er schloss mit der Bemerkung: »Ich will wissen, ob es sie wirklich gibt, diese Feuer speienden Säue des Satans. Kommst du mit?«

»Wann?«

»Heute Nacht.«

*

Es war eine milde Frühsommernacht. Der Himmel war nur schwach bewölkt, aber mondlos. Kein Luftzug bewegte die Blätter der Bäume. Bisweilen torkelte ein Glühwürmchen vorüber.

Die beiden Männer hatten es sich auf ihren mitgebrachten Strohsäcken bequem gemacht. Eine steinerne Mauer im Rücken schützte sie vor Überraschungsangriffen von hinten. Der Kräutertee, den Afra für sie gekocht hatte, sollte sie wach halten. Dazu gab es Brot und Käse. Während sie das Fachwerk der Franziskaner nicht aus den Augen ließen, vertrieben sie sich die Zeit mit Rätseln.

»Was ist das?«, wollte Attila wissen. »Einst steckte ich in ihm. Jetzt steckt es in mir?«

Heinrich dachte eine Weile nach: »Was soll das sein?«

»Denk nach!«

»Ich komme nicht darauf.«

»Das Schwein und sein Darm. Erst steckt der Darm im Schwein. Dann steckt das Schwein als Wurst im Darm.«

»Sehr gut. Das muss ich mir merken«, lachte Toppler. »Aber jetzt frage ich dich…«

Attila legte seinen Zeigefinger an die Lippen: »Pssst!«

Er zeigte hinüber zu der Scheune, wo sich ein Licht bewegte, nur für einen kurzen Moment. Dann war es wieder verschwunden.

»Hast du es gesehen?«

»Ja.«

»Was war das?«

»Ein Glühwurm.«

Sie starrten in die Nacht. Da war nichts. Oder war da doch etwas?

»Ganz schön unheimlich«, meinte Attila, und nach einer längeren Pause fragte er: »Glaubst du, Vater, dass der Teufel in die Stadtschweine gefahren ist?«

»Nach meiner Erfahrung ist der Mensch ein brauchbareres Werkzeug des Bösen als das Tier. Warum soll der Teufel in hand- und hirnlose Vierbeiner fahren, wo es doch genügend abgefeimte Zweibeiner gibt. Gott ist auch nicht in einem Esel Fleisch geworden, sondern in einem Menschen. Warum sollte sich der Höllenfürst in einem Schwein verwirklichen, wo er doch die Hunnen hat, den Burggrafen von Nürnberg, den Struzz zu Frickenhausen und den Bischof von Würzburg?«

»Da war es wieder. Hast du es gesehen?«

»Nein. Wo?«

»Dort drüben, linker Hand von der Scheune.«

Nach zwei Atemzügen war das Leuchten wieder da. Die beiden Männer wagten vor angespannter Aufmerksamkeit kaum zu atmen. Es verlosch und flammte wieder auf, mehrmals in unregelmäßigen Abständen. Ein kaltes Glimmen dicht über dem Boden. Jetzt bog es nach rechts ab.

»Komm, bevor wir es verlieren!«

Heinrich Toppler sprang auf und lief los. Attila folgte ihm dicht auf den Fersen. Als sie das Schwein erreichten, gab es einen ärgerlichen Quiekser von sich, beruhigte sich aber schnell wieder, als es sah, dass die beiden Zweibeiner ihm nichts antun wollten. Misstrauisch beäugte es die nächtlichen Störenfriede, kam aber schnüffelnd näher, als Heinrich ihm ein Stück Käse hinhielt. Ein Eber mit mächtigen Hauern. Beide Männer sahen es mit Entsetzen: Aus dem Rachen des einäugigen Riesen quoll giftiggrünes Licht, faulig und geisterhaft wie die Irrlichter über dem Moor, kalt wie Mondlicht auf Eis.

Erschrocken prallte Attila zurück, stolperte über einen Stein, fiel zu Boden, und da war auch schon der Eber über ihm, mehr vor Schreck als aus Wut. Zwei, drei Herzschläge lang waren sich ihre Gesichter ganz nahe. Über ihm das Auge des Ebers, riesengroß wie der Mond. Speichel troff ihm aus der keuchenden Schnauze, leuchtend wie flüssiges Glas.

Attila spürte, wie ihm das Höllenelixier über Hals und Hände rann, Unheil verheißend wie der Schatten eines Raben, der auf einen Menschen fällt.

Ein Fußtritt des alten Toppler machte dem Spuk ein Ende.

ZEHNTES KAPITEL

In Gruppen standen die Menschen auf dem Kornmarkt und sprachen aufgeregt von einem neuerlichen Unglück, das die Stadt heimgesucht hatte: Etwas Entsetzliches war Attila Toppler zugestoßen. Draußen vor der Stadt beim Hundsgraben hatten sie ihn gefunden, mehr tot als lebendig. Aufgedunsen wie eine Wasserleiche. Die Zunge quoll ihm aus dem Mund, als habe ihn der Leibhaftige gewürgt.

»Er sah aus wie der Kürbiskopf«, wusste eine Marktfrau zu berichten.

»Schlimmer, viel schlimmer. Die Augen sind ihm wie getrocknete Weinbeeren in den Aughöhlen eingesunken. Er wird das Tageslicht nie wieder sehen. Sein ganzer Körper war wie von Brennesseln gegeißelt.«

Jeder wusste eine noch größere Scheußlichkeit zu berichten.

»Der Henker von Nürnberg hat ihn gefunden, draußen beim Hundsgraben.«

»Der Henker von Nürnberg? Was in drei Teufels Namen hat der Henker vor unserer Stadt zu suchen?«

»Er war auf der Reise von Nürnberg nach Mergentheim, begleitet von einem seiner Knechte und zwei Doggen. Die umherstreifenden Hunde haben Attila gefunden, mehr tot als lebendig.«

»Ist er vom Pferd gestürzt?«

»Er sah aus wie ein Ertrunkener, der tagelang im Wasser gelegen hat. Selbst der Henker, der ihn in die Stadt gebracht hat, meinte, er habe nie zuvor in seinem Leben einen so geschundenen Corpus gesehen.«

»Was ist mit ihm geschehen?«

»Man weiß es nicht. Er sieht aus, als hätte die Hölle ihn verschluckt und wieder ausgespien.«

Das Entsetzen stand den Menschen ins Gesicht geschrieben. Von der Hölle verschluckt und vom Henker heimgebracht. Was hatte das zu bedeuten?

Judith erfuhr es von ihrer Mutter: »Es soll schlimm um Attila stehen. Aber die Leute erzählen viel Unsinn. Was wirklich geschehen ist, weiß man nicht. Wenn der Ärmste das Unglück überlebt, wird er berichten, was passiert ist. Er ist immer noch ohne Bewußtsein.«

Im Haus Zum goldenen Greifen brannte noch spätnachts in allen Zimmern Licht. Sie hatten Attila in der ebenerdigen guten Stube das Krankenlager bereitet. Im Kamin brannte ein helles Feuer, das den Raum mit Licht und Wärme füllte. Der alte Toppler persönlich hielt die Krankenwache, oder war es bereits die Totenwache? Leblos wie ein Leichnam, eingewickelt in Laken, die in warmem Kamillensud eingetaucht worden waren, lag Attila auf seinem Bett, aufgebahrt wie eine Mumie. Selbst sein Gesicht wurde von feuchten Tüchern verhüllt. Und das war auch gut so, denn sein Anblick war grauenvoll. Die Haut feuerrot wie nach schwerem Sonnenbrand oder als sei sie in Säure getaucht worden. Die Finger waren so geschwollen, dass sie sich nicht zur Faust schließen ließen und weit gespreizt abstanden wie Froschfinger.

Am schlimmsten entstellt aber war sein Gesicht. Die Augen waren so zugeschwollen, dass sich die Lider nur mit Gewalt öffnen ließen. Die darunter hervorquellenden Augäpfel hatten die Farbe von rohen Schweinenieren. Die Lippen: zum Platzen prall und wülstiger als bei einem Mohren. Die Nase: kaum sichtbar eingebettet in den aufgedunsenen Backen, eine Fratze des Grauens. Niemand hätte ihn so erkannt, auch Simon der Henker nicht, dessen Hunde ihn gefunden hatten. Es war Gottesfügung, dass ihm die alte Afra begegnete, als er den Verunglückten auf sein Pferd geschnallt in die Stadt brachte. In dem Menschenauflauf, den sein Erscheinen verursachte, befand sich auch Afra, die nur selten fehlte, wenn es etwas zu sehen gab. Sie hatte Attila an seiner Kleidung erkannt.

»Der ist hin«, sagten die Herbeigelaufenen und schickten nach dem Priester, damit der Arme die Letzte Ölung erhielte.

»Mit Hilfe meiner Heilkunst wird er überleben«, widersprach Afra.

Daheim hatte sie ihn entkleidet, seine Wunden mit kalter Milch gewaschen und Umschläge aus essigsaurer Tonerde angelegt. Getrocknetes Igelblut und der Körpersaft von frisch zermörserten Kaulquappen war ihm eingeflößt worden. Ein silberner Marientaler, der ein ganzes Jahr lang in Weihwasser gelegen hatte, steckte unter seiner geschwollenen Zunge.

Der vom alten Toppler herbeigerufene Medicus untersuchte Attila lange und meinte kopfschüttelnd: »Ich habe dergleichen noch nie gesehen. Seine Haut ist verbrannt und doch nicht verbrannt. Ein Feuer anders als richtiges Feuer.«

»Anders als richtiges Feuer?«, fragte Toppler ungläubig. »Gibt es so etwas?«

»Das Feuer im Dornbusch, wo Jahwe zu Moses sprach«, sagte Katharina, die neben dem Bett ihres Bruders niedergekniet war und seine Hand streichelte. »Es brannte, ohne den Busch zu verbrennen, so heißt es im Alten Testament.«

»Nun, es gibt auch noch andere himmlische Feuer«, sagte der Stadtmedicus. »Sonnenbrand oder Blitz. Aber beides kommt nicht in Frage. Vom Blitz Erschlagene sind schwarz wie Holzkohle und auf der Stelle tot. Und Sonnenbrand kann es auch nicht sein, denn er ist auch an den Stellen verbrannt, die von Kleidung bedeckt waren.«

»Wenn es nicht vom Himmel ist, dann kommt es vielleicht aus der Hölle«, sagte Katharina. Sie schlug rasch ein Kreuz und fügte hinzu: »Höllenfeuer brennt, ohne zu verzehren.«

»Woher willst du das wissen?«, entrüstete sich Afra.

»Wie könnte sonst ein Sünder jahrelang im Höllenfeuer liegen, wenn die Flammen ihn wie irdisches Feuer zu Asche verglühen würden? Die Flammen der Hölle fügen dir zwar Schmerzen zu, aber sie fressen dich nicht. Schaut ihn euch an. Sieht er nicht aus wie einer der armen Verlorenen beim Jüngsten Gericht auf dem großen Altarbild in der Kirche Sankt Jakob, wo Satan ...«

»Halt den Mund!«, unterbrach Toppler seine Tochter. »Ich will von diesem Unsinn nichts hören.«

»Der Feuerteufel – jetzt frisst er nicht nur unsere Häuser, sondern auch uns«, schluchzte Katharina.

»Raus mit dir!« Toppler stieß sie aus dem Zimmer und schlug die Tür hinter ihr zu. »Ist denn die ganze Stadt verrückt geworden?«

Zum Medicus gewandt fragte er: »Könnten es nicht auch Brennesseln sein oder Bienenstiche?«

»Nein, keins von beiden.«

Das war am Nachmittag. Jetzt schlugen die Glocken Mitternacht. Heinrich Toppler saß am Bett seines Sohnes. Er legte seine Hand auf das weiße Bündel und dachte daran, wie er seinen »Erstgeborenen« auf den Stufen der Barmherzigen Schwestern gefunden hatte, genauso eingewickelt wie jetzt und genauso hilflos.

»Und dennoch verdanke ich dir alles, was ich erreicht habe. Was wäre ich ohne dich?«, sprach er zu dem Bewusstlosen. Er empfand eine so tiefe Zuneigung zu seinem Findelkind wie nie zuvor. Erst der drohende Verlust öffnet uns die Augen für den wahren Wert der Dinge. Nein, ich darf ihn nicht verlieren. Er ist mein Leben. Herr, lass ihn nicht sterben. Lass ihn mir!

Immer wieder betupfte er Gesicht und Hals mit warmem Kamillensud. Und jedes Mal, bevor er es wieder zudeckte, hielt er dem Jungen die bereitliegende Daunenfeder unter die Nase, um mit Erleichterung festzustellen, dass sein Atem sie bewegte, dass noch Leben in ihm war.

»Was auch mit dir geschehen ist, ich werde es herausfinden. Ich muss mit dem Henker sprechen. Vor lauter Aufregung hat keiner daran gedacht, ihn zu befragen, unter welchen Umständen er dich gefunden hat. Ich will jede Einzelheit wissen.

Ein Feuerteufel? Ist das möglich? Nein.

Und dennoch: Brannten nicht auch die Häuser der Stadt?

Mein Gott, in was für einer Welt leben wir!«

*

Topplerschlösschen nannten sie sein Haus, das er sich weitab von der Stadt am Ufer der Tauber hatte errichten lassen. Der Wehrturm war alles andere als ein Schlösschen. Und dennoch, mein Gott, was hatte das für einen Aufruhr gegeben, als er mit dem Bau seiner Fluchtburg begonnen hatte. Nie zuvor hatte es einen Bürger gegeben, der sich wie ein Graf außerhalb der Stadt einen Landsitz oder eine Wehranlage errichtet hatte. Und nie zuvor waren sich die städtischen Patrizier, der Bischof von Würzburg und der Burggraf von Nürnberg so einig gewesen wie in der Ablehnung, die sein Bauwerk bei ihnen ausgelöst hatte. Was bezweckt er damit? Ist er völlig größenwahnsinnig geworden? Glaubt er, er sei mehr als alle anderen? Aber natürlich hatte es keiner gewagt, ihm diese Fragen zu stellen, denn er *war* mehr als alle anderen.

Wie nannten sie ihn? König von Rothenburg oder richtiger: der Reiche von Rothenburg. Nur wenige Bürger nördlich der Alpen waren so vermögend wie er. Er verhandelte mit Fürsten und Königen wie mit seinesgleichen.

Daran dachte Heinrich Toppler, als er seinem Rappen freien Lauf ließ, den gewundenen Weg hinab zum Fluß.

Ja, er hatte vieles vollbracht, was keiner vor ihm auch nur zu denken gewagt hätte. Am Donnerstag vor dem Christtag anno 1373 hatte er von Conrad von Hohenlohe tausend Mark in Silber gefordert als Entgelt für die widerrechtliche Gefangensetzung des Rothenburger Bürgers Hans Angermann. Der Bürgermeister einer Kleinstadt erdreistete sich, einen Angehörigen des Hochadels, einen Hohenloher, vor Gericht zu zitieren, weil dieser es gewagt hatte, einem Bürger seiner Stadt die Freiheit zu beschneiden!

Und ich habe diesen unglaublichen Prozess gewonnen!

Ein Lächeln glitt über das Gesicht des Alten. Er hatte ihnen gezeigt, was es hieß, sich mit ihm anzulegen. Sein Geheimnis bestand aus Geld und guten Beziehungen und dem Wissen, wie man beides zur rechten Zeit und am rechten Ort einsetzt.

Sein wichtigstes Eisen im Feuer war zweifellos der König. 1373 war Wenzel zum ersten Mal nach Rothenburg gekommen zur feierlichen Verkündung des Reichsfriedens. Bei seinem achttägigen Besuch hatte er im Haus Zum goldenen Greifen gewohnt. Damals noch ein Knabe von zwölf Jahren. Ich selber war fast dreimal so alt, erinnerte sich Toppler. Ohne diesen großen Altersunterschied wäre die ungewöhnliche Freundschaft gewiss nie zustande gekommen. Er hat mir leid getan, ein blasses, verstörtes Kind, umgeben von Pfaffen und Arschkriechern, eine Schachfigur auf dem Spielbrett aller möglichen politischen Interessen. Mit vier Monaten war der Säugling zum ersten Mal verlobt worden. Noch jung an Jahren, hatte man ihn zum König von Böhmen gemacht. Kaum zwölf Jahre alt, war er deutscher Reichsfürst. Ein Herrscher schon über alle, außer sich selbst. Ich habe Eindruck auf ihn gemacht, weil ich nicht eine heilige Krone trug, sondern mir als gewählter Bürgermeister Ansehen und Respekt verschafft hatte. Ich war bei allen beliebt. Er wurde hofiert.

Die Burgen, in denen er heranwuchs, waren gewaltig in Anspruch und Ausdehnung, kalt und lebensfeindlich. Das Haus Zum goldenen Greifen mit seinen niedrigen Balkendecken und warmen Stuben war für den Jungen ein Erlebnis ganz besonderer Art. Vor allem das bunte Marktleben unter seinem Fenster hatte es ihm angetan. Warum wohnen wir nicht so?, hatte er den Prälaten gefragt, der für seine Sicherheit zuständig war.

Aber machen wir uns nichts vor, sprach Toppler zu sich selbst, es sind nicht die gemeinsamen Erinnerungen einer langjährigen Freundschaft, die uns miteinander verbinden. Für Wenzel bin ich der Reiche von Rothenburg, die eiserne Reserve, auf die auch dann noch Verlass ist, wenn alle anderen Geldquellen versiegen. Der König war im wahrsten Sinne des Wortes berechenbar. Bei der Durchsetzung seiner Ziele gab es meist nur ein Problem: Woher das notwendige Geld nehmen?

Wie viele Menschen seiner Zeit hatte Toppler die Angewohnheit, laut mit sich selber zu sprechen, wenn er allein war. Das Formulieren seiner Gedanken in Sätze brachte Klarheit in sein Denken. Für einen Fremden mussten diese Selbstgespräche so wirken, als redete er mit seinem Pferd.

Er gab dem Rappen die Sporen und murmelte: »Komm schon, wir müssen uns beeilen. Den Henker soll man nicht warten lassen.«

Unten im Tal, halb verdeckt von Weiden und Ulmen, erkannte er jetzt sein Haus Rosental, wie er es nannte. Er hielt an und stieg vom Pferd, um seine Burg zu betrachten: eine Wasserburg in einem kleinen, künstlich angelegten See. Der quadratische Unterbau aus grob behauenen Steinen mit vier Fuß dicken Wänden stand im Wasser wie ein gewachsener Fels und war nur über eine Zugbrücke zu erreichen. Oben auf dem Turm saß nach allen Seiten auskragend der Oberbau. Er sah aus wie ein Fachwerkhaus mit spitzem Dach, das ein Riese auf eine Bergspitze gesetzt hatte. Welch ein Spielzeug! Ihm gefiel, was er sah. Der ideale Ort, um Treffen zu arrangieren, ohne dass die ganze Stadt davon erfährt. So wie heute. Ins Haus Zum goldenen Greifen hätte ich den Henker ohne Auftrag nicht einladen dürfen, nicht einmal in die Stadt. Selbst unter freiem Himmel dürfte ich ihm weder Trank noch einen Sitzplatz anbieten. Wie bei einem Aussätzigen würde keiner mehr den Becher oder die Bank anfassen, die der Henker berührt hat. Zu groß ist das Grauen vor dem Scharfrichter. Gibt es nicht selbst in der Kirche eine spezielle Pforte für ihn? Kein Arzt will ihn behandeln. Kein Totengräber wird ihn bestatten, und schon gar nicht auf geweihtem Gottesacker. Sogar seine Frau und Kinder gelten als unrein oder, richtiger: als unberührbar. Denn es ist nicht so sehr Verachtung oder Ekel, die ihn von allen anderen trennen. Nein, es ist – Toppler suchte nach dem richtigen Wort –, es ist ein fast achtungheischendes Grauen, wie es Gewittern innewohnt oder dunklen Grüften. Die Aura des Todesengels umgibt ihn. Er steht außerhalb aller Gebote und Gesetze. Er bricht einem Menschen das Genick oder schlägt ihm den Kopf vom Rumpf und setzt sich anschließend zum Abendessen an den Tisch wie ein Handwerker, der seine Arbeit getan hat.

Der Preis für diese übermenschliche Macht ist die Isolation. Aber sind wir nicht alle, je höher wir aufsteigen, davon betroffen? Ich habe es am eigenen Leib erfahren. Es ist wie im Gebirge. Je höher du kommst, desto einsamer wird es um dich. Aber keiner war so auf sich selbst gestellt wie der Henker. Wer so lebte, wurde zum Einzelgänger. Hätte er sonst das Amt des Scharfrichters ausüben können? Er hatte sich das blutige Handwerk nicht ausgesucht. Es war vom Vater auf den Sohn übergegangen. Eine andere Tätigkeit hätte das Henkerskind gar nicht ausüben dürfen. Er hatte sie auf sich genommen wie Judas die Aufgabe des Verräters. Einer musste es tun. Daran dachte Heinrich Toppler, als er die Tauber erreichte. Er wurde bereits erwartet.

Die beiden Männer, ganz in Leder gekleidet, hatten sich ihrer Schuhe entledigt und die Pferde an einer Weide festgebunden. Sie standen im flachen Wasser und warfen Kieselsteine in den Fluss, nach denen die Hunde tauchten. Als die beiden Doggen Toppler erblickten, schossen sie bellend auf ihn zu, wurden aber zurückgepfiffen. Winselnd und schweifwedelnd drängten sie sich um die Beine ihres Herrn.

Heinrich Toppler kannte Simon, den Henker. Sie waren sich mehrfach begegnet, immer unter ungewöhnlichen Umständen. Er mochte den hoch aufgeschossenen, schlanken Mann mit der hellblonden Mähne, der wie ein einsamer Wolf seinen Weg ging, von allen gemieden und doch von unnachahmlicher Würde umgeben.

»Grüß dich, Simon.«

»Grüß Gott, Bürgermeister.«

Die Männer reichten sich nicht die Hände. Niemand gab dem Henker die Hand. Es gehörte sich nicht.

»Ich danke dir, Simon, dass du gekommen bist. Ihr seid auf der Rückreise nach Nürnberg?«

»So ist es.«

»Kommt, seid meine Gäste.«

Toppler führte den Henker und seinen Knecht über die Zugbrücke in die Burg. Er hatte Brot, Käse und Wein mitgebracht, die er auf dem runden Tisch im Obergeschoss auspackte. Zinnbecher wurden mit rotem Wein gefüllt: »Trinkt und esst. Ihr müsst hungrig sein nach dem langen Ritt.«

»Vor allem durstig«, grinste der Knecht, dem trotz seiner Jugend alle Zähne fehlten. Er hatte blutunterlaufene Augen und ein pockennarbiges Gesicht.

Während der Henker das Dinkelbrot brach und mit seinem Messer, das er im Gürtel trug, den Käse zerteilte, fragte ihn Toppler:

»Ihr wart in Mergentheim?«

»Ja, wir wurden gerufen.«

»Eine Hinrichtung?«

»Nein, eine Herrichtung.«

»Ihr scherzt.«

»Nein, ich hab einem großen Herrn die Knochen wieder eingerenkt.«

»Eingerenkt?«

»Ja, ein Sturz vom Pferd mit ausgekugeltem Arm und gebrochener Schulter.«

»Seit wann arbeitest du als Medicus?«, verwunderte sich Toppler.

»Ich habe schon mehr Knochen geheilt als gebrochen.«

Der Henkersknecht fügte hinzu: »Wer Verurteilte häutet, vierteilt, rädert, enthauptet und hängt, weiß mehr von den menschlichen Leibern als die Quacksalber, die sich Doktoren nennen und vom Menschen nicht mehr wissen als ein Fisch vom Fliegen.«

Der Henker nickte mit dem Kopf und meinte mit offenem Mund kauend: »Wer noch nie einen Leib auseinander genommen hat, weiß auch nicht, wie die einzelnen Knochen ineinander greifen, und kann sie deshalb auch nicht wieder einrenken.«

»Ich werde es mir merken«, sagte Heinrich Toppler, »falls ich dich mal brauche.«

»Zum Knochenbrechen oder Einrenken?«, feixte der Knecht.

»Zu beidem. Dass ihr auch rettende Engel seid, habt ihr an meinem Jungen bewiesen.«

Toppler trank dem Simon zu und sagte: »Das werde ich dir nie vergessen.«

Der leerte seinen Becher mit einem Zug und wischte sich die Brotkrumen aus dem Bart: »Eine üble Geschichte. Erst dachte ich, er wäre tot. Er sah so aus, als hätte er in der Lauge der Lohgerber gelegen. Ich habe nie dergleichen gesehen. Er war völlig durchnässt. Vielleicht lag es aber auch am Regen. Unglaublich, was diese Strolche mit ihm angestellt haben.«

»Wieso Strolche? Vielleicht war es ein Kugelblitz, ein Dämon oder ...«

»Nein, das waren Menschen.«

»Was macht dich so sicher?«

»Der Junge war gefesselt, als wir ihn fanden.«

»Gefesselt?«

»Ja, an Händen und Füßen mit Lederriemen.«

Toppler dachte einen Augenblick nach. Dann fragte er: »Aber könnte ihn nicht auch irgendein teuflischer Kobold gefesselt haben?«

»Nein«, sagte der Henker, »denn die Geschöpfe der Hölle kommen nicht zu Pferde daher. Und da waren sehr deutlich die Hufabdrücke von zwei Pferden in dem lehmigen Boden zu erkennen. Das war das Werk von Menschen.«

ELFTES KAPITEL

Als Rebecca Süßkind vom Krankenbesuch im Haus Zum goldenen Greifen heimkehrte – sie hatte weiche Brüsseler Mullbinden gebracht –, erzählte sie: »Stell dir vor, Josua, der Attila war gefesselt, als man ihn fand.«

»Gefesselt?«

»Ja, an Händen und Füßen.«

»Aber wer sollte so etwas tun?«, fragte Josua.

»Räuber. Es gibt genug von diesem Gesindel.«

»Was können Räuber einem Jungen wie dem Attila wegnehmen? Und warum fesseln sie ihn, wenn sie ihn beraubt haben? Das ergibt doch keinen Sinn!«

»Vielleicht wollten sie Lösegeld.«

»Dann hätten sie ihn nicht so zugerichtet und ihn draußen liegen lassen, bis ihn zufällig einer findet. Nein, für solch grausame Tat gibt es nur einen Grund: Rache!«

»Wer sollte einen Grund haben, sich an dem Jungen zu rächen?«, fragte Rebecca.

»Denk doch mal nach.«

»Du meinst …?«

»Ja, der Struzz und sein Geierküken. Wenn ich einem diese Untat zutraue, dann ihm.«

»Du hast Recht«, sagte Rebecca. »Aber wenn das so ist, so geht dieser Überfall auch uns an, denn der Junge muss bitter dafür bezahlen, dass er uns Gutes getan hat.«

*

Am Abend des nächsten Tages erwachte Attila aus seiner Ohnmacht. Er wollte etwas sagen. Es misslang.

»Du bist daheim. Alles wird wieder gut werden.«

Toppler beugte sich tief zu seinem Sohn hinab. Seine Lippen berührten fast das Ohr. »Wer war es? Wer hat dir das angetan?«

Attila wollte sprechen. Die geschwollene Zunge bemühte sich vergeblich, einen Laut zu formen.

»War es der Struzz?«

Deutlich sichtbar nickte der Junge mit dem Kopf.

»Ja«, hauchte er, »ja.«

»Dieses Schwein. Oh, dieses Schwein!«, stöhnte der alte Toppler. »Bei meiner Ehre, ich werde diese Ratte zertreten.«

Die Schwellungen waren am Ende der Woche so weit zurückgegangen, dass Attila, wenn auch mit schwerer Zunge, wieder sprechen konnte. Er sah einem alten Mongolen ähnlicher als einem jungen Franken, aber auch das würde sich bald geben. Am meisten Sorgen bereiteten seine Augen. Sie waren immer noch so blutunterlaufen und entzündet, dass sie auch bei gewaltsamer Anhebung des Augenlids nichts wahrzunehmen vermochten.

»Hoffen wir, dass er bald wieder sieht«, sagte der Doktor, aber es klang nicht sehr hoffnungsvoll.

Ein Verband aus weichem Wollstoff bedeckte die Augen.

»Ich komme mir wie ein zum Tode Verurteilter vor, dem der Henker aus Mitleid die Augen verbunden hat«, flüsterte Attila, als Judith an seinem Lager saß. Sie kam jetzt jeden Tag.

»Es ist meine Pflicht, nach ihm zu sehen«, verteidigte sie sich, wenn Josua ihr vorhielt, dass sich ihre Besuche im Haus Zum goldenen Greifen nicht schickten.

»Blind und bis zur Unkenntlichkeit entstellt, weil er mir geholfen hat. Was für ein Mensch wäre ich, wenn ich ihn jetzt allein ließe, jetzt, da er Hilfe braucht.«

Sie brachte ihm Walderdbeeren und Wiesenblumen. Viele Stunden saß sie an seinem Bett. Da er sie nicht sehen konnte und sie sich wegen der Verätzungen auch nicht traute, ihn zu berühren, redete sie die ganze Zeit. Sie sprach zu ihm wie zu einem Kind, das in der Wiege liegt und auf Zuwendung wartet. Er sagte nur selten etwas. Jede Bewegung der geschwollenen Lippen verursachte brennenden Schmerz.

*

Rebecca hatte Pasteten gebacken, und Josua schickte Wein aus dem Elsass und Jordanwasser: gut für die Augen.

Am siebten Tag ihrer Besuche sagte Judith: »Ich wüsste gern, was wirklich passiert ist. Oder willst du nicht darüber sprechen?«

»Doch«, sagte Attila. Er legte sich zurück und begann zu berichten, stichwortartig, zögernd und mit langen Pausen. Doch dann verdichteten sich die Bilder seiner Erinnerung immer mehr, und es war, als würde er alles noch einmal erleben.

Er war früh am Morgen aufgebrochen. Sein Ziel war der Hundsgraben. Der großen Mauer weit vorgelagert, versperrte er fast zehn Fuß tief und doppelt so breit den Zugang zur Stadt. Nur an elf Stellen konnte er überschritten werden. Diese Brückenköpfe wurden im Kriegsfall mit Armbrustschützen besetzt. Früher liefen in dem Graben wilde Hunde, die mit blutigem Fleisch gefüttert wurden und jeden anfielen, der sich in ihre Nähe wagte. Mit Einführung der Armbrust hatten die vierbeinigen Wächter ihre Aufgabe verloren, da sie allzu leichte Ziele für die Angreifer waren. Nur der Name erinnerte noch an sie.

In Sichtweite des Grabens begann es heftig zu regnen. In gestrecktem Galopp erreichte Attila den Brückenkopf, der die Stadt mit der Burg Seldeneck verband. Unter dem mit Steinplatten gedeckten Dach des Unterstandes fanden Ross und Reiter Schutz vor dem Regen. Aneinander geschmiegt wärmten sie sich gegenseitig. Es war ein wohliges Gefühl. Attila liebte den Geruch von nassem Pferdefell. Auch der Hengst schien die Nähe zu genießen. Mit gesenktem Kopf ließ er sich die Mähne kraulen.

Plötzlich richteten sich ruckartig seine Ohren auf, bewegten sich nervös und angespannt. Unruhe befiel den großen, warmen Tierleib. Seine Muskeln spannten sich.

Attila lauschte beklommen. Irgendetwas ging da draußen vor. War da nicht Hufschlag, oder war es das Klopfen der Regentropfen? Bevor er Gelegenheit fand, das herauszufinden, erschien ein Schatten in dem schmalen Einlass, der ins Freie führte. Gegen die helle Öffnung wirkte der Fremde wie ein Schattenriss. Obwohl sein Gesicht im Dunkeln lag, erkannte Attila ihn sofort. Und vice versa.

»Ei, wen haben wir denn da? Das Topplerbübchen.«

Attila griff sich an den Gürtel. Das Messer! Wie hatte er es bloß vergessen können.

Struzz bemerkte es: »Nichts zum Stechen dabei? Nicht einmal eine Biene? Das sieht nicht gut aus. Denn jetzt wird abgerechnet. Wie sagen die alten Juden: Auge um Auge, Zahn um Zahn.«

Er versetzte Attilas Hengst einen Tritt. Der machte vor Schreck einen Satz zur Seite. Dabei wurde Attila, der den Hengst am Halfter hielt, zu Boden geworfen. Bevor er wieder auf den Beinen war, setzte Struzz ihm die Speerspitze an die Kehle: »Schön liegen bleiben!«

Er stieß einen Pfiff aus.

Der Junge, den Attila schon kannte, erschien in der Türöffnung. Erschrocken blickte er auf den am Boden Liegenden.

»Fessle ihn!«, befahl der Alte. »Nimm die Riemen aus deiner Hose!«

Der Junge drehte Attila die Arme auf den Rücken und band ihm die Handgelenke so fest zusammen, dass das Leder tief ins Fleisch schnitt.

»Und jetzt die Füße.«

»Was hast du mit ihm vor, Vater?«

»Wir könnten den Bienenfreund an seinem Stachel aufhängen, aber vermutlich reißt ihm das Schwänzchen ab, bevor wir ihn hochgezogen haben. Nein, wir werden uns etwas Besseres einfallen lassen.«

»Ich weiß nicht, Vater, warum verpassen wir ihm nicht eine tüchtige Tracht Prügel? Ich finde, die hat er verdient.«

»Ich höre wohl nicht richtig«, sagte Struzz. »Eine Tracht Prügel? Hast du vergessen, was der Hundesohn uns angetan hat? Dafür ein paar Backenstreiche? Nein, wer mich so verhöhnt, der wird mit härterer Münze entlohnt.«

»Was hast du vor?«

»Siehst du die Bäume da drüben? Dort könnten wir einen Holzpflock in den Boden schlagen. Wir werden ihn mit den Füßen anpflocken wie ein Schaf. Dann werden wir an einer Esche – die da ist gut – ein Seil befestigen und den Wipfel mit Hilfe der Pferde zu uns herunterbiegen.«

»Und was soll das, Vater?«

»Daran knüpfen wir ihn mit den Haaren fest. Er hat genau die richtige Frisur dafür, schön lang und dicht wie Rosshaar.«

»Und dann?«

»Wir werden den heruntergebogenen Baum wieder loslassen, hübsch langsam, damit wir ihm nicht den Kopf abreißen. Das Söhnchen steht dann unter Spannung wie die Sehne an deinem Jagdbogen. Wenn sie ihn finden – falls ihn hier einer findet –, ist er um ein gehöriges Stück gewachsen.«

»Du spinnst«, sagte der Junge ungläubig.

»Die Würzburger Himmelfahrt funktioniert prächtig«, lachte der Alte.

»Würzburger Himmelfahrt?«

»Die Anführer der rebellischen Bauern, die sich gegen den Bischof von Würzburg erhoben hatten, wurden so zur Hölle geschickt.«

»Ist das wahr?«

»Ich war dabei. Morgens werden sie angepflockt, und wenn man ihnen zur Nacht die schön lang gezogenen Hälse durchschneidet, sausen die Köpfe mit den zurückschnellenden Baumstämmen gen Himmel wie die Wurfgeschosse der großen römischen Belagerungsmaschinen. Du kannst ihnen natürlich auch die Füße abhacken. Dann hüpft der ganze Kerl in die Luft, baumhoch, wie ein riesiger Floh.«

Struzz schüttelte sich noch nachträglich vor Lachen. Er wischte sich die Lachtränen aus den faltigen Augenwinkeln und meinte: »Das muss man erlebt haben.«

»Aber der Bursche hier ist kein Bauer«, gab der Junge zu bedenken. »Er ist der Sohn des Bürgermeisters einer freien Reichsstadt, die unter dem Schutz des Königs steht.«

»Der Teufel hol die Städte!«

»Euch wird er holen«, sagte Attila.

Struzz versetzte ihm einen kräftigen Tritt. »Halt die Schnauze, du Hund!«

»Ihr werdet viel Ärger bekommen, wenn ihr mich umbringt.«

»Noch ein Wort, und ich schlage dir die Zähne ein.«

Struzz schob den Hut in den Nacken und kratzte sich ausgiebig den Kopf, wie er es immer tat, wenn er nachdachte. »Wir könnten ihm die Füße durch die Steigbügel stecken und dem Gaul Feuer unter den Schwanz machen. Er wird dann seinen Herrn in gestrecktem Galopp hinter sich herschleppen wie eine Egge. Der Boden hier ist steinig und voller Brombeergestrüpp. Es wird wie ein Reitunfall aussehen. Niemand wird uns einen Vorwurf machen, wenn man seine Leiche findet.«

»Und wenn er überlebt?«

»Wenn er noch lebt, kann keiner behaupten, wir hätten ihn umgebracht. Wir haben ihm nur heimgezahlt, was er uns angetan hat.«

Der Alte hob drohend die Fäuste: »Diese Stadtratten vergreifen sich nicht ungestraft an einem Ritter, so wahr ich Falk Struzz zu Frickenhausen heiße.« Er schlug nach einer Mücke, die ihn in die Wange gestochen hatte. Das erschlagene Insekt klebte an seinen Fingern. Er betrachtete es und sagte grinsend: »Ich weiß etwas Besseres. Komm, hilf mir, Sohn!«

Sie warfen den an Händen und Füßen Gefesselten über das Pferd. Seine Arme und Beine hingen an beiden Seiten herab wie bei einem erlegten Wild. Keiner sprach. Die Stille war bedrohlich. Bei einem Gehölz hielten sie. Struzz stieß Attila vom Pferd. Mit dem Kopf voran fiel er zu Boden.

»Wir sind am Ziel.«

»Was habt ihr vor?«, fragte Attila.

»Sei nicht so neugierig, du Milchgesicht. Du wirst es früh genug erfahren. Und ich bin sicher, du wirst dich nicht langweilen.«

Zu seinem Sohn gewandt fragte er: »Erinnerst du dich noch an den Fuchs, den wir hier im Herbst gefangen haben?«

»Ja. Er hing mit den Vorderpfoten in der Schlagfalle. Ein prächtiger Bursche mit goldfarbenem Fell.«

»Aber als wir ihn fanden, war er übersät mit Ameisen.«

»Er lebte noch. Die Emsen hatten ihm bei lebendigem Leibe die Augen aus den Höhlen gefressen. Und seine Zunge…« Der Junge schüttelte sich bei der Erinnerung an den ekelhaften Anblick: »Widerliche Höllenbrut, diese roten Feuerameisen!«

»Nicht widerlicher als Bienen.«

»Vater, du willst doch nicht etwa…?«

»Doch, ich will.«

Struzz blickte sich suchend um und meinte: »Wir könnten ihn natürlich in einen Ameisenhaufen stecken. Ich bin sicher, es gibt hier mehrere. Aber das ginge zu schnell. Nein, wir werden ihn bei kleiner Flamme rösten. Siehst du…« Er zeigte auf zwei Ameisen, die mit gierig zappelnden Fühlern auf Attilas Hosenbeinen umherkrabbelten. »Da kommen bereits die ersten Kundschafter. Es wird nicht lange dauern, dann wird es hier von Ameisen nur so wimmeln, eine langsam anschwellende Flut von kleinen Teufeln.«

»Das könnt ihr nicht tun«, stöhnte Attila. »Macht mich los! Bitte.«

»Ach, der junge Herr sagt bereits ›bitte‹. Er wird noch ganz anders betteln. Aber Ameisen kennen so wenig Mitleid wie Bienen.«

Attilas Körper bäumte sich vor Angst und Verzweiflung auf. Er riss an seinen Fesseln und wälzte sich auf dem Waldboden hin und her, als säßen ihm bereits die Feuerameisen auf der Haut. Die Tränen liefen ihm über die Wangen.

Struzz beobachtete ihn grinsend: »So gefällst du mir, du Möchtegern-Held.« Er kniete sich auf sein Opfer und kontrollierte die Lederfesseln eigenhändig.

»Komm!«, sagte der Junge, der bereits sein Pferd bestiegen hatte, so als könne er es nicht erwarten, den Ort der Schandtat zu verlassen. »Komm!«

»Noch nicht«, sagte Struzz. »Wir wollen erst die kleinen Plagegeister noch ein wenig locken.«

»Locken?«

»Ja, herbeilocken. Bei einem verwesenden Kadaver kommen sie sofort und in Scharen. Aber ein lebendiger Leib verschafft ihnen nur wenig Appetit. Am besten wäre, wir würden ihn mit Honig oder Aas bestreichen. Aber es geht auch so.«

Er öffnete seinen Hosenschlitz, holte sein männlichstes Fleisch hervor und urinierte mit kräftigem Strahl auf den Gefesselten: »Gesegnete Mahlzeit.«

Er schwang sich aufs Pferd und rammte ihm die Sporen so fest in die Flanken, dass es mit einem wilden Satz davongaloppierte. Sein Sohn folgte ihm mit wehendem Haar.

Attila, mit dem Gesicht im Gras, vernahm ihren Hufschlag, bis er in der Ferne verebbte. Zurück blieb bleierne Stille, tödliche Verlassenheit. Er versuchte aufzustehen. Es misslang. Seine auf dem Rücken gefesselten Hände waren so mit seinen Fußfesseln verknotet, dass er nicht einmal zu knien vermochte.

Trotzdem versuchte er es immer wieder. Nur weg von dem Boden, der sich immer dichter mit Ameisen belebte. Der Schweiß rann ihm in die Augen. Sein Herz raste. Die Lederriemen schnitten schmerzend ins Fleisch. Er kämpfte, weinte, betete und fluchte. Am Ende fiel er völlig erschöpft in bodenlose Tiefe.

Feuer! Feuer! Das Haus Zum goldenen Greifen brennt!

Alles um ihn herum stand in Flammen. Beißender Rauch und wirbelnde Funken. Geschrei, aufgeregtes Rufen. Die Stimme des Vaters: Attila! Mein Gott, er ist in dem brennenden Haus! Wasser, mehr Wasser, hierher!

Die Flammen griffen nach ihm. Ihre Glut versengte ihm Haar und Haut. Wie tausend Nadeln durchfuhr ihn stechender Schmerz. Himmel, hilf! Heiliger Florian, steh mir bei! Er wollte davonlaufen. Doch die Beine gehorchten ihm nicht. Er stolperte, fiel, stürzte und erwachte.

Wo bin ich? Er schlug die Augen auf.

Da war ein Gewimmel von riesigen Insekten, Heuschrecken oder Spinnen, direkt vor seinen Augen, nein, *auf* seinen Augen! Ameisen, mein Gott, Ameisen! Sie schlüpften ihm unter die Lider, verhakten sich in dem zarten Gewebe seiner Augäpfel. Brennender Schmerz durchzuckte ihn, zwang ihn, die Augen zu schließen. Dabei glitten ihm einige der widerwärtigen Insekten unter die Lider, wo sie sich verbissen zur Wehr setzten, Ameisensäure verspritzten und ihre Kauzangen in sein Nervengeflecht schlugen.

Er wollte sich aufrichten, kippte zur Seite, kam wieder hoch, versuchte die Ameisen abzuschütteln, im Gras fortzuwischen. Sein Widerstand versetzte die wehrhaften Insekten in zornige Panik. Sie krabbelten immer wilder auf ihm herum, verspritzten ihre ätzende Säure und verbissen sich noch fester in ihm. Sie waren überall: in den Schuhen, zwischen den Zehen, die Beine hinauf, von den Kniekehlen bis zum After, Bauch und Rücken, in den Achselhöhlen. Am unerträglichsten in den Gehörgängen und den Nasenlöchern, am schmerzvollsten in den Augen. Er riss an den Fesseln, flehte zu allen Heiligen. Wollte sterben, um der Qual zu entfliehen. Dem Wahnsinn nahe begann er zu schreien, wie er noch nie geschrien hatte. Er schrie noch, als ihm die Ameisen in den Mund krochen und sich in seiner Zunge verbissen. Es war das Fegefeuer bei lebendigem Leib. Bevor er den Verstand verlor, verlor er erneut das Bewusstsein.

Attila hatte seinen Bericht beendet. Es war totenstill im Zimmer. Nur sein keuchender Atem war zu hören. Mein Gott, wie schrecklich, dachte Judith. Sie spürte wieder die eigene Todesangst, die sie gepackt hatte, als der Struzz über sie herfiel.

»Ich habe es überlebt«, sagte Attila. »Nur die Augen...«

»Sind die Schmerzen schlimm?«

»Schlimmer als der Schmerz ist die Angst, für immer blind zu sein.«

Und so, als wollte er der trostlosen Vorstellung den Schrecken nehmen, meinte er mit einem Anflug von jungenhafter Unbekümmertheit: »Du hast mich gefragt, ob du mir einen Gefallen tun kannst. Ich möchte dich sehen.«

»Du wirst mich sehen. Warte nur...«

»Nein, ich möchte dich jetzt sehen. Darf ich dein Gesicht berühren?«

Sie neigte sich über ihn. Er fuhr mit den Fingerspitzen tastend über ihre Stirn, Wangen und Augen. Es war eine unendlich zärtliche Berührung. Er zögerte einen Augenblick, bevor er ihren Mund berührte. Ohne dass Judith es wollte, beantworteten ihre Lippen die Berührung mit einem Kuss auf die Fingerkuppen. Es war nur die Andeutung eines Kusses, leicht wie ein Schmetterlingsflügel, aber für Attila war es ein Lichtstrahl in der Finsternis.

ZWÖLFTES KAPITEL

Die kleine Jüdin ist eine gute Medizin«, sagte Afra am Abend zu Heinrich Toppler. »Wenn sie die Stube betritt, blüht der Junge sichtbar auf, wie eine welke Pflanze im Regen.«

»Dabei kann er sie nicht einmal sehen«, verwunderte sich Toppler.

»Auch Pflanzen können nicht sehen, dennoch erleben sie die heilsame Kraft, die von manchen Menschen ausgeht. Sie spüren es, ob einer grüne Finger hat oder nicht. Judith besitzt diese

Kraft, die Samen keimen lässt, diese Magie, die vom Mond ausgeht und selbst Meere bewegt.«

»Sorge dafür, dass sie wiederkommt«, sagte Toppler. »Alles ist gut, was meinem Jungen hilft.«

Er ergriff Afras Hände und streichelte sie. Das hatte er lange nicht mehr getan. Er betrachtete sie: Sie hatte das runde Gesicht eines Kindes; dabei war sie nicht einmal mehr eine junge Frau. Mit vierzig war man eine Matrone. In ihren großen dunklen Augen lag ein versunkener Ausdruck von Wehmut und ungestilltem Lebenshunger, so als hätte sie nicht die Liebe bekommen, die sie bereit war zu geben. Ihre Haut war glatt, denn sie neigte zur Fülle, ohne fett zu sein. Eine naive Sinnlichkeit ging von ihr aus.

Das im Sinne des Wortes Hervorstechendste an ihr war ihr prachtvoller Busen, um den sie von manchem jungen Weib beneidet und von manchem jungen Burschen begehrt wurde. Dennoch hatte sie mit ihrem verlockendsten Fleisch nur selten Männer, dafür aber um so reichlicher Säuglinge beglückt.

»Ohne dich hätten wir Attila nicht groß gekriegt«, hatte Barbara zu Afra gesagt, bevor sie starb. »Du bist mehr seine Mutter als ich. Bitte bleib, wenn ich gehen muss.« Natürlich hatte Afra den tieferen Sinn dieser Worte nicht erfasst, denn wie konnte sie ahnen, dass sie einen Findling stillte.

Ihr eigenes Kind hatte sie gleich nach der Geburt verloren, den Gatten noch davor. Ein mit der Axt gefällter Baum hatte ihn erschlagen. Da war sie dreiundzwanzig Sommer alt. Seitdem wirkte sie im Haus Zum goldenen Greifen als Amme, Köchin, Krankenschwester, Mutter, aber leider nicht als Ehefrau, obwohl der Stadtklatsch wissen wollte, dass sie mit Heinrich Toppler schliefe. »Ein Weib mit solchen Titten im Haus. Wer könnte sich dem verweigern?« So frotzelten die Männer in den Schenken. Sogar im Beichtstuhl hatte sie der Priester bedrängt, ihr Gewissen zu erleichtern und die außereheliche Unzucht mit dem Bürgermeister zu gestehen.

Sie wusste, dass der alte Toppler unerlaubte Verhältnisse mit verheirateten Frauen unterhielt, aber leider hatte er sich ihr nie genähert, obwohl sie sich nichts sehnlicher wünschte und oft davon träumte.

Oh, wenn du wüsstest, wie sehr du mir nachts gehörst, sprach sie dann im Stillen zu sich selbst, wenn sie ihm am Morgen das Frühstück zubereitete. Was sie nicht wissen konnte, war, dass Heinrich Toppler bisweilen das Gleiche dachte. Aber der Graben zwischen ihnen war zu tief.

*

»Wo warst du? Warum bist du nicht gekommen? Weißt du nicht, wie sehr ich auf dich gewartet habe, seit vier Tagen? Judith, was ist geschehen? Habe ich dich gekränkt?«

»Nein. Ich durfte nicht kommen.«

»Warum nicht? Wer hat es verboten?«

Attila versuchte sich im Bett aufzurichten. Judith hinderte ihn daran.

»Es ging nicht. Ich konnte nicht.«

»Warst du krank?«

»Nein, ich war nicht krank … oder doch.«

»Was soll das bedeuten?«

»Ich hatte meine Monatsblutung.«

»Aber warum …«

»Attila, meine Religion verbietet es mir, an diesen Tagen mit dir an einem Tisch, geschweige denn an deinem Bett zu sitzen. Ich hätte dir nicht einmal die Hand geben dürfen.«

»Aber ich bin Christ.«

»Was ändert das an den Geboten meines Glaubens? Ich habe deinetwegen schon so viele religiöse Vorschriften verletzt, dass du mir ein paar noch lassen solltest.«

»Welche Gebote hast du meinetwegen gebrochen?«

»Es begann mit dem Hemd, das du mir bei unserer ersten Begegnung gegeben hast, um damit meine Blöße zu bedecken. Ich hätte es nicht anziehen dürfen, obgleich ich nackt war.«

»Weil es ein Christ anhatte?«

»Nein, weil Mischgewebe aus Leinen und Wolle allen Juden streng verboten sind.«

»Welch ein Unsinn«, entfuhr es Attila.

»Kein größerer Unsinn, als während der Fastenzeit kein Fleisch, dafür aber um so mehr Fisch zu essen.«

»Verzeih mir, ich wollte dich nicht kränken.«

»Schon gut.«

»Und welche Gebote hast du meinetwegen noch gebrochen?«

»Ich habe für dich Beeren am Sabbat gesammelt. Ich habe auf deinem Bettrand gesessen. Ich habe es zugelassen, dass du mein Gesicht berührt hast. Ich habe für dich ein Gebot nach dem anderen missachtet. Aber meine Reinheitsrituale musst du mir lassen. Ohne die Mikwa könnte ich nicht sein.«

»Mikwa – was ist das?«

»Ein besonderes Bad für Frauen. Nichts für Männer.«

Attila griff nach ihrer Hand. »Wir leben in völlig verschiedenen Welten. Warum seid ihr so anders als wir? Ist es wahr, wie Afra sagt, dass ihr in euren Küchen alle Töpfe und alle Pfannen, alle Schüsseln und alles Geschirr doppelt habt, getrennt für Milchspeisen und Fleischspeisen?«

»Ja, das stimmt.«

Attila dachte einen Augenblick nach. Dann sagte er: »Dass ihr das eine mit dem anderen nicht mischt, geht mir ja noch ein, aber warum muss alles zweifach vorhanden sein? Welch ein Aufwand! Würde es nicht ausreichen, Geschirr und Töpfe gut abzuwaschen?«

»Nein, es reicht nicht aus«, sagte Judith.

»Ihr lebt in derselben Stadt wie wir und sprecht eine fremde Sprache, zu der uns jeder Zugang fehlt. Warum tut ihr das? Ich kenne keinen Christen, der Hebräisch spricht.«

»Aber wir beherrschen eure Sprache«, sagte Judith. »Ihr seid halt lernfauler als wir.«

»Warum bedeckt ihr eure Köpfe, wenn ihr euer Gotteshaus

betretet? Warum nehmt ihr nicht den Hut ab, wie es sich gehört, wenn man einem hohen Herrn begegnet, der Verehrung verdient?«

»Ich weiß es nicht.«

»Warum esst ihr nicht, was wir essen? Warum muss euer Brot gesäuert sein? Warum müssen eure Tiere anders geschlachtet werden als unsere? Warum ist der Samstag euer Sonntag? Warum schneiden sich eure Frauen bei der Hochzeit die Haare ab wie die Nonnen beim Eintritt ins Kloster? Warum verstümmelt ihr eure Knaben an ihrem Geschlecht, so wie man junge Hengste und Stiere beschneidet? Warum müsst ihr alles anders machen als wir?«

»Du solltest dich mal mit Rabbi ben Aaronsohn unterhalten«, sagte Judith. »Der kann dir alle deine Fragen beantworten.«

»Alle?«

»Ja, alle.«

»Auch die, warum Gott mir mein Augenlicht genommen hat?«

»Ich glaube, auch die, denn Rabbi ben Aaronsohn ist blind.«

Es gab Tage, an denen selbst Judith Attila nicht aufzuheitern vermochte.

»Warum musste mir das passieren? Was habe ich getan, dass Gott mich so straft? Wie kann Gott so grausam sein? Ist das gerecht? Wie kann man so leben?«

Oder er brannte vor Hass. »Herr, gib mir mein Augenlicht zurück, nur für einen einzigen Tag, damit ich dem Struzz meinen Dolch in die Gedärme stoßen kann. Ausweiden will ich ihn, diesen Schweinehund.«

Danach versank er wieder in Schwermut. An solch einem Tag, an dem Attila mit Gott haderte wie Hiob, sagte Judith:

»Ehe Gott die Welt erschuf,
hielt er den Ungeborenen einen Spiegel vor.
Darin sahen sie
die Leiden und die Wonnen des Daseins.

Da nahmen die einen die Leiden auf sich.
Die anderen aber weigerten sich.
Und diese strich Gott
aus dem Buch der Lebenden.

So steht es im Talmud. Kein Leben ohne Leid; kein Licht ohne Schatten.«

Und dann erzählte sie von dem Unglück, das ihre Familie ausgelöscht hatte: »Es war am Ende des Monats Elul. Die Bauern hatten die Ernte eingefahren. Die Olivenbäume und Rebstöcke waren abgeerntet. Wir verbrachten den Nachmittag unten am Fluss, meine Eltern, meine Brüder und ich, um Kahn zu fahren, zu baden und um zu fischen, als der Großinquisitor Bonato de Costa Einzug in Saragossa hielt. Wir Kinder rannten barfuß auf die steinerne Brücke über den Ebro, um Seine Heiligkeit und sein Gefolge zu begrüßen. Acht Kutschen, alle mit Rappen bespannt, dazu eine lange Reihe von Lanzenreitern und Bannerträgern. In ihrer Mitte eine kardinalrote Karosse mit goldenem Wappen. Darinnen der Großinquisitor, unbeweglich wie eine Puppe in schwarzem Ornat, ein silbernes Kreuz auf der Brust: ein alter Mann, leichenblass, hässlich, mit schwarzem Backenbart und buschigen Brauen, mit arrogantem Gesichtsausdruck. Die tief liegenden kalten Augen blickten durch uns hindurch, so empfand ich es. Sein Schädel umhüllt von einer eng anliegenden Samtkappe, die Stirn, Schläfen und Ohren bedeckte. Die Menschen, die fröhlich und winkend herbeigeeilt waren, um ihn zu begrüßen, verstummten bei seinem Anblick. In seinem Erscheinen lag etwas so Bedrohliches, dass man unwillkürlich nach seinem Pferdefuß Ausschau hielt. Es sind lauter Bilder, an die ich mich erinnere. Kinder erleben die Welt vor allem mit den Augen. Namen und Worte sind mir entfallen. Meine Erinnerung ist voller Feuer, Flammen und schwarzem Rauch.

Der Erste, der verbrannt wurde, war ein portugiesischer Jude. Aus Angst vor Verfolgung hatte er sich mehrere Male taufen lassen. Sterbend bekannte er sich zu seinem Glauben. Ich sehe noch das entsetzte Gesicht meiner Mutter vor mir, als sie uns berichtete: Sie haben seine Asche mit Schweinekot vermischt in den Ebro geworfen.

Drei Tage später traf es den Oheim meiner Mutter: Ferdinand Alvarez und seine Frau Leokadia, die unter dem Druck der Inquisition dem Judentum abgeschworen hatten und rückfällig geworden waren. Sie wurden gemeinsam mit acht Ketzern christlichen Glaubens – darunter ein Priester und ein Richter – verbrannt. Seit Monaten loderten die Feuer der Inquisition in Madrid, Córdoba, Toledo, Santiago und Valencia. Jetzt war Saragossa an der Reihe. Die Angst trieb in ganz Aragon die Menschen in die Flucht, auch meine Eltern.

Die meisten waren gezwungen, ihr Eigentum zu Schandpreisen zu verschleudern: zwei Maultiere für ein Stadthaus! So gedrängt war das Angebot und so gering die Nachfrage. Jeder aber, der verkaufte, machte sich verdächtig. Warum will er sich aus dem Staub machen? Was hat er zu verbergen?

Natürlich kann ich mich an viele Dinge nicht mehr wirklich erinnern. Dafür war ich zu klein. Ich erfuhr erst später davon. Doch dann haben sie sich mir tief eingegraben.

Mein Vater und meine beiden Brüder wurden in den Kerker geworfen. Mutter und ich hielten uns bei Freunden versteckt, in der Hoffnung, die Männer loskaufen zu können. Denn bei allem zur Schau getragenen Glaubenseifer ging es vor allem um Geld. Die am meisten besaßen, wurden am härtesten verfolgt. Schon hatte die Verbrennung der Toten begonnen.«

»Der Toten?«, fragte Attila ungläubig.

»Ja, der Toten. Die Gebeine des Grafen Raimund de Durand wurden ausgegraben, angeklagt, verurteilt und öffentlich verbrannt, zwei Tage später die des Grafen Castelbon und seiner Tochter. Beide waren schon seit über dreißig Jahren tot.«

»Das kann nicht wahr sein«, sagte Attila.

»Es ist die Wahrheit. Im Namen Christi erging an die Erben

und Verwandten der Verstorbenen die Aufforderung, vor den Inquisitoren zu erscheinen, um die Anklage zu hören, um die Verteidigung zu übernehmen. Der Schrecken der Inquisition war schon so groß, dass niemand erschien. Und so erging das Urteil, die Leichen auszugraben und sie den Flammen zu übergeben.

Da es nicht angeht, so hieß es in der Urteilsbegründung, dass ein Ketzer in geweihter Erde liegt, ordnen wir ihre Ausgrabung an, um zu verhindern, dass ihre ketzerischen Gebeine die Gräber der Rechtgläubigen verpesten.

Vierzig Leichname wurden an einem einzigen Tag auf einem Scheiterhaufen verbrannt. Ihr gesamter Besitz und der ihrer Kinder und Kindeskinder fiel der Inquisition anheim, das heißt den Dominikanern und Franziskanern, der Speerspitze der spanischen Ketzerverfolgung. Aus ihren Reihen kommen die meisten Inquisitoren.

Mein Vater war einer der reichsten Juden der Stadt. Sein Vermögen war zu verlockend. Er hatte keine Chance.

Am Morgen nach Rosch ha-Schana, dem jüdischen Neujahrstag, wurden sie verbrannt. Nie werde ich das Bild vergessen, wie sie, zusammengepfercht wie Schlachtvieh, auf offenem Karren zu den Scheiterhaufen gefahren wurden. Vater hatte seine Arme um meine Brüder gelegt, als wollte er sie beschützen. Obwohl noch Knaben, ertrugen sie die Fahrt zum Scheiterhaufen wie Männer. Nur ihre Augen waren voller Angst. Sie sahen uns nicht. Ihre Blicke waren zum Himmel gerichtet. Mutter wollte ihnen noch etwas zurufen, aber ihr Hals war wie zugeschnürt. Erst als der Zug vorübergerollt war, stürzte sie zu Boden und begrub mich unter sich, als wollte sie mich vor der Bosheit der Welt beschützen. Niemand aus der Menge stieß Schmährufe aus, wie das sonst bei Hinrichtungen der Fall ist. Da war nur das Knarren der Räder auf dem Steinpflaster vor der Kathedrale, die nach der Heiligen Jungfrau von Valencia benannt war. Es war keine Hinrichtung, es war ein Opfergang, ein Menschenopfer.

Zwölf Christen starben mit ihnen. Weil sie Reue bezeugten,

wurden sie vor der Verbrennung erdrosselt. Die Meinen wurden lebendig bei schwachem Feuer verbrannt. Sie starben als gute Juden, nicht weil sie Juden waren, sondern weil sie reich waren. Das Motiv ihrer Ermordung war Habgier.«

Attila hatte sich von seinem Lager erhoben. Er sagte: »Nach allem, was die Christen dir angetan haben, musst du voller Hass gegen sie sein.«

»Nicht die Christen haben meine Familie ermordet, es war die Inquisition. Alle Hilfe, die uns in jenen schlimmen Tagen entgegengebracht wurde, kam von Freunden, die Christen waren. Auch sie waren Opfer der Inquisition, Opfer wie wir. Christen haben für uns ihr Leben aufs Spiel gesetzt. Die Autodafés haben Juden und Christen nicht getrennt, sondern zusammengeführt. Glaube mir, nichts schmiedet Menschen so fest aneinander wie gemeinsam erlebtes Unheil.«

Attila tastete nach ihrer Hand. Sie ergriff sie und führte ihn zurück an sein Bett.

Er fragte: »Wie alt warst du, als das geschah?«

»Zu jung, um mich zu wehren, aber alt genug, um nicht zu vergessen. Ich war sechs Sommer alt.«

»Und deine Mutter? Was geschah mit deiner Mutter?«

»Sie hat den Tod ihres Mannes und ihrer Söhne nicht verkraftet. Sie war eine starke Frau, mütterlicherseits von arabischem Blut. Wenn sie nicht das Herz einer Löwin gehabt hätte, wäre sie vor Gram gestorben. Sie überlegte allen Ernstes, den Bonato de Costa zu erdolchen. Auf den Stufen vor dem Dom wollte sie die Menschheit von dieser Ratte erlösen. Doch dann brachte sie mich zu Freunden, begab sich in das Haus, das uns die Inquisition genommen hatte und erhängte sich an einem Balken unter dem Dach. Als man sie fand, war sie bis zur Unkenntlichkeit verbrannt.«

»Verbrannt?«

»Sie hat Feuer an unser Haus gelegt. Nichts von dem, was uns gehörte, sollte unseren Mördern in die Hände fallen. Sie hat nichts zurückgelassen, nichts außer mich. Ihr Tod stürzte mich in tiefe Einsamkeit. Es war, als sei ein Teil von mir selbst gestorben. Jetzt war ich ganz allein. Ich empfand ihren Selbstmord als Verrat, der mich zutiefst verletzte. Wie konnte sie fortgehen und mich allein zurücklassen? Wie konnte sie so etwas tun, nachdem ich Vater und Geschwister verloren hatte?« In Judiths Worten flammte eine wilde Klage, noch immer voller Schmerz und Zorn.

»Und wie ging es weiter?«, fragte Attila nach einer Weile, in der das Schweigen wie eine Last auf ihnen lag. »Wie bist du ganz allein von Saragossa nach Rothenburg gelangt?«

Er musste sie auf andere Gedanken bringen.

»Das ist eine lange Geschichte, so lang wie die Strecke zwischen Aragon und dem Frankenland. Jüdische Gewürzhändler versteckten mich auf einem Kahn voller Zwiebeln. Sie brachten mich den Ebro hinab bis nach Tortosa. Hier übernahmen mich Opiumschmuggler aus dem Reich der Almohaden. In ihren schnellen Segelbooten erreichten wir Perpignan wie im Flug. Hier lebte ich ein Vierteljahr im Haus eines Pferdehändlers. Es war eine schöne Zeit. Die Pferde halfen mir, meinen Kummer zu vergessen.«

»Du liebst Pferde?«

»Mehr als alles auf der Welt.«

»Und wie ging es weiter?«

»Auf einer Zweimastbarke voller Zuchtpferde ging es nach Genua: sechs Männer, zwanzig Rösser und ein kleines Mädchen. Die Winterstürme hatten bereits begonnen. Drei Pferde und ein Mann starben. Ich überlebte. Westwärts von Korsika wurden wir von Piraten überfallen und ausgeraubt. Ich entging dem Sklavenmarkt nur, weil der Kapitän mich in einem leeren Heringsfass versteckt hatte. Die Fahrt von Genua gen Norden war der schönste Teil meiner Reise. Während die Einsamkeit auf dem Meer und die Seekrankheit mein Elend noch vertieft hatten, ließen mich die Berge und die Städte der Lombardei und Tirols mein Unglück vergessen. Parma, Mantua, Verona, Bozen, Brixen, eine Welt wie ein Bilderbuch. In Bozen begegnete ich dem Mann, der wie kein anderer mein Leben beeinflusst hat.«

»Höre ich recht?«, fragte Attila. »Ein Mann, der wie kein anderer dein Leben beeinflusst hat?«

»Ja, du hast dich nicht verhört. Es war wirklich so.«

»Darüber würde ich gern mehr erfahren.«

»Durch Vermittlung meines Oheims sollte ich in Bozen im Haus des Rabbi Silbermann Aufnahme finden. Der aber war wenige Tage vor meiner Ankunft gestorben. Der Doktor, der ihn behandelt hatte, nahm mich zu sich. Er erschien mir wie ein Mann aus einer anderen Welt. Er hatte die Statur eines Bären. Bart und Haupthaar umgaben seinen Kopf wie eine Löwenmähne. Andreas Knechtsand, oder Doktor Andreas, wie ihn die Leute nannten, war keiner von den Salbschreiern oder Quacksalbern, wie man sie auf allen Jahrmärkten antrifft. Er hatte eine Behandlungsstube am Hauptmarkt. Schon bei Sonnenaufgang warteten die Kranken unter den Lauben. Er heilte nicht mit Theriak, Schlangenfleisch und anderem ekelhaften Zauber, sondern nach der Lehre des Hippokrates von Kos und nach der salernischen Schule.

Ich wusste damals noch nicht, was das bedeutet. Aber die Art und Weise, wie die Menschen ihn verehrten und wie er ihnen half, hat mich sehr beeindruckt. Er sagte Dinge, die ich nicht wirklich verstand, die ich aber nicht vergessen habe, so wie die Gebete, die ich auf Hebräisch lernte, ohne die Sprache zu sprechen. Von einem Blinden sagte er: Der Weg des Lichtes zu seinem Herzen ist unterbrochen.

Ist das nicht eine eindringliche Beschreibung der Blindheit? Als die Menschen in Scharen zu einem Eremiten im Sarntal liefen, zu dem Gott gesprochen hatte, da meinte Doktor Andreas: Einer, der mit Gott spricht, betet. Jemand, zu dem Gott spricht, ist verrückt. Und er fügte hinzu: Aber wenn es um die Verwirklichung seiner Ideen geht, bedient sich Gott mit Vorliebe der Verrückten.

DREIZEHNTES KAPITEL

Es gefällt mir nicht. Es gefällt mir ganz und gar nicht«, sagte Josua Süßkind, »dass unsere Tochter zu diesem Goi geht. Es verstößt gegen alle guten Sitten, gegen Anstand und Moral. Sie sehen sich täglich.«

»Du irrst dich, Lieber«, sagte Rebecca. »Sie sehen sich nicht täglich. Der Junge ist blind, ihretwegen. Hast du das vergessen?«

»Wie könnte ich das vergessen? Er ist ein guter Mensch, aber er hat nicht unseren Glauben.«

Rebecca ergriff seine Hand und sagte: »Als wir Juden in Saragossa verfolgt wurden, haben uns auch Freunde anderen Glaubens geholfen. Ach, was sage ich: geholfen? Sie haben ihr Leben für uns aufs Spiel gesetzt, denn wer einem von der Inquisition Verfolgten Zuflucht gewährt, wird ebenfalls zum Ketzer. Das weißt du doch. Was sind dagegen Judiths Krankenbesuche im Haus Zum goldenen Greifen?«

»Und wenn sich die beiden nun ineinander verlieben?«

»Du bist ein rechter Pharisäer«, sagte Rebecca. »Wer wird denn gleich an so etwas denken? Zwei große Kinder, die gemeinsam ein gefährliches Abenteuer überlebt haben.«

»Was sollen diese Besuche? Wem nützen sie?«

»Judith betrachtet sie als Abtragung einer Schuld. Sie will dem helfen, der ihr geholfen hat.«

»Ist unsere Tochter ein Doktor?«

»Nein, aber du weißt es doch, sie fühlt sich zum Heilen berufen.«

»Und du glaubst, sie könnte dem Jungen helfen?«, fragte Josua.

»Die Afra sagt, es sei so. Sie habe einen guten Einfluss auf ihn.«

»Wer ist Afra?«

»Die Haushälterin der Topplers. Sie war schon Attilas Amme.

Als dem Bürgermeister die Frau wegstarb, hat sie die Mutterrolle übernommen. Sie ist der gute Geist des Hauses.«

»Wäre es nicht vernünftiger gewesen, der Bürgermeister hätte sich ein neues Weib genommen? Ein Mann wie er kann doch jede haben, die er will.«

»Was für ein Mensch ist er?«, fragte Rebecca.

»Wer?«

»Der Heinrich Toppler.«

»Du kennst ihn doch.«

»So wie man halt seinen Bürgermeister kennt. Aber du bist doch schon oft mit ihm geritten, hast mit ihm verhandelt und gesprochen. Die einen sagen, er sei ein Schlitzohr, ein Tyrann, ein Schürzenjäger; andere nennen ihn König von Rothenburg, halten ihn für ein Gottesgeschenk. Ohne ihn wäre Rothenburg ein unbedeutendes Dorf.«

»Sagen die Bürger das?«

»Ja, das sagen sie.«

Josua fuhr sich mit den Fingern durch den Bart, wie er es immer machte, wenn er nachdachte. Dann sagte er: »Ein Mann, der einen ganzen Saal mit gebratenen Gänsen und gewürztem Wein bewirtet und selber nur einen Apfel isst. Ein Mann, der in Notzeiten stark ist, und weint, wenn alles vorbei ist, ein verlässlicher Freund und grimmiger Feind.«

»Du magst ihn?«, fragte Rebecca.

»Einen Menschen wie ihn muss man mögen. Er hat viel für uns Juden getan.«

Rebecca legte ihren Arm um seine Schulter und meinte: »Dann lass auch zu, dass wir ihm helfen, indem wir seinem Sohn helfen. Der Stadtmedicus sagt, es besteht berechtigte Hoffnung, dass er sein Augenlicht wiedererlangt. Er ist jung und stark. Wichtig ist, dass er den Glauben daran nicht verliert. Nichts macht so schwach wie Verzweiflung.«

*

Ein Mann, dem selbst seine Feinde Bewunderung zollen, wirkt natürlich auch auf Frauen. Dabei war Heinrich Toppler nicht schön in klassischem Sinn. Die Gesichtshaut von Pockennarben zerfurcht, die Nase nach einem Sturz vom Pferd stark verbogen, zog er beim Gehen das linke Bein leicht nach. Auffallend kräftig waren sein Haarwuchs und sein Gebiss, das er beim Lachen entblößte. Von Wuchs klein, glich der König von Rothenburg eher einem Fuchs als einem Löwen. Obwohl an Einfluss und Vermögen ein Riese, sah er sich selber mehr in der Rolle des David als des Goliath. Seine Überlegenheit fußte auf Charme und Verstand. Er war reich gesegnet mit jener unerklärlichen Ausstrahlung, die die Menschen mit Faszination erfüllt.

Heinrich Toppler war alles andere als ein tugendhafter Mann. Seine Religiosität beschränkte sich auf die vertrauten Verrichtungen, die zum Alltag gehörten, über die man nicht nachdachte. Keine Mahlzeit ohne Tischgebet; kein Brief ohne Anrufung eines Heiligen. Natürlich kannte er die Zehn Gebote, die wichtigsten Gebete und Kirchenlieder auswendig. Er hielt die vorgeschriebenen Fastenzeiten streng ein, und wenn sein Amt oder längere Reisen zu Pferd ihn zwangen, am Sonntag zu arbeiten, so litt er darunter, die Messe versäumt zu haben.

Obwohl er über Priester und Mönche spottete und den Fürstbischof für eine Ausgeburt der Hölle hielt, ging er doch regelmäßig zur Beichte, zahlte den Kirchenzehnten und gab großzügig Almosen. Er tat das, weil es alle so machten. Die wenigen, die sich nicht an diese Pflichten hielten, galten als schlechte Menschen.

Toppler heißt auf Altfränkisch Spieler. Er liebte das Spiel mit der Macht, sowohl mit den Mächtigen der Welt als auch mit dem schwachen Geschlecht. Die Frauen, mit denen er sich in seinem Turm bei der Tauber traf, waren grundsätzlich verheiratet, meistens mit Männern, deren Gewerbe es mit sich brachte, dass sie sich häufig auf Reisen befanden, so wie der Gatte der Assunta Engelmar, der einen Handel mit Kuhhäuten betrieb bis weit über den Elbstrom hinaus. Da die Engelmars nicht weit vom Toppler-Turm Obstgärten besaßen, gab es einen guten Grund, dass die Assunta sich gelegentlich dorthin begab, um nach dem Rechten zu sehen.

Sie war eine einfache junge Frau, die man, ein Kind noch, mit dem dicken Engelmar verheiratet hatte, einem Fettwanst mit gerötetem Gesicht, umrahmt von einem ergrauten Backenbart.

Hatte Assuntas Vater noch als Knecht in der Mühle sein Brot verdient, so zählte seine Tochter nun zu den wohlhabenden Bürgern. Viele hielten das für einen Aufstieg, nicht so Assunta. Ihr Leben begann an dem Tag, an dem sie Topplers Geliebte wurde. Dabei war sie keinesfalls leichtlebig. Nie hatte sie einen anderen gehabt als den Gatten. Aber nein, nicht sie, er hatte sie gehabt. Meine arme Mahlknecht-Tochter, nannte der dicke Engelmar sie, wenn er sie necken wollte. Und damit bewies er nur einmal mehr, dass er von Frauen nichts verstand. Denn für das weibliche Geschlecht gilt weder Herkunft noch Vermögen. Ihre Rangordnung wird festgelegt durch Anmut, Liebreiz, leibliche und geistige Geschmeidigkeit. Und mit all dem war Assunta reichlich gesegnet. Das Leuchten in ihren Augen, das kaum merkliche Lächeln auf ihren Lippen spiegelten die Fröhlichkeit ihres Herzens wider. Ihre Schönheit besaß den Schmelz kindlicher Scheu. Heinrich erwartete sie im Schatten seines Turms.

Als er sie zwischen den Eschen erblickte, die den Pfad zum Turm säumten, schlug sein Herz schneller. Eine lässige Anziehungskraft ging von ihr aus. Sie weckte in ihm jene rastlose Sehnsucht, um derentwillen man eine Frau begehrt.

Er lief ihr entgegen, nahm sie in die Arme. Durch den schmalen Saum zwischen Kleid und Haut atmete er die süße Wärme ihres Körpers ein, den Duft ihres Fleisches. Er genoss den Klang ihrer Stimme, den Zauber ihrer Zärtlichkeit und sehnte sich nach der Umschlingung ihrer Schenkel. Sie erstürmten die Stiegen zum Obergeschoss, als gelte es eine Festung zu erobern. Sie warfen ihre Kleider von sich wie besiegte Krieger ihre Fahnen und liebten sich mit großer Leidenschaft.

Der Raum war erfüllt vom flirrenden Tanz der Sonnenkringel, Reflexen des Lichts, das sich im Wassergraben spiegelte. Es roch nach Flußschlamm und Schilf, nach frischem Schweiß und Frauenhaar. Durch das geöffnete Fenster drang das Quaken der Kröten und das Rauschen des Flusses.

Auf der Biberfelldecke schimmerten ihre Brüste so blass und glatt wie die Knospen der Wasserrosen. Die blauen Augen beschattet von langen dunklen Wimpern. Und darunter kussfeucht und lockend ihr Mund, lockend wie ihr ganzer Leib.

Seine Hände liebkosten den seidigen Hang ihrer Hüften, glitten zwischen ihre weichen, warmen Schenkel. Hart und fordernd erhob sich sein Fleisch. Sie erschauerte, als er in sie eindrang, stieß, ohne es zu wissen, einen so wilden Schrei aus, dass ihr Geliebter erschrocken innehielt. Da warf sie sich über ihn und bewegte ihren Schoß mit so gierigem Schwung, dass sie beide dahinschmolzen.

Kein Durst ist so groß und doch so rasch gelöscht wie der Durst der Schöße. Aber Assunta verstand es, diesen Durst immer wieder neu zu entfachen. Nichts steht dem Paradies so nah, heißt es im Koran, der Bibel der Ungläubigen, wie der saugende Mund eines Kamelkälbchens und der saugende Mund der Geliebten.

Ermattet streichelte er ihre Brüste mit den Lippen. Sie schienen ihm noch fester und voller als sonst. Auch ihr Bauch wirkte runder, so als wäre er mit keimendem Leben gefüllt. Er wollte sie fragen, fürchtete sich aber vor der Antwort und unterließ es. Überhaupt redeten sie nur wenig miteinander. Zärtlichkeit bedarf keiner Worte. Ihre Sprache waren die Laute der Leidenschaft, das Schmatzen ihres Fleisches und das wollüstige Stöhnen ihrer gierigen Münder. Sie lebten ganz und gar dem Augenblick. Niemals sprachen sie von der Zukunft, wohl wissend, dass wirkliche Liebe die Freiheit braucht, Freiheit und Verbot gleichermaßen. Die gesetzlich sanktionierte Liebe, von der Moral bewacht, vom Priester geheiligt, kann das Liebe sein? Was ist eine erlaubte Umarmung gegen eine verbotene? Ein eingesalzener Fisch im Vergleich zu einem frisch gefangenen.

VIERZEHNTES KAPITEL

Du hast es gut«, sagte Judith, »du bist ein Mann.«

»Wärst du lieber ein Mann als eine Frau?«

»Nein, aber ich hätte gerne eure Rechte.«

»Und wozu?«, wollte Attila wissen.

»Ein Mann kann ein Handwerk erlernen. Er kann ein Handelshaus gründen oder sich einer Wissenschaft widmen. Uns Frauen bleibt die Hausarbeit. Ich habe höhere Ziele.«

»Was hast du vor?«

»Hast du je von Sarah, der Judenärztin von Würzburg, gehört?«

»Nein.«

»Sie war die Gehilfin, manche sagen auch, die Geliebte des Medicus Salkmann. Dabei lernte sie so viel von ihm, dass sie, als er krank und altersschwach wurde, die Behandlungen immer öfter allein ausführte, und zwar so erfolgreich, dass ihr Haus von wartenden Patienten geradezu belagert wurde. Am Ende ernannte sie der Fürstbischof von Würzburg zur Ärztin, zur ersten anerkannten Ärztin nördlich der Alpen.«

»Donnerwetter«, sagte Attila, »das hätte ich dem alten Halsabschneider nicht zugetraut. Ein Erzkonservativer wie er, der alle Neuerung für Teufelswerk hält!«

»Der aber ständig über leere Kassen klagt und alles tut, um sie zu füllen.«

»So ist es«, sagte Attila.

»Dann kannst du dir gewiss auch denken«, sagte Judith, »dass das besiegelte Dokument der Zulassung nicht nur eine Menge Bestechungsgeld gekostet hat, sondern auch noch eine enorme

Sonderabgabe, die zweimal jährlich direkt an den Bischof abgeführt werden muss.«

»Weißt du, wie hoch der Betrag ist?«, wollte Attila wissen.

»Zwölf Gulden.«

»Das kann nicht sein.«

»Doch, es ist so.«

»Die Steuer der reichsten Kaufleute von Nürnberg beträgt zwei Gulden. Wie kann sie das aufbringen?«

»Der Bischof wird dafür sorgen, dass sie genug verdient, damit er an ihr Geld kommt.«

»Und wie will er das bewerkstelligen?«

»Indem er ihr erlaubt, auch Christen von Vermögen zu verarzten, denn offiziell dürfen, wie du gewiss weißt, jüdische Ärzte nur ihre eigenen Glaubensbrüder behandeln.«

Attila griff nach Judiths Hand: »Du, ein Arzt, ein weiblicher Medicus?« Es klang ungläubig.

»Was wäre daran so erstaunlich? Frauen sind für den Heilberuf viel geeigneter als Männer. Schmerzen lindern, pflegen und trösten, lauter Aufgaben mütterlicher Fürsorge. Wäre ich sonst hier bei dir?«

»Kommst du mich nur besuchen, weil es mir schlecht geht?«

»Dürfte ich sonst an deinem Bett sitzen und dir die Hand halten?«

Es entstand eine längere Pause. Dann sagte Attila: »Du bist schon jetzt eine gute Ärztin. Allein deine Nähe macht, dass ich mich besser fühle.«

»Auch eine Eigenschaft, die uns Frauen häufiger gegeben ist als euch. Im Weib wirken die Kräfte des Mondes spürbarer als im Mann. Die Natur, die große Gebärerin, ist eine Frau. Es heißt, dass die Judenärztin von Würzburg allein durch die Berührung ihrer Hände Leid zu lindern vermag.«

»Kannst du das auch?«

Und als Judith schwieg, sagte er: »Ja, du kannst es. Bitte, leg deine Hände auf meine Augen.«

Sie nahm ihm den Verband ab und legte ihre Fingerspitzen auf die geschlossenen Lider. Keiner von beiden sprach. Sie saßen noch immer so stumm beisammen, als Afra am Nachmittag das Zimmer betrat. Attila lag auf seinem Kissen wie in tiefem Traum versunken. Ein Lächeln umspielte seine Lippen.

*

Es war die Jahreszeit der längsten Tage und der kürzesten Nächte. Nachts wurde es nicht mehr ganz dunkel. Der Himmel war von gläsernem Glanz oder von milchig mattem Schimmer, wenn Wolken ihn verhüllten. Die Wiesen vor der Stadt gehörten den wilden Blumen, dem Löwenzahn, dem Bocksklee, den Gänseblümchen, der Vogelmiere, den Hummeln und den Faltern. Aus den gilbenden Getreidefeldern leuchtete feuerrot der Mohn. Weiß wie Sommerwolken lockten die Dolden des Holunders bei der Stadtmauer. Der Wind duftete nach Heu, Heckenrosen und Geißblatt.

An solch einem Frühsommertag machte Attila seinen ersten Ausflug in das kleine Paradies beim Rödertor. Katharina und Judith hatten ihn in ihre Mitte genommen. Sie hielten sich bei den Händen und waren so ausgelassen wie Kinder. Sie hatten Attila die Augenbinde abgenommen. Trotz der fast geschlossenen Lider vermochte er Licht und Schatten zu unterscheiden.

»Er wird bald wieder sehen können«, hatte der Stadtmedicus prophezeit. »Aber er sollte sich bewegen. Das Betthüten ist nicht gut für den Fluss der Säfte.«

Während Katharina die Stute Rethel sattelte, um mit ihr auszureiten – Judith hatte sie in letzter Zeit arg vernachlässigt –, nahm Judith Attila bei der Hand und zeigte ihm ihr Reich. Sie erklärte ihm mit Worten, was er mit den Augen noch nicht wahrzunehmen vermochte.

Später saßen sie in der Sonne auf der Bank vor der Stadtscheune. Die Hummeln summten, und die Tauben gurrten. Judith erklärte Attila ihre Lebensphilosophie. Sie sagte: »Alle

Kreatur hat Anteil an den drei Gestaltungsprinzipien der Schöpfung: Erde, Wasser und Feuer. Oder wie die Alchimisten es nennen: Sal, Mercurius und Sulphur.«

Sie zupfte ein Kraut aus dem Boden neben der Bank. »Nimm diese Pflanze. Ihre Verwurzelung ist Sal zugewandt, dem Erdgestein. Ihre Stengel und Blätter unterliegen dem merkurischen System, dem Strömen zwischen Erdgebundenheit und den kosmischen Kräften. Und die Blüte hier verkörpert das sulphurische Verströmen in Farbe und Duft. Es ist von geheimnisvoller Bewandtnis, dass gerade die Blüte, der brennende Sulphur, dafür sorgt, dass ein neues Salgebilde entsteht, nämlich der Same.

Das Feuer schafft das Neue. Das zerstörerischste aller Elemente ist zugleich das, aus dem alles neue Leben hervorgeht. Jedes Samenkorn ist ein verinnerlichtes Feuer, ein Sonnenfeuer. Der größte und beste Teil unserer Ernährung besteht aus Getreide, aus Samenkörnern. Und auch die meisten Tiere, die von Menschen gegessen werden, ernähren sich von Samenkörnern.«

Sie betrachtete die Pflanze und sagte: »Der Same – eine Kugel, die im kleinsten Raum das Größtmögliche bewahrt.«

»Wie kommt es, dass du dich für solche Dinge interessierst?«, fragte Attila. »War dein Vater ein Alchimist oder ein Medicus?«

»Nein, er war ein Ölhändler.«

»Du meinst, er hat mit Öl gehandelt, mit Nussöl und Rapsöl?«

»Nein, nicht mit Nussöl, auch nicht mit anderen Speiseölen.«

»Gibt es anderes Öl?«, verwunderte sich Attila.

»O ja.«

»Und das wäre?«

»Naphtha, Bitumina und Petroleum, Semen serepha, Brennöl.«

»Und wer benötigt solche Öle?«

»In Aragon braucht sie jeder. An manchen Tagen haben wir mehr als hundert Eselladungen verkauft. Ein Esel vermag zwei griechische Amphoren voll Öl zu tragen, jede so schwer wie das Gewicht eines ausgewachsenen Mannes.«

»Und wozu wird all das Öl verwendet?«

»Als Leuchtöl für Lampen, als Heizöl, als Schmieröl für Räder, als Dichtungsmittel für die Fischerboote, als Arznei und als Salböl.«

»Hundert Eselladungen an einem einzigen Tag? Woher hattet ihr all das Öl?«

»Es wurde mit dem Schiff den Ebro hinaufgebracht. Unser Öllager war größer als das Rathaus von Rothenburg.«

»Ein Öllager größer als unser Stadthaus? Du machst dich lustig über mich.«

»Es ist die Wahrheit. In allen Moscheen, Synagogen und Kirchen brannten Petroleumlampen. Auch die öffentlichen Bäder wurden damit beheizt, seit Zeiten der römischen Kaiser, so heißt es. Holz ist knapp in Saragossa.«

»Und was ist mit dem Salböl? Wer benötigt Salböl?«

»Schon den alten Völkern, den Ägyptern und den Israeliten, war Salböl so wichtig wie Nahrung und Kleidung. Es steht geschrieben: Dem Hungrigen gib Brot, dem Nackten ein Kleid, dem Verwahrlosten und Kranken gib Salböl! Der Prediger zählt das Salben des Hauptes und der Glieder zu den Hochgenüssen des Lebens. Aber die Salbung war mehr. Sie war ein selbstständiger Rechtsakt. Eine Sklavin, die freigelassen wurde, musste gesalbt werden, ebenso wie ein König, der den Thron bestieg. Saul, David, Absalom, Salomo – lauter Gesalbte, wie übrigens auch der Prophet Jesus.«

»Jesus? Jesus war doch kein König. Jesus wurde getauft, mit Jordanwasser. Wo steht geschrieben, dass er mit Öl gesalbt wurde?«

»Sein Name verrät es. Christos heißt der Gesalbte.«

»Woher weißt du solche hoch gelehrten Dinge?«

»Das ist doch nicht hoch gelehrt«, lachte Judith. »Das lernt bei uns jedes Kind in der Talmudschule. Habt ihr denn keine religiöse Unterweisung?«

»Doch, aber unser Wort Gottes steht in der Bibel.«

»Das ist aus der Bibel. So steht es in den Psalmen: Du liebst das Recht und hasst das Unrecht; darum hat Jahwe, dein Gott, dich gesalbt.«

»Wie kann Gott salben?«

»Salben ist gleichbedeutend mit segnen, Gutes tun, heilen. Bei Ammen zum Beispiel vermehrt die Salbung der Brüste die Milch. Siegelöl lindert Brandwunden und eitrige Hautentzündungen. Es gibt mehr Anwendungsmöglichkeiten von öligen Arzneien, als diese Buche dort Blätter hat.

Bei Geschwüren im Mund hilft Kampferöl. Skorpionöl wird in die Augen getropft. Steinöl aus Tirol, in Kupferkesseln gekocht, hilft gegen Wundbrand. Erdöl mit dem Wurzelsaft von Lupinen und Disteln heilt Krätze. Wer Würmer im Bauch hat, nimmt Wermutöl. Terpentinöl schließt Wunden. Fliederöl senkt das Fieber. Lilienöl lindert Katarrh. Hanföl mit Bilsenkraut hilft unfruchtbaren Frauen.«

»Woher weißt du von all den Dingen?«, verwunderte sich Attila.

»Hast du vergessen, dass ich ein Doktor werden will?«

Es verging eine ganze Weile, in der keiner sprach. Das Zirpen der Grillen und das Gurren der Tauben erfüllten die Stille.

Dann fragte Attila: »Warum salbst du mich nicht?«

Judith blickte ihm ins Gesicht. Er war noch immer erschreckend verschwollen, vor allem die Lippen und die Augenlider. Nur die blonde, ungekämmte Mähne erinnerte an den großen Jungen, der sie aus der Gewalt der beiden Ritter befreit hatte. Attila spürte Judiths prüfende Blicke auf sich gerichtet.

»Sehe ich schlimm aus?«, fragte er.

»Es wird schon wieder.«

»Bitte hilf mir.«

Da nahm sie ihn bei der Hand und führte ihn die Treppe hinauf in den abgedunkelten Teil ihres kleinen Paradieses, der nur ihr gehörte.

»Zieh dich aus!«, sagte sie.

»Alles?«

»Ja, alles.«

Während er sich entkleidete, vernahm er das Klingen von Glas. Verschiedene Gefäße wurden herbeigeholt, geöffnet. Er hörte Rührgeräusch, das Klappern von metallenem Gerät, Schritte. Dann war sie bei ihm.

»Zieh die Hose aus!«

Nackt, die Hände vor seinem Geschlecht, so stand er in dem honigfarbenen Licht, das wie geriebene Kreide durch die mit Pergament bespannten Fenster rieselte. Die Verlegenheit war ihm anzusehen.

»Schämst du dich vor mir?«

»Ein wenig.«

»Du bist dumm.«

»Ich kann nicht anders.«

»Habe ich mich geschämt, als du mich nackt auf dein Pferd gehoben hast?«

»Ich weiß nicht.«

»Wir hatten keine Zeit dazu. Es musste sein, so wie jetzt. Du hast es gewollt. Nimm deine Hände da weg. Ich will dich sehen.«

Und als er in seiner verschämten Haltung verharrte, fragte sie: »Willst du, dass ich dich salbe?«

Als Antwort hob er die Hände wie zum Gebet. Es war eine demutsvolle Geste: Mach mit mir, was du willst. Seine Hilflosigkeit in völliger Entblößung rührte sie, erfüllte sie mit Zärtlichkeit und Zuneigung. Mädchenhaft schlank, mehr geschmeidig als muskulös, mehr Knabe als Mann, wartete er darauf, von ihr gesalbt zu werden. Auf der leichenfarbenen Blässe seiner Haut leuchteten die karmesinroten Wundmale der schweren Verätzung wie Blutspuren im Schnee. Am bösesten waren die Verbrennungen in den Achselhöhlen und an der Innenseite der Oberschenkel.

Ein Glück, dass du nicht beschnitten bist, dachte sie, sprach es aber nicht aus. Sie tauchte ihre Fingerspitzen in das kühle Salböl aus Olio olivar, Olio terebrut, Siegelöl, Kampfer, Lavendel und fein zerstoßenen Ölbaumblättern in indischem Terpentin, mit Ameisensäure versetzt, getreu dem Grundsatz der arabischen Arzneilehre, wonach Gleiches mit Gleichem bekämpft werden soll.

Als sie seine Schläfen berührte, wo seit ewigen Zeiten alle Salbung beginnt, lief ein Schauer durch seinen nackten Leib. In immer größer werdenden Kreisen glitten ihre Hände über Stirn und Wangen, betupften Lippen und Ohrläppchen, tasteten sich den Hals hinab, erreichten den Brustansatz und die Schultern, von dort zum Nacken den Rücken entlang. Leicht wie Vogelflug, gleitend wie Flossenschlag waren ihre Finger.

Ein Wohlgefühl ohnegleichen umfloss ihn wie warmes Wasser, wie Wolkenhauch. Seit Wochen war er zum ersten Mal ohne Schmerz. Wollüstig genoss er seine Nacktheit, das Spiel ihrer Hände. Säuglinge fühlen sich so an den milchquellenden Brüsten ihrer Ammen. Er wagte nicht zu sprechen aus Angst, den Traum zu verlieren, aufzuwachen.

Später beim Ankleiden sagte er: »Ich bin wie einer, der den Glanz des Paradieses gesehen hat und ins Leben zurückgeholt worden ist.«

»Was hast du da für ein eigenartiges Mal auf deinem Rücken?«, fragte Judith. »Es sieht aus wie ein Schmetterling.«

»Ich habe es seit meiner Geburt. Es ist kein Schmetterling. Es ist ein Engel.«

Die entzündeten Verätzungen der Achselhöhlen und der Innenschenkel verheilten noch in der angrenzenden Nacht. Auch die Schwellungen der Lippen und der Augenlider waren sichtbar abgeklungen.

»Du bist eine Wunderdoktorin!«

»Dein Glaube hat dir geholfen«, erwiderte Judith.

*

Es gibt Lüste, Elixiere des Teufels, denen wir hoffnungslos verfallen, wenn wir sie einmal geschmeckt haben. Attila war nach der Salbung nicht mehr der, der er einmal war. Tagsüber lag er wie ein Kranker auf seinem Lager, stöhnte zum Steinerweichen, wollte allein sein, rührte selbst seine Lieblingsspeisen nicht an. Nachts aber lief er in seinem Zimmer auf und ab wie ein Käfigtier. Oder er starrte bei geöffnetem Fenster in den Mond.

»Er hat einen Rückfall«, sagte Heinrich Toppler. »Schau ihn dir an, wie schlecht es ihm geht. Seine Kraft verlässt ihn mehr und mehr.«

»Im Gegenteil«, widersprach Afra, »seine Lebensgeister waren noch nie so rege.«

»Ja, siehst du denn nicht, wie krank er ist?«

»Wenn Liebe eine Krankheit ist, dann ist er allerdings verloren«, lachte Afra.

»Du meinst…?«

»Ja, mein Gott, wie kann man nur so blind sein. Selbst ein Mann müsste doch so viel Einfühlungsvermögen besitzen, um zu erkennen, was mit dem Jungen los ist.«

»Du meinst, er hat sich verliebt?«

»Ja.«

»In wen?«

»Wie kannst du fragen?«

»In die kleine Jüdin?«

»In wen sonst?«

»Donnerwetter!«

»Ja, das wird es geben, wenn…« Sie sprach den Satz nicht zu Ende, aber die Besorgnis auf ihrem Gesicht war nicht zu übersehen.

»Bekümmert dich das?«, lachte der alte Toppler. »Aus Knaben werden Männer. Mein Ältester hat sich verliebt, in ein verdammt hübsches Mädchen. Er hat Geschmack.«

»Aber Judith ist…«

»…eine Jüdin. Ich weiß. Na und? Verliebt sein und Lieben liegen so weit auseinander wie Wunsch und Wirklichkeit, Verheißung und Erfüllung. Wenn ich alle Weiber gehabt hätte, in die ich mich verguckt habe, so gäbe es im Frankenland mehr kleine

Topplers als Tannenbäume. Lass dem Attila seine Sehnsucht. Er ist ein vernünftiger Junge.«

»Keiner kann verliebt und zugleich vernünftig sein«, sagte Afra. Das weißt du doch aus eigener Erfahrung, wollte sie hinzufügen, aber sie unterließ es.

Als Attila in die Küche kam, stand Afra am Herd und betete laut: »Dein Wille geschehe, wie im Himmel, also auch auf Erden. Unser täglich Brot…«

»Betest du schon morgens beim Braten?«

»Unsinn, ich koche Frühstückseier.«

»Und warum betest du dabei?«

»Dein Vater mag die Eier nicht zu weich und nicht zu hart. Ich lege sie ins kochende Wasser und bete zwölf Vaterunser und sechs Ave-Maria. Dann sind sie gerade richtig.«

Sie strich ihm das Haar aus der Stirn und sagte: »Ich weiß, wie einem traurigen Herzen zumute ist. Ich hatte selber mal eins.«

Obwohl es Attila körperlich zusehends besser ging, erlitt er seelisch alle Höllenqualen der unerwiderten Liebe. Judith hatte sich seit jenem Nachmittag im kleinen Paradies nicht mehr blicken lassen. Sie war wie vom Erdboden verschluckt, als hätte es sie nie gegeben.

*

Als Katharina an jenem Spätnachmittag im Garten bei der Feldscheune erschien, war Judith gerade damit beschäftigt, ihrem großköpfigen Knecht einen Wundverband anzulegen.

»Komm, ist ja schon gut. Na, siehst du. Ist doch nur halb so schlimm«, dabei strich sie ihm über die Wange. Leblos kauerte Kürbiskopf zu ihren Füßen. Tränen rannen ihm über das blasse Gesicht.

»Was ist passiert?«

»Er hat sich beim Holzhacken verletzt, nicht schlimm, aber er kann kein Blut sehen. Die geringste Wunde versetzt ihn in Panik.«

Als der kleine Gnom sich hüpfend und Arme schlenkernd entfernt hatte, fragte Katharina: »Du weißt, warum ich gekommen bin?«

»Ich kann es mir denken.«

»Da gibt es noch einen, der dich braucht.«

»Wie geht es ihm?«

»Sehr viel besser. Seine Verätzungen sind fast verheilt. Auch seine Sehkraft nimmt von Tag zu Tag zu. Äußerlich geht es ihm gut. Die alten Wunden sind verheilt. Aber du hast ihm neue geschlagen.«

»Ich weiß.«

»Du weißt es und lässt ihn so leiden?«

»Was soll ich tun?«

»Was du die ganze Zeit getan hast: Ihm helfen.«

»Es geht nicht.«

»Er braucht dich.«

»Aber nicht als Kranker. Was ihm jetzt fehlt, kann ich ihm nicht geben.«

»Warum sagst du es ihm nicht? Warum quälst du ihn? Er glaubt, er hat dich gekränkt. Er leidet wie ein verlorenes Lamm.«

»Tut er das?«

»Ja, das tut er. Ich soll dir das hier geben.«

Sie holte ein Papier aus den Falten ihres Rockes hervor und reichte es Judith. »Lass ihn nicht zu lange auf eine Antwort warten. Tue es mir zuliebe. Ich mag ihn sehr.«

»Ich auch«, sagte Judith.

Die beiden Mädchen betrachteten einander. Judith dachte: Sie ist schön wie Attila: hellblaue Augen, helle Haut und hellblondes Haar, zu Zöpfen geflochten und um den Kopf gewunden: ein Kranz von Strohblumen. Die mit eingeflochtenen Bänder umflattern sie wie ein Schwarm bunter Schmetterlinge. Wenn sie lacht – und sie lacht viel –, senken sich Grübchen in ihre Wangen. Die kräftigen Zähne, die sie dabei entblößt, blinken so weiß wie frisch gefallener Schnee. Sommersprossen betupfen Stirn und Nasenwurzel. Sie hat das Gesicht eines fröhlich-frechen Kindes. Ich mag sie, mag sie wie ihren Bruder.

Später, als Katharina gegangen war, las Judith den Brief unter demselben Fenster, unter dem sie zuvor ein paar Tage Attila gesalbt hatte.

Mein Gott, was habe ich getan, dachte sie. Ich habe ihm mehr Schaden zugefügt als geholfen. Wie heißt es bei Hippokrates: Alle Medizin ist Gift. Erst die rechte Dosis zur rechten Zeit bewirkt Heilung.

Sein Brief war eine einzige Liebesklage. »Wo bist du? Warum kommst du nicht mehr? Was habe ich getan, dass du mir nicht mehr gut bist? Ich brauche dich. Bitte lass mich wieder die Worte deiner Finger schmecken, den Duft deiner Augen fühlen, die Farben deiner Stimme riechen, die Zärtlichkeit deiner Haut hören. Der Schwäne Schrei und einer Lerche Lieder, verdrängt vom Ruf der Raben. Weh uns, wir werden alt, bevor wir jung gewesen. Mein Leben ist ein Noch-nicht-Sterben.«

Judith las den Brief mehrere Male. Sie dachte: Ich werde ihm schreiben, doch nicht gleich. Morgen vielleicht, ja morgen.

Sie war zu erregt, um noch zu arbeiten. Sie eilte in den Stall, sattelte ihre Stute und ritt so wild aus dem Rödertor ins freie Feld hinaus, dass die Gänse schreiend auseinander stoben und die Hirten mit geballten Fäusten hinter ihr herschrien, sie möge sich den Hals brechen, und der Teufel möge sie holen.

FÜNFZEHNTES KAPITEL

Zwischen der alten Mälzerei und dem Kräutergarten gab es im Kloster ein ödes Stück Land, auf dem die Knechte das Brennholz für den Winter zerschlugen. Hier hatte Barnabas ein seltsames Gebilde aufgebaut. Was von weitem wie ein Scheiterhaufen aussah, war bei näherer Betrachtung das sehr vereinfachte Modell eines Hauses. Über den senkrecht aufgestellten

Fachwerkwänden spannten sich daumendick die Dachsparren. Das Gebilde reichte Bruder Barnabas bis an den Gürtel. Er stand mit brennender Fackel vor seinem Modell, um es dem Abt seines Ordens zu erläutern.

»Mit Hilfe meiner Methode wissen wir zwar immer noch nicht, wer das Feuer legt, aber wir können daraus schließen, wie es gelegt wird. Und aus der Art, wie das geschieht, können wir folgern, wer es nicht gewesen sein kann.«

»Wer es nicht gewesen sein kann?«, fragte der Abt ungläubig, als hätte er nicht recht verstanden.

»Ja, gewiss doch. Wir trennen die Spreu vom Weizen und engen damit den Kreis der potenziellen Täter immer mehr ein.«

Bruder Barnabas hielt die Fackel an das Holzmodell.

»Sieh«, sagte er, »wenn ich das Feuer hier oben dicht unter dem First entzünde, so brennen zuerst die Sparren, während hier unten noch alles heil ist. Erst wenn das Dach gänzlich in Flammen steht, stürzt es ein. Die hölzernen Wände im Erdgeschoss sind noch völlig unbeleckt vom Feuer.

Würde der Brand unten im Erdgeschoss beginnen – auch das habe ich am Modell erprobt –, so würden zunächst die unteren Fachwerkwände Feuer fangen, und erst ganz zuletzt würde das Dach brennen und einstürzen.

Meine Versuche belegen eindeutig, dass alle Brände oben unter dem First ihren Anfang nahmen. Denn die tragenden Wandbalken des Untergeschosses waren in allen brennenden Häusern noch vorhanden, während die Dächer längst zu Asche verglüht waren. Das erklärt auch, warum wir in den abgebrannten Ruinen Leichenreste von Tieren gefunden haben. Würde das Feuer ebenerdig seinen Anfang nehmen, würden sie es sofort wahrnehmen und flüchten. Da es aber ganz oben beginnt, bemerkt ein schlafendes Schwein es erst, wenn der Dachstuhl auf es herabstürzt. Und dann ist es natürlich zu spät.«

»Aber was hilft uns diese Erkenntnis?«, fragte der Abt. »Ich meine: Was soll das Ganze?«

»Wenn du ein Haus anzünden würdest…«

»Ich? Ich werde mich hüten.«

»Nein, lass uns mal annehmen, nur so pro forma, du wolltest so etwas tun. Da steht ein Haus. Es ist fest verschlossen. Du brichst die Holztür auf oder den Fensterladen, mitten in der Stadt. Jeder kann dich dabei beobachten oder hören. Würdest du nicht so schnell wie möglich das Feuer hineinwerfen und weglaufen? Stattdessen bricht unser Feuerteufel die Häuser auf, geht hinein, klettert Treppen empor, steigt auf steilen Leitern bis unter den First, um ganz oben den Brand zu legen. Ganz oben!

Kennst du irgendeinen Menschen, der einen Stapel Holz – egal, ob im Kamin oder auf freiem Feld – oben an der Spitze anzündet, anstatt unten, damit die aufsteigenden Flammen sich am Holzstoß nach oben züngeln könnten? Tut das ein gescheiter Mensch? Nein. Und wenn das Haus dann endlich brennt, muss unser Feuerteufel von ganz oben wieder herunterklettern zur Erde. Während die Flammen schon aus dem Dach schlagen, muss er aus dem aufgebrochenen Fenster oder der Tür steigen und sich aus dem Staub machen. Vielleicht laufen dann schon die ersten Nachbarn herbei. Gibt das einen Sinn?«

»Nein«, sagte der Abt, »das ergibt keinen Sinn. Aber was folgerst du daraus?«

»Daraus lässt sich vieles folgern.«

»Und das wäre?«

»Nun, die Schweine kommen als Brandstifter nicht in Frage. Kein Schwein kann auf eine Leiter steigen.«

»Donnerwetter. Ja, da hast du recht.«

Der Abt dachte eine Weile nach, dann sagte er: »Also doch ein Mensch. Hast du einen Verdacht?«

»Ich habe mich umgehört, ob es eine Person gibt, die wiederholt als eine der ersten bei den brennenden Häusern gesehen wurde.«

»Und gibt es so eine Person?«

»Es gibt sie.«

»Wer ist es?«

»Der Kürbiskopf. Er war – so beschwören es mehrere Zeugen – immer unter den ersten Herbeigelaufenen, so als wüsste er, wo es brennen würde.«

»Der Kürbiskopf. Ja, natürlich!« Der Abt klatschte in die Hände. »Der kleine Gnom! Warum sind wir nicht eher auf den Gedanken gekommen? Er hat so lange Kletterarme wie ein Affe. Und sein Geist ist verwirrt. Nur einer im Narrengewand vermag so abartig zu handeln. Ja, das ist es!«

Der Abt schloss Bruder Barnabas in seine Arme und rief: »Ich wusste es, du würdest den Fall lösen.«

»Gib Gott, du hast Recht«, sagte Barnabas. »Iuste iudicare iudicis; es ist die Aufgabe des Richters, gerecht zu urteilen.«

Der Kürbiskopf wurde noch in derselben Nacht vom Stadtbüttel und seinen beiden Knechten festgenommen und im Kellerverlies des Rathauses in Ketten gelegt. Er ließ sich ohne Widerstand fortführen, so als habe er darauf gewartet, dass sie kämen, um ihn zu strafen. Diese protestlose Sühnebereitschaft wurde ihm – wie es im Vermerk des Stadtschreibers hieß – als Eingeständnis seiner Schuld ausgelegt.

Die Nachricht verbreitete sich wie ein Lauffeuer: Der Kürbiskopf war es! Der Krüppel im Narrenkittel! Natürlich. Wie kann es anders sein. Warum war keiner früher auf die nahe liegende Lösung gekommen? Aber es gab dennoch ein Problem. Ein Gesetzesbrecher konnte nur verurteilt werden, wenn er auf frischer Tat ertappt wurde oder ein Geständnis abgelegt hatte. Niemand hatte gesehen, wie der großköpfige Narr die Häuser angezündet hatte. Und ein Geständnis würde es nicht geben, weil der Angeklagte weder sprechen noch schreiben konnte.

Foltert ihn so lange, bis er uns zeigt, wie er es gemacht hat, verlangte ein Teil der Bürger. Denn dämlich ist der nicht. Er ist ein Tier, ein wildes Tier. Stutzt ihm die Zunge, bis sie in sein Maul passt! Bringt ihn zum Reden!

Auf fruchtbaren Boden fielen diese Parolen vor allem bei den

Krüppeln der Stadt, die sich mit Betteln ihren Lebensunterhalt verdienten. Sie fühlten sich durch die Freveltat eines der Ihren in ihrer Existenz bedroht. Sie krochen auf allen vieren herbei, hangelten sich auf ihren Krücken die Stufen zum Rathaus empor und riefen: »Verbrennt ihn, wie er die Stadt verbrannt hat!«

Auf dem Markt hatten sie eine Strohpuppe mit riesigem Wasserkopf aufgehängt, um sie mit frenetischem Gejohle anzuzünden. Dabei flogen die Funken so wild umher, dass sie fast die Marktstände der Eierfrauen in Brand gesetzt hätten. Erst als die Knechte vom Pferdemarkt mit ihren Peitschen auf die Bettelbande einschlugen, stob sie auseinander wie eine Gänseherde, in die der Fuchs gefahren ist.

Sogar von den Kanzeln der Kirchen war zu hören: Ob mit oder ohne Geständnis, der Feuerteufel muss weg! Denn es gilt: Salus publica suprea lex, das öffentliche Wohl ist das höchste Gesetz. Ein Prediger des Deutschen Ordens warf die Frage auf: Was ist vernünftiger, einem unschuldigen Narren das Leben nehmen oder Gefahr zu laufen, dass er die ganze Stadt niederbrennt? Stirbt er schuldig, ist das gerecht, stirbt er unschuldig, so wird ihn Gott für sein sacrificium innocentiae, für seinen schuldlosen Opfergang, reichlich belohnen. Besser ein Märtyrer im Himmel als ein Krüppel auf Erden!

Entsprechend war die Tortur. Als Judith den treuen Tabas im Kerker aufsuchen wollte, verwehrte ihr der Wächter den Zugang. Der Gefangene sei nicht in der Verfassung, irgendwen zu sehen. Da aber Eingekerkerte grundsätzlich nicht von der Stadt verpflegt wurden, sondern durch Freunde oder Verwandte, bestand für diese auch das Recht, den Gefangenen zu besuchen. Judith wies auf ihren Korb mit Brot und Milch: »Ich will zu ihm. Er hat seit seiner Verhaftung nichts mehr zu essen bekommen.«

Der Wächter nahm ihr den Korb ab und sagte: »Ich werde es ihm geben. Aber er wird nicht essen. Ihm ist der Appetit vergangen.«

*

Heinrich Toppler hatte den Büttel in die Ratsstube bestellt.

»Was hat die Befragung ergeben?«

»Nichts. Wir haben alles versucht.«

Alles versucht – Toppler wusste, was das bedeutete. Er betrachtete den Büttel. Der stand da wie ein nasses Schaf. Der Regen, der seit Stunden vom Himmel fiel, tropfte von seinem Lodenumhang auf die Dielen. Um seine Bundschuhe hatte sich eine Pfütze gebildet. Wie Glasperlen hingen die Wassertropfen in seinem Bart, ungeweinte Tränen. Der Arm des Gesetzes – er sah nicht aus wie ein Folterknecht, nicht einmal wie ein Fleischhauer, eher wie ein trauriger alter Totengräber.

»Und was nun?«, fragte der Bürgermeister.

»Das wollte ich Euch fragen.«

»Ist er verstockt, oder ist er nicht fähig, sich verständlich auszudrücken?«

»Anfangs hat er uns etwas vorgespielt, bis wir ihn härter angefasst haben. Wir haben ihn zweimal hochgezogen, was bei seiner Verkrüppelung gar nicht so einfach ist. Dabei wurden ihm versehentlich beide Schultergelenke ausgekugelt. Die dünnen Arme sind fast ohne Muskeln. Die Daumenschrauben haben ihm den Rest gegeben. Er ist sehr wehleidig. Er hat gejammert und gewinselt wie ein Kind. Es war ekelhaft! Nicht anzusehen. Er hat sich erbrochen und alles vollgemacht, sogar den Schreiber.

Danach war er zu allem bereit. Er hat nur noch mit dem Kopf genickt, ganz gleich, was man ihn fragte. Ich hatte das Gefühl, er wollte uns etwas sagen. Er redete mit Händen und Füßen. Dabei benahm er sich wie ein Vogel.«

»Ein Vogel?«

»Ja, er bewegte die Arme, als wollte er fliegen.«

»Ich denke, ihr hattet ihm die Arme ausgekugelt.«

»Natürlich haben wir sie ihm wieder eingerenkt. Er stolzierte umher wie ein Hahn, bewegte den Kopf so ruckartig wie eine laufende Taube. Er gab auch solche Töne von sich.«

»Was für Töne?«

»So wie es die Tauben machen.«

»Du meinst, er gurrte wie eine Taube?«

»Ja, wie ein balzender Täuberich.«

»Vielleicht kann er nicht anders. Vielleicht ist das seine Art zu reden, wenn er aufgeregt ist.«

»Ja, vielleicht. Aber in der Fragstube hängt gegenüber der Wand mit dem großen Kruzifix das Bildnis einer Taube als Verkörperung des Heiligen Geistes. Dorthin hat er immer gezeigt, wenn wir ihn fragten, wie er das Feuer gelegt hat, so als habe der Vogel ihm dabei geholfen«

»Gewiss wollte er die Heiligen um Beistand bitten.«

»Warum wendet er sich dann nicht gleich an den Gekreuzigten?«

»Was kann ein Gemarterter von einem Gemarterten erhoffen?«, fragte Toppler.

Der Satz ging dem Büttel nicht mehr aus dem Kopf: Was kann ein Gemarterter von einem Gemarterten erhoffen?

*

Bruder Barnabas erwachte vom Klang der Glocken. Wieso befand er sich noch auf seinem Lager, wenn zum Ave geläutet wurde? Hatte er verschlafen? Verwirrt rieb er sich die Augen.

Doch dann wurde ihm blitzartig bewusst: Das waren nicht die Klosterglocken. Das waren die großen Feuerglocken von Sankt Jakob. Feuer! Feuer! Feuer!

Er fuhr mit einem so wilden Satz aus dem Bett, dass er sich den Schädel am Lichthaken stieß. Im Davonstürmen schnürte er sich den Strick um die Kutte. Barhäuptig und ohne Sandalen rannte er dem hellen Schein nach, der im Osten der Stadt den Himmel blutrot färbte. Es war noch eine ganze Woche bis Neumond, aber die Wolken hingen so tief und die Nacht war so finster, als würde sich der Mond bereits erneuern. Aus allen Seitengassen eilten die Menschen herbei. In dem hektischen Geschrei die schrille Stimme einer alten Frau: »Der Feuerteufel! Der Feuerteufel hat wieder die Tore zur Hölle geöffnet!«

Im Osten der Stadt gab es nur ein Haus, das den Franziskanern gehörte: der große Kornspeicher, der schon zur Stauferzeit errichtet worden war.

»Der alte Kornspeicher brennt«, berichtete ein Alter, der ihnen auf Krücken entgegenkam. Barnabas hatte sich nicht geirrt.

Es war immer das gleiche Bild. Die Flammen prasselten baumhoch zum Himmel, rissen faustgroße Glutbrocken mit sich und ließen sie auf die Dächer der umliegenden Häuser niederregnen. Ein höllisches Inferno wie der Ausbruch eines Feuer speienden Berges. Niemand versuchte zu löschen. Die Wut der Flammen war zu gewaltig. Hier gab es nichts mehr zu retten.

»Der Speicher war voller Stroh«, sagte ein Franziskaner mit versengtem Barthaar. Die Stichflammen reichten bis an die Wolken. Nicht einmal ein Wiesel hätte es geschafft, dieser Explosion zu entkommen.

Während die Herbeigelaufenen damit beschäftigt waren, die Schwelbrände auf den umliegenden Dächern zu löschen, inspizierte Bruder Barnabas das glühende Gebälk des herabgestürzten Dachstuhls, so als suche er etwas ganz Bestimmtes in der Asche. Er hatte die Ärmel seiner Kutte in Wasser getaucht und hielt sie sich schützend vor sein Gesicht, um die Strahlungshitze abzuwehren.

Bevor er fand, wonach er suchte, rief eine Stimme von der anderen Seite des rauchenden Ruinenfelds: »Da! Da liegt wieder ein Schwein.«

Barnabas hastete hinüber. Und nun sah er es mit eigenen Augen: Die nackte Haut eines Schweins, wabbelig weiß am Bauch, mit schwarzen Brandspuren, knusprig goldbraun gebraten weiter hinten am Schinken. Barnabas ließ seinen Blick über die fetten Backen gleiten. Aber so sehr er seine Augen auch anstrengte, er fand nicht, wonach er suchte. Der Schinken war prächtig erhalten, aber es fehlte der Ringelschwanz.

Die alles versengende Glut war mörderisch. Barnabas kämpfte sich Schritt für Schritt voran. Jetzt war er dicht bei dem verbrannten Kadaver, so dicht, dass er ihn fast berühren konnte. Der Schweiß rann ihm in die Augen. Er wischte ihn fort. Nein, es gab keinen Zweifel:

»Das ist kein Schwein. Das ist ein Mensch!«

Barnabas schob einen angebrannten Balken beiseite. Eine menschliche Hand kam zum Vorschein. Auf dem verkohlten Finger steckte ein goldener Ring mit einem blauen Stein. Mit seiner Hilfe konnte der Tote rasch identifiziert werden. Es war Bruder Sylvester von Salzburg, ein Franziskaner, der sich über sein Kloster hinaus großer Bekanntheit erfreute, denn er galt als gottbegnadeter Zeichner. Seine Buchillustrationen schmückten die Gebetsbücher von Fürsten und Bischöfen. Diese Kunstfertigkeit hatte dem dicken Sylvester, wie seine Klosterbrüder ihn nannten, eine Reihe von Vorteilen verschafft, die den anderen Mönchen versagt blieben. Dazu gehörte auch das Tragen des auffälligen Fingerrings, den ihm der Fürstbischof von Würzburg persönlich verliehen hatte.

Am darauf folgenden Tag wurden die sterblichen Überreste eines weiteren Menschen unter den glimmenden Brandresten entdeckt, die der Stadtmedicus anhand der gut erhaltenen Beckenknochen als weiblich definierte. Es sind die Knochen einer jungen Frau, behauptete er, womit er Recht behalten sollte, denn seit der Brandnacht wurde Grete, die Gattin des weißhaarigen Gürtelschneiders vom Gänsemarkt, vermisst. Sie galt allgemein als leichtlebig, nicht nur wegen der Art, wie sie ihre Brüste zur Schau stellte. Es war ein offenes Geheimnis, dass ihre Kinder nicht von dem krummen rheumatischen Gatten gezeugt worden waren.

Was hatte solch eine Metze mit einem Mönch zur Mitternacht in einer Scheune zu schaffen? Die Frage war rhetorischer Natur, denn jeder wusste, was die beiden da getrieben hatten. Nur das Kloster versuchte, aus dem Sünder einen Märtyrer zu machen.

Bruder Sylvester, so hieß es, sei als Erster am Brandherd gewesen und habe der armen, um Hilfe rufenden Frau beistehen wollen. Dabei sei er selbst ein Opfer der Flammen geworden.

Für Bruder Barnabas war dieser schlüpfrige Klatsch am Rande des Geschehens bedeutungslos. Für ihn stand fest, dass beide, sowohl der Franziskaner als auch die Frau, Opfer des Feuerteufels geworden waren. Einen Unfall durch unvorsichtiges Hantieren mit offenem Feuer schloss er schon deshalb aus, weil kein geistlicher Galan, der sich mit einer verheirateten Frau mitten in der Stadt zum Liebesabenteuer trifft, so dumm sein wird, ein Licht zu entzünden.

Ein Bettler, der nicht weit von der alten Stauferscheune in einem Holzschuppen genächtigt hatte, wusste zu berichten, dass der Brand hoch oben unter dem Dach ausgebrochen sei. Als er hinaustrat in die Nacht, um seine Blase zu entleeren, habe er im Giebelfenster unter dem Uhlenloch Rauch gesehen. Er habe erst geglaubt, es sei der Nebel. Doch dann waren da Flammen. Und bevor er Hilfe holen konnte, brannte der ganze Bau schon lichterloh.

Letztere Aussage erfreute Barnabas, denn sie bestätigte, was er per Experiment herausgefunden hatte: Die Brände begannen unter dem First. Was ihn aber zutiefst bedrückte, war die grausame Erkenntnis, dass aufgrund seiner Verdächtigung ein Unschuldiger die Tortur hatte erleiden müssen. Denn – der Brand bewies es – der eingekerkerte Zwerg konnte nicht der gesuchte Feuerteufel sein.

Summum ius, summa iniuria, das höchste Recht ist zugleich höchste Ungerechtigkeit. Bruder Barnabas schauderte bei dem Gedanken. Als er mit dem Abt darüber sprach, sagte der: »Veri iuris germanaeque iustitiae umbra et imaginibus utimur. Vom wahren Recht haben wir nur Schatten und Abbilder. Höchster Richter ist Gott allein.«

Bisweilen auch der Teufel, dachte Barnabas, aber er sprach es nicht aus.

SECHZEHNTES KAPITEL

Ist Attila bei dir?«

Katharina rang nach Luft. Sie war gerannt. Man sah es ihr an.

»Bei mir? Wieso bei mir?«, fragte Judith.

»Er ist heute bei Sonnenaufgang davongeritten.«

»Allein? Kann er denn sehen?«

»Ein wenig, aber nicht richtig. Deshalb mache ich mir ja Sorgen.«

»Hat er gesagt, wo er hinwollte?«

»Nein, er ist auf und davon, ohne ein Wort. Ich hatte gehofft, er wäre hier bei dir.«

»Nein.«

»Wo kann er bloß sein?«

»Wir werden die Wachen fragen, durch welches Tor er die Stadt verlassen hat.«

Während Judith ihre Stute Rethel sattelte, fragte sie Katharina: »Hast du kein Pferd?«

»Nein, wir Kinder teilen uns eins. Und mit dem ist Attila fortgeritten. Ich mache mir ernstliche Sorgen.«

»Ich werde ihn finden«, versprach Judith. Und sie dachte: Hoffentlich in besserer Verfassung als das letzte Mal, als sie ihn fanden. »Du solltest nicht allein reiten!«, rief Katharina noch hinter ihr her, aber da war Judith bereits außer Hörweite.

Ohne einen Augenblick zu zögern, ritt sie quer durch die Stadt zum Klingentor. Wie erwartet bestätigten ihr die Wächter, was sie geahnt hatte: »Der Attila hat beim Läuten zu den Primes die Stadt verlassen. Wohin? Wir wissen es nicht. Er war wortkarg wie nie. Nicht einmal unseren Gruß hat er erwidert. Die Augen halb geschlossen, sah er so aus, als schliefe er noch. Oder als wäre er noch verkaterter als der Struzz.«

»Der Struzz? Der Struzz zu Frickenhausen?«

»Ja, der alte Weinschlauch.«

»Was ist mit dem?«, fragte Judith heiser vor Aufregung.

»Er ritt kurz vor Attila aus dem Tor. Er hat die Nacht in der Stadt verbracht, hat den Franziskanern zwei Pferde verkauft und einen ganzen Batzen des Erlöses gleich versoffen. Er roch noch heute Morgen wie ein altes Weinfass. Sein Kopfweh möchte ich nicht haben«, lachte der Ältere der beiden Wächter.

Judith hatte genug gehört. Dort draußen waren Attila, immer noch hilfsbedürftig wie ein Kind, und der Struzz, noch übler gelaunt und unberechenbarer als für gewöhnlich. Sie ritt, als sei der Teufel hinter ihr her. Erst als die Türme der roten Burg aus ihrem Blickfeld verschwanden, kam ihr der Gedanke, dass sie besser Hilfe geholt hätte. Aber dafür war es schon zu spät. Je näher sie an den Fluss herantrabte, desto heftiger schlug ihr das Herz in der Brust.

Bedrohliche Bilder riefen sich in Erinnerung. Da war das hohe Schilf, durch das sie gejagt wurde wie ein Stück Wild. Da war wieder das Hecheln der Hunde, ihr wildes Winseln und die Gier, sich in ihrem Fleisch zu verbeißen. Sie hörte das böse Lachen des alten Struzz, seine Stimme: »Dir werde ich es geben. Mach die Doggen los!«

Jeder Laut, jede Bewegung schreckte sie: der Wind im Schilf. Der Schrei eines Eichelhähers. Sie war abgestiegen und führte ihr Pferd am Zügel, wagte kaum zu atmen. Hinter herabhängenden Weidenzweigen glitzerte der Fluss. Glasklar, böse gluckernd glitten die Wellen über blank poliertes Gestein.

Sie blickte sich suchend um. Da sah sie den dunklen Gegenstand. Er sah so aus, als gehörte er nicht hierher. Die Tauber wand sich in einer steilen Kurve um einen Felsen. Der Gegenstand lag dicht beim Wasser. Sie band das Pferd an einer Baumwurzel fest. Als sie näher kam, erkannte sie das fremdartige Gebilde. Es war ein Schuh. Und gleich daneben ein Hemd, ein Männerhemd. Es kam ihr bekannt vor. Trug nicht Attila solch ein Gewand?

Sie nahm es auf. Es war Attilas Hemd. Da lag auch seine Hose. Ein wilder Schreck durchfuhr sie. Was haben sie mit ihm gemacht? Nein, nicht schon wieder. Attila! Es war ein Aufschrei, ungewollt wie ein Atemzug: Attila!

Und dann erblickte sie ihn. Er lag auf dem sandigen Ufer wie von einem Axthieb niedergestreckt, nackt, die Arme über dem Kopf ausgestreckt, das Gesicht dem Boden zugewandt.

Tot! Um Himmels willen, er ist tot!

Sie watete durch das Wasser, rannte, stürzte. Völlig durchnässt und mit blutigem Ellbogen lief sie weiter. Attila!

Sie ließ sich neben ihm auf die Knie sinken, berührte ihn. Er war kalt wie ein Fisch. Sie wollte ihn umdrehen. Da hob er den Kopf. »Judith. Du hier?« Er rieb sich die Augen, als könne er nicht glauben, was er sah.

»Attila, bist du in Ordnung?«

»Ja, natürlich. Oder träume ich?«

»Ein Wunder!«

»Ja, es ist ein Wunder.«

Judith warf sich über ihn. Ihr war, als hätte sie soeben einen Toten zum Leben erweckt. Attila hielt sie so fest in seinen Armen, als wollte er sie nie wieder loslassen.

»Was machst du hier?«

»Das gleiche, was du auch gemacht hast, als ich dich damals hier fand.«

»Du hast im Fluss gebadet? Warum ausgerechnet hier?«

»Warum wohl? Was treibt dich hierher?«

»Was wohl?«

Sie küssten sich atemlos und stürmisch. Es gab kein Zögern, kein Überlegen. Es geschah ihnen, geschah so selbstverständlich, wie natürliche Dinge eben geschehen, so wie die Sonne aufgeht oder der Sturm losbricht. Unerwartet erwachte das Verlangen.

Auch Judith war nun nackt. Er ließ seine Hände über ihre schwellenden Formen gleiten. Es war ein Spiel, ein erregendes Ritual, so alt wie das Leben. Sie waren nicht schamlos, aber eine Art von wildem Trotz zwang sie, ihre Scham abzustreifen wie ihre Kleider. Atemlos vor Verlangen erlebten sie beide die jubelnde Freude überschwänglicher Zärtlichkeit. Vergessen waren alle Bedenken und Ängste, der Struzz, die Zeit, der Ort.

Ohne dass sie es bemerkt hatten, war ein Gewitter heraufgezogen. Die Sturmböen rauschten in den Erlen und Ulmen wie Meeresbrandung. Dunkle Wolken verdüsterten den Himmel, machten den Tag zur Nacht. Blitze leuchteten auf, erhellten ihre nackten Leiber. Regentropfen trommelten auf sie nieder. Übermut befiel sie. Hand in Hand stürzten sie sich in den Fluss. Der Donner entriss ihnen wilde Schreie. Das Wetterleuchten spiegelte sich im Glanz ihrer Augen. Die Wellen der Tauber umspülten sie, trugen sie davon. Wie die Aale glitten sie an Land, fanden eine warme Pfütze, wälzten sich darin, lachend und um sich schlagend, verspielt wie junge Füchse.

Gepeitscht vom Gewitterguss drückte sie seinen Kopf an ihre schlammverschmierte Brust. Den linken Arm um ihre Hüfte geschlungen, ertastete er ihren Schoß. Das nasse Haar verdeckte ihr Gesicht. Ihre Lippen suchten seinen Mund. Der Geruch der feuchten Erde vermischte sich mit dem Geruch ihrer nackten Leiber.

Als das Gewitter sich verzogen hatte, fanden sie nur noch ein Pferd. Die Blitze hatten Attilas Hengst so erschreckt, dass er davongelaufen war. So ritten sie wieder, wie schon einmal, auf einem Ross den Türmen der roten Burg entgegen. Der Himmel war leicht und durchsichtig klar, doch schon wallten dichte Nebelschwaden aus den feuchten Auen auf, um wie überkochende Milch die gläserne Klarheit fortzuschwemmen. Attila hielt Judith in den Armen. Sie schmiegte sich an ihn und fror. Es war wie beim ersten Mal. Und doch war alles ganz anders.

*

Aus Judiths kleinem Paradiesgarten wurde in jenen Junitagen ein richtiges Paradies mit einem nackten Menschenpaar. Sie nutzten jede Gelegenheit, um sich ihren aufregenden Spielen zu überlassen, eine seltsame Art von Liebe: schamlos und dennoch keusch. Denn sie liebten sich, ohne miteinander zu schlafen.

»Wozu soll das gut sein? Warum willst du mich durchbohren? Was kann mein Schoß dir geben, was meine Hände und Lippen dir nicht geben könnten? Ich will sehen, wie es dir kommt. Ich will es auf meiner Haut spüren. Versprich mir, dass du es dir nicht selber machst. Ich will nicht, dass du mich betrügst, hörst du?«

»Wirst du nicht mit mir schlafen?«

»Nein, niemals.«

»Und warum nicht?«

»Weil ich dich mag.«

Sie lagen beieinander. Judiths Augen leuchteten im Halbdunkel. Sie hatte das schönste Lächeln, das er je bei einem Menschen gesehen hatte, ein Leuchten, das nur in Erscheinung trat, wenn sie glücklich war. Sie lächelte nie aus Höflichkeit. Es war ohne Heuchelei, ehrlich wie Kinderlachen und kostbar wie Gold. Ihr Lächeln erfüllte ihn mit tiefer Freude.

»Liebst du mich?«

Judith küsste ihn und sagte:

»Die Ros ist ohn Warum.
Sie blühet, weil sie blühet.
Sie achtet nicht auf morgen,
fragt nicht, ob man sie siehet.«

Geheimnisvolle Johanniszeit mit ihren hellen Nächten. Die Scheibe des Mondes schwebte durch den Abend voller Amselgesang. Ihr wehmütiger Lockruf ergriff die Herzen der Liebenden. Wie wundervoll war diese wilde, wirre weltenschaffende Kraft der Liebe! Die wollüstige wunderliche Klage der Frösche; die zappelnden Gaukelflüge der Fledermäuse; das brummige Umherschwärmen der Käfer; die lockenden Lichtsignale der Glühwürmchen; die Katarakte von duftenden Blüten, ihr Feuerwerk verheißungsvoller Farben, von der Reinheit des Schnees bis zur verzehrenden Glut des Feuers. Wie das leuchtet, blüht, balzt, jubelt!

»Sie wollen alle nur das eine«, sagte Attila. »Gibt es auf der Erde eine größere Kraft als erfüllte Liebe?«

»Ja, unerfüllte Liebe.«

»Ist das dein Ernst?«

Judith sagte: »Der byzantinische Feldherr Belizar wütete in seinen Schlachten so berserkerhaft, weil seine schöne Gattin ihm den Beischlaf verweigerte.«

»Woher weißt du solche Dinge?«

»Aus Büchern.«

»Und woher wissen die Bücher von so weit zurückliegenden Geschehnissen?«

»Bücher sind wie Samenkörner. Sie können viele Jahre ruhen. Aber wenn du sie aufschlägst und in ihnen liest, sprechen sie zu dir, auch wenn ihre Verfasser schon lange tot sind.«

Attila meinte: »Was interessieren mich die toten Dichter und ihre Bücher. Ich will dich.«

Er umarmte sie mit so wilder Leidenschaft, dass sie ihn küsste und ihm ins Ohr flüsterte: »Komm, ich will den Saft deiner Sehnsucht auf meiner Haut spüren.«

Der Mondschein fiel durch die Blätter des Walnussbaums. Leichter Wind bewegte die Zweige. Aufgeregt tanzten Lichtflecke über ihre Gesichter und Leiber. Die bittere Süße der Wehmut war mit ihnen. Amor meus, dolor meus.

SIEBZEHNTES KAPITEL

Malte von Marbach, der Priester der Johanniskirche, war ein schöner Mann, hoch gewachsen, schlank und von adliger Blässe. Obwohl er sich täglich den Bart schabte, wirkt er ständig unrasiert. Man sah ihm an, wie sehr er unter seinem Keuschheitsgelübde litt. »Wie kann man einem Löwen das Fleischfressen verbieten«, sagte der Schmied aus Bamberg von ihm. »Der trägt sein Fegefeuer in der Hose.«

Vor allem bei der Jugend war der Malte sehr beliebt. Die jungen Leute mochten ihn, wohl wissend, dass ihm die Versuchungen des Fleisches nicht fremd waren.

»Unser größter Triumph liegt nicht darin, niemals zu fallen, sondern darin, immer wieder aufzustehen«, sagte er.

Auch Attila suchte ihn auf, um sein Gewissen in der Beichte zu erleichtern, wie er es von Kindheit an gewohnt war.

»Ich liebe ein Mädchen.«

»Daran ist nichts Sündiges, mein Sohn, solange die Liebe nicht zur Fleischeslust wird.«

»Und warum wird sie dann zur Sünde?«, wollte Attila wissen. »Hat Gott uns nicht aus lustvollem Fleisch gemacht?«

»Die letzte Intimität muss der Ehe vorbehalten bleiben; schon deshalb, weil alle ehelos gezeugten Nachkommen ehrlose Bastarde sind.«

»Dann sind wir alle Bastarde«, meinte Attila, »denn da war keiner, der das erste Menschenpaar getraut hat, bevor sie den Kain und den Abel gezeugt haben.«

»Beim ersten Menschenpaar war alles anders. Sie hatten nicht einmal einen Bauchnabel. Unkeuschheit gehört neben Zorn, Neid, Hoffart, Unmäßigkeit, Geiz und Trägheit zu den Kardinalssünden. Ich meine natürlich«, verbesserte sich der Priester, »zu den Hauptsünden.«

»Ist es eine Hauptsünde, wenn ich mein Mädchen küsse oder berühre?«

»Nein«, sagte Malte von Marbach, und darin unterschied er sich ganz wesentlich von allen anderen Priestern der Stadt, die schon den Gedanken an wollüstige Berührungen für unkeusch hielten. »Ein Kuss ist noch keine Fleischeslust, wie der Judaskuss und der Freundschaftskuss unter den Aposteln bezeugen. Und wenn Berührungen zu den sieben Hauptsünden gezählt würden, so wäre die Welt ein Sündenozean ohne Aussicht auf Erlösung.«

Du erteilst dir selber die Absolution, dachte Attila. Er erinnerte sich, wie er den Malte einmal in den Armen der Afra gesehen hatte. Es war in einer jener warmen Juninächte, die sich häufig in Gewittern entladen. Der Donner hatte ihn aus dem Schlaf gerissen. Verwirrt war er durch das dunkle Haus geirrt. Blitze zerhackten die Finsternis. Und da sah er sie im grellen Aufleuchten eines Augenblicks. Sie standen eng umschlungen im Flur bei der Tür zur Gaststube, Afra in ihrem blauen Schürzenkleid, der Malte in schwarzer Priestersoutane, beide mit hoch geschobenen Röcken. Das helle Fleisch ihrer Hinterteile hatte die Farbe von Bienenwachs. Sie waren so sehr mit sich beschäftigt, dass sie ihn nicht wahrnahmen. Malte war schon oft gefallen und wieder aufgestanden.

Als ein paar Tage später der junge Priester bei Tisch gelobt wurde, sagte Afra: »Er hat so schöne Augen.«

»Augen wie ein Kormoran«, meinte Heinrich Toppler.

»Was für Augen?«

»Wisst ihr, wie sie am Bodmanssee fischen? Sie benutzen Kormorane. Das sind gezähmte Schwimmvögel, so groß wie eine Wildgans und so schwarz wie die Pfaffen. Die Tiere kriegen einen Ring um den Hals gelegt, so dass sie ihren Fang nicht herunterschlucken können. Wenn sie mit einem Fisch im Schnabel auftauchen, nehmen ihnen die Menschen die Beute weg. Erst am Ende erhält jeder Vogel einen Fisch als Belohnung.«

»Und was hat das mit Maltes Augen zu tun?«, wollte Afra wissen.

»Zwei Tage vor dem Fang kriegen die Kormorane nichts mehr zu fressen. Das macht sie so richtig fischgeil. Das Ziel ihrer Sehnsucht vor sich, ist es ihnen nicht erlaubt, ihren Heißhunger zu stillen. Das Verlangen fiebert ihnen aus den Augen. Und genau solche Augen hat der Priester von der Johanniskirche.«

Daran musste Attila denken, als er beim Malte in dem dunklen Beichtstuhl kniete, um sein Gewissen zu erleichtern.

»Ich liebe eine Jüdin.«

»Das ist schlimm.«

»Ist es eine schwere Sünde?«

»Sünde? Nein, das ist keine Sünde. Das ist ein Verbrechen.«

»Keine Sünde, aber ein Verbrechen?«

»Es gibt Gebote, die von Gott sind, und Gesetze, die die Obrigkeit erlassen hat. Wer Erstere missachtet, ist ein Sünder. Wer die Gesetze bricht, ist ein Verbrecher.«

»Die Liebe zu einer Jüdin ist keine Sünde?«

»Wenn es eine Sünde wäre, so dürften wir die Gottesmutter nicht lieben, denn Maria war eine Jüdin, genauso wie die heilige Anna und Maria Magdalena, die dem Herrn sehr nahe stand.«

»Warum ist es dann ein Verbrechen?«

»Weil es ein Verstoß gegen die Ordnung ist, die wir Menschen uns gegeben haben. Es ist sogar ein schwerer Verstoß, bei dem Juden wie Christen mit Verbannung und Schlimmerem rechnen müssen. Gut, dir würde die Strafe wohl erspart bleiben, weil du Heinrich Topplers Sohn bist. Aber denk an das arme Mädchen.«

»Und wenn das arme Mädchen die Tochter von Josua Süßkind ist?«

Attila wartete vergeblich auf eine Antwort. Es war totenstill in dem engen Beichtstuhl. Hatte es dem jungen Priester die Sprache verschlagen? Attila hörte ihn atmen. Dann sagte er: »Ich werde für euch beten.«

Auf dem Heimweg dachte Attila: Ob er wohl die Afra so liebt, wie sie ihn liebt? Sie verteidigte ihn bei jeder Gelegenheit. Immer wieder sagte sie: »Er ist ein herzensguter Mensch.« Einmal erzählte sie die folgende Begebenheit: »Es ist noch nicht lange her, da hat der städtische Schweinehirt Hieronymus vor dem Kloster der Dominikanerinnen seinen Schwanz herausgeholt, um sich Erlösung von seiner Geilheit zu verschaffen, am helllichten Tag, vor aller Augen, natürlich vor allem vor den Augen der hochwohlgeborenen Ordensdamen. Die wollten den Schweinehirten für seine Schamlosigkeit bestraft wissen. Und wisst ihr, wie der Malte ihre Beschwerde aufgenommen hat? Er hat gesagt: Ach, wenn sich doch der Hunger des Bauches auch so leicht stillen ließe wie der Hunger der Schöße. Wie viel Elend und Entbehrung bliebe der Menschheit erspart. Das hat er wirklich gesagt. In aller Öffentlichkeit!«

Als Beweis für seine Güte fügte sie hinzu: »Der Malte ist der Einzige, der sich um den großköpfigen Krüppel kümmert.«

»Was ist aus dem Krüppel geworden?«, wollte Heinrich wissen.

»Er hat nach der Tortur den Verstand verloren. Vor Angst traut er sich nicht mehr zurück in die alte Scheune vom Süßkind, wo er für gewöhnlich haust. Keiner kommt mehr an ihn heran, nicht einmal die Judith, an der er sonst mit hündischer Hingabe hängt. Er hat sich zu den Schweinen geflüchtet. Der Nachtwächter sah ihn vor dem steinernen Schlachthaus, umringt von Säuen. Er schwört bei allen Heiligen, der Gnom habe den gleichen weißen Schaum vor dem Mund gehabt wie die Tiere. Der Ärmste ist auf dem besten Weg, einer der ihren zu werden. Er ernährt sich von den Abfällen, die die Bürger auf die Straße werfen. Bei Tagesanbruch verkriecht er sich. Erst im kalten Licht des Mondes wagt er sich wieder hervor, armeschlenkernd und ständig umgeben von seiner vierbeinigen Schutztruppe.

Er spricht zu ihnen wie der heilige Franziskus, als er den Vögeln und den Fischen gepredigt hat. So berichtet es der Nachtwächter.«

»Was er denen wohl erzählt?«, meinte Heinrich.

»Ein paar verspätete Zecher wollen ihn zur Mitternacht auf dem Totenacker gesehen haben, umflattert von weißen Tauben!«

»Von Tauben?«, verwunderte sich Attila. »Tauben zur Mitternacht? Das gibt es nicht. Sie suchen bei Einbruch der Dunkelheit ihre Taubenschläge auf.«

»Wahrscheinlich waren es weiße Mäuse oder Engelsputten, die die Saufbrüder auf ihrem nächtlichen Heimweg dort gesehen haben«, meinte Heinrich.

Alle lachten. Und Afra sagte: »Was ist daran so spaßig? Ein Mensch wird zum Tier, und alle lachen. In den Schankkneipen lästern die Männer bereits, wie viele Würste sich aus dem wasserköpfigen Zwerg wohl machen lassen. Und erst die viele Schweinskopfsülze! Und dann schütteln sie sich vor Lachen. Malte ist der Einzige, der sich die Mühe macht, den kleinen Krüppel in die menschliche Gemeinschaft zurückzuholen.«

Mit dieser Behauptung hatte die Afra jedoch Unrecht. Nicht nur der Malte sorgte sich um den unter die Schweine Gefallenen.

»Ich darf nicht nach ihm suchen«, sagte Judith, »nicht bei Nacht. Aber du kannst es. Bitte Attila, geh zu ihm, mir zuliebe. Er braucht unsere Hilfe. Bitte finde ihn, für mich.«

»Und wenn ich ihn gefunden habe, was dann? Du hast doch gehört, dass er sich vor uns fürchtet.«

»Nicht vor mir. Mir vertraut er«, sagte Judith. »Du musst ihn nur holen, und alles wird gut.«

»Aber wie? Soll ich ihn einfangen wie ein wildes Tier?«

»Lass dir etwas einfallen, Lieber. Aber tu ihm nicht weh.«

»Und wohin soll ich ihn bringen?«

»Ins kleine Paradies.«

Eine ganze Nacht hatte Attila vergeblich nach ihm gesucht. In der zweiten fand er ihn auf dem Kirchhof bei der Johanniskirche. Er hockte in einem frisch ausgehobenen Grab und kaute Karotten, die er in einem nahen Stadtgarten ausgerissen hatte. Als Attila am Rand der Grube auftauchte, wollte er flüchten, aber Attila warf sich auf ihn und fesselte ihm mit einem Hanfstrick die Arme auf den Rücken. Als er auch dann noch nicht zu bändigen war, bekam er die Augen verbunden. Das half. Er verhielt sich ruhig wie ein Kaninchen in einer Kiste. Die Dunkelheit gab ihm das Gefühl, allein zu sein. Attila legte ihm einen Strick um den Hals. Tanzbären werden so geführt. Mit seiner weit heraushängenden Zunge wirkte er aber eher wie eine Dogge aus dem Hundsgraben der städtischen Befestigungsanlagen.

Es war eine wunderliche Prozession, die da durch die schlafende Stadt zog. Vorneweg der Junge mit dem gefesselten Gnom an der Leine, verfolgt von einer immer größer werdenden Schar aufgeregt grunzender Schweine. Sie hielten sich respektvoll auf Abstand, ließen sich jedoch auch durch Steinwürfe nicht vertreiben.

Ein Auflauf wie am Sonntagmorgen, wenn die Rothenburger ihrem beliebten Bürgermeister auf dem Kirchweg das Geleit geben. Attila musste bei dem Vergleich lachen. Für die Schweine war Kürbiskopf der König von Rothenburg.

Als sie den Brunnen beim Gänsemarkt passierten, gab der Gefangene unmissverständlich zu erkennen, dass das fließende Wasser seine Blase stimulierte. Er hüpfte von einem Bein auf das andere und zerrte so lange an seiner Handfessel, bis Attila ihm half, das erste Fleisch Adams freizulegen.

Mein Gott, dachte er, der Kleine hat wirklich mehr von einem Maulesel als von einem Mann. Es dauerte eine Ewigkeit, bis er seine Blase entleert hatte.

»Komm«, sagte Attila, »wir müssen weiter.«

Am Horizont zeichnete sich schon der helle Streifen des neuen Tages ab. Die Schweine, die ihnen bis hierher gefolgt waren, blieben beim Brunnen zurück. Sie drängten sich um die dunkle Pfütze, die ihnen ihr Idol zurückgelassen hatte. Ihr Schnüffeln und Grunzen war noch ein paar Straßen weiter zu hören. Es hatte den Anschein, als ob die Duftnote aufregende Mitteilungen enthielte.

Judith brauchte nur einen Tag, um den scheuen Schweinemenschen wieder in ihren treuen Tabas zu verwandeln. Ein Bad in der Regentonne und die freudige Begrüßung der Tiere im kleinen Paradies trugen das Ihre dazu bei. Tauben, Fuchs und Rabe wichen dem krüppeligen Kobold nicht mehr von der Seite.

ACHTZEHNTES KAPITEL

Noch nie hatte Heinrich Toppler den alten Süßkind so wütend gesehen wie an jenem Morgen im Rathaus. Josuas Bart bebte vor Zorn und Empörung. »Dieses Schwein!«, stieß er hervor. »O dieses Schwein! Dass ich das erleben muss!«

Toppler erbleichte. Teufel!, dachte er, der Attila. Da war der Skandal, den Afra prophezeit hatte. Attila und die kleine Jüdin. Sie hatten sich erwischen lassen. Er bot dem alten Juden einen Stuhl an, den der aufgebracht ablehnte. Es dauerte eine Weile, bis er sich beruhigte. Erst dann erfuhr der Bürgermeister, was sich ereignet hatte.

Ein Schwein war in das Ritualbad der Juden eingedrungen und hatte es entweiht. Die Mikwafrau hatte das tote Tier im Wasserbecken entdeckt. Blass und aufgedunsen trieb es an der Oberfläche. Im Halbdunkel des Schachtes hatte sie es zunächst für den nackten Leichnam einer Frau gehalten. Doch als sie der vermeintlich Verunglückten zu Hilfe eilen wollte, hielt sie eine Pfote in der Hand, einen Schweinsfuß. Der Ekel war Josua ins Gesicht geschrieben, als er den Hergang schilderte.

Heinrich Toppler hörte schweigend zu, bis Josua seinen Bericht beendet hatte. Dann sagte er: »Das ist eine schlimme Geschichte. Aber warum kommst du damit zu mir? Was kann die Stadt dafür, wenn ihr euer Ritualbad nicht sorgfältig bewacht?«

»Unsere Mikwa wird sehr wohl behütet. Sie ist Tag und Nacht fest verschlossen. Kein Unbefugter kann sie betreten.«

»Und wie ist die Sau dann hineingelangt?«

»Es gibt Stimmen unter den Juden, die behaupten, das Schwein sei nicht aus eigener Kraft in die Mikwa gelangt.«

»Nicht aus eigener Kraft?«

»Was sollte ein Schwein dort suchen? Es gibt da nur Wasser, und das gibt es überall und reichlich in der Stadt. Es hat viel geregnet während der letzten Tage.«

»Vielleicht hat es im Badehaus Schutz vor dem Regen gesucht.«

»Aber wie konnte es die verriegelte Tür öffnen? Und wie kam es all die steilen Stufen hinab bis zu dem Wasserbecken?«

»Es könnte ausgerutscht und abgestürzt sein.«

»Vierundvierzig Stufen tief? Das glaubst du doch wohl selbst nicht!«

»Schweine sind neugierige Geschöpfe.«

»Schweine sind abscheuliche Geschöpfe«, sagte Josua.

Es entstand eine längere Pause. Dann fragte Toppler: »Was meinst du mit ›nicht aus eigener Kraft‹?«

»Das Schwein wurde in die Mikwa geworfen, um unser Ritualbad zu entweihen.«

»Wer sollte so etwas tun?«

»Feinde haben wir genug, sowohl unter unseren adligen Schuldnern als auch unter bürgerlichen Christen.«

»Die alte verlogene Leier mit der Brunnenvergiftung«, sagte Heinrich. »Mal wird behauptet, dass ihr unsere Brunnen vergiftet. Und jetzt kommt ihr und beschuldigt uns des gleichen Unsinns. Soll das denn nie ein Ende haben? Soll das ewig so weitergehen?«

»Ich wüsste, wie wir dergleichen in Zukunft verhindern könnten«, sagte Josua. »Gebt uns unser Ghetto.«

Toppler hob protestierend die Hände: »Abgeschlossene Judenviertel wie in Köln und Frankfurt gibt es in den kleineren Reichsstädten nicht. Und das wird auch so bleiben, solange ich Bürgermeister bin. In unserer Judengasse leben nicht nur Juden, sondern auch Christen. In Rothenburg ist den Juden Haus- und Grundbesitz erlaubt. Das ist, wie du weißt, nicht überall so. Uns schützt eine gemeinsame Mauer.«

Und als Josua bedenklich den Kopf schüttelte, fuhr Heinrich Toppler fort: »Gut, ihr habt euren eigenen Judenrat mit einem Rabbi als Vorsitzenden und einem eigenen Schreiber als Geschäftsführer. Ihr regelt eure Angelegenheiten nach jüdischen

Religionsgesetzen. Ihr habt eine eigene Schule mit einem Judenkindschulmeister für Hebräisch, einen eigenen Matzenbäcker, Koscherschlachter und sogar einen Schneider für eure Ritualgewänder. Alles schön und gut, aber warum in drei Teufels Namen wollt ihr euch mit einer Mauer umgeben? Eine Mauer dient der Verteidigung.«

»Sie ist weit mehr«, widersprach Süßkind. »Die Stadtmauer trennt zwei völlig verschiedene Welten voneinander. Wer durch das Stadttor geht, passiert eine rechtliche und kulturelle Zäsur ersten Ranges. Draußen liegt ungestaltete Wildnis. Hier innerhalb der großen Mauer aber haben wir Bürger unsere eigene Welt erschaffen, eine Komposition von Türmen, Bauten, Plätzen und Gassen, geformt von menschlichen Maßen und Idealen.«

»Du übertreibst. Gibt es nicht auch außerhalb der Stadt Dörfer?«

»Das Dorf...« Josua machte eine wegwerfende Handbewegung. »Das Dorf ist Anpassung, die Stadt aber Neuschöpfung. Bauern und ihre Behausungen gab es schon immer, wie Vögel und ihre Nester. Die Stadt ist etwas völlig Neues.«

Toppler wollte etwas sagen, aber Josua ließ ihn nicht zu Wort kommen: »Was die Haut für den Körper«, sagte er und zupfte zur Erläuterung an der faltigen Haut seiner Hand. »Was die Haut für den Körper, ist die Mauer für die Stadt. Sie trennt uns messerscharf von unserer Umgebung. Deshalb haben auch Klöster eine Mauer, nicht zur Verteidigung, sondern zur Abgrenzung, weil die Welt der Mönche eine andere ist als die der Bürger. Und aus diesem Grund wollen wir Juden ein abgetrenntes Ghetto, wie es das auch in anderen Städten gibt.«

Toppler hatte sich aus seinem Sessel erhoben. Er stand am Fenster und blickte hinab auf den Markt voller Menschen. Das friedliche Bild betrachtend, sagte er: »Die Menschen befehden einander, weil sie Mauern errichten, anstatt Brücken zu bauen. Ein Ghetto würde den Graben zwischen euch und uns nur vertiefen. Wer weiß, was die da hinter der Mauer treiben? Nichts schürt das Misstrauen so sehr wie die Dinge, die man voreinander verbirgt. Als Bürgermeister bin ich stolz auf das gute Verhältnis zwischen euch und uns in dieser Stadt. Hier hat Rabbi ben Meir gewirkt. Jerusalem des Nordens hat man Rothenburg genannt. Wir gehören zusammen. Wir brauchen einander.«

»Das gilt auch für die Mönche in den Klöstern der Stadt«, entgegnete Josua, »und dennoch leben sie hinter Klostermauern, denn ihre Ordnung ist eine andere als die weltliche, so wie die jüdische eine andere ist als die christliche. Es beleidigt nicht nur unsere Nasen, sondern verletzt unser religiöses Empfinden, wenn sich eure Schweine auf den Stufen der Synagoge herumtreiben oder gar unsere Mikwa entweihen.«

»Fast könnte man der Meinung sein«, lachte Toppler, »dass *ihr* das Schwein in die Mikwa getan habt, um mich von der Notwendigkeit der Abgrenzung zu überzeugen.«

Noch während er sprach, tat ihm die Bemerkung Leid. Josua Süßkind lief rot an wie ein gereizter Kampfhahn.

»Verzeih mir den schlechten Scherz«, sagte Toppler. »Das war nicht ernst gemeint.« Und er fügte hinzu: »Wir werden uns etwas einfallen lassen, wie wir euch vor den Schweinen schützen können.«

Josua erhob sich, griff nach Mantel, Stock und Hut. Dabei sagte er: »Es geht uns nicht nur um Abgrenzung von euch.« Es klang wie eine Entschuldigung. »Wir brauchen den eingezäunten Bezirk auch aus rituellen Gründen. Eine Ummauerung erweitert unseren Lebensbereich. Man darf darin auch am Sabbat etwas in der Hand tragen, was uns sonst außerhalb des Hauses nicht erlaubt ist.«

»Aber muss das gleich eine hohe Mauer sein? Ich glaube, dass unsere Kinder freier darüber denken.«

»Auch ihretwegen brauchen wir das Ghetto.« Josua sprach den Satz mit großem Ernst. Heinrich verstand die Botschaft.

»Glaubst du wirklich, Josua, dass sich Liebe durch Mauern

aufhalten lässt?«, wollte er erwidern, aber bevor er es aussprach, ersetzte er das Wort *Liebe* durch *Zuneigung*.

Er nahm dem Juden Stock und Hut aus der Hand: »Warum hast du es so eilig, Josua? Komm, trink einen Becher Wein mit mir. Der Fürstbischof hat ihn mir erst gestern geschickt.« Er holte eine Kanne aus dem Wandschrank, als der Prior der Franziskaner zur Tür hereinschaute: »Gott zum Gruß! Verzeiht. Ich sehe, ihr seid beschäftigt.«

»Nein, komm herein! Gott zum Gruß, Bernardinus. Trinkst du einen Becher besten Würzburger Wein mit uns?«

»Gern. In vino veritas.«

Sie tranken, und Josua sagte: »Im Wein liegt nicht nur Wahrheit, sondern auch Wissen. Die jüdische Überlieferung hält es für möglich, dass der Baum der Erkenntnis ein Weinstock war. Es heißt, dass Noah einen aus dem Paradies verstoßenen Rebstock fand und ihn einpflanzte.«

»Der Wein als Frucht der Erkenntnis, das lasse ich mir gefallen«, lachte Toppler. »Mit einem Apfel hätte man mich auch nicht verführen können.«

Er füllte die drei Zinnbecher nach und setzte hinzu: »Im Wein liegt Erkenntnis. Wohl bekomm's!«

Bernardinus von Babenhausen meinte: »Nach der griechischen Baruch-Apokalypse trug Noah Bedenken, den Rebstock einzupflanzen, bis Gott ihm versicherte, der Fluch der Rebe werde in Segen verwandelt. Der Wein solle zum Blute Gottes werden, mit dem im heiligen Abendmahl die verschlossenen Türen des Paradieses wieder geöffnet werden. Was hältst du davon?«, wandte er sich an Josua.

»Nichts, denn wir Juden verabscheuen Blut, egal, ob von einem Schaf oder von einem Guten Hirten.«

»Dafür mögt ihr aber das Geld um so lieber«, erwiderte der Prior, dem der Vergleich zwischen dem Guten Hirten und einem Schlachtschaf missfiel.

»Mögt ihr es nicht?«, fragte Josua.

»Jeder mag es. Aber bei euch liegen die Dinge anders.«

»Wieso?«

»Ihr Juden verdankt eure Existenz dem Mammon. Ohne Geld würde es euch nicht geben.«

»Das haben wir mit der Kirche gemein«, erwiderte Josua. »Ihr erlöst die Menschen von der Sünde und lasst euch dafür bezahlen, in Form von Ablass, Kollekten, Spenden, Steuern und vielen anderen Aderlässen. Die Befreiung der Menschen vom Fegefeuer in barer Münze ist die Quelle allen klerikalen Reichtums.«

Heinrich Toppler sah, wie dem Abt die Zornesader über der Schläfe schwoll. »Ach, was ist schon Geld?«, meinte er so versöhnlich wie möglich. »Wir brauchen es wie der Bauer den Mist oder der Lahme seine Krücken. Das Totenhemd, Freunde, hat keine Taschen. Prosit!«

Josua nahm einen kräftigen Schluck aus seinem Becher, wischte sich den Bart und sagte: »Du hast recht, Heinrich. Der Midrasch erzählt von einem Fuchs, der drei Tage fastete, um durch ein enges Loch im Zaun des Weingartens zu schlüpfen; der aber dann, nachdem er sich satt gefressen hatte, drei Tage fasten musste, um wieder hinauszukommen. Welchen Nutzen haben wir von den irdischen Gütern? Wie man in den Garten hineingeht, so verlässt man ihn wieder. Unter unseren Kleidern sind wir alle nur nacktes Fleisch.«

Der Prior erhob sich: »Die Pflicht ruft.« In seinen Augen war die arrogante Selbstsicherheit des alten Juden eine Kampfansage. Es reute ihn, mit einem Christusmörder aus einer Kanne getrunken zu haben.

Josua empfand ähnlich: Ein dreifaches Hosianna, dass er mit diesem Knecht der Inquisition nicht länger an einem Tisch sitzen musste.

Josua wollte gehen, aber Heinrich hielt ihn zurück: »Es gibt da noch etwas, über das wir reden müssen. Was machen wir mit dem Struzz?«

»Mein ist die Rache, spricht der Herr.«

»Lass Gott aus dem Spiel, Josua. Es gibt Verbrechen, die müssen auf Erden gesühnt werden, damit sie sich nicht wiederholen. Willst du, dass dieses Schwein auf andere Mädchen Jagd macht, um sie zu schänden? Soll er weiterhin die Ameisen füttern, nur weil wir zu feige sind, ihm das schändliche Handwerk zu legen?«

»Ich bin nicht feige, aber ich kann warten.«

»Worauf?«

»Auf den richtigen Augenblick.«

»Das kann lange dauern.«

»Ich habe Zeit.« Josua zeigte in eine Ecke des Raums bei der Tür. »Schau dir die kleine Spinne da oben an. Sie hockt in ihrem Netz und weiß, ihre Stunde wird kommen.«

»Und wenn sie nicht kommt?«

»Hast du je von einer Spinne gehört, die verhungert ist?«

»Willst du wirklich so lange warten?«

»Was willst du machen? Ihn vor Gericht verklagen? Das führt zu nichts. Meine Tochter ist nicht vergewaltigt worden, und dein Sohn lebt noch.«

»Was macht man mit einem tollwütigen Hund? Man erschlägt ihn.«

»Willst du mit ihm kämpfen?«, fragte Josua. »Du könntest ihm keinen größeren Gefallen erweisen. Denn das ist das Einzige, was er kann, das einzige, in dem er uns überlegen ist. Oder willst du ihm auflauern, um ihn hinterrücks zu erschlagen? Dann begibst du dich auf seine Stufe. Dann sind wir nicht besser als er: feige Totschläger.« Josua zerwühlte sich mit der Rechten den Bart: »Nein, glaube mir, er entgeht seiner Strafe nicht. Und die wird schrecklich sein. Mein Wort darauf.«

»Aber wie soll das geschehen?«, fragte Heinrich. »Hast du einen Plan?«

»Einen Gegner von Mann zu Mann zu bekämpfen, ist nicht nur blutig, brutal und geistlos, es ist auch völlig unnötig. Viel wirkungsvoller ist es, eine Frau auf ihn anzusetzen. Sie muss ihn ja nicht gleich ermorden; es genügt, wenn sie ihm das Herz bricht oder ihn ruiniert. Beides verwundet ihn schwer, und er leidet viel länger und gründlicher, als wenn ihn der Tod ereilt.

Die Methode ist uralt. Du kennst die biblische Geschichte von Samson. Er verfügte über unglaubliche Körperkräfte und galt als unbesiegbar. Nur mit der Kinnlade eines Esels bewaffnet, soll er ein ganzes Heer in die Flucht geschlagen haben.

Es gab nur ein einziges Mittel, dieses Ein-Mann-Heer zu erledigen: eine Frau, die richtige versteht sich. Und Delilah schaffte es, ganz ohne Gewalt, im Gegenteil: Sie wurde schwach.«

»Und wo nehmen wir die Frau her?«, fragte Heinrich Toppler.

»Auf unserem Ritt nach Würzburg hast du mir erzählt, dass es unter den Dominikanerinnen eine Spionin gibt, die die Stadt an die Ritter verrät. Ihr Name war Immaculata. Hast du herausgefunden, wer sich hinter ihrem Namen verbirgt?«

»Nein.«

»Aber ich.«

»Wer ist es?«

»Antonia Freya zu Frickenhausen.«

»Frickenhausen?«

»Ja, sie ist die Schwester des Struzz.«

»Nein!«

»Doch! An diesem Haken werden wir ihn aufhängen.«

»Josua, du bist ein Teufelskerl!«

Toppler umarmte den alten Juden. Er dachte: Schade, dass du kein Christenmensch bist. Wir beide könnten Freunde sein, vielleicht sogar Verwandte. Er füllte noch einmal ihre Becher und betrachtete den Kampfgefährten, als wollte er ihm ins Herz schauen. Schließlich fragte er: »Was unterscheidet einen Juden von einem Christen? Taufe, Beschneidung, Schweinefleisch, ungesäuertes Brot, Mikwa, Beichtstuhl – sind das nicht letztlich alles Äußerlichkeiten wie unsere unterschiedlichen Gewänder?« Er fuhr sich mit der Hand über sein Wams. »Aber tragen nicht auch die Pfaffen andere Kleider als die Ritter und die Bauern? Gibt es einen größeren Gegensatz als Mann und Weib? Und dennoch verbringen beide ein gut Teil ihres Lebens unter einem Dach in inniger Gemeinschaft, ohne Mauern und Zäune. Warum sollten Juden und Christen das nicht auch schaffen?«

Der alte Süßkind trank von seinem Wein und meinte: »Nicht viele von euch und uns denken so.«

»Ich unterteile die Menschen in zwei Gruppen«, sagte der Bürgermeister, »in Stadtfeinde und Stadtfreunde. Zu den ersteren gehören die Fürsten und die Ritter. Für sie sind die aufstrebenden freien Städte Pestbeulen im alten Feudalsystem, in dem es nur Herren und Knechte gibt. Sie verfolgen uns mit ihrem Hass, weil sie spüren, dass ihre Zeit abgelaufen ist. Zur Gruppe unserer Feinde gehört auch der höhere Klerus, Gott sei es geklagt! Auf der anderen Seite dieser furchteinflößenden Übermacht steht das kleine Häuflein der weit auseinander gerissenen Reichsstädte. Unsere mächtigste Waffe ist unsere Prosperität: der handwerkliche Fleiß der Bürger und das Kapital, das ihr uns verschafft.«

Der alte Süßkind wollte widersprechen. Toppler ließ ihn nicht zu Wort kommen. »Die große Mauer wurde zum großen Teil mit eurem Geld gebaut. Und selbst der Dom stünde nicht ohne euch.«

Josua strich sich durch den Bart und meinte: »Juden und Christen sind so verschieden wie Männer und Frauen. Aber gibt es bei aller Liebe nicht so etwas wie eine schickliche Distanz zwischen den Geschlechtern? Ich meine, Männer sollten nicht zu Weibern werden und Weiber nicht zu Männern.«

»Davor behüte uns Gott«, lachte Toppler. Er nahm einen Schluck aus seinem Becher, wischte sich den Mund mit dem Handrücken ab und fragte: »Wer, glaubst du, spielt in dieser Vernunftehe zwischen Juden und Christen die Rolle Adams?«

»Wir«, sagte der alte Süßkind bestimmt.

»Oho!«, ließ Toppler sich vernehmen. »Das musst du mir erläutern! Das ist eine Behauptung, die bewiesen werden will.«

»Ihr habt einen Gottessohn, eine Gottesmutter, einen Heiligen

Geist und eine Vielzahl von Heiligen, die allesamt Wunder vollbracht haben und immer noch vollbringen. Auf euren Altären verwandeln die Priester alltäglich Hostien aus Mehl in den wahren Leib Christi und Wein zu Blut. In unserer Religion vermag nur Gott Wunder zu vollbringen, denn nur er ist allmächtig. Unsere Propheten sind keine Heiligen oder gar Gotteskinder, und unsere Priester sind keine Magier. Der, den ihr anbetet, hängt für alle sichtbar am Kreuz. Unser Gott ist unsichtbar, körperlos wie eine Melodie, wie eine unvorstellbar große Zahl.«

»Gut«, meinte Toppler, »aber was hat das mit deiner Behauptung zu tun, ihr Juden würdet im Vergleich zwischen unseren Religionen die Rolle Adams spielen?«

»Nun, liegt uns Männern das abstrakte Denken nicht mehr als den Weibern? Frauen und Kinder brauchen Bilder. Männliche Vorstellungskraft basiert auf Gedanken. Kennst du eine Wissenschaft, Religion oder Philosophie, die von einem Weib erdacht worden wäre? Es sind die Frauen, die dem Wunder verwoben sind. In ihren Leibern reifen wunderbarerweise neue Menschlein heran. Warum verfolgt ihr Weiber als Hexen? Weil sie der Magie mehr verbunden sind als Männer.«

Toppler suchte nach einem Einwand, aber ihm fiel nichts ein.

Josua sagte: »Am deutlichsten offenbart sich die Weiblichkeit eurer Religion im Marienkult. Dergleichen wäre im Judentum undenkbar. Bei uns werden Frauen nicht angebetet, dafür werden sie allerdings auch nicht verbrannt.«

Toppler überhörte den Sarkasmus des letzten Satzes. Er sagte: »Kannst du mir deine Religion mit wenigen Sätzen erklären?«

Josua antwortete: »Sie ist der ewige Glaube unseres Volkes, älter als alle anderen existierenden Religionen, verklärt durch philosophischen Geist und angefacht vom brennenden Eifer der Tat.«

Heinrich war froh, dass Josua nicht die gleiche Frage stellte. Er hätte sie nicht in einem Satz beantworten können. Wunder lassen sich nicht so leicht in Worte fassen.

NEUNZEHNTES KAPITEL

Bruder Barnabas hatte die ganze Strecke ohne größere Pausen zu Fuß zurückgelegt. Obwohl er bereits zur Nachtzeit in Rothenburg aufgebrochen war, hatte er Nürnberg erst nach Schließung der Stadttore erreicht. Die Wächter ließen ihn nicht mehr ein. In einem Schafstall vor den Mauern musste er die Nacht verbringen, nass vom Regen und erschöpft vom langen Weg. Noch vor dem Amen waren ihm beim Beten die Augen zugefallen. Weder das Blöken der Lämmer noch die Bisse der Flöhe hatten seinen Schlaf gestört, nicht einmal das Nagen der Feldmäuse, die seine Sandalen angefressen hatten.

Als er im ersten Tageslicht an die Pforte seines Bruderordens klopfte, roch er wie ein Schafbock. Das Stroh des Stalles steckte ihm noch im Haar. Die Begrüßung war herzlich, das Frühstück reichlich. Nun saß er dem Mann gegenüber, dessentwegen er die Strapazen des langen Weges auf sich genommen hatte.

Bruder Petrus sah so aus wie der Apostel gleichen Namens auf dem Altarbild der Petrikirche. Vom silbergrauen Vollbart bis zum mächtigen Schlüssel am Kuttengürtel glich er bis ins Detail dem Hüter der Himmelspforte. Sogar der Heiligenschein fehlte nicht, denn hinter seinem Rücken brannte ein helles Feuer. Der Schein der Flammen umgab seinen Kopf wie eine himmlische Aureole.

»Glaube mir, Bruder«, sagte er, »Petroleum ist ein ganz besonderer Saft. Es gibt kein Material, das ihm ebenbürtig ist. Es ist das Blut der Erde.«

»Das Blut der Erde?«, fragte Barnabas ungläubig. »Wieso das Blut der Erde?«

»Wie du weißt, Bruder, brennt in der Erde ein Feuer, das die Thermalquellen erwärmt und die Vulkane aufheizt. Dieses Feuer wird gespeist von Erdöl. Es wärmt den Leib der Erde, wie die Flamme des Lebens die Leiber der Menschen und Tiere wärmt. Als Beweis ist anzuführen: Es ist das einzige Material, das nicht verlöscht, wenn man Wasser darauf gießt. Und es ist kein Zufall, dass die meisten Fundstellen des Öls, das Oleo pozzuolo genannt wird, neben Vulkanen liegen, wie die Ölquellen auf Sizilien und die im Golf von Neapel am Fuße des Vesuvs.«

»Du meinst, es verlischt nicht, wenn man Wasser darauf gießt?«

»Nein, es brennt sogar noch stärker. Komm mit, ich werde es dir zeigen.«

Sie durchquerten das Laboratorium, stiegen ein paar Stufen hinab in ein Gewölbe voller Gefäße, Flaschen und Schachteln. Von der Decke hingen getrocknete Kräuter herab, Wurzeln und mumifizierte Teile absonderlichsten Getiers: der Kopf einer Eule, Igelhaut, Katzenpfoten und Elefantenzahn neben Rabengefieder und der Rippe von einem Walfisch.

Petrus öffnete einen Tontopf und holte mit einem Holzlöffel eine dickflüssige Masse hervor, die aussah wie schwarzer Honig.

»Das ist Erdöl?«, verwunderte sich Barnabas.

»Petroleum gibt es in vielfacher Form. Es kann so klar und flüssig wie Wasser sein oder gelb, grün und braun. Es kann so breiig wie Pflaumenmus sein oder so fest und schwarz wie Ebenholz. Dann nennt man es Asphalt, Bitumina oder Erdpech.«

Er bestrich einen Lappen mit dem klebrigen Teig und hielt ihn gegen das Feuer, das auf seinem steinernen Experimentiertisch brannte. Blau-grüne Flammen loderten aus dem Fetzen hervor. Barnabas versuchte sie zu löschen. Doch je mehr Wasser er darauf spritzte, desto wilder schlugen ihm die Flammen entgegen.

»Das ist fürwahr ein Höllenfeuer«, sagte Barnabas.

»Höllenfeuer und himmlisches Feuer, lebenspendend und vernichtend, gut und böse wie der Gott des Alten Testaments. Ein Feuer bringt uns im Winter Sommerwärme in die Stuben, erfüllt unsere Häuser zur Nacht mit Licht. Es schmilzt Erz zu Eisen und verwandelt rohes Fleisch in köstlichen Braten, aber es frisst auch unsere Häuser mit Kind und Kegel. Den Sünder straft es mit Höllenpein. Kein Schmerz ist qualvoller als der, den uns das Feuer zufügt.

Igni et ferro, mit Feuer und Schwert, das hieß im alten Rom eine Stadt dem Erdboden gleichmachen, ihre Bewohner zu töten oder in die Sklaverei zu schicken. Der Scheiterhaufen ist wohl die schlimmste aller Strafen. Aber auch der Entzug von Feuer ist eine schlimme Strafe.

Ignis et aquae interdictio, Untersagung des Feuers und des Wassers, so lautet der alte Urteilsspruch bei Verbannung. Ausgestoßen zu sein ist schlimmer, als tot zu sein.«

»Ich sehe, du hast dich, wie man mir erzählt hat, ausführlich mit dem Feuer befasst, Bruder Petrus.«

»Ja, so gründlich, dass man mich im Kloster Bruder Petroleus ruft. Ich nehme es als Kompliment. Nur wenige wissen mehr von der Pyrologie, von der Wissenschaft des Feuers.«

»Deshalb komme ich zu dir. Der Abt meines Ordens hat mich damit beauftragt, die Ursache einer Reihe geheimnisvoller Brände aufzudecken, Brände, die zu Neumond in den Lagerhäusern der Franziskaner aufflammen, ohne dass in den Häusern Licht oder Feuer gebrannt hätten.«

Und dann erzählte Barnabas alles, was er über die Brände in Rothenburg herausgefunden hatte. Bruder Petroleus hörte ihm mit vorgeschobener Unterlippe und gerunzelter Stirn zu. Er hatte sich von seinem Schemel erhoben und lief mit den Händen auf dem Rücken im Labor auf und ab, auf und ab wie ein gefangener Wolf im Käfig. Bisweilen blieb er stehen und nickte nachdenklich mit dem Kopf.

Als Bruder Barnabas seinen Bericht beendet hatte, fragte er: »Und du bist dir ganz sicher, dass die Brände oben unter dem Giebel entfacht werden?«

»Ja, beim Uhlenloch.«

»Du meinst, das kleine dreieckige Fenster ganz oben in der Giebelwand, wo die Eulen und Fledermäuse hinein- und herausfliegen?«

»Ja.«

»Waren die brennenden Lagerhäuser groß? Ich meine, wie hoch waren sie?«

»Mindestens zwanzig Ellen hoch, eher höher.«

»Und wie groß sind die Uhlenlöcher?«

»Nicht sehr groß. Die Länge einer Dreiecksseite beträgt...«, mit seinen Händen versuchte Barnabas die Strecke sichtbar darzustellen, »...zwei Fuß, nein weniger, eineinhalb Fuß.«

»Nicht größer?«

»Nein. Warum willst du das wissen?«

»Ich erwäge die Möglichkeit, das Feuer mit einem Brandpfeil durch das Uhlenloch zu schießen. Aber das erforderte einen sehr guten Schützen.«

»Brandpfeil?«, fragte Bruder Barnabas. »Hier in unserer Stadt?«

»Es handelt sich um eine Kriegstechnik, die schon den alten Römern und Griechen bekannt war. Der vordere Teil eines Pfeiles wird nicht mit einer Eisenspitze versehen, sondern mit hochbrennbarem Stoff. Damit schießt man dem Feind den roten Hahn aufs Dach. Die Mongolen sind Meister auf diesem Gebiet. Sie verwenden auch Feuertöpfe, die sie über ihren Köpfen an langen Lederleinen umherwirbeln, um sie über die Stadtmauern zu schleudern. Vom Pferderücken in vollem Galopp fliegen diese brennenden Geschosse viele hundert Schritte weit. Ihre Wirkung ist verheerend. Wo sie aufschlagen, steht alles in Flammen, Mensch und Tier eingeschlossen, denn der Inhalt der Feuertöpfe besteht aus der gleichen Masse, die du gerade vergeblich versucht hast zu löschen.«

Er griff sich ein Stück Bitumen so schwarz wie Kohle und legte es vor Barnabas auf den Tisch.

»Noch verheerender ist die Wirkung, wenn man die Brandmasse mit einem Tribock abfeuert.«

»Mit was für einem Bock?«

»Tribock oder Blide. Das ist eine Schleudermaschine, so riesig, dass man acht Ochsen benötigt, um sie fortzubewegen. Mit ihr können Steine, schwerer als wir beide zusammen, hundert Doppelschritte weit geworfen werden, aber nicht nur Steine. Die Römer haben damit Bienenkörbe, heißes Pech, fauliges Aas und lebende Kriegsgefangene über die Mauern der belagerten Städte geschleudert; natürlich auch Feuer.«

»Wie entsetzlich«, sagte Barnabas. »Wer hat sich solch Teufelswerk ausgedacht?«

»Der arabische Geschichtsschreiber Tabari wusste schon vor fünfhundert Jahren zu berichten, dass die arabischen Kaufleute auf ihren Fahrten nach China Brandmeister an Bord hatten, deren Aufgabe es war, Seeräuber mit Feuer zu beschießen. Das Feuer wurde sowohl auf die Schiffe als auch in die Gesichter der Angreifer geschleudert. Diese Technik hatten sie bei den Chinesen kennen gelernt.

Diese Naphthatun, wie die Araber die Naphthawerfer nannten, trugen eine feuerfeste Schutzkleidung und galten als unbesiegbar. Die Byzantiner übernahmen diese Technik von den Muselmanen und verfeinerten sie so, dass sie zur stärksten Waffe Ostroms gegen den arabischen Vormarsch wurde. Glaube mir, Bruder Barnabas, Naphtha ist den Byzantinern noch wichtiger als Gold und Silber. Ihm allein verdanken sie es, dass Konstantinopel dem Ansturm der Mohammedaner bisher standgehalten hat.«

Petrus hielt ein Fläschchen mit einer klaren Flüssigkeit gegen das Licht, welches nur spärlich durch ein schießschartenartiges Kellerfenster in das Gewölbe fiel: »Kein Stein der Weisen, aber ein Elixier der Macht, wirksamer als Weihwasser und alle Reliquien.«

»Erzähl mir mehr von dieser Wunderwaffe«, bat Barnabas.

»Auch die Eroberungsversuche der Russen scheiterten am Naphtha. Eine Handvoll byzantinischer Boote vernichtete mehr als eintausend russische Schiffe. Die wenigen Kämpfer die überlebten, berichteten bei ihrer Rückkehr in die Heimat: Sie haben ein Feuer, das wie der Blitz durch die Luft fährt und alles in

Brand steckt. Es war uns trotz unserer Übermacht nicht möglich, sie zu besiegen.«

»Und woraus besteht dieses Feuer?«, fragte Barnabas.

»Die Byzantiner haben das Geheimnis ihrer Wunderwaffe immer streng gehütet. Nur wenige kennen ihre Zusammensetzung. Aufgrund der Wirkungsweise steht jedoch ohne Zweifel fest, dass der Brandsatz aus Pech, Erdöl und Naphtha besteht. Die Überlegenheit gegenüber anderen leicht entflammbaren Mischungen liegt vor allem in der Kenntnis komplizierter Destillationstechniken vom Rohöl zu extrem feuergefährlichem Naphtha. Natürlich sind auch noch andere Chemikalien mit im Spiel. So kann man durch Zusatz von ungelöschtem Kalk Zeitzünder herstellen, die sich bei Einwirkung von Tau oder Regen von selbst entzünden.«

»Von selbst entzünden?«, fragte Barnabas ungläubig. »Du meinst, solch ein Brandsatz kann sich von selbst entzünden?«

»Nun, nicht ganz von selbst. Irgendeiner muss ihn schon legen, aber das kann viele Tage vorher gewesen sein. Erst wenn Wasser oder Sonnenhitze darauf fällt, beginnt er zu brennen.«

»Dann kann der Brandstifter schon längst auf und davon sein?«

»So ist es, Bruder.«

Barnabas schlug sich vor die Stirn und stöhnte: »Wie soll ich unter solchen Umständen den Übeltäter zu fassen bekommen?«

Petrus überhörte den Einwurf. Er war bei seinem Lieblingsthema. Sein Redefluss war nicht mehr aufzuhalten. Magister vor Studenten dozieren so. Er sagte: »Was das griechische Feuer für die Seeschlacht, war der chinesische Flammenwerfer gegen den Ansturm der berittenen Mongolen. Mit dieser Höllenmaschine waren die Chinesen in der Lage, den Feind noch auf eine Entfernung von fünfzig Doppelschritten zu verbrennen. Vor allem die Pferde der berittenen Hunnen sollen vor dem Feuer solch panische Angst bekommen haben, dass sie in wilder Flucht davonstoben und durch nichts zu bewegen waren, ihre Attacken wieder aufzunehmen.«

»Warum habe ich nie von solch fürchterlicher Waffe gehört?«

»Wir halten alle Bücher, die von diesen schrecklichen Massenvernichtungsapparaten berichten, unter Verschluss. Niemand außer den Brüdern meines Ordens hat Zugang zu ihnen. Alles muss getan werden, damit sich nicht irgendein machtgieriger Despot ihrer bemächtigt. Es wäre das Ende der Welt. Auf dem zweiten Laterankonzil in Rom wurde der Gebrauch von medischem Feuer verboten. Ars mortifera diavoli, todbringendes Teufelswerk, deo odibilis, von Gott gehasst, so heißt es in dem Text. Die ewige Verdammnis ist dem gewiss, der das Naphthafeuer gegen Menschen einsetzt.«

Petrus setzte sich wieder und streckte sich wie eine Katze. »Das gilt natürlich auch für naphthagetränkte Brandpfeile, mit denen besonders die Kreuzfahrer schmerzhafte Bekanntschaft gemacht haben.«

»Brandpfeile«, sagte Barnabas kopfschüttelnd. »Kann man das glauben? Wer sollte so etwas tun?«

»Einer, der es kann«, sagte Petrus. »Denn glaube mir, Bruder, es gibt nicht viele, die das fertig bringen: einen Pfeil durch ein Loch zu schießen, nicht größer als eine Altarbibel, zwanzig Ellen hoch über der Erde, und das noch dazu in mondloser, dunkler Nacht.«

Er schüttelte ungläubig seinen Kopf: »Nein, vergiss es, Bruder Barnabas. Das Ganze ist zu unwahrscheinlich, um wahr zu sein. Warum sollte ein Brandstifter so etwas tun? Es gäbe doch viel einfachere Praktiken, einem das Haus anzuzünden. Nein, vergiss es.«

»Aber das ist es ja gerade!« rief Barnabas. »Er wählt die unglaublichste aller Möglichkeiten, um uns zu täuschen. Er schießt das Feuer unter den First an eine Stelle, die sonst nur vom Blitz erreicht werden kann. Kein Mensch könnte das so rasch und so unauffällig besorgen wie ein Brandpfeil. Der verbrennt hinterher mit dem Gebäude. Der Bogen lässt sich unter dem Mantel verstecken. Das alles ereignet sich lautlos und blitzschnell. Eine geniale Teufelei! Wer, glaubst du, Bruder Petrus, kann so geschickt mit einem Bogen umgehen?«

»Nur ein Ritter. Nur unter ihnen gibt es so geübte Schützen. Sie sind Kämpfer und Jäger von Beruf.«

»Ich wünschte, du hättest Recht, denn dann hätten wir den Brandstifter bald. Kaum einer dieser Herren wohnt in der Stadt. Sie leben draußen auf ihren Gütern und Burgen. Rothenburg besuchen sie nur gelegentlich. Mit Hilfe der Torwächter wird es nicht schwer sein herauszufinden, wer sich zur Tatzeit bei uns aufgehalten hat.«

Barnabas rieb sich freudig erregt die Hände.

»Vielleicht werden die Pfeile aber nicht von einem Bogen, sondern von einer Armbrust abgeschossen«, meinte Petrus. »Dann käme auch einer aus der Stadt in Frage. Denn wie du weißt, muss jeder wehrfähige Vollbürger eine Armbrust sein eigen nennen.«

»Zum Teufel, du hast Recht«, sagte Barnabas. Die Enttäuschung war ihm ins Gesicht geschrieben.

»Dennoch glaube ich nicht, dass es ein Bürger ist«, meinte Petrus. »Wer von denen weiß schon, wie man einen Brandsatz herstellt? Das ist eine Technik, die die Kreuzritter den Sarazenen im Heiligen Land abgeschaut haben. Dafür werden spezielle Materialien benötigt, leicht entflammbare Naphtha und andere erdölartige Brennstoffe in der richtigen Mischung. Eine abgeschossene Harzfackel ist viel zu schwer, um über eine so große Entfernung in ein so kleines Ziel geschossen zu werden. Und wäre sie leichter, so würde sie während des Flugs verlöschen.«

»Kennst du einen Ritter, der den Ruf hat, ein Meisterschütze zu sein?«, fragte Barnabas.

»Nein, aber ich kenne jemanden, der dir diese Frage beantworten kann.«

Nur wenig später saß Barnabas einem jungen Mönch gegenüber, dessen blasses Gesicht von Pickelnarben übersät war. Bruder Vitus, ein Blaurock ohne Ordensweihe, galt bis weit über die Klostermauern hinaus als geschickter Schnellschreiber. Er war nicht nur bei geistlichen Disputationen, Konventen und Konzilen gefragt, sondern auch auf weltlichen Zusammenkünften, da die meisten Herren von Stand es ablehnten, sich mit solchen Pfaffenkünsten wie dem Schreiben und dem Lesen zu befassen.

Auf den Turnieren aber wurden Schreiber benötigt, die die Ergebnisse der Kämpfe, die sich über mehrere Tage erstreckten, festhielten. Wie oft hatte wer wem die Lanze gebrochen? Wer hatte beim Buhurt die meisten Bänder erhalten, und wer war aus dem Sattel gehebelt worden? All diese Ereignisse mussten schriftlich verzeichnet werden, damit es am Ende keinen Streit gab.

»Kein Turnier von Bedeutung, an dem ich in den letzten Jahren nicht teilgenommen habe«, sagte Vitus, und er sagte es nicht ohne Stolz. »Dabei werden die meisten Turniere zu Pferde mit der Gleve ausgetragen, der Stoßlanze aus Weißbuchenholz. Neben diesem Stechen sind ritterliche Wettkämpfe mit dem Bogen sehr selten, jedenfalls bei uns. In England erfreuen sie sich großer Beliebtheit. Die Briten sind Meister im Bogenschießen. In der Schlacht von Crécy hat, wie du gewiss weißt, Bruder, König Eduard von England mit sechstausend Bogenschützen das fünfmal so große Ritterheer der Franzosen geschlagen. Trotz der Übermacht waren die schwer gepanzerten Reiter König Philipps nicht in der Lage, gegen die britischen Bogenschützen zu gewinnen.

Zu Fuß und ungeschützt durch Schild oder Pavese, erwarteten die Briten das herangaloppierende Ritterheer. Ein Pfeilhagel, wie ihn die Welt noch nie gesehen hatte, verdunkelte den Himmel. Die ersten Reihen der Reiterei wurden niedergemäht wie ein Roggenfeld. Die Nachfolgenden stürzten über die pfeilgespickten Leiber der zu Boden Gestreckten. Noch nie zuvor sind so viele Menschen in so kurzer Zeit getötet worden wie in der Schlacht von Crécy.

In der Zeit, die man braucht, um ein Ei zu kochen, vermag ein Longbow vierundzwanzig gezielte Schüsse abzugeben. Und das mit solcher Kraft, dass ihre Pfeile noch auf einer Entfernung von dreihundert Doppelschritten eine eiserne Ritterrüstung durchschlagen.«

»Und wie ist es bei uns…?«, versuchte Barnabas den Redefluss des Schreibers zu unterbrechen.

»Bogenschießen wird bei uns bisweilen im Anschluss an einen Buhurt abgehalten. Der Burggraf von Nürnberg hatte im vergangenen Jahr nach dem großen Stechen einen Preis für den besten Bogner ausgesetzt. Es war ein kostbarer Preis, ein Turnierpferd von ungewöhnlicher Größe. Viele edle Herren beteiligten sich an dem Schießen. Der Preis ging an Graf Hagar von Hohenlohe, aber erst im dritten Stechen mit dem Struzz.«

»Mit dem Struzz zu Frickenhausen?«

»Ja, kennst du den Ritter mit der Narbe?«

»Wer kennt ihn nicht?«

»Ein tollkühner Lanzenreiter an der Bandera, aber ein ebenso guter Bogner«, sagte Vitus. »Er kann einem Schwein mit zwei Pfeilen beide Augen ausschießen.«

»Du meinst, er schießt einem Schwein in die Augen?«

»Ja, einem frei umherlaufenden Eber.«

»Hast du das gesehen?«

»Nein, aber so erzählt man sich. Ich habe mit meinen eigenen Augen gesehen, wie der Struzz achtzehn Pfeile senkrecht in den Himmel schießt, bevor der erste wieder den Boden berührt. Und alle Pfeile steckten am Ende so dicht beieinander im Feld, dass sie auf dieser Tischplatte hier Platz gehabt hätten.«

Barnabas hatte genug gehört. Der Struzz! Wenn es einen gab, der einen Brandpfeil durch das Uhlenloch einer Scheune schießen konnte, so war er es. Und zuzutrauen war es ihm allemal! Aber warum legte er die Brände? Hatte er ein Motiv? Wenn das so war, würde Barnabas es herausfinden.

»Du hast mir sehr geholfen, Bruder Vitus«, sagte er. »Jetzt muss der Struzz nur noch überführt werden.«

*

Als Barnabas am anderen Morgen Bruder Petroleus suchte, fand er ihn im Hühnerstall des Klosters zwischen zeternden, flügelschlagenden Hennen. Ihre Federn wirbelten umher wie Schneeflocken. Petrus hatte gerade einen Hühnervogel bei den Füßen gepackt. Der wehrte sich und schrie aus Leibeskräften.

»Bist du unter die Köche gegangen?«, feixte Barnabas.

»Nein, unter die Viehdoktoren.«

»Ein Viehdoktor, du? Ich dachte, du wärst ein Pyrologe.«

»Feuerkundler und Ölweiser«, verbesserte ihn Petrus.

»Und was hat das mit Hennen zu tun?«

»Eine ganze Menge, wie du gleich sehen wirst.«

Er reichte Barnabas das zappelnde Huhn: »Halt es mal für einen Augenblick. Ich muss nur schnell einen Korb holen.«

Gemeinsam bändigten sie den störrischen Vogel und trugen ihn in das unterirdische Laboratorium, das Barnabas schon kannte. Dort angekommen, stellten sie die Henne zu einer Ente, die schnatternd in einem engen Reisigkäfig steckte.

»Hältst du hier eine Vogelschau ab?«, lachte Barnabas.

Petrus strich sich ein paar Hühnerfedern aus dem Bart und sagte: »Unsere Hennen sitzen voller Milben, widerwärtige kleine Plagegeister. Vor lauter Kratzen kommen die armen Vögel kaum zum Fressen und zum Eierlegen. Unsere Enten dagegen …«, er zeigte auf den Käfig mit dem Erpel, »… unsere Enten haben nicht eine einzige Milbe. Warum ist das so? Liegt es daran, dass die Enten den größten Teil des Tages auf dem Wasser verbringen? Nein, denn du kannst ein Huhn baden, so viel wie du willst, die Milben bleiben. Umgekehrt: Wenn du den Enten Milben ins Gefieder setzt, sind sie ein paar Stunden später verschwunden. Was haben die Enten, das die Hühner nicht haben?«

»Schwimmhäute zwischen den Zehen.«

»Unsinn. Sie haben einen Bürzel, eine Drüse am Steiß, die ein Öl absondert. Die Enten benetzen damit ihren Schnabel und verteilen die ölige Flüssigkeit in ihrem Federkleid. Täten sie das nicht, so gingen sie unter wie die Steine. Verstehst du?«

»Ja schon, aber was hat das mit den Hühnermilben zu tun?«

»Ich werde es dir zeigen.« Er griff sich die Henne, klaubte ihr ein paar Milben aus den Federn und steckte diese in ein Glasgefäß. Aufgeregt krabbelte das Ungeziefer darin herum. Petrus entkorkte ein winziges Röhrchen.

»Hier habe ich das Bürzelöl von einem Dutzend Enten«, sagte er und ließ einen Tropfen davon in das Glas fallen.

»Schau dir das an!« Er hielt Barnabas das Gefäß dicht vor die Augen. »Siehst du die Milben? Und nun pass genau auf, was mit ihnen passiert. Sie lösen sich auf wie Salz im Wasser.«

»Ja, wahrhaftig, das Öl wirkt wie Säure. Warum zerfrisst es die Milben, aber nicht die Federn?«

»Es ist um ein Vielfaches dünnflüssiger als Wasser. Ein paar Tropfen auf das Gefieder einer Henne reichen aus, damit sich das Öl über alle Federn verteilt. Es zerfließt hauchfein, und mit ihm zerfließen die Milben. Sie fallen der Viskosität zum Opfer.«

»Das ist genial!«, rief Barnabas, und Petrus widersprach ihm nicht. Er genoss das verdiente Lob.

»Sag, Bruder, wenn du so viel von Hühnern und Enten verstehst, so weißt du auch sicher einiges über die Schweine«, meinte Barnabas.

»Verdächtigst du sie etwa auch?«

»Ich weiß nicht, wie ich es dir erklären soll, aber ich habe das Gefühl, dass sie irgendeine Rolle bei diesen Stadtbränden spielen. Deshalb möchte ich so viel wie möglich über sie in Erfahrung bringen. Was weißt du von den Säuen?«

»Nun, im Gegensatz zu den Wiederkäuern und Einhufern, die ein bis zwei Nachkommen pro Jahr werfen, lassen sich von einer Sau zehn bis zwanzig Ferkel aufziehen. Schweine sind sehr fruchtbar.

Bei den Germanen gab es eine Gottheit der Fruchtbarkeit mit dem Namen Freyr, die auf einem Eber mit goldenen Borsten durch den Himmel ritt. Nach ihr ist unser Freitag benannt.

Die römischen Bauern pflegten zu Beginn des Frühlings einen

Eber zu opfern. Das geschah zu Ehren der Göttin Venus und zur Beschwörung der um diese Zeit empfängnisbereiten Äcker.

Dieses Eberopfer hat unserem Monat April seinen Namen gegeben. Denn wie du gewiss weißt, Bruder, heißt der Eber auf Latein Aper. April – das ist der Ebermond.«

»Es ist nicht zu fassen«, empörte sich Barnabas. »Es ist nicht zu fassen, der Freitag heißt nach einer Schweinegottheit und der April nach einem Eber! Doppelt unbegreiflich aber ist, dass der Karfreitag ausgerechnet im April liegt!«

»Ja, das Schwein ist ein geheimnisvolles Tier, und ein leckeres obendrein. Schon Plutarch wusste: Vulva porci nihil dulcius ampla, es gibt nichts Lieblicheres als die Schweinevulva.«

»Es gibt nichts Scheußlicheres als ein Schwein«, widersprach Barnabas. »Ein Haufen Dreck auf vier Beinen.«

»Ein Schwein ist bisweilen wertvoller als ein ganzer Beutel voll Gold.«

»Du scherzt, Bruder Petroleus.«

»Nein, keineswegs. Als Hannibal die Römerstadt Palestrina belagerte, entstand dort eine derartige Hungersnot, dass einer der Bürger, vom Habsuchtsteufel geritten, sein Schwein zum Wucherpreis an einen Hungerleider verschacherte. Der Käufer überlebte die Notzeit; der Raffsüchtige verhungerte auf seinem Geldsack.«

Später, als die Sonne warm vom Himmel schien, liefen sie zwischen den Buchsbaumhecken im Kräutergarten umher. Es duftete nach Judenkraut, Meerrettich und Melisse. Barnabas sagte: »Ich glaube, Bruder, du hattest Recht mit deiner Brandpfeiltheorie.«

Petrus wiegte skeptisch seinen bärtigen Kopf hin und her. »Ich weiß nicht«, sagte er. »Ich habe über den Fall nachgedacht. Die Sache mit dem Struzz hat einen Haken. Woher hat dieser Dümmling die Naphtha, die er braucht, um einen Brandpfeil herzustellen?«

»Vielleicht kauft er irgendwo die fertigen Pfeile?«

»Außerhalb eines geschlossenen Gefäßes verdunstet die Naphtha recht schnell.«

»Kennst du irgendwen, von dem er Naphtha erhalten könnte?« fragte Barnabas.

Petrus dachte eine Weile nach. Dann meinte er: »Es gibt bei euch in der Stadt einen Juden: Josua Süßkind. Er könnte dir vielleicht weiterhelfen. Er hat mir ein paar Mal seltene Öle beschafft. Sein Bruder war Ölhändler in Aragon.«

»Wieso war?«

»Er wurde als Ketzer verbrannt.«

»Wann?«

»Bei dem großen Autodafé des Großinquisitors Bonato de Costa.«

»Er gehört meinem Orden an«, sagte Barnabas. »Dann wird der alte Süßkind nicht gut auf die Franziskaner zu sprechen sein.«

»Schon wieder eine neue Fährte«, meinte Petrus. »Auch der Jude hätte ein Motiv.« Er kraulte sich den Bart: »Bruder, ich beneide dich wirklich nicht um deine Aufgabe. Lieber befasse ich mich mit Hühnermilben und Entenärschen.«

Er betrachtete seinen Besucher mit schadenfrohem Schmunzeln und meinte, während er sich den Kopf kratzte: »Da gibt es sogar noch einen Verdächtigen, einen noch viel mehr Verdächtigen, denn besser als der alte Süßkind kennt seine Tochter sich mit Naphtha aus.«

»Seine Tochter?« Barnabas glaubte, nicht recht verstanden zu haben.

»Er ist nicht wirklich ihr Vater. Sie ist seines Bruders Kind. Ein hoch begabtes Geschöpf! Schade, dass sie ein Weib ist. Sie hätte das Zeug zu einem Gelehrten. Sie will ein Doktor werden.«

»Ein Doktor? Wer sagt das?«

»Der alte Süßkind. Er hat von mir gläserne Gefäße, einen Mörser und verschiedene Chemikalien gekauft, für die Naturstudien seiner Tochter.«

»Naturstudien? Für eine Frau?«

»Was ist daran so besonders? Auch in den Nonnenklöstern befassen sich die Frauen mit Kräuterkunde, mit der Herstellung von Salben und Tinkturen.«

»Aber das sind Nonnen.«

»Warum sollen Jüdinnen dümmer sein als Nonnen? Der alte Süßkind ist reich, und sie ist sein einziges Kind. Man sagt, es gibt keinen Wunsch, den er ihr nicht erfüllt. Das Laborgerät, das er von mir gekauft hat, war vom Besten.«

»Und du glaubst, sie versteht etwas von Naphtha?«

»Ich nehme es an. Ihr Vater war der größte Ölhändler in Saragossa. Schon der Großvater war in dem Geschäft tätig, und bei den Juden nehmen die Frauen mehr am Geschäftsleben teil als bei uns.«

»Schon wieder eine Spur«, stöhnte Barnabas.

»Na, wenigstens brauchst du dir in diesem Fall keine Gedanken mehr um die Schweine zu machen.«

ZWANZIGSTES KAPITEL

Die Wiesen im Taubertal leuchteten in frischem Grün. In Wirklichkeit leuchteten sie gar nicht, denn der Tag war neblig. Aber sie leuchteten doch. Ja, und wie!

Sie gingen den schmalen Uferpfad entlang. Ihre Füße versanken in der nassen Erde, aber es störte sie nicht. Bei einer Flussbiegung blieb Judith stehen und zupfte gedankenlos an den Zweigen der herabhängenden Weidenäste.

Attila betrachtete sie. Ihr Gesicht ist nicht nur schön, dachte er. Schön sind viele Mädchen. Es spricht zu mir, verzaubert mich. Ich möchte mich darin verlieren. Ein Kindergesicht, und doch seltsam reif. Sein Leuchten verheißt so etwas wie mütterliche Geborgenheit. Attila spürte das sehnsüchtige Verlangen, ihr unendlich nahe zu sein, vertraut mit ihr zu werden, ihr zu gehören.

Judith schaute auf und sah ihn an. Unsagbar schön war die Unberührtheit ihres ernsten Gesichts.

Attila dachte: Ich kenne sie seit ewiger Zeit und habe sie schon immer gesucht. Jetzt ist sie bei mir, und ich bin nicht mehr allein.

*

Die Nacht war mondlos. Endlos weit schien das Taubertal zu sein. Ohne Übergang mündete es in den Sternenhimmel.

Wirklichkeit und Alltag waren ausgelöscht. Es gab keine Stadt, keine Menschen mehr. Wann war gestern? Gab es ein Morgen? Die aufsteigenden Nebel verhüllten Zeit und Raum. Da waren nur sie beide, nur das Glühen und Glitzern der Sterne und der Glühkäfer.

Eine Sternschnuppe leuchtete auf. Sie hatten sie beide gesehen.

»Wer eine Sternschnuppe sieht, darf sich etwas wünschen«, sagte Judith. »Was wünschst du dir?«

»Ich wünsche mir, immer bei dir bleiben zu dürfen, dass wir nie getrennt werden.«

»Du bist ein Träumer.«

»Ja, ich träume von allem, was war, von dem, was sein wird, was sein könnte, vom Sommer, vom Fluss, von dir.«

»Liebst du mich?«, fragte Attila.

»Ich empfinde ein großes Erstaunen, eine wilde Freude, dass es dich gibt. Ist das Liebe?«

Es folgten Tage von gläserner Klarheit, erfüllt vom Duft nach Efeu und Lebensbaum, nach frisch gehacktem Holz, nach Feldfeuern, Waldpilzen und getrockneten Kräutern. In den Gärten fielen Äpfel und Birnen zu Boden, wenn der Wind an den Ästen rüttelte.

Die Zugvögel versammelten sich auf den abgeernteten Feldern der Stadt. Ketten von Wildgänsen zogen über den wolkenbewegten Himmel gen Süden. Nachts hörte man den heiseren Schrei der Schwäne.

Ohne Prunk und Rausch war jetzt die Natur, erfüllt von namenloser Wehmut, welche das Wissen um den Abschied verzaubert. Judith und Attila standen unterhalb der Burg, streichelten einander, hielten sich bei den Händen, und die Zeit verging wie ein Kuss.

Ein rotgelbes Blatt löste sich von seinem Zweig und fiel Judith in den Schoß. Sie nahm es und sagte: »Die Farben des Feuers verdrängen das lebendige Grün des Sommers. Ist es nicht eigenartig, dass die Tiere des Waldes von der Vergängnis angeregt werden, neues Leben zu zeugen? Erst jetzt beginnt die Brunft der Hirsche und vieler anderer Vierbeiner. Der Lebenswille ist am stärksten, wenn er bedroht ist.«

Es gab Tage, an denen sich Judith wie eine Fremde benahm.

»Bitte, lass mich!«

»Was hast du?«

»Nichts, ich will allein sein. Bitte, geh! Wir sind verrückt, völlig verrückt. Wohin soll das führen? Mit jeder gemeinsam verbrachten Stunde verlieren wir uns mehr aneinander. Dabei wissen wir beide, dass alles schon bald ein Ende haben wird, haben muss. Wir sollten vernünftig sein und uns nicht mehr treffen. Ich fürchte mich vor dem, was da kommt. Wir hätten diese Liebe nicht zulassen dürfen. Ich habe mich dagegen gewehrt. Ich dachte und hoffte – sei nicht böse –, ich hoffte, du würdest alles vergessen können und eines Tages ganz fern bleiben. Ich meinte, dass wir uns nicht zu nahe kommen sollten, dass es nicht sein dürfte, weil es nicht geht.«

Attila verstand die Welt nicht mehr. Wie kann etwas, das mir so nahe steht, so fern sein? Ihre Liebe erfüllt mich wie mein Atem, mein Blut. Warum verschließt sie sich vor mir, aus Schutz, vor Furcht? Warum ist es bloß so schwer, einen anderen Menschen zu begreifen? Warum ist es so schwierig, sich ihm ganz zu öffnen? Ich trage selber so viel in mir, das ich ihr sagen möchte, ohne es in Worte fassen zu können.

Aber am Ende lagen sie sich wieder in den Armen wie zwei verängstigte Kinder, die sich im Wald verlaufen haben.

»Willst du meine Frau werden?«

»Wie könnte ich?«

»Lass dich taufen.«

»Lass du dich beschneiden.«

»Du weißt, dass ich das nicht tun kann«, sagte Attila. »Ein Christ, der seinen Glauben aufgibt, um Jude zu werden, ist ein Ketzer. Eine Jüdin aber, die sich taufen lässt, ist eine achtenswerte Christin.«

»Achtenswert für euch, aber eine Tragödie und Schande für uns. Ein getaufter Jude gilt in seiner Familie als gestorben. Aber es ist nicht nur mein Glaube, es ist vor allem meine Berufung, die es mir unmöglich macht, deine Frau zu werden.«

»Ich könnte dein Gehilfe werden.«

»Das würdest du tun?«

»Es gibt nichts, das ich nicht für dich täte. Aber warum möchtest du ein Doktor werden? Ist es, weil du anderen helfen willst?«, wollte Attila wissen.

»Das ist es auch, aber es ist mehr als Helfen. Ich möchte wissen, was in unseren Körpern und Köpfen geschieht. Warum müssen wir atmen? Wie wächst neues Leben in unseren Leibern heran? Warum werden wir krank? Warum klopft mein Herz so laut in der Brust, wenn du mich küsst?«

»Weshalb willst du das alles wissen?«, verwunderte sich Attila.

»Um die Welt zu verstehen, um mich zu verstehen.«

»Muss das sein?«

»Ja, es muss sein, denn es ist meine von Gott gegebene Aufgabe. Jeder Mensch auf dieser Erde hat seinen Auftrag zu erfüllen.«

»Meine Aufgabe ist es, dich zu lieben«, sagte Attila und schlang seine Arme um sie, als wollte er sie nie mehr loslassen.

Gelbe, braunwelke Farbtöne verdrängten das ermattete Grün. Wilder Wein und Ahornblätter flammten wie verlöschende Feuer noch einmal auf, bevor der Wind sie davontrug. Die Tannen troffen vor Nässe. Die ersten frostigen Nächte verhüllten den See mit Nebelschwaden. Nächtlicher Reif kündete den Winter an. Attila und Judith lagen auf dem breiten Bett im Topplerschloß. Der Hausherr wurde vor übermorgen nicht zurückerwartet.

»Weißt du«, sagte Judith, »ich fürchte, du verstehst unter Liebe etwas völlig anderes als ich.«

»Was verstehst du denn darunter?«, wollte Attila wissen.

»Zärtlich sein, sich aneinanderschmiegen, das Gefühl von Nähe, Vertrautheit, Geborgensein. Männer suchen die Erfüllung ihrer Bedürfnisse. Euch geht es um die Jagd nach der letzten Befriedigung. Alles oder nichts!«

»Willst du das nicht?«

»Ich möchte den süßen Rausch der Sehnsucht lebendig halten.«

Sie küsste ihn und streichelte seinen nackten Rücken mit dem Schmetterlingsmal.

»Sich einem Mann hinzugeben ist etwas anderes, als mit ihm zärtlich zu sein. Als Kinder beim Baden am Ebro haben wir uns geküsst, berührt und gestreichelt. Es waren aufregende erotische Spiele voller Scham, Entblößung und lustvoller Hingabe, Liebesspiele voller Unschuld unter Kindern. Oh, ich liebte es, wenn mein jüngster Bruder mir beim Sonnen die nackten Pobacken streichelte oder an meinen Ohrläppchen saugte.

Meine Nächte sind voller Träume, aufregender Träume, die nur mir gehören. In meiner feuchten Fantasie bin ich Leda und Europa, treibe es mit Schwänen und Stieren, am liebsten mit Rethel, meiner Lieblingsstute, tue lauter verrückte herrliche Dinge, die ich genieße, aber niemals wirklich tun würde. Ich weiß nicht, ob du mich verstehst.«

»Nein«, sagte Attila, »nein, ich verstehe dich nicht.«

EINUNDZWANZIGSTES KAPITEL

Der Abend hatte schon seinen langen Schatten auf das alte Klostergemäuer gelegt, als die beiden Männer im Kreuzgang nebeneinander herliefen. Das Rauschen des Regens übertönte ihre Worte. Obwohl Barnabas lauter als gewöhnlich sprach, legte der Abt immer wieder die gewölbte Hand hinter sein Ohr, damit er alles mitbekam, was der andere zu berichten hatte. Bisweilen stellte er eine Frage, oder er nickte bedächtig mit dem Kopf.

Als Bruder Barnabas im Zusammenhang mit den Brandpfeilen den Namen Struzz erwähnte, blieb der Abt mit einem erschrockenen Ruck stehen.

»Der Struzz? Der Ritter Struzz zu Frickenhausen?«

»Ja. Was ist mit ihm?«

»Der Teufel soll ihn holen! Er ist ein erklärter Feind unseres Ordens.«

»Ein Feind der Franziskaner? Der Struzz?«

»Der ärgste, den wir haben. Sag bloß, du weißt nicht, was jeder von uns weiß.«

Der Abt betrachtete ihn kopfschüttelnd, so als wollte er sagen: Wie kann man nur so unwissend sein?

»Die Ereignisse außerhalb der Klostermauern interessieren mich nur wenig. Ich lebe, wie ihr alle wisst, mehr in meinen Büchern und in meinem Laboratorium in der alten Mälzerei.«

Die Hände auf dem Rücken setzte der Abt den Rundgang fort. Dabei erzählte er: »Es ist jetzt fast vier Sommer her. Unser Kloster hatte drei Dutzend flämische Schweine und zwölf Zuchtstuten vom Pfalzgrafen gekauft, die dieser per Schiff bis Würzburg expedierte. Von dort ging es auf dem Landweg weiter. Nicht weit hinter Mergentheim wurden unsere Kaufleute überfallen und ausgeraubt. Dabei wurde einer unserer Blauröcke erschlagen. Ein anderer verlor seine Hand. Anführer der Raubritterbande war Struzz zu Frickenhausen. Da der Pfalzgraf als Geleitherr für den Schutz der Warenlieferung verantwortlich war, forderten wir von ihm Schadensersatz, den wir auch erhielten. Doch nun forderte der Pfalzgraf von dem Struzz Ersatz. Seine Ritter nahmen den Gutshof des Struzz im Handstreich. Sie warfen den alten Räuber in den Turm und forderten von ihm den an uns ausgezahlten Betrag mit Zins und Zinseszins zurück. Da er nicht zahlen konnte, musste er einen Kredit bei dem Würzburger Juden Samson aufnehmen. Entlassen wurden er und seine Spießgesellen erst, nachdem sie vor Zeugen mit der Hand auf der Bibel im Namen aller Heiligen den Eid abgelegt hatten, sich nie wieder am Eigentum der Franziskaner zu vergreifen.«

Der Abt war stehen geblieben. Er blickte Barnabas an und sagte voller Empörung: »Er hat einen Eid abgelegt, mit der Hand auf der Bibel, im Namen aller Heiligen. Aber er hat sein Gelöbnis gebrochen. Der tiefste Schlund der Hölle ist dem meineidigen Gotteslästerer gewiss. Es war noch kein Jahr vergangen, da hat uns dieser Hund erneut beraubt. Der Teufel soll ihn holen! Er überfiel unser Gestüt bei Oberrimbach und stahl uns acht katalanische Zuchtstuten, jede so viel wert wie ein Bauernhof mit dem dazugehörigen Land. Diesmal gab es keine Toten und Verletzten, denn die Pferdehirten waren alle in der heiligen Messe. Es war am Karfreitag.«

Der Abt wiederholte die letzten Worte, als könne er es nicht fassen: »... am Karfreitag!«

»Und wie ging es weiter?«, fragte Barnabas.

»Das Dumme war, dass wir diesmal keinen Pfalzgrafen zum Geleitherrn hatten, der uns Schadensersatz garantieren konnte. Wir mussten die Angelegenheit selber in die Hand nehmen.«

»Warum sind wir nicht vor Gericht gegangen?«

»Vor welches Gericht? Die Gerichtsbarkeit der Stadt ist für Ritter nicht zuständig. Und der Fürstbischof als oberster Gerichtsherr unseres Klosters braucht Draufgänger vom Schlage des Struzz zur Durchsetzung seiner eigenen Interessen. Keine Schandtat, für die dieser meineidige Räuber nicht zu gebrauchen wäre. Nein, glaube mir, Bruder Barnabas, wir mussten diesen Wolf im Alleingang erledigen.«

»Und wie?«

»Ja, wie? Das war das Problem. Wir fragten uns, was macht einer, der kein Geld hat, mit acht Pferden, jedes so wertvoll wie ein Bauernhof?«

»Er wird versuchen, die Rösser zu verkaufen.«

»Du sagst es, Bruder. Also sind wir mit Hilfe eines Ulmer Juden an ihn herangetreten und haben ihm ein Angebot gemacht, das er nicht abschlagen konnte. Natürlich wusste er nicht, dass der Jude in unserem Auftrag handelte. Beim Fischerwirt in Finsterlohr sollte der Verkauf von vier Stuten stattfinden. Beim Pferdehandel ist es, wie du weißt, üblich, eine Kanne guten Weines zu leeren. Der Wein war so gut, dass es zweieinhalb wurden. Danach brauchten unsere Knechte ihn nicht einmal zu überwältigen. Sie haben ihn eingesammelt wie eine erlegte Wildsau. Als er wieder zu sich kam, lag er im untersten Kellergewölbe des Klosters. Kein Lichtstrahl fällt da herein. Wir überließen ihn zwei Tage und zwei Nächte der Finsternis. Sein Durst nach dem Rausch muss gewaltig gewesen sein. Außerdem war er fast wahnsinnig vor Angst, weil er glaubte, er sei lebendig begraben worden.

Am dritten Tag stellten wir unsere Forderung: die sofortige Rückgabe aller Pferde. Andernfalls würden wir ihm die Schwurfinger abhacken, mit denen er im Namen aller Heiligen einen Meineid geschworen hatte. Danach würden wir ihn in völliger Finsternis verschmachten lassen.

Er gelobte hoch und heilig, alles, was wir von ihm wollten, zu erfüllen. Doch wer glaubt schon dem Wort eines Meineidigen?

Was sollten wir tun? Ließen wir ihn gehen, um unsere Rösser zu holen, so würde er nicht wiederkommen. Wie aber sollten wir an unser Eigentum gelangen, wenn wir ihn festhielten?«

»Ja, wie?«, fragte Barnabas, der sich bei jeder Problemstellung angesprochen fühlte.

»Er musste sich ausziehen, splitternackt. Dann haben wir seine Kleider, einschließlich Federhut und Sporenstiefel, nach Frickenhausen geschickt, zum Beweis, dass er sich in unserer Gewalt befand. Wir waren davon überzeugt, dass die Seinen nicht lange zögern würden, den Raub herauszurücken. Ohne Kleidung und ohne Licht in einem Kellerloch überlebt man nicht lange.«

Der Abt machte eine Pause. Er verließ das schützende Gewölbe des Kreuzgangs und trat hinaus in den Innenhof. Es hatte aufgehört zu regnen. Hinter zerrissenem Gewölk blinzelte die Sonne hervor. Barnabas fror. »Und wie ist es weitergegangen?«, fragte er. »Ich nehme an, der Struzz hat die Pferde zurückgegeben. Und dann, was geschah dann?«

»Was macht dich so sicher, dass er sie zurückgegeben hat?«

»Nun, er lebt noch.«

»Ja, er lebt noch. Aber es kam alles anders als geplant. Bevor unser Bote die Burg Frickenhausen erreichte, gelang es dem Struzz, sich aus eigener Kraft zu befreien. Er hat die Scharniere der Gittertür aus der Wand gebrochen. Nackt wie ein abgezogener Hase ist er durch einen Lüftungsschacht gekrochen, so eng, dass seine Haut in blutigen Fetzen an den rauen Wänden hängen blieb. Endlich im Freien, fielen die Hunde über ihn her, die nachts im Klosterhof Wache halten. Sie haben ihn fast zerfleischt. Seitdem trägt er wie ein flammendes Kainsmal eine Narbe mitten im Gesicht. Ich möchte nicht wissen, wie sein nackter Leib ausgesehen hat. Der Hof war voller Blut. Er ist mit dem Leben davongekommen. Wir haben unsere Pferde verloren. Aber er hat sie uns teuer bezahlt. Es war eine schmerzvolle Rechnung. Und wenn du Recht hast mit deinem Verdacht, Bruder Barnabas, dann ist sie noch nicht beglichen.«

ZWEIUNDZWANZIGSTES KAPITEL

Der aufgehende Mond stand so dicht über der Erde, dass es aussah, als hinge er in der Gassenschlucht, die Bruder Barnabas mit flatterndem Gewand durcheilte. Wie ausgestorben lag die Stadt. Selbst der Wind war eingeschlafen. Man hörte nur das Klappern der Sandalen auf dem Pflaster. Ratten kreuzten seinen Weg, erschreckt davonhuschende Schatten, verschluckt von dem rissigen Gemäuer der Häuser. Als Barnabas die Scheune des alten Süßkind endlich erreichte, schob sich eine Wolke vor den Mond. Es dauerte ein paar Atemzüge, bis sich seine Augen an die Dunkelheit gewöhnt hatten. Die Gartenpforte ließ sich geräuschlos öffnen. Wie ein großer schwarzer Vogel huschte er durch den Garten. Er suchte und fand die Tür neben dem Pferdestall. Sie war mit einem Holzriegel verschlossen. Er schob ihn zurück und schlüpfte ins Haus. Abwartend verharrte er in der Finsternis. Er fühlte sich wie ein Dieb. Da war eine Treppe, die nach oben führte. Die Stiegen knarrten bei jedem Tritt. Barnabas wagte kaum zu atmen. Das Herz schlug ihm bis zum Hals. Oben angelangt, entzündete er eine Stalllaterne, die er mitgebracht hatte. Die Flamme spiegelte sich in gläsernen Gefäßen, huschte über blankes Kupfer, über Zinn und schimmerndes Tongeschirr.

»Heiliger Franziskus, welch ein Laboratorium!«

Es war besser ausgestattet als sein eigenes. War das wirklich die Studierstube eines kleinen Mädchens? Nichts fehlte, vom Destilliergerät bis zur Feuerschmelze mit Blasebalg. Und erst die Chemikalien! Im flackernden Schein der Kerze las er neben den allgemein bekannten Salzen und Säuren die exotischsten Bezeichnungen: Bitumina pharaonis, Asphaltis, Olio pozzuolo, Olio walpurgis, Pix nera, Erdpech, und immer wieder Öle, Petroleum, Schieferöl, Terpentinöl.

Am Ende fand er, wonach er die ganze Zeit gesucht hatte: Naphtha graeca. So stand es auf dem Etikett der langhalsigen

Flasche. Ihr Korken war von rotem Siegellack umhüllt wie ein versiegeltes Dokument aus der kaiserlichen Schreibkammer.

Barnabas hielt das gläserne Gefäß gegen das Licht seiner Laterne. Die Flüssigkeit in der Flasche hatte die Farbe von weißem Wein. Plötzlich fiel ihm ein, wie feuergefährlich der Saft war, den er da so dicht an die brennende Kerze hielt. Fast wäre ihm vor Schreck die Flasche entglitten. Erleichtert stellte er sie in das Regal zurück. Er wollte gerade nach einem anderen Gefäß greifen, da hörte er das Geräusch. Es klang wie Kratzen oder Knabbern, als wenn sich ein Nagetier durch eine hölzerne Wand frisst, eine Maus oder eine Ratte. Aber nein, es musste ein größeres Tier sein, ein Hund oder ein Wolf. Aber Hunde und Wölfe gab es nicht in der Stadt. Ein Schwein? Vom Kloster der Dominikanerinnen schlug es Mitternacht. Das Kratzen wurde lauter, begleitet von raubtierartigem Grollen und Fauchen. Barnabas schlug ein Kreuz. Dabei stieß er gegen die Laterne und löschte versehentlich das Licht. Mit bebenden Lippen stammelte er: »Sancta Maria, Mater dolorosa, lux mundi in eternitate ...«

Ein Windstoß erfasste die alte Scheune, rüttelte an dem Dachgebälk, an Sparren, Luken und Läden. Ein Klappern wie beim Totentanz der Gebeine am Jüngsten Tag.

Die Finsternis war erdrückend.

»Raus hier! Ich muss raus aus dieser Gruft.«

Von Panik erfasst rannte er die Treppe hinab. Auf halber Strecke strauchelte er. Kopfüber landete er auf dem Holzpflaster am Fuß der Treppe. Er spürte, wie ihm das Blut über die Stirn rann. Bevor er prüfen konnte, ob seine Knochen noch heil waren, sprang ihm ein Ungeheuer an die Gurgel, ein Fegefuchs oder Teufel von feuerrotem Fell, ein Werwolf oder Höllenhund mit glühenden Augen. Den offenen Rachen dicht besetzt mit Reißzähnen. Und das alles nur eine Handbreit von seinem Gesicht entfernt!

Barnabas sprang auf, schlug schreiend um sich, rannte gegen die geschlossene Tür. Holz splitterte. Er taumelte hinaus in das kalte Licht des Mondes. Ein Schatten fiel auf ihn, der flatternde Schatten einer Eule oder einer riesigen Fledermaus. Er blickte auf und sah den Totenvogel dicht über sich: ein riesiger Rabe, direkt über seinem Kopf. Da wusste er, dass er verloren war. Gab es schlimmere Unheilsprophezeiung, als wenn der Schatten eines Raben auf einen Menschen fällt?

Er lief um sein Leben. Erst auf dem Hauptmarkt gewann er seine Fassung wieder. Im Haus Zum goldenen Greifen brannte noch Licht. Eine Gruppe von Schweinen hastete vorüber. Sie bewegten sich so hektisch und zielgerichtet, als fürchteten sie, zu spät zu einer Verabredung zu kommen. Bruder Barnabas beruhigte sich langsam in der vertrauten Umgebung. Nur sein Herz schlug noch wie wild. Er wischte sich den Schweiß von der Stirn: Puh, welch ein Geisterhaus! Keine Macht der Erde würde ihn noch einmal in diese Hexenküche bringen.

*

Bernardinus von Babenhausen, der Prior der Franziskaner, galt als höchste Autorität innerhalb seines Ordens, wenn es um die Auslegung der alten Schriften ging. Aufgrund seines Alters verfügte er auch über ein hohes Maß an Menschenkenntnis. Ihn hatte Bruder Barnabas aufgesucht, um mit ihm über die kleine Jüdin zu sprechen.

»Ich kenne dieses Mädchen nicht«, sagte der Prior. »Aber wir kennen seinen Namen. Schon die Römer der Antike wussten: Nomen est omen. Und das gilt heute noch mehr als damals.«

»Wieso hat das heute mehr Gültigkeit als damals?«, wollte Barnabas wissen.

»Weil wir heute die Namen von Heiligen tragen, an deren Namenstag wir das Licht der Welt erblickt haben. Ein so entscheidendes Ereignis wie der Anfang eines Lebens ist keineswegs dem Zufall überlassen. Denn nicht die Stellung der Sterne zur Stunde der Geburt beeinflusst unser Leben, sondern der Heilige, in dessen Namen wir antreten.«

Der Prior legte seine faltigen Hände auf den Folianten, der aufgeschlagen vor ihm auf dem Tisch lag, und sagte: »Was für ein Mensch ist ein Weib, das den Namen Judith trägt und das zudem noch Jüdin ist? Das Alte Testament hat dieser Frau ein ganzes Buch gewidmet. Du kennst das Buch Judith? Ein dramatisches Werk, das die Kirche zu den apokryphen Schriften rechnet.« Er blätterte in dem Buch und fuhr fort: »Wer ist diese biblische Judith? Eine sehr schöne und sehr reiche Frau aus bester Familie mit langer, erlesener Ahnenreihe. Seit drei Jahren Witwe, lebt sie, wie es die Moral verlangt, zurückgezogen und einsam in ihrem Haus; gottesfürchtig und von allen geachtet, so heißt es im Buch der Bücher. Wir erfahren, dass ihre Heimatstadt Bethulia von dem Heer des Holofernes belagert wird. Holofernes, oberster Feldherr des Gottkönigs Nebukadnezar, ist erbost über den erbitterten Widerstand der Israeliten. Unterwerfung oder Tod, so lautet sein letztes Angebot. Hunger und Verzweiflung quälen die Belagerten. Es fehlt an allem, selbst am Wasser. Schon fordert ein Teil der Bürger, dem Elend ein Ende zu machen, dem Feind die Stadt zu übergeben, in der Hoffnung, damit wenigstens das nackte Leben zu retten. Andere hoffen auf Gottes Hilfe, und noch wieder andere wollen lieber im Kampf fallen, als sich und ihre Kinder der Gnade der Sieger auszuliefern.

In dieser verzweifelten Lage gibt es nur einen Menschen, so scheint es, der einen klaren Kopf behält. Und dieser Einzige ist ein Weib. Judith will nicht kapitulieren, und sie verlässt sich auch nicht auf himmlische Wunder. Sie will handeln. Da sie kein Heer hat, das sie dem Holofernes entgegenwerfen könnte, will sie die Angelegenheit im Alleingang erledigen. Sie legt die Trauergewänder ab, badet und salbt ihren schönen Körper mit Myrrhe, Moschus und Rosenöl. Sie legt ihre kostbarsten Gewänder an, schmückt sich mit Armbändern, Fußspangen, Ohrringen und Halsketten von Gold und Silber, mit Perlen und Edelsteinen. Sie macht sich schön, um die Blicke der Männer auf sich zu lenken. Das reizvollste Juwel aber ist sie selber.

So ausgestattet verlässt sie in mondloser Nacht durch eine Hintertür die belagerte Stadt, begleitet von ihren treuesten Dienerinnen. Ihr Auftrag ist weiß Gott nicht ungefährlich. Eine Schar schöner Frauen, behängt mit reicher Beute – welch ein Fang für die feindliche Soldateska! Doch Judith versteht es, die babylonischen Krieger allein durch ihr Erscheinen so zu beeindrucken, dass sie sie anhören. Sie besteht darauf, vor Holofernes geführt zu werden, sie habe ihm ein äußerst wichtiges Angebot zu machen, nämlich wie er sich der Stadt ohne weitere Verluste bemächtigen könne. Sie wird zum Zelt des Holofernes gebracht. Der empfängt sie auf einem Lager aus Seidenkissen und kostbaren Teppichen, umrahmt von ebenholzfarbenen Sklaven, die silberne Kerzenleuchter halten, während andere dem Schwert Babylons mit Fächern von Pfauenfedern kühle Luft zuwedeln. Ein Moskitonetz aus gesponnenen Goldfäden umschwebt den Erhabenen wie eine Aureole. Doch es heißt, dass all diese Pracht verblasst, als Judith in das Zelt geführt wird. Sie wirft sich vor Holofernes nieder und huldigt ihm. Er winkt sie zu sich. Sie erklärt, warum sie gekommen ist, ja kommen musste: ›Denn Nebukadnezar ist der zukünftige König der ganzen Erde‹, sagt sie. ›Und du, o Holofernes, bist der Vollstrecker seines göttlichen Willens. Du machst ihm nicht nur die Menschen untertan, sondern auch alles Vieh, alle Vögel und Fische. Euch gehört die Welt. Ein Narr, der das nicht erkennt!‹ So schmeichelt sie. ›So wie ich denken noch viele in der verlorenen Stadt. Mit unserer Hilfe wird dir Bethulia zufallen wie eine reife Frucht.‹ Sie bittet darum, ihm dienen zu dürfen, und erwirkt die Erlaubnis, sich frei im Lager zu bewegen, denn die Reinheitsvorschriften ihrer Religion verlangen, dass sie nach ihrer Monatsblutung in einem natürlichen Quell ein Bad nehmen müsse. Mit diesem Ansinnen erreicht Judith zweierlei: Sie gewinnt die Bewegungsfreiheit für die Flucht, die sie nach Erfüllung ihrer Aufgabe dringend benötigt, und sie hält sich Holofernes zunächst vom Leibe.«

»Wieso vom Leibe?«, fragte Bruder Barnabas, der von diesen geschlechtlichen Dingen nicht viel wusste.

»Wegen ihrer Monatsblutung.«

»Ach so.«

»Als erfahrene Frau weiß sie, dass nichts so sehr das Verlangen anstachelt wie eine hinausgezögerte Umarmung. Sie weckt seine Begierde, verweigert sich, versichert aber gleichzeitig, dass sie ihm eine glühende Geliebte sein werde, die sich danach sehnt, alles zu tun, was er wünsche, bis ans Ende ihrer Tage. Daneben spielt sie die von den Göttern gesandte Seherin. Sie prophezeit Holofernes, dass er nicht nur Bethulia, sondern auch Jerusalem erobern werde, um als größter Feldherr seiner Zeit in die Geschichte einzugehen.

Holofernes verfällt den Reizen dieser ungewöhnlichen Frau immer mehr. Die Mädchen, mit denen er für gewöhnlich das Liebeslager teilt, sind Sklavinnen, schön, aber dumm, williges Spielzeug, Fleisch ohne Geist. Aber dieses faszinierende Weib will, nein, muss erobert werden. Und welcher Feldherr will nicht erobern? Gewiss, er könnte sie mit Gewalt nehmen, aber die Jagd war schon immer beglückender als die Schlachtung.

Zu seinem Kämmerer sagt er: ›Es wäre wahrhaft eine Schande für uns, wenn wir eine solche Frau gehen ließen, ohne sie gehabt zu haben. Würde sie uns nicht auslachen, wenn wir ihr nicht unsere Manneskraft bewiesen?‹

Der Kämmerer überbringt Judith die Einladung zum Liebesmahl. Auf das Raffinierteste zurechtgemacht lässt sie sich in einer Sänfte zum Zelt des Holofernes tragen. Der ist begeistert von ihr. Er macht mit ihr, was geile Männer mit verführerischen Frauen zu tun pflegen. Und sie sorgt dafür, dass sein Feuer nicht erlischt. Am Ende ist er so erschöpft, dass er in ihren Armen einschläft. Später wird sie behaupten, er sei betrunken gewesen.

›Mein Anblick hat ihn geil gemacht und trunken‹, versichert sie nach ihrer Rückkehr, bedacht auf ihren guten Ruf. ›Aber er hat mich durch keine Sünde befleckt‹, so sagt sie, diese Schwindlerin.«

»Wieso Schwindlerin?«

»Welcher Mann wird sich neben einer heiß begehrten Geliebten bis zur Schläfrigkeit betrinken, bevor er sie nimmt? Keiner. Nein, er hat sie gehabt, wiederholt. Und glaube mir, die junge Witwe hat es genossen.

Holofernes bezahlt mit seinem Kopf. Den hackt sie ihm vom nackten Rumpf. Das Schwert lehnt neben dem Bett. Ungehindert verlässt sie das Zelt, um die reinigende Quelle bei der Stadtmauer aufzusuchen, wie Holofernes es angeordnet hat, aber nicht um ihr, sondern um sein Blut abzuwaschen. Vor dem Stadttor wird sie abgewiesen. Man hält sie für eine Verräterin. Erst als sie den Kopf des Holofernes hervorholt, lässt man sie ein.

Sie wird gefeiert wie David, als er den Goliath erschlug. Stolz des Volkes wird sie genannt, Freude Israels, Ruhm Jerusalems. Durch die Hand einer Frau, heißt es im Lobgesang Judiths, hat der Allmächtige die Assyrer vernichtet. Halleluja! Halleluja.«

Der Alte schloss die Bibel. Er erhob sich und sagte: »Warum erzählte ich dir das alles so ausführlich? Du kennst den alten Streit zwischen den Nominalisten und den Realisten. Letztere behaupteten, dass erst die Begriffe dagewesen seien. Sie wären wichtiger als die sichtbaren Gegenstände. Die Nominalisten aber erklärten, nur die sichtbaren Gegenstände seien wirklich. Die Menschen hätten den Dingen erst später einen Namen gegeben.

Wer auch immer Recht hat: Ein Gegenstand und sein Name sind so fest miteinander verbunden wie ein Körper mit seiner Seele. Wie überall in der Natur gibt es auch hier Verkrüppelungen. Eine Hure mit dem Namen Maria ist eine Missgeburt wie ein quicklebendiger Geist im Leib eines Lahmen. Aber glaube mir: Trotz dieser Entartungen gibt es die innige Verbindung zwischen einem Ding und seinem Namen. Ein Mädchen namens Judith ist ein Naturereignis wie ein Gewitter oder ein Erdbeben, eine Heldin vielleicht, aber keine Heilige. Und ganz gewiss stärker im Hass als in der Liebe.

Als Barnabas schon die Tür geöffnet hatte, um den Raum zu verlassen, sagte der Prior: »Glaub mir, mein Sohn, ich irre mich nur selten, wenn es um Menschen geht.«

DREIUNDZWANZIGSTES KAPITEL

Die beiden reichsten Männer der Stadt ritten nebeneinander der untergehenden Sonne entgegen. Sie mussten sich beeilen, wenn sie Rothenburg vor Schließung der Tore erreichen wollten. Beide ritten auffallend edle Pferde. Ihre Gewänder wirkten dagegen schlicht. Heinrich Toppler, barhäuptig und ganz in Leder, trug ein Kurzschwert am Gürtel. Der Jude war – wie es das kaiserliche Dekret vorschrieb – unbewaffnet. Er war bekleidet mit einem Filzhut und einem regenabweisenden Umhang aus dem gleichen Material. Seine Füße steckten in Stiefeln aus Seehundfell, die ihm bis über die Knie reichten.

Was für ein Tag! Sie fühlten sich wie Krieger, die aus siegreicher Schlacht heimkehren. Sie hatten dem Ritter Weiprecht von Tanner weite Ländereien zwischen der Bronnenmühle und dem Dorf Detwang abgekauft, fruchtbares Ackerland, Weiden, reichlich Wald und eine ganze Reihe von Fischteichen, mit vier Bauernhöfen, einer Mühle und einem Weinberg. Der Ankauf war ein diplomatisches Meisterstück gewesen, denn der Tanner, der wie viele seiner Standesgenossen gegen den Städtebund gekämpft und verloren hatte, war ein geschworener Feind der Stadt. Er hätte niemals sein Land an Rothenburg verkauft. Toppler hatte den Adligen Hans von Hohenrieth gebeten, Kontakt mit ihm aufzunehmen und einen weiteren Mittelsmann ins Spiel zu bringen, den Weikersheimer Landedelmann Wolf von Greifen, der das Anwesen mit Geld vom alten Süßkind erwarb und an Heinrich Toppler weiterverkaufte. Es war eine erfolgreiche Transaktion.

Sie hatten die Tauber erreicht, als Josua fragte: »Wie geht es deinem Sohn?«

»Von Tag zu Tag besser. Ihr habt ihm sehr geholfen, vor allem deine Judith. Sie ist ein prachtvolles Mädchen. Stimmt es, dass sie ein Doktor werden will?«

»Ja, leider. Ich sähe sie lieber gut verheiratet.«

»Das eine schließt doch das andere nicht aus«, meinte Heinrich.

»Wer will schon eine Frau, die sich Tag und Nacht um alle anderen kümmert und kaum Zeit für die eigene Familie findet? Keiner will das.«

»Es gibt solche Ehen.«

»So, gibt es sie?«

»Die heilige Elisabeth. Mit vierzehn wurde sie verheiratet, schenkte ihrem Gatten, dem Landgrafen von Thüringen, mehrere Kinder, war mit vierundzwanzig tot und wurde nur vier Jahre später heilig gesprochen, weil sie sich wie keine andere um die Kranken und Gebrechlichen bemüht hat.«

»Möchtest du so eine zur Tochter?«, fragte Josua.

»Nein«, sagte Toppler. »Aber ich glaube, du brauchst dir um deine Judith keine Sorgen zu machen. Sie wird ihren Weg gehen. Sie weiß, was sie will. Ist es wahr, dass sie alchimistische Experimente durchführt?«

»Ja, sie studiert die Gesetze der Natur.«

»Und was macht sie da?«

»Als ich sie das letzte Mal dabei beobachtete, untersuchte sie ein unsichtbares Element, das Feuer zum Erlöschen bringt.«

»Das ist genau das, was wir in dieser Stadt hier brauchen.«

So kamen sie auf die Brände zu sprechen.

»Sag mal«, meinte Heinrich, »was weißt du von Naphtha?« Er hatte tags zuvor ein längeres Gespräch mit Barnabas geführt. »War dein Vater nicht ein Ölhändler?«

»Ja, unser Großvater hat bereits davon gelebt. Wir sind mit dieser Materie aufgewachsen.«

»Erzähl mir etwas von diesem besonderen Saft, von dem in letzter Zeit so viel geredet wird.«

»Was willst du wissen?«

»Alles.«

Sie waren abgestiegen und ließen ihre Pferde grasen. Josua

setzte sich auf einen Findling. Er holte aus seiner Gürteltasche eine blaue Perlenkette hervor, die er wie einen Rosenkranz durch seine Finger gleiten ließ.

»Naphtha, Steinöl und Bitumen kennt der Mensch schon seit biblischer Zeit. Strabo beschreibt die immerwährenden Feuer der Assyrer. Plinius berichtet von leicht entflammbaren Naphthavorkommen in weiten Landesteilen der Parther und Babylonier. Diese Ardens natura sei das Feuergefährlichste, das es gebe.«

»Und wozu benutzten die Alten dieses Höllenzeug?«

»Das, was du Teufelszeug nennst, war den Priestern des Altertums heilig.«

»Wieso heilig?«, verwunderte sich Heinrich.

»Wichtigste kultische Handlung war in allen Religionen die Darbringung eines Opfers. Man schlachtete der Gottheit ein Schaf oder einen Stier und legte die Gabe auf einen geweihten Altar. Nahm Gott das Opfer an, so fiel für alle sichtbar ein Feuer vom Himmel und verzehrte die Opfergabe. Sünder aber bemühten sich vergeblich um die Gunst der Götter. Es lag in der Hand der Priester zu bestimmen, wessen Opfer angenommen und wer abgelehnt wurde. Dazu benutzten sie Naphtha. Sie verstanden es, das flüssige Feuer zielgerichtet für ihre Zwecke einzusetzen.«

»So war das bei den Heidenpriestern«, sagte Heinrich.

»Und so war das auch im Alten Testament«, belehrte ihn Josua. »Bei Kain und Abel hören wir zum ersten Mal von diesem rätselhaften Feuer, später in der Bibel aber noch bei mehreren Gelegenheiten. Dieses explosionsartig aufschießende Feuer hat durch seine gewaltige Stichflamme die Umstehenden so verblüfft, dass keiner zu sagen vermochte, aus welcher Richtung es hervorgebrochen war. Es ist die Beschreibung einer typischen Naphthaverbrennung. So wie Moses zum Herrn gebetet hatte – und dann war Feuer vom Himmel gefallen und hatte die Opferstücke verzehrt –, so betete auch Salomo, und das Feuer fiel herab und verzehrte die Brandopfer, so steht es im Buch der Bücher.

Mit dieser streng geheim gehaltenen Brandtechnik lag es in der Macht der Priester zu bestimmen, wessen Opfer angenommen und wessen Opfer abgelehnt wurde. Sie müssen deshalb keine Scharlatane gewesen sein. Sie waren gewiss davon überzeugt, dass Gott ihnen dieses kondensierte heilige Feuer verliehen habe, zur Verherrlichung seiner Größe.«

»Das steht wirklich in der Bibel?«, fragte Heinrich ungläubig.

»Beispiele gibt es genug. Die Feuersäule, die die Israeliten durch die nächtliche Wüste führt. Das heilige Feuer auf dem Berg Sinai. Das Feuer im Dornbusch. Moses war ohne Zweifel ein Eingeweihter. Während ihres Aufenthalts im babylonischen Exil hatten die Juden reichlich Gelegenheit, Naphthaquellen aus der Nähe kennen zu lernen. Sie erlebten die Verehrung des heiligen Feuers auf den Opferaltären der anderen heidnischen Religionen.«

Josua griff nach einem Buch, das er stets in der Satteltasche mit sich führte.

»Im zweiten Buch Makkabäer steht: Denn da unsere Väter nach Persien weggeführt worden sind, haben die Priester das Feuer am Altar in einer tiefen, trockenen Grube versteckt, dass es niemand fände. Als nun nach etlichen Jahren Nehemias nach dem Willen Gottes vom König heimgesandt war, schickten die Nachkommen derer, die das Feuer verborgen hatten, dass sie es suchten. Aber sie fanden kein Feuer, sondern dickes Wasser. Und damit keine Unklarheit darüber entsteht, um was es sich bei dem dicken Wasser handelt, endet der Absatz mit: Und des Nehemias' Gesellen nannten das flüssige Feuer Nechpar, etliche hießen es auch Nephthar, auf Deutsch: Naphtha. Den Ort aber, an dem sie die Naphtha gefunden hatten, hießen sie Tabun. Das ist der Ort, wo das Feuer aufbewahrt wird, damit es nicht erlischt.

Und weiter berichtet das Buch Makkabäer, Nehemias habe den Priestern befohlen, Holz und Opfergaben vor aller Augen mit dem dicken Wasser zu übergießen. Als dann ein wenig später die Sonne aufging und ihre Glut sich auf den Altar legte, entzündete sich alles, sodass das Volk staunte.

Dass der Umgang mit der hoch brennbaren Naphtha nicht ungefährlich war, auch dafür legt das Alte Testament mehrfach Zeugnis ab. Nachdem Moses seinem Bruder Aaron das Geheimnis des besonderen Saftes anvertraut hatte, verunglückten dessen beide Söhne Nadab und Abihu gleich beim ersten Opfer, das sie zur Einweihung der Stiftshütte vornehmen wollten. Und beide wurden vom Feuer vernichtet.

An anderer Stelle der Bibel erfahren wir, dass diese Vernichtung von den Priestern auch gezielt vorgenommen werden konnte. Als sich Korah und seine Anhänger empörten, befahl Moses, dass jeder der zweihundertfünfzig Empörer seine Opferpfanne nehme, Feuer hineinlege und sodann Räucherwerk darauf gebe. Alles Nötige hierfür erhielten sie natürlich von den Priestern. Aaron und dessen Sohn Eleasar hatten das Räucherwerk entsprechend präpariert. Eine gewaltige Flamme schoss empor und verbrannte die zweihundertfünfzig Männer. Für die Umstehenden war es ein Strafgericht Gottes.«

Heinrich Toppler, der einen Haselnussast beschnitzte, steckte das Messer weg und sagte: »Du sprichst wie ein Ketzer.«

»Ein Ketzer, ich?«

»Du leugnest Gott.«

»Ich leugne Gott?«

»Ja, das tust du. Du behauptest, nicht Gott hat die Kinder Israel durch die Wüste geführt, sondern Moses mit einer Feuersäule aus Naphtha. Nicht Jehova sprach aus dem brennenden Dornbusch, sondern einer, der wusste, wie man mit Naphtha umgeht. Nicht der Herr hat die Opfergaben Abrahams und Davids angenommen, sondern eine Schar von verschlagenen Priestern. Das ganze Buch der Bücher ein einziges Machwerk von Schlitzohren und Zauberkünstlern.«

»Das habe ich niemals behauptet«, entrüstete sich Josua. »Ich habe gesagt: Gott gibt sich immer nur durch Menschen zu erkennen. Er gibt seinen Propheten und Priestern die Gaben und Hilfsmittel, die sie benötigen, um seinen Willen kundzutun. Solch ein Hilfsmittel ist die Naphtha.«

»Gut, das mag ja früher so gewesen sein«, meinte Heinrich.

»Das ist heute nicht anders als damals«, sagte Josua.

»Ich weiß nicht, wie das bei euch Juden ist«, widersprach Heinrich, »aber bei uns gibt es so etwas nicht.«

»Ob ein Priester Öl benutzt, um aus einem brennenden Dornbusch mit Gottes Stimme zu sprechen, oder ob er bei der Letzten Ölung im Namen Gottes alle Sünden vergibt, wo liegt da der Unterschied? Der Papst und seine Priester bestimmen, wer oder was in den Himmel kommt. Es ist wie beim alten Brandopfer auf geweihtem Altar. Auch hier bestimmen die Priester, was in den Himmel kommt.«

Als sie weiterritten, dachte Heinrich Toppler: Naphtha ist ein flüssiges Feuer, aus dem Gott zu uns spricht. Spricht er zu uns in den Bränden, die unsere Stadt heimsuchen? Und wenn das so ist, was will er uns sagen?

VIERUNDZWANZIGSTES KAPITEL

Weißt du, was deine Tochter in der Stadtscheune beim Rödertor treibt?«

Die Frage war rhetorischer Art, denn so wie sie gestellt wurde, enthielt sie bereits die Antwort. Josua betrachtete den Mann, der da vor ihm stand und es wagte, seine Tochter mit Schmutz zu bewerfen.

Liepkind, der Koscherschlachter. Er sah genauso aus wie einer, der sein Geld damit verdient, dass er wehrlosen Geschöpfen die Kehle durchschneidet: kahl, kurzbeinig, hager, zahnlos, mit nervösen Zuckungen im Gesicht, die jetzt noch wilder als für gewöhnlich in Erscheinung traten, denn er war höchst erregt. Josua Süßkind hasste es, wenn man ihn in seinem Kontor mit Dingen belästigte, die nichts mit seinen Geldgeschäften zu tun hatten. Er bemühte sich vergeblich, seinen Ärger zu unterdrücken.

»Was geht dich das an, Liepkind?«, fauchte er. »Sie befasst sich dort mit Dingen, von denen du nichts verstehst.«

»Mit Dingen, von denen ich nichts verstehe? Ich glaube, das sind eher Sachen, von denen du keine Ahnung hast.«

»Was soll das? Was willst du? Ich habe zu arbeiten.«

»Ich komme zu dir, weil dein Mündel unsere Moral verletzt. Sie treibt es in deiner Scheune mit einem Goi.«

»Wie kannst du es wagen!«

»Der Soferim Jacob kann es bezeugen und auch Moische, der Mohel von Mergentheim. Sie haben es mit eigenen Augen gesehen.«

»Was haben sie gesehen?«

Josua hatte sich von seinem Schreibtisch erhoben. Drohend wie eine Gewitterwand stand er vor dem kurzbeinigen Metzger: »Was haben sie gesehen?«

»Dass deine Judith und der Sohn des Bürgermeisters sich heimlich in deiner Stadtscheune treffen, ganz allein.«

»Sie sind dort nicht allein. Der Kürbiskopf ist bei ihnen.«

»Der Kürbiskopf«, höhnte Liepkind. »Glaubst du, dass dieser Idiot in der Lage ist, die Unschuld eines Mädchens zu bewachen?«

»Die Tugend meiner Tochter braucht keinen Wächter.«

»Und warum trifft sie sich dann mit diesem Attila?«

»Sie hat ihm geholfen.«

»Wohl aus der Hose, was?«

»Jetzt reicht es mir!«, schrie der alte Süßkind. »Raus! Auf der Stelle hinaus mit dir. Ich will von dem Schmutz nichts mehr hören.«

Als Rebecca vom Fischmarkt heimkehrte, wo sie zwei prächtige Karpfen erstanden hatte, kam ihr Josua in der unteren Judengasse aufgeregt schnaufend entgegen: »Da haben wir den Ärger. Ich habe befürchtet, dass es so kommen würde. Diese

Hausbesuche bei dem jungen Toppler haben mir nie gefallen. Wie konnte es nur so weit kommen! Wie konnten wir das zulassen?«

»Nun reg dich doch nicht so auf.«

»Ich rege mich nicht auf. Unsere Tochter regt mich auf.«

»Und warum?«

»Zwei Menschen unseres Glaubens können bezeugen, dass sich Judith regelmäßig mit diesem Goi trifft, noch immer, in der Scheune beim Rödertor. Kann man das glauben? Meine Tochter! Wo ist sie?«

»Dummes Geschwätz, weiter nichts. Halte du dich da raus«, sagte Rebecca. »Ich werde mit ihr reden.«

Beim Zubereiten der Karpfen in der Küche fragte sie Judith: »Wie geht es Attila?«

»Es geht ihm gut.«

»Ihr seht euch noch?«

»Hin und wieder.«

»Böse Zungen behaupten, ihr trefft euch heimlich in der Scheune beim Rödertor.«

»Wer sagt das?«

Judith war so weiß geworden wie die gekalkte Wand. Alles Blut schien aus ihrem Gesicht gewichen. Rebecca sah es und dachte: Andere erröten, sie erbleicht wie eine Tote, wenn sie erschrickt. Das war schon immer so.

»Was hast du, Kind? Ist dir nicht gut?«

»Ich habe mich geschnitten.«

Sie hielt Rebecca die linke Hand hin. Das Blut rann ihr den Unterarm entlang und tropfte zu Boden.

»Das Messer ist mir in den Daumen gefahren.«

»O du Arme, warte, ich hole dir einen Verband.«

Der blutige Zwischenfall beendete ihr Gespräch. Aber Rebecca hatte mehr in Erfahrung gebracht, als ihr lieb war.

Zu Josua sagte sie am Abend desselben Tages: »Judith hat nur ein Ziel. Sie will ein Doktor werden.«

»Und dieser Attila?«

»Ich glaube schon, dass sie ihn mag, aber mehr ist da nicht. Der Junge hat sie vor Unheil bewahrt. Zum Dank hat sie ihm geholfen, wieder gesund zu werden. Du weißt, sie fühlt sich zur Ärztin berufen. Sie ist nicht verliebt, sondern ehrgeizig.«

»Aber auch heißblütig. In ihr lebt das arabische Temperament ihrer Mutter. Vor allem aber ist sie verteufelt schön. Sie ist ein Schatz, der sorgfältig gehütet werden muss.«

»Und wie willst du das erreichen? Willst du sie einsperren?«

Josua fand in jener Nacht keinen Schlaf. Er verfügte über ein feines Gespür für Veränderungen und Entwicklungen, für Gefahr und Erfolg. Der sechste Sinn, ohne den man auf dem schwankenden Geldmarkt verloren war – er besaß ihn. Er spürte die Gefahr. Er vermochte sie nicht zu definieren, aber sie war anwesend.

*

Josua hatte Judith in sein Kontor gebeten. Er thronte hinter seinem Schreibtisch wie Jehova beim Jüngsten Gericht und kam sofort zur Sache.

»Hast du uns entehrt? Ich will es wissen, die ganze Wahrheit. Hast du mit ihm geschlafen? Ja oder nein?«

»Nein.«

»Du weißt, ich kann das nachprüfen lassen. Deshalb frage ich dich noch einmal: Hat er dich gehabt?«

»Nein.«

»Ich habe dein Wort.«

»Du hast es.«

»Aber du liebst ihn?«

»Ich mag ihn.«

»Sehr?«

»Ja.«

Er betrachtete sie, als wollte er ihr ins Herz blicken. Sie schien die Wahrheit zu sagen.

»Gut, du kannst gehen.«

Als sie die Tür hinter sich geschlossen hatte, erhob er sich und wanderte auf und ab, wie er es immer tat, wenn er sich mit einem Problem auseinander setzte. Er konnte nicht zulassen, dass sein guter Name in den Schmutz gezogen wurde oder auch nur in den Verdacht geriet, nicht koscher zu sein. Es gab unter den Juden eine ganze Reihe, die ihm seinen Reichtum nicht gönnten. Neid, das alte Erbübel der Enkel Abrahams! Wie würden sie sich das Maul zerreißen: Die einzige Tochter des alten Süßkind – eine Hure! Eine Christenhure!

Nein, so weit durfte er es nicht kommen lassen. Angriff war die beste Verteidigung. Er brauchte die Bestätigung der Mikwafrau, dass Judiths Schoß seine Unschuld nicht verloren hatte. Dann müsste er den Liepkind und den Moische wegen Verleumdung verklagen, falls sie sich nicht in aller Öffentlichkeit bei ihm entschuldigen würden.

Üble Gerüchte ließen sich nur durch Offenheit widerlegen. Er musste mit dem Rabbi sprechen, gleich morgen. Rabbi ben Aaronsohn war die verkörperte Moral im Ghetto. Außerdem musste jetzt ein Ehemann her. Es wurde höchste Zeit! Er musste sie verheiraten. Wenn sie den Samuel ben Meir aus Nürnberg nicht wollte, weil er ihr zu alt war, dann würde er eben einen jüngeren für sie suchen und finden.

*

Rabbi ben Aaronsohn galt bis weit über die Grenzen des Frankenlandes als eine Art oberste Instanz in Ehefragen. Von weit her kamen die Paare, um dem Rabbi ihr Leid zu klagen. Es hatte sich herumgesprochen, dass man mit ihm über alles reden konnte, auch über die Dinge, die man gewöhnlich aus Scham verschwieg. Das lag nicht so sehr an seiner Weisheit, schon gar nicht an seinem Alter, sondern wohl vor allem daran, dass ein Blinder zuhört, ohne den Redner anzublicken. Die Gespräche erfolgten nicht unter vier, sondern unter zwei Augen. So wie Verschämte sich lieber im Dunkeln entblößen, so legten die Ratsuchenden vor dem Rabbi alle Scheu ab, wohl wissend, dass sie niemand dabei anblickte.

Als Josua Süßkind den Rabbi in dessen Garten beim Judentanzhaus aufsuchte, war Lina, sein junges, vollbusiges Weib, gerade damit beschäftigt, aus einem ledergebundenen Buch laut vorzulesen. Aaronsohn hatte seinen Arm um ihre Schulter gelegt und hörte ihr mit heiterer Aufmerksamkeit zu. Es war ein Bild vollendeter ehelicher Harmonie.

Lina wollte sich erheben, als sie den Besucher erblickte. Josua gab ihr mit der Hand ein Zeichen, weiter zu lesen. Als sie den Psalm beendet hatte, fragte Rabbi ben Aaronsohn: »Wer ist gekommen?«

»Ich bin es, Josua Süßkind. Schalom. Ich brauche deinen Rat.«

»Seit wann sucht der große Süßkind meinen Rat? Komm, setz dich zu uns. Lina, bringst du uns eine Erfrischung?«

Und als die Frau des Rabbi gegangen war, wiederholte er seine Frage: »Seit wann suchst du meinen Rat?«

»Es ist wahr, ich bin bisher ganz gut allein zurechtgekommen. Ihr Rabbiner seid eine spitzfindige Gesellschaft. Ihr habt aus einem einzigen Gebot der Bibel achtzehn Vorschriften in der Mischna gemacht, dazu über siebzig in der Gemara und im Buch Maimonides. Mein Geschäft zwingt mich zu rationellerem Handeln. Aber ich bin nicht hier, um mit dir über meine Geschäfte zu reden. Es geht um Judith, meine Tochter.«

»Was ist mir ihr?«

»Sie fühlt sich zu einem Christen hingezogen.«

»Hingezogen?«

»Nun gut, sie hat sich in ihn verguckt, in allen Ehren.«

»O je«, seufzte der Rabbi. »Mann und Weib sind bereits von Natur aus so verschieden, dass man diese Kluft nicht noch durch gegensätzlichen Glauben vergrößern sollte.«

Er strich sich den Vollbart und meinte: »Die Apostasie ist, wie du weißt, Verrat am eigenen Erbe. Viele Eltern sitzen sieben Tage

Schiwa, wenn ihr Kind vom Judentum abfällt. Sie trauern, als sei es gestorben.«

Lina brachte einen Krug mit kühlem Apfelsaft. Sie füllte zwei Zinnbecher und reichte sie den Männern: »Wohl bekomm's.«

Bevor Josua etwas erwidern konnte, hatte sie sich schon wieder zurückgezogen.

»Du hast eine prächtige Frau.«

»Ja, ich weiß, ohne sie wäre ich blind.«

Sie tranken von dem Saft. Rabbi ben Aaronsohn sagte: »Wenn der Mann deiner Tochter sich zum Judentum bekehrt, so ist nichts gegen diese Liebe einzuwenden. Andernfalls ist es Apostasie. Darauf stand zu Abrahams Zeiten die Steinigung.«

Der Rabbi lehnte sich zurück und fragte: »Wer ist denn der Goi? Kenne ich ihn?«

»Du kennst ihn: Attila Toppler.«

»Heinrich Topplers Sohn?«

»Du sagst es.«

Der Rabbi erhob sich aus seinem Armsessel, als hielte es ihn nicht länger auf dem Sitz. Er neigte sich über den Tisch Josua Süßkind zu, als könnte er nicht glauben, was er da eben vernommen hatte. »Heinrich Topplers Sohn? Und du meinst«, der Rabbi suchte nach dem richtigen Wort, »er fühlt sich auch zu ihr hingezogen?«

»Es sieht ganz so aus.«

Ben Aaronsohn ließ sich wieder in den Sessel sinken und sprach wie zu sich selbst: »Eine Verbindung zwischen den beiden mächtigsten Familien der Stadt, dem reichsten Juden und dem reichsten Christen. Welch wahnwitzige Vorstellung!«

Er starrte mit angespannten Gesichtszügen in die Ferne, die toten Augen auf einen Punkt gerichtet, als habe er eine Vision. Süßkind gewann den Eindruck, dass seine Mitteilung den Rabbi mehr erfreute als entsetzte.

»Josua«, sagte er, »das würde eine Aufregung geben bis hinauf zum König. So etwas ist noch nie geschehen.«

»Ich weiß, wir müssen das verhindern.«

»Kannst du das? Schon König David wusste: Flut, Feuerbrunst und Frauenliebe vermag niemand aufzuhalten.«

»Sie ist mein einziges Kind«, sagte Süßkind. Es klang wie ein Stoßseufzer. »Eine Christin? Niemals!«

»Was willst du machen, Josua«, meinte Rabbi ben Aaronsohn, »selbst Gott konnte nicht verhindern, dass sein einziger Sohn Christ wurde.«

»Ist das dein Ernst?«

»Nein, selbstverständlich nicht.«

»Was rätst du mir?«

»Schicke sie fort, weit weg! Entfernung und Zeit sind gute Ärzte bei Liebespein. Stark wie der Tod ist das Leid, ist die Liebe. Stärker als die Liebe sind die Segel der Zeit.«

FÜNFUNDZWANZIGSTES KAPITEL

Judith – wo blieb sie?

Attila erwartete sie bei der Herrenmühle. Seit Mittag saß er im Sattel und hielt Ausschau nach ihr. Warum hatte sie ihn hierher bestellt?

Bitte komm nicht ins kleine Paradies, stand auf dem Zettel, den sie Katharina gegeben hatte. Warte auf mich bei der alten Mühle gegenüber der Kobolzeller Kapelle.

Was hatte das zu bedeuten? Und warum kam sie nicht?

Er stellte sich in die Steigbügel und beschirmte die Augen mit der linken Hand. Kam da nicht ein Reiter den Hügel herab? Jetzt war er auf der Brücke über der Tauber. Auf den hölzernen Planken dröhnten die Hufe wie Trommelschlag. Attila kniff die Augen zusammen. Ja, sie war es. Ihr Haar wehte im Wind. Im gestreckten Galopp flog sie an ihm vorbei, rief ihm etwas zu. Er riss seinen Hengst herum und folgte ihr. Sie ritt wie der Teufel.

Erst hinter der Lukasröder Mühle hatte er sie eingeholt. Seite an Seite flogen sie dahin. Sie drängte ihr Pferd so dicht an das seine, dass sich ihre Knie berührten.

»Judith, was soll das? Halt ein!«

Sie riss so heftig an den Zügeln, dass sich ihre Stute vor Schrecken auf die Hinterbeine erhob.

»Was ist bloß in dich gefahren?«, fragte Attila ganz außer Atem.

»Wir werden beobachtet. Ich weiß nicht, seit wann. Aber es gibt Augenzeugen, die uns im kleinen Paradies gesehen haben.«

»Meine Leute oder deine?«

»Meine. Sie waren bei meinem Vater.«

»Nein!«

»Doch.«

Es war so still, dass man am Gesumm einer Hummel ihre Flugrichtung bestimmen konnte.

»Und jetzt?«

»Wir dürfen uns nicht mehr sehen.«

»Ist das dein Ernst? Willst du das wirklich?«

»Ja.«

»Aber, Judith...«

»Ich habe mich von meinen Gefühlen hinreißen lassen. Es tut mir Leid. Verzeih mir. Ich bin so. Wenn ich reite, dann nicht im Damensattel, sondern wie ein Hunne. Wenn ich an ein Wasser komme, muss ich hinein. Ich will fliegen wie die Vögel und tauchen wie die Fische. Ein Feuervogel will ich sein, leicht wie das Licht und frei wie der Wind und die Wolken. Für einen kleinen, wunderschönen Augenblick gab es nur dich und mich auf der Welt. Doch dieser Augenblick ist nun vorbei.«

Sie sprach mit großem Ernst. In ihren Augen brannte ein fiebriges Feuer. Sie begleitete ihre Worte mit lebhaften Handbewegungen, so als wollte sie nicht nur ihn, sondern vor allem sich selbst von dem überzeugen, was sie da beschwor.

»Es gibt einen Traum, einen schrecklichen Traum, der immer wiederkehrt. Ich befinde mich in einem unterirdischen Gewölbe.

Aus dem erstickenden Dunkel der Grabkammer löst sich wie nebelhaftes Grauen der Schimmer der Ewigkeit. Durchsichtig wie ein Hauch stehen an den Wänden verhüllte Gestalten, starr und leblos. Obwohl ihre Gesichter verdeckt sind, erkenne ich sie: Vater, Mutter, meine Brüder, die Großeltern.

Und dann ertönt eine Stimme. Sie fragt mich: ›Warst du auf Erden der, der du bist?‹

Und ich höre mich sagen: ›Nein, ich war nicht der, der ich bin. Ich wollte es sein und konnte es nicht.‹

›Du hast dich allen gefügt, die Macht über dich hatten. Du hast allen gedient, nur nicht dem, was du bist. Verantworte dich! Hast du das Gesetz erfüllt, das dir gegeben wurde, damit du es erfüllst?‹

Und die Stimme meines Schuldbewusstseins erwidert: ›Ich habe alles getan, um kein Gesetz zu brechen. Ich war gehorsam. Ich tat, was man von mir verlangte.‹

›Man muss mehr tun, als die Menschen fordern, denn keiner fordert von dir, was du brauchst. Und nichts brauchst du zu sein als du selbst.‹

›Aber was muss ich tun?‹

›Geh deinen Weg. Du kennst ihn. Jeder Mensch hat seinen Auftrag zu erfüllen. Wehe dem, der ihn verfehlt. Er wird gewogen und zu leicht befunden. Sünde ist nicht nur das, was wir tun, sondern vor allem das, was wir nicht getan haben.‹

›Ich habe versucht, gut zu sein.‹

Und ich höre die gewaltige Stimme sagen: ›Es reicht nicht, gut zu sein. Sei gut für etwas! Erfülle deinen Auftrag!‹«

*

Nach dem Bad in der Mikwa saßen die beiden Frauen eingewickelt in wärmenden Decken im Innenhof ihres Hauses. Sie tranken heißen Kirschsaft. Die Dämmerung verdichtete sich, und es wurde Nacht. Die ersten Sterne glitzerten durch das Geäst der Bäume.

»Glück«, sagte Rebecca, »das ist eine gute Gesundheit und ein schlechtes Gedächtnis. Glückliche Liebe? Ein Traum, ein kurzer Traum. Nichts ist so vergänglich und so überflüssig. Prächtige Säuglinge werden auch ohne ihr Zutun gezeugt, Gott sei Dank, andernfalls wäre die Menschheit längst ausgestorben.«

Sie trank von ihrem Saft. Judith, eingehüllt in ihre Decke, hörte ihr schweigend und reglos zu.

»Liebe macht blind, so sagt man. Macht Blindheit glücklich? Glaube mir, Liebe ist eine arglistige Ketzerei, denn sie lässt nichts gelten als sich selbst. Sie ist eine Verschwörung hinter dem Rücken der Mitmenschen.

Ehe ist mehr als Liebe. Sie trägt nicht nur dich, sondern auch deine Kinder und Kindeskinder. Sie ist das Fundament aller Kultur und Religion. Liebelei dagegen endet immer in der öder Langeweile oder in der Tragödie.«

*

Judith vergrub sich in ihre alchimistischen Studien. Rebecca begleitete sie, nicht aus Misstrauen, wie Josua seinem Mündel versicherte, sondern um aller Verleumdung aus dem Weg zu gehen. Während Judith ihre Versuche durchführte, arbeitete Rebecca im Garten, den ihr der treue Tabas umgegraben und geharkt hatte. Es gab Beete mit Kräutern und Blumen, vor allem Blumen, auf denen sich die Falter mit wippenden Flügeln niederließen. Judith kannte die meisten mit Namen. Mehr noch als die Falter liebte sie die Blumen.

»Sie sind so erfüllt von Leben, von farbiger, duftender Sinnlichkeit, dass wir sie unseren Toten mit auf die Gräber geben. Fest verwurzelt im Boden, sind sie dennoch voller Bewegung. Bienen besuchen sie, Hummeln, Schwebfliegen und Schmetterlinge. Ihre Blüten schließen sich zur Nacht und öffnen sich dem Sonnenlicht. Sie verströmen und verschwenden sich vor Liebe.«

»Nicht vor Liebe, vor Geschlechtlichkeit«, verbesserte sie Rebecca. »Blumen können sich den Luxus der Liebe nicht leisten.«

Sie strich Judith über die Wange und sagte: »Als Kind hast du mich einmal gefragt: ›Warum singen die bunten Blumen nicht wie die bunten Vögel?‹«

»Und was hast du mir geantwortet?«

»Kind, was soll man darauf antworten?«

»Die Wahrheit: Sie singen, aber wir können sie nicht hören.«

Auf einer dünnen Schieferplatte hatte Judith feinen Sand gestreut. In den Händen hielt sie eine kleine Bronzeglocke.

»Schau«, sagte sie, »wenn ich sie anschlage und gegen den Schiefer halte, so ordnet sich der Sand zu wundervollen Mustern und vollendeten Kurven. Ist das nicht unglaublich. Du kannst einen Ton nicht sehen und nicht anfassen, nur hören, und dennoch verfügt er über unsichtbare Kräfte, mit denen er die tote Materie durchdringt und wohl gestaltet.«

*

In den Nächten aber sprach die Stimme in dem unterirdischen Gewölbe zu ihr: »Für den Menschen gelten andere Gesetze als für Tier und Pflanze. Aber die gelten nur für den, der sie annimmt. Wer das nicht tut, dessen Leben ist ohne Sinn. Und das ist die schlimmste aller Verfehlungen. Es gibt Menschen, die ihr Leben wegwerfen, weil es keinen Sinn mehr hat.«

»Was muss ich tun, um meinem Leben einen Sinn zu geben?«

»Du musst nein sagen können. Der Mensch ist am größten, wenn er nein sagt, nein zum Bequemen, zum Behaglichen, zu dem, was alle tun. Alles Edle ist Verzicht.«

Da waren die verhüllten Gestalten an den Wänden der Grabkammer. Judith spürte ihre Blicke auf sich gerichtet. Und dann stellten sie die Frage, die sie wie keine andere fürchtete.

Nein, stöhnte sie, nein.

Sie erwachte schweißgebadet und fand keinen Schlaf mehr.

*

Was Josua Süßkind in Rothenburg, das war Levi Strauß in Nürnberg. Unter seinen Kunden befanden sich Kurfürsten, Kardinäle und kein Geringerer als der König. Es hieß, dass es keinen Betrag gebe, den der Jude Strauß nicht beschaffen könne. In geschäftlichen Dingen besaß er den zielsicheren Instinkt eines Zugvogels.

»Er hat den Midastatsch«, sagten seine Glaubensbrüder. »Was er anfasst, wird zu Gold.«

Mit seinen Söhnen hatte er weniger Glück, obwohl er mit einem prächtigen Weib gesegnet war, einer Sephardim von stolzer andalusischer Rasse. Sie war noch immer eine Schönheit. Das Leuchten in ihren Augen war nicht erloschen, wenn auch ihre ursprünglich gazellenhafte Grazie von rundlichem, weichem Frauenfleisch verdrängt worden war, was ihrem Temperament aber in keiner Weise Fesseln anzulegen vermochte.

Die drei Söhne, die sie dem Levi geschenkt hatte, waren eine wilde Mischung aus aschkenasischem und andalusischem Blut, eine Kreuzung so kraftvoll und explosiv wie chinesisches Schießpulver. Der Erstgeborene stürzte sich bereits als Knabe zu Tode, als er versuchte, die steilste Wand im Steinbruch der Stadt zu erklimmen. Der Jüngste war ein so wilder Reiter, dass er sich beim Überspringen eines Lattenzauns das Becken brach, danach zwei Jahre in einem speziell angefertigten Korbsessel hing und am Ende an Magenbluten starb. Es hieß, der alte Strauß habe ihn vergiftet, weil er das Elend nicht länger mit ansehen konnte.

David, der Zweitälteste, war ein würdiger Nachfolger seines Vaters. Der Erfolgsanspruch zeichnete sich bereits in seiner Körperhaltung und in seinen Gesichtszügen ab. Er war der geborene Gewinner. Für ihn war das Leben kein Problem, sondern bereits die Lösung.

Ihn hatte Josua Süßkind als Schwiegersohn auserkoren. Er war jung, reich und sah gut aus. Es gab nichts, das Judith hätte gegen ihn vorbringen können. Für den alten Süßkind aber war es zugleich eine geschäftliche Verbindung von unvergleichlichem Format.

Nürnberg war nach Prag die heimliche Hauptstadt des Reiches. Hier auf der Burg hatte der König das Licht der Welt erblickt. Hier wurde Geschichte gemacht, Geschichte und Geld. Das eine war von dem anderen nicht mehr zu trennen.

Bei seinem nächsten Besuch in Nürnberg besprach Josua Süßkind die Angelegenheit mit dem alten Strauß. Es war ein geschäftliches Treffen unter vier Augen. Es ging um Geld, um viel Geld. Levi Strauß hätte nicht den Midastatsch gehabt, wenn er nicht zugestimmt hätte. Die Höhe der Aussteuer wurde ausgehandelt. Den Ankauf eines Hauses in Nürnberg würde der Bräutigam übernehmen. Selbst der Termin der Hochzeit wurde festgelegt, und das alles, ohne dass Judith gefragt worden wäre. Aber wer fragt schon ein Ross, ob es seinen Reiter mag? Und welche Frau hätte solch einer prachtvollen Verbindung nicht zugestimmt?

»Was wird aus meinem Lebensziel, ein Doktor zu werden?«, fragte Judith, als Rebecca sie in den elterlichen Heiratsplan einweihte.

»Aber Kind, das sind doch Mädchenträume. Es wird Zeit aufzuwachen.«

»Ich liebe diesen David nicht. Ich kenne ihn nicht einmal.«

»Ich bin mit Josua verheiratet worden, nicht weil ich ihn liebte oder mich zu ihm hingezogen fühlte, sondern weil er um meine Hand anhielt. Als junge Jüdin hatte ich keine große Auswahl an Freiern. Er war die beste Partie von allen, so wie der junge Strauß die beste für dich ist. Ich habe meinen Gatten im Laufe der Jahre so lieb gewonnen wie meinen Vater und Bruder in einer Person. Er hat mir jeden Wunsch von den Augen abgelesen, und ich habe ihm alles gegeben, was eine Frau einem Mann geben kann, fast alles, denn leider ist es mir nicht gelungen, ihm einen Erben zu schenken. Gott hat uns diesen Wunsch nicht erfüllt.«

»Doch, er hat ihn uns erfüllt«, widersprach Josua, der in diesem Augenblick ins Zimmer trat. Er ergriff Judiths Hände und sagte: »Er hat dich geschickt. Du bist mein Kind, nicht nur in übertragenem geistigen Sinn, sondern auch leiblich und wahrhaftig. Denn nach den Gesetzen unseres Glaubens sind zwei Brüder so sehr von einem Fleisch und Blut, dass im Todesfall der eine die Witwe des anderen zur Frau nimmt und die Kinder zu seinen eigenen erklärt. Du bist unser einziges Kind. Glaube mir, wir wollen dein Bestes. Was hast du gegen den David? Was kannst du …?«

»Ich habe nichts gegen ihn«, unterbrach ihn Judith. »Ich will weder ihn noch irgendeinen anderen zum Gatten, weil ich eine Ärztin werden will.«

Josua ergriff sie bei den Schultern und drückte sie an sich. »Ich weiß, wie dir zumute ist. Aber glaube mir, Mädchen: Eines ist ein Wollen, und ein anderes ist ein Müssen. Nicht das Herz nach seinem Wunsche, nach der Pflicht frag dein Gewissen. Auch ich hatte meinen Traum. Mein Wunsch war es, das väterliche Ölgeschäft zu übernehmen. Ich hatte mich so sehr mit der Materie befasst, dass ich mehr von Asphalt, Naphtha, Bitumina und Petroleum wusste als irgendein anderer. Die Steinöle waren meine Welt. Und trotzdem habe ich mich dem Gesetz unterworfen, wonach der älteste der Brüder das Geschäft übernimmt.«

»Wollt ihr mir das wirklich antun? Wollt ihr mir die Freiheit nehmen und mich zur Ehe zwingen?«

»Freiheit und Zwang widersprechen einander nicht«, sagte Josua. »Rosen und Rebstöcke wollen gebunden werden, damit sie, anstatt im Staub zu kriechen, frei sich in die Lüfte winden.«

*

Da Levi Strauß in der kommenden Woche eine geschäftliche Verabredung in Weykersheim hatte, wurde ausgemacht, dass er und sein Sohn auf ihrem Rückweg in Rothenburg im Haus Süßkind Rast machen würden. Bei dieser Gelegenheit sollte der erste Kontakt zwischen den beiden zu Vermählenden hergestellt werden. Josua war sich ganz sicher, dass David Gefallen an Judith finden würde. Es gab nicht viele Jüdinnen, die es mit ihr an Schönheit hätten aufnehmen können.

Der Besuch des reichsten Juden von Nürnberg war nicht nur im Haus Süßkind ein Ereignis. Eine Schar von Rothenburger Bürgern und Kindern gaben Vater und Sohn vom Stadttor ab das Geleit. Beide ritten schwarze Hengste, aufgezäumt mit rostrotem Sattelleder und silbernen Schnallen und Schabracken. Keiner von beiden trug die vorgeschriebene Kleidung der Juden. Sie waren gekleidet wie genuesische Kaufherren, geschmackvoll, ohne Prunk und Protz. Beide waren glatt rasiert. In ihrer Begleitung befanden sich ein Packpferd und zwei schwer bewaffnete Knechte mit Lanze und Armbrust.

Im Beisein der Braut bekundeten Vater und Sohn ihr Wohlgefallen. Judith fühlte sich wie ein Pferd, das zum Verkauf bereit steht.

»Sie gefällt mir«, sagte David zu seinem Vater gewandt. Es kam ihm nicht in den Sinn, zu seiner zukünftigen Frau zu sagen: Du gefällst mir.

Judith blickte in das Gesicht eines völlig traumlosen Menschen, beherrscht von praktischem Weltsinn, von Willenskraft und Pflichtbewusstsein. Da gab es keine romantische Linie, keinen Glanz von Heiterkeit. Es war das Antlitz eines Menschen, der es nicht gewohnt war zu verlieren.

Als Judith ihm ihren Papagei zeigte, wollte er wissen, was der verrückte Vogel gekostet habe. Danach erlosch sein Interesse an dem farbenprächtigen Tier.

»Kannst du reiten? Hast du ein Pferd?«

»Ja, natürlich«, sagte Judith.

»Was für eins?«

»Eine dreijährige Stute.«

»Die brauchst du nicht mitzubringen. Ich schenke dir ein arabisches Vollblut.«

Wie könnte ich Rethel zurücklassen, dachte Judith. Wie könnte ich? Aber muss ich nicht auch Attila verlassen?

O mein Gott, Attila! Nur nicht daran denken.

SECHSUNDZWANZIGSTES KAPITEL

Wo bleibt Judith? Ich bin hungrig.«

Josua hatte sich an den Tisch gesetzt und füllte seinen Becher mit heißem Holundersaft.

»Sie ist noch in ihrer Kammer«, sagte Rebecca. »Sie hat sich gestern Abend nicht wohl gefühlt. Ich glaube, sie hat sich in der Mikwa erkältet.«

»Dann lass sie. Schlaf ist eine gute Medizin.«

Als die Glocke von Sankt Jakob zum Vespergebet läutete und Judith sich immer noch nicht sehen ließ, ging Rebecca zu ihr, um sie zu wecken. Sie stieß den Fensterladen auf und rief: »Nun aber heraus, du Langschläfer!«

Sie wandte sich dem Bett zu und sah, dass es leer war, leer und unberührt. Auf dem Kopfkissen lag ein Papier. Schlimmes ahnend griff sie danach, faltete es auseinander und las: »Wenn ihr diese Zeilen lest, bin ich bereits weit weg. Bitte folgt mir nicht. Macht euch keine Sorgen um mich. Gott wird mich beschützen, denn er will, dass ich meine Aufgabe erfülle. Bitte, verzeiht mir, dass ich euch Schmerz zufüge. Ich kann nicht anders. Habt Dank für alles. Seid umarmt. Ich liebe euch, eure Judith.«

Rebecca las den Brief mehrere Male, so als könne nicht wahr sein, was ihre Augen sahen. Sie wollte zu Josua eilen, aber die Beine versagten ihr den Dienst. Sie setzte sich auf Judiths Bett und weinte.

»Was«, rief Josua, »davongelaufen? So etwas tut meine Tochter nicht. Wo ist der Brief? Gib ihn mir.«

Er las ihn, zerriss ihn und warf ihn ins Feuer. Danach schloss er sich in seinem Kontor ein.

Als er wieder herauskam, sagte er: »Sie ist wahrhaftig davongelaufen. Hast du je von einer jüdischen Tochter gehört, die ihren Eltern das angetan hat? Wie kann sie bloß? Diese Schande!

Wie stehe ich vor Levi Strauß da? Soll ich ihm sagen: Die Hochzeit mit deinem Sohn kann nicht stattfinden, meine Tochter ist auf und davon, weggelaufen wie eine streunende Katze?

Was für eine Demütigung für den jungen Strauß! Die Braut flieht lieber zum fahrenden Volk der Straße, als dass sie ihn zum Mann nimmt. Soll ich ihm das wirklich sagen? Ich sehe schon das schadenfrohe Grinsen auf den Gesichtern der ganzen jüdischen Mischpoke vor mir: Dem reichen Süßkind ist die Tochter abgehauen, zwei Wochen vor der Hochzeit. Und ich weiß auch, warum, werden der Liepkind, der Soferim Jacob und der Mohel von Mergentheim sagen. Weil sie ein Verhältnis mit einem Goi hat.«

Er schlug die Hände vor sein Gesicht und stöhnte vor Schmerz. Nach einer Weile erhob er sich, legte Rebecca beide Hände auf die Schultern und beschwor sie: »Wir dürfen kein Wort von diesem Brief erwähnen. Hörst du, Rebecca, kein Wort! Das geht nur uns etwas an. Und natürlich wird sie zurückkommen. Wo soll sie denn hin?«

»Und wenn nicht?«

»Dann ist sie von einem Ausritt nicht zurückgekehrt. Dann ist ihr ein Leid geschehen, aber sie ist nicht davongelaufen. Wie weit kommt ein Mädchen ohne einen Heller in der Tasche? Wohin wird sie sich wohl wenden? Wer wird ihr weiterhelfen? Topplers Sohn! Ja, dieser Attila. Sie hat ihm geholfen. Jetzt ist er an der Reihe. Vielleicht sind sie sogar gemeinsam durchgebrannt.«

Welch entsetzlicher Gedanke! Es hielt ihn nicht länger im Haus. Auf dem Weg Zum goldenen Greifen überlegte er es sich anders. Er kehrte um und schickte Rebecca. Das war Frauensache. Die kam zurück und berichtete, der Attila sei nicht fort. Er sei mit seinem Vater zum Fürstbischof nach Würzburg geritten. Die Afra habe jedoch erzählt, Judith habe sich vor ein paar Tagen von Attila eine Hose ausgeliehen.

»Eine Männerhose? Wozu braucht sie eine Männerhose?«

»Für eine Verkleidung«, meinte die Afra. »Sie glaubte, es handle sich um einen albernen Mummenschanz.«

»Einen Mummenschanz? Was soll das?«

»Ja, verstehst du denn nicht, Josua? Sie ist in Männerkleidern fortgeritten.«

Josua schlug sich mit der flachen Hand vor die Stirn. »Du hast Recht. Ich suche schon den ganzen Tag meine Lammfelljacke. Ich hatte sie wie immer im Flur aufgehängt.«

»Na, wenigstens braucht sie dann nicht zu frieren«, sagte Rebecca mit einem Seufzer der Erleichterung.«

»Glaubst du, sie kommt bald zurück?«

»Ja, ganz gewiss. Wohin soll sie sich wenden ohne Geld und ohne Freunde? Wen immer sie auch aufsucht, er wird sie zurückschicken.«

In der Nacht lagen sie wach auf ihrem Lager, liefen im Haus umher, lauschten hinaus in den Regen. Was war das? War da nicht Klopfen? Aber es war nur ein Fensterladen, den der Wind gegen den Rahmen schlug. Wo sie sich bei diesem Unwetter wohl aufhielt?

Auch der nächste Tag verging ohne ein Lebenszeichen. Als Josua bleich und übernächtigt die Amtsstube im Rathaus aufsuchte, dachte Heinrich Toppler: Um Himmels willen, es wird doch wohl nicht schon wieder ein Schwein in die Mikwa gefallen sein.

Josua ließ sich auf den Besucherstuhl fallen und sagte: »Sie ist weg.«

»Wer ist weg?«

»Die Judith.«

»Seit wann?«

»Sie ist gestern früh ausgeritten und nicht zurückgekehrt.«

»Du meinst, sie war die ganze Nacht draußen bei diesem Sauwetter? Und da kommst du erst jetzt zu mir?«

»Ich hatte gehofft, sie wäre bei Freunden«, log Josua.

»Hat sie das schon früher getan?«

»Nein.«

Toppler hatte sich erhoben. Er schaute hinaus in den kalten Regen und sagte: »Ich werde die Bürgerwehr zusammenrufen. Wir müssen sie suchen. Vielleicht ist sie vom Pferd gestürzt und liegt irgendwo mit gebrochenen Knochen. Aber nein, dann wäre ihr Pferd zurückgekommen.«

Natürlich dachte er an den Struzz. Verdammt, der Struzz! Aber er sprach seine Befürchtung nicht aus, um den anderen nicht zu beunruhigen.

Den ganzen Tag suchten sie nach der Verschollenen. Selbst der Regen vermochte sie nicht aufzuhalten. Jeder hoffte, die von Josua Süßkind ausgelobte hohe Belohnung zu erhalten. Aber alle Anstrengung war vergeblich.

Attila war hinabgeritten zur Tauber, wo alles begonnen hatte. Immer wieder rief er ihren Namen, dachte daran, wie sie ihn hier gesucht und gefunden hatte, nackt im hohen Schilf. Kalt und abweisend war das Taubertal jetzt. Von Judith keine Spur.

Er erreichte die Stelle, an der Struzz und sein Sohn Jagd auf Judith gemacht hatten. Was wäre geschehen, wenn ich nicht zufällig vorbeigekommen wäre, dachte er. Sie hätten sie vergewaltigt und erschlagen. Den Rest hätten die Ameisen erledigt. Sie wäre verschwunden, so wie jetzt.

O Herr, gib, dass sie nicht dem Struzz in die Hände gefallen ist! Allein der Gedanke daran erfüllte ihn mit Schaudern. Wie ist es möglich, dass solch eine Bestie immer noch frei herumläuft? Wenn er wieder zugeschlagen hat, so ist das auch unsere Schuld. Wir hätten es verhindern müssen. Es wird Zeit, die Schöpfung von diesem Werwolf zu befreien!

Auch im kleinen Paradies keine Spur von ihr. Der Pferdestall war leer. Keine Rethel, kein Kürbiskopf. Selbst der Rabe und der kleine Fuchs waren auf und davon. Im späten Licht des Tages wirkte die Scheune so verlassen wie ein Gräberfeld.

Etwas Schreckliches war geschehen. Attila spürte es. Zwei Wochen lang suchte er nach ihr. Wenn nicht lebend, so wollte er doch wenigstens ihre sterblichen Überreste heimholen, damit sie in geweihtem Boden ihre Ruhe fänden. Keinen Forst, keinen Feldgraben, keinen Bach, keinen Tümpel, den er nicht in Betracht gezogen hätte. Alles war vergeblich. Nicht die geringste Spur. Es war, als wenn der Boden sie verschluckt hätte.

»Sie ist nicht tot. Ich spüre es.«

»Aber was ist mit ihr geschehen?«, fragte Afra.

»Vielleicht ist sie zurückgekehrt in ihre Welt, aus der sie zu uns gekommen ist«, meinte Katharina. Und als die anderen sie verständnislos anblickten, fügte sie hinzu: »Wir glauben an Gott und seine Engel. Warum soll er nicht einen zu uns geschickt haben? Sie war so anders als alle Menschen, die ich kenne. Sie war ein Engel, Attilas Schutzengel. Ohne sie wäre er blind. Ach, was sage ich: Er verdankt ihr sein Leben. Ist es nicht so?«

Und als Attila mit dem Kopf nickte, sagte Afra ungläubig: »Eine Jüdin als Engel?«

»Auch Maria war eine Jüdin, die heilige Anna, Johannes der Täufer, der Herr Jesus, die Jünger, lauter Juden. Der ganze Christenhimmel ist voll davon.«

»War sie nicht ein wenig zu wild für einen Engel?«

»Wer sagt denn, dass Engel brav sein müssen? Das Buch der Bücher berichtet von Würgeengeln, von Engeln mit dem Flammenschwert. Sie kommen, verrichten ihre Aufgabe und gehen wie der Schwanenritter in der Lohengrinsage.«

»Woran erkennt man einen Engel?«

»Sie sehen aus wie wir, nur schöner vielleicht. Man sagt, dass sie einen Glanz verströmen so mild wie Mondlicht auf dem Wasser.«

»Dann war sie einer«, sagte Attila.

SIEBENUNDZWANZIGSTES KAPITEL

Die ersten beiden Tage waren die schlimmsten.

Ein paar Mal wollte sie umkehren. Aber immer wieder gab sie ihrer Stute die Sporen und kämpfte sich weiter durch den kalten Sprühregen, der seit Tagen vom Himmel rieselte.

Die Nacht verbrachte sie in einer Feldscheune, so erschöpft, dass sie in traumlosen Schlaf versank, sowie sie aus dem Sattel glitt. Da war keine Zeit für Trennungsschmerz und Gewissensbisse.

Den Hunger stillte sie mit wildem Gemüse. Jetzt kam ihr zugute, dass sie sich in der Botanik so gut auskannte. Die Blätter vom Leimkraut, vom Hirtentäschel und vom Hederich wucherten auch um diese späte Jahreszeit noch am Wegesrand. In einem Bach fand sie Brunnenkresse. Hagebutten gab es in Fülle. Das Mark der Klettenwurzeln schmeckte angenehm nussig. Säuerlich-herber Rotklee stillte ihren Durst.

Am zweiten Tag erreichte sie die große Handelsstraße, die nach Süden führte, und blickte auf Planwagen, zwei- und vierspännig, lange Kolonnen von Maultieren und Eseln, beladen mit Ballen, Kisten und Körben. Reiter sprengten an den langsam dahinziehenden Herden von ungarischen Pferden, Brabanter Schafen und braungescheckten Kühen aus dem Bayernland vorbei.

Schwer beladene Ochsengespanne quälten sich langsam voran, wurden überholt von schnellen Kaleschen mit geistlichen Herren auf dem Weg nach Rom, dazwischen Studenten, Handwerksburschen und fahrendes Volk: Feuerschlucker, Seiltänzer, Schauspieler und Beutelschneider.

Judith hatte sich vier Schweden angeschlossen, die mit zwei Planwagen voller Kupferbarren auf dem Weg nach Innsbruck waren. Mit acht Reitern hatten sie Götland verlassen. Schon im Kattegat hatten sie einen Reiter verloren. Eine Welle hatte ihn von Deck gespült. Fünf von ihnen erkrankten so schwer am Darmfieber, dass sie in Köln zurückgelassen werden mussten. Ein anderer war ihnen in Nürnberg abhanden gekommen.

»Entweder haben sie ihn erschlagen, oder er ist einem Weiberrock nachgelaufen«, sagte Arne, der Anführer der Schweden. Er sprach als einziger ein wenig Deutsch. Er war es auch, der Judith das Angebot gemacht hatte, sich ihnen anzuschließen als berittener Begleitschutz und als Rossknecht. Dafür erhielt sie Nahrung für sich und ihr Pferd, vor allem aber einen warmen Schlafplatz im Planwagen.

Jetzt erwies es sich als richtig, dass Judith in Männerkleidern reiste. Als Frau hätte man ihr diese Aufgabe nicht anvertraut. Es war schon ein fremdartiges Gefühl, die nackten Beine in enge Männerhosen zu stecken. Nie hatte sie Hosen getragen, selbst als Kind nicht. Sie fühlte sich wie ein Vogel im Fuchspelz.

Mehr als ihre Kleider vermisste sie ihr langes Haar. Sie hatte sich noch am ersten Abend ihrer Flucht von ihm getrennt. Mit einer Rossschere hatte sie es abgeschnitten. Schwarz wie Rabengefieder und fast so lang wie Rethels Schweifhaar, flog es mit dem Wind davon. Sie erlebte sich wie eine junge Novizin beim Eintritt ins Kloster, die mit dem Verzicht auf ihr Haar bekundet: Ich bin bereit, ein neues Leben zu beginnen.

Im Vergleich mit den Herbergen an der Straße waren die Nächte auf den Kupferbarren richtig luxuriös. Eingehüllt in warmen Schaffellen, lauschte sie dem Regen, der auf die wasserdichten Planen prasselte, während sich in den überfüllten Herbergen drei Reisende ein Bett teilen mussten.

»Schlimmer als die Enge und der Gestank sind die Flöhe«, sagte Arne, der schon viel in der Welt herumgekommen war.

Er war ein auffallend schöner Mensch mit langem wallendem Haar, so goldgelb wie der Flaum von Entenküken. Seine Hände mit langen, schlanken Fingern waren die reinsten Engelshände. Judith dachte: Nicht ich, sondern er schaut so aus wie eine Frau, die sich als Mann verkleidet hat. Er war ein aufmerksamer Beobachter. Der Himmel war morgens wolkenlos. Aber er sagte: »Es wird zu Mittag regnen.« Und es regnete. Oder er meinte: »Habt ein wachsames Auge auf den Ochsentreiber, der hinter unserem letzten Wagen Rast macht. Der Kerl hat ein richtiges Räubergesicht.« Judith fand, der Mann sah völlig harmlos aus. Doch in der Nacht wurden sie von lautem Geschrei geweckt. Die beiden Schweden im anderen Planwagen hatten den Ochsentreiber dabei überrascht, wie er Kupfer stehlen wollte. Es gab eine Schlägerei, bei der der Dieb drei Schneidezähne verlor. Jetzt hatte er wirklich ein Räubergesicht.

Sie saßen am Abend um ein Feuer, das sie zwischen den Wagen entzündet hatten, um sich in einer eisernen Pfanne Blutwurst zu braten, die Judith angeekelt zurückwies. Sie zog es vor, sich ein paar Maronen in der Glut zu rösten. Der jüngste der Schweden sagte etwas in seiner Sprache. Die anderen lachten.

»Was sagte er?«

»Du hast einen Appetit wie ein Mädchen.«

Arne betrachtete sie, als wollte er sagen: »Du kannst mir nichts vormachen.« Judith spürte, wie sie errötete. Er weiß Bescheid, dachte sie. Er schaut mich so an, wie ein Mann eine Frau anschaut.

In der Nacht träumte sie von zärtlichen Berührungen. Eine Hand tastete nach ihrem Schoß. Zwei Lippen suchten ihren Mund. Sie rochen nach fettiger Blutwurst. Nein, das war kein Traum. Bevor sie ihre Gedanken ordnen konnte, erscholl ein Schrei dicht neben ihrem Ohr. Ein Überraschungsschrei. Sie fuhr hoch, griff mit beiden Händen nach dem Hals dicht über ihrem Gesicht. Es war stockdunkel unter der Plane. Sie konnte nichts erkennen.

»Loslassen«, röchelte eine Stimme. »Du bringst mich um.«

Es war Arnes Stimme.

»Arne, du?«

»Verzeih mir«, stammelte er, »ich wusste nicht, dass du ein Mädchen bist.«

Sie ließ ihn los, und er sprang davon, als sei der Teufel hinter ihm her. Judith brauchte eine Weile, bis sie begriff: Es gab ganz offensichtlich Situationen, wo es vorteilhaft war, eine Frau zu sein.

Als Arne ihr am anderen Tag beim Abschied in Innsbruck die Hand reichte, meinte er mit einem Augenzwinkern: »Du warst ein guter Mann. Was immer du vorhast, Mädchen, ich wünsche dir viel Erfolg.«

Vor dem großen Speicherhaus der Grafen von Andechs trennten sich ihre Wege. Und hier unter den Laubengängen mit den hohen Erkerhäusern begegnete Judith ihren neuen Weggefährten, einer Gruppe von Genuesen mit Fracht für die Herzöge von Montefeltro in Urbino.

»Wir transportieren flandrisches Wolltuch, englische Stoffe, Zinn und feines Leder aus dem Baskenland, Ballen von asiatischer Seide, kandierte Früchte, Panzerhelme aus der Picardie und Pelze«, sagte Carlo, der Anführer der Kauffahrer, ein langer Mensch von auffallender Magerkeit. Sein hageres Gesicht wurde von einem Backenbart eingerahmt, der die gleiche Farbe hatte wie die Pelzmütze auf seinem Kopf. Seine schwarzen Augen blickten weich und zugleich selbstbewusst auf den jungen Mann, den Judith verkörperte.

»Ich höre, euer Kupfertransport endet hier. Ich suche einen fähigen Fuhrmann, der mir hilft, diesen verdammten Steinhaufen zu überwinden.« Dabei wies er auf die Alpen. »Du hast ein ehrliches Gesicht und Erfahrung im Umgang mit Pferdegespannen. Ich zahle gut.«

»Und mein Pferd?«

»Sieh zu, dass du es hier in Innsbruck verkaufst.«

»Von Rethel trenne ich mich nicht. Wenn ihr mich wollt, müsst ihr sie mitnehmen.«

Es gab eine lebhafte Debatte zwischen Carlo und seinen Männern. Am Ende sagten sie: »Ein Zugross mehr oder weniger kann nicht schaden.«

»Rethel ist kein Zugpferd. Sie hat nie einen Wagen gezogen. Aber sie erfordert nicht viel Aufmerksamkeit. Ich kann sie frei laufen lassen. Sie folgt mir wie ein Hund.«

»In drei Teufels Namen, dann nimm deinen hochbeinigen Hund mit.«

Sie saßen in einer Gaststube unter den Lauben und tranken heißen Tee. Die angespannten Pferde froren. Weißer Dampf quoll aus ihren Nüstern. Die Morgensonne wollte sich hinter schwarzen Wolken verstecken, die der Wind jetzt wie Fetzen eines zerrissenen Vorhangs über die Berggipfel trieb.

»Wir müssen uns beeilen. Oben auf dem Pass fällt bereits Schnee.«

Schon bald wurden die Hänge immer steiler. Rechts und links gähnten gefährliche Abgründe. In den Tälern wallten die Nebel wie Wolken. Schwerfällig erhoben sie sich von ihren Nachtlagern, um am frostklaren Himmel ihre Reise fortzusetzen.

Es war so still wie in den Herzen der Menschen beim Morgengebet. Gelegentlich polterte ein Stein in die Tiefe, den sie losgetreten hatten. Am Himmel kreiste ein Adler.

Die vier Pferde, schwere, muskulöse Tiere, dampften vor Anstrengung. Judith und die anderen liefen hinter dem Planwagen und legten Steine unter die Räder, wenn die Gäule zu erschöpft waren, um weiterzuziehen. Es war eine schwere Arbeit, und dennoch erfüllten die Berge sie mit Seligkeit. Welch ein Gefühl, so hoch über der Welt zu sein. Der Schnee knirschte unter den Schritten, und in ihrem Haar glitzerte der Reif wie Edelsteine. Das Herz wurde so leicht wie in Kindertagen. Überall leuchtete jetzt der Schnee in funkelndem Glanz. Tief unter ihnen schlängelten sich Bäche wie Silberfäden durch die engen Täler.

Der Aufstieg wurde immer beschwerlicher. Der schmale Weg war mit Schnee bedeckt, den die Mittagssonne und die Nachtfröste zu Eis verwandelt hatten. Die Pferde strauchelten immer öfter, und neben der Straße klaffte tiefer Abgrund. Über ihren Köpfen stauten sich die Schneemassen am steilen Hang, bereit, beim ersten kräftigen Windstoß auf sie herabzustürzen. Zu aller Beschwernis begann es auch noch zu schneien. Die Wolken senkten sich tiefer, und der Wind fuhr heulend durch die Schluchten.

»Jetzt fehlen uns nur noch Räuber«, sagte Carlo, dem die Besorgnis ins Gesicht geschrieben stand.

Judith erkannte ein Steinkreuz im Schneegestöber.

»An dieser Stelle wurden zwei fränkische Fuhrleute von Straßenräubern erschlagen.«

Im Vorbeifahren sprachen sie ein kurzes Gebet. Es wurde dunkler und dunkler. Der Schnee verwandelte sich in Hagel. Die Pferde waren am Ende ihrer Kräfte. Sie schnaubten vor Hilflosigkeit und wollten sich nicht mehr von der Stelle rühren. Schreiend und fluchend schlugen die Fuhrleute auf sie ein.

Erst als sie alle in die Speichen griffen, schafften sie es, den Wagen wieder in Bewegung zu setzen. Mensch und Tier waren am Ende ihrer Kräfte. Ein junger Wallach glitt aus und stürzte so unglücklich, dass er sich den rechten Vorderfuß brach. Die Knochensplitter ragten aus der offenen Wunde. Der Sturz und der Geruch des Blutes versetzte die anderen Pferde in Panik. Judith und die Männer mussten alle Kräfte aufbringen, sie zu halten. Es hätte nicht viel gefehlt, und sie wären allesamt in den Abgrund geschleudert worden. Das verwundete Tier wurde ausgeschirrt. In seinen weit aufgerissenen Augen spiegelten sich Schmerz und Todesangst.

»Ihm ist nicht mehr zu helfen«, sagte Carlo. »Lasst ihn.«

»Ihr wollt ihn hier liegen lassen?«, fragte Judith ungläubig.

»Es geht nicht anders.«

»Die Glieder werden ihm abfrieren. Die Bergdohlen werden ihm bei lebendigem Leib die Augen aushacken. Solch einen qualvollen Tod hat er nicht verdient. Ihr müsst ihn töten.«

»Wir sind doch keine Pferdemetzger«, sagte der älteste der Männer. Die anderen lachten.

Da nahm Judith die Axt, die griffbereit hinten am Planwagen

hing, ging zu dem Pferd und schlug ihm mit einem Schlag den Schädel ein.

Der Alte spuckte aus und meinte: »Tot mit einem Hieb! Du hättest Henker werden sollen, Söhnchen.«

Am Abend erreichten sie eine Höhle, eine erbärmliche Behausung, aber sie bot Schutz vor dem eiskalten Wind. Sie versuchten vergeblich, ein Feuer zu entzünden. Das Brennholz war zu feucht. Sie holten die Pferde herein, um sich an ihnen zu wärmen. Menschen und Tiere waren so erschöpft, dass sie ohne Nahrungsaufnahme sofort in tiefen Schlaf fielen. Dicht an Rethels Hals geschmiegt, träumte Judith von ihrem kleinen Paradies beim Rödertor.

Am Morgen fehlte Rethel. Vermutlich war die Stute während der Nacht nach draußen gegangen, um ihre Blase zu entleeren. Nie hätte sie ihren Schlafplatz besudelt. Aber warum kam sie nicht zurück? Judith kroch nach draußen. Es hatte geschneit. Rethels Hufabdrücke waren deutlich zu erkennen.

Aber da war noch eine zweite Fährte, die Fährte eines Bären, eines riesigen Bären. Keine dreißig Schritte entfernt von ihrer Behausung hatte der Bär sein Opfer angefallen. Der Boden war getränkt mit Blut.

»Er hat das ganze Pferd weggeschleppt«, sagte Carlo. »Das muss ein Riese sein. Nicht auszudenken, was passiert wäre, wenn der zu uns in die offene Höhle gekommen wäre.«

Judith verfolgte die Spur, bis dichtes Fichtengestrüpp sie zurückhielt. An den Zweigen wehte Rethels helles Haar, herausgerissen in blutigen Büscheln. Judith sammelte sie ein, als wären sie Silberfäden. Sie warf sich in den Schnee und weinte um die verlorene Freundin. Mit ihr hatte sie die letzte lebende Bindung an zu Hause verloren. Jetzt war sie ganz allein.

»Komm«, sagte Carlo, »es gibt Schlimmeres, als ein Pferd zu verlieren.«

ACHTUNDZWANZIGSTES KAPITEL

Ein Unglück kommt selten allein, sagen die Alten. Und sie sollten wieder einmal Recht behalten. Nur wenige Meilen später brach in einem Schlagloch die Hinterachse. Dabei löste sich ein Rad und stürzte polternd zu Tal. Gottlob war es an dieser Stelle nicht allzu tief. Die Pferde wurden ausgespannt. Zwei der Knechte kletterten hinab, um das verlorene Rad wieder zu holen. Die anderen luden die Fracht ab: Kisten, Körbe, Tonnen und eingenähte Juteballen. Das alles wurde an einer Felswand aufgestapelt und mit Zeltplanen und Steinen abgedeckt, damit es in der Nässe nicht verdarb. Sie waren jetzt fast zwei Tagesreisen von Innsbruck entfernt.

»Bis zur nächsten Siedlung brauchen wir noch mindestens einen Tag«, sagte Carlo, der sich in der Gegend ein wenig auskannte, denn er fuhr nicht zum ersten Mal über die Alpen.

»Nicht weit von hier in einem Seitental leben Pechbrenner, wilde, primitive Gesellen, aber geschickte Handwerker. Sie verstehen es, aus jedem Gerümpel noch etwas Brauchbares herzustellen. Ein wüstes Volk, diebisch wie die Bergdohlen und verschlagen wie die Ratten. Aber wir haben keine andere Wahl.«

»Was gedenkst du zu tun?«

»Wir werden uns in zwei Gruppen aufteilen. Die eine bleibt bei den Pferden und bewacht die Fracht. Wir anderen – dabei zeigte er auf Judith und Jacob, den jüngsten der Fuhrknechte –, wir werden uns auf den Weg machen, um einen Wagner oder Zimmerer zu finden, der uns den Karren flicken kann.«

Jede Partei erhielt eine Armbrust mit je acht Pfeilen und zwei Lanzen. Da sie alle bis auf Judith noch Kurzschwerter am Gürtel trugen, wirkten sie wie das Vorauskommando einer anrückenden Armee.

Die Gegend war steinig, öd und wüst, Wildnis voller Dornen und verkrüppeltem Nadelgehölz.

Wie können hier bloß Menschen leben?, dachte Judith.

Sie liefen auf schmalem Trampelpfad, mehr Wildwechsel als Weg. Am späten Nachmittag sahen sie Rauch, schwarze Rauchsäulen, die senkrecht zum Himmel stiegen.

»Dort ist das Dorf«, sagte Carlo.

»Ein Dorf?« Judith sah nur eine Geröllhalde, so wie es sie am Fuß vieler Bergwände gibt.

»Diese Felsennester sind so abgelegen«, meinte Carlo. »Wenn einmal die Welt untergeht, so erfahren es diese Elenden hier erst ein paar Wochen danach. Sie leben wie das Vieh. Die Weiber finden in ihren Geburtsnöten keine Helfer und gebären wie die wilden Tiere im Gestrüpp hinter den Hütten, um das kostbare Schlafstroh nicht zu beschmutzen. Hier gibt es keinen geistlichen Beistand, um die Angst vor dem Sterben zu lindern. Stumpfsinnig wie Packesel verrichten sie ihr freudloses Tagwerk.«

Sie hatten sich jetzt der Ansiedlung so weit genähert, dass sie einen Menschen erkennen konnten. Er schien die Ziegen zu hüten, die sich zwischen den Felsen bewegten. Als sie näher kamen, sahen sie, dass es ein alter Mann war. Er blickte in ihre Richtung, ohne sie wahrzunehmen. Die Haut seines Gesichts war grau und zerklüftet wie die Felsen. Ganz offensichtlich war er blind.

Erst als sie ihn ansprachen, fuhr er aus seiner Versunkenheit auf wie ein verschreckter Hase. Er hatte nur ein Auge. Das war tief eingesunken und weiß wie ein hart gekochtes Ei. Pupillenlos und tot glotzte es ins Leere. Hastig rückwärts kriechend wie ein Krebs, entfernte sich der Alte von ihnen. Erst als er sich in Sicherheit wähnte, stieß er einen schrillen Pfiff aus, so wie es die Murmeltiere tun, wenn der Schatten des Adlers auf sie fällt. Augenblicklich fuhren aus allen Öffnungen der steinernen Unterstände Köpfe hervor. Eine bedrohliche Mischung aus Angst und Feindseligkeit lag in der Luft. Carlo schob den Pfeil in die Armbrust. Jacob nahm die mitgebrachte zerborstene Hinterachse von der Schulter, bereit, jedem Angreifer damit den Schädel einzuschlagen. Auch Judith fasste ihren Speer fester.

»Wir kommen als Freunde!«, rief Carlo. »Wir brauchen eure Hilfe. Es soll euer Schaden nicht sein.«

Ein Kerl wie ein Hauklotz erhob sich zwischen dem Felsgestein. Der Adamsapfel am bartstoppeligen Hals stand kropfig hervor. Das Haar hing ihm bis in die Augen.

»Warum tragt ihr Waffen?«, fragte er.

»Warum trägt der Steinbock Hörner?«, antwortete Carlo. »Nicht um Beute zu machen, sondern um sich zu verteidigen, wenn er angegriffen wird.«

Die Antwort schien dem Rübezahl zu gefallen. Er kam näher, hielt aber auf Distanz wie ein hungriger Wolf. Dabei hob er den Kopf und sog hörbar schnuppernd die Luft ein, als wollte er die fremden Eindringlinge beriechen.

»Was wollt ihr?«

»Wir sind Händler auf dem Weg nach Bozen und liegen mit Achsbruch auf der Passstraße.«

»In wessen Auftrag reist ihr?«

»Im Auftrag des Bischofs von Innsbruck«, sagte Carlo, denn er wusste, dass dieses ganze Gebiet hier dem Fürstbischof gehörte und dass dieser ein strenger Herr war, der Überfälle auf seine Kaufleute nicht ungestraft hinnehmen würde.

»Könnt ihr das beweisen?«

»Aber ja doch«, sagte Carlo. Er holte aus seiner Tasche ein mit rotem Siegel versehenes Pergament hervor. »Hier, überzeuge dich mit eigenen Augen.«

Der andere griff danach, hielt das Dokument dicht vor seine Augen, als wollte er daran riechen.

»Was ist an eurem Fuhrwerk zerbrochen?«, fragte er.

»Die Hinterachse. Habt ihr einen Mann, der das richten kann?«

»Ja, aber das hat seinen Preis.«

»Wir werden ihn zahlen.«

Es begann zu regnen. Der Mann, der wohl so etwas wie der Schultheiß dieser Bergmenschen war, gab mit der Hand ein Zeichen, ihm zu folgen.

Sie gelangten an eine Hütte mit tief herabgezogenem Dach. Die Wände ohne Mörtelfugen waren aus den überall herumliegenden Felsplatten aufgeschichtet worden. Manche waren ganz von gehacktem Reisig und knorrigem Wurzelholz verdeckt. Zerrissene Tücher trockneten im Wind, Kräuter und blutige Ziegenfelle. Im schwarzen, speckigen Türrahmen hing eine Kuhhaut. Die schlug der Schultheiß zurück. Mit einem Ruck seines Kopfes gab er zu verstehen, dass Judith, Carlo und Jacob ihm folgen sollten.

Rauch durchwolkte den niedrigen Raum. Auf gemauertem Herd dunsteten Töpfe. Es roch nach saurem Kraut, Zwiebeln und vergorener Milch. Die mit Tierblasen bespannten Fenster wimmelten schwarz vor Fliegen. Sie zechten auf der schmutzigen Tischplatte und liefen dem Kleinkind, das beim Herd in einem Korb lag, über die geöffneten Augen. Spinnweben gab es in allen Ecken und Winkeln, aber ihre Bewohner schienen des fliegenden Geschmeißes nicht mehr Herr zu werden.

Am Herd stand eine junge Frau, die Brust entblößt, mit einem Säugling daran. Das Gesicht verhängt von verwilderten schwarzen Locken. Ein Weib wie ein Tier.

»Raus hier«, sagte der Hausherr. »Du schläfst heute Nacht im Stall.« Ohne ein Widerwort nahm die Frau ihre Kinder auf und huschte aus dem Raum.

Judith betrachtete den Schmutz und dachte: Einem Schinder könnte es in diesem Dreckstall grausen. Bloß raus hier!

Aber der Regen trommelte jetzt mit voller Wucht auf die mit Steinplatten gedeckte Hütte. Und in der Tür mit der zurückgeschlagenen Kuhhaut drängten sich trotz der herabrauschenden Wolkenflut die Neugierigen aus der Nachbarschaft: Kinder, Weiber und Alte, Köpfe mit verfilztem, fettigem Haar, durch das schon jahrelang kein Kamm mehr geglitten war. Alle starrten von draußen in die Stube, begafften die Fremden mit gierigen, bösen Blicken.

Zwei Männer reckten ihre Köpfe zum Fensterloch herein,

beide einäugig und in dem verbliebenen Auge doppelt neugierig. Der Rübezahl klatschte in die Hände, so wie man es tut, wenn man Hunde oder Ratten verscheucht. Und die Köpfe verschwanden so rasch, wie sie aufgetaucht waren.

»Bist du ihr Schultheiß?«, fragte Carlo.

»Ich bin ihr Leitwolf.«

»Wie viele seid ihr?«

»Zwölf Männer, acht Weiber und zehn Kinder.«

»Und wovon lebt ihr?«

»Von allem Möglichen.«

»Nicht vom Pechschöpfen?«

»Ja, auch vom Pechschöpfen, vom Wildern und von Leuten wie euch.«

Er schob seinen Besuchern eine Bank hin und ließ sich auf einem dreibeinigen Schemel nieder. »Ich nehme doch an, dass ihr nicht mit leeren Taschen zu uns gekommen seid.«

Dabei schielte er auf Carlos Ranzen: »Ein Schluck Branntwein wäre auch nicht zu verachten.«

Als der eine Flasche hervorholte und sie auf den Tisch stellte, nahm der Leitwolf vier irdene Tassen vom Wandbord und etwas, das so aussah wie eine alte, knorrige Baumwurzel. Mit seinem Ärmel wischte er den Tisch sauber, bevor er darauf die Wurzel zersäbelte. Es roch wie Theriak, das Fleisch der Gehenkten.

»Was ist das?«

»Gedörrte Gamswamme.«

Er schob sich eine Scheibe in den Mund und sagte: »Nehmt euch!« Carlo gab Branntwein in die Tassen, und der Leitwolf griff danach. Er trank in einem Zug aus. Dabei schmatzte er wie ein Kalb am Euter der Kuh.

Während die anderen sich zurückhielten, klopfte er immer wieder mit seiner Tasse auf den Tisch zum Zeichen, dass er mehr wollte. Der böhmische Branntwein löste seine Zunge.

»Wisst ihr, wie dieser Ort hier heißt? Die Wolfsschädelschlucht. Hier haben früher nur wilde Tiere gehaust.«

»Und wie seid ihr hierher gekommen?«

»So wie im Flachland die Verbrecher an die Ruderbänke der Galeeren geschmiedet werden, so hat unser bischöflicher Landesherr seine Meineidigen und Mörder in die Berge verbannt, nicht ohne ihnen vorher die Ohren abschneiden oder die Schwurfinger abhacken zu lassen. Unsere Vorfahren waren sämtlich Totschläger, Räuber, Sodomiten, Huren und Gotteslästerer, so wie mein Alter. Er war ein Pferdedieb und stahl den Gäulen sogar die Eisen von den Hufen. Sie hatten ihn im Schuldturm von Innsbruck an die Wand geschmiedet. Und er ist ihnen dennoch entkommen. Mit seinem Urin hat er die Fußbodendielen im Turm so lange aufgeweicht, bis er sie durchstoßen konnte, nachdem er die eisernen Ketten aus der Wand gerissen hatte. Zur Strafe haben sie ihm die Nase abgeschnitten und hierher verfrachtet.«

Er ließ sich erneut nachschenken, bevor er fortfuhr: »Meine Mutter war einmal die begehrteste Hure von Brixen, bis sie dem Prälaten von Sankt Johann, bei dem sie die Nacht verbrachte, einen silbernen Marientaler stahl. Sie kam an den Pranger und dann in die Berge.

Sie alle wurden hier ausgesetzt, in der Hoffnung, dass sich die liederliche Brut selber auffresse. Aber sie vermehrten sich wie alle Unkräuter, tauschten ihre Weiber aus, lästerten Gott und die Heiligen, schufen sich ihre eigene Moral. Ein Geschlecht, krüppelwüchsig wie die Bergkiefern, boshaft und elendig wie das Vieh, das ihre feuchten Ställe bevölkert, aber zäh wie das Pech, das sie fördern.«

»Werden noch immer Menschen in die Berge verbannt?«, fragte Judith.

»Nein, schon lange nicht mehr.«

»Aber warum gibt es dann so viele Einäugige bei euch?«

»Es ist wie bei den Hirschen, Gemsen und Steinböcken. Wer führen will, muss kämpfen. Dem Stärksten gehört das Rudel.«

»Aber was hat das mit den Einäugigen zu tun?«, fragte Judith.

»Wir kämpfen.«

Und als seine Zuhörer ihn immer noch verständnislos anblickten, sagte er: »Wer den Leitwolf verdrängen will, muss mit ihm kämpfen. Wenn er verliert, drück ich ihm ein Auge aus. Wenn er gewinnt, macht er mich zum Einauge. So ist unser Raufrecht. Es ist wie beim Würfelwerfen. Sieger ist der mit den meisten Augen. Es ist ein sehr wirksames Gesetz. Einer kann nur König sein, sonst herrscht Chaos.«

»Unsere Wagenachse ...«, sagte Carlo.

»Ja, richtig, die Achse. Kommt, das werden wir gleich haben.«

Als sie ins Freie traten, senkte sich bereits die Nacht über die Berge. Sie gingen zu einer Hütte. Es war die einzige mit einer Holztür. Alle anderen waren mit Fellen verhängt. Der Leitwolf schlug seine Faust gegen die Tür. Sie wurde einen Spalt weit geöffnet, hervor schob sich der kahle Schädel eines Menschen, eine Schreckensfratze ohnegleichen. Gesicht und Hals waren so mager und sehnig wie bei einem Kaninchen, dem das Fell über die Ohren gezogen wurde. Der Gipfel des Grauens in dieser Grimasse aber war, dass der Mann wie der Polyphem in der Odyssee nur ein Auge hatte.

»Einauge«, sagte der Leitwolf, »ich habe Arbeit für dich.«

Als der Angesprochene nicht schnell genug reagierte, stieß ihn der Leitwolf beiseite.

»Kommt rein!«, sagte er zu seinen Gästen und ließ ihnen den Vortritt. Judith duckte sich als Erste durch die niedrige Tür. Sie brauchte zwei Atemzüge, bis sich ihre Augen an das Halbdunkel gewöhnt hatten. Doch dann prallte sie mit einem Aufschrei des Entsetzens zurück. Dicht vor ihr hing ein Mensch. Sie hatten ihn nackt an die Wand genagelt. Er wand sich vor wilder Pein im flackernden Licht der Flammen, die den Raum notdürftig erhellten.

»Hat er dich erschreckt, der Schmerzensmann?«, lachte der Leitwolf. »Da siehst du, wie gut das Einauge mit dem Schnitzmesser umgehen kann. Keiner kriegt den Gekreuzigten so lebendig hin wie er.«

»Das ist nicht der Herr«, widersprach der Holzschnitzer. »Das ist einer von den beiden Juden, die mit ihm zusammen gekreuzigt wurden.«

»Seht nur, wie fleischig er die sehnigen Glieder aus dem Stamm holt«, lobte der Leitwolf. »Wer so viel vom Holz versteht, der schafft auch eine Wagenachse.«

Der Einäugige betrachtete die zerbrochene Achse, die sie mitgebracht hatten.

»Kannst du so etwas machen?«

»Ja.«

»Bis wann?«

»Morgen Nachmittag.«

»Für wie viel?«

»Einen Silbertaler und zwei Flaschen böhmischen Branntwein«, sagte der Leitwolf.

*

Judith erwachte von Hämmern. Der Mond schien durch das Fensterloch. Ein heller Lichtstreif im Osten kündigte den neuen Tag an. Das Hämmern kam aus der Hütte des Herrgottschnitzers. Am Morgen war der Himmel glasklar, und es war bitterkalt.

Der Leitwolf kam und brachte frisches Feuerholz: »Habt ihr gut geschlafen?«

»Ja. Und wo hast du geschlafen?«

»Bei einer meiner Frauen.«

Im Tageslicht waren seine Hände so schwarz wie Kohle.

»Hast du dich verbrannt?«, fragte Carlo.

»Das Pechklauben ist ein klebriger Beruf. Er macht aus Christenmenschen Mohren. Wer Pech angreift, besudelt sich.«

»Wer braucht solch Höllenzeug?«, fragte Jacob.

»Die Fassbauer, Seifensieder, Bürstenbinder und Schuster. Die Fleischhauer verwenden es zum Entborsten der abgestochenen Säue, die Fuhrleute zum Schmieren der Räder. Hättet ihr am

Schmieröl nicht gegeizt, so bräuchtet ihr jetzt keine neue Achse. Sogar der Bischof benutzt es, um damit die Kirchenglocken in ihren Gehängen zu ölen. Seine Bauern binden dem verstopften Vieh pechgetränkte Heubündel ins Maul. Mit Fleischbrühe eingenommen oder von außen auf den Bauch gestrichen, ist es eine unfehlbare Arznei gegen alle Arten von Würmern im Gedärm.«

»Wo habt ihr eure Pechgruben?«

»Nicht weit von hier.«

Judith fragte: »Kann ich sie sehen?«

»Warum nicht.«

Der schmale Pfad führte über ziemlich steile Geröllhalden durch einen windzerzausten Forst aus Latschenkiefern und endete am tiefsten Punkt einer Talmulde.

»Früher war hier eine teichartige, flache Teerkuhle«, sagte der Leitwolf. »Wir graben jetzt Schächte. Einmal in der Woche werden sie so lange entwässert, bis das ölige Pech in der Grube zurückbleibt.«

Sie standen vor einem Loch, dessen Wände mit Baumstämmen abgeteuft waren. Der Grund war so schwarz wie poliertes Ebenholz. Ein stechender Geruch ging von ihm aus.

»Es riecht wie Naphtha«, sagte Judith. »Kann ich eine Flasche davon kaufen?«

»So viele, wie du willst. Doch sie haben ihren Preis, denn die Arbeit ist mühselig. Mit trockenen Schilf- und Strohbündeln holen die Weiber das Wasser heraus. Drei bis vier Tonkrüge Pech lassen sich so gewinnen. Dazu müssen die Frauen in die Grube steigen. So wie die Störche rote Beine haben, so haben unsere Weiber schwarze, schwarz bis über die Knie.

Letzten Winter ist der Bub von der Vefa in die Grube gefallen. Als sie ihn ein paar Tage später fanden, war er schwärzer als die Marmorsäulen im Dom zu Innsbruck. Die Erde war in jenem Jänner so hart gefroren, dass wir ihn erst im Frühjahr beerdigen konnten. Da war er noch so wohl erhalten wie das Gebein von Heiligen.«

Judith wollte wissen, wo sie ihre Toten begruben, und der Leitwolf führte sie zum Totenacker, einem kleinen Stück Land, sorgfältig umgegraben wie ein Beet. Daneben lebensgroß ein Kruzifix.

»O Gott«, entfuhr es Judith. »Er hat ja nur ein Auge!«

»Wie kann es anders sein«, sagte der Leitwolf. »Einer, der am Kreuz hängt, ist ein Verlierer, so wie Einauge, der es geschnitzt hat.«

»Warum kämpft ein Fliegengewicht wie euer Schnitzer gegen einen wie dich?«, wollte Carlo wissen. »Er kann gegen dich doch niemals gewinnen.«

»Der Dummkopf wollte sich nicht kampflos von seinem Weib trennen. Am Ende hat das Einauge Weib und Auge verloren.«

»Warum nennst du ihn immer Einauge. Hat er keinen Namen?«

»Der Besiegte verliert nicht nur sein Weib, falls er eins hat, sondern auch seinen Namen. Er ist dann nur noch das Einauge. Ein Mann, der noch beide Augen hat und nicht führt, ist entweder zu schwach oder zu feige. Der Einäugige aber hat bereits verloren. Beide werden von den Frauen verachtet. Wer will schon einen Versager als Vater für seine Kinder? Die Frauen geben sich dem Starken hin. So war es, und so wird es sein, bis einer kommt und mir das Auge eindrückt.«

Sie kamen an einer stallartigen Hütte vorbei, aus der krähenartiges Krächzen ertönte.

»Was ist das?«, fragte Judith.

»Meine Mutter.«

Der Leitwolf rief etwas, und die verwüstete Stimme antwortete.

»Was sagt sie?«

»Sie will euch sehen.«

Er schlug das Fell vor dem niedrigen Einschlupf zurück, und sie stiegen in die düstere Behausung hinein wie in eine Höhle. In einem aus Birkenstämmen roh zusammengefügten Sessel hockte ein faltiges, in sich zusammengesunkenes Geschöpf mit einem Gesicht so alt, dass sich nicht mehr erkennen ließ, ob es sich um einen Mann oder eine Frau handelte. Die Nase hing ihm über die haarigen Lefzen, die verblichenen, doch bösen Augen waren von Eiter umrandet, der Mund eingefallen.

»Kaum zu glauben, dass sie mal die begehrteste Hure von Brixen war.« Der Leitwolf klopfte ihr auf den Rücken und sagte: »Junge Huren, alte Hexen. Sie riecht schon nach der Grube und hängt mir am Brotsack wie die Mehlwürmer. Sie ist zu nichts mehr zu gebrauchen, außer zum Hexen und zum Wahrsagen. Sie zaubert den Leuten die Krätze an den Hals und den Kühen den Brand an die Euter. Vor allem aber ahnt sie alles Unglück voraus.«

Der Alten tropfte der Speichel aus den Mundwinkeln. Es war offensichtlich, dass sie schwerhörig war und kaum noch etwas sah. Sie tastete nach Judiths Hand und zog sie sich bis dicht vor die Augen. Judith schauderte vor der Berührung, als liefe ihr eine Spinne über den Nacken. Knochige Finger glitten über ihre Handfläche, so als läse die Hexe in einem Buch. Ihre Lippen formten unverständliche Laute. Judith verstand nur Wortfetzen. Einmal war ihr, als habe sie »Kürbiskopf« gehört, »Eberzahn und Eulenfeder«. Judith beugte sich tiefer zu ihr herab und vernahm schaudernd: »Deine Familie ist dem Feuer verfallen wie die Seelen der Sünder dem Satan. Dein Herz ist ein Organ des Feuers. Doch du gehörst dem flutenden Element. Dein Schicksal ist das Wasser. Darin wirst du enden.«

Dann stieß die Alte Judiths Hand weg und krächzte: »Scher dich zum Teufel, du Galgenschlank, und schaff mir meinen schlangenzüngigen Sohn vom Hals.«

»Fass mich nicht an!«, schrie sie, als der Sohn ihr zum Abschied auf den Rücken klopfte, so wie man es tut, wenn man ein Ross beruhigen will.

»Dir«, keifte sie böse lachend, »prophezeie ich, dass du noch in diesem Winter dein rechtes Auge verlieren wirst.«

Als sie, die geflickte Wagenachse geschultert, die Wolfsschädelschlucht verließen, schneite es. Einer hinter dem anderen stapften sie durch den immer höher werdenden Schnee dem Brennerpass entgegen, wo die anderen schon auf sie warteten.

»Ich möchte nicht wissen, was die mit uns gemacht hätten, wenn wir ohne den Schutzbrief ihres Landesherrn zu ihnen gekommen wären«, meinte Judith.

»Das wollte ich dich die ganze Zeit schon fragen«, sagte Jacob. »Woher hattest du das Schreiben?«

»Das war kein Schutzbrief des Bischofs«, lachte Carlo. »Das war ein ganz gewöhnlicher Handelsvertrag. Ich war mir ganz sicher, dass dieser Leitwolf nicht lesen kann.«

»Sind das noch Menschen?«

»Gott hat die Erde gemacht; der Teufel aber erschuf die Wüsten und die Berge.«

*

Obwohl der Abstieg auf der Südseite der Alpen bei weitem nicht so mühselig war wie der Aufstieg, war er doch äußerst unangenehm, denn was vordem der Schnee, das war nun der Regen, der die Wege in Bäche verwandelte. Durchnässt bis auf die Haut versanken sie knöcheltief im Schlamm. Husten und Halsschmerzen quälten sie. Bevor sie Brixen erreichten, wurde Judith so krank, dass die Männer sie auf den Wagen heben mussten. Sie glühte vor Fieber. Carlo wollte sie in Brixen zurücklassen, aber sie bettelte so verzweifelt darum, mitgenommen zu werden, dass Carlo ihr versprach, sie bei einem Doktor in Bozen abzuliefern, tot oder lebendig, wie er scherzhaft sagte.

Als sie am Tag des heiligen Korbinian dort ankamen, brachte er sie wahrhaftig mehr tot als lebendig zu Doktor Andreas. Er trug die Bewusstlose auf seinen Armen. Sie war so leicht wie ein Kind.

»Dieser junge Mann wollte unbedingt zu Euch«, sagte er zum Doktor. »Ich nehme an, Ihr kennt ihn.«

Der betrachtete Judith und sagte: »Nein.«

»Das ist seltsam, der Junge hat mir erzählt, er habe Euretwegen die weite Reise über die Alpen unternommen.«

Der Doktor untersuchte die Schwerkranke flüchtig und meinte: »Das ist kein Junge; das ist ein Mädchen.«

»Ein Mädchen? Das kann wohl nicht sein. Ihr müsst Euch irren.«

»Ich wäre ein schlechter Arzt, wenn ich einen Jungen nicht von einem Mädchen unterscheiden könnte.«

NEUNUNDZWANZIGSTES KAPITEL

Die Nacht lag noch über dem Taubertal. Der Nebel strich kalt und feucht über die regennassen Dächer, als ein berittener Bote an die Pforte des Frauenklosters klopfte.

Bumm, bumm, bumm, hallten die Schläge durch die schlafenden Gassen beim Feuerleinserker. Ein Fensterladen über dem Pförtnerhaus wurde aufgestoßen. Eine weiße Frauenhand griff nach dem Brief, den der Bote – hoch zu Ross – ihr reichte.

Danach: galoppierender Hufschlag, der in Richtung Bettelvogtsturm verebbte. Dann versank die Stadt wieder in vertrauter Nachtruhe.

Nur wenig später klopfte die Klosterfrau Immaculata an die Tür, die die Räume der Äbtissin von den Zellen der Nonnen trennte.

»Wo brennt es denn?«

»Ich muss Euch sprechen, Mutter Oberin.«

»Jetzt um diese Zeit?«

Die Äbtissin erschien in der Türöffnung mit einem brennenden mehrarmigen Leuchter in der Hand. Sie war angekleidet, als habe sie ihre Besucherin erwartet.

»Was gibt es so Unaufschiebbares, dass du mich zur Nachtzeit sprechen musst?«

»Mein Bruder Struzz! Ich habe eben die Nachricht erhalten: Er liegt im Sterben.«

»Wir alle müssen sterben«, sagte die Äbtissin. »Was erschreckt dich daran? Der Tod ist ein Teil unserer Existenz.«

»Ich muss zu ihm.«

»Du *musst* zu ihm?« Es klang hämisch, mit übertriebener Betonung auf dem *musst*. »Bist du eine Baderstochter, die eilen muss, wenn sie jemand an sein Bett ruft? Muss ich dich daran erinnern, dass wir in Klausur leben, dass wir nur im äußersten Notfall das Kloster verlassen?«

»Das ist solch ein Fall.«

»Warum?«

Immaculata wollte sagen: Er ist mein Bruder, mein noch einziger lebender Verwandter. Aber sie wusste, das war in den Ohren der Äbtissin kein Argument. Stattdessen sagte sie: »Mein Bruder kann weder lesen noch schreiben. Wie Ihr wisst, wird in solchem Fall das Testament mündlich auf dem Sterbelager verkündet im Beisein des Priesters und der Zeugen. Ihr kennt die Unersättlichkeit der Priester und die Bestechlichkeit der Zeugen. Es geht um viel Besitz. Ich bin seine einzige Erbin.« Und alle Erbschaft einer Nonne fällt dem Orden zu. Den letzten Satz sprach sie nicht aus. Die Äbtissin wusste auch so, worum es ging.

»Hat dein Bruder nicht einen Sohn?«, fragte sie.

»Er hat ihn mit einer Magd gezeugt. Bastarde sind nicht erbberechtigt.«

»Gut. Ich erteile dir die Genehmigung. Bei Einbruch der Nacht bist du wieder im Kloster. Kannst du reiten?«

»Wie ein Pferdeknecht. Ich bin mit Rössern groß geworden.«

»Nimm das Pferd des Verwalters. Und reite so, wie es sich geziemt. Eine Klosterfrau ist kein Pferdeknecht.«

Die Äbtissin dachte: Jede andere hätte mir jetzt gedankt und meine Hand geküsst. Bewegungslos standen sie sich gegenüber im flackernden Schein der Kerzen, die Ordensoberin und die Nonne, beide unbeugsam stolz und von Adel; die eine im reifen

Alter und überlegen durch ihr hohes Amt; die andere um ein Dutzend Jahre jünger, groß und feingliedrig, mit hektisch geröteten Wangen, sprungbereit und voller Lebenslust. Mädchen, du bist viel zu verführerisch für eine Klosterfrau, dachte die Äbtissin. Die Blicke deiner schwarzen Augen gehen einem bis ins Herz.

Sie stand am Fenster, als Immaculata das Pferd am Halfter durch den Klosterhof führte. Sie blickte ihr nach und dachte: Eine Botschaft von außerhalb der Stadt zu dieser nachtschlafenden Zeit, in der alle Tore geschlossen sind – wie ist das möglich? Ihr schwante Böses.

Deus omen avertat, Gott möge dein Verhängnis verhindern.

Die Gassen waren noch unbelebt. Nur ein paar Schweine kreuzten ärgerlich grunzend ihren Weg. Hoffentlich waren die Stadttore schon offen. Gewöhnlich geschah das nicht vor Sonnenaufgang. Ausnahmen gab es nur mit Genehmigung des Inneren Rates. Wie aber war dann der reitende Bote ihres Bruders in die Stadt gelangt, der Bote eines Stadtfeindes? Bevor ihr eine Antwort auf diese Frage einfiel, erreichte sie das Galgentor. Es war ihr, als würde sie erwartet. Zwei Wächter verstellten ihr den Weg.

»Gott zum Gruß, Schwester Immaculata.«

Woher kannten diese Gesellen ihren Namen? Ach, der Bote, dachte sie, er hat mich bereits angekündigt.

»Gott zum Gruß. Macht das Tor auf!« Es klang wie ein Befehl.

»Nicht so hastig, Schwester. Erst wollen wir mal sehen, was Ihr mit euch führt.«

»Nichts, was verzollt werden müsste.«

»Das sagen sie alle. Absteigen!«

»Ich bin in Eile.«

»Absteigen!«

Und da sie dem Befehl nicht nachkam, wurde sie unsanft vom Pferd gezerrt. Dabei schob sich ihr Gewand bis hinauf zu den Schenkeln.

»Ach, sieh doch nur«, sagte der Bärtige der beiden Wächter. »Ich wusste doch, dass sie etwas vor uns versteckt. Sie hat eine Muschi unter ihrem Rock, eine süße kleine Muschi.«

»Was fällt euch ein. Lasst mich sofort los!«

Immaculata wehrte sich mit Händen und Füßen. Sie wollte schreien. Ein Knebel verschloss ihr den Mund. Ehe sie wusste, wie ihr geschah, steckte sie mit dem Kopf voran in einem Hafersack.

Heilige Muttergottes, hilf!

Dann versank sie in totenähnlicher Ohnmacht.

*

Die Nachricht verbreitete sich in der Stadt wie ein Feuersturm: Eine Klosterfrau mit zwei Männern im Bett, splitternackt und betrunken. Eine adlige Nonne! Diese Dominikanerinnen! Man hatte es ja schon immer gewusst – stolz wie die Pfauen und geil wie heiße Hündinnen. Mit zwei Kerlen gleichzeitig. Und was für Kerle! Das reine Galgenfutter!

Wer kannte nicht den Konrad Konz, ein Bursche wie ein Bulle. Von Beruf Grobschmied, hatte er sich mit allen und jedem zerstritten, sogar mit seinem Beichtvater und seinen Zunftbrüdern.

»Machen wir doch den bärbeißigen Höllenhund zum Torwächter«, hatte Heinrich Toppler dem Rat vorgeschlagen, als der Konz wegen grober Körperverletzung der Stadt verwiesen werden sollte.

Sein jüngerer Kumpan Kraft Schober galt als Stammgast im Hurenhaus. Er war stolz darauf, dass keiner so weit spucken und pinkeln konnte wie er. Eine Kunst, die er bei jeder sich bietenden Gelegenheit darbot.

Wie tief gesunken musste eine Frau sein, die sich mit solchem Abschaum ins Bett legte.

»Sie hat so brünftig gestöhnt, dass man es noch auf der Straße gehört hat«, wusste die Lina, die Leichenwäscherin vom Galgentor, zu berichten. »Und als man sie in der Wachstube aufstöberte, steckten zwei Männer in ihr.«

»Beide zur gleichen Zeit?«

»Ja, der eine von hinten und der andere von vorn.«

»Mein Gott, wie tierisch! Und so eine nennt sich Immaculata, die Unbefleckte!«

»Was die wohl erst in ihrem Kloster treiben? Da muss es ja schlimmer zugehen als im Hurenhaus.«

Die Schusterjungen sangen: »Die Kügelchen am steifen Schwanz, die sind der Nonnen Rosenkranz.« Und vor dem Kloster der Dominikanerinnen hatten sich junge Burschen vom Markt zusammengerottet, die Steine gegen die geschlossenen Fensterläden warfen und riefen: »Kommt raus, ihr himmlischen Bräute. Wir wollen euch ficken.«

Ursula von Seckendorf, die Äbtissin der Dominikanerinnen, stand hinter dem Fenster ihres Gemachs und ballte die Fäuste vor Zorn: »O dieser Höllenhund von Bürgermeister! Dieses Schwein, dieser hinterhältige Ränkeschmied! Der Teufel soll ihn holen! Ich wusste, er würde die Immaculata bestrafen. Sie hat es verdient. Man spioniert nicht ungestraft für den Stadtfeind. Aber so, nein so vergeht man sich nicht an einer Ordensfrau. Dafür wird dieser Würfelspieler zahlen.

Noch heute werde ich Boten nach Würzburg und Prag entsenden. Diese Schmach an einer Dominikanerin kann weder der Bischof noch der König zulassen. Der Blitz soll diesen Toppler treffen. Die Pest und die Lepra über ihn«, so sprach sie laut zu sich selbst.

Der, dem dieser Fluch galt, saß in seiner Amtsstube im Rathaus und diktierte dem Stadtschreiber einen Brief an den Fürstbischof zu Würzburg. Er beendete ihn mit dem Satz:

»Aufgrund dieser sittlichen Verfehlungen allerübelster Art kann es die Stadt nicht länger hinnehmen, dass in ihren Mauern ein Hurenhaus im Namen der heiligen Kirche geführt wird. Wir halten den Zeitpunkt für gekommen, das Kloster der Dominikanerinnen unter Schutz und Schirm der Stadt zu stellen. Wir sind davon überzeugt, dass das auch die Zustimmung Seiner allergnädigsten fürstbischöflichen Exzellenz finden wird. Mit diesem Schreiben übergeben wir den Betrag der vereinbarten Summe in rheinischen Goldgulden.

Rothenburg im Jahre der Fleischwerdung des Herrn anno ...«

Als der Schreiber gegangen war, ließ sich Heinrich Toppler in seinem Armsessel nieder. Er verschränkte die Hände im Genick und streckte die Beine weit von sich, wie er es immer tat, wenn er sich wohl fühlte.

Welch ein Schachzug, dachte er. Mit einem Schlag habe ich drei Fliegen zur Strecke gebracht. Ich habe die Spionin ausgeschaltet. Ich habe einen triftigen Grund, das Kloster in die Stadt einzugliedern. Und ich habe den Struzz an seiner empfindlichsten Stelle getroffen, an seiner Ehre.

Das Ganze hat mich nichts weiter gekostet als eine fingierte Sterbenachricht und ein Fass Wein. Einen Teil davon hatten sie der Nonne eingetrichtert, mit Gewalt. Den größeren Teil hatten der Konz und der Schober geschluckt, während sie die kleine Schwester des Struzz zu Frickenhausen fickten.

Er rieb sich die Hände. Schade, dachte er, dass ich nicht dabei sein kann, wenn der Struzz davon erfährt. Es gibt Verletzungen, die schmerzen heftiger als Ameisensäure.

*

Ein Stallknecht überbrachte die Hiobsbotschaft. Der hatte sie von dem Kutscher eines Fuhrmanns, der Kaminholz nach Frickenhausen lieferte.

»Die Antonia? Unmöglich«, sagte der Struzz. »Du musst dich verhört haben. Mit zwei Torwächtern ...« Er lachte laut auf. »Nicht meine Schwester, niemals! Wie sagst du, hieß die Nonne?«

»Immaculata.«

»Bist du sicher?«

»Ja.«

»Wahrscheinlich gibt es zwei Klosterfrauen gleichen Namens.«

»Aber sie sagen, es war die Schwester des Struzz zu Frickenhausen.«

»Wer sagt das?«

»Alle. Die ganze Stadt spricht von nichts anderem.«

»Ratten! Lauter verlogene Ratten!«

Als am Abend desselben Tages ein Knappe des Ritters Betzold von Leuzenbronn in den Hof sprengte und bestätigte, was er mit eigenen Ohren vernommen hatte, warf ihm der Struzz seinen mit Wein gefüllten Becher an den Kopf: »Wie kannst du es wagen! Raus mit dir! Raus! Bin ich denn von lauter Idioten umgeben?«

In jener Nacht schlief er nicht. Er lag auf seinem Lager. Eine Flut von Bildern stürzte auf ihn ein. Er war wieder ein Kind, ein Knabe, drei Jahre älter als die Schwester. Sein Fechtlehrer unterrichtete ihn im Hauen und Stechen, mit Schwert und Lanze, zu Fuß und zu Pferde. Und Antonia saß auf ihrem gescheckten Pferd und schaute ihm mit glänzenden Augen zu. Wie schön sie war!

Und dann das erste Turnier. Welch ein Bild: Die Fanfaren rufen zur Bandera. Ich reite einen Schimmel. Mein Gegner auf einem Rappen mit drei Kronen im Schild gilt als überlegener Favorit. Und dann der Anprall, die Lanzen brechen. Er liegt im Sand. Mein erster Sieg. Ich halte die goldene Schleife in der Hand. Alle Blicke ruhen auf mir. Welcher Dame meines Herzens werde ich sie schenken? Ich gebe sie der schönsten Frau auf der Empore, meiner Antonia. Sie ist jung und schlank. Der Sommerwind spielt mit ihrem Haar. Sie ist nicht so blass wie die anderen. Die Frische des Waldes und der Wiesenblumen umgibt sie, gebräunt von der Sonne und ein wenig sommersprossig um die Nase.

Die Bilder wechselten. Gedanken drängten sich auf, Erinnerungen, gemeinsame Erlebnisse. Irgendwann waren sie verschiedene Wege gegangen.

Sie hat lesen und schreiben gelernt, eine Kunst, die ich nicht beherrsche. Wozu auch? Ein Ritter muss mit der Waffe umgehen können wie der Bauer mit dem Pflug und die Mönche mit der Schreibfeder.

Er erinnerte sich noch sehr genau an den Tag, an dem sie ihm mitteilte, sie wolle zu den Dominikanerinnen gehen.

»O Antonia«, hatte er gesagt. »Du bist ein Schaf.«

»Und du bist ein wildes Tier und solltest auch etwas für dein Seelenheil tun.«

»Gäbe es nicht das wilde Tier in mir, so wäre ich kein Ritter, sondern ein Pfaffe oder ein Pfeffersack.«

»Du bist kein Ritter, sondern ein Räuber.«

»Ich bin keiner, der sich etwas schenken lässt. Ich bin ein Mann, der sich nimmt, was er braucht. Ich will nicht, dass mich jeder mag. Ich würde weniger von mir halten, wenn es so wäre. Ich will leben. Und wo Leben ist, ist auch der Wille zur Macht.«

»Ändere dich, bevor es zu spät ist!«

»Ich will mich nicht ändern. Ich will so bleiben, wie ich bin. Ich will nicht fromm oder gut, ich will der Struzz zu Frickenhausen sein, einer, der locker im Sattel des Lebens sitzt, getreu unserem Wahlspruch: Suche den Tod nicht. Er wird dich finden. Wie heißt es in dem Lied des fahrenden Sängers Bertrand de Born, das Vater uns immer sang?«

Mein Herz ist glückerfüllt, wenn ich sehe,
wie stolze Burgen belagert werden,
Palisaden fallen und Häuser brennen,
wenn Vasallen erschlagen zu Boden sinken,
wenn die Rösser der Toten das Weite suchen.
Im Kampf darf der edle Mann nur an das eine denken:
an splitternde Arme und Schädel.
Es ist besser zu sterben, als besiegt zu werden.
Ihr Herren, verpfändet Haus und Hof,
eure Burgen, Bauern und Städte,
aber lasst nicht ab vom Kampf!
Lasst nicht ab vom Kampf!

»Mit dieser Haltung wirst du nicht alt werden«, hatte sie ihn gewarnt. Und er hatte ihr lachend geantwortet: »Es ist besser, einen Tag lang ein Löwe zu sein als sein ganzes Leben lang ein Schaf.«

Am Ende nahm sie den Schleier. Er konnte es nicht verhindern. Sie hatte den gleichen Dickschädel wie er. Und vermutlich war es das Beste für sie. Als Klosterfrau von Adel besaß sie mehr Freiheiten in ihrem Orden als die Ehefrau eines Ritters auf ihrer Burg. Und außerdem wäre ihm keiner als Schwager recht gewesen.

Sie war und ist mein Engel, mein guter Engel. So sprach er zu sich selbst. Er glaubte weder an Gott noch an den Teufel, erwartete daher nach seinem Tod weder Strafe noch Lohn für seine Taten auf Erden. Gelebt wurde jetzt und hier. Und nur die Stärksten machten das Rennen. Aber es war dennoch schön, einen Engel zur Schwester zu haben.

Und dieser Engel sollte eine Hure sein?

Unmöglich, nein, ganz unmöglich.

*

Der Ritt nach Rothenburg am anderen Morgen wurde zum Spießrutenlaufen. Schon vor dem Stadttor zeigten die Leute mit dem Finger auf ihn und riefen: »Das ist der Bruder der Nonnenhure. Gott zum Gruß, edler Herr Struzz zu Fickenhausen.«

In den Gassen war ein Gejohle und Gelächter, als käme nicht ein Ritter hoch zu Ross, sondern als brächten sie einen gemeinen Beutelschneider im Schandkarren.

Zwei Knechte begleiteten ihn. Ihre im Sattelknopf senkrecht aufgestellten Lanzen waren eine nicht zu übersehende Drohgebärde. Als auch das nicht half, schlugen sie mit ihren Reitpeitschen um sich. Da begann die Menge sie mit Steinen und Schweinekot zu bewerfen. Es war so ein Spektakel, dass die Stadtsäue laut quiekend das Weite suchten, wobei sie verschiedene Gaffer umrannten, was wieder neues Gejohle erzeugte.

Am Rathaus band Struzz sein Pferd ans Treppengeländer, stieg mit klirrenden Sporen die steinernen Stufen empor und verlangte lautstark den Bürgermeister zu sprechen. Stattdessen verstellte ihm der Stadtschreiber den Weg: »Was wollt Ihr?«

»Ich will wissen, was mit meiner Schwester geschehen ist.«

»Sie liegt in unserem Kerker.«

»Warum? Was wirft man ihr vor?«

»Was man ihr vorwirft? Fragt die Leute auf der Straße. Ihre Schande ist so offenkundig wie die Wolken am Himmel.«

»Ich will nicht wissen, welchen Schmutz diese Stadtratten hier verbreiten. Ich will wissen, warum meine Schwester in eurem Kerker festgehalten wird.«

Bevor der Stadtschreiber antworten konnte, stieß Struzz ihn beiseite. Er griff nach der Klinke und trat mit dem Stiefel die Tür zum Bürgermeisterzimmer auf.

Heinrich Toppler stand an seinem Schreibpult. Er betrachtete den Eindringling, so wie man ein Ungeziefer zur Kenntnis nimmt.

»Was will der hier?«, fragte er den Schreiber, der sich an dem Ritter vorbei in die Stube gedrängt hatte.

»Ich will zu dir«, sagte Struzz.

»Ich spreche nicht mit jedem.«

»Ich bin nicht hier, um mit dir zu sprechen. Ich bin gekommen, um dich zu warnen. Ihr habt nicht das Recht, Anklage gegen ein Mitglied meines Hauses zu erheben.«

»Gegen ein Mitglied deines Hauses? Die Dominikanerin Immaculata ist ein Mitglied ihres Ordens.«

»Ihr habt nicht das Recht, über sie zu richten. Sie ist von Adel und untersteht der Gerichtsbarkeit des Burggrafen von Nürnberg.«

»Du irrst dich. Als Nonne untersteht sie kirchlichem Recht. Der Fürstbischof ist für sie zuständig oder, richtiger: war für sie zuständig. Denn das Kloster wurde rückwirkend vom Ersten dieses Monats unserem Stadtrecht unterstellt.«

»Nein!«

»Doch«, sagte der Stadtschreiber. »Wollt Ihr die Urkunde sehen?«

Struzz wischte das Angebot mit einer ärgerlichen Handbewegung beiseite. »Putzt euch damit den Arsch! Aber das sage ich euch: Wenn ihr es wagt, ihr ein Haar zu krümmen, zerschlage ich euch alle Knochen.«

»Wir werden sie nicht anrühren. Das überlassen wir dem Henker.«

»Dem Henker? Ihr wollt ihr den Kopf abschlagen?«

»Wir köpfen keine Frauen. Die Strafe für ihr Vergehen lautet: Tod durch Ertränken.«

Struzz hatte genug gehört. Wutentbrannt mit hochrotem Kopf verließ er das Rathaus und schwang sich auf sein Pferd, das die Knechte für ihn am Zügel hielten. Im gestreckten Galopp ritten sie zum Röderbogen, wo Wolf von Schwabach seine Wohnung hatte, ein Ritter, der im Dienst der Stadt stand. Von ihm wollte Struzz hören, was sich wirklich ereignet hatte. Der von Schwabach war ein kühler Kopf. Die Abgeklärtheit des Alters umgab ihn. Ein alter Jagdhund, der vielen Herren gedient hatte. Ohne ausschmückendes Beiwerk berichtete er, was er wusste.

»Unmöglich, ganz unmöglich«, sagte Struzz. »So etwas würde sie nie tun. Ich kenne sie besser als jeder andere.«

»Aber es gibt Zeugen.«

»Man hat ihr Gewalt angetan.«

»Gewalt? Dann hätte man sie im Kloster vergewaltigen müssen. Es steht fest, dass sie sich aus dem Ordenshaus geschlichen hat, im Dunkeln zur Nachtzeit. Sie ist auf kürzestem Weg zu den beiden Torwächtern geritten. Wer reitet schon freiwillig zu seiner Vergewaltigung?«

»Vielleicht wollte sie die Stadt verlassen.«

»Zur Nachtzeit? Wo jeder weiß, dass die Tore bis Sonnenaufgang geschlossen sind.«

»Nein, nein und nochmals nein«, stammelte der Struzz. »Es kann nicht sein. Ich kenne sie.«

»Wer kennt schon die Frauen? In der Bibel steht geschrieben: Durch das Weib kam die Sünde in die Welt.«

»Kann man sich so täuschen?«

»Man kann. Ja, leider, man kann. Auch mein Weib hat mich ...«

Struzz hörte nicht mehr, was der andere sagte. Seine Worte glitten von ihm ab wie Wasser von Ölpapier. Die Verzweiflung war ihm ins Gesicht geschrieben. Es war, als wenn der Himmel über ihm einstürzte.

»Sie wollen sie ersäufen, ersäufen wie eine Ratte.«

»Ja, das ist die Strafe für Nonnen, die dem Kloster entlaufen, um zu huren. Sie werden in einen mit Steinen beschwerten Sack gesteckt und im Feuerlöschteich versenkt, nachdem ...«

Ritter Wolf von Schwabach stockte.

»Nachdem was?«, fragte Struzz.

»Ich weiß nicht, ob ich dir das erzählen soll.«

»Ich will es wissen, alles.«

»Nachdem der Henker sie gehabt hat.«

»Der Henker?«

»Ja, der Henker. Sie haben den Brauch, dass in der Nacht vor der Hinrichtung der Henker und seine Helfer die Nonnenhure so viel ficken dürfen, wie sie wollen. Sie nennen das Letzte Ölung.«

Struzz saß zusammengesunken auf seinem Stuhl, das Gesicht in den Händen vergraben. Kein Laut entrang sich seiner Kehle. Man sah ihm an, wie sehr er litt.

In jener Nacht betrank er sich wie schon seit langem nicht mehr. Sein Gesinde hörte ihn schreien und toben wie einen verwundeten Eber.

»Sein Zimmer sah aus, als wäre eine Herde Schweine hindurchgetrieben worden«, erzählte die Köchin, die ihren Herrn morgens auf dem Fußboden fand.

Als die Sonne senkrecht am Himmel stand, sattelte Struzz sein Pferd eigenhändig, um nach Rothenburg zu reiten. Er verlangte, seine Schwester zu sehen. Da er als einziger Angehöriger ein Recht darauf hatte, die Eingesperrte aufzusuchen, ließen die Wächter ihn ein.

»Er ging zu ihr, legte seine Hände um ihren Hals und erwürgte sie, einfach so, ohne ein einziges Wort«, berichteten die Wachen. »Danach ließ er sich widerstandslos festnehmen.«

DREISSIGSTES KAPITEL

Es ist, als hätte ich ein Kind bekommen«, sagte Doktor Andreas in Bozen zu seinem Freund, dem Apotheker. »Plötzlich ist da ein Geschöpf, zu schwach, um zu laufen, unfähig zu sprechen, ganz und gar auf meine Hilfe angewiesen. Aber je mehr sie erwacht und zu Kräften kommt, desto mehr wächst sie mir ans Herz. Sie benimmt sich wahrhaftig so, als sei ich das Ziel ihrer Reise, als sei sie hier zu Hause.«

Judith erlebte ihre allmähliche Genesung wie eine Metamorphose. Sie fühlte sich wie ein Schmetterling am Ende seines Larvendaseins. In ihrem immer wiederkehrenden Traum war das Grabgewölbe jetzt lichtdurchflutet. Ihr Leben hatte einen Sinn. Sie war auf dem richtigen Weg. Sie war die Schülerin des Mannes, der wie kein anderer ihrem Leben die Richtung gewiesen hatte.

»Soll ich meine Rolle als Mann weiterspielen?«, hatte sie ihn gefragt.

»Wofür soll das gut sein?«

»Ein weiblicher Famulus – ist das erlaubt? Und außerdem …«, sie zögerte einen Augenblick.

»Außerdem was?«

»Habe ich nichts anzuziehen, außer meiner Männerkleidung.«

»Wir werden dir etwas schneidern lassen. Ich will nicht, dass du dein Geschlecht verleugnest. Und du sollst auch nicht deinen Glauben verbergen. Du bist nicht die erste Medica südlich der

Alpen. Ich kenne eine Augenärztin in Mantua. Sie ist Jüdin wie du. Eigentlich ist es erstaunlich, dass es unter den Ärzten so viele Juden gibt.«

»Was ist daran so erstaunlich?«, verwunderte sich Judith.

»Nun, nach jüdischer Auffassung sind die Krankheiten eine Strafe Gottes. Und dem Allmächtigen soll man nicht ins Handwerk pfuschen. Ein Arzt handelt nach jüdischer Auffassung wider Gott, und das ist Sünde.«

Judith wollte protestieren, doch der Doktor ließ sie nicht zu Wort kommen. Er sagte: »Im zweiten Buch Moses spricht Gott zu seinem Propheten: Wirst du der Stimme deines Herrn gehorchen und tun, was recht ist und halten alle seine Gesetze, so will ich dich nicht mit Krankheiten strafen, so wie ich Ägypten gestraft habe. Denn ich bin der Herr, dein Arzt.«

Der Doktor lehnte sich in seinem Sessel zurück, die Augen geschlossen und die Hände über dem Kopf gefaltet: »Bei einer so einseitigen Glaubensvorstellung, dass alle Krankheiten von Gott geschickt werden, kommt dem Arzt nur untergeordnete Bedeutung zu. Der Heilungsuchende hat sich im Krankheitsfall an den Priester zu wenden. Das jüdische Altertum verachtet den Arzt, wie du bei Hiob nachlesen kannst. Dort heißt es: Ihr aber seid Lügner und Betrüger wie die Ärzte allesamt.«

Judith erwiderte: »Dafür hat aber die Priesterschaft eine Menge hygienischer Vorschriften zur Vorbeugung von Epidemien entwickelt. Im dritten Buch Moses wird alles Vieh in rein und unrein unterteilt. Wir Juden dürfen keine Schweine und Kamele, keine Raben, Straußen und Eulen essen, keine Wiesel, Mäuse, Maulwürfe, Kröten, Eidechsen und Schlangen.«

»Aber wer von uns will denn so ekelhaftes Getier essen?«, lachte der Doktor. »Bis auf das Schwein will sie auch kein Christ auf dem Tisch haben. Aber laut dem Leviticus dürft ihr auch keine Hasen, Austern und Hummer essen. Warum ist ein Kaninchen unrein?«

Und als Judith schwieg, sagte er: »Die Speisevorschriften wurden erlassen, um zu verhindern, dass sich Juden und Christen an einen Tisch setzen. Eine gemeinsame Mahlzeit ist mehr als Sättigung. Nichts verbindet Menschen mehr miteinander als der Tisch und das Bett. Aber während man im Bett miteinander schweigt, sei es schlafend oder liebend, werden am Tisch Gedanken ausgetauscht. Keine feierliche Handlung, kein Fest ohne gemeinsames Mahl. Da gibt es Hochzeits-, Tauf- und Beerdigungsessen, das Abendmahl der Kirche und die Schaffermahlzeit der Stadt. Ob an der Mensa der Studenten oder an der Tafel der Fürsten, nirgendwo sonst gibt es so viel unterhaltsame und geistvolle Gemeinsamkeit wie an den Tischen. Täglich wird hier das Gebet gesprochen, öfter als am Altar, der letztendlich auch ein Tisch ist, ein Opfertisch für die Gottheit.

Trennung von Tisch und Bett, das heißt Verzicht auf engeren Kontakt mit anderen. Das ist es, was eure Reinheitsvorschriften wollen. Eine Minderheit versucht so zu überleben. Das hat nichts mit Medizin zu tun. Die Reinheitsvorschriften sind ein geistiges Ghetto.«

Judith liebte diese Gespräche mit dem Doktor. Am liebsten sprach er über Roger Bacon, den er zutiefst verehrte und häufig zitierte: »Die Medizin unserer Zeit gewinnt ihre Erkenntnisse nicht am Krankenbett oder im Laboratorium, sondern in Bibliotheken. Die Kirche als Verwalter der Wissenschaft ist der Meinung, dass alles Wissenswerte bereits erkannt und festgelegt worden ist. Die Verkündigung eigener Gedanken und persönlicher Erkenntnisse gilt als ketzerisch. Ärzte, die Aristoteles anzweifeln und eigener Erfahrung folgen, entgehen der Inquisition nur, wenn sie öffentlich widerrufen, was sie für recht erkannt haben. Das hat Roger Bacon geschrieben. Er hielt das Nachbeten der griechischen Weisen für eine Schande der Wissenschaft.«

»Könnt Ihr das etwas näher erläutern?«, bat Judith.

»Aristoteles lehrt, dass Männer mehr Zähne im Mund haben als Frauen. Habt ihr schon einmal einer Frau in den Mund geschaut und die Zähne gezählt?, fragte Bacon. Tut es, und ihr werdet sehen, dass sich Aristoteles geirrt hat.

Aristoteles behauptet, dass es Vögel gibt, die wie die Frösche im Schlamm der Teiche und Sümpfe überwintern. In Wahrheit aber fliegen sie in großen Scharen fort, über die Alpen und noch weiter.

Aristoteles nannte alle Schwalben Apoden, die Fußlosen, denn er war davon überzeugt, die kurzbeinigen Schnellflieger hätten keine Füße. Jeder dieser kleinen Vögel widerlegt den großen Aristoteles. Überzeugt euch mit eigenen Augen!, sagte Roger Bacon.

Für Aristoteles waren alle weiblichen Geschöpfe unvollständige Krüppelwesen, die in ihrer Entwicklung stehen geblieben waren. Völlig ausgereift, so folgerte er, würde jeder weibliche Embryo zum Knaben. Das kam der Lehre der Kirchen natürlich sehr entgegen. Roger Bacon sagte in seinen Vorlesungen: ›Wenn ich etwas zu sagen hätte, so ließe ich alle Bücher des Aristoteles verbrennen. Man verliert nur seine Zeit damit. Sie dienen der Verbreitung der Unwissenheit und des Irrtums. Diese Art von Bücherweisheit hat lange genug die Jugend vom wirklichen Studium der Natur abgehalten. Man lege endlich die Bände der Alten beiseite und wende sich dem Studium der Natur zu.‹

Und das hat er getan«, schloss der Doktor. »Roger Bacon wurde von solcher Wissbegier gepackt, dass er sogar tierische und menschliche Leichen sezierte, um die inneren Organe der Lebewesen kennen zu lernen. Und das ist, wie du weißt, eine schwere Sünde. Denn wie auf dem Konzil von Tours festgelegt, gilt bis auf den heutigen Tag: Ecclesia abhorret a sanguine. Die Kirche schreckt vor jedem Blutvergießen zurück.«

Judith, die von dem Konzil nie gehört hatte, fragte: »Ist das der Grund, weshalb Ketzer verbrannt und nicht geköpft werden?«

Der Doktor überhörte die Frage. Er sagte: »Kaum einer kennt Roger Bacon, aber alle kennen den großen Thomas von Aquin, den Doktor angelicus, der die schrecklichen Worte gesprochen hat: ›Die Ketzer verdienen nicht nur, aus der Gemeinschaft der Kirche ausgestoßen zu werden, sie sollen auch von der Welt durch den Tod getrennt werden.‹«

»Und wie erging es Roger Bacon?«, fragte Judith.

»Sie haben ihn bei lebendigem Leibe getötet. Er wurde jahrzehntelang eingekerkert. Aber noch in seinem finsteren Verlies verfasste er eine ganze Anzahl von Schriften. Die letzte war – welch ein Hohn! – eine Anleitung zu gesunder und hygienischer Lebensführung. Sein Einblick in die Kräfte der Natur war so umfassend, dass er mit Hilfe von geschliffenen Linsen aus Beryll Gläser erfand, durch die halb blinde Alte wieder wie die Jungen sehen können. Seine Gegner behaupteten, er stünde mit dem Teufel im Bunde. Er prophezeite, es werde einst Schiffe mit Maschinen geben, die schneller als alle Ruder- und Segelboote über die Meere fahren würden. Er hielt es sogar für möglich, einen Apparat mit riesigen Flügeln zu bauen, in dem ein Mensch wie ein Vogel durch die Lüfte fliegen könne.«

»Schiffe ohne Ruder und Segel; Menschen, die durch die Luft fliegen wie Vögel? Das klingt ziemlich verrückt!«

»Vielleicht war er ein wenig verrückt, aber ich glaube an sein Vermächtnis. Es lautete: ›Nur durch die experimentelle Methode erreicht man die vollkommene Erkenntnis der Natur, und nur dadurch überwindet man den Unsinn des Aberglaubens.‹ Mit Aberglauben meinte er den engstirnigen Dogmatismus und die spitzfindige Scholastik der Kirchenleute, die ihn mundtot machen wollten.«

»Habt Ihr schon einen Toten zerschnitten, Meister?«, fragte Judith.

Sie redete Doktor Andreas mit Meister an, was dieser bescheiden ablehnte; aber sie bestand darauf, »aus Respekt«, wie sie beteuerte.

»Aber ja, wie könnte ich sonst als Arzt arbeiten? Im Übrigen hat bereits Kaiser Friedrich von Staufen eine Verfügung erlassen, nach der an seinen Universitäten alle fünf Jahre einmal eine Leiche seziert werden darf.«

»Aber wer gibt sich für so etwas her? Wer möchte sich vor aller Augen zerschneiden lassen?«

»Das waren in Paris ausnahmslos Hingerichtete. Als ich dort studierte, erhielten wir eines Tages den Körper eines Gehenkten. Er hatte dem Prior von Saint-Denis ein Fass Wein gestohlen. Da der Dieb in dem Ruf stand, ein gewaltiger Zecher zu sein, wollte uns der Dozent vor Augen führen, wie schädlich unmäßiger Weingenuss für die Leber sei.

Der Tote, ein Mann von vielleicht vierzig Jahren, wurde auf einen Tisch gehoben. Mit einem raschen Schnitt wurde sein Bauchraum geöffnet. Hervor quoll noch dampfend warm und blutig das dunkelbraune Fleisch der Leber. Und genau in diesem Augenblick begann der Mann zu schreien. Wir alle, die wir um den Tisch standen, prallten entsetzt zurück. Er lebte noch!

Hier geblieben!, rief der Dozent, der als Einziger einen kühlen Kopf behielt. Die Sektion wird zu Ende gebracht!

Und während wir den Tobenden mit aller Kraft niederhielten, nähte er ihn mit Nadel und Faden wieder zu. Der Bursche überlebte und hat noch so manches Fass geleert.«

Der Doktor blickte in Judiths angewidertes Gesicht und sagte lachend: »Lass die Finger von den Leichen. Schweine tun es auch. Geh, so oft du kannst, zu den Metzgern und schau zu, wenn sie ein Schwein ausnehmen. Seine Organe unterscheiden sich nur wenig von denen des Menschen. Vor allem Schweineaugen sind hervorragende Anschauungsobjekte. Ich werde uns zum nächsten Markttag ein paar besorgen.«

Lautes Lärmen auf der Straße unterbrach ihr Gespräch, fröhliches Lachen und Singen. Sie gingen zum Fenster und blickten auf einen Hochzeitszug mit bunten Bändern und langen Blumengebinden. Die Braut und der Bräutigam saßen auf einem festlich geschmückten Wagen, der von zwei Ochsen gezogen wurde. Es war ein Bild voller Freude und Heiterkeit.

Judith fragte: »Warum habt Ihr Euch keine Frau genommen?«

»Ich hatte eine«, sagte der Doktor. »Oder richtiger: Ich hatte keine.«

»Wie soll ich das verstehen?«

»Ich war zwölf Jahre lang verheiratet, ohne meine Frau zu kennen. Ich wusste nicht einmal ihren Namen.«

»Gibt es das?«

»Ja, es ist eine eigenartige Geschichte.«

»Bitte, erzählt sie mir«, bat Judith.

»Ein anderes Mal. Es ist schon spät.«

»Nein, bitte jetzt.«

Der Doktor füllte ihre Becher mit frischem Quellwasser und begann: »Ich hatte mein Studium an der Universität von Padua abgeschlossen und war mit Freunden nach Venedig gefahren, um mich von all den Kolloquien über Knochen, Muskeln und Gekröse zu erholen. Wir waren jung und wollten uns in den Karneval stürzen, der nirgendwo so ausgelassen gefeiert wird wie in der Lagunenstadt. Die tollen Tage hatten ihren Höhepunkt erreicht, als wir dort eintrafen. Die Gassen waren voller maskierter Menschen. Ein Korso von bunt bebänderten Booten glitt durch die Kanäle. Kostbar gekleidete Damen kokettierten mit ihren Fächern. Überall Lachen und Musik, weiß gepuderte Dominos, tief dekolletierte Columbinen, schnabelgesichtige Ragazzi.

Ich wohnte im Haus meines Vetters Giovanni. Meine Mutter war in väterlicher Linie Venezianerin. Ich fühlte mich vom ersten Tag an wie daheim. Wir waren ein kleiner Kreis von jungen Herren, bereit zu jedem Schabernack und allen Streichen. Schon bald hatten wir die Nacht zum Tag gemacht und suchten wie die Fledermäuse unsere Schlafstätten erst auf, wenn die Sonne sich im Osten aus dem Dunst der Lagune erhob, blass wie der Wintermond.

Als ich nach solch einer durchtanzten Nacht heimkehrte und an der Chiesa San Bartolomeo vorüberkam, stand eine der Seitentüren offen. Flackernder Kerzenschein zog mich an wie einen Nachtfalter. Ich trat näher und wurde Zeuge einer wunderlichen Zeremonie.

Vor mir lag hell erleuchtet von vielen Kerzen der Baldachinaltar des Gotteshauses. Seine gedrechselten Säulen glänzten von Gold. Schwebende Engel spreizten ihre Flügel. In dem flackernden Licht sah es aus, als würden sie wahrhaftig fliegen. Hinter dem Altartisch stand ein weißhaariger Priester in dunklem Ornat. Davor, gestützt von zwei Männern, eine junge Frau mit einem Brautkranz im Haar. Obwohl sie mir den Rücken zudrehte, sah man ihrer Körperhaltung an, dass sie sich im Zustand höchster Erschöpfung befand.

Bevor ich mir ein Bild von dem rätselhaften Vorgang machen konnte, stürzte ein dritter junger Mann mit Degen und wehendem Umhang auf mich zu. Er schob mich in einen Beichtstuhl dicht beim Eingang der Kirche und redete mit gedämpfter Stimme auf mich ein. Es war eine hektische Beschwörung in unverkennbar venezianischem Dialekt. Es dauerte eine ganze Weile, bis ich verstand, was er wollte.

Ich war Zeuge einer Trauung, einer heimlichen Trauung zwischen zwei Verliebten, denen der elterliche Segen versagt geblieben war. Sie hatten einen Priester gefunden, der bereit war, sie zu trauen. Auch die benötigten Trauzeugen waren anwesend. Nur – welche Tragödie! – der Bräutigam hatte sich, aus welchem Grund auch immer, verspätet, oder er war aufgehalten worden.

Der Priester war nicht bereit, noch länger zu warten, und die Braut würde so schnell nicht wieder Gelegenheit erhalten, dem elterlichen Haus unbemerkt zu entfliehen.

›Habt ein Herz‹, beschwor mich der Fremde. ›Helft den Armen, führt Ihr sie für den verhinderten Bräutigam an den Altar. Bitte, bevor sie sich etwas antut.‹

›Ich? Warum ich? Warum macht Ihr das nicht?‹

›Ich bin ihr Bruder, und die beiden Trauzeugen sind bereits verheiratet. Ihr seid doch gewiss noch ledig, oder?‹

›Ja, aber, wie soll das vor sich gehen? Ich kann doch nicht …‹

›Doch, Ihr könnt‹, unterbrach er mich. ›Der Priester wird Euch für den Bräutigam halten. Er kennt den richtigen nicht. Die Zeugen werden bestätigen, dass Ihr es seid. Die Braut will nur das eine, die Bindung an den Geliebten. Wenn Ihr ihr helft, wird sie noch in dieser Nacht seine Frau. Dann kann sie nur noch der Tod trennen. Alles liegt bei Euch.‹«

Der Doktor machte eine kurze Pause, als wollte er sich das Ereignis noch einmal bildhaft in Erinnerung rufen.

»Und wie ging es weiter?«

»Hilfreich, wie ich von Natur aus bin, widersetzte ich mich seinem Drängen nicht. Vielleicht war es auch der Reiz des Ungewöhnlichen. Was für ein verrücktes Spiel! Welche Maskerade! Eine echte Braut, ein wirklicher Priester vor einem richtigen Altar, mit mir in der Hauptrolle als Bräutigam, als Ersatzbräutigam. Ich betrachtete die Braut. Sie war hoch gewachsen, schlank und von edler Rasse, blutjung und trotz der verweinten Augen hübsch. Ein Kind, das Hilfe brauchte, meine Hilfe.

Es war Karneval, und ich war jung, beflügelt vom Wein und von dieser verrückten Stadt im Meer. Ich spielte die Posse mit, führte die Braut zum Altar, gab ihr mein Jawort und küsste sie auf den Mund, bevor sie mir entrissen wurde.«

Der Doktor schwieg. Ein Lächeln lag auf seinen Lippen.

»Ich habe sie nie wieder gesehen. Ich habe überall nach ihr gesucht. Sie war wie vom Erdboden verschluckt. Ich kannte nicht einmal ihren Namen. Ich habe in jeder Gasse nach ihr gesucht.«

»Warum? Was wolltet Ihr von der Frau eines anderen, dem Ihr die Braut zum Altar geführt hattet?«

»Da war kein anderer. Sie war meine Frau.«

»Eure Frau?«

»Ja, meine. Als ich den Freunden von meinem nächtlichen Abenteuer erzählte, erfuhr ich, dass ich einem bösen Streich zum Opfer gefallen war. Am Adriatischen Meer werden auf diese Art ledige Mütter verheiratet, um zu verhindern, dass sie einen Bastard in die Welt setzen. Der Priester kann bezeugen, dass die Gebärende sich im Bund der heiligen Ehe befindet. Nach dem Verbleib des Vaters fragt keiner. Er hat die Arme halt verlassen. Der Teufel möge ihn holen. Und Gottes Segen über die junge, bedauernswerte Mutter, die ohne Trauschein eine Hure wäre.«

»Eine unglaubliche Geschichte.«

»Sie ist noch nicht zu Ende«, sagte der Doktor. »Ich hatte mich bereits in Bozen niedergelassen und fast vergessen, was damals vorgefallen war, als am Tag der heiligen Agatha im Sarntal eine Lawine niederging und eine Gruppe von Reisenden unter sich begrub. Die meisten waren verloren. Die Überlebenden, die man aus dem weißen Grab freigeschaufelt hatte, wurden im Pferdeschlitten zu mir gebracht. Es waren zwei Frauen, eine alte, die noch am selben Tag verstarb, und eine junge, nicht älter als dreißig, eine stolze, schöne Frau von unverkennbarem Adel. Äußerlich schien sie unverletzt, aber sie hing so kraftlos in meinen Armen, als ich sie auf ihr Krankenlager legte, dass ich befürchtete, sie hätte sich die Wirbelsäule gebrochen und sei gelähmt. Vermutlich hatte sie auch noch andere innere Verletzungen, denn ihr Zustand verschlechterte sich zusehends. Einen Priester wollte sie nicht. ›Noch nicht‹, sagte sie. ›Ich spreche lieber mit Euch. Ihr seid mir irgendwie vertraut.‹ Sie erzählte mir, sie habe Tirol bereist, um ein Gelübde, das sie der Gottesmutter gegeben hatte, zu erfüllen. Ich erfuhr, dass sie Ricarda hieß und eine Contessa Foscari war, eine Angehörige jener berühmten Familie, die der Lagunenstadt mehrere Dogen geboren hat.

Als ich sie fragte, ob sie verheiratet sei, schwieg sie. Sie lag dort drüben auf dem Bett«, sagte der Doktor zu Judith. »Ich hielt ihre Hand. Das Fieber stieg. Nach einer längeren Pause begann sie: ›Ich will Euch ein Geheimnis anvertrauen, das ich noch keinem erzählt habe. Ich tue das, weil ich weiß, dass mein Grab auf mich wartet.‹

Sie verlangte ein Glas Wasser und fuhr fort: ›Ich war siebzehn Sommer alt und so verliebt, wie man nur mit siebzehn sein kann.

Ich wollte den, den ich liebte, zum Mann, ihn oder keinen. Meine Eltern hatten andere Heiratspläne. Sie verboten mir, auch nur an ihn zu denken. Wir schrieben uns Briefe und trafen uns heimlich nach dem Kirchgang. Dort schworen wir uns ewige Liebe. Wir beschlossen, uns heimlich trauen zu lassen, uns für einige Zeit versteckt zu halten und uns danach den Eltern zu Füßen zu werfen, in der Hoffnung, unsere Standhaftigkeit würde sie rühren.

Ein Fluchtplan wurde entworfen. Am festgesetzten Tag sollte ich Fieber vortäuschen und mich auf mein Zimmer zurückziehen. Mein Bruder, der in die Verschwörung eingeweiht war, wollte mir die Hintertür öffnen, wo schon eine Gondel warten würde. Wir hatten einen Priester gefunden, der uns in der Chiesa San Bartolomeo trauen wollte. Wir trugen Masken. Es war Karneval. An der Ponte di Rialto warteten die Trauzeugen. Alles verlief wie geplant. Doch dann ...‹

›... doch dann kam der Bräutigam nicht.‹

›Woher wisst Ihr?‹

›Der Priester wollte nicht länger warten. Mitternacht war schon weit überschritten. Da erschien im letzten Augenblick ein junger Mann, der stellvertretend für den verhinderten Bräutigam die Braut zum Traualtar führte.‹

Sie betrachtete mich wie einen Geist aus dem Grab.

Dann sagte sie: ›Es gibt nur einen Menschen, der wissen kann, was Ihr wisst. Ihr seid ...‹

›Ja, ich bin es.‹

Sie hielt meine Hand ganz fest. Sie legte ihre Wange dagegen und flüsterte: ›Du Guter.‹ Und nach einigem Schweigen fügte sie hinzu: ›Du wolltest mir helfen, aber dein Opfer war ganz und gar vergeblich.‹

›Ist das Kind gestorben?‹

›Was für ein Kind?‹

›Das Ungeborene.‹

›Ach, du hast geglaubt, ich sei schwanger. Nein, dein Opfer war vergeblich, weil Giuliano zum Zeitpunkt der Trauung bereits tot war. Er wurde bei einem Ehrenhandel erstochen. Damit aber war ich niemals mit ihm verheiratet, denn einen Toten kann man nicht zum Gatten nehmen. Mein rechtmäßiger Ehemann vor Gott und den Menschen ist der Fremde, dem ich in jener Nacht mein Jawort gegeben habe. Du bist mein Mann. Jetzt, wo ich dich gefunden habe, kann ich in Frieden sterben.›

Sie starb am anderen Tag, nachdem sie die Beichte abgelegt und einem herbeigerufenen Advokaten ihr Testament diktiert hatte, in dem sie mich als ihren Gatten zum Erben ernannte, denn sie war ledig und kinderlos. Auch ihr einziger Bruder lebte nicht mehr.«

»Eine traurige Geschichte«, sagte Judith.

»Sic erat in fatis, nichts geschieht zufällig. Selten hat eine traurige Geschichte so viel Gutes bewirkt. Denn die Erbschaft war erheblich. Mit ihrer Hilfe konnte ich viel Leid lindern: ein Siechenhaus und Hospital in Venedig und genügend Geld, um damit meine Kranken hier in Bozen zu versorgen. Die Menschen in den Bergtälern sind arm.«

EINUNDDREISSIGSTES KAPITEL

Nach altem karolingischen Recht galt der Mord an einem Schlafenden oder Wehrlosen als das schlimmste aller Verbrechen. Aus diesem Grund hatte der Richter gar keine andere Wahl, als über dem Ritter Struzz zu Frickenhausen den Stab zu brechen.

Tod durch das Beil, so lautete das Urteil. Wäre er nicht von Adel gewesen, so hätten sie ihn an den Galgen gebracht. Da der Mord an einer Klosterfrau verübt worden war, fiel der gesamte Besitz des Mörders an die Kirche, das war in diesem Fall der Fürstbischof.

Der Struzz nahm das Urteil völlig unbewegt zur Kenntnis. Er spuckte dem Richter vor die Füße und sagte: »Macht mit mir, was Ihr wollt. Ihr könnt mir das Leben, aber nicht die Ehre nehmen.«

Hierin irrte der Ritter, denn sie nahmen ihm nicht das Leben, sondern die Ehre. Vier Tage vor der Hinrichtung begnadigte ihn der Fürstbischof. Er schenkte ihm das Leben, behielt aber seine Güter. Jetzt war der Struzz so arm wie der ärmste aller Bettler. Nur mit den schmutzigen Lumpen am Leib, mit denen er seit Tagen im Kellerverlies gelegen hatte, stand er auf der Straße, als hinter ihm die Kerkertür ins Schloss fiel. Es regnete, und er war hungrig. Er hatte keinen roten Heller und kein Zuhause. Ohne Pferd war er nicht einmal mehr ein Ritter.

Im Schatten eines Schuppens wartete er, bis es dunkel wurde. Dann schlich er sich davon, um sich wenigstens einen letzten Rest von Würde zu bewahren. Die Stadttore waren schon geschlossen. Der Regen wurde stärker. Struzz brauchte einen trockenen Platz, an dem er die Nacht verbringen konnte. Er fand ein Lagerhaus. Es war ganz offensichtlich unbewohnt. Die Türen waren fest verriegelt. Er rüttelte an den Fensterläden, vergeblich. Durchnässt bis auf die Haut, fror er so erbärmlich, dass seine Zähne aufeinander schlugen. Wenn er die Nacht überleben wollte, brauchte er einen Unterschlupf. Und keiner in dieser gottverfluchten Stadt würde ihm den gewähren. Da trat er mit dem Stiefel den Laden zu Bruch. Krachend zersplitterte das Holz. Er lauschte ein paar Atemzüge in die Nacht. Nur das Trommeln der Regentropfen war zu hören. Wie eine Ratte schlüpfte er in den stockdunklen Bau. Er stieß sich die Stirn blutig und kroch auf allen vieren weiter, bis er einen Raum erreichte, in dem es nach verbranntem Holz roch. Durch ein winziges Fenster fiel spärliches Licht. Er erkannte einen Kamin und daneben einen Stapel Brennholz.

Mit Hilfe eines Feuersteins, den er stets im Stiefel trug, gelang es ihm, einen Holzspan zu entzünden. Schon bald brannte ein Feuer in der Kaminecke. Damit das Licht nicht nach draußen dringen konnte, hatte er den Fensterschlitz mit seinem Hut verhängt. Hose und Hemd hängte er zum Trocknen beim Feuer auf. So dicht wie nur möglich rückte er an die Flammen. Nackt, aber trocken, genoss er die Hitze der Glut.

Die Wärme gab ihm Kraft. Seine Lebensgeister erwachten aufs Neue. So leicht gab er nicht auf. Gut, sie hatten ihn aus dem Sattel gehebelt. Er hatte die Buhurt verloren. Er lag am Boden. Aber er würde sich wieder erheben. Und wehe dem, der sich ihm in den Weg stellte!

Als Erstes brauche ich ein Pferd. Das werde ich mir von den Franziskanern holen. Die Kuttenträger lassen sich am leichtesten überrumpeln. Und außerdem haben sie an mir noch einiges gutzumachen. Aber noch dringender als ein Ross brauche ich etwas zwischen die Zähne. So sprach er zu sich selbst, als er ins Feuer starrte und an seinen Fingernägeln kaute.

Er dachte daran, eines von den Ferkeln zu erschlagen, die die Straßen der Stadt bevölkerten. In die Glut gelegt gäbe es ein saftiges Stück Fleisch. Aber der Regen, der gegen die Fensterläden prasselte, hielt ihn zurück.

Er genoss die Wärme. Die Augen fielen ihm zu.

Was für ein wohliges Gefühl war es doch, nackt auf einer Sommerwiese zu liegen! Schmetterlinge umgaukelten ihn, ließen sich auf seinem Bauch nieder. Käfer krabbelten durch den sperrigen Verhau seiner Schamhaare.

Sang da nicht Antonia? Ja, jetzt hörte er sie ganz deutlich. Sie hielt einen Kranz aus geflochtenen Blumen in den Händen. Bunte Bänder flatterten im Wind. Barfuß und mit offenem Haar ließ sie sich neben ihm nieder, wollte ihm den Kranz wie eine Krone auf den Kopf setzen. Sie beugte sich über ihn. Da sah er die blau-schwarzen Male an ihrem weißen Hals: Würgemale. Plötzlich brannte alles, als wenn sich die Hölle geöffnet hätte. Ihr Haar, ihr Kleid – alles stand in Flammen. Er wollte aufspringen und stieß mit dem Hinterkopf an einen harten Gegenstand. Beißender Rauch quälte seine Lungen. Er schlug die Augen auf: Feuer, Flammen, Rauch. War das die Hölle? Aber nein, da brannten seine Hose und sein Hemd, das trockene Brennholz dicht daneben, alles brannte.

Bloß raus hier! Nackt, nur mit den Stiefeln an den Füßen, tastete er sich durch den Rauch. Wo war die Tür? Die Hitze wurde immer unerträglicher. Endlich fand er den Weg nach draußen.

Waren da nicht Stimmen, lautes Rufen?

Sie schreckten ihn nicht. Raus hier! Bloß raus!

Er erreichte das Fenster, durch das er eingestiegen war. Hinter ihm loderten die Flammen hell und heiß. Er schwang sich auf das Fensterbrett.

»Seht nur! Seht! Der Feuerteufel! Da ist er.«

Die Herbeigelaufenen zeigten auf ihn.

»Er ist nackt!«, kreischte eine Frau. »Nackt wie der leibhaftige Incubus.«

Entsetzensschreie, wilde Wut. Steine flogen.

»Schlagt ihn tot! Lasst ihn nicht entkommen!«

Ein Stein traf ihn an die Stirn. Er stürzte vornüber auf die Straße. Da war schon die Menge über ihm. Mit Stiefeln, Spaten und Löschknüppeln schlugen sie auf ihn ein, bis es nur noch wenige Knochen gab, die sie ihm nicht gebrochen hatten. Erst als ein Priester erschien, ließen sie von ihm ab. Sie drehten den Erschlagenen auf den Rücken.

»Der Struzz! Es ist der Struzz! Der Feuerteufel – wir haben ihn. Mein Gott, der Struzz!«

Ein Aufschrei der Befreiung ging durch die Stadt. Jetzt würde es keine Brände mehr geben. Gelobt sei der Herr in Ewigkeit, Amen!

Tagelang wurde von nichts anderem gesprochen: »Kaum aus dem Kerker, und schon schlägt er wieder zu. Was für eine Bestie! Und wie schlau! Er entledigt sich seiner Kleider und macht sich schwarz mit Ruß, damit man ihn im Dunkeln nicht sieht. Sein Hass auf die Franziskaner muss grenzenlos gewesen sein.«

Der zerschundene Leichnam des Ritters wurde noch am

selben Tag beim Kummereck in ungeweihtem Boden verscharrt.

*

Als Bruder Barnabas die Brandstelle besichtigte, gelangte er zu der Überzeugung, dass dieses kleine, rasch gelöschte Feuer nichts mit den anderen Verbrechen gemein hatte. Es war im Erdgeschoss ausgebrochen, bei fast vollem Mond, und noch dazu in einem Haus, das nicht den Franziskanern gehörte. Da jedoch das Nachbargebäude zum Kloster der Franziskaner gehörte, glaubten viele, der Struzz habe sich nur geirrt.

»Das Verbrechen ist aufgeklärt«, sagte der Abt zu Bruder Barnabas, als sie im Kreuzgang des Klosters nebeneinander herliefen. Er liebte es, seine Gespräche im Gehen zu führen. »Fassus jacet, ignavus sedet, monachus orat aut incedet. Der Müde liegt, der Faule sitzt, der Mönch aber kniet oder läuft«, so pflegte er den Novizen zu predigen.

»Gott sei es gedankt, den Brandstifter hat die Hölle geholt.«

»Ich fürchte, es geht uns wieder so wie mit dem Kürbiskopf«, widersprach Barnabas. »Wir dachten, wir hätten den Schuldigen gefunden, und mussten ...«

»Erinnere mich nicht daran«, schnitt ihm der Abt das Wort ab. »Hier liegt der Fall doch wohl klar auf der Hand. Der Struzz zu Frickenhausen wurde am Brandherd auf frischer Tat ertappt. Und er hatte wie kein anderer ein Motiv, uns Schaden zuzufügen.«

»Hat er uns Schaden zugefügt? Das Lagerhaus gehört uns doch gar nicht.«

»Das daneben war das unsere. Er hat sich um ein Gebäude vertan.«

»Aber alle anderen Brände fanden bei Neumond statt.«

»Er war erst wenige Stunden zuvor aus dem Kellerverlies der Stadt entlassen worden. Das ist der Grund, warum er sich im Mondstand geirrt hat.«

»Hat einer, der aus dem Gefängnis kommt, nicht dringendere Bedürfnisse, als anderen Leuten die Häuser anzuzünden?«

»Hass ist schlimmer als Hunger und Durst«, sagte der Abt.

*

Der großköpfige Zwerg Tabas suchte seine Herrin noch, als alle anderen die Suche längst eingestellt hatten. Obwohl Attila ihn mit Nahrung versorgte, fiel er stets mehr vom Fleisch. Auch sein Verhalten wurde immer abartiger. Mehrere Bürger wollten ihn gesehen haben, wie er zur Nachtzeit seine Tauben in Käfigen aus geflochtenem Korb spazieren trug, so als könnten die Vögel nicht fliegen. Dabei sprach er mit ihnen in hohen, quiekenden Tönen.

»Er hält sich für den heiligen Franziskus«, spotteten die Leute. »Er predigt den Fischen und den Vögeln.«

Tagelang belagerte er die hintere Pforte des Rathauses, durch die man in den Kerker gelangte. Offensichtlich glaubte er, Judith befände sich in dem Verlies, in dem er gelegen hatte. Erst als ihm ein gutmütiger Wärter zeigte, dass alle Zellen leer waren, trottete er mit hängendem Kopf davon, ließ sich aber am anderen Tag wieder vor der Pforte nieder.

Nicht minder litt Attila. Was war mit Judith geschehen? Der Struzz hatte nach seiner Verurteilung im Angesicht des Todes geschworen, dass er dem Judenmädchen – wie er Judith nannte – kein Haar gekrümmt habe.

»Sie ist mir nicht über den Weg gelaufen, leider.«

Warum sollte er lügen? Er war so voller Hass gegen die Stadt, dass er es genossen hätte, seinen Feinden noch nach der Verurteilung einen Hieb zu versetzen. Hatte sie wirklich der Teufel geholt, wie die Leute in der Unterstadt tuschelten? »Wer so reitet wie sie, hat den Teufel im Leib!«

Eine lange Reihe von Kranken hatten sie an jenem Tag verarztet. Nun saßen sie vor dem großen Kamin im Studierzimmer und tranken Fliederblütentee.

Für Judith waren die Kamingespräche mit dem Doktor der Höhepunkt des Tages, ein Ritual, das immer mit dem gleichen Wortlaut begann.

»Gibt es irgendeine Frage?«, fragte der Doktor.

»Krankheiten gibt es, seitdem die Menschen aus dem Paradies vertrieben wurden. Haltet Ihr es für möglich, dass es einmal eine Zeit geben wird ohne Krankheit?«

»Das wäre ganz schrecklich.«

»Schrecklich für die Doktoren, aber ganz gewiss ein Segen für alle anderen Menschen«, meinte Judith.

»Nein, vor allem für die Menschen, denn die Krankheit ist ein gesunder Ausscheidungsprozess. Nicht-krank-werden-Können ist eine schlimme Krankheit. Nichts ist so gesundheitsförderlich wie manche Krankheiten der Kinder. Sie kräftigen unseren Leib mehr als gesunde Nahrung. Die meisten Menschen haben ganz falsche Vorstellungen vom Kranksein. Sie glauben, es gebe viele Krankheiten, aber nur eine Gesundheit. In Wahrheit gibt es unendlich viele verschiedene Gesundheiten. Wenn eine Gruppe von Menschen nasse Füße bekommt, so werden sich einige von ihnen leicht, einige schwer und andere gar nicht erkälten. Warum ist das so? Die Krankheitskeime sind überall, wie die Hefe und der Schimmel. Entscheidend ist, auf welche Gesundheiten sie stoßen.«

Später sprachen sie über die Algebra.

»Lässt sich Gott mathematisch beweisen?«

»Gott ist eine Zahl«, sagte der Doktor. »Selbst die größte Zahl lässt sich jederzeit vergrößern, indem du noch eine Zahl dazuaddierst. Das gilt auch für die kleinste Zahl, von der du immer noch etwas abziehen kannst. Anfang und Ende der Zahlenreihe sind unendlich, so unendlich wie der Allmächtige.«

»Aber der Allmächtige ist zugleich der Schöpfer. Die Algebra ist nicht schöpferisch. Sie bewegt sich in festgelegten starren Regeln. Zwei plus zwei ergibt immer und überall vier.«

Der Doktor widersprach und führte als Beweis folgende einfache Berechnung durch: »Drei geteilt durch drei ist eins. Sieben geteilt durch sieben ist eins. Jede Zahl durch sich selbst geteilt ergibt eins. Dann muss auch null geteilt durch null eins ergeben. Nichts geteilt durch nichts ergibt etwas. Wenn das nicht schöpferisch ist. Im Kleinsten wie im Größten, also im Göttlichen, ist auch die Algebra schöpferisch.«

Vor Tagesanbruch wurden sie an das Lager einer Verletzten gerufen, die sich auf der Durchreise befand. Ein Rad der mit vier Pferden bespannten Kutsche war über ihren Leib gerollt.

»Ich sterbe«, sagte sie. Ihre Wangen glühten. Fieberschauer schüttelten ihren Körper. Sie redete verworren. Der Doktor hörte ihr aufmerksam zu, wischte den Schweiß von der Stirn und kühlte ihren Körper mit Eiswürfeln.

Judith ging ihm zur Hand, als hätte sie nie etwas anderes getan. Als das Fieber fiel, beklagte die Sterbende, keine Christin zu sein und deshalb im Jenseits nicht mit ihrem Mann vereint zu werden. Der Doktor fragte sie, ob er den Priester rufen solle, um sie zu taufen.

Sie schwieg lange, dann sagte sie, sie wolle in dem Glauben sterben, in dem sie geboren sei. Ihre Wangen fielen mehr und mehr ein. Ihre Augen wurden immer größer und tiefer. Von Todesangst und Schmerzen gequält, warf sie sich hin und her, riss sich den Verband ab.

»Wasser, Wasser«, flüsterte sie. Sie trank in gierigen Zügen. Bald darauf war sie tot.

»Der Tod war stärker«, sagte Judith.

»Gegen ihn sind wir machtlos. Er siegt am Ende immer. Unser Kampf gilt dem Leid«, belehrte sie der Doktor.

Von den anderen Mitreisenden erfuhren sie, dass die Tote mit einem venezianischen Kaufmann verheiratet gewesen war, der schon vor Jahren das Zeitliche gesegnet hatte.

»Wie ist das möglich«, fragte Judith, »er war ein Christ und sie eine Jüdin?«

»In Venedig ist alles möglich«, erklärte ihr der Doktor. »Es gibt dort ein Sprichwort: ›Gott ist im Himmel, der Papst ist in Rom; wir aber sind in Venedig.‹ Im Übrigen werden auch wir bald in Venedig sein. Denn ich beabsichtige, im Lenz an die Lagune zu reisen, um nach meinen Häusern zu sehen.«

»Mit mir?«

»Ja, natürlich. Meinst du, ich reise ohne dich?«

Jubelnd fiel ihm Judith um den Hals.

Bei anderer Gelegenheit fragte der Doktor sie: »Hast du kein Heimweh nach den Deinen?«

»Nicht wirklich.«

»Hast du sie nicht geliebt?«

»Doch, sehr.«

Der Doktor blickte sie fragend an, so als verstünde er sie nicht.

»Wenn ich nicht gegangen wäre, hätten mich meine Eltern weggeschickt, mit einem Mann, den ich nicht liebe. Mir wäre eine Rolle zugefallen, die mich unglücklich gemacht hätte. Die Trennung war unvermeidlich. Ich hielt es für besser wegzugehen, meinen Weg zu gehen, als weggeschickt zu werden.«

Sie fuhr sich mit der Hand über die Augen, versuchte zu lächeln und meinte: »Ich möchte nicht darüber sprechen, noch nicht.«

*

Bei der hohen steinernen Zehntscheune der Grafen von Tirol, nur einen Steinwurf von der Etsch entfernt, erhob sich die Synagoge von Bozen mit dem Tanzhaus und der Mikwa. Wegen seiner Nähe zum Fluss lag der Grundwasserspiegel nur in doppelter Mannshöhe unter dem gewachsenen Erdreich. Der Gang hinab zum Becken war sehr viel weniger bedrohlich und geheimnisvoll als in Rothenburg. Dafür war das Wasser aber erheblich kälter. Die Frauen mussten sich in einem über der Erde gelegenen Raum entkleiden. Eine Mikwafrau half ihnen dabei. Sie war dafür verantwortlich, dass die religiösen Vorschriften des rituellen Bades eingehalten wurden. Die nur mit einem Lendentuch bekleideten Jüdinnen wurden von ihr die zwölf Stufen hinabgeleitet. Dabei hielt sie sie fest an den Händen, damit sie auf dem nassen Felsgestein nicht ausglitten.

Als Judith an einem Dezembertag die Mikwa zum ersten Mal aufsuchte, wirkte das Anwesen hinter hoher, halb verfallener Mauer so verlassen wie ein Gräberfeld. Die Pforte quietschte in rostiger Angel, als würde sie nur selten geöffnet. Erst nach mehrmaligem Läuten erschien die Mikwafrau, eine schwergewichtige Matrone mit fettem Leib und vollen Brüsten. Von ihr erfuhr Judith, dass zur Zeit nur wenige Frauen das Bad aufsuchten.

»Die Mehrzahl von uns bedarf der Mikwa nicht«, sagte sie. »Sie sind entweder zu jung, zu alt oder schwanger. Auch ich sehne das Ende meiner Monatsblutungen herbei. Der Gang in das kalte Wasser fällt mir immer schwerer.«

Mit verständnislosem Erstaunen beobachtete sie, dass Judith das Eintauchen zu genießen schien und sich länger im Becken aufhielt, als der Ritus vorschrieb. Als sie danach erfuhr, wen sie da abtrocknete, rief sie: »Was, du bist die Gehilfin des Doktor Andreas?« Es klang so ungläubig, als hätte ihr Judith soeben berichtet, dass sie die Gattin des Königs sei.

»Was ist daran so erstaunlich?«

»Ich dachte …« Sie suchte nach dem richtigen Wort.

»Was dachtest du?«

»Nun, du siehst ganz anders aus, als wir gedacht haben.«

»Du hast über mich nachgedacht?«, verwunderte sich Judith.

»Du bist *das* Gesprächsthema unter den Juden in Bozen: die Jüdin, die über die Alpen kam, um eine Medica zu werden.«

»Und wie hast du gedacht, Schwester, sähe ich aus?«

»Älter, reifer, nicht wie ein Mädchen, vor allem: nicht so schön.« Sie betrachtete Judith und meinte: »Glaube mir, ich habe schon vielen Frauen beim Entkleiden geholfen, aber nur wenige hatten einen so makellosen Körper wie du. Für den Geschmack der Männer vielleicht ein wenig zu mager.«

Dabei fasste sie sich lachend unter ihre schweren Brüste. »Aber ein Reh ist wahrhaftig schöner als ein feistes Schaf. Und abgesehen vom fleischlichen Genuss beglückt uns der Anblick eines Milan mehr als der einer Mastgans.«

»Muss eine Medica alt und hässlich sein?«, lachte Judith.

»Nein, aber wenn sie so jung und verführerisch ist wie du und im Haus eines unbeweibten Mannes wie Doktor Andreas lebt, so gibt das noch mehr Anlass zu schlüpfrigem Klatsch, als es ohnehin schon gibt. Eine junge Jüdin im Haus eines unverheirateten Christen! Welch ein aufregender Gesprächsstoff für lange Winterabende!«

*

Der Meister war nicht nur ein begnadeter Arzt, sondern auch ein eifriger Alchimist, ständig auf der Suche nach dem Stein der Weisen, wie er die letzte Erkenntnis nannte. Alle Experimente begann er mit dem Alchimistengebet aus dem *Mutus liber*. »Horridas nostrae mentis purga tenebras. Reinige die schauerliche Finsternis unseres Verstandes.«

Er glaubte an die Macht des gesprochenen Wortes. »Wörter sind Fleisch gewordene Gedanken. Unterschätze nie die Macht deiner Gedanken.«

Wenn er zwei verschiedene Stoffe miteinander vermischte, vergaß er nie das »Solve et coagula, löse und verbinde!«

Sein Lieblingslehrsatz klang so melodiös wie eine Zeile aus den *Metamorphosen* des Ovid: »Ora, lege, lege, relege et invenies occultum lapidem. Bete, lies, lies, lies nochmals, und du wirst den verborgenen Stein finden.«

Da viele seiner Bücher in lateinischer Sprache verfasst waren, unterwarf sich Judith der schweren Aufgabe, Latein zu erlernen, und schon bald machte sie solche Fortschritte, dass die Geheimsprache der Gelehrten und der Priester bis in ihre Träume eindrang. Wenn sie jetzt von dem unterirdischen Gewölbe träumte, in dem die gewaltige Stimme der Vorsehung zu ihr sprach, so vernahm sie die schicksalsschweren Weisungen auf Latein:

»Visita interiora terrae; rectificando invenies occultum legem. Begib dich in das Innere der Erde; durch Läuterung wirst du das (dir bestimmte) Gesetz finden.«

Als sie dem Meister davon erzählte, sagte der mit großem Ernst: »Wenn du die Anfangsbuchstaben der Wörter dieser Verkündung aneinander fügst, ergeben sie *Vitriol*, den magischen Stoff der Hermetiker. Dir wird Offenbarung zuteil. Du bist gebenedeit.«

Spät am Abend wurde ein Schmied aus dem Sarntal zur Behandlung gebracht. Der Mann hatte schwere Verbrennungen an Händen, Armen, Brust und Rücken.

»Wie konnte das geschehen?«, fragte der Doktor, als er den stöhnenden Mann untersuchte.

»Er ist ausgeglitten beim Schmiedfeuer und in die frisch angeblasene Glut gestürzt. Der Hammerknecht hat ihn sofort herausgezogen, aber der Arme stand schon in Flammen. Zu heiß war die Höllenglut.«

Der Mann litt unter entsetzlichen Schmerzen. Man sah es ihm an. Handtellergroße Brandblasen bedeckten vor allem seinen Rücken.

Aus dem Keller einer nahe gelegenen Brauerei ließ der Doktor Eis herbeischaffen, um die Wunden zu kühlen. Das laut jammernde Schmiedweib wollte, dass der Doktor ihm Galgenthiriak und Alraunenwurzel verschrieb.

»Nein«, sagte der Meister. »Sein Leib ist geschädigt genug. Gebt ihm Geißenmilch und rohes Kohlkraut, wenn er nach Speise verlangt. Was er am nötigsten braucht, ist Ruhe.«

Als sie ihn fortgeschafft hatten, sagte der Meister zu Judith: »Er wird überleben. Die Männer aus der Sarntalschlucht sind so zäh wie die knorrigen Bäume, die dort wurzeln. Schlimmer dran sind ihre ständig schwangeren Weiber, früh veraltert, verplagt und von Kummer zerfurcht, aber nicht weniger widerstandsfähig als ihre Männer.

Schmerz und Lust sind die beiden wichtigsten Erfahrungen für den Reifeprozess des Menschen. Aber neben der Lust ist der Schmerz ein Riese. Schmerzen sind noch spürbar, wenn die Lust längst vergangen ist. Der schlimmste aller Schmerzen aber ist die Verbrennung. Der Tod auf dem Scheiterhaufen ist schlimmer als der auf dem Schafott oder am Kreuz.«

Kaum hatte er den Satz ausgesprochen, da tat er ihm schon leid. Das hätte ich nicht sagen dürfen, dachte er. Er versuchte dem Thema die Spitze zu nehmen.

»Feuer«, sagte er, »ist eine ganz besondere Himmelsgabe. Die alten Griechen glaubten, Prometheus habe es den Göttern gestohlen und auf die Erde gebracht. Es ist ein göttliches Element. Denn der Herr, dein Gott, ist ein verzehrendes Feuer, heißt es bei Moses. In unseren Kirchen und Synagogen brennt ein ›ewiges Licht‹, eine Flamme als sichtbare Anwesenheit Gottes. Erst durch das Feuer wird der Mensch zum Menschen. Es unterscheidet uns vom Tier.«

»Nicht die Seele?«

»Auch die Seele ist ein Feuer, so wie Gott.«

»Ihr sprecht vom Feuer, als wäre es ein Lebewesen.«

»Es ist ein Lebewesen. Es entsteht und verlischt. Es nimmt Nahrung auf, verdaut sie und scheidet sie als Asche wieder aus. Unsere heidnischen Vorfahren sahen in dem Feuer ein vernunftbegabtes Wesen, das spricht, trauert, Zorn und Freude empfindet. Verunreinigung des Feuers galt als Frevel. Richtig behandelt schützte es vor Unglück und Krankheit.

Der griechische Arzt Hippokrates lehrte: Was Heilmittel nicht heilen, heilt das Eisen. Was Eisen nicht heilt, heilt das Feuer. Was aber das Feuer nicht heilt, das muss man für unheilbar halten.

Noch heute werden Feuer angezündet, wenn eine Viehseuche umgeht. Man treibt die Tiere durch die Flammen und behebt damit den Schaden. Aus dem gleichen Grund springen die Menschen zu Johanni oder zur Walpurgisnacht durch das Feuer.«

»Heidnischer Aberglaube«, sagte Judith.

»Nein, nicht heidnisch. Auch in unserem Glauben spielt das Feuer eine wichtige Rolle.«

Als Beispiel führte er die Bibel an. Er holte sie aus seinem Bücherschrank, schlug das erste Buch Könige auf und las:

»Elias trat vor das Volk und rief: Wie lange noch wollt ihr an zwei Krücken gehen? Ist Jahve der rechte Gott, so folgt ihm nach. Ist es aber Baal, so folgt diesem.

Das Volk schwieg. Da sprach Elias: Ich bin als einziger Prophet Jahves übrig geblieben. Die Propheten des Baal aber sind mehr als vierhundertfünfzig. Man gebe uns zwei Stiere. Sie dürfen sich einen aussuchen. Den sollen sie zerteilen und ihn auf Holzscheite legen. Aber sie dürfen ihn nicht anzünden. Ich werde den anderen Stier genauso herrichten und auf meinen Holzstapel legen und ihn ebenfalls nicht anzünden.

Dann sollen sie den Namen ihres Gottes anrufen. Und ich werde den Namen Jahves anrufen. Der Gott aber, der mit Feuer antwortet, ist der wahre Gott.

Der Gott aber, der mit Feuer antwortet, ist der wahre Gott, antwortete das Volk. So soll es sein.

Die Baalpriester beschworen ihren Gott vom Morgen bis zum Mittag: Baal, erhöre uns!

Nichts geschah. Elias verspottete sie und sagte: Vielleicht schläft euer Gott und muss erst aufgeweckt werden. Ruft ein wenig lauter!

Und als wiederum nichts geschah, sprach Elias zum Volk: Dann kommt her zu mir.

Er zerteilte den Stier und legte ihn über das Holz. Dann befahl er: Füllt vier Krüge mit Wasser und gießt es auf das Opfer und Holz! Dann trat Elias heran und rief: Herr, Gott Abrahams,

Isaaks und Israels, heute soll man erkennen, dass du der Gott bist und dass ich dein Knecht bin. Erhöre mich, Herr, und zeige diesem Volk, dass du sein Herr bist.

Da fiel das Feuer des Herrn herab und fraß das Brandopfer, das Holz und sogar das Wasser im Graben um den Altar herum.

Als das Volk das sah, fiel es auf die Knie und rief: Jahve ist unser Gott. Jahve ist unser Gott.

Elias aber befahl: Ergreift die Propheten Baals und tötet sie!«

Der Doktor schlug die Bibel zu und sagte:

»Hier hat das Feuer sogar über die Zukunft unserer Religion entschieden. Ohne diesen Taschenspielertrick des Propheten Elias hätte sich die Lehre des Baal durchgesetzt. Es gäbe kein Judentum und kein Christentum. Und da du etwas von Naphtha verstehst, erkennst du sofort, dass es sich hier um selbstentzündliche Naphtha handelt. Sie befand sich in den Wasserkrügen, die über Holzscheite und Stier gegossen wurde.«

DREIUNDDREISSIGSTES KAPITEL

Am Tag des heiligen Antonius wurden Heinrich Toppler und die Rothenburger Stadträte Peter Northeimer und Conrad Permiter vom Fürstbischof in Würzburg empfangen. Der nahm den ausgehandelten Betrag eigenhändig in Empfang und stimmte zu, dass der Orden der Klosterfrauen der Stadt angegliedert werden müsse, wegen der sittlichen Entartung der Nonnen.

Mit der besiegelten Urkunde des Bischofs ritt Heinrich Toppler noch am selben Tag nach Nürnberg zum obersten General des Ordens der Dominikaner. Dort schilderte er den sittlichen Verfall der Nonnen so drastisch, dass der alte und wohl etwas lebensfremde Ordensgeneral sogleich nach dem Meister Eilhard von Sachsen rufen ließ, der innerhalb des Ordens als der schärfste und unnachsichtigste Inquisitor galt.

Zu Desponsata, dem Tag Mariä Vermählung, traf Meister Eilhard in Rothenburg ein. Er begab sich aber nicht, wie es sich gehört hätte, ins Kloster, um die Angeklagten zu verhören, sondern traf sich im Rathaus mit Heinrich Toppler, um sich berichten zu lassen, was vorgefallen war. Dort erfuhr er von den Orgien der jungen Nonne mit den Torwächtern, zu dritt »a tergo et a fronte«.

Begleitet von dem Beichtvater des Konvents machte er sich auf den Weg, um mit den Sünderinnen ins Gericht zu gehen. Als er beim Kloster eintraf, hatten die Nonnen die Eingangspforte verriegelt und ließen sie nicht ein. Vor Zorn bebend verlangte Eilhard Einlass. Aber wie laut die beiden auch riefen und hämmerten, keine Menschenseele ließ sich blicken. Abweisend wie eine feindliche Festung lag das Gemäuer in der kalten Wintersonne. Kein Laut drang durch die geschlossenen Fensterläden. Nur der blecherne Hahn auf dem Turm bewegte sich quietschend im Wind, als wollte er die Einlass Heischenden verhöhnen.

»Na wartet, ihr lüsternen Satanstöchter, euch werde ich es zeigen!«, rief Meister Eilhard mit zittriger Greisenstimme. »Dies irae solvet peccatas in favilla, der Tag des Zornes wird die Sünderinnen zu Asche zerfallen lassen!«

Unverrichteter Dinge kehrte er ins Rathaus zurück und forderte weltliche Verstärkung an. Heinrich Toppler rief die Bürgerwehr zusammen. Zu Peter Northeimer sagte er: »Sie wussten vom Kommen des Meisters Eilhard, bevor er bei uns war. Das zeigt, wie weit verbreitet ihr Nachrichtennetz ist. Aber mit dem Auskundschaften ist es jetzt vorbei. Wir werden diesen adligen Damen für alle Zeit das Handwerk legen.«

Verschreckt vom Geläut der Sturmglocken liefen die Menschen auf dem Marktplatz zusammen. Was für eine Gefahr bedrohte die Stadt? Warum riefen die Glocken zu den Waffen? Johlend und unter lautem Gelächter zog die Bürgerwehr gegen das Frauenkloster. Wann hatte es das schon einmal gegeben, dass Männer Weiber belagerten?

Die Nonnen hatten sich verschanzt. Mit Hilfe eines eilig herbeigekarrten Rammbocks wurde die Klosterpforte gewaltsam aufgebrochen. Inzwischen hatte sich die ganze Bürgerschaft vor dem Kloster versammelt. Ein Spektakel erhob sich wie beim Schweineschlachten zur Kirchweih. Ein Metzgergeselle von der Fleischhalle am Markt hatte eine Nonnenhaube erbeutet. Er stülpte sie sich auf den Kopf, stieg auf ein Fass und sang zum Vergnügen der Herbeigelaufenen:

»Und sollt ich eine Nonne werden,
dann wider meinen Willen.
Erst will ich einem jungen Wicht
des Schoßes Hunger stillen.
Und stillt er mir den meinen nicht,
so mag er dran verderben.«

Die Priorin Ursula von Seckendorf wurde gefesselt abgeführt. Hoch erhobenen Hauptes, stolz wie eine Königin, schritt sie durch die Masse, die bei ihrem Anblick verstummte und ihr bereitwillig Platz machte. Es war ein würdiger Abgang. Sie wurde in den städtischen Strafturm geworfen, um ihren Trotz zu brechen. So hatte es Meister Eilhard angeordnet. Alle übrigen Nonnen wurden in ihre Zellen befohlen, die von außen verriegelt wurden.

Der Inquisitor befahl den mitgekommenen Maurern, alle Fenster zuzumauern, die nicht in den geschlossenen Klosterhof blickten, weil sie die Sündenpforten seien, durch die die fleischliche Versuchung in die Zellen der Nonnen einströme.

Die Schlösser der Ein- und Ausgänge wurden herausgerissen und durch neue ersetzt, die Heinrich Toppler schon vor Tagen hatte anfertigen lassen. Weihwasser wurde versprengt, um den Teufel zu vertreiben. Weihrauch und geweihte Kerzen verbreiteten ihre Düfte. Bittgebete wurden gesprochen. Dieses vom Bürgermeister inszenierte Theater diente vor allem dazu, den Anschein zu erwecken, dass das Kloster ein Sündenpfuhl ohnegleichen gewesen und dass die gewaltsame Einnahme und die Gefangensetzung der Nonnen ein gerechter Eingriff von höchster Dringlichkeit gewesen sei.

Die verschüchterten Nonnen, die nicht wussten, wie ihnen geschah, unterwarfen sich dem Inquisitor ihres Ordens ohne Widerspruch und waren zu jeder Bußfertigkeit bereit. Gipfel des Triumphs wäre es natürlich gewesen, wenn die herbeigeholte Äbtissin in das Mea culpa mit eingestimmt hätte. Aber Ursula von Seckendorf ließ sich nicht beeindrucken. Als man sie aus dem fensterlosen Verlies holte, zeigte sie nicht, wie erwartet, zerknirschte Reue, sondern war empört über die Gewalt, die man ihrem Kloster angetan hatte. Ihr Auftreten wirkte so überzeugend und würdevoll, dass der Inquisitor fürchtete, das Feuer ihres Widerstands könne auf die anderen Klosterfrauen überspringen. Sie wurde deshalb rasch wieder weggeschafft. Um den Nachrichtenfluss nach draußen zu unterbinden, waren während des ganzen Vorgangs alle Stadttore geschlossen. Die hochadlige Verwandtschaft der Nonnen mit Beziehungen zu den angesehensten Fürstenhäusern sollte keine Gelegenheit erhalten, in das laufende Verfahren einzugreifen. Wie reibungslos aber das schon seit Jahrzehnten bestehende Informationssystem der widerspenstigen Ordensfrauen dennoch funktionierte, erkannten Heinrich Toppler und der Rat der Stadt daran, dass die adligen Damen es auf mysteriöse Weise fertig brachten, aus der abgeriegelten Stadt heraus ihre mächtige Verwandtschaft zu alarmieren.

Die Tore waren noch verschlossen, als ein reitender Kurier im Auftrag der von Seckendorfs, von Seldenecks und von Seinsheims den Ordensgeneral auf seiner Heimreise nach Nürnberg abfing, um gegen die Gewalt zu protestieren, die den Bräuten Christi durch weltliche Leute widerfahren sei.

Man verlangte sofortiges Einschreiten gegen die tollwütige Stadt, wenn nötig mit Waffengewalt. Einige erklärten sich sogar bereit, mit eigenen Kriegsknechten an der Strafexpedition teilzunehmen.

In dieser gefahrvollen Lage hielt es Heinrich Toppler für angebracht, sich mit der Priorin gütlich zu einigen. Das Gespräch unter vier Augen sollte im Rathaus stattfinden. Ursula von Seckendorf wies dieses Ansinnen empört zurück und ließ den Bürgermeister wissen, dass sie mit einem noch weit unter das Vieh gefallenen Verbrecher wie ihm nicht sprechen werde. Meister Eilhard erklärte die Verstockte daraufhin für abgesetzt und ernannte im Einverständnis mit dem Ordensgeneral und dem Fürstbischof Topplers Verwandte Agnes Wernitzer zur neuen Priorin. Selbstverständlich hatte die Ernennungsurkunde ihren Preis, den Toppler mit diskreter Unterstützung von Josua Süßkind aus eigener Tasche bezahlte. Anschließend verkündete der Ordensgeneral, dass die Reformierung des Klosters unumgänglich gewesen sei, zum Wohl des Ordens und mit Zustimmung des Fürstbischofs.

Mit dieser Absegnung von höchster Warte war der adligen Verwandtschaft jeder Wind aus den Segeln genommen. Sie fügten sich »mit geballten Fäusten und Wut im Gedärm«, wie die von Seckendorfs den Ordensgeneral wissen ließen.

Wäre es nach dem Willen der Stadt gegangen, hätte die leidliche Affäre hiermit ein Ende gehabt. Aber Meister Eilhard galt nicht von ungefähr als der unnachgiebigste Inquisitor seines Ordens. Für ihn hatte die eigentliche Arbeit noch gar nicht begonnen.

Nur wenig von dem, was sich unter seiner Gerichtsbarkeit hinter den Klostermauern abspielte, drang nach draußen. Aus einem Brief, den die Priorin an den Burggrafen von Nürnberg schrieb, erfuhr dieser: »Sie haben die Frauen geschlagen, bis sie bluteten. Danach fingen sie unseren Klosterverwalter und stachen ihm die Augen aus.« Den Burggrafen kümmerte das nur wenig. Er hatte gerade einen Beistandspakt mit dem Fürstbischof gegen den Städtebund geschlossen.

Nachfolger des geblendeten Klosterverwalters wurde Johann von Wallenhausen, ein junger, unerfahrener Mönch, den der Rat der Stadt für ein willfähriges Werkzeug hielt. Hinter dem Rücken der Nonnen händigte er Heinrich Toppler alle Haushaltsbücher samt Vermögensangaben aus. Am Ende bezog er ein Gehalt dafür, dass er die Nonnen bespitzelte.

Auf Beschluss des Inneren Rates durften die Klosterfrauen bloß noch zweimal im Jahr Verwandtenbesuch empfangen, und das auch nur in Gegenwart der Priorin und des Beichtvaters. Wer ohne ausdrückliche Genehmigung das Kloster verließ, sollte ein ganzes Jahr in Kerkerspein gehalten werden.

*

In Nürnberg hatte Levi Strauss seinen Sekretär zu sich gerufen, einen kleinwüchsigen, bärtigen Armenier mit dem wohlklingenden Namen Alkuin.

»Was hast du herausgefunden?«, fragte Levi, bevor der Gerufene noch Zeit hatte, sich zu setzen.

»Es stimmt. Die Tochter des Josua Süßkind hat sich tatsächlich in Luft aufgelöst. Sie ist ausgeritten und nicht zurückgekehrt. Die ganze Stadt hat nach ihr gesucht. Einige tun das noch immer, denn der alte Süßkind hat eine königliche Belohnung für den Finder ausgesetzt. Aber es sei alles vergeblich.«

»Kann ein Mensch einfach so verschwinden?«

»Ich habe nie dergleichen gehört. Wenn jemand verunglückte, so hat man ihn auch gefunden. Selbst die Ertrunkenen tauchen nach einiger Zeit wieder auf.«

»Irgendetwas stimmt hier nicht. Aber was? Wer könnte ein Interesse daran haben, dieses Mädchen verschwinden zu lassen? Was meinst du, Alkuin? Du hast einen klaren Verstand. Was könnte passiert sein?«

»Es war kein Unfall. Denn dann wäre die Verunglückte gefunden worden. Vor allem aber wäre das Pferd, mit dem sie ausgeritten ist, noch da. Die Tatsache, dass auch das Ross verschwunden ist, muss unsere Aufmerksamkeit in eine andere Richtung lenken.«

»Richtig«, sagte der alte Strauss. »In diesem Punkt bin ich einer Meinung mit dir. Es könnte natürlich sein, dass auch dem Pferd etwas zugestoßen ist, dann müsste man sie aber noch leichter finden. Eine Rossleiche ist ja wohl kaum zu übersehen.«

Der Sekretär nahm sich einen Apfel aus einer silbernen Schale. Er biss hinein und sagte: »Wenn Ross und Reiter nichts zugestoßen ist, so müssten sie noch da sein. Sind sie aber nicht. Folglich sind sie fortgeritten. In diesem Fall gibt es zwei Möglichkeiten. Entweder sie sind aus eigenem Willen gegangen, oder sie wurden entführt.«

»Das klingt recht überzeugend«, sagte Levi Strauss. »Aus eigenem Antrieb ist Judith ganz gewiss nicht weggelaufen. Warum sollte sie so etwas tun, zwei Wochen vor der Hochzeit, die sie zur reichsten Frau im ganzen Land gemacht hätte?«

»Und selbst wenn es so wäre«, sagte der Sekretär, »würde sie dann nicht einen Brief hinterlassen haben? Wer geht schon fort, ohne einen letzten Gruß an seine Lieben?«

»Also ist sie entführt worden.«

»Wer könnte so etwas tun?«

»Mädchen werden entführt, weil man sie zum Weib will. Aber kein Christ raubt eine Jüdin aus Liebe. Er hätte alle Christen und Juden gegen sich.«

»Raub zum Zweck der Erpressung«, meinte Alkuin.

»Das wäre ein Motiv. Vater Süßkind hat Geld. Aber dann hätte sich der Räuber längst gemeldet. Und wer wäre so kühn, dem Süßkind die Tochter und mir die Schwiegertochter wegzunehmen, um Geld von uns zu erpressen? Wir würden ein Kopfgeld auf ihn aussetzen, so hoch, dass selbst seine eigenen Kinder Jagd auf ihn machen würden. Keiner würde das für ein bisschen Lösegeld riskieren. Nein, glaube mir, hier geht es um Größeres.«

»Um Größeres?«, fragte Alkuin ungläubig.

»Ja, um sehr viel Größeres. Jemand will verhindern, dass die beiden reichsten Juden im Frankenland miteinander zur finanziellen Übermacht verschmelzen. Die Hochzeit hätte das bewirkt. Also musste die Braut beseitigt werden.«

»Und wer steckt dahinter?«

»Der König? Nein. Er bekommt seine Judensteuer. Die Kirche?«

»Warum sollte sie?«, meinte Alkuin.

»Sie bekämpft jede Macht neben sich. Und Geld ist eine Macht. Aber an der Tochter vom Süßkind würde sie sich nicht vergreifen. Nein, das würde sie nicht tun. Doch wer dann?«

»Andere Kreditgeber, denen wir zu mächtig werden? Der Konkurrenzkampf im Geldgeschäft ist hart.«

»Ihr meint, es könnten unsere Leute…?«, fragte Levi ungläubig.

»Es müssen nicht unbedingt Juden sein. Wir haben eine Menge Konkurrenz bekommen: die Kaufherrenschaft der Stadt, die Florentiner und Genuesen und nicht zuletzt die Tempelherren.«

»Ja, Ihr habt Recht. Ich werde meine Fühler in dieser Richtung ausstrecken.«

Der alte Strauss erhob sich zum Zeichen, dass er die Unterredung nicht fortsetzen wollte. Im Aufstehen fragte er: »Ob sie wohl noch lebt?«

»Davon bin ich überzeugt«, sagte Alkuin. Aber der Alte sah ihm an, dass er log.

Als der Sekretär gegangen war, zog sich Levi Strauss in den angrenzenden Ruheraum zurück. Hier auf dem seidenen Diwan, den ihm der Großwesir von Samarkand als Dank für vermittelte Geschäfte geschenkt hatte, gingen ihm stets die besten Gedanken durch den Kopf.

Warum, so dachte er, hat es die Braut getroffen? Wäre es nicht viel geschickter gewesen, den Bräutigam auf einer seiner weiten Reisen zu beseitigen? Dass einer aus der Ferne nicht wiederkehrt, hätte viel weniger Aufsehen verursacht als das Verschwinden eines Mädchens in einer Kleinstadt.

Die Vorstellung, seinen einzigen noch lebenden Erben zu verlieren, erfüllte ihn mit Schrecken. Ich hätte ein paar Söhne mehr haben sollen, dachte er. Oder wenigstens die, die ich gezeugt habe, anerkennen sollen. Er dachte an das Kind, das er seiner Geliebten, einer jungen Gerberswitwe in Ulm, gemacht hatte.

Mein Weib hätte mir den Fehltritt mit einer Christin verziehen, aber die Geschäfte hätten darunter gelitten. Das Neugeborene war vor dem Findelhaus der Barmherzigen Schwestern in Ulm abgelegt worden. Es war ein Junge. Er musste jetzt fast zwanzig Jahre alt sein.

Wenn er noch lebt, wird er vermutlich ein Mönch sein, oder sie werden ihn zum Priester weihen. Ihm grauste bei dem Gedanken.

VIERUNDDREISSIGSTES KAPITEL

Der alte Süßkind fand keinen Schlaf mehr. Mitten in der Nacht irrte er im dunklen Haus umher. In der vierten Woche nach Judiths Flucht streckte der Tod die Hand nach ihm aus. Es kam über ihn wie ein Rauschen von Engelsflügeln, ein Licht so hell wie brennende Naphtha. Dann verschlang ihn die Finsternis. Er überlebte den Schlaganfall, konnte sich aber nur noch wie ein Krüppel an Krücken fortbewegen. Den größten Teil des Tages verbrachte er in seinem Sessel beim Fenster. Hier suchte ihn Heinrich Toppler auf, um mit ihm den Ankauf von Land für die Stadt zu besprechen.

»Wenn du nicht zu mir ins Rathaus kommst, so komme ich halt zu dir.« Er blickte sich um und meinte: »Schön hast du es.«

»Du warst noch nie hier?«

»Wie konnte ich? Du hast mich nie eingeladen.«

»Ja, du hast recht«, sagte Josua. »Weißt du, ich habe mich immer bemüht, ein guter Jude zu sein, getreu dem Talmudwort: Versuche die Würde aller Menschen in deiner Person zu bewahren. Auch wenn sich das nicht immer mit meinen Geschäften vereinbaren ließ.«

»Du hast es weit gebracht«, sagte Heinrich.

»Ja, ich war erfolgreich, obwohl ich das, was ich tue, nicht liebe.«

»Warum tust du es dann?«

»Weil ich es kann. Man sollte nur die Dinge tun, die man besonders gut kann.«

Heinrich öffnete die Flasche Wein, die er als Genesungstrunk mitgebracht hatte, nahm zwei Zinnbecher aus dem Regal und füllte sie. Josua trank davon, strich sich den Bart und sagte: »Mir ging immer alles zu langsam, aber mein Leben verlief zu schnell. Und jetzt bin ich fast am Ende angelangt.«

Toppler wollte widersprechen, aber der alte Jude ließ ihn nicht zu Wort kommen.

»Ich fürchte mich nicht vor dem Tod. Angst haben heißt im Hebräischen: Gott hat mir den Mut genommen. Meinen Mut lasse ich mir nicht nehmen. Sterben ist gar nicht so schwer, wenn man weiß, dass das nicht eine plötzlich eintretende Katastrophe ist, sondern ein Vorgang, der uns das ganze Leben lang begleitet. Wir alle sterben täglich. Du stirbst mit jedem Haar, das dir vom Kopf fällt, mit jedem Zahn, der dir gezogen wird. Wir schwinden ganz allmählich dahin. Man stirbt, solange man lebt. Der Tod erlöst uns erst vom Sterben.«

»Der Tod erlöst uns erst vom Sterben«, wiederholte Heinrich ungläubig, so als habe er nicht recht verstanden.

Josua ließ sich nicht beirren und fuhr fort: »Die Sehkraft schwindet. Das Gehör lässt nach. Und das muss so sein. Denn am Ende ist das Erinnern wichtiger als die Aufnahme von immer neuen Eindrücken. Das Leben besteht nicht aus vergangenen Tagen, sondern aus den wenigen Ereignissen, an die wir uns erinnern.

Aber auch die Erinnerung schwindet mit der Zeit. Ich vergesse täglich ein wenig mehr, und das ist gut so. Schon seit einigen Jahren bin ich weniger mit dem Lernen beschäftigt als vielmehr damit, das Gelernte wieder zu vergessen. Ich muss den Unsinn, den man mir eingetrichtert hat, wieder loswerden. Man sollte nicht alles glasklar erkennen wollen. Schon als Kind habe ich erlebt, dass man die Welt viel schöner sieht, wenn man sie mit halb geschlossenen Augen betrachtet. Alle Linien werden weicher; Überflüssiges verschwindet. Alles wird schöner. Der Verlust der Sehschärfe im Alter ist eine Gnade. Bedauern tue ich nur, dass mir das Lesen so schwer fällt. Liest du in der Bibel?«

Und als Heinrich verneinend den Kopf schüttelte, sagte Josua: »Das solltest du tun. Auch wenn das Alte Testament ein jüdisches Buch ist, enthält es dennoch viel Christliches.«

»Zum Beispiel?«, fragte Toppler.

»Die unglaubliche Geschichte von Abraham, der bereit ist, seinen Sohn zu schlachten. Du kennst den Hergang?«

»Ja, natürlich kenne ich ihn. Aber was ist daran christlich?«

»Ein jüdischer Vater wäre zu solch einer Tat nicht zu bewegen. Keiner von uns könnte seinem Sohn so etwas antun. Das ist nicht jüdisch. Das ist christlich.«

»Wieso ist das christlich?«

»Beruht nicht das Christentum auf dem Glauben, Gottvater habe seinen Sohn schlachten lassen? Ach, was sage ich, schlachten, er hat ihn kreuzigen lassen. Das ist schlimmer, als die Kehle durchzuschneiden.«

»Abraham war ein Jude«, sagte Heinrich Toppler.

»Das war Jesus auch. Das ist keine Frage des Glaubens als vielmehr des gesunden Menschenverstands. Irre wie Abraham wird es immer und überall geben, aber mehr bei euch als bei uns.«

Josua leerte seinen Becher und hielt ihn Heinrich hin zum Nachfüllen. Er trank mehr als für gewöhnlich, so als bräuchte er den Wein zur Belebung seiner an den Sessel gefesselten Glieder. Wenn auf seinen Leib kein Verlass mehr war, so wollte er doch wenigstens seinen Geist bewegen.

»Unser Teil der Bibel ist das Neue Testament«, sagte Heinrich. »Und der Heiland des Neuen Testaments ist ein gütiger Gott.«

»Ist er das?«

»So steht es geschrieben.«

»Aber es steht auch geschrieben, dass Jesus zu Ostern nach Jerusalem kam, zu einer Zeit also, in der die Bäume keine Früchte tragen. Und er sah einen Feigenbaum am Weg, fand aber nichts als Blätter daran. Da verfluchte er ihn mit den Worten: Niemals mehr wachse auf dir eine Frucht! Und der Feigenbaum verdorrte auf der Stelle. Ist das gütig?

Und es steht auch geschrieben, dass er den Teufel in die Säue fahren ließ. Es waren zweitausend. Die stürzten alle ins Meer und ertranken jämmerlich. Ist das gütig?

Im Evangelium des Lukas sagt euer Gottessohn gar: Wenn einer zu mir kommt und hasst nicht seinen Vater, Mutter, Weib, Kind, Brüder, Schwestern, ja sein eigenes Leben, so kann er nicht mein Jünger sein. Ist das gütig?«

Und als Heinrich nicht antwortete, tat das Josua für ihn: »Das ist nicht nur nicht gütig, sondern furchtbar. Möchtest du so einen Sohn haben?«

Und als der andere immer noch schwieg, sagte der alte Jude: »Wenn der Sohn schon so herzlos ist, wie schrecklich muss dann sein Vater sein!«

»Willst du meinen Gott beleidigen?«

»Es gibt nicht deinen Gott und meinen Gott. Es gibt nur einen für uns alle, und der ist nicht gütig. Er ist groß. Er ist allmächtig. Er ist der Schöpfer von allem, was ist, aber er ist kein Gott, der lächelt und verzeiht, häufig genug aber einer, der zürnt und straft. Alles andere ist Selbstbetrug.«

»Glaubst du an die Auferstehung und das ewige Leben?«, fragte Heinrich Toppler.

»Ich denke oft darüber nach. Wie ist das mit den Toten in der anderen Welt? Sind sie dort jung oder alt? Trifft eine Mutter, die ihr Neugeborenes verloren hat, dort einen Säugling an oder einen Erwachsenen, den sie gar nicht kennt? Bleiben unsere Toten auch im Himmel klug und schön oder gar Krüppel? Gehören Ehepaare auch im Himmel zusammen?«

Bei der letzten Frage nickte Heinrich, der an Barbara dachte, mit dem Kopf. Josua fuhr fort: »Ich kannte einmal einen Bernsteinhändler von der Kurlandküste. Der ließ sich mit einer Toten trauen.«

»Mit einer Toten?«

»Sie soll über die Maßen schön gewesen sein. Aber sie war schon länger als ein Jahr tot, als sie sie wieder ausgruben und festlich geschmückt zum Altar trugen, wo der Priester sie mit dem alten Bernsteinhändler vermählte.«

»Und wozu das Ganze?«, fragte Heinrich ungläubig und angeekelt.

»Er wollte im Jenseits nicht allein sein. Das irdische Leben als Junggeselle mag ja noch angehen, soll er gesagt haben, aber ein ewiges Leben ohne Weib – das ist zu lang. Nach der Trauung ließ er sie in sein Familiengrab umbetten. Wenn er nach dem Tod ins Jenseits kommt, wird dort seine junge Frau auf ihn warten.«

Josua ließ sich noch einmal seinen Becher füllen und fragte: »Wie stellst du dir das Paradies vor?«

»Ich weiß es nicht«, sagte Heinrich.

»Machst du dir keine Gedanken über den Tod?«

»Doch, schon. Es wird dort, so glaube ich, keine Mächtigen mehr geben, keine Unterdrückten, keine Reichen und keine Armen, keine Krüppel und keine Kranken. Alle werden jung und schön sein.«

»Das heißt, wir werden alle so ziemlich gleich aussehen«, meinte Josua, »denn es wäre ja ungerecht, wenn einer schöner wäre als der andere. Und wir werden alle gleich gut sein. Das heißt, wir werden schrecklich langweilig sein. Worüber soll man sprechen, wenn alle gut und ohne Fehler sind, wenn es keine Spannungen und Kämpfe mehr gibt, wenn sich nichts ereignet, das uns aufregt, empört oder beschämt?«

»Dafür«, sagte Heinrich, »gibt es paradiesische Freuden in reicher Fülle.«

»Aber was soll das sein? Die Freuden des Fleisches? Wohl kaum. Stell dir vor, es gibt dort Tausende von herzensguten schönen Frauen. Aber du bist verheiratet und musst der deinigen treu sein, nicht bis der Tod euch scheidet, sondern für immer. Das ewige Leben ist verdammt lang!

Im Paradies führen die Junggesellen ein abwechslungsreicheres Leben als die Eheleute. Das ist vielleicht der Grund, weshalb eure Pfaffen nicht heiraten.«

»Mein Gott, du kommst vielleicht auf Ideen«, lachte Heinrich.

Aber Josua ließ sich nicht beirren und fuhr fort: »Es war auf Erden mein größter Wunsch, ein Kind zu bekommen. Wie paradiesisch wäre das gewesen! Aber auch das wird sich in der besseren Welt nicht verwirklichen lassen. Denn Engel bekommen keine Engel. Wo alle gleich alt sind, ist kein Platz für überirdische Säuglinge. Und wozu auch! Kinder werden geboren zur Erhaltung des irdischen Lebens. Aber ein Paradies ohne Kinder, kann das ein Paradies sein?«

»Bleiben uns noch die Freuden der Tafel als himmlischer Genuss«, meinte Heinrich.

»Mit dem kann es auch nicht weit her sein.«

»Wieso das denn?«

»Der kann selbstverständlich nur fleischlos sein. Denn wer wollte wohl im Paradies Lämmer zur Schlachtbank führen, um die Seligen mit köstlichem Braten zu verwöhnen? Oder wer könnte einer Taube den Hals umdrehen?«

»Hauptsache, es gibt Wein«, meinte Heinrich Toppler und verteilte den Rest des Flascheninhalts. »Wahrscheinlich ist sowieso alles ganz anders, als wir es uns vorzustellen vermögen.«

»Aber selbst wenn alles ganz anders ist, so bleibt immer noch die schreckliche Vorstellung der Ewigkeit. Eine Million Jahre und noch eine und noch eine und noch eine. Es gibt nur eine Vorstellung, die noch schrecklicher ist als der Tod, und das ist die Vorstellung, dass man nicht sterben darf. Das Recht auf den Tod ist das einzige Recht, das es im Paradies nicht gibt und niemals geben wird.«

Sie leerten ihre Becher. Und Josua sagte: »Was bin ich doch für ein Esel. Ich stehe mit einem Bein im Grab und beklage mich darüber, dass es irgendwo eine Welt ohne Tod geben könnte.«

Über ihrem Gespräch war es spät geworden.

Bevor Heinrich ging, erzählte ihm Josua die Geschichte von dem christlichen Kaufmann, der auf dem jüdischen Friedhof von Prag beerdigt werden wollte.

»Er kam zu dem Rabbi und fragte: Darf ein Christ auf dem jüdischen Totenacker in die Erde gelegt werden?

Warum sollte er das wollen?, fragte der Rabbi.

Alle meine Geschäftsfreunde sind Juden, und euer Friedhof ist viel ehrwürdiger und schöner als der unsrige.

Der Rabbi dachte eine Weile nach und meinte dann: Ich glaube, das ließe sich einrichten, aber du musst wissen, dass die Grabstätte für Christen vierzigmal so teuer ist als für Juden.

Wieso das denn?, verwunderte sich der Kaufmann. Heißt es nicht: Im Tod sind alle Menschen gleich?

Im Tod schon, aber nicht danach. Schau, sagte der Rabbi, wenn am Ende aller Tage die Posaunen des Jüngsten Gerichtes ertönen, dann werden alle Juden aus ihren Gräbern auferstehen; ihr Ungläubigen aber werdet liegen bleiben. Dann gehört euch der Friedhof ganz allein. Und du wirst mir Recht geben, dafür ist der Preis nicht zu hoch.«

Drei Tage später wurde Josua Süßkind auf dem jüdischen Friedhof in Rothenburg in die Erde gelegt.

*

Am Tag, an dem der alte Süßkind aus dem Leben schied, schenkte die Assunta Engelmar ihrem Gatten einen Sohn, den der nicht gezeugt hatte. Heinrich Toppler nahm den Neugeborenen aus seiner Wiege und betrachtete ihn lange. Wie sehr hatte er sich solch einen kräftigen Knaben gewünscht.

»Er ist so schön wie du«, sagte er zu Assunta.

»Er hat deine Augen.«

»Wie willst du ihn nennen?«

»Am liebsten Heinrich, aber da er am Tag des heiligen Cyrillus das Licht der Welt erblickt hat, wird er wohl auch so heißen.«

»Ist Cyrillus nicht der Schutzpatron gegen Gewitter und Blitzschlag?«

»Du sagst es.«

»Das ist gut«, sagte der alte Toppler. »Das Leben ist voller Unwetter. Wann soll die Taufe sein?«

»Wenn mein Ehemann von der Reise zurückgekehrt ist, und das wird noch lange dauern.«

»Du meinst, wir könnten uns in meinem Turm? ...«

»Warum im Turm?«, unterbrach sie ihn. »Slawonien ist weit.« Sie knöpfte ihr Obergewand auf und sagte: »Schau, Liebster, was für prächtig pralle Brüste ich habe, voll von Milch und voller Sehnsucht nach dir.«

FÜNFUNDDREISSIGSTES KAPITEL

So wie es verschiedene Stände unter den Menschen gab, so gab es auch zwei Klassen bei den Schweinen. Was bei den Zweibeinern die Bürger oder Patrizier, das waren bei den Vierbeinern die Stadtschweine. Im Gegensatz dazu galten die Feldsäue gewissermaßen als Vertreter des Bauernstandes. Zu ihren Aufgaben gehörte es, mit den Rüsseln die abgeernteten Felder im Herbst umzupflügen. Dabei vertilgten sie jede Menge Schädlinge: Engerlinge, Kornkäfer und ganze Nester mit neu geborenen Feldmäusen, während sie gleichzeitig die Äcker mit den Ausscheidungen ihrer Leiber düngten. Im Frühjahr wurden sie mit zugebundenen Schnauzen auf die Äcker getrieben, damit sie mit ihren Füßen die ausgesäten Getreidekörner in den regenfeuchten Boden einstampften.

Das alles geschah unter Aufsicht eines Schweinehirten, der für das Rothenburger Borstenvieh außerhalb der Stadtmauer verantwortlich war. Er blies auf einem Kuhhorn, so laut und klagend, dass man es an stillen Abenden bis in die Stadt hinein hörte. Sein wichtigster Gehilfe war der Leiteber, der alle anderen Schweine an borstiger Rückenhöhe weit überragte und eine Glocke um den Hals trug. Er und nur er bestimmte, wo es langging. Hieronymus hatte ihm den Namen Wenzel gegeben, weil er fand, dass er eine gewisse Ähnlichkeit mit dem König hatte.

Im Gegensatz zu allem anderen Nutzvieh, den Kühen, Ziegen und Gänsen, die morgens durch die Stadttore ausgelassen und abends wieder stadteinwärts getrieben wurden, verblieben die Feldsäue ständig außerhalb der großen Mauer. Nach Bestellung der Äcker wurden sie in die Wälder getrieben, wo sie sich von Eicheln, Bucheckern und Kastanien ernährten. Da sie sich dort häufig mit den Wildschweinen paarten, waren die Feldsäue wesentlich wilder und behaarter als ihre städtischen Verwandten. Sie schmatzten lauter, rochen penetranter und stritten sich häufiger. Mit anderen Worten: Sie unterschieden sich von den Stadtschweinen wie primitives Bauernvolk von ehrbaren Bürgern.

Obwohl es heißt: Wie der Hirt, so die Herde, verhielt es sich in diesem Fall eher umgekehrt – wie die Herde, so der Hirt. Denn der Schweinehirt stand an Ansehen noch unter dem Henker und den Huren.

Er ist schon ein armes Schwein, dachte Barnabas, als er sich dem verschneiten Stadtforst näherte. Kaum zu glauben, dass die Engel in der Heiligen Nacht zuerst den Hirten erschienen sind, um ihnen die Geburt des Heilands zu verkünden. Zählten die Hirten nicht zu den ehrlosen Leuten, weil sie ohne festen Wohnsitz wie die wilden Tiere im Freien hausten? Nun, nicht ganz im Freien, denn der Hieronymus schlief in einem alten Rotweinfass auf Rädern, das von einem räudigen Maultier gezogen wurde.

Im Sommer ging es ihm gut. Dann lag er im Gras, ließ sich die Sonne auf den Leib scheinen und spielte auf seiner Flöte. Im Winter aber, wenn der Nordwestwind über die Stoppelfelder blies, dann fror er trotz seiner dicken Lammfellvermummung so gottserbärmlich, dass ihm der Rotz aus der Nase hing und sein heiserer Husten wie Hundegebell klang. So wie jetzt, als Barnabas ihn am Waldrand endlich gefunden hatte.

»Gott zum Gruß, Hieronymus.«

»Gott zum Gruß, Bruder Barnabas.«

Er wischte sich mit der Hand die Nase, griff sich aus dem Korb, den Barnabas für ihn mitgebracht hatte, eine Wurst und begann an ihr zu nagen.

Widerwärtig wie eine Raupe, dachte Barnabas. Er fragte: »Ist es wahr, was man sich erzählt: Deine Schweine leuchten?«

»Ja, wie die Glühwürmchen.« Hieronymus kaute mit offenem Mund.

»Es heißt, der Satan sei in sie gefahren«, fuhr Barnabas fort.

»Der braucht nicht in sie zu fahren; der steckt immer in ihnen. Nur eine geselchte Sau ist eine gute Sau.«

»Du sprichst nicht wie ein guter Hirte.«

Hieronymus zuckte mit den Schultern. »Der Bischof nennt sich auch guter Hirte. Ist der vielleicht gut? Glaube mir, Hirten sind nicht gut. Ich behüte meine Schweine, damit ihnen am Nimmerleinstag das Messer durch die Kehle fährt.«

»Wo sind deine Schutzbefohlenen?«, fragte Barnabas.

»Sie sind drinnen im Forst und durchwühlen den Boden nach Fressbarem. Zu dieser Jahreszeit ist Schmalhans Küchenmeister. Bei Einbruch der Dämmerung kommen sie heraus und schreien nach ihrem Abendmahl.«

»Abendmahl?«

»Die abendliche Fütterung. Sie kriegen einmal am Tag Eicheln und Kastanien, die wir im Herbst sammeln und in dem Blockhaus da hinten lagern. Ohne diese Fütterung würden uns die halbwilden Säue davonlaufen. Warum sollten sie bei uns bleiben? Der Wald ist groß. Das Abendmahl hält sie in Abhängigkeit. Es ist wie mit der Kirche und den Gläubigen.«

»Hüte deine Zunge, Hieronymus«, drohte Barnabas, »sonst endest du wie deine armen Schweine.«

Er blies sich in die vor Kälte starren Hände und zog die Kapuze seiner Kutte noch enger über die Ohren.

»Du frierst, Bruder«, sagte der Hirte. »Ich werde uns einen Tee machen.«

Er ließ sich auf die Knie fallen, schob eine Grassode beiseite und legte eine kleine Grube frei, in die er hineinblies. Glut leuchtete auf. Reisig und Wurzelholz wurden nachgelegt. Bald brannte ein ansehnliches Feuer. Vom nahen Bach holte er in einem hölzernen Topf Wasser, in das er einen faustgroßen Kieselstein gab, den er zuvor in die Glut gelegt hatte. Der heiße Stein brachte das Wasser sofort zum Brodeln.

»Eine tolle Art zu kochen«, verwunderte sich Bruder Barnabas.

»Was willst du machen, wenn du keinen eisernen Tiegel hast.«

Er streute getrocknete Kräuter in zwei Tonbecher und reichte einen davon an Barnabas weiter. Der trank davon und fragte: »Was ist das? Es schmeckt köstlich.«

»Rosenfrucht, Nesselwurz, Holunderblatt und Kastanienmark. Vor allem das Kastanienmark ist von belebender Wirkung. Bei den Schweinen im Wald löst es die Brunst aus.«

Als Bruder Barnabas verschreckt seinen Becher absetzte, beruhigte ihn Hieronymus: »Das wirkt nur bei Wildsäuen.«

Er schlürfte den heißen Tee in sich hinein und kratzte sich ausgiebig den Kopf, fischte sich irgendein Ungeziefer aus dem verfilzten Haar, einen Floh oder eine Schafslaus, betrachtete den Fang und schob ihn sich in den Mund. Bruder Barnabas lief ein kalter Schauer über den Rücken, der ihn noch mehr frösteln ließ als der Nordwestwind. Es verging eine lange Zeit, in der die beiden so ungleichen Männer schweigend Tee tranken und sich die Hände am Feuer wärmten. Der Tag verblasste mehr und mehr.

Endlich ließen sich die sehnlich Erwarteten vernehmen. Erst ein Knacken von trockenem Reisig, dann tiefes Altmännergrunzen, Quiektöne, Schmatzen und zorniges Aufjaulen, immer lauter werdend, ein viehischer Chor, gierig und böse. Schließlich brachen sie aus dem Dickicht hervor, eine wilde Rotte von dichtbefellten Dämonen.

Hieronymus griff in den bereitgestellten Maltersack mit Kastanien und warf sie mit vollen Händen den Schweinen zum Fraß vor. Mit infernalischem Geheul stürzten sie sich darauf. Die hartschaligen Früchte verschwanden knirschend in ihren schmutzigen Schnauzen.

»Da sieh, Bruder Barnabas, der Eber da hinten! Und die alte Sau gleich hier!«

Es war nicht zu übersehen. Sie leuchteten wie die Stadtschweine im vergangenen Sommer. Aber wie wiederholte Wunder an Faszination einbüßen, so verliert auch das Grauen an Schrecken, wenn es bereits bekannt ist. Hatte das Feuer der Schweine Barnabas beim ersten Mal in Panik versetzt, so weckte es jetzt die Neugier des Alchimisten in ihm. Was war das für ein Licht, das brannte, ohne zu verbrennen?

Auf allen vieren kroch er an die Sau heran, lockte sie mit Kastanien, betrachtete das kalte, blaugrüne Feuer, das in ihrem Rachen brannte. Warum leuchteten die Schweine aus dem Schlund heraus? Warum nur an der Schnauze und nicht an anderen Körperteilen? Die logische Schlussfolgerung war: Sie fraßen irgendetwas, das leuchtete. Aber was?

Bruder Barnabas blickte auf die Hufspuren der Schweine im Schnee. Klar und deutlich zeichneten sie sich ab. Es hatte seit heute Morgen nicht mehr geschneit. Wenn er ihre Fährte zurückverfolgte, musste er an alle Plätze gelangen, an denen sie nach Fressbarem gewühlt hatten.

Zum Glück hatte er eine Stalllaterne mitgebracht. Die entzündete er an dem Lagerfeuer, bevor er sich auf den Weg machte. Es war stockdunkel im Forst.

Die Lampe fest umklammernd, betete er aus der Vulgata: »De profundis clamavi ad te, Domine. Aus der Tiefe rufe ich zu dir, o Herr! Steh mir bei: Sic me servavit!«

Wie gut, dass es so dunkel ist, machte er sich selbst Mut. Dann sind die Irrlichter, die die Schweine verschlucken, besser zu erkennen.

Er war noch nicht weit gegangen, als er eine Mulde unter hohen Buchen erreichte, an der die Schweine besonders intensiv gegraben hatten. Da war keine Stelle im Schnee, die sie nicht mit ihren Füßen zertreten hatten.

Das gesteigerte Interesse der Säue weckte auch seine Neugier. Mit der Spitze seines Bundschuhs grub er in dem welken Laub. Er stieß gegen einen festen Gegenstand. Und da sah er es! Blaugrün glimmte es auf wie ein Irrlicht über dem Moor oder eine krabbelnde Masse von Glühwürmchen.

Er beugte sich nieder, um das seltsame Johannisfeuer aus der Nähe zu betrachten, als ihm höllischer Gestank entgegenschlug. Im Licht der Laterne erkannte er den Rest eines zernagten Brustkorbs. Zwischen den Rippen klebten noch verweste Fleischfetzen. Sie schillerten phosphorfarben wie die Flügel von Schmeißfliegen, grünschimmelige Fluoreszenz. Flammenwellen über brennendem Branntwein leuchteten so.

Mit einem Stock suchte Barnabas nach weiteren Leichenresten. Er fand keine. Die Schweine hatten ganze Arbeit geleistet. Weder der Schädel noch die großen Arm- oder Beinknochen des Kadavers waren noch vorhanden. Vielleicht hatte sie ein Wolf oder Fuchs verschleppt. Rippen und Brustkorb besaßen menschliche Maße.

Ein wenig kleiner wie meine eigenen, dachte er. Die sterblichen Überreste einer Frau, einer jungen Frau? Die kleine Jüdin! Die Tochter des Juden Süßkind! Die ganze Stadt hatte nach ihr gesucht. Wer hatte sie hier verscharrt?

Grauen überkam ihn. Er schlug ein Kreuz und verließ fluchtartig den Ort.

Als er dem Abt seines Ordens Bericht erstattet hatte, sagte der: »Jetzt wissen wir wenigstens, warum die Schweine leuchten. Nicht der Teufel ist in sie gefahren, sondern der Tod. Wie aber kann der Tod leuchten? Hat der Heiland nicht gesagt: Ich bin das Licht und das Leben. Der Tod aber ist ein finsteres Tal.«

»Du irrst«, sagte Barnabas. »Verwesung ist Verwandlung; Verwandlung aber ist Leben. Wenn es keine Vergänglichkeit gäbe, gäbe es keinen Raum für Neues. Ohne Anfang kein Ende; ohne Ende kein Anfang, ohne Zeitfluss nur stehendes Nichts. Alles, was ist, stirbt, verrottet, rostet, zerbröckelt, verdampft, um Platz zu schaffen für das Neue, das auch vergehen muss: ein lebendiger Kreislauf ohne Ende.«

»Wie ekelhaft ist alles Irdische«, sagte der Abt.

»Naturalia non sunt turpia«, widersprach Barnabas. »Natürliches ist nicht ekelhaft. Käse ist vergammelte Milch, Wein vergorener Traubensaft, Sauerkraut fauliger Kohl. Unser Weg in die Unsterblichkeit führt durch die Fäulnis der Totenacker. Ich finde es großartig, dass unsere Leichen zu leuchten vermögen.«

Stadtmedicus Doktor Abacus, der die sterblichen Überreste begutachtete, kam zu dem tröstlichen Ergebnis, dass es sich um den Kadaver einer Hirschkuh handelte.

SECHSUNDDREISSIGSTES KAPITEL

Der Tag der Abreise rückte immer näher. Judith erwartete ihn voller Ungeduld. »Gibt es größeres Glück als Reisen?«

»Ich reise nicht gerne«, sagte der Meister. »Ich bin wie ein Baum, der fest im Boden wurzelt.«

»Die armen Bäume«, widersprach Judith, »wie neidisch müssen sie auf die Vögel sein, die auf ihren Zweigen Rast machen und von der weiten Welt berichten, von all den herrlichen Dingen, die sie gesehen haben.«

»Zum Sehen brauchst du keine Flügel und keine Beine«, belehrte sie der Meister. »Je mehr du dich bewegst, desto weniger wirst du wahrnehmen. Schau dir den Kastanienbaum vor unserem Fenster an. Hast du jemals seine Blätter betrachtet? Ein jedes ist anders in Form und Farbe. Keines gleicht dem anderen. Sie verändern sich ständig mit dem Tageslicht, mit jeder Jahreszeit. Für die Menschen, die an ihm vorbeilaufen, sehen alle Blätter gleich aus. Dabei sind sie so verschieden wie die Bewohner dieser Stadt. Die Menschen begeben sich auf weite Reisen und suchen die absonderlichsten Dinge, exotische Tiere, fremdartige Pflanzen, unbekannte Kulturen. Sie suchen die ganze Erde nach nie gesehenen Wundern ab. Gegenüber den Wundern vor ihren Augen sind die meisten blind.«

»Wie werden wir reisen?«, wollte Judith wissen, »zu Pferd oder mit dem Wagen?«

»Zu Pferd mit leichtem Gepäck. Es gibt nichts, das man in Venedig nicht kaufen könnte. Wir benötigen nicht einmal viel Geld. Das erwartet uns bereits bei der Ankunft. Du siehst, wir sind keine lohnende Beute für die Wegelagerer und Räuber, von denen es an allen Reisewegen leider viel zu viele gibt.«

Als der Meister sein Operationsbesteck in der Satteltasche verstaute, fragte Judith: »Wollt Ihr in Venedig praktizieren?«

»Nein, nur im Notfall. Es gibt Orte, die man mit Arbeit nicht entweihen sollte. Wer wollte in einer Kathedrale seinem Handwerk nachgehen?«

»Ist Venedig wirklich so schön?«

»Du wirst es erleben.«

»Wann werden wir dort sein?«

»Wenn alles gut geht, dauert der Ritt fünf Tage.«

Sie verließen Bozen im ersten Morgengrauen. In den Tälern war der Schnee geschmolzen. Wald und Wiesen waren trunken vor Leben. Überall sprudelten, gurgelten, gluckerten Wasser, begleitet von dem gleichmäßigen Klappern der Pferdehufe auf dem steinigen Weg. Es duftete nach Kiefernholz, wilden Kräutern und Waldboden. Menschenleer war der Morgen. Vor dem Dorf

Leifers begegnete ihnen ein barfüßiges Mädchen auf einem Esel. In Tramin wehten ihnen das Lachen und Schwatzen der Frauen entgegen, die sich auf dem Marktplatz beim Brunnen versammelt hatten. Judith und der Meister erwiderten ihren freundlichen Gruß und tranken von dem frischen Wasser, das ihnen in Tonkrügen gereicht wurde. Gegen Mittag machten sie längere Rast in Salurn, versorgten die Pferde mit Hafer und verzehrten ihren von daheim mitgenommenen Reiseproviant.

Kurz vor Schließung der Stadttore erreichten sie Trient. Sie übernachteten im Haus des Apothekers, der sie erwartet hatte und an einem reich gedeckten Tisch bewirtete.

»Habt ihr gehört«, fragte der Apotheker, ein kleiner Mann mit weißem Bart und kurzsichtigen Augen, »habt ihr gehört von der Magna mortalitas, von dem großen Sterben, das den Süden befallen hat? Es soll schon Kampanien erreicht haben. Eine genuesische Galeere aus dem belagerten Caffa wurde vom Sturm in den Hafen von Messina getrieben. Ein Geisterschiff des Grauens! Auf und unter Deck, zwischen den Ruderbänken, überall lagen Tote und Sterbende, entstellt von eitrigen Beulen und schwärzlicher Fäulnis. Nur zwei Tage später starben die ersten Einwohner Messinas, übersät mit den gleichen Eiterbeulen. Täglich wurden es mehr. Das ganze öffentliche Leben soll zusammengebrochen sein, schlimmer als im Krieg. Viele versuchten zu fliehen. Aber der Tod folgte ihnen. Und so wie er anfangs in Messina von Gasse zu Gasse sprang, so schwingt er sich jetzt von Dorf zu Dorf gen Norden.«

»Seuchen hat es zu allen Zeiten gegeben«, sagte der Doktor. »Sie kommen und gehen wie die Heuschrecken.«

»Aber nie war das Sterben so grässlich wie diesmal.«

»Die Menschen neigen zu Übertreibungen. Du wirst sehen, diese Magna mortalitas wird schon bald verglimmen wie ein Flurbrand.«

»Gebe Gott, dass du Recht hast.«

Hinter Trient verließen sie das Etschtal und folgten dem Lauf der Brenta. Gegen Mittag kamen sie in ein größeres Bergdorf, in dem eine Art Markt abgehalten wurde. Ein Wanderprediger aus dem Friaul hatte Leben in die Einsamkeit der Berge gebracht. Auf einer Wiese vor dem Dorf unter weit ausragenden Kiefern hatten sich an die hundert Menschen eingefunden: Alte und Gebrechliche an Krücken, Väter, die ihre Kleinen auf den Schultern trugen, Mütter mit Säuglingen an der Brust, Jungfrauen und Burschen, vor allem jedoch Kinder, alle im Sonntagsstaat, die Männer mit Filzhüten und silbernen Knöpfen, die Frauen in reich besticktem Tuch.

Ein jeder wollte dem Prediger so nahe wie möglich sein. Der stand auf einem Tisch, den man aus einem der umliegenden Häuser ins Freie getragen hatte. Der Gottesmann erinnerte Judith an eine windzerzauste Krähe. Alles an ihm war schwarz: die Soutane, die ihm bis über die Füße fiel, die Augen und das lange Haar, welches ihn wirr umwehte. Sogar seine Zähne waren schwarz.

Die pathetischen Posen und die künstliche Leidenschaft, mit der er sprach, wirkten auf Judith wie Puppentheater, eine hohle Gestik der Unwahrhaftigkeit. Umso erstaunlicher war es, mit anzusehen, wie der Prediger seine Zuhörer in den Bann zog. Sie wechselten die Plätze, wenn der Wind sich drehte, damit ihnen kein Wort entging, und das, obwohl sie keinen Satz der Predigt verstanden, denn sie wurde in Latein gehalten.

»Man hat versucht, die Predigten ins Deutsche zu übertragen«, sagte der Doktor, »damit die Botschaft die Menschen erreicht. Und weißt du, was passiert ist? Die Menschen sind enttäuscht abgezogen. Nicht der Inhalt interessierte sie, sondern das Ritual. Keine Belehrungen wollen sie hören, sondern die unbegreifliche Beschwörung dessen, was sie für heilig halten.

Das gilt auch für die Kunst des Heilens. Der Kranke braucht keine Erklärung für sein Leid; viel wichtiger sind ihm das Ritual der Behandlung und der Glaube an den, der es vollzieht.«

So wie die Pflanzen Licht, Luft, Wasser und Erde aufnehmen,

um sie in arteigenes Gewebe zu verwandeln, so besaß der Meister die Eigenschaft, alle Ereignisse um sich herum in sein medizinisch-wissenschaftliches Gedankengebäude aufzunehmen. Sogar die Schlachtung eines Schafes war ihm willkommener Anlass für die Abhaltung einer Vorlesung in Anatomie.

Sie hatten den Bock schon an den Hinterfüßen aufgehängt, um ihm die Kehle durchzuschneiden, als Judith und ihr Meister das Gehöft erreichten. Der Weg war so steil, dass sie ihre Pferde am Zügel führen mussten.

»Darf ich mal sehen?«, sagte der Meister und nahm dem erstaunten Knecht das Schlachtermesser aus der Hand. Er fuhr mit dem Daumen über die Schneide und meinte kopfschüttelnd: »Mit solch einer stumpfen Klinge! Ich bitte Euch, das ist Quälerei.«

Er entnahm seiner Satteltasche ein Operationsbesteck und sagte: »Seht her, ich will Euch zeigen, wie man eine Kreatur mit einem einzigen Schnitt tötet, ohne dass sie leidet.«

Er setzte das rasiermesserscharfe Skalpell drei Finger breit unterhalb der Kinnspitze des Tieres an und zog es mit einem Ruck durch. Wie aus einem Bergbrunnen schoss das Blut in weitem Strahl hervor. Der Kopf aber hing nur noch an einem Hautlappen. Er baumelte so kraftlos unter dem noch ein paar Mal zuckenden Leib, als würde er nicht dazugehören.

»Mein Gott, welch ein Schnitt!«, sagte der Bauer, der dabeistand. »Seid Ihr der Henker?«

»Nein, der Doktor.«

»Respekt. Ihr versteht Euer Handwerk. Wenn ich da an meinen Vater denke. Gott hab ihn selig. Sie haben ihm das brandige Bein abgeschnitten. Eine Ewigkeit haben sie daran herumgesägt, länger als man braucht, um einen Baumstamm von dreifacher Dicke durchzutrennen. Und am Ende war er dennoch hin. Der Schmerz hat ihn so irre werden lassen, dass er sich erhängt hat. Einen Doktor wie Euch hätte er haben müssen. Kommt, seid unsere Gäste. Mein Weib wird Euch die Hammelleber braten.«

Nicht ein einziges Mal mussten sie auf ihrer Reise von Bozen nach Venedig in einem der armseligen Gasthäuser übernachten. Stets wurden sie von den Bauern mit offenen Armen aufgenommen und bewirtet wie große Herren. Dafür schnitten sie eitrige Furunkel auf, renkten ausgekugelte Gelenke ein, salbten wunde Bauernärsche und Kuheuter. Meistens wurde bei solchen Gelegenheiten gleich die Unterkunft für die nächste Nacht festgelegt. Dann hieß es: »Einen Tagesritt von hier, linker Hand von der Hammerwerkmühle am Weg hat mein Oheim seinen Hof. Er leidet an der Krätze, und sie hat einen Kropf. Er wird es Euch reich vergelten, wenn Ihr ihn aufsucht. Doktoren sind bei uns so selten wie Heilige in Avignon.«

Das Beste an den tagelangen Ritten waren für Judith die Gespräche mit dem Meister. Als sie an einer Marienkapelle Santa Immaculata, der Unbefleckten Empfängnis, vorbeikamen, sagte der Meister: »Ist es nicht seltsam, dass man vom Verlust der Unschuld spricht, wo es sich doch eigentlich um einen Gewinn handeln sollte? Ist nicht alle Erfahrung ein Gewinn, vor allem wenn es sich um so ein elementares Erlebnis wie die erste Liebe handelt? Und was für die Unschuld gilt, trifft auch für den Glauben zu. Seinen Glauben zu verlieren, halten viele für ein Unglück, aber sind nicht der Verlust blinden Glaubens und das Erwachen echter Zweifel ein Gewinn auf dem Weg des Wissens?«

*

Nur selten hatten zwei so ungleiche Frauen zueinander gefunden wie Afra und Rebecca. Beiden gemeinsam waren die Einsamkeit und die Erinnerung an glücklichere Tage.

Meistens trafen sie sich in dem Haus in der Judengasse, das Rebecca nur noch selten verließ. Afra erledigte alle ihre Einkäufe und versorgte die Freundin mit den Lebensmitteln, die sie benötigte. Dann saßen sie je nach Jahreszeit und Wetterlage in der Kaminstube im Obergeschoss oder im Innenhof, spielten

Schach, sangen gemeinsam zur Laute oder redeten über Gott und die Welt. Bei einem dieser Gespräche sagte Rebecca: »Es gab zu allen Zeiten Frauen, die die Möglichkeit gehabt haben, sich mit Malen, Schreiben, Heilen oder Forschen hervorzutun. Aber nur wenigen ist es gelungen. Sie sind ungewöhnliche Ausnahmen. Liegt es daran, dass die Männer klüger sind als wir? Nein. Haben wir Frauen nicht die Freiheit, diese Dinge zu tun? Ich hatte nie das Gefühl, eingesperrt zu sein. Keiner hätte mich daran gehindert. Nein, es gibt einen entscheidenden Unterschied zwischen den Töchtern Evas und den Söhnen Adams: Alle Schöpfungen der Männer sind letztlich nichts anderes als Flucht vor der Wirklichkeit. Alle ihre Werke wurden von ihnen erdacht aus Mangel an natürlichem Lebensgefühl.

Die Welt ist nicht so, wie wir sie uns wünschen. Na und? Wir Frauen nehmen sie, wie sie ist. Die Männer erfinden sich eine bessere, eine, die ihren Wünschen und Vorstellungen entspricht. Die Menschen sind hässlich. Malen wir uns, erdichten wir uns schönere, so sagen die Männer.

Die Menschen sind unwissend. Ändern wir es. Schaffen wir Scheinwissenschaften wie die Astrologie, die Scholastik und die Quacksalberei. Tun wir so, als wären wir allwissend.

Das Leben ist kurz. Die Menschen sind vergänglich wie die Blumen auf dem Feld. Also glauben wir an Götter und unsterbliche Seelen, die uns über die übrige Schöpfung erheben und uns Unsterblichkeit verleihen.

Dichter besingen die göttliche Geliebte, himmeln sie von ferne an, machen reine, fehlerlose, himmlische Geschöpfe aus ihrer Angebeteten. Würden sie sie so sehen, wie sie wirklich ist: dumm, verwöhnt, mit einer schönen Larve, nie wären die unsterblichen Verse der Minnelyrik entstanden, nie Dantes Sonette an Beatrice, nie der Marienkult. So wie Gott das Weib aus einer Rippe des Mannes gemacht hat, so haben sich die Männer ihr Weib erschaffen aus der Rippe ihrer Ideale.

Unsere Wirklichkeit ist eine Erfindung der männlichen Fantasie. Frauen konnten schon immer realistischer mit dem Leben umgehen als Männer. Es fällt uns leichter, auf die zweite künstliche Welt zu verzichten. Während in den Köpfen unserer Männer die großartigsten, aber auch aberwitzigsten Ideen heranreifen, reift in uns das neue, wirkliche Leben heran.

Die Hirngespinste der Männer trennen uns von der Schöpfung; die Gebärfähigkeit der Frauen macht uns zum Teil der Natur.

Glaube mir, liebe Freundin: Alle Schranken zwischen den Religionen, Rassen und Ständen sind Erfindungen der Männer, für die sie Kriege führen und Leid über die Menschen bringen. Es sind die Könige und Kalifen, die die Menschheit spalten, die Rabbis und Pfaffen, Ritter und Mamelucken, Stadtväter und Landesherren – lauter Männer.

Je älter ich werde, desto mehr wird mir bewusst, dass der Unterschied zwischen Juden und Christen, Kreuzrittern und Muselmanen, zwischen Ketzern und Heiligen nichts weiter ist als ein blutiger Hahnenkampf unter Männern. Uns Frauen aber verbindet mehr, als uns trennt.«

Afra, die von alledem nicht viel verstand, nickte mit dem Kopf und meinte: »Ja, du hast Recht, uns verbindet mehr, als uns trennt.«

Später sprachen sie über das Zölibat.

»Ein Zeichen von Feigheit und Selbstsucht ist es allemal«, sagte Rebecca. »Denn wer entsagt, bedarf des anderen nicht. Er entzieht sich der Verantwortung für Weib und Kinder. Er hält sich die Lasten des wirklichen Lebens vom Leib.«

Und Afra gab ihr wieder Recht. Sie dachte an die verbotene Liebe zu Malte, über die sie mit keinem zu sprechen wagte.

Als Afra nachmittags zu Rebecca kam, fand sie die Freundin in einem Zustand hektischer Verwirrung: lachend und weinend, beunruhigt und beglückt, alles in einem Atemzug.

»Was ist geschehen? Ist dir nicht gut?«

»Doch, doch. Ich … Bitte, lass mich! Ich kann nicht darüber sprechen. Ich bin … Mir geht es gut.«

Die Tränen liefen ihr über die Wangen. Afra nahm sie in die Arme und streichelte ihr Haar. Als sie ihre Selbstbeherrschung zurückgewonnen hatte, verließ Rebecca die Stube. Als sie zurückkehrte, hielt sie ein Blatt Papier in der Hand. Sie reichte es Afra und sagte: »Diesen Brief hat mir einer unserer Geldboten aus Venedig mitgebracht.«

Afra entfaltete ihn und las: »Meine über alles geliebte Rebecca, gestern Abend hörte ich von einem fränkischen Juden die Hiobsbotschaft: Josua ist tot. Ich habe die ganze Nacht geweint. Wenn ich nicht fortgegangen wäre, würde er gewiss noch leben. Ich kann dir gar nicht sagen, wie erbärmlich ich mich fühle. Glaube mir, das habe ich nicht gewollt. Verzeih mir. Ich liebe dich so, wie ich Josua geliebt habe und immer lieben werde …«

»Judith! Sie lebt!«

Afra starrte auf den Brief wie auf eine Erscheinung aus der Wunderwelt der Märchen. Die Buchstaben verschwammen vor ihren Augen. Die Wörter und Sätze lösten sich auf.

»Sie lebt. Wie ist das möglich? Ein Wunder.«

»Nein, kein Wunder«, sagte Rebecca, und dann erzählte sie, was sich zugetragen hatte. »Ich habe Josua mein Wort gegeben, nicht darüber zu sprechen. Aber nun ist er tot, und ich bin sicher, Judith wird irgendwann zurückkehren. Du bist die Einzige, die davon erfährt.«

»Noch einer sollte es wissen«, sagte Afra, »einer, der nie daran geglaubt hat, dass sie tot ist.«

»Attila?«

»Ja, Attila.«

Sie lasen den Brief noch ein weiteres Mal gemeinsam.

»In Venedig«, sagte Rebecca, »als rechte Hand eines Arztes.« Es klang so stolz, als hätte Judith ihr mitgeteilt, dass sie der Doge zur Gattin genommen hätte.

Sie hielten sich bei den Händen und teilten die Freude wie einen kostbaren Schatz.

»Verzeih mir«, bat Rebecca, »dass ich dich und alle anderen belogen habe, dass ich euch habe suchen lassen, obwohl ich wusste, dass ihr sie hier nicht finden konntet. Ich weiß, es war schändlich rücksichtslos.«

»Nein«, erwiderte Afra. »Wer schwindelt, begegnet dem anderen mit Rücksicht, zumindest manchmal. Lügner haben mehr Herz als Wahrheitsfanatiker. Wirklichkeit und Erschwindeltes ergänzen sich auf das Angenehmste. Wie langweilig wäre sonst unser Leben und vor allem die Liebe. Glaube mir, ohne kleine Sünden gibt es keine großen Freuden und ohne kleine Lügen keine Menschlichkeit.«

SIEBENUNDDREISSIGSTES KAPITEL

Elf Monate im Jahr muss der Mensch sich fügen, den Gesetzen, der Moral, der Pflicht, dem Ernst des Lebens und all den anderen Zwängen. Ein einziges Mal aber will er tun, was er sonst nicht tun darf, will sich hinter Masken verstecken, will frei sein, will den süßen Geschmack der verbotenen Frucht kosten, will Karneval feiern.

Was der Tauwind bewirkt, der über Nacht das Feste, Erstarrte zum Tropfen bringt, das schaffen jetzt Mummenschanz und Narretei. Die Felder, gestern noch fahl und farblos, werden zu bunten Tupfern der Schminkkunst: lehmige Ackerstreifen, quer durchs Land geockert, neben dem hellen Grün der Wintersaat. Dazwischen eisblaue Zungen von vergessenem Schnee und schwarze Flecke von schlammigem Tauwasser, darinnen sich gelb gepuderte Weidenkätzchen spiegeln und klebrig braune Birkenknospen. Hasen hoppeln hoffnungsvoll querfeldein. Krähen überpurzeln sich im Flug vor Frühlingsfreude. Die Natur erwacht zu farbiger Fröhlichkeit, und das tun auch die Menschen mit allem wirbelnden Übermut, der dem Frühlingserwachen eigen ist.

Der Höhepunkt des Karnevals war in Rothenburg der geile Montag. An diesem Tag war erlaubt, was sonst als nicht schicklich galt. Nie boten die Brustausschnitte der Frauen so viel Einblick, nie waren die Strumpfhosen so eng und von so dünnem Tuch wie am geilen Montag. Keine Schwellung, keine Spalte, die sich nicht lockend abzeichnete. Versteckt hinter starren Gesichtsmasken entblößten sich beide Geschlechter voreinander, um sich gegenseitig aufzugeilen und zu genießen.

Im Tanzhaus der Stadt rieben sie sich aneinander, Wange an Wange, Bauch an Bauch, Scham an Scham. Beim schummrigen Licht der aufgeregt flackernden Kerzen verzehrten sie sich vor sehnsuchtsvoller Gier. Männerhände schlüpften durch einladend geöffnete Kleiderschlitze, schoben sich unter Röcke, zwischen heiße Schenkel und schweißnasse Backen. Frauenfinger verirrten sich verschämt in halb geöffneten Hosenlätzen.

Am ungezügeltsten ging es im Badhaus zu und bei den Hübscherinnen. Wer hierhin ging, gab unmissverständlich zu erkennen, was er wollte. Hier gab es nur Entblößte. Aber nicht einer war ohne Maske. Das geschah nicht nur aus Freude am Versteckspiel, sondern vor allem aus Selbstschutz. Denn am geilen Montag verwöhnten nicht nur die Hübscherinnen die Männer der Stadt, sondern auch alle anderen Frauen, die sich vor Sehnsucht nach einem Mann verzehrten: die verschmähten, verlassenen, verwitweten und so manches ehrbare Eheweib, das daheim nicht bekam, was es brauchte, oder einfach nur darauf brannte, den Saft der sonst so strikt verbotenen Frucht zu schmecken und zu fühlen.

So manche Möchtegern-Mutter war hier von ihrer angeblichen Unfruchtbarkeit befreit worden. Auch Afra hatte sich unter die Unbefriedigten gemischt, nicht um auf Männerjagd zu gehen, sondern um mit Malte in aller Öffentlichkeit zu tun, was ihr das ganze Jahr über sogar im Geheimen verwehrt war.

Es versteht sich von selbst, dass alle Mönche und Klosterfrauen an diesem Tag verschärftes Ausgehverbot hatten. Auch die Stadttore waren ganztägig geschlossen, um zu verhindern, dass sich fremdes Volk unter die Rothenburger mischen könnte.

Denn bei aller Freizügigkeit gab es dennoch gewisse Regeln, die eingehalten werden mussten. Eine davon lautete: So wie die Ehefrau nur dem Gatten gehört, so gehören die Hübscherinnen ausschließlich den Männern der Stadt, Juden natürlich ausgeschlossen. Tabu waren auch die gleichgeschlechtliche Liebe unter Männern und der Geschlechtsverkehr mit Tieren. Deshalb verbreitete sich die Nachricht, jemand habe ein Ferkel gefickt, wie ein Lauffeuer. Das ging bei aller lustvollen Lebensfreude doch zu weit. Als sich jedoch herausstellte, dass der Sodomist kein anderer als der schwachsinnige Gnom Kürbiskopf war, entwickelte sich die Schandtat rasch zur Posse.

»Wo ist sie, die ringelschwänzige Geliebte?«

»Bringt sie her! Wir wollen sie sehen.«

Eine junge Sau wurde herbeigetrieben mit appetitlichen Öhrchen und rosigem Rüssel. Die Anwesenden erfuhren, dass der großköpfige Gnom von hinten in sie eingedrungen war, wobei er so brünftig gestöhnt hatte, dass mehrere Menschen herbeigeeilt waren, weil sie glaubten, da würde einer ermordet.

Bei dem Versuch, das ungleiche Paar zu trennen, bekam die vierbeinige Geliebte einen Scheidenkrampf, und nun hing der Zwerg mit eingeklemmtem Schwanz an der Sau wie ein Neugeborener an der Nabelschnur, dem Gelächter der Herbeigelaufenen preisgegeben. Erst ein kalter Wasserguss befreite ihn aus der peinlichen Lage. Halb entblößt wollte er sich davonstehlen, aber zwei junge Männer fassten ihn beim Kragen und zerrten ihn zum Tanzhaus. Die junge Sau folgte ihnen wie ein Hündchen.

»Bürger und Bürgerinnen!«, rief ein Junge mit einer Fuchsmaske und trommelte auf einem umgestürzten Regenfass. »Bürger und Bürgerinnen, ich habe die Ehre und große Freude, euch allesamt die Vermählung des hochwohlgeborenen Herrn Graf Eber zu Kürbiskopf mit der Freifrau Ferkelina zu Sauhausen anzuzeigen. Die Ehe wurde im Beisein von Zeugen auf offener Straße vollzogen.«

»Warum trägt der Bräutigam nicht wie alle anderen eine Maske?«, wollte eine Frau wissen.

»Er hat bereits eine auf«, erwiderte der Junge. »Oder glaubt ihr, solch einen Wasserkopf gäbe es wirklich?«

Lautes Gelächter.

»Und seine Braut, was ist mit ihr?«

»Sie hat sich als Schwein verkleidet. Das richtige Kostüm für den geilen Montag.«

»Hoch lebe Graf Eber zu Kürbiskopf!«

»Lang lebe Ferkelina zu Sauhausen!«

»Kommt, Freunde, lasst uns feiern!«

Die Musikanten stimmten eine lustige Hüpfpolka an, und die Hochzeitsgäste stellten sich zum Reigen auf.

Es war das ausgelassene, tolle Spiel, auf das alle gewartet hatten. Was gab es Herrlicheres als eine alberne Posse zur Fastnacht mit einem verkrüppelten Zwerg und einer Sau in den Hauptrollen?

Kürbiskopf musste Ferkelina küssen, immer wieder, weil es so ekelhaft aufregend war zu sehen, wie sich seine heraushängende Schlabberzunge an ihrem rosa Rüssel rieb. Sie füllten ihn voll Wein, und er schluckte ihn, widerwillig zwar, aber ohne nennenswerte Gegenwehr. Die Braut trank mit genussvollem Schmatzen eine ganze Schüssel voll Starkbier, worauf sie auf schwankenden Pfoten einen lauten Furz ausließ.

»Hört nur, wie fein unsere Freifrau furzt! Gleich wird die Schöne uns noch was scheißen.«

Braut und Bräutigam wurden mit Blumen bekränzt und mit Bändern geschmückt. Die Sau bekam einen Schleier zwischen die Ohren geheftet, und dem Kürbiskopf wurde eine Kette von Schweinswürsten verliehen, für ungewöhnliche Manneskraft.

»Lass uns sehen, was du in der Hose hast!«, rief eine Frau, die ihr Gesicht hinter einer Hexenmaske verbarg.

»Ja, zeig es uns!«, schrie eine andere Weiberstimme. »Zieh blank!«

»Hose runter! Raus mit der Rute!«

Alle wollten es jetzt wissen: Wie sah einer mit solch einem gewaltigen Kopf unterhalb der Gürtellinie aus?

Kürbiskopf versuchte sich zu wehren, aber sie waren zu viele. In Windeseile hatten sie ihm das Narrengewand abgestreift. Hilflos wie ein Kind stand er in dem Kreis der Neugierigen. Das Kinn war ihm vor Scham auf die Brust gesunken. Die dünnen Ärmchen hingen an beiden Seiten seines nackten Leibes herab, leblos wie Puppenarme.

»Donnerwetter, seht euch das an!«, sagte eine Männerstimme. Es klang neidisch.

»Mein Gott, er hat einen Schwanz wie ein Esel!«

»Der Schniedel hängt nicht an ihm; er hängt an seinem Schniedel.«

»Und erst seine Eier!«

»Die arme Sau!«, meinte eine Frau.

»Die beneidenswerte Sau!«, rief eine andere. »Schaut nur, wie sie an ihm hängt!«

Die junge Sau schmiegte sich, angelockt von dem Geruch des entblößten Leibes, an den großköpfigen Zwerg, und Kürbiskopf legte seine Arme um ihren Hals. Es war eine anrührend liebevolle Geste. Die angetrunkene Menge aber johlte vor Vergnügen.

Jemand hielt der Sau eine Schweinsbratwurst hin, die sie gierig verschlang.

»Seht, sie frisst ihre Verwandtschaft auf! Sie hat sie zum Fressen gern.«

»Wir haben dich auch zum Fressen gern, Ferkelina.«

»Ja, lasst sie uns vernaschen, in ihrer Hochzeitsnacht.«

Ein halbes Dutzend junger Burschen stürzte sich auf das Schwein. Sie rissen ihm die Beine weg, wälzten es auf den Rücken und zogen das laut schreiende Tier an Füßen, Schwanz und Ohren aus dem Saal hinaus ins Freie.

Ein Mann mit einer Mohrenmaske und nacktem Oberkörper kniete sich auf die Sau. Er hielt ein Messer in der Faust.

»Ja, gib's ihr, gib's ihr!«, schrie die Menge. Ein wilder Strudel von Geilheit und Gewalt hatte sie alle erfasst, wölfische Wollust.

»Mach sie fertig!«

Der Mann mit der Mohrenmaske stieß zu und schnitt dem schreienden Schwein die Kehle durch. Sein Kreischen vermischte sich mit dem der Menschen, bis es zu gurgelndem Röcheln verebbte.

Die Mohrenmaske hob den blutigen Brautschleier hoch und zeigte ihn der Menge, so wie man es nach der Entjungferung mit dem Laken aus dem Brautbett macht. Und alle Narren und Närrinnen brachen in frenetischen Jubel aus. Es war eine Gaudi, von der man noch lange sprechen würde.

Keiner kümmerte sich um Kürbiskopf. Als ein paar Burschen die Sau zerlegen wollten, um sie zu verwursten, war sie nicht mehr da. Der Zwerg hatte sie geholt, um sie im kleinen Paradies zu beweinen und zu begraben.

In der darauf folgenden Nacht brannte die Stadtscheune des Juden Josua Süßkind. Der Krüppel Kürbiskopf konnte in letzter Minute von den Herbeieilenden gerettet werden. Mit versengtem Haar und schweren Verbrennungen an Gesicht und Händen zogen sie ihn aus den Flammen.

Da die Scheune weder den Franziskanern gehörte, noch bei Neumond gebrannt hatte, glaubte Bruder Barnabas, dass dieses Feuer nichts mit seiner Untersuchung zu tun hätte. Diese Ansicht änderte er jedoch noch am selben Tag, als er in Erfahrung brachte, die Franziskaner hätten mit der Witwe des Juden Süßkind über den Ankauf der Scheune verhandelt. Eine nähere Untersuchung der Brandstelle ergab, dass das Feuer unter dem Giebel seinen Anfang genommen hatte. Dort oben aber hatten sich die Taubenställe befunden. Nach der Art zu urteilen, wie dieser

Kürbiskopf von oben bis unten mit frischem Taubenkot besudelt war, hatte er sich bei Ausbruch des Feuers vermutlich in den Taubenställen aufgehalten.

Hatte er das Feuer gelegt? Nein, nicht schon wieder, dachte Barnabas. Wir haben ihn schon einmal zu Unrecht verdächtigt und gequält. Und schließlich war die Stadtscheune sein Zuhause. Es war ganz natürlich, dass er sich dort aufhielt.

Als im Kloster nach den Laudes über den Brand gesprochen wurde, sagte der Abt: »Gott hat diesen Krüppel gebrannt, so wie er Sodom verbrannt hat. Sodomie ist die schlimmste aller Sünden. Wer sich mit Tieren paart, verfällt dem Höllenfeuer auf ewig.«

Bruder Barnabas hatte da seine Zweifel. Wurde nicht ein römischer Bischofskandidat vor der heiligen Weihe befragt, ob und wie er Verkehr mit einer Frau, einem Knaben oder einem Tier genossen habe? Bewies nicht allein die Fragestellung, dass so etwas durchaus denkbar war und bis in die höchsten Priesterkreise vorkam?

ACHTUNDDREISSIGSTES KAPITEL

Judith erwachte. Sie lag in einem Zimmer, das ihr fremd vorkam. Decke, Wände und Boden waren aus dunklem Holz. Es roch nach Brackwasser und Teer. Eine Schiffskabine, dachte sie. Wie komme ich auf ein Schiff? Sie wollte sich aufrichten, vergeblich. Mit Mühe gelang es ihr, den Kopf anzuheben. Durch ein Fenster fiel Licht. Wo bin ich? Was ist mit mir geschehen?

Sie sank zurück auf ihr Kissen. Durst quälte sie. Neben dem Bett ertastete sie eine Karaffe. Ihre Finger tauchten in Flüssigkeit. Sie leckte daran. Es war Wasser. Sie nahm all ihre Kraft zusammen und führte das Gefäß an die ausgetrockneten Lippen, trank in gierigen Zügen. Danach fühlte sie sich besser.

Bilder der Erinnerung stiegen in ihr auf.

Sie waren lange Zeit geritten, einen ganzen Tag durch strömenden Regen. Der Himmel hatte die Farbe von altem Blei. Und dann erreichten sie endlich ihr Ziel, das Meer. Ein Hauch von modrigem Grün lag über dem Wasser. Die Wellen rauschten gleichmäßig und endlos, und aus der schillernden kühlen Flut drang ein banges Gefühl von Unruhe an ihr Herz. Judith wagte nicht zu atmen aus Angst, das Bild könnte verschwinden. Doch dann – wie ein Fanfarenstoß – brach die Sonne durch die Wolkendecke. Und wie auf das Zeichen eines Zauberers hin tauchte in ihrem warmen Glanz eine Stadt aus den Fluten.

Judith erkannte Glockentürme, Kuppeldächer, palastartige Bauten, Brückenbogen, seltsam geformte Kaminköpfe. Das alles erhob sich wie eine Vision aus dem Wasser – oder schwebte es darüber?

Venedig. Ja, vor ihr lag Venedig. Sie stand in den Steigbügeln ihres Pferdes und staunte. Sie hörte die Stimme des Meisters: »Über einhunderttausend Menschen leben hier, mehr als in Paris. Venedig ist die größte Stadt des Abendlandes, und sie ist die schönste auf der ganzen Welt. Die Farben des Wassers und der Luft hauchen über alle Dinge den Glanz überirdischer Schönheit.«

Vor dem dunklen Wolkenhintergrund leuchtete die sonnenbestrahlte Lagune wie flüssiges Silber. Darauf aber bewegten sich Hunderte von Wasserkäfern und Weberknechten, ruckartig mit zuckenden Spinnenbeinen.

»Was ist das?«

»Gondeln. Es sollen über dreißigtausend sein.«

Sie bestiegen eines dieser schlanken schwankenden Schiffe, deren Bug so hoch und stolz aus dem Wasser ragte wie der Hals eines Schwans. Lautlos glitten sie dahin, zerschnitten das Wasser zu schäumender Gischt. Wie weiße Wimpel im Wind hingen Möwen in der Luft. Auf eingerammten Wattpfählen hockten frierende Kormorane. Die kleinen Inseln, an denen sie vorbeizogen, sahen alle wie Toteninseln aus, mit feierlich aufragenden

Zypressen als Stelen der Trauer, von Wassergeistern bewachte Pforten zur Unterwelt der antiken Götter.

Judith rieb sich die Augen: Bin ich tot? Sie betrachtete ihre blassen Finger, führte sie an ihre Lippen. Nein, noch lebe ich. Weiter, dachte sie, wie ging es weiter? Wohin fuhren wir? Und wieder glitt sie mit dem Strom ihrer Erinnerung in schwankendem Boot gen Venedig.

Die Küstenlinie des Festlands wurde schmaler. Die Bauten der Stadt erhoben sich immer höher aus der schlammigen Flut. Eine enge Gasse, oder, richtiger: ein schmaler Kanal saugte sie ein wie ein schlürfender Schlund. Sie kreuzten andere Kanäle, tauchten unter Brücken hindurch. Gondeln kamen ihnen entgegen. Gesang erschallte. Menschen in bunten Gewändern winkten ihnen zu. Hutbänder und Schleifen flatterten im Wind. Um sie herum Lachen und Scherzen, fröhliche Zurufe. Zuletzt erreichten sie eine Wasserpromenade, so breit wie die Donau bei Ulm.

»Das ist der Canal Grande«, sagte die Stimme des Meisters, »die prächtigste Straße der ganzen Welt. Sie windet sich in S-förmigem Schwung durch die Stadt. Hier stehen die schönsten Gebäude.« Hohe, reich verzierte Fassaden schwebten vorüber, spiegelten sich im Wasser, alle aus gutem Stein. Einige waren bemalt, andere auf das Feinste durchbrochen wie Klöppelspitze.

»Der weiße Marmor wird über hundert Meilen weit aus Istrien herbeigeschafft«, sagte der Meister. »Die Zimmer in den Palazzi haben vergoldete Decken, seidenbespannte Wände und mächtige Kamine aus Granit und Porphyr.«

Judith tastete nach der Wasserkaraffe neben ihrem Bett und trank sie leer. Aber wie ging es weiter, dachte sie. Irgendwo endet diese Erkundungsfahrt? Aber wo? Und wo war der Doktor? Sie waren gemeinsam hierher geritten. Ja, aber was war dann?

Sie schloss die Augen und versuchte sich zu konzentrieren. Diese verzauberte Stadt, auf dem Wasser gebaut, ist eine endlose Folge von Reflexen und Spiegelungen. Wo endet die Wirklichkeit, wo beginnt die Fantasie?

Sie befand sich auf einem Schiff. Da waren viele Boote, eine ganze Flotte, und mittendrin wie eine Bienenkönigin im Schwarm ihres Volkes eine riesige Prachtgaleere, zweistöckig, geschmückt mit vergoldeten Skulpturen; unter einem purpurroten Samtdach, auf einem goldenen Thron der Doge. Welch farbenprächtige Prozession zu Wasser! Judith erinnerte sich: die Vermählung des Dogen mit dem Meer. Sie trieben seewärts auf San Nicolo Lido zu, wo der Doge wie in jedem Jahr einen goldenen Ring ins Wasser warf zur symbolischen Hochzeit zwischen Venedig und der Flut: Bis dass der Tod euch scheidet. Wie kann eine Stadt den Ozean zum Gatten nehmen? Die Bilder wechselten. Sie wurden schärfer, so wie die Luft am Morgen durchsichtiger wird, wenn sich der Nebel zu Tau niederschlägt.

Es war späte Nacht. Fackellicht erhellte einen Innenhof. Musik und Menschen, Gespräche.

»Wann schlafen die Venezianer? Wann arbeiten sie?«

»Hier gibt es immer einen Grund zum Feiern. Im Moment feiern wir den Sieg über unsere ärgste Rivalin, über Genua. Seit der Eroberung von Byzanz der wohl größte Triumph unserer Geschichte. Das Monopol für die wichtigsten Güter des Abendlandes, wir halten es in der Hand: Gewürze, Sklaven, Seide, Öl, Gold. Nichts läuft mehr ohne uns.«

Der Mann, der so sprach, trug die Tracht der venezianischen Nobile. Die vorherrschende Farbe ihrer Kleidung war Schwarz. Judith hörte ihm zu. Ein Hüne mit blondem Haupthaar, blondem Bart und alemannischem Akzent mischte sich ein:

»Diese Stadt ist ein erfreuliches Beispiel von Weltoffenheit. Wo alle Religionen, Rassen und Völker miteinander leben, gibt es keine Intoleranz, keine Ketzerprozesse, Teufelsaustreibungen, Hexenverbrennungen. Die finden nur dort statt, wo sich der Eigendünkel hinter Stadtmauern, Burgwällen und Klosterwänden verschanzt, wo alles Fremde feindlich erscheint.«

»Dafür gibt es hier eine andere Bedrohung«, sagte der Venezianer. Dabei blickte er sich um, als wollte er sich vergewissern, dass ihr Gespräch von keinem belauscht wurde. Danach fuhr er mit gedämpfter Stimme fort: »Habt ihr schon vom Rat der Zehn gehört? Er verfügt über unumschränkte Macht. Jeder Capo kann eigenmächtig Verhaftungen und Verhöre anordnen. Die Bespitzelung richtet sich nach unten und nach oben. Selbst der Doge wird überwacht wie ein Gefangener. Er darf keinen Brief schreiben oder empfangen, der nicht vom Rat der Zehn gelesen wird. Keiner seiner Schritte entgeht der Aufmerksamkeit. Er darf sich mit keinem Menschen allein in einem Zimmer aufhalten.«

»Auch nicht im Schlafzimmer?«

»Auch dort nicht, so sagt man.«

»Der Arme.«

»Unser aus Byzanz entlehntes Strafrecht ist besonders grausam. Abgesetzte Feldherren, Minister oder Regenten werden mit großer Regelmäßigkeit geblendet.«

»Kommt das wirklich öfter vor?«

»Gottlob nicht mehr in letzter Zeit. Meistens erfolgt jetzt die Verbannung, eine Strafe, die besonders hart ist, wenn man sich an das einzigartige Leben dieser Stadt gewöhnt hat.«

Da waren noch andere Personen und andere Gespräche. Aber Judiths Vorstellungskraft war erschöpft. Sie verharrte eine Weile in bildlosem Schweigen und versank dann in tiefen Schlaf.

Im Traum fiel sie unter die Pechsieder vom Brennerpass. Der Leitwolf kniete auf ihrer Brust, um ihr ein Auge auszudrücken. Sie schlug um sich und erwachte von ihrem eigenen Schrei. Mondlicht lag auf ihrem Lager. Sie wollte aufstehen. Mit großer Anstrengung schaffte sie es. An der Wand entlang tastete sie sich zum Abort. Woher kannte sie den Weg? Ihr Körper schien sich hier besser auszukennen als ihr Verstand. Sie schleppte sich zum Fenster. Ihr Blick fiel auf einen Kanal: Calle di Campanile. Woher kannte sie den Namen?

Der Doktor hatte ihn ausgesprochen. »Unsere Wohnung liegt im Viertel San Polo an der Calle di Campanile, wo die meisten

Häuser noch aus Holz sind, wie ursprünglich alle Bauten der Stadt.«

Wo war der Doktor? Warum hatte er sie hier allein zurückgelassen, in diesem elenden Zustand? Was war mit ihr geschehen? Wie lange lag sie hier schon?

Der angrenzende Wohnraum war leer. Die Asche im Kamin war kalt, auch der Küchenherd. Sie fand einen Apfel und ein hartes Stück Käse. Obwohl sie keinen Hunger verspürte, zwang sie sich dazu zu essen. Ich muss zu Kräften kommen.

Am Kamin hing eine Karnevalslarve. Der Mond beleuchtete sie. Judith setzte sie auf und blickte in einen goldgerahmten Spiegel. Die marmorweiße Maske verdeckte nur die obere Hälfte ihres Gesichtes. Der Mund blieb frei. Ihre weichen, vollen Lippen unter der starren Grimasse wirkten sehr sinnlich. Fragend blickten ihre Augen durch die mandelförmigen Sehschlitze. Bin ich das?, dachte sie.

Und plötzlich war sie wieder mitten im vergangenen Geschehen. Bilder der Erinnerung erwachten, Musik ertönte. Sie befand sich auf einem Ball, mit dieser Maske! Und um sie herum andere Masken und Mummenschanz: großnasig, grausig, erschreckend, edel und wunderschön, Totenschädel neben Venuslarven, Kolumbinen und Harlekins. Sie tanzten, schwebten, wirbelten umher.

Es war ein Wogen und Schieben, ein Berühren und Ertasten, Anfassen und Loslassen, Aneinanderdrängen und Entweichen, dass es eine Lust war. Lippen dicht neben ihrem Ohr. Eine Hand streifte ihre Brust. Und immer wieder war da diese goldene Maske!

Ein junger Mann, nicht älter als Attila. Eine goldene Halbmaske bedeckte Stirn und Nase. Aber der Mund! Er lachte wie Attilas Mund. Das gleiche übermütige Kräuseln der Lippen. Die gleichen kräftigen Zähne, der auffällige Abstand zwischen den oberen Schneidezähnen. Attila! Wie sehnte sie sich danach, von diesem Mund geküsst zu werden.

Als die Lippen sie berührten, nur flüchtig und nur einen Lidschlag lang, erschauerte sie wie bei ihrem ersten Kuss im Taubertal. Sie ergab sich ohne Gegenwehr. Wie zwei Magneteisen zogen sie sich an, so als läge die Entscheidung ihres Handelns nicht bei ihnen.

Sie trieben auf einem Boot, erinnerte sie sich, im Mondlicht unter freiem Himmel. Die Sterne spiegelten sich in dem nachtschwarzen Wasser der Kanäle. Sie waren nackt bis auf ihre Masken, wohl ahnend, dass die Nacktheit ihrer Gesichter der Lust ihrer Leiber im Weg stünde. Judith genoss es, begehrt zu sein. Anschmiegsam und hingebungsvoll überließ sie sich seinen Händen und Lippen. Sie bebte vor Angst, er würde versuchen, in sie einzudringen. Sie tastete nach seinem Glied. Es war weich und warm. Sie streichelte es und genoss die geheimnisvolle unschuldige Empfindsamkeit, die von ihm ausging.

Erst später, als sie sich aus der Umarmung des Unbekannten mit der goldenen Maske gelöst hatte, erschrak sie vor der Erkenntnis, dass sie von Blutskräften beherrscht wurde, die stärker waren als die Kräfte ihres Verstandes, stark wie der Sturm, wie die Flut, wie das Feuer.

Habe ich das wirklich erlebt, oder werde ich von Fieberträumen genarrt? Sie fror. Sie betrachtete die Maske, die sie noch immer in ihren Händen hielt, und warf sie in den Kamin. Ihre Zähne schlugen aufeinander.

Warum trage ich nur ein Hemd? Wo sind meine Kleider?

Auf einem Stuhl beim Fenster fand sie, wonach sie suchte. Sie hob sie auf und sah die dunklen Flecken. Es war ein klebriges Rostrot. Selbst im Mondlicht ließ sich ihre Herkunft nicht verleugnen: Blutflecken, größer als zwei Handflächen nebeneinander. Wie kam das Blut an ihr Kleid?

Übelkeit befiel sie. Sie taumelte zu ihrem Lager und vergrub sich unter einem Berg von Decken.

»Ich werde verrückt«, stammelte sie, »ich werde verrückt.«

Am Ende siegte das Fieber über ihre Angst.

*

Grelles Licht weckte sie. Die Sonne schien durch das Fenster. Sie musste lange geschlafen haben. Auf jeden Fall fühlte sie sich ausgeruht und besser. Sie erhob sich und ging zum Fenster. Dem Sonnenstand nach zu urteilen musste es fast Mittag sein. Seltsam, dachte sie, so weit ich den Kanal überblicken kann, ist keine Menschenseele zu sehen. Auch die Häuser auf der anderen Seite des Kanals wirken alle wie verlassen. Wo sind all die Menschen hin?

Ihr Blick fiel auf den Stuhl mit den blutigen Kleidern. Und plötzlich war die Blockade ihrer Erinnerung durchbrochen. Sie schlug die Hände vor das Gesicht und warf sich auf ihr Bett.

Da war dieses Klopfen mitten in der Nacht: Bumm, bumm, bumm! Laut und fordernd. Und dann die Stimme des Meisters: »Wer da?«

»Macht auf, Dottore«, keuchte eine atemlose Stimme. »Lasst mich ein! Ich bin es: Alberti, der Sekretär des Dogen Michele Morosini.«

Der Meister warf sich ein Gewand über und öffnete die Tür. Der Wind fuhr ins Treppenhaus und löschte das Kerzenlicht.

»Mein Gott, was gibt es so Dringendes, mitten in der Nacht?«

»Don Alfonso, der Erstgeborene des Dogen, schickt mich. Ihr müsst sofort zu ihm kommen, mit Eurem Operationsbesteck.«

»Wen soll ich operieren?«

»Ihr werdet es im Palazzo da Ponte erfahren.«

»Meine Gehilfin wird mich begleiten.«

»Nur Euch soll ich holen.«

»Ohne sie operiere ich nicht.«

»Dann nehmt sie eben mit.«

Sie bestiegen eine Gondel mit dem Wappen des Dogen und glitten durch dunkle Kanäle in östliche Richtung, wie der erste helle Tagesstreif vor ihnen verriet. Bei der ehrwürdigen Chiesa San Giacomo, die so alt wie Venedig sein soll, bogen sie in einen engen Kanal, dessen Zufahrt mit einer Eisenkette verhängt war.

Der Sekretär öffnete das Schloss. Und nach ein paar Ruderstößen endete ihre Fahrt an einer bemoosten Marmortreppe, die vom Wasser zu einem schmalbrüstigen Palazzo hinaufführte. Hinter einem Fenster im oberen Stockwerk flackerte Licht.

Während der ganzen Fahrt hatten sie kein Wort gesprochen. Nur das Plätschern des Ruders war zu hören.

Der Sekretär entzündete eine Laterne, führte sie durch eine Halle zu einer gewendelten Stiege und eilte ihnen voran nach oben. Er klopfte an eine Tür, öffnete sie, ohne das »Herein« abzuwarten. Er ließ seinen Gästen den Vortritt und schloss hinter ihnen die Tür.

In silbernen Kandelabern brannten zahllose Kerzen. Ein Mann kam ihnen entgegen, hoch gewachsen und hager, das bartlose Gesicht wachsbleich. Er ergriff die Hände des Doktors und sagte: »Ich bin Don Alfonso. Gut, dass Ihr gekommen seid. Ich danke Euch. Ich danke Euch sehr.«

Der Mann befand sich im Zustand höchster Erregung.

»Wo ist der Kranke?«

»Welcher Kranke?«

»Na, der, dessentwegen Ihr mich rufen ließet.«

»Ach so, ja, nein, es ist kein Kranker.«

»Kein Kranker?«

»Nein, eine Tote.«

»Eine Tote?,« fragte der Doktor, als habe er nicht recht verstanden. »Was soll ich bei einer Toten?«

»Setzt Euch einen Augenblick«, sagte Don Alphonso und drängte sie zu einem Diwan, der mit Hermelinfellen belegt war. Erst jetzt schien er Judith wahrzunehmen. Er betrachtete sie so fragend, dass der Doktor sich beeilte, sie vorzustellen.

»Sie ist meine Gehilfin.«

»Wozu brauchen wir eine Gehilfin?«

»Ich operiere nie ohne sie.«

»Ihr werdet sie nicht brauchen.«

Der Doktor wollte widersprechen. Er wurde genötigt, Platz zu nehmen. Don Alphonso blieb stehen, lief auf und ab und gab sich große Mühe, seine Nervosität zu verbergen. Er legte seine Fingerspitzen aneinander und meinte: »Wie Ihr wisst, war es schon bei den alten Ägyptern Tradition, Tote von Rang zu mumifizieren. Die großen Familien dieser Stadt pflegen ihre Verstorbenen in partibus zu erhalten.«

»In partibus?«

»Ja, teilweise. Nehmt den Dogen Enrico Dandolo, einen unserer Größten, den Bezwinger von Byzanz. Sein Herz ruht von heiligem Öl umschlossen in einer goldenen Urne. Sein Kopf wird an geheimem Ort in hochprozentigem Alkohol aufbewahrt. Und glaubt mir, er ist frisch wie am Tag seines Todes. Die Ärzte, die diese Staatsreliquien herstellen, sind so hoch angesehen wie die Künstler, denn auch sie erschaffen – nein, bewahren unsterbliche Schönheit. Hier dieser Beutel voll Gold, er gehört Euch. Wenn er Euch nichts bedeutet, so bedenkt, wie viele Elende Ihr hiermit heilen könnt.«

Er bedeckte seine Augen mit der rechten Hand, so als wollte er seinen Schmerz verbergen. Dabei sprach er: »Ich habe Euch hergebeten, um solch eine Sagrada actio an einer Toten vorzunehmen.«

»Warum gerade ich?«

»Kein venezianischer Arzt würde das tun, denn die Conservatio officiale bedarf der Genehmigung durch den Rat der Zehn, und die würde ich nie erhalten. Der Adel meiner Geliebten hat einen nicht auszulöschenden Makel: Sie ist eine Frau, die schönste, die je von der Sonne beschienen wurde, aber trotzdem ist sie bloß eine Frau. Noch nie wurde die Conservatio an einer Frau vorgenommen.«

»Woran ist sie gestorben?«, fragte der Meister.

»Sie litt an der Schwindsucht. Der Arzt, der ihren Tod festgestellt hat, konnte ihr nicht mehr helfen.«

»Wann war das?«

»Gestern Abend. Ich muss sie mir erhalten. Ihr sollt ihr den

Kopf abnehmen. Noch ist sie vom Tod nicht gezeichnet. Sie lag bis zu Eurem Eintreffen in Eiswasser. Wir dürfen keine Zeit verlieren.«

Als der Doktor zögerte und nach den richtigen Worten suchte, um das Ansinnen von sich zu weisen, sagte Don Alfonso: »Seht sie euch wenigstens an.«

Sie gingen in ein angrenzendes Kabinett. Dort lag eine der schönsten Frauen, die sie je gesehen hatten. Der Doktor ergriff ihre Hand. Sie war eiskalt.

Lang ausgestreckt, nur von zwei Kerzen beschienen, lag die Tote da, als ob sie schliefe. Ein langes Kleid aus schwarzem Samt ließ die Haut ihrer Hände und ihres Gesichtes noch weißer erscheinen, als sie von Natur aus war.

»Warum ist es so dunkel hier?«, fragte Judith.

»Das Kerzenlicht erwärmt die Luft zu sehr.«

»Ihr habt recht«, sagte der Doktor, »wenn sie nicht in Eiswasser gelegen hätte, wäre die Leichenstarre bereits eingetreten.«

»Habt Ihr noch nie einen Toten seziert?«, fragte Don Alfonso.

»Doch, gewiss.«

»Warum zögert Ihr dann?«

Der Doktor holte das Skalpell aus der Tasche und betrachtete es. Judith dachte daran, wie er auf dem Herritt dem Hammel mit einem Schnitt den Kopf abgetrennt hatte. Würde er es tun? Das hier war kein Schlachttier, sondern ein Mensch. Nein, es waren die sterblichen Reste eines Menschen. Sollte es uns mehr ans Herz gehen, einem lebendigen Tier die Gurgel durchzuschneiden, als einer Leiche den Kopf abzutrennen?

So ähnlich musste der Doktor wohl auch gedacht haben, denn er neigte sich über die Tote, setzte das Messer an ihrem weißen Hals an und zog es mit einem kraftvollen Ruck durch.

Ein Blutstrahl schoss ihm ins Gesicht, quer über Mund und Augen. Starr vor Schreck kniete er über seinem Opfer. Auch Judith, die instinktiv herbeieilte, um zu helfen, triefte vor Blut.

Es dauerte ein paar Herzschläge, bis sie begriffen, dass sie soeben einen lebendigen Menschen geschlachtet hatten. Fassungslos mit dem Messer in der Hand stand der Doktor bei der Verblutenden.

»Nein«, stammelte er, »nein. Ich dachte... Wie kann das sein?«

»Gute Arbeit«, sagte Don Alfonso. Ein böses Grinsen flog über sein Gesicht. »Sie war nicht nur schön, sondern auch treulos.«

»Mord«, rief der Doktor. »Ihr habt sie ermordet!«

»Nein, du hast sie ermordet«, sagte der Erstgeborene des Dogen. »Und dafür werden sie dir den Kopf abschneiden.«

Er stürzte sich auf den Doktor, schlug auf ihn ein und schrie: »Mörder! Zu Hilfe! Ergreift ihn!«

Plötzlich wimmelte es von Dienern.

»Haltet sie!«

Judith wollte fliehen. Ein Mohr verstellte ihr den Weg. Aber da sah sie das Fenster zu ihrer Rechten. Darunter schimmerte das Wasser des Kanals. Ohne zu zögern, sprang sie. Sie hatte keine andere Wahl. Sie fiel auf einen Kahn, der irgendwelches Schüttgut geladen hatte. Dabei stieß sie sich die Stirn an einem harten Gegenstand.

Weg hier! Bloß weg hier!, war ihr einziger Gedanke.

Das Wasser war eiskalt. Und sie schwamm, schwamm um ihr Leben. Danach verließ sie die Erinnerung.

Irgendwie bin ich meinen Häschern entkommen, mit einer Lungenentzündung oder einer Gehirnerschütterung. Daher die Gedächtnislücken! Ja, so muss es wohl gewesen sein, dachte sie. Aber was ist mit dem Meister geschehen?

Wie hatte der venezianische Edelmann gesagt: Unser Strafrecht ist besonders grausam.

O nein, bloß das nicht. Ich muss raus hier. Ja, ich muss ihn finden!

NEUNUNDDREISSIGSTES KAPITEL

Städte haben wie Menschen ihren eigenen Geruch. Würzburg roch anders als Nürnberg oder Köln. Und selbstverständlich galt das auch für Rothenburg. Aber so wie die Natur einem ständigen Wechsel der Jahreszeiten unterworfen ist, so verändern sich auch die Ausdünstungen der Städte und ihrer Flüsse, der Märkte, der Mauern und der Menschen. Sie verändern sich von Monat zu Monat, bisweilen innerhalb eines Tages.

Am ärgsten roch die Stadt im August, wenn die Hochsommersonne die Luft zum Flimmern brachte. Wenn sich die Hitze wie klebriger Auswurf in den Gassen staute. Dann mischte sich der Schweiß der Menschen und der Tiere mit dem Schweiß der Stadt. Kein Gegenstand, der nicht roch. Selbst die Steine begannen zu stinken. Es war ein ekelhafter kotiger Geruch, der von allem Besitz nahm, von den Gewändern, dem Haar. Er war im Atem, im Essen, selbst in den Träumen, widerwärtig wie vergorene Schweinepisse, wie zerfließender Käse oder verwesendes Fleisch, bevölkert von grün schillernden Schmeißfliegen und glitschigen Maden.

Lag im Winter eine Dunstglocke von beißendem Rauch und verbranntem Holz über der Stadt, so roch es im Herbst nach fauligem Obst und vergorenem Wein, nach verbranntem Laub, nach Stroh und Rüben, nach Zwiebeln und saurer Milch.

Am leichtesten war die Luft im Lenz, wenn sie noch klar und kühl vom Winter war und dennoch schon hell und voller frühlingshafter Verheißung. Das war die Zeit der meisten Geburten. Es war aber auch die Zeit der ärgsten Entbehrung. Die Wintervorräte waren verbraucht, Räucherkammern, Keller und Kornspeicher fast leer. Das neue nahrhafte Grün ließ noch auf sich warten. Wehe dem, der jetzt kein Sauerkraut mehr im Fass hatte oder dem die Ratten die letzten Bohnenkerne weggefressen hatten!

Nie waren die Straßen der Stadt so sauber und geruchlos wie während der Fastenzeit. Es gab nichts mehr wegzuwerfen. Vor allem aber gab es kaum noch Schweine. Sie waren während des Winters den Metzgermessern zum Opfer gefallen. Die wenigen Säue, die das Schlachten überleben durften, waren von rücksichtsloser Gier, bereit, um jeden Bissen zu kämpfen, denn sie waren in der Mehrzahl trächtig und mussten für ihre Ungeborenen mitfressen.

An solch einem Fastentag, am Morgen nach Mariä Lichtmess, ereignete sich das Unfassbare: Assunta Engelmar, eine junge Mutter aus der Georgengasse, hatte ihren Säugling für einen Augenblick unbeaufsichtigt auf den Stufen vor der Haustür abgelegt, um ihrem älteren Kind, das sich noch im Obergeschoss befand, die Stiegen herabzuhelfen. Als sie zurückkehrte, war der Kleine verschwunden, fort, obwohl er noch keinen Schritt laufen konnte. Sie rannte auf die Straße und entdeckte die Blutspur.

Entsetzliches ahnend, folgte sie ihr bis hinter das Nachbarhaus, wo Brennesseln und Brombeeren eine undurchdringliche Hecke bildeten. Hier verlor sich die Fährte. Aber war da nicht etwas? Blätter bewegten sich. Waren da nicht Schmatzen und Knacken wie Knochenbrechen?

Mit nackten Armen kämpfte sie sich durch die wuchernde Wildnis. Sie spürte weder Nesseln noch Dornen. Und dann sah sie, was sie niemals mehr vergessen würde, ein Bild unvorstellbaren Grauens: der Säugling halb ausgewickelt aus seiner blutgetränkten Windelhülle. Der kleine bleiche Leib zuckte noch im Todeskampf. Und darüber eine riesige Sau, dicht behaart und laut schmatzend. Sie hatte dem Kind schon beide Arme bis zum Ellbogen und ein Bein abgefressen. Der kleine Fuß schaute noch mit zappelnden Zehen zur Schnauze heraus.

Die Mutter warf sich auf die menschenfressende Bestie, verbiss sich in ihrem Ohr, stieß ihr die Fäuste in die Augen und schrie und schrie, bis die Menschen aus ihren Häusern stürzten, um Zeugen des entsetzlichen Geschehens zu werden.

Sie trugen die Tobende in ihr Haus. Vier Frauen waren nötig, um sie auf ihrem Lager festzuhalten. Erst nachdem man ihr eine ganze Kanne Tee von Baldrian und Bilsenkraut eingeflößt hatte, löste sich ihr Schreikrampf, und sie versank in totenähnliche Ohnmacht.

Besonders entsetzlich erschien allen die traurige Tatsache, dass der Säugling noch nicht getauft worden war und somit keine unsterbliche Seele besaß. Seine sterblichen Überreste wurden einfach an Ort und Stelle verscharrt, so wie man die Innereien von geschlachtetem Geflügel zu beseitigen pflegte.

Am darauf folgenden Freitag wurde in der Johanniskirche ein Requiem gelesen. Heinrich Toppler hatte es in Auftrag gegeben, für seinen ungetauften und unehelich gezeugten Sohn. Aber das wusste nicht einmal der Priester, der die heilige Handlung zu vollziehen hatte.

Die menschenfressende Sau wurde noch am Mordtag aufgespürt und eingefangen. Ihr Rüssel war rot von geronnenem Blut. Es war nicht mehr auszumachen, ob von dem des Kindes oder dem eigenen, denn die Mutter hatte ihr das rechte Ohr fast abgebissen. Nach dem Gesetz musste ein Tier, das einen Menschen getötet hatte, angeklagt und abgeurteilt werden wie ein Mörder. Der Prozess fand im großen Ratssaal statt. Die ganze Stadt wollte dabei sein. Die Menschen drängten sich noch vor dem Stadthaus wie an einem Markttag.

Sie hatten dem Schwein Fußfesseln angelegt, sodass es sich nur mit kleinen Trippelschritten fortbewegen konnte. Richter war kein Geringerer als der ehrwürdige, weißhaarige Patrizier Wenzel von Warstein. Er kannte sich wie nur wenige in den alten Gesetzesbüchern aus und hatte schon eine ganze Reihe von Strolchen an den Galgen gebracht. Im vorliegenden Fall kam noch hinzu, dass er mit der Mutter des getöteten Säuglings in väterlicher Linie verwandt war. Entsprechend unerbittlich war der Urteilsspruch. Er lautete: Wegen der Tötung und heimtückischen Zerfleischung eines wehrlosen Menschleins, dem damit nicht nur das irdische Leben, sondern auch das ewige genommen wurde, verurteilen wir diese vom Teufel besessene Ausgeburt der Hölle zum Tode durch die folgende Tortur: Sie soll mit gebrochenen Knochen aufs Rad geflochten werden. Bevor man sie danach pfählt, soll ihr bei lebendigem Leib die Haut abgezogen werden. Das Urteil ist sofort zu vollstrecken.

Auf den Einwand des beisitzenden Priesters, dass nach altem karolingischen Recht keine Schwangere hingerichtet werden dürfe, antwortete Wenzel von Warstein: »Wer anderer Leute Kinder tötet, hat kein Anrecht darauf, dass seine eigenen geschont werden.«

Ein Dutzend junger Burschen hoben das Schwein auf den Schinderkarren. Aus zusammengekniffenen, wimpernlosen Äuglein blickte die Sau argwöhnisch in die Menge, die ihretwegen zusammengelaufen war. Die vielen auf sie gerichteten Blicke verwirrten sie. Noch nie hatte man ihr so viel Aufmerksamkeit geschenkt. Ahnte sie das Unheil? Schweine sind nicht dumm.

Unter lautem Gejohle wurde sie zum Richtplatz gekarrt. Dort hatte man schon am frühen Morgen ein Schafott errichtet, eine aus ungehobelten Brettern erhöhte Bühne. Drei Reihen Bänke umstanden sie. Ehrenplätze für die junge Mutter und ihre Familie, für den Bürgermeister, den Inneren und den Äußeren Rat der Stadt und für die Geistlichkeit.

Einen Scharfrichter gab es nicht. Der Henkerslohn war so hoch, dass sich die meisten kleinen Städte in Franken keinen eigenen Scharfrichter leisten konnten. Die Rothenburger holten sich bei Bedarf den Henker von Nürnberg. Oder, was viel wirtschaftlicher war, sie verkauften ihre Verurteilten an die Nürnberger oder Würzburger, die sich das Hinrichtungsspektakel in ihren Mauern eine stattliche Summe kosten ließen.

Aus diesem Grund pflegte man bei der Aburteilung von vierbeinigen Verbrechern auf den Henker zu verzichten. Das übernahmen dann die männlichen Hinterbliebenen des Opfers oder einer der Metzger der Stadt.

In diesem Fall war es der einbeinige Hiob vom Rödertor. Hoch aufgerichtet stand er auf dem Schafott, die Arme auf der Brust verschränkt, wie eine aus Erz gegossene Statue der Gerechtigkeit. Alle Augen waren auf ihn gerichtet. Er wusste, was von ihm verlangt wurde. Heute war er nicht einer von vielen kleinen Schlachtermeistern. Heute war er der Herr über Leben und Tod. Und er war weiß Gott kein Amateur. Er hatte Hunderte von Säuen abgestochen, ausgenommen und zerlegt. Er kannte sich in der Anatomie der Schweine aus wie der Pfarrer im Buch der Bücher. Keine Sehne, kein Gelenk, kein Muskel, der ihm fremd gewesen wäre. Er würde die Tortur so meisterhaft durchführen, wie kein Henker das an einem Menschen je vollbracht hatte. Er würde kein lebenswichtiges Organ verletzen, keinen Nerv abquetschen, nein, er würde dafür sorgen, dass die Sau getreu dem Urteilsspruch auch nach dem Zerbrechen aller Knochen noch voll bei Sinnen war, wenn er ihr mit seinen Knechten die Haut abzog. Und sie würde auch noch leben, wenn sie ihr mit schwerem Schmiedehammer einen Pfahl durch den Leib schlagen würden. Der Stadtschreiber schrieb in das Buch der Annalen: »Es war eine Hinrichtung, wie man sie seit langem nicht mehr erlebt hat!« Alle, die dabei waren – und wer war das nicht? –, gaben ihm Recht. Welch ein grandioses, schaurig schönes Schauspiel! Das Geschrei der Sau hatte man noch in Detwang gehört. Als man ihr die Haut abschälte, begann sie zu gebären. Fünf Ferkel. Der Hiob und seine Knechte warfen die glitschignassen Neugeborenen in die jubelnde Menge. Pfui Teufel, war das ein Spaß!

Nur die Stadtschweine waren noch tagelang danach so verstört, dass sie sich selbst im Schutz der Dunkelheit nicht mehr auf ihren vertrauten Plätzen sehen ließen.

Haut und Fleisch eines hingerichteten Tieres gehörten seit heidnischen Zeiten dem Henker, in diesem Fall dem Metzger Hiob, der sie noch am Abend desselben Tages teuer verkaufte. Obwohl in walnussgroße Portionen zerlegt, reichte es nicht für alle, die sich danach drängten, ein Stück von dem Marterlfleisch zu ergattern. Gab es bessere Medizin gegen den Schmerz?

So wie der Heiland durch den Kreuzestod die Schuld der ganzen Menschheit auf sich genommen hatte, so nahm auch eine zu Tode gequälte Kreatur alles Leid auf sich, denn sie hatte mit jeder Faser ihres Fleisches alle Schmerzen und Qualen durchlebt und in sich aufgenommen. Sie hatte erlitten, was kein Lebender zu ertragen vermag, ohne den Tod herbeizusehnen. Welch ein schmerzensreicher Gral war dieses Fleisch! Roh auf Brandwunden gebracht, in Spiritus eingelegt oder in geweihtem Wasser gekocht, wirkte es gegen allerhand Beschwerden, gegen Gicht, Kopfweh und Bauchschmerz. Es half beim Gebären und beim Zahnreißen, ja selbst beim Sterben. Man glaubte, dass das Marterlfleisch die gleichen wundersamen Kräfte enthielte wie die Knochen der heiligen Märtyrer, die den Tod erlitten hatten, um die Lebenden vor Leid zu bewahren.

Vier Tage später – es war wieder Neumond – brach beim Johanniterturm ein Feuer aus, das jedoch sofort bemerkt wurde und gelöscht werden konnte, bevor das gesamte Gebäude in Flammen aufgegangen war. Da der Brandherd jedoch mit Gewissheit nicht unter dem First lag und das Haus auch nicht den Franziskanern gehörte, war man mit Barnabas einer Meinung, der Fall habe nichts mit der Serie von Brandstiftungen zu tun, sondern sei durch Unachtsamkeit entstanden.

Gewiss, da war wieder dieses tote Schwein. Aber mein Gott, waren die nicht überall? Es hatte sich wie all die anderen Säue in dem Holzschuppen verkrochen. Außerdem war es ganz offensichtlich nicht verbrannt wie die anderen Schweine, die man in den abgebrannten Häusern gefunden hatte, sondern am Rauch erstickt.

VIERZIGSTES KAPITEL

Judith fand den Doktor in seinem Hospital bei den Werftanlagen. Sie erschrak, als sie ihn sah. Er schien um Jahre gealtert.

»Du lebst?«, rief er ungläubig. »Bist du es wirklich?«

Er betrachtete sie. Er fuhr sich über die Augen, schüttelte den Kopf.

»Diese unheimliche Stadt am Meer, voller Wasserspiegelungen und irreführender Reflexe, bringt mich noch um den Verstand. Alles zerfließt, entgleitet, löst sich in Nebel auf.«

»Aber Meister, was redet Ihr, kennt Ihr Eure Judith nicht mehr?«

»Judith, bist du es wirklich?« Er nahm sie in die Arme und streichelte ihr Haar. »Wie ist es möglich, du lebst?«

Tränen der Freude liefen ihm über die Wangen.

»Und ich dachte, du wärst ertrunken. Ich habe noch gesehen, wie du dich aus dem Fenster gestürzt hast. Ich wollte dich zurückhalten und wurde niedergeschlagen. Wo warst du die ganze Zeit?«

»Ich bin in unserer Wohnung in San Polo aufgewacht, wie ein Tier aus langem Winterschlaf. Ich glaube, ich war sehr krank.«

»Du bist mager, Mädchen«, sagte der Meister.

»Ihr auch.«

»Komm, du musst etwas essen.«

Er stellte Weißbrot, Käse und Wein auf den Tisch. Judith nahm von dem Brot und fragte: »Wie ist es Euch ergangen?«

»Sie haben mich in die Bleikammern geworfen. Der Tag der Blendung war bereits festgelegt. Sie wollten mir erst mein Augenlicht und dann das Leben nehmen.«

»Habt Ihr Euch nicht verteidigt? Ihr habt doch nicht aus böser Absicht gehandelt. Ich meine, Ihr wart doch das Opfer eines hinterhältigen Plans.«

»Die Venezianer brauchen keinen Rechtspruch, um einen

Mann in den Tod zu schicken. Mir war mein schnelles Ende recht. Dein Schicksal, die Enthauptung der jungen Frau – alles durch meine Schuld! Ich wollte nicht mehr leben.«

Judith ergriff seine Hände. »Aber Ihr lebt!«

»Ja, ich lebe, ich lebe. Wer weiß, wie lange noch! Die Pest ist in der Stadt. Ich verdanke ihr mein Leben. Vermutlich bin ich der Einzige in dieser ganzen verdammten Lagune, der ihr sein Leben verdankt. Sie haben mich aus den Bleikammern geholt, weil ich ein Medicus bin. Ärzte werden zur Zeit dringender gebraucht als Brot. Schon fallen täglich Hunderte der Seuche zum Opfer. Bald werden es Tausende sein. Wir hätten nicht hierher fahren sollen. Du solltest schnellstens abreisen. Noch ist es nicht zu spät.«

»Und Ihr?«

»Ich bleibe. Ich muss bleiben.«

»Dann werde auch ich hier bleiben.«

»Tu dir das nicht an. Die Pest ist ein herzloser Henker. Sie mäht nicht wie der Sensenmann ihre Opfer nieder, sondern erlegt sie mit vergifteten Pfeilen, rasch und treffsicher.«

Judith fragte: »Wie kann man sie bekämpfen?«

»Es beginnt meistens mit einem harmlosen Flohbiss, wie ihn jeder von uns fast täglich erduldet. Um die juckende Bissstelle bildet sich ein schwärzlicher Kreis. Es folgen Kopfschmerzen und Fieber wie bei einer Erkältung. Doch dann schwellen die Lymphknoten zu faustgroßen Beulen an, mit Vorliebe in den Achselhöhlen und Leisten. Sie werden größer und größer, bis sie aufbrechen und eine eitrige, stinkende Flüssigkeit aus ihnen herausquillt. Der Kranke wird völlig kraftlos, fällt in ein tiefes Koma und stirbt. Von den ersten Anzeichen bis zum Tod vergehen zwei Tage, bisweilen bloß Stunden. Nur wenige Befallene überleben.«

»Und was verursacht die Seuche?«

»Nach der Pesthauchtheorie des Gentile da Foligno führt eine fatale Konstellation von Mars, Jupiter und Saturn zu schädlichen Ausdünstungen der Luft. Dieser Aer corruptus verursacht eine Veränderung der Körpersäfte, und das wiederum bewirkt Fäulnis und Tod.«

»Ist das wirklich so? Glaubt Ihr das auch?«

»Diese Lehre wird von der angesehensten medizinischen Schule der Universität Paris als die allein richtige anerkannt. Daneben gibt es eine Unzahl von anderen Theorien, von denen die bekannteste die ist, dass die Juden die Pest verursachen. Denn es ist natürlich leichter, die Juden zu erschlagen, als die Konstellation von Mars, Jupiter und Saturn zu verändern.«

»Gibt es ein Heilmittel?«

»Viele. Meide giftigen Südwind! Öffne die Fenster nur gegen Norden! Verzichte auf Fleisch. Nimm nur pflanzliche Nahrung zu dir, die bei Mondlicht geerntet wurde. Meide direktes Sonnenlicht! Regelmäßiges Aderlassen, Theriak, Marientaler in Weihwasser, der übliche Aberglaube.«

»Und was tut Ihr dagegen?«

»Ich reibe mich morgens und abends mit Essigwasser ab, so wie es schon Roger Bacon empfahl. Und das solltest du auch tun.«

»Gegen die Pest?«

»Nein, gegen die Flöhe. Denn wie gesagt, meist beginnt die Krankheit mit einem Flohstich.«

Die Hausglocke wurde angeschlagen.

Der Doktor lehnte sich aus dem Fenster und sagte: »Sie bringen wieder neue Kranke. Die meisten sterben daheim, verlassen von ihren Angehörigen, die aus Angst vor Ansteckung geflohen sind. Die, die zu uns kommen, hoffen auf Hilfe.«

»Können wir ihnen helfen?«

»Kaum, aber wir können ihnen das Sterben erleichtern. Und die wenigen, die aus eigener Kraft überleben, schaffen es durch unsere Pflege.

Ich weiß, es ist nicht viel, aber wenn wir auch nicht jedem Einzelnen helfen können, vielleicht schaffen wir es, der Menschheit einen großen Dienst zu erweisen, indem wir diese fürchterliche

Seuche studieren. Für jede Krankheit gibt es eine Medizin. Es ist unsere Aufgabe, sie zu finden.«

Sie stiegen eine steinerne Wendeltreppe hinab in den großen Spitalsaal. Judith blickte auf ein Bild des Grauens. Der Boden war übersät mit Leibern. Die meisten waren halb nackt.

»Sie reißen sich die Kleider vom Leib, um sich die schwärenden Wunden aufzukratzen«, erklärte der Doktor.

Die Kranken lagen wie Stallvieh auf blankem Stroh, gekrümmt vor Schmerzen und Angst, röchelnd und winselnd, die Körper übersät mit schwarzen Flecken und hühnereigroßen Pestbeulen, aus denen Blut und Eiter hervorquoll. Es stank nach Fäulnis, Schweiß, Urin und Kot.

Das ist die Hölle, dachte Judith. Fürwahr, das ist die Hölle! Sie beugte sich über eine junge Frau, die in einer Ecke des Raumes kauerte und nach Luft rang. Ein apfelgroßes Geschwür am Hals schnürte ihr den Atem ab. Judith kühlte ihr mit einem Tuch die fiebrige Stirn. Der Doktor kniete sich neben sie und sagte: »Wir müssen die Geschwulst aufschneiden, bevor die Ärmste erstickt. Ich habe herausgefunden, wenn man die Pestbeulen aufschneidet und mit Branntwein auswäscht, ist die Überlebenschance größer, als wenn man die vergifteten Säfte im Leib lässt.«

Doch es war bereits zu spät. Noch während sie operierten, starb die Frau. Ihre entblößte Brust war so schwarz wie Ebenholz.

Der Doktor schloss ihr die Augen und sagte: »Wir schließen den Toten die Augen. Nicht minder behutsam aber müssen wir den Lebenden die Augen öffnen. Mehr noch als Ärzte benötigen diese Armen hier Priester. Viele Geistliche weigern sich, den Sterbenden die Sakramente zu reichen. Sie sind aus der Stadt geflohen und verschanzen sich wie der Papst in Avignon hinter Klostermauern, wo sie Weihrauch und Myrrhe verbrennen, um dem Pesthauch das Gift zu nehmen. Je höher das Amt, desto geringer ist das Verantwortungsgefühl dieser Domherren. Die wirklichen Christen finden sich vor allem unter den kleinen Leuten. Ohne die

Barmherzigkeit der Ordensschwestern und Laienbrüder wäre das Leben in der Stadt längst zusammengebrochen.«

Als sie spät am Abend das Haus für einen kurzen Stadtgang verließen, regnete es. Das Wasser in den Kanälen war noch schwärzer, noch unheimlicher als sonst. Katzen drückten sich lautlos die Hauswände entlang. Wie ausgestorben lagen die Gassen, ohne Licht waren die Fenster.

Judith sagte: »Ist das wirklich derselbe Ort, der uns vor ein paar Tagen in seinen Bann geschlagen hat? In meiner Erinnerung ist die Stadt voller Menschen, voller Musik, voller bunter Bilder und Lebensfreude. Habe ich das alles nur geträumt, oder haben wir das wirklich erlebt? Waren wir Gäste bei der Vermählung des Dogen mit dem Meer, auf Empfängen und Maskenbällen?«

»Ja, wir waren bei der Vermählung des Dogen mit dem Meer und auf verschiedenen Empfängen. Aber von einem Maskenball weiß ich nichts.«

Er war stehen geblieben und betrachtete den zusammengekrümmten Körper eines toten Knaben. Er musste schon länger dort liegen. Die Totenstarre war bereits eingetreten.

»Leichen, Leichen, überall Leichen. Sie liegen herum wie tote Ratten. Das ist nicht etwa nur ein Vergleich. Nein, es gibt wirklich auffällig viele tote Ratten. Sie sterben an der Pest wie wir, während die Katzen und Hunde, die Vögel und all die anderen Tiere von der Seuche verschont bleiben. Es heißt, sie fressen sogar von den Kadavern, ohne krank zu werden. Warum sterben die Ratten? Ich habe einige seziert. Sie haben keine Pestbeulen und keine schwarzen Flecken und werden dennoch hinweggerafft wie wir Menschen.«

Ein Handkarren kam ihnen entgegen, gezogen von vermummten Gestalten. Unter einem blutigen Laken ragten die Beine und Arme von Toten hervor.

»Längst ist es nicht mehr möglich, die Opfer auf der Friedhofsinsel San Michele zu begraben. Sie werden in Lastkähnen hinausgefahren auf die offene See und über Bord geworfen.«

Der Sprühregen hatte sich gelegt. Wabernde Nebelschwaden lösten sich aus den Kanälen, klebrig und ekelhaft.

»Aer corruptus«, sagte der Meister, »die giftige Ausdünstung der schädlichen Planetenkonstellation.«

Sie eilten zurück ins Hospital, wo sie Wohnung unter dem Dach bezogen hatten. Hier oben war die Luft besser als in San Polo, dicht über dem Kanal.

Als Judith am anderen Morgen in den Spitalsaal kam, war der Meister gerade damit beschäftigt, einem Knaben die Pestbeulen in den Leisten aufzuschneiden. Eine Ordensschwester wusch die Wunden.

Judith fragte: »Warum habt Ihr mich nicht geweckt?«

»Du brauchst den Schlaf, um gesund zu bleiben.«

»Wo sind all die Kranken hin?«

»Sie haben die Nacht nicht überlebt. Die jetzt noch hier sind, werden durchkommen.«

Judith blickte auf eine Hand voll Frauen auf frischem Stroh. Alle trugen Verbände.

»Ist es Zufall, dass die Überlebenden vor allem Frauen sind?«, fragte sie.

»Nein, es sterben mehr Männer als Frauen, vor allem aber Kinder und Alte.«

Am Nachmittag legte eine Gondel mit dem Wappen des Dogen am Landungssteg des Spitals an. Der Doktor solle sofort in den Dogenpalast kommen. Judith begleitete ihn. Während sie durch die Kanäle glitten, dachte sie daran, wie man sie das letzte Mal gerufen hatte, zu einer Hinrichtung.

Um den Markusplatz herum waren die Gassen und Plätze noch voller Leben, so als habe sich aller Lebenssaft ins Herz der Stadt zurückgezogen. Vor dem Dom drängten sich die Menschen in dichten Trauben. Der gewaltige Kuppelbau vermochte sie nicht alle zu fassen. Musikanten spielten auf dem Platz davor lustige Karnevalsweisen. Kuchen wurden verkauft, und ein Mohr ließ seine Affen auf einem Gerüst aus bunten Stangen herumturnen.

Durch den großen Innenhof des Dogenpalastes wurden Judith und der Doktor über eine Außentreppe in das Obergeschoss geführt, wo die Privaträume des Dogen lagen. Ohne alle Formalitäten brachte man sie bis in das Innere des Allerheiligsten venezianischer Staatsführung. In einem riesigen Himmelbett, so pompös wie ein Hochaltar, erblickten sie den Dogen Michele Morosini. Er lag dort wie eine Puppe, angetan mit dem rituellen Ornat, das er zu tragen hatte, wenn er ruhte.

Neben dem Bett, von dem die Venezianer sagen, dass in ihm die Gerechtigkeit schlafe, hatte sich eine Gruppe von Herren versammelt, die allesamt dem Ärztestand angehörten. Man hatte alle Doktoren, derer man habhaft werden konnte, herbeigerufen, um dem Dogen die bestmögliche Behandlung zuteil werden zu lassen. Judith zählte zwölf.

Sein Oberkörper wurde von zwei Pagen entblößt. Die tiaraartige Kopfbedeckung behielt er auf. Die Doktoren traten einzeln an sein Bett. Sie blickten ihm in Mund und Augen, nahmen die schwarzen Flecken und Schwellungen zur Kenntnis. Der Meister war der einzige, der auch den Pulsschlag kontrollierte.

Das alles geschah in feierlichem Schweigen. Anschließend wurden sie in einen angrenzenden Saal geführt, in dem die Mitglieder des Rates der Zehn auf das Ergebnis der Konsultation warteten. Alle anwesenden Ärzte waren sich darin einig, dass Venedig schon bald ohne Dogen sein werde. Die körperliche Verfassung des Kranken mache eine Genesung mehr als unwahrscheinlich.

Die Patrizier aus dem Rat der Zehn schienen nichts anderes erwartet zu haben. Hatten sie den alten Morosini nicht vor allem deshalb zum Primus inter pares gewählt, weil er von ihnen allen der Gebrechlichste war und somit schon bald Platz machen würde für die eigene Thronbesteigung? Das war vor vier Monaten. Mein Gott, was hatte sich die Welt in diesen vier Monaten verändert!

Der Vorschlag des Meisters, dem Kranken die Pestbeulen auszuschneiden, wurde von allen anderen Ärzten entsetzt abgelehnt. Stattdessen empfahlen sie Aderlass, Schröpfköpfe und Einreibungen mit schwarzer Sepia, dem Körpersaft der Tintenfische.

Der Rat der Zehn wollte von den Medizinern wissen, wie sie den weiteren Verlauf der Seuche beurteilten und was dagegen zu unternehmen sei.

Im Vergleich mit den Orten, die die Pest bereits durchlebt hatten, würde mindestens jeder Fünfte an der Magna mortalitas sterben, so meinten die Ärzte. Das hieße im Falle Venedigs zwanzigtausend Tote. Es könnten aber auch wesentlich mehr sein.

Als Prophylaxe empfahlen sie die Zurschaustellung aller Reliquien, von denen es an keinem Ort so viele und so bedeutende gebe wie in Venedig, da schon der Anblick und erst recht der Kontakt mit dem hochheiligen Gebein regenerative Kräfte wecken könne, wie sie keiner anderen Medizin innewohnen würden.

Die Frage, ob es einer der gelehrten Doctores für möglich halte, dass – wie manche sagten – die Juden etwas mit dem großen Sterben zu tun haben könnten, wurde von den anwesenden Ärzten verneint. Als Beweis führten sie an, dass auch die Juden von der Pest befallen würden, wenn sie auch weit weniger Tote zu beklagen hätten, weil sie bereits vor Ankunft der Seuche ihre Ghettos verlassen hätten wie die Ratten das sinkende Schiff. Ihnen daraus einen Strick drehen zu wollen – wie das die Franziskaner und Dominikaner täten –, wäre so töricht, als wollte man die fliehenden Ratten für den Untergang des Schiffes verantwortlich machen.

»O mein Gott, was für eine Bande von bornierten Stubengelehrten«, stöhnte der Meister, als sie den Palast verlassen hatten. »Sie sprechen von Krankheit und Tod, als wüssten sie, was das ist.«

»Tun sie das nicht?«, fragte Judith.

Der Doktor antwortete: »Wir kennen nur die Kranken. Was

wissen wir schon von den Krankheiten? Wir kennen die Toten. Aber wir wissen nichts über den Tod.«

Es war, als hätte sich ein Leichentuch über die Lagune gelegt. Nie war die Stadt so still wie jetzt während des großen Sterbens. Die Sprachlosigkeit, die uns an offenen Gräbern ergreift, hatte alle Welt befallen, selbst den Wind und die Wasserwege. Alles schien in erstickender Hoffnungslosigkeit zu erstarren. Sogar die Kirchenglocken waren verstummt. Der Rat hatte das nicht enden wollende Läuten der Kirchenglocken und alle Trauerprozessionen verbieten lassen, um die Menschen nicht zusätzlich zu entmutigen.

Es gab keine Märkte mehr, keine Läden und fliegenden Händler. Nur die Kirchen und Apotheker hatten geöffnet, Letztere wurden, sofern sie überlebten, steinreich.

Bei Einbruch der Dunkelheit fuhren Boote durch die Kanäle der Stadt, mit dem Auftrag, die Toten einzusammeln.

»Leichen, Leichen, wer hat Leichen?«, schallte dann der Ruf durch die Stille. Die Fährleute dieser Totenschiffe trugen langnasige Masken, was ihnen das Aussehen von Vögeln verlieh, Aasvögeln. Ihre Schnäbel waren gefüllt mit Kampfer, Minze und Myrrhe, um den Pest- und Leichengestank abzumildern.

Außerhalb der Stadt wurden hastig Massengräber ausgehoben, viele so flach, dass Hunde, Füchse und Ratten die Toten wieder ausgruben. Verwesungsgeruch mischte sich mit dem Fäulnisgestank der Pest. Die Überlebenden reagierten unterschiedlich auf das große Sterben. Manche hatten sich in ihren Wohnungen verkrochen und warteten dumpf und teilnahmslos wie Tiere in der Falle auf ihr Ende; andere bevölkerten die Kirchen, auf den Knien liegend, in ständigem Gebet, bis zuletzt darauf vertrauend, dass ein Wunder geschehe. Und wieder andere stürzten sich in orgiastische Ausschweifungen, wollten das Leben genießen bis zum letzten Atemzug. Es gab ja genügend leer stehende Häuser und Palazzi, deren Bewohner dahingerafft oder geflohen waren.

Es gab Geißler, die sich bis aufs Blut peitschten, um Gottes Zorn zu besänftigen, und Gotteskinder, die auf den Straßen tanzten, weil sie glaubten, sie könnten die Seuche durch Fröhlichkeit vertreiben. Dabei sangen sie:

Lasst die Herzen immer fröhlich
und mit Dank erfüllet sein,
denn der Vater in dem Himmel
nennt uns seine Kinderlein.

Zu der Zeit starben täglich über achthundert Menschen in Venedig. Die Compagnia della misericordia sammelte die Toten ein. Ihre Mitglieder trugen rote Gewänder, rote Hüte und eine rote Gesichtsmaske. Ihr Schutzpatron war der heilige Rochus.

»Welch grausige Karnevalsvermummung«, sagte Judith bei ihrem Anblick.

»Ja«, stimmte der Meister zu, »die Pest ist ein schauriger Mummenschanz. Eine mörderische Maskerade! Hunderte von Gesichtern, alle von verschiedener Farbe und alle vom Tod gezeichnet. Da gibt es bleiche Kadaverfratzen, feuerrote Masken der Angst, manche mehr violett oder verwesungsgrün; aschfahle Grimassen, schwarz gefleckt, verzerrt, zerfließend, erstarrt und entstellt. Erloschene Augen, andere angsterfüllt, fieberfunkelnd. Und dazu alle Arten von Wehklagen: Wimmern, Stöhnen, Schreien, Beten. Die einen liegen da, als wären sie schon hin, andere reden ununterbrochen, rudern mit Armen und Beinen, führen wahre Veitstänze auf. Welch ein Totentanz!

Im Angesicht der Pest gibt es weder Arm noch Reich, weder Alt noch Jung, weder Schön noch Hässlich. Sie sind alle gleich: Krebse in einem Korb, die darauf warten, ins kochende Wasser geworfen zu werden.«

Der Fondaco dei Tedeschi, sonst Mittelpunkt marktschreierischen Gedränges, lag so verlassen da wie eine antike Ruine. Hier bei der hölzernen Rialtobrücke, wo morgenländische Gewürze, griechische Weine, Glas, Seide und Sandelholz gegen Edelmetalle, arabische Klingen, Brabanter Spitzen und Pelze getauscht wurden, hockten jetzt hungernde Tauben auf umgestürzten Markttischen. Aus einem Haus mit einem vergoldeten Löwen über dem Eingangsportal ertönte lautes Weinen. Judith ging hinein.

Das tote Kind lag auf dem Küchentisch, nackt und blasshäutig wie Fleisch vom Schlachter. Rippen und Beckenknochen zeichneten sich deutlich in dem mageren Leib ab. Fliegen liefen über seine offenen Augen.

Unter dem Tisch kauerte eine weinende Elendsgestalt, über und über mit schwarzen Flecken bedeckt und so grausig anzuschauen, dass Judith sich nicht traute, sie zu berühren.

»Ich habe noch nie so viele Tote gesehen«, sagte sie zu ihrem Meister. »Und dennoch empfinde ich immer wieder: Eine Leiche ist wie ein Neugeborenes, etwas ganz Besonderes, dessen Anblick man nie vergisst. Erst durch das Anfassen einer Leiche wird uns bewusst, was der Tod wirklich ist.«

»Ja, es ist seltsam«, sagte der Doktor, »uns Menschen graust es vor unseren unbeseelten Leibern, das Fleisch von toten Tieren aber fressen wir mit großem Genuss in uns hinein.«

EINUNDVIERZIGSTES KAPITEL

Im gleichen Maße, in dem Venedig sich verändert hatte, hatte sich auch der Doktor verändert. Judith betrachtete ihn und dachte: Ist das noch derselbe Mann, dem ich in Bozen begegnet bin? Und dann fragte sie sich: Habe auch ich mich verändert?

So als habe er ihre Gedanken erraten, sagte der Meister: »Nichts wird mehr so sein, wie es war. Die Pest hat alles verändert. Wer nach diesem Massensterben noch an den lieben Gott glaubt, ist entweder ein Narr oder ein Zyniker. Mit der Pest starb der Glaube an einen gütigen, allmächtigen Gott. Wenn er allmächtig ist, kann er nicht gütig sein. Denn wenn einer Macht über alles Geschehen hat und so etwas zulässt, ist er ein Teufel. Wenn er aber gütig ist und so etwas nicht zu verhindern weiß, dann kann er nicht allmächtig sein. Mit dem gütigen Allmächtigen verkümmert auch seine Kirche. Gewiss wird sie reicher als zuvor aus dem großen Sterben hervorgehen, weil ihr das Erbe von Tausenden von Toten zufällt. Aber was sie an Gold gewinnen, haben sie an Vertrauen eingebüßt, diese elenden Hirten, die ihre Herden in schwerster Stunde verlassen haben, um selber zu überleben.

Unser Glaube und unser Gelehrtenwissen, was haben sie uns genutzt? Die Krone der Schöpfung – wir? Dass ich nicht lache! Gemeinsam mit den Ratten verrecken wir zu Tausenden. Wie die Ratten liegen unsere Kadaver auf den Straßen, ohne Beichte, Letzte Ölung und all die anderen falschen Tröstungen der Religion.

Vielleicht ist das der Sinn des großen Sterbens, die Erkenntnis, dass wir alle vom gleichen Fleisch sind, dass wir nicht Getaufte und Beschnittene sind, kein auserwähltes Volk und keine allein selig machende Kirche. Koscherspeise, Abendmahl, Fasten und Beten, was hat es geholfen? Vergeblicher Mumpitz, fauler Zauber! Christen, Juden und Moslems sollten sich vermischen und paaren, bis alle Nachkommen Adams und Abrahams wieder ein Volk sind.«

»Glaubt Ihr das wirklich?«, fragte Judith. Sie fragte mit solchem Nachdruck, dass der Doktor sie erstaunt anschaute: »Warum fragst du?«

»Ich habe einen Christen geliebt.«

»Und warum hast du ihn nicht genommen?«

»Wie konnte ich? Gibt es größere Schranken zwischen Mann und Frau als die der Religion?«

»Die gibt es nur für die kleinen Leute, für die Schwachen und die Dummen. Viele Große der Bibel nahmen sich schon zu Olims

Zeiten Frauen, die anderen Völkern und Religionen entstammten. Moses hat eine Äthiopierin geheiratet, eine Schwarze! Juda, dem die Juden ihren Namen verdanken, hatte Umgang mit einem Weib, das er für eine Hure hielt, mit der er das Bett, aber nicht den Glauben teilte. Und Salomo, der weiseste der Weisen, hatte eine Tochter des Pharao, ohne dass sein Hohe Lied an Heiligkeit eingebüßt hätte. König David wurde von Sehnsucht nach Bathseba, einer Ungläubigen, verzehrt.«

»Das waren aber alles jüdische Männer, die Nichtjüdinnen zur Frau nahmen. Ich kenne keinen umgekehrten Fall.«

»Ob du nun Öl in Wasser gießt oder Wasser in Öl, wo liegt da der Unterschied? Im Gegenteil, da nach jüdischem Glauben die Mutter allein darüber entscheidet, ob einer Jude ist oder nicht, ist die Ehe mit einem nichtjüdischen Weib um ein Vielfaches frevelhafter als eine Verbindung zwischen einem Christen und einer Jüdin, falls man so etwas für frevelhaft erachtet.«

»So habe ich das noch nie betrachtet«, sagte Judith.

»Aber es ist die Wahrheit, Mädchen. Es ist die Wahrheit.«

*

Der Mensch gewöhnt sich an alles, sogar an die Pest. Obwohl fast ein Viertel aller Menschen dahingerafft worden war, ging das Leben in Venedig weiter. Die Fischer breiteten auf dem Markt in San Polo wieder ihre Fänge aus, denn sie brauchten Geld, um Brot kaufen zu können. Und die Bäcker buken wieder Brot, um frischen Fisch zu bekommen.

Die, die jetzt noch am Leben waren, hielten sich für eine Art von Auserwählten, denen es vergönnt war, alle anderen zu überleben. Die einen glaubten, dass Gott die Hand über sie hielte, andere schworen auf ihre Wundermedizin, wobei das Krötenamulett die am meisten verbreitete war. Dabei wurde eine große alte Kröte aus der Brenta über dem Küchenherd an den Hinterbeinen aufgehängt. »Nach drei Tagen« – so hieß es in der Anleitung – »sondern die Kröten einen schaumigen Schleim ab, der Fliegen und allerlei Madengewürm anlockt, die an dem Froschgeifer kleben bleiben. Wenn die Kröte ihr Leben ausgeschleimt hat, zerröste, zerreibe und vermische man sie mit dem frischen Auswurf. Diese Masse hänge man sich, in ein Nesseltuch eingenäht, so um den Hals, dass sie auf der Herzgrube liege, wodurch die von der unglückseligen Planetenkonstellation gestörten Körpersäfte wieder in ihr naturgewolltes Gleichgewicht zurückversetzt werden.«

Der Meister glaubte weiterhin an seine sauren Waschungen, und Judith wusste schon lange nicht mehr, woran sie glauben sollte. Ihr größter Wunsch war es, in einer Mikwa zu baden, all die Pestilenz und Verwesung abzuwaschen und wie neu geboren wieder aufzutauchen.

An jenem Morgen, an dem sie beschloss, das Ghetto aufzusuchen, um nach einer Mikwa Ausschau zu halten, war der Meister damit beschäftigt, zwei arabische Kaufleute zu operieren. Eine Ordensfrau half ihm dabei. Die Ärzte in der Stadt waren dazu übergegangen, die Pestbeulen mit glühendem Eisen auszubrennen, was schmerzhaft war und schreckliche Narben verursachte, aber die Sterberate erheblich senkte. Trotzdem starben noch immer über hundert Menschen pro Tag in der Lagune, die Inseln Torcello und Burano nicht mitgezählt.

Das Ghetto machte einen noch bedrückenderen Eindruck als das christliche Venedig. In den schmalen, krummen Gassen staute sich der Abfall, Scherben, Stroh und zerbrochener Hausrat. Der Wind spielte mit den Fensterläden. Schränke, Truhen, Türen standen offen, so als hätten es die Bewohner bei ihrem Auszug brandeilig gehabt, so als wären sie geflohen. Judith fand, man sah es dem Ghetto an, dass in Venedig kein Jude ein Haus besitzen durfte. Im Vergleich mit der Judengasse in Rothenburg waren diese Unterkünfte hier seelenlose Wohnhöhlen. Das Ghetto von Venedig trug seinen Namen zu Recht. Es war mehr Produktionsstätte als Heim oder Elternhaus.

Auf einer steinernen Bank bei der Synagoge saß ein altes Weib. Als es Judith erblickte, wollte es rasch davonhumpeln.

»Nein, bitte bleib! Ich komme dir nicht zu nahe«, sagte Judith. »Ich möchte dich nur etwas fragen. Wo finde ich eure Mikwa?«

»Hier?«

»Ja, hier im Ghetto.«

Das Gesicht der Alten verzog sich zu einem zahnlosen Grinsen. Und dann lachte sie los, laut und ungehemmt, dass es wie Möwengeschrei durch die verlassene Gasse schallte.

Jetzt ist sie übergeschnappt, dachte Judith.

Aber die Alte war nicht verrückt. Sie kam näher gehumpelt und fragte: »Sag mal, willst du mich zum Narren halten?«

»Nein, warum?«

»Ein Ritualbad in einer schwimmenden Stadt im Meer, das wäre so verrückt wie ein Mikwaschacht in einem Schiff.«

Und nun musste auch Judith lachen. Nicht die Alte war dumm, sondern sie selbst. Sie erfuhr, dass die Mikwa von Venedig auf dem Festland in Maghera lag, mit Boot und Ross eine Halbtagesfahrt entfernt.

»Aber es gibt sie nicht mehr«, sagte die Alte. »Die Bauern haben sie zerstört, weil sie glauben, wir würden die Pest verbreiten. Aber nicht wir sind schuld an dem großen Sterben, sondern sie. Hat ihr Prophet Jesus nicht prophezeit: Ich werde kommen, um Gericht abzuhalten über alle Gerechten und Ungerechten. Und dann wird die Welt untergehen. Aber sie wird nicht untergehen. Gott hat uns vor Pharao beschützt. Er hat uns vor Herodes beschützt und vor den Römern. Er wird uns auch vor seinem Sohn beschützen.«

Auf dem Rückweg kam Judith an der Chiesa Santa Maria Clarissima vorüber. Unter dem steinernen Standbild der Gottesmutter wartete ein Haufen Toter darauf, abgeholt zu werden. Zwei Männer trugen Stroh in das Gotteshaus. Immer mehr Kirchen verwandelten sich in Siechenhäuser.

Ins Hospital zurückgekehrt, fand Judith den Meister in seinem Studierzimmer unter dem Dach. Er stand an seinem Schreibpult und war so vertieft in seiner Niederschrift, dass er ihr Kommen nicht wahrnahm. Sie blickte ihm über die Schulter und las: »Mein letzter Wille«.

»Ihr verfasst Euer Testament?«

»Das hätte ich schon längst tun sollen. Aber nun lässt es sich nicht mehr aufschieben.«

Er entblößte seine linke Schulter und hob den Arm an. Judith sah die Schwellung in der Achselhöhle.

»Nein«, entfuhr es ihr. »Nein.«

»Doch, aber deshalb brauchst du nicht gleich in Tränen auszubrechen. Noch lebe ich. Und mit deiner Hilfe werde ich vielleicht sogar überleben. Du wirst mir, wenn es so weit ist, die Pestbeulen ausbrennen.«

Er wies auf das Papier vor sich: »Hier in diesem Testament vermache ich dir alles, was ich habe: mein Geld, mein Haus in Bozen und die Stiftshäuser in Venedig. Mach damit, was du willst. Ich bin sicher, du wirst das Richtige tun.«

Sie wollte widersprechen. Er ließ sie nicht zu Wort kommen. »Keine falsche Bescheidenheit. Das ist mein letzter Wille, und ich erwarte, dass er respektiert wird.«

Er kritzelte mit dem Federkiel seine Unterschrift unter die Urkunde und streute Sand über das tintenfeuchte Papier. Judith berührte seine Stirn mit den Fingerspitzen.

»Habt Ihr Fieber?«

»Nicht genug, leider.«

»Wieso leider? Wollt Ihr Fieber?«

»Ich nicht, aber mein Körper braucht das Feuer, um die Krankheitskeime zu zerschmelzen.«

»Ihr redet so, als sei das Fieber keine Krankheit, sondern eine Medizin.«

»So ist es«, sagte der Doktor.

Später, als er auf seinem Krankenlager lag, klagte er: »Ich fühle mich so zerschlagen, als hätte ich die Strecke von Bozen nach hier in einem einzigen Gewaltritt zurückgelegt. Das ist nicht gut. Ich bräuchte jetzt die Kräfte eines Herkules, um mit der Pest zu kämpfen.«

»Dann sollten wir alles tun, um diese Kräfte zu wecken.«

»Und wie willst du das erreichen?«

»Ich werde Euch salben.«

»Salben? Wozu soll das gut sein?«

»Seht Ihr, auch ich beherrsche Dinge, von denen Ihr keine Ahnung habt.«

Während sie aus der Apotheke des Meisters ein stark duftendes Öl mischte, erzählte sie ihm von der Salbung, die sie an Attila vorgenommen hatte. Sie erwärmte das Öl und bat den Doktor, sich zu entkleiden. Er tat es, ohne zu zögern.

Es war das erste Mal, dass sie ihn nackt sah. Er überraschte sie durch seine Magerkeit, durch die Stärke und das Ausmaß seines kraftvollen Knochenbaus. Haupthaar, Bart und Brustbehaarung umhüllten Kopf und Oberkörper in einem Guss wie eine Löwenmähne. Er verkörperte das Urbild von einem Mann.

Als sie seine Schläfen berührte, lief ein Schauer durch seinen blassen Leib. In immer größer werdenden Kreisen glitten ihre Hände über Stirn und Wangen, betupften Lippen und Ohrläppchen, tasteten sich den Hals hinab, erreichten den Brustansatz, von dort zum Nacken den Rücken entlang.

Leicht wie Vogelflug, gleitend wie Flossenschlag waren ihre Finger. Ein Wohlgefühl ohnegleichen umfloss ihn wie warmes Wasser, wie Wolkenhauch. Wollüstig genossen beide das Spiel der Hände auf dem nackten Leib.

Judith sah, wie sein Glied sich aufrichtete, mit jedem Herzschlag fester werdend. Es war ein erschreckend schönes Gefühl zu erleben, dass sie von dem, den sie am meisten verehrte, begehrt wurde.

Seltsam, dachte sie, ich habe niemals den Mann in ihm gesehen. Er war mein Meister, Lehrer, Vater; aber dass er Sehnsucht nach mir empfinden könnte – auf den Gedanken bin ich nie gekommen. Warum eigentlich nicht?

Der Doktor blickte an sich hinab und sagte: »Es heißt: Der Geist ist willig, aber das Fleisch ist schwach. Du hast mein Fleisch gewaltig stark gemacht.«

Judith erwiderte: »War das nicht der Sinn der Salbung?«

Mit sinkender Sonne stieg das Fieber. Judith saß an seinem Lager und hielt seine Hand.

»Weißt du«, sagte er, »dass ich eigentlich Priester werden sollte? Meine Mutter hatte ein Gelöbnis abgelegt, ihren Erstgeborenen dem Altardienst zu weihen. Ich musste es ihr auf dem Sterbebett versprechen, aber da war ich noch ein Kind. Dieser Wortbruch hat mir schwer zu schaffen gemacht, denn ich habe meine Mutter sehr geliebt. Aber ich konnte nicht anders. Lieber ein Tagelöhner im Dienst eines armen Bauern als ein hoher Priester in dem dunklen Labyrinth der Theologie. Nein, ein lebender Toter im Totenreich der Kirche wollte ich nicht sein. Dann lieber ein Opfer der Pest.«

Judith wischte ihm den Schweiß von der Stirn.

»Ihr mögt die Priester nicht?«

Der Doktor schüttelte verneinend seinen Löwenkopf und meinte: »Nihil tam absurdum dici potest ut dicatur a theologico. Nichts ist so absurd, als dass es nicht von einem Theologen gesagt werden könnte. Glaube mir, man ist seines Lebens dort sicherer, wo es keinen Glauben gibt, als dort, wo alles zur Sache des Glaubens gemacht wird. So hat doch Chrysostomus – er wurde als Heiliger und Kirchenvater hoch verehrt – allen Ernstes behauptet: Nichts ist mächtiger als die Kirche. Sie ist stärker als der Himmel. Denn um der Kirche willen ist der Himmel da und nicht umgekehrt wegen des Himmels die Kirche.«

Das Fieber stieg, und die Sprache des Kranken wurde immer unverständlicher. Endlich versank er in unruhigen Schlaf. Am Morgen hatten die Pestbeulen die Größe von Hühnereiern erreicht. Sie mussten ausgebrannt werden. Als Judith ihm das glühend heiße Eisen in die Achselhöhle stieß, schrie er wie ein Tier. Zwei Ordensschwestern hielten ihn fest. Der Geruch von verbranntem Fleisch war betäubend ekelhaft. Dreimal musste die Prozedur an immer wieder anderen Körperstellen wiederholt werden. Dann waren alle Beteiligten schweißgebadet und am Ende ihrer Kräfte.

Gegen Mittag hatte sich der Gemarterte wieder so erholt, dass er sprechen konnte. Er wollte trinken und klagte über heftige Schmerzen. Schwarze Flecken bildeten sich an Brust und Hals. Heftiger Husten quälte ihn. Nach längerer Ohnmacht erwachte er zu der lebendigen Klarheit, die Unerfahrene häufig für Genesung halten, die aber in Wirklichkeit nichts anderes ist als ein letztes Aufflackern des Lebenslichtes, bevor es für immer verlischt. Er griff nach ihrer Hand und sagte: »Was ich dich schon immer fragen wollte: Warum bist du wirklich zu mir gekommen?«

»Ich wollte mich selber finden.«

»Sich selber finden – das hört sich leicht an und ist doch so schwer. Um dich zu finden, musst du vor allem die Liebe erleben. Glücklich zu lieben, davon träumen die meisten Menschen. Dabei schließt das eine das andere aus. Wer wirklich liebt, kann niemals wirklich glücklich sein. Denn welche Wirklichkeit vermag an unsere Träume heranzureichen? Der Geliebte ist ein Traumbild, das es gar nicht gibt. Es lebt nur in deiner Fantasie.«

»Ihr meint, alle Liebe sei nur Selbsttäuschung?«

»Die Liebe ist ein Echo deiner Fantasie. Jeder sucht das zu ihm passende Du. Und dennoch findet jeder immer nur sich selbst.«

»Aber das ist doch verrückt«, sagte Judith.

»Es gibt nichts Verrückteres als die Liebe. Du hast mir von einem Christen erzählt, den du liebst. Wenn er deiner wert ist, so nimm ihn. Was kann er dafür, dass er deinen Glauben nicht hat? Niemand kann sich seinen Mutterschoß aussuchen. Omnia vincit amor; die Liebe überwindet alles.«

Es waren seine letzten Worte. Als die Sonne im Nebel der Lagune versank, war er tot.

Judith verbrachte die Nacht an seinem Bett und hielt ihm die Totenwache. Seit dem Selbstmord ihrer Mutter hatte sie sich nicht mehr so allein in der Welt gefühlt. Wie viele Menschen habe ich in den letzten Wochen sterben sehen, dachte sie, Männer, Frauen, Alte und Kinder. Ihr Tod war ein Teil meines Arbeitsalltags. Aber erst jetzt begreife ich die unerbittliche Grausamkeit des Todes.

Sie erinnerte sich an einen Satz des Meisters im großen Sterbesaal des Hospitals: »Nur der Tod der Menschen, die du liebst, ist wirklich.« Wie Recht er hatte.

Sogar die sterblichen Überreste eines geliebten Menschen hatten einen anderen Wert als andere Leichen. Das erfuhr Judith, als die Krankenpfleger den Doktor am Morgen zu den Verstorbenen der letzten Nacht legen wollten, abholbereit für die Totenschiffe der Compagnia della misericordia.

Nein, sagte eine innere Stimme in ihr, ich will ihn begraben, wie er es verdient hat.

Da sich kein Gondelschiffer fand, der bereit gewesen wäre, eine Pestleiche in seinem Boot zu transportieren, lud sie den Toten in ein Ruderboot, das zum Hospital gehörte, um ihn eigenhändig zum Festland zu rudern. Dort angekommen, bot sich ihr ein Bild des Grauens. Hunderte von Menschen waren damit beschäftigt, Löcher in den Boden zu hacken, um darin ihre Toten zu verscharren. Dabei wurden andere Leichen, die schon vor Tagen in die Erde gelegt worden waren, wieder ausgegraben. Der Fäulnisgeruch war so unerträglich, dass die Menschen sich Tücher vor Mund und Nase hielten. Die Luft war erfüllt vom Geschrei der Möwen und Raben, die Mühe hatten, ihre gemästeten Leiber vom Boden abzuheben, wenn die Menschen sie mit Steinwürfen verjagten.

Ein Mann zeigte auf einen Berg von Toten und meinte zu Judith: »Leg ihn dahin. Dieser Haufen wird am Freitag verbrannt.«

Nein, dachte Judith, so darf er nicht enden. Sie kehrte zu ihrem Kahn zurück und ruderte hinaus auf das offene Meer, vorbei an San Michele und all den anderen namenlosen unbewohnten Inseln mit ihren grau-grünen Salzwiesen. Sie ruderte, bis sie Blasen an den Händen hatte und Venedig nur noch als dunkler Streifen vor der untergehenden Sonne zu erkennen war.

Die See war ruhig und glatt wie ein Spiegel. Feierliche Stille umgab sie, belebt nur vom leisen Plätschern der Bugwellen. Nachdem sie in stiller Zwiesprache Abschied genommen hatte, senkte sie den in Leinentücher Eingewickelten ins Meer und blickte ihm nach, bis das weiße Linnen sich im Schwarzblau der Tiefe verlor.

ZWEIUNDVIERZIGSTES KAPITEL

Allein unter dem Dach im Siechenhaus, fühlte sich Judith so einsam und verloren wie nie zuvor in ihrem Leben. Seit Tagen regnete es. Der Wind war kalt und böig. Venedig versank im Hochwasser. Und es war ihr, als würde auch sie mit den überschwemmten Gassen, Stufen und Stegen untergehen.

Ja, dachte sie, untergehen, versinken, Frieden finden.

»Dein Schicksal ist das Wasser. Dort wirst du enden«, hatte ihr die Alte bei den Pechbrennern prophezeit. Und es sah so aus, als würde sie Recht behalten. Das Leben erschien ihr sinnlos. Wie erbärmlich waren alle Bemühungen, den Tod aufzuhalten. Es war so, als wollte man das mächtige Meer daran hindern, an Land zu steigen.

Sie musste fort von hier. Doch wohin? Immer häufiger flüchtete sie sich in ihre Träume. Bittersüße Bilder der Erinnerung: das Haus in der Judengasse, Josua, Rebecca. Das kleine Paradies hinter der Stadtmauer. Attila. Was er wohl machte?

Sie hatte versucht, ihn aus ihrem Gedächtnis zu verdrängen. Im Verdrängen der Vergangenheit hatte sie Erfahrung. Wie anders hätte sie die Ermordung der Eltern und Brüder unbeschadet überleben können?

Habe ich sie unbeschadet überlebt?, fragte sie sich.

Die Stimmen aus dem dunklen Gewölbe meiner Träume – kommen sie von Gott oder aus dem Grund der verstörten Kinderseele, die nach Sinnhaftigkeit verlangt, Gerechtigkeit fordert, nach Vergeltung schreit?

Wenn ich diese Hölle hier überlebe, werde ich heimkehren, schwor sie sich. Daheim sein, wieder ein Kind sein, behütet und geliebt – welch wundervoller Gedanke.

Die letzten beiden Patienten, eine Mutter und ihr Kind, waren schon vor Tagen gestorben. Neue Pestkranke ließen sich im Siechenhaus nicht mehr sehen. Die, die jetzt noch erkrankten, blieben in ihren Häusern, um dort in vertrauter Umgebung zu sterben, anstatt auf dem schmutzigen Stroh der Siechenhäuser, wo sie weder Heilung noch kirchliche Tröstung fanden.

Ich muss hier fort, schwor sich Judith. Aber wie? Reittiere gab es schon seit langem nicht mehr. Wer ein Pferd hatte, war auf ihm geflohen. Die Esel und Maultiere auf dem Festland waren dem Nahrungsmangel zum Opfer gefallen. Für einen längeren Fußmarsch aber war sie zu schwach.

Als sie sich am Morgen Hirsebrei kochte, sah sie das dunkle Mal auf ihrem rechten Unterarm, einen walnussgroßen, fast schwarzen Fleck. O mein Gott, jetzt bin ich an der Reihe. Ich habe die Pest! Allein und ohne Beistand. Ich bin verloren. Herr, gib mir einen schnellen Tod!

Den größten Teil der Nacht lag sie wach auf ihrem Lager und lauschte dem Regen. Erst gegen Morgen fiel sie in Schlaf. Im Traum war sie bei den Pechsiedern am Brennerpass. Der einäugige Leitwolf brachte sie zu seiner Mutter. Er schlug die blutige Kuhhaut vor dem Hütteneingang zurück und sagte: »Mutter, sie ist zurückgekehrt, um die ganze Wahrheit zu erfahren.« Die Alte sah noch schrecklicher aus als beim letzten Mal. Sie hing in ihrem Armstuhl aus Birkenstämmen wie eine Pestleiche. Im gelben Schleim ihrer bösen, von Eiter umrandeten Augen bewegten sich Maden. Speichel troff ihr aus den Mundwinkeln. Mit ihrer vom Fluchen und Saufen verwüsteten Stimme krächzte sie: »Dein Element ist das Feuer, aber im Wasser wirst du enden. Vorher wirst du noch die Liebe erleben.«

Sie lachte laut mit offenem, zahnlosem Mund: »Dein Geliebter wird von seinem eigenen Bruder erschlagen werden, so wie der Kain den Abel erschlagen hat.«

Als Judith erwachte, schien ihr die Sonne ins Gesicht. Oder war das schon das Leuchten der Ewigkeit? Sie war nicht allein. Jemand saß an ihrem Lager. Geblendet versuchte sie die Erscheinung zu erkennen.

»Judith«, sagte eine Stimme. Es war eine vertraute Stimme. Sie gehörte Attila.

Träume ich? Nein, das war keiner ihrer wirren Träume, aus denen sie soeben erwacht war. Bin ich tot? Ist das der Garten Eden? Attila!

Sie ergriff seine Hand. Es war eine Hand von Fleisch und Blut, warm und lebendig, und die streichelte ihre Wange. Sein Gesicht beugte sich über sie. Sie fühlte seine Lippen auf den ihrigen.

Attila! Welch schöner Traum!

Aber es war kein Traum.

Sie richtete sich in ihrem Bett auf. Die Erscheinung blieb. Und es war nicht der Garten Eden, sondern ihr Zimmer unter dem Dach des Hospitals. Attila mittendrin mit zerzaustem Haar und einer Unbeschwertheit, als lache der Frühling durch das Fenster.

»Attila, bist du es wirklich?«

»Ja, ich bin es.«

Er nahm sie in die Arme, streichelte ihr Haar und erzählte, wie er sie gefunden hatte: »Es war die Suche nach der Nadel im Heuhaufen, ach, was sage ich, in einer ganzen Scheune voll Heu. Der Weg hierher war schon schwierig genug. Zweimal bin ich überfallen worden, das erste Mal bei der Überquerung der Alpen. Sie lagen in einem Hinterhalt und nahmen mir mein Pferd. Ich selber konnte mich nur durch einen Sprung von hohem Felsen in tiefen Schnee retten. Zum Glück blieb mir meine Geldkatze erhalten. So konnte ich mir ein neues Pferd kaufen. Vor den Mauern von Padua wurde mir auch dieses gestohlen. Vier Raubritter, üble Gesellen, hoch zu Ross – sie nahmen mir alles, bis auf mein Leben. Es hätte nicht viel gefehlt, und sie hätten mir auch noch das genommen.

Und dann Venedig! Ich hatte ja keine Ahnung, wie groß diese verdammte Stadt im Meer ist, wie viele verschiedenartige Menschen hier leben: Mauren, Juden, Byzantiner, Franken und Türken, ein Völkergemisch wie beim Turmbau zu Babel. Es ist zwecklos, hier nach einer fremden Frau zu fragen. Hier ist jeder fremd. Und dann noch diese entsetzliche Seuche. Ich habe mein Lebtag noch nicht so viele Leichen gesehen. Meine größte Angst war, dich nicht mehr lebend anzutreffen.«

»Und wie hast du mich gefunden?«

»Ich habe in allen Siechenhäusern der Stadt nach der Medica aus Bozen gefragt. Am Ende traf ich eine Nonne, die mir den Weg hierher wies. Aber selbst in diesem Bau war es nicht einfach, dich hier oben unter dem Dach aufzuspüren. Ich habe dich überall gesucht«, sagte er. »Es war nicht leicht, dich zu finden. Aber ich wusste, ich würde es schaffen.«

So hatte es begonnen. Nach Attilas Ankunft in Venedig war nichts mehr so, wie es vorher war. Sogar der schwarze Fleck in der Armbeuge war auf wundersame Weise verschwunden, als hätte es ihn nie gegeben.

In der Rückschau erschienen Judith diese Tage wie ein Traum, oder nein: wie das Erwachen aus einem Albtraum. In seinen Armen war alles wieder so wie früher. Vergessen war das große Sterben, die Angst, die Einsamkeit.

»Halt mich fest, und lass mich nie mehr los! Du hast mich ins Leben zurückgeholt.«

»So wie du mich«, sagte Attila. »Wir sind quitt.«

»Wo denkst du hin«, lachte Judith, »ich will immer wieder zu neuem Leben erweckt werden.«

Venedig und die Pest waren vergessen. Die Tage und Nächte

flogen dahin, ohne dass sie ihre Wohnung über den Dächern der Stadt verließen. Attila hatte reichlich zu essen und zu trinken mitgebracht. Er musste immer wieder von seiner Reise berichten und von Rothenburg. Judith erzählte, wie es ihr in Venedig ergangen war, von Bozen und ihrem Meister.

Sie liebten sich von der ersten Umarmung an wie Mann und Frau, so als gäbe es keine andere Zärtlichkeit als das Ineinanderverschmelzen zu einem Fleisch und einer Empfindung.

Wenn er sie jetzt in die Arme nahm und sie an sich zog, brannte sie vor Sehnsucht, ihn in sich aufzunehmen. Ihr Schoß zerschmolz vor zärtlicher Begierde nach ihm, nach der schmerzvollen Lust, mit der er sich in ihr verlor. Sie verfiel ihm mit einer Hingabe, die wie der Tod war. Weit geöffnet, verwundbar, wehrlos, hielt sie nichts mehr zurück. Angst und Ehrgeiz waren verflogen.

»Lass mich nie mehr los«, flüsterte sie, und seine Hände liebkosten sie so sanft wie eine Blume. »Ich liebe dich. Ich habe dich immer geliebt.«

»Wirst du mich niemals mehr verlassen?«, fragte Attila.

»Nein, niemals.«

»Und deine Berufung zur Medica?«

»Wie kann man viele lieben wollen, wenn man es nicht schafft, einen zu lieben? Am Ende zählt nur die Antwort auf die Frage: Wer war glücklich, wirklich von ganzem Herzen glücklich, dass es dich gab?«

»Hast du dein Ziel aus den Augen verloren?«

»Es gibt Reisen, bei denen ist der Weg wichtiger als das Ziel. Ich glaube, ich musste durch dieses finstere Tal, um zu mir selbst zu gelangen. So wie es Dinge gibt, die nur im hellen Licht gedeihen, gibt es andere, die der Dunkelheit bedürfen. Ich wollte immer alles wissen, wollte begreifen und verstehen. Jetzt weiß ich: Nur was man erfühlt, ist wahr. Die Welt um uns herum besteht nicht aus Gedanken, sondern aus Empfindungen. Bilder, Töne, Berührungen – lauter Sinneseindrücke. Man kann nur über die

Dinge nachdenken, die man mit wachen Sinnen erlebt, gespürt, empfunden hat. Unsere Gedanken sind die Träume unserer Gefühle.«

»Du meinst, all unser Wissen ist nur ein Traum?«

»Bisweilen sogar ein Albtraum«, sagte Judith.

Und etwas später sagte sie: »Liebe ist nicht, sich gegenseitig in die Augen zu schauen, sondern in die gleiche Richtung.«

»Heißt das, du wirst meine Frau werden?«

»Nur wenn du mich darum bittest.«

»Hast du keine Angst vor dem, was auf uns zukommen wird?«

»Omne crede diem tibi diluxisse supremum; sei dir darüber im Klaren: Jeder Tag könnte dein letzter sein. Eine Erkenntnis, für die mir die Pest die Augen geöffnet hat. Nur das Heute zählt. Von dem, was kommt, wissen wir nur mit Gewissheit, dass wir die Toten von morgen sind.«

»Seit wann sprichst du Latein?«

»Ich habe in den letzten Monaten viel gelernt.«

Attila küsste sie erneut, bevor er fragte: »Und dein Glaube?«

»Kennst du das Buch Ruth? Dort sagt Ruth zu dem Mann, den sie liebt, der aber nicht ihren Glauben hat: Wo du hingehst, da will auch ich hingehen. Wo du bleibst, da will auch ich bleiben. Dein Volk ist mein Volk, und dein Gott ist mein Gott.«

Vier Tage später verließen sie frühmorgens noch vor Sonnenaufgang Venedig. Attila hatte am Festland zwei Pferde erstanden, zu einem Preis, für den man noch vor wenigen Wochen ein ganzes Dutzend Rösser bekommen hätte.

Am Tag des heiligen Engelbert erreichten sie Bozen. Dort bezogen sie das Haus des Meisters, das Judith testamentarisch übertragen worden war.

Da Judith sich bereits als Gehilfin des Doktors einen Namen gemacht hatte, wurde sie mit offenen Armen empfangen. Der Bischof der Stadt, den sie wegen seiner Gallenkoliken mehrfach erfolgreich behandelt hatte, teilte Judith »mit großem Bedauern« mit, dass sie als Jüdin zwar einem christlichen Arzt zur Hand gehen dürfe, dass es aber gegen weltliche und kirchliche Bestimmungen verstieße, wenn sie als jüdische Ärztin christliche Patienten behandeln würde. Umso erfreuter war er, als Judith ihn bat, die heilige Taufe empfangen zu dürfen.

Zu Annunziata, dem Fest der Verkündigung, wurde Judith getauft.

Zu Attila sagte sie: »Ich tue es für dich und für die Medizin. Jetzt darfst du mir zur Hand gehen.«

»Durfte ich das vorher nicht?«

»Nein, denn es ist Juden nicht erlaubt, Christen als Diener, Knechte oder Gehilfen zu beschäftigen. Laut Thomas von Aquin sind die Juden der Christen Sklaven bis in alle Ewigkeit.«

Die Tage in Bozen erschienen ihnen unbeschreiblich schön. Nach dem Massensterben war jeder Tag wie ein kostbares Geschenk. Die Frühlingsblumen entfalteten ihre farbige Fülle. Aus unzähligen Knospen und Keimen quoll neues Leben. Überall lockten Blüten, blass und weit geöffnet, voller Hingabe: Schellkraut und Krokus, fleischfarbene Tausendschönchen in langen Ketten, Veilchen und Narzissen, zusammengekuschelt in Büscheln, blühende Forsythien, leuchtende Sterne überall. Judith sah Dinge, die sie schon lange nicht mehr wahrgenommen hatte: die erhabene Art, mit der eine Hummel sich um Honig auf einer Blüte niederlässt oder wie eine Silberpappel unter der Berührung eines Lufthauchs erzittert. Sie fragte Attila: »Weißt du, dass in der jüdischen Medizin bestimmte Pflanzen bestimmte Organe verkörpern? Lulav, das Palmblatt, ist der Wirbelsäule zugeordnet, Etrog, die Zitrone, dem Herzen.«

»Ich finde, das Herz hätte eine süßere Frucht verdient«, meinte Attila.

»Dafür sind aber Hadassim, der Myrtenzweig, und Arawot, die Weidenkätzchen, würdige Vertreter für Augen und Lippen.«

»Komm lass mich deine Kätzchen küssen«, lachte Attila. Er

streichelte ihre Brüste und fragte: »Welches Gewächs hat die Ehre, sie zu verkörpern?«

»Der Rebstock und die Trauben.«

»Wie kann es anders sein. Die Pflanze, von der ich nie genug kriegen kann, die berauscht und trunken macht.«

*

Bei schönem Wetter ritten sie schon vor Sonnenaufgang zur Stadt hinaus. Judith hatte auf dem Genesiusmarkt eine Stute erstanden, die der guten alten Rethel zum Verwechseln ähnlich sah. Attila ritt einen Rappen, den er Nero nannte.

Ihr Lieblingsziel war das Schloss Maretsch mit seinem atemberaubenden Ausblick auf Bozen und auf die Gipfel der Rosengartenwand. Als sie auf dem Weg dorthin an der Franziskanerkirche vorbeitrabten, fragte Attila: »Ob die Häuser der Franziskaner in Rothenburg wohl noch immer brennen?«

»Lass sie brennen.«

»Du magst die Franziskaner nicht.«

»Magst du die Feuerameisen?«, fragte Judith und gab ihrer Stute die Sporen, zum Zeichen, dass sie das Thema nicht mochte.

Für Judith gab es nichts Schöneres als eine Bootsfahrt auf der Etsch, die von Branzoll aus schiffbar war.

Obwohl Attila fand, das Wasser sei so kalt wie aufgetauter Schnee, konnte Judith es nicht lassen, darin zu baden.

»Die Mikwa ist kälter«, sagte sie lachend, als Attila sie mit einem Leinentuch trockenrieb.

Auf einem flussabwärts treibenden Floß gewahrten sie einen Menschen mit unförmigem Wasserkopf. Er drehte ihnen den Rücken zu und spielte mit einem Hund.

»Sieh doch nur!«, rief Attila. »Sieht er nicht aus wie Kürbiskopf?«

»Ja, ich denke oft an den treuen Tabas.«

»Was er wohl ohne dich treibt? Du warst zu ihm wie eine Mutter. Keiner hat sich so um ihn gekümmert wie du.«

»Er hat mehr für mich getan als ich für ihn«, sagte Judith, und sie sagte es so, dass Attila sie erstaunt anschaute. Doch da gab sie ihm einen Stoß vor die Brust, und nun lag *er* im Wasser. Lachend sprang sie hinterdrein.

*

Morgens behandelten sie die Kranken aus der Stadt und aus den umliegenden Tälern. Abends lasen sie in der umfangreichen Bibliothek des Meisters oder spielten Schach. Die Tradition der langen Abendgespräche, die sie mit dem Meister geführt hatte, behielt Judith bei. Hatten sie früher wissenschaftliche Fragen beschäftigt, so waren es jetzt vor allem religiöse Themen. Attila spürte, dass der so rasch gefasste Entschluss, sich taufen zu lassen, in ihrem Inneren noch immer auf verwirrendes Unverständnis stieß.

»Weißt du, was ich am meisten vermisse?«, fragte sie Attila. »Die Mikwa. Ja, sie fehlt mir am meisten. An Abendmahl und Beichte werde ich mich gewöhnen. Viel zu beichten habe ich eh nicht. Schweinefleisch werde ich auch in Zukunft nicht essen, weil ich es nicht mag, und die Sabbatgesetze habe ich schon als Jüdin gebrochen.«

Trotzdem entzündete sie die Sabbatlampe, mit der der Sabbat eingeleitet wird. Darauf von Attila angesprochen, erklärte sie: »Es ist ein schöner Brauch, der mich an meine Kindheit erinnert.«

DREIUNDVIERZIGSTES KAPITEL

Schau, was ich hier habe«, sagte Judith. Sie hielt eine Feder in der Hand, nicht länger als ein Finger, aber von seltener Schönheit. Nie zuvor hatte Attila eine ähnliche gesehen. Sie leuchtete so golden wie der Sonnenschein. Ihr Schaft endete in feurigem Rot neben finsterstem Schwarz.

»Mein Gott, ist die schön. Was ist das?«

»Eine Engelsfeder«, sagte Judith.

»Ja, sie kann nur von einem Engel sein«, gab ihr Attila Recht. »Aber wie kommt sie auf die Erde?«

»Es ist eine Feder vom Flügel des Erzengels Gabriel«, sagte Judith. »Er hat sie verloren, als er die Kammer der Jungfrau Maria betrat, um ihr die frohe Botschaft zu verkünden.«

»Und woher hast du sie?«

»Ich fand sie heute Morgen in unserer Kammer.«

»Du meinst ...?«

»Ja, ich bin guter Hoffnung.«

Wenn sie jetzt abends vor dem brennenden Kamin lagen, legte Attila seine Wange an ihren Bauch, um zu hören, ob das Herz des Ungeborenen schon schlug.

»Ob die Kleine wohl schwarzhaarig wird wie du oder so blond wie ich?«

»Wieso sie? Es ist ein Junge. Ich bin mir da ganz sicher.«

»Hoffentlich wird er dann so wie du«, meinte Attila.

»Wieso wie ich? Willst du, dass er einen Busen bekommt?«

»Nein, aber deinen Unternehmungsgeist. Kämpfen ist nicht meine Sache.«

»Mach dich nicht immer so klein. Bist du nicht gegen zwei Ritter angetreten, zwei bewaffnete Banditen und zwei Hunde, um mich zu retten?«

»Ich bin nicht gegen sie angetreten. Die Umstände haben mich dazu gezwungen. Versteckt hinter einem Busch habe ich erst eingegriffen, als du mir in die Arme gelaufen bist.«

»Du hast die seltene Gabe, dich geringer zu machen, als du bist.«

»Ich versuche nur, die Dinge so zu sehen, wie sie sind. Die richtige Einschätzung der Situation gibt mir eine gewisse geistige Überlegenheit. Ich weiß, wo meine Stärken und Schwächen liegen.«

»Und wie schätzt du dich ein?«

»Gedankenvoll, doch tatenarm. Irgendetwas steht mir immer im Weg, meistens ich mir selber. Ich habe schon als Kind keine Ritterspiele gemocht. Kämpfen, Hassen und Töten liegen mir nicht.«

Judith küsste ihn und sagte lachend. »Ich weiß, du hast mehr Spaß am Lieben und Zeugen und wirst ein prächtiger Vater sein. Ich mag keine Draufgänger wie den Struzz und seine Artgenossen.«

Die Schwangerschaft bekam ihr sichtlich gut.

»Ich fühle mich wie neu geboren«, sagte sie. »Nein, ich bin neu geboren. Weißt du, dass ein Konvertit bei den Juden als Neugeborener gilt. Er bekommt nicht nur einen neuen Namen, sondern auch eine neue Herkunft. Seine leiblichen Eltern sind nicht mehr seine Eltern. Abraham ist sein neuer Vater.«

Judith wollte in Dreikirchen getraut werden, einem geheimnisvollen Ort, den ihr der Meister gezeigt hatte.

»Es gibt Orte«, sagte sie zu Attila, »die sind von Natur aus geheiligt. Sie sind von so überirdischer Aura umgeben, dass schon die Heiden in uralter Zeit hier ihre Heiligtümer errichteten. Obwohl hoch oben in den Bergen nur schwer erreichbar, wird dieser Ort immer wieder von Menschen aufgesucht, um die geheimnisvolle Kraft zu spüren und in sich aufzunehmen.

Selbst die Tiere scheinen sie zu empfinden. Nirgendwo sonst gibt es so viele Vogelnester wie hier. Sogar die Ameisenhügel sind hier höher als anderswo.«

»Verschon mich bloß mit Ameisen«, meinte Attila.

»Dieser Ort ist so gebenedeit, dass die Menschen an ihm gleich drei Kirchen errichtet haben. Dicht daneben entspringt eine Quelle. Aus ihr will ich trinken. Dort oben möchte ich deine Frau werden. Der Priester von Barbian wird uns trauen. Er ist mir zu Dank verpflichtet. Ich habe seine Wunden versorgt, als er sich im letzten Herbst beim Holzspalten die halbe Hand abgehackt hat.«

Obwohl die Schwangerschaft noch nicht weit fortgeschritten

war, bestand Attila darauf, nicht die Reitpferde zu nehmen, sondern den Zweispänner. Der Weg war weit.

Bei Sonnenaufgang brachen sie in Bozen auf. In engen Serpentinen quälten sich die Rösser den Ritten hinauf. Es war ein sonniger Tag. Die Berge glühten golden in der Morgenröte. Vorbei ging die Fahrt an Wiesen, gelb getupft von blühendem Löwenzahn, an herabrauschenden Wasserfällen und gurgelnden Bächen, an gescheckten, glockenbimmelnden Kühen. Mehrmals machten sie Rast, aßen die mitgenommenen Kuchen und ließen die Pferde grasen. Hinter Klobenstein beobachteten sie Murmeltiere, die mit ihren Jungen spielten.

Am Nachmittag erreichten sie Barbian.

Der Priester begrüßte sie wie Freunde. Seine Haushälterin hatte den Tisch festlich geschmückt. Sie gingen alle zeitig zu Bett, weil sie am anderen Morgen früh aufsteigen wollten. Attila und Judith erhielten getrennte Schlafkammern, weil sich das Beieinanderliegen vor der Trauung nicht schickte.

Wolkennebel umwaberten die geschwungenen Holzschindeldächer, als Judith, Attila und der Priester nach langem Aufstieg endlich ihr Ziel erreichten. Wie frierende Lämmer drängten sich die drei Kirchlein aneinander.

Der Eremit, der das Heiligtum betreute, läutete das Glöckchen, als er hörte, dass sie angekommen waren. Sie erfrischten sich mit Quellwasser und sprachen ein Dankgebet. Die Braut wurde mit einem Kranz von Wiesenblumen geschmückt. Attila bekam eine Storchenfeder an das Wams gesteckt, so traten sie vor den steinernen Altar aus gewachsenem Fels. Das mehrere Ellen dicke, unbehauene Gemäuer erinnerte Judith an die Schachtwände der Mikwa. Hundertjährige Föhrenbalken trugen das Dach. Sie waren mit geheimnisvollen Mustern versehen, Runen, Kabbalazeichen, so alt wie die Menschheit.

Die geschnitzte Marienfigur mit dem nackten Knaben im Arm lächelte wohlwollend auf Judith herab, als wollte sie sagen: Ich weiß, was du unter deinem Herzen verbirgst.

Als sie die Ringe tauschten, flackerten die Kerzen, als ginge ein Engel durch den Raum.

Später, der Nebel hatte sich verzogen und die Sonne war durch die Wolken gebrochen, saßen sie auf einer Bank unter freiem Himmel. Sie aßen von dem weißen Brot, das sie mitgebracht hatten, und tranken von der Ziegenmilch, die der Eremit ihnen als Hochzeitsgabe einschenkte.

»Wir überschätzen das Alter«, sagte der Eremit. »Schaut mich an. Mein Haar ist so weiß wie der Schnee auf den Bergen, aber ich weiß so gut wie nichts von den wichtigen Dingen des Lebens. Wenn wir an unsere großen Toten denken, so sehen wir sie immer alt und weise, am Ende ihres Erdenlebens. Abraham, Moses, Paulus, Karl der Große, lauter alte Männer mit Bart. Warum zeigen wir sie immer so alt? Waren sie nicht auch einmal jung?

Die meisten großen schöpferischen Leistungen sind Produkte unserer Jugendjahre.

Glaubt einem alten Mann: Das Kind ist die Idealform des Lebens. Der junge Erwachsene träumt von der Zukunft, der alte von der Vergangenheit. Nur das Kind lebt den Augenblick. Es hat kein Gestern zu betrauern und kein Morgen zu fürchten. Seine unverbrauchten Sinne sind beneidenswert aufnahmebereit. Wir zehren von dieser Kraft, so lange wir leben. Eingeschlossen in jedem alten Leib atmet ein Kind. Aus jedem zerfurchten Gesicht lächelt es dich an.

Wenn du das Leben kennen lernen willst, musst du nicht zu den Alten gehen, sondern zu den Jungen. Das Kind ist der eigentliche Mensch. Je mehr du dir von deiner Kindheit bewahrst, desto näher bist du dem großen Geheimnis der Schöpfung.

Das Besondere am Christentum ist nicht seine Lehre. Es gibt Religionen, die sind viel christlicher als wir. Außergewöhnlich ist die Geburt von Bethlehem: Gott ist ein Kind!

Ist das nicht ungeheuer! All die greisen und weisen Kirchenväter, Päpste, Propheten und Apostel, so alt wie Abraham und Moses, sie dienen einem Neugeborenen. Denn Gott ist ein Kind.«

»Das war eine sehr schöne Predigt, die Ihr mir zu meiner Hochzeit gehalten habt«, sagte Judith. »Ihr habt mir das Christentum einen großen Schritt näher gebracht.«

Gott ist ein Kind. Der Satz ging ihr nicht mehr aus dem Sinn.

*

Auf der Heimfahrt, fast schon in Bozen, durchquerten sie einen Bach. In den Bergen war Regen gefallen. Die Furt führte sehr viel mehr Wasser als auf der Hinfahrt. Sie hatten die Mitte schon erreicht, als aus dem Dickicht vor ihnen Wildenten aufflogen. Die Pferde scheuten und warfen in wilder Panik den Wagen um. Judith wurde herausgeschleudert. Mit dem Gesicht voran fiel sie in die kalten Fluten. Als der umstürzende Wagen sie unter Wasser drückte, schossen ihr die Worte der Alten vom Brenner durch den Sinn: »Du aber wirst im Wasser enden!«

Nein, ich will nicht sterben. Ich darf nicht sterben. Mein Kind! O mein Gott, hilf mir!

Gott erhörte ihr Gebet. Sie überlebte mit gebrochenen Rippen und entzündeten Lungen. Tagelang rang sie mit dem Fieber. Am Ende verlor sie ihr Kind.

Attila, der die meiste Zeit an ihrem Bett verbracht hatte, versuchte sie zu trösten, so gut er konnte. »Hauptsache, du lebst. Wir werden noch viele Kinder haben.«

Während dieser Tage, an denen Judith im Bett lag und Zeit fand, über sich und ihr Leben nachzudenken, wuchs ihr Heimweh von Stunde zu Stunde.

»Gefällt es dir hier nicht?«, fragte Attila.

»Doch, natürlich, aber ich muss mit Rebecca sprechen. Ich muss sie um Vergebung bitten für alles, was ich ihr angetan habe. Wie einsam wird sie sein, die Gute. Wir könnten sie hierher holen. Platz haben wir genug in dem großen Haus. Sie ist eine hervorragende Köchin und eine prächtige Großmutter.«

Sie wollte Josuas Grab besuchen, sprach vom Kürbiskopf und dem kleinen Paradies. Jede Menge kostbare Chemikalien wollte sie von dort nach Bozen holen. Die Reiselust beflügelte ihre Genesung.

»Was wird Rebecca sagen, wenn sie hört, was ich erreicht habe?«

Ihr kleines Mädchen – eine erfolgreiche Medica im großen Bozen, mit einem Mann, den sie aus Liebe genommen hat. »Das Unerreichbare – ich habe es erreicht!«

VIERUNDVIERZIGSTES KAPITEL

Wieder einmal erneuerte sich der Mond, und wie bei jedem Neumond lag Bruder Barnabas auf der Lauer. Mitternacht war längst vorüber. Barnabas spürte, wie die Kälte der Nacht Besitz von ihm ergriff. Trotz der Lammfellsohlen und trotz dicker Strümpfe fühlten sich seine Füße wie Eisklumpen an. Seit über einem Jahr bewachte er nun die Häuser der Franziskaner, Neumond für Neumond und immer vergeblich. Er wartete, aber worauf? Er wusste es nicht. Es war wie bei der Parusie, der Wiederkunft Christi.

»Der Herr wird kommen wie ein Dieb in der Nacht«, so hatten sie es in der Klosterschule gelernt. Aber keiner wusste, wann und wo. Vielleicht warte ich auf etwas, das es gar nicht gibt. Barnabas spürte: So kam er nicht weiter.

»Welchen Fehler mache ich?«, hatte er seinen Beichtvater gefragt.

»Du begehst den Irrtum, den Verstand über den Glauben zu stellen«, hatte der ehrwürdige Pater Desideratus ihm erwidert. »Wie erbärmlich ist all unser Wissen. Saulus wurde nicht zum Paulus durch Überlegung, sondern durch Erleuchtung. Ein Eingeweihter ist einer, der so stark in seinem Glauben ist, dass ihm die Gnade der Erkenntnis zuteil wird. Erkenntnis aber lässt sich nicht erzwingen und schon gar nicht durch spitzfindige Gedankenspiele.«

»Was soll ich tun?«

»Bitte den, der alles weiß, um Beistand. Du bist weder ein Philosophicus noch ein Büttel. Tue, was einem Klosterbruder ansteht, bete um Erleuchtung. Heißt es nicht: Bittet, so wird euch gegeben; klopfet an, so wird euch aufgetan?«

An wen wendet sich ein Franziskaner, wenn er Hilfe braucht? Natürlich an den heiligen Franziskus. In stundenlangem Gebet hatte Barnabas spirituellen Kontakt zu seinem Ordensgründer gesucht. In der Nacht hatte der heilige zu ihm gesprochen: »Warum wollt ihr Sterblichen immer alles befragen? Warum sündigen die Menschen? Warum schlafen sie? Nicht auf jede Frage gibt es eine Antwort. Nicht alle Antworten sollten erteilt werden. Wenn das Gebot ›Du sollst nicht lügen‹ ergänzt würde durch das Gebot ›Du musst nicht alle Fragen beantworten‹, wie viel weniger würde auf der Welt gelogen.«

Barnabas hatte die Angewohnheit, sich die Wartezeit mit Gebeten zu verkürzen. Er war gerade beim »Du bist gebenedeit unter den Weibern« angelangt, als er den Lichtschein sah. Er kam aus dem Lagerhaus, das er observierte. Ein flüchtiges Aufleuchten hinter den Ritzen der geschlossenen Fensterläden im Obergeschoss, aber es war ihm nicht entgangen. Da oben war jemand mit offenem Licht!

Vergessen waren Kälte und Müdigkeit. Das war der Augenblick, den er tausendfach herbeigesehnt hatte, die Parusia diabolis, die Herbeikunft des Feuerteufels. Er umschlich das Lagerhaus, rüttelte behutsam an Pforten und Fensterläden, bis er fand, wonach er gesucht hatte: eine niedrige Hintertür, die auf Druck nachgab. Hier war der Unbekannte eingestiegen. Finsternis umfing ihn. Barnabas ertastete eine Stiege und erklomm sie auf allen vieren, ängstlich bemüht, jedes Knarren zu vermeiden. Bisweilen hielt er inne und lauschte in die Dunkelheit. War da nicht ein Keuchen? Oder war es sein eigener Atem? Er hielt die Luft an. Das Keuchen blieb. Es hörte sich an, als würde jemand gewürgt. Je höher er stieg, desto lauter und heftiger wurde das Hecheln und Stöhnen. Nie zuvor hatte Barnabas so barbarische Töne vernommen, eine wilde Mischung von qualvoller Gier und kannibalischem Schmatzen.

Am liebsten wäre er auf- und davongesprungen, aber jetzt gab es kein Zurück mehr. »Wer ist da?«, rief er.

Ein Schreckensschrei aus einer Frauenkehle war die Antwort, eiliges Getrappel von nackten Füßen, Kleiderrascheln, heftiges, erregtes Atmen. So sehr Barnabas seine Augen anstrengte, er vermochte nichts zu erkennen.

Wer ist da?, wollte er noch einmal rufen, aber er kam nicht mehr dazu. Da waren plötzlich Hände, Arme, Füße, Körper. Sie stießen gegen ihn, griffen nach ihm, warfen ihn um, stiegen über ihn hinweg, hasteten davon.

»Halt! Hier bleiben!« Er griff ins Dunkel, bekam ein Gewand zu fassen, umklammerte den Stoff mit festem Griff, konnte jedoch nicht verhindern, dass der Unbekannte sich losriss. Ein Ellbogen – oder war es ein Knie? – traf ihn an der Schläfe, betäubte ihn für ein paar Atemzüge. Als er wieder klar denken konnte, war die wilde Jagd wie ein Spuk vorüber.

Barnabas taumelte hinaus ins Freie. Obwohl die Nacht mondlos war, erschien sie im Vergleich mit den völlig lichtlosen Räumen des Lagerhauses fast taghell zu sein. Barnabas betrachtete den Stofffetzen, den er in der Faust hielt. Es war der schwarze Saum eines Priestergewandes. Oder war es eine Mönchskutte? Nein, es war eine Soutane aus dem leichten Wollstoff, wie ihn die Pfaffen der Stadt trugen. Ein Priester! War das möglich? Als Barnabas den Tatort am anderen Tag bei Tageslicht inspizierte, fand er einen Frauenstrumpf und eine Leibkordel, mit der die Geistlichen ihre Soutane schnüren. Hier hatte ein leichtlebiges Weib seine Beine entblößt, und ein Pfaffe hatte seinen Gürtel abgelegt. Selbst einem schlichten Mönchsgemüt konnte nicht entgehen, was hier gespielt worden war.

Ein Priester, o mein Gott, ein Priester, dachte Barnabas. In was für einer Welt leben wir! Und er fragte sich: Brennen die Häuser der Franziskaner, weil in ihnen gehurt wird, gehurt von meineidigen Kirchenmännern, die vor Gott und den Heiligen ein Keuschheitsgelübde abgelegt haben? Denn das hier war kein Einzelfall. Es war gerade mal ein Jahr her, da hatten die sterblichen Überreste eines Franziskaners neben denen eines jungen Weibes in der schwelenden Asche eines abgebrannten Hauses gelegen. Und wie war das mit den toten Schweinen in der schwelenden Glut? Waren sie ein Fingerzeig Gottes, dass er die Schweinereien seiner ersten Diener nicht länger dulden wollte? Waren diese Feuer eine letzte Warnung vor dem Fegefeuer? Aber warum geschahen diese Brände ausgerechnet bei Neumond? Nun, weil es dann am dunkelsten war. Hieß es nicht im Kirchenlied: Die Sünde scheuet nichts so sehr wie das Tageslicht? Oder gab es einen anderen Grund? Der jüdische Monat begann stets mit Neumond. Und auch die Stadtschweine waren zu keiner anderen Nacht so unruhig wie während der Monderneuerung. Es hieß, dass die Alraunen bei Neumond ihr Unwesen trieben, die Alraunen und die Hexen und jetzt auch der Feuerteufel. Etwas Grauenhaftes ging von diesen Nächten aus.

In jener Nacht hatte Bruder Barnabas einen Traum. Der heilige Franziskus erschien ihm und sprach: »Ich habe unseren Orden begründet, um Gutes zu tun, aber barfuß und arm, um den Geringsten die Liebe Christi zu bringen. Und was ist aus euch Franziskanern geworden? Eine Bande von Fetten und Reichen. Ihr solltet euch schämen.«

Der Heilige sah so aus wie auf dem Altarbild in der Klostersakristei, erschreckend hager und ärmlich gekleidet, dennoch voller Vitalität und Güte.

Barnabas schämte sich. Und diese Scham schien an das Herz des Heiligen zu rühren.

»Ich weiß«, sprach er weiter, »es lag auch an mir.«

»An dir?«, fragte Barnabas, als habe er nicht recht gehört.

»Ja, auch an mir. Ich hätte wissen müssen, dass ein Orden, der auf Verzicht von allem Besitz gegründet wurde, eine Flut von

Schenkungen auslösen würde. Die Reichen, Raffgierigen und Geizigen überhäufen uns im Angesicht des Todes mit Geld und Gut, weil die Reinheit unseres Ideals wirkungsvolle Fürbitte im Himmel garantiert. Und so wurdet ihr reicher und reicher, habt Ländereien erworben, Kirchen und Klöster gebaut, habt Reichtümer angehäuft, anstatt das Geld den Armen zu geben. Keinem anderen gehören so viele Häuser in dieser Stadt wie den Franziskanern. Steinerne Zeugen des Verrats an meinem Ideal. Glaube mir, diese Häuser müssen brennen.«

Barnabas erwachte und fand keinen Schlaf mehr. Der Gedanke ließ ihn nicht mehr los: Erfolgten die Brände im Einverständnis mit dem heiligen Franziskus? Waren diese Höllenfeuer ein himmlisches Fanal?

Hatte Franziskus das Feuer in seinem Sonnengesang nicht mit »Bruder Feuer« angeredet und seine Reinheit und Nützlichkeit gepriesen?

*

Malte brauchte mehrere Tage, um sich von dem Schreck zu erholen. Er gewann erst sein Selbstvertrauen zurück, als Afra ihn am helllichten Tag im Pfarrhaus aufsuchte, ihr Obergewand aufknöpfte und sein Gesicht an ihren Busen drückte.

»Was ist es, das uns an einem Busen so beglückt?«, fragte er.

Afra griff sich an ihre pralle Brust und sagte lachend: »Ein Busen gibt Kraft. Du weißt, dass du damit ein Kind glücklich machen kannst, und natürlich auch einen Mann. Busen sind wie Blumen. Am schönsten sind sie frisch aufgeblüht. Schwer und reif sind sie von unwiderstehlicher Anziehungskraft.«

»Wie im Paradies, die verbotenen Früchte.«

»Ach, Unsinn«, sagte Afra, »das verführerischste Fleisch Evas erfüllt seine gottgewollte Aufgabe wie die Blüten, die die Bienen anlocken, um die Welt mit Leben zu füllen. Leben will gelebt werden. Nichts ist trauriger als die Erkenntnis, Unwiederbringliches versäumt zu haben. Was hat der Busen mit Sünde zu schaffen? Labte sich nicht selbst das Christkind an einem nackten Busen?«

»Ja, du hast Recht«, sagte Malte. »Bernhard von Clairvaux, der große Heilige, verkündete in seinen Predigten, er habe Marias Brüste streicheln dürfen. Und jeder Gottgefällige dürfe das dereinst auch tun. Er behauptete sogar: Da jede Nonne eine Schülerin Marias sei, habe auch sie die Pflicht, wahre Nächstenliebe an den Frommen zu üben. Er empfahl, ihre Brustwarzen mit der Zungenspitze keusch zu umkreisen. Beide Brüste mit den Händen sanft kneten, zart zubeißen und liebevoll daran saugen wie das Kind in der Krippe! Das, so sagte er, sei praktische Nachfolge Christi.«

»Du scherzt«, lachte Afra.

»Nein, es ist die Wahrheit.«

»Warum befolgen wir nicht den Rat des Heiligen?«

»Du bist keine Nonne, und ich bin nicht Bernhard von Clairvaux.«

FÜNFUNDVIERZIGSTES KAPITEL

Levi Strauß hatte seinen Sekretär Alkuin rufen lassen. Er erwartete ihn in seinem Kontor unterhalb der Burg. Sein Sohn David war bei ihm. Der junge Herr schien erregt. Er ergriff als erster das Wort.

»Hast du schon gehört, Alkuin, die Tochter des alten Süßkind ist wieder aufgetaucht?«

»Nein.«

»Doch.«

»Und sie wurde nicht entführt«, sagte der alte Strauß. »Sie ist davongelaufen, ein paar Tage vor der angesetzten Hochzeit, und nicht aus Angst vor der Ehe, sondern weil ihr mein Sohn nicht gut genug war.«

»Gibt es eine bessere Partie?«, meinte Alkuin.

»Sie hat es vorgezogen, sich einen Goi zu nehmen.«

»Wen?«

»Den Sohn vom Heinrich Toppler.«

Auch nicht schlecht, dachte Alkuin. Aber er sagte: »Unglaublich, ganz unglaublich.«

»Ja, das kann man wohl sagen«, meinte David, dem die ungewohnte Niederlage sichtlich zu schaffen machte.

Alkuin erwiderte: »Die Kleine war es nicht wert, in Eurer Familie aufgenommen zu werden. Dankt Gott, dass es so gekommen ist.«

»Es geht nicht um sie; es geht um diesen Toppler.«

»Diese Ratte hat gewusst, dass sie meine Braut war«, sagte der junge Strauß. »Jeder in Rothenburg wusste es. Noch nie zuvor bin ich so vor aller Welt erniedrigt worden, noch nie.«

Er war aufgesprungen und schüttelte die geballten Fäuste.

»Das kann man mit mir nicht machen, mit mir nicht.«

Er hatte die Angewohnheit, im Zorn seine Aussagen durch Wiederholung zu bekräftigen. Er griff sich ein Stück Siegellack vom Schreibpult seines Vaters und zerbrach es.

»Was ist das für ein Mensch, dieser Goi, dieser Bürgermeistersohn? Was weiß man über ihn?«

»Euer Vater bat mich bereits, Erkundigungen über ihn einzuholen.«

»Und was hast du herausgefunden?«

Alkuin zog ein Papier aus seinem Ärmel hervor und las: »Geboren zu Ulm am 5. Oktober 1372 christlicher Zeitrechnung.«

»Wieso in Ulm?«

»Die junge Mutter hielt sich zu Besuch dort auf.«

»Wer schickt eine Hochschwangere in eine fremde Stadt, auf Besuch? Welcher Ehemann tut das?«

»Sie hatte keinen Mann.«

»Du meinst, dieser Attila Toppler ist ein Bastard?«

»Nein, die Eheschließung erfolgte gleich nach der Geburt. So etwas kommt bei Christen öfter vor.«

»Warum war sie also in Ulm?«

»Es wird erzählt, ihr Vater, der gegen diese Verbindung war, hätte sie dorthin zu Freunden geschickt, um sie von ihrem Galan zu trennen.«

»Warum war er gegen diese Verbindung?«

»Gewiss hatte er bessere Pläne. Toppler als Gastwirtssohn war keine Partie für ihn, den reichsten Steuerzahler der Stadt. Erst nach der Geburt des Enkels gab er den beiden seinen Segen.«

»Und erst durch diese Verbindung wurde Heinrich Toppler zu einem der reichsten Männer nördlich der Alpen, nicht wahr?«, fragte der alte Levi.

»Ja«, erwiderte Alkuin. »Wenn es auch meistens so ist, dass die Kinder reich sind, weil es die Eltern sind, so verhält es sich in diesem Fall umgekehrt: Der alte Toppler verdankt seine Macht seinem Sohn. Wenn es dieses Kind nicht gegeben hätte, wäre er heute ein Gastwirt.«

»Was soll das?«, sagte der junge Strauß. »Lasst den Vater aus dem Spiel. Der Sohn interessiert uns.«

Aber Levi hörte nicht mehr hin. Er versank in eigene Gedanken: Am 5. Oktober 1372 war sein Bastard vor dem Findelhaus in Ulm abgelegt worden, am selben Tag, am selben Ort, an dem der alte Toppler seinen Sohn bekommen hatte, ohne den sein weiteres Leben in erbärmlicher Niedrigkeit verlaufen wäre. Angenommen, sie hatten eine Fehlgeburt – was hätte ich in dieser Situation gemacht? Klein beigegeben? Nein, niemals. Wie oft habe ich in ähnlichen Zwängen gesteckt, und immer habe ich mir etwas einfallen lassen. Stünde ich sonst da, wo ich jetzt bin?

Der Gedanke war faszinierend: Da hatte einer einen Sohn gebraucht, ohne den er so verloren gewesen wäre wie David ohne seine Schleuder. Es ging um alles oder nichts. Was hätte ich gemacht? Ich hätte mir einen Sohn besorgt. Und wo? Im Findelhaus. Es gibt keinen besseren Platz.

Wahrscheinlich spinne ich mir dummes Zeug zusammen, dachte er. Der Junge ist blond und blauäugig, aber das war Christina, seine Mutter, auch. Von mir hat er die Chuzpe. Die Art und Weise, wie er uns die Judith ausgespannt hat – er schüttelte lächelnd den Kopf –, das hätte ich auch fertig gebracht.

Spät in der Nacht, als alle schon schliefen, fiel ihm ein, dass Christina ihm erzählt hatte, der Neugeborene habe ein Muttermal zwischen den Schulterblättern. In der Gestalt eines Schmetterlings.

*

Gerhard von Schwarzburg, Fürstbischof zu Würzburg, stand auf der Gartenterrasse seiner Sommerresidenz und fütterte die Tauben. Donna Lätitia hielt ihm die Schale mit den Körnern. Belustigt beobachteten sie, wie ein Tauber mit stolz vorgewölbter Brust um eine junge Taube warb und sie am Ende bestieg. Lätitia fand das »entzückend«?

Der Bischof widersprach ungnädig: »Was ist daran entzückend?«

Sie schaute ihn mit ihren großen Augen fragend an. Entwickelte sich der alte Lüstling am Ende noch zu einem Jünger des Kirchenvaters Augustinus, dessen Pietät in dem Maß zunahm, in dem seine Potenz schwand?

»Seit wann erfreut Euch das Vögeln nicht mehr?«, fragte sie.

»Der Tauber tut mir leid. Immer nur a tergo und immer nur im hoch geschlossenen Federkleid. Ihm ist es nicht vergönnt, seine Kolumbinen auch nur ein einziges Mal nackt zu genießen. Und wie lustlos schnell diese Vögelei verläuft!«

»Brevis coitus, veneris obitus«, lachte Lätitia. »Nichts verkürzt die Liebe so sehr wie zu kurze Umarmungen. Darin hatte Ovid recht.«

»Du sagst es. Wer immer das Liebesspiel Vögeln genannt hat, hat nie den Vögeln zugeschaut, oder er war ein lausiger Liebhaber. Hast du mal gesehen, wie die Schweine es treiben? Stundenlang steckt der Eber in der Sau.«

»Aber auch nur von hinten«, sagte Lätitia.

»Dafür lecken sie sich genussvoll und lange. Und sie sind nackt.«

»Ihr habt Recht wie immer«, lächelte Lätitia und küsste ihn auf die Wange. »Schluss mit dem Vögeln. Lasst uns nur noch schön schweinisch sein.«

Sie wusste, er mochte ihre frivole Sprache. Als Mann des Wortes reizten ihn lustvolle Reden mehr als sinnliche Bilder.

Er verstreute die letzten Körner, reinigte seine Hände an einem Tuch, das sie ihm reichte, und fragte leutselig und händereibend: »Was gibt es Neues in meiner Schafherde? Worüber sprechen die Leute auf dem Markt?«

»Ja, richtig, das wollte ich Euch die ganze Zeit schon erzählen: Die verlorene Tochter des Juden Josua aus Rothenburg ist wieder aufgetaucht.«

»Die kleine Süßkind?«

»Ja. Aber nun kommt das Beste: Sie ist keine Süßkind mehr. Sie ist eine Toppler.«

»Eine Toppler?«, fragte der Bischof, als habe er nicht recht verstanden. »Sagtest du: eine Toppler?«

»So ist es. Attila Toppler, der Sohn des Bürgermeisters von Rothenburg, hat sie zum Weib genommen.«

»... zum Weib genommen?« Dem Bischof stand für einen Atemzug lang der Mund offen wie einem Karpfen, den man aus dem Wasser hebt.

»Wie kann das sein – ein Christ und eine Jüdin?«

»Sie ist zu unserem Glauben konvertiert und ...«

»Zu unserem Glauben konvertiert? Wozu bin ich der Bischof, wenn ich von solch einem ungeheuerlichen Ereignis als Letzter erfahre? Welcher Idiot von Priester hat mir das angetan? Wer hat sie getauft und getraut, ohne mir vorher davon Kenntnis zu verschaffen?«

Er ballte die Fäuste: »Multis miniatur, qui uni facit iniuriam. Wer einem Unrecht tut, bedroht das Ganze.«

Er schlug sich vor die Stirn und sank auf die nächste Bank. »Der reichste Christ und der reichste Jude von Rothenburg. Was für ein Vermögen hätten wir aus unserer kirchlichen Dispensation machen können! Vor allem von den Juden! Einen Juden lässt man nicht einfach laufen, so wie man ein Schaf nicht ungeschoren lässt. Als sich der Rabbi Meir ben Baruch mit seiner Gemeinde aufmachte, um von Rothenburg ins Heilige Land abzuwandern, da ließ König Rudolf von Habsburg die ganze Bande gefangen nehmen. Entlassen wurde nur, wer sich mit hohem Lösegeld freigekauft hatte. Alle zahlten. Nur der Rabbi starb im Turm, weil er den Juden verboten hatte, Lösegeld für ihn zu zahlen. Dafür mussten die dann den zehnfachen Betrag für den toten Rabbi berappen, weil sie ihn auf ihrem Friedhof in Worms begraben wollten. Sowohl die Genehmigung zur Taufe als auch die Erlaubnis zur Eheschließung hätte unsere Kasse gefüllt bis zum Rand. Wie konnte das geschehen, ohne meinen Willen!«

Den letzten Satz stieß er so erbost hervor, dass Lätitia, die ihre Hand beruhigend auf die seine legen wollte, erschreckt zurückfuhr. So zornig hatte sie ihn noch nie erlebt.

»Bin ich denn von lauter Versagern umgeben?«, schrie er. »Ich werde dem Priester, der mir das angetan hat, eigenhändig das Genick brechen.«

»Sie wurden in Bozen getraut«, sagte Lätitia. »Und dort wird sie wohl auch getauft worden sein.«

»In Bozen? Wie kommen sie nach Bozen?«

Und dann erzählte ihm Lätitia alles, was sie über die aufregende Liebesgeschichte gehört hatte. Die ganze Stadt sprach darüber.

»Unglaublich«, sagte der Bischof. »Es ist ganz und gar unglaublich! Ist solch eine Verbindung überhaupt statthaft?«

Er hatte sich erhoben und lief laut denkend auf und ab.

»Ohne die Genehmigung ihres Vaters darf eine Jüdin nicht konvertieren. Der alte Süßkind – das steht fest – hätte niemals zugelassen, dass sein einziges Kind seinen Glauben verrät. Über diesen Punkt werden König, Kirche und der Rat der Stadt großzügig hinwegsehen, denn erstens betrachten sie jede getaufte Seele als gottgefällige Eroberung, und zweitens geht es um eine ganze Menge Geld. Diese kleine Jüdin ist des Süßkinds einziger Erbe. Abgesehen von der gesalzenen Judensteuer, die König Wenzel einfordern wird, geht der Bärenanteil an die Topplers. Dieser alte Fuchs wird von Tag zu Tag mächtiger, wenn wir dem nicht Einhalt gebieten.«

»Und wie wollt Ihr das erreichen?«, fragte Lätitia.

»Nil tam difficile est, quin quaerendo investigari possit. Nichts ist so schwierig, als dass es nicht durch gewisse Investigationen gelöst werden könnte. Wie war das doch: Verschwand die kleine Süßkind nicht, nachdem sie dem Sohn des Juden Levi Strauß versprochen worden war?«

»Ja, das Datum der Trauung lag bereits fest.«

»Wie muss sich einer fühlen, dem die Braut ein paar Tage vor der Hochzeit davonläuft, weil er ihr nicht gut genug ist? Vor allem, wenn er ein so stolzer und erfolgverwöhnter Mann wie der Strauß ist. Wird er nicht voller Hass gegen diesen Räuber seiner Ehre sein, der zu allem Unglück auch noch ein Goi ist? Du siehst, Lätitia, einen mächtigen Verbündeten haben wir bereits.«

»Ist der Jude Strauß mächtig?«

»Er ist reich; das ist mehr als mächtig.«

»Was habt Ihr vor?«

»Abwarten und die Augen offen halten. Ein Christ und eine Jüdin – das ist so, als wollte man einen Ochsen und einen Esel vor einen Pflug spannen. Das kann nicht gut gehen.«

»Aber in Bozen…«

»Wir sind hier nicht in Bozen. Irgendwann wird einer von ihnen gegen die Gesetze unserer Moral verstoßen, und dann:

Gnade ihnen Gott!« Gewohnt, die Wahrheit seiner Worte durch Latein zu untermauern, fügte er hinzu: »Dum vitant stulti vitia, in contraria quaerunt. Wenn Dumme einen Fehler vermeiden wollen, dann begehen sie meist den entgegengesetzten.«

*

Judith hatte den Tag mit Rebecca verbracht. Es gab ja so unendlich viel zu berichten. Als sie ihr Vaterhaus verließ, brach die Nacht herein. Der Abendnebel legte sich wie ein weißer Schleier über die Stadt. Und so wie eine Verschleierte schöner und geheimnisvoller wirkt als eine Nackte, so verwandelten sich auch die Häuser und Gassen in traumhafte Gebilde, verloren ihre harten Umrisse, allen Schmutz und Verfall, waren nur noch schön. Wallende Schwaden entmaterialisierten die sichtbare Welt, schufen eigene fließende Räume, täuschten und schärften die Sinne. Winkte dort nicht die weiße Frau, die zur Mitternacht in der Burg umging? Aber es war nur ein Tuch, das im Wind trocknete. Die Ratte auf dem umgestürzten Regenfass sah aus wie ein Kobold mit bösem Blick.

Beim Judenbad blieb Judith einen Augenblick stehen. Die Mikwa – wie sehr hatte sie sie geliebt. Nichts war ihr so schwer gefallen nach der Taufe wie der Verzicht auf das Kultbad. Mikwa – welch ein Zauberwort. Sie trat näher, durchquerte den kleinen Garten, erreichte die Tür, tastete nach der Stelle, wo die Mikwafrau den Schlüssel aufbewahrte, und öffnete die Pforte. Das alles geschah ohne Überlegung, wie unter hypnotischem Zwang, so selbstverständlich wie jeden Morgen die Sonne aufgeht. Unbeweglich wie eine steinerne Skulptur stand sie einige Augenblicke in dem offenen Türrahmen und lauschte in die lockende Unterwelt, hörte, wie die herabfallenden Tropfen mit glucksendem Nachhall in das Tauchbecken fielen. Es war ein Wispern und Flüstern, Raunen und Tuscheln wie von unsichtbaren Quellgeistern, eine wunderliche Wassermusik für Nixen und Undinen.

Bei dem Gedanken an badende Nixen überkam sie eine unwiderstehliche Sehnsucht nach dem kühlen Nass, einzutauchen in die prickelnde Frische mit der Gewissheit, alles Belastende und Schmutzige wegzuspülen, zu plantschen wie ein Kind und wie neu geboren wieder aufzutauchen.

Wie blass war die christliche Taufe neben diesem, vom ganzen Leib erlebten, immer wieder vollzogenen Eintauchen in kultisches Wasser!

Sie fühlte sich wie eine Pflanze auf verdorrtem Feld, die mit jeder Faser ihrer Wurzeln dem Grundwasser zustrebt. Immer tiefer zog es sie in den Schacht hinein. Das Dunkel schreckte sie nicht. Sie kannte jede Stufe und jede Windung der steinernen Treppe. Sie erlebte diesen völlig lichtlosen Abstieg in die Erde magischer und heiliger als je zuvor. So muss das Sterben sein, dachte sie. Das Hinabsinken in die Erde, das Eingehen in die Ewigkeit.

Als sie die unterste Stufe erreicht hatte, entledigte sie sich rasch ihrer Kleider. Die erste Berührung mit dem Wasser war wie ein Wetterleuchten, wie ein lang ersehnter Kuss.

Dann glitt sie in das Becken. Ganz umhüllt von perlender Frische, genoss sie die Schwerelosigkeit. Sie tauchte erst wieder auf, als ihr die Atemluft ausging. Ungeborene im Fruchtwasser der Mutter fühlen sich so, fliegende Vögel, umgeben von mächtigen Wolken. Die Worte aus dem Hohe Lied Salomos kamen ihr in den Sinn: Wasser vermag die Liebe nicht auszulöschen, noch vermögen Ströme, sie zu ertränken.

Was würde Attila sagen, wenn er sie hier sähe? Du bist verrückt, völlig verrückt, würde er sagen. Und er hätte Recht, sie war verrückt.

Als sie endlich das Becken verließ, fror sie. Sie trocknete sich mit ihrem Unterhemd ab und eilte die Stufen empor, um sich mit der Bewegung Wärme zu verschaffen. Sie hatte mehr als die Hälfte des Aufstiegs bewältigt, als eine Frauenstimme fragte: »Ist da wer?«

Ein Licht leuchtete auf, der Schein einer hin und her pendelnden Laterne.

»Wer ist dort unten?«

»Ich bin es, Judith.«

»Was für eine Judith?`«

Die Laterne wurde gegen ihr Gesicht gehalten.

»Die Christenhure!«, kreischte eine Frauenstimme.

»Wahrhaftig, sie ist es. Wie kann das sein?«

»Was macht eine wie du in unserem Ritualbad?«, rief eine andere Stimme. »Raus mit dir, du Schlampe!«

»Eine Schickse in der Mikwa.«

Es hagelte Tritte und Fausthiebe. Sie waren zu dritt oder zu viert. In einer erkannte Judith die Mikwafrau, eine andere war die Tochter des Koscherschlachters Liepkind. Zwei Hände griffen in ihr Haar und rissen sie zu Boden. Ein Stockschlag traf sie an der Stirn. Sie wehrte sich mit Händen und Füßen, konnte sich befreien und rannte, so schnell sie ihre Füße trugen, hinaus in die Nacht. Noch zwei Straßen weiter hörte sie das Keifen und Schreien der erbosten Frauen.

Vermutlich wäre der peinliche Vorfall damit beendet gewesen, wenn er nicht dem Juden Levi Strauß zugetragen worden wäre. Der sorgte dafür, dass der Bischof noch am selben Tag davon erfuhr. »Es geht nicht an«, empörte er sich, »dass eine frisch getaufte Christin unser Ritualbad entweiht.«

Das Schreiben erreichte den Bischof auf der Falkenjagd. Er warf den Greifvogel in den Wind und frohlockte: »Das ist der Augenblick, auf den ich gewartet habe. Jetzt geht es diesen Topplerknechten an den Kragen. Jetzt habe ich sie. Denn so steht es im Gesetzbuch: Ein getaufter Jude, der rückfällig wird, soll so behandelt werden wie ein Ketzer, der sein Geständnis widerruft. Das Urteil über ihn lautet: Verbrennen bei lebendigem Leib.«

»Ist sie denn rückfällig geworden?«, fragte Lätitia.

»Eine Christin, die das Ritualbad der Juden aufsucht, handelt so ketzerisch wie ein Jude, der die Sakramente des heiligen Abendmahls empfängt.«

Er rief seinen Sekretär und sagte: »König Wenzel hält sich zur Zeit in Nürnberg auf. Du wirst noch heute zu ihm reiten und ihm einen Brief von mir überbringen.« Und an Lätitia gewandt: »Auch Wenzel wird in diesem Prozess seinen Vorteil suchen.«

»Frohlockt nicht zu früh«, antwortete sie. »Der alte Toppler wird alles tun, um seine Schwiegertochter freizukaufen. Und Ihr wisst, für Geld tut der König alles.«

Der Bischof rieb sich die Hände und sagte: »Ich werde sie alle vor meinen Erntewagen spannen. Diese Intrige muss äußerst sorgfältig gesponnen werden.«

Zurück in der Residenz, nahm er an seinem Schachtisch Platz, stützte den Kopf in beide Hände und starrte auf das Brett, als wollte er eine Partie des königlichen Spiels eröffnen.

»Ja, es ist ein königliches Spiel«, sprach er laut zu sich selbst. »Wichtigste Figur ist zunächst der König. Ich muss seine Geldgier entfachen. Der Prozess muss von höchster Ebene aus ins Rollen gebracht werden, um zu verhindern, dass der alte Toppler ihn hintertreibt.«

»Aber welches Interesse könnte König Wenzel an dieser Angelegenheit haben?«, wollte Lätitia wissen.

»Bei einer Verurteilung vor dem königlichen Gericht fällt der gesamte Besitz der Angeklagten an die Krone. Das muss natürlich verhindert werden.«

»Und wie soll das geschehen?«, fragte Lätitia, die an der anderen Seite des Schachtisches Platz genommen hatte.

»Kurz vor Prozessbeginn werden wir herausfinden, dass sie nicht nur eine rückfällige Jüdin, sondern vor allem eine Hexe ist. Die Gerichtsbarkeit der heiligen Inquisition als Vollstreckerin der hohen Werke der Gerechtigkeit steht über dem königlichen Gericht. Dieser Schachzug ist von allergrößter Wichtigkeit, denn die Causa maiores garantiert den Reichsstädten, dass ihre Bürger ausschließlich vor dem Stadtgericht beklagt werden können.

In diesem Fall hätte der alte Toppler leichtes Spiel. Nein, wir werden das Schiff in kirchliches Gewässer bringen. Als Bischof werde ich den Inquisitor rufen, wobei ich mir schon den richtigen aussuchen werde. Neben ihm bin ich der oberste Richter in diesem Verfahren.«

Er war aufgestanden und rieb sich erregt die Hände. Welch ein raffinierter Plan!

»Natürlich werden wir auch den Reichsvogt als Interessenvertreter der königlichen Gerichtsbarkeit einladen. Meine Aufgabe wird es sein, den Gang der Dinge so zu steuern, dass die kleine Jüdin mit dem Leben davonkommt. Und diese Leistung lasse ich mir von dem alten Toppler honorieren, hoch honorieren. Und glaube mir, er wird tief in die Tasche greifen, um die Gattin seines Sohnes vor dem Scheiterhaufen zu bewahren.«

*

Gleich nach seiner Ankunft in Würzburg wurde der Prior der Rothenburger Franziskanermönche, Bernardinus von Babenhausen, vom Fürstbischof persönlich im Schlosshof empfangen. »Ich hoffe, Bruder, du hattest eine gute Reise. Und hab Dank, dass du meinem Ruf so schnell gefolgt bist.«

Er führte seinen Gast in das Geheimkabinett gleich neben dem großen Treppenaufgang. Nach einer Erfrischung und dem üblichen Austausch von Artigkeiten kam der Bischof zur Sache.

»Juden, die sich aus persönlicher Vorteilssuche taufen lassen und dann insgeheim ihrem alten Glauben treu bleiben, gibt es überall. Auf der Iberischen Halbinsel nennt man sie Marranen. Jetzt habt ihr in eurer Stadt auch so einen Fall: eine Jüdin, die konvertierte, um den Sohn des reichsten Christen von Rothenburg zum Gatten zu gewinnen, und die dann –«, er machte eine Kunstpause, um der Ungeheuerlichkeit zusätzlich Gewicht zu verleihen, »– die dann im Dunkel der Nacht das Judenbad aufsucht, um heimlich dem alten Ritual der Christusmörder weiter zu huldigen. Nemo enim potest personam diu ferre. Ja, niemand kann auf Dauer sich hinter einer Maske verstecken. Das wussten schon die alten Römer, und deshalb müssen wir ein abschreckendes Exempel statuieren, aber ein sehr wohl überlegtes, denn es gibt, wie du dir denken kannst, Bruder, in diesem Fall Mächte, die mehr am Geld als an der heiligen Gerechtigkeit interessiert sind. Du verstehst mich?«

Ja, nickte der Prior, aber seine Augen sagten nein.

»Es gab in eurer Stadt eine ganze Reihe von rätselhaften Bränden, unaufgeklärten Brandstiftungen, wie man sagt.«

»Ja, wir haben einen Bruder unseres Ordens damit beauftragt, die Fälle in alle nur möglichen Richtungen zu verfolgen.«

»Wie heißt dieser Bruder?«

»Barnabas. Er hat mich auf meiner Reise hierher begleitet, um mit einem gelehrten Mönch unseres Würzburger Ordens wissenschaftliche Erkenntnisse auszutauschen.«

»Ich will diesen Barnabas sprechen«, sagte der Bischof, »noch heute. Lasst ihn holen! Ich möchte, dass er an unserem Gespräch teilnimmt. Bis dahin, Bruder, ruhe dich von der Reise aus. Meine Diener werden dir ein Gemach geben. Ich rate dir, ein heißes Fußbad zu nehmen. Es erfrischt nicht nur Leib und Glieder, sondern auch die Gedanken.«

Nur wenig später setzten sie das Gespräch fort, jedoch diesmal zu dritt.

»Du hast Nachforschungen über die Brände angestellt?«, wandte sich der Bischof an Bruder Barnabas.

»So ist es.«

»Auch über die Tochter des Juden Süßkind?«

»Auch über die.«

»Erzähl mir, was du über sie herausgefunden hast. Alles. Jede Kleinigkeit ist wichtig.«

Barnabas berichtete von seinem Besuch in der Stadtscheune beim Rödertor, von dem ungewöhnlich reich ausgestatteten Labor, von der unheimlichen Begegnung mit dem fuchsfelligen Ungeheuer, von dem Gnom Kürbiskopf, der seiner Herrin so ergeben war wie ein Hund, von Judiths plötzlichem Verschwinden – die ganze Stadt hatte vergeblich nach ihr gesucht! – und von ihrem unerwarteten Wiederauftauchen als Christin und Gattin des jungen Toppler.

»Facta loquuntur! Die Tatsachen sprechen für sich!«, rief der Bischof. »Ich habe es gewusst: Sie ist eine Hexe.«

Er erhob sich zum Zeichen, dass die Unterredung beendet sei.

»Ich werde den Inquisitor rufen. Und du, Bruder Barnabas, wirst mein Hauptzeuge in diesem Prozess sein.«

Barnabas wollte ablehnen. Er spürte, er wurde da in etwas hineingezogen, das seinem Wesen zutiefst zuwider war. Nein, bitte nicht, wollte er sagen, aber er wagte nicht zu widersprechen.

SECHSUNDVIERZIGSTES KAPITEL

Judith wurde in ein kellerartiges Gewölbe geführt. Es erinnerte sie an die Grabkammer ihres immer wiederkehrenden Albtraumes. Standen da nicht die Schatten, die zu ihr sprachen? Aber es waren nur die beiden Henkersknechte, die mit nackten Armen auf ihren Einsatz warteten.

An einem langen Tisch zwischen mehrarmigen Kerzenleuchtern saßen der Inquisitor Roderich von der Renken, Pater Urban als Vertreter des Bischofs, Graf Eberhard zu Schillingsfürst, der Repräsentant des Königs, Bruder Barnabas als Zeuge der Anklage und der Stadtschreiber.

»Komm näher«, sagte der Inquisitor, »komm näher zum Licht, damit wir dich in Augenschein nehmen können.«

Judith fühlte sich wie ein Tier, das an seinen Schlachter verkauft wird.

»Noch näher.«

Der schwarze Ornat des Inquisitors füllte ihren ganzen Gesichtskreis aus, Unglück verheißend wie der Schatten eines Raben. Sie sah wieder den Großinquisitor Bonato de Costa auf der

Brücke über dem Ebro, wie er Einzug in Saragossa hielt: unbeweglich wie eine Puppe, das silberne Kreuz auf der Brust, ein alter Mann, leichenblass, mit buschigen Augenbrauen und tief liegenden kalten Augen, den Schädel umhüllt von einer eng anliegenden Samtkappe, eine Erscheinung so bedrohlich, dass man unwillkürlich nach seinem Pferdefuß Ausschau hielt.

»Der Kodex der Inquisition verlangt«, begann Roderich, »dass dir vor Beginn der Befragung aus dem Tractatus de Officio Sanctissimae Inquisitionis ein Kapitel verlesen wird. Der Franziskanerprediger Johannes von Capestrano hat es verfasst, damit in geheiligter Weise Gerechtigkeit geübt werde.«

»Ich habe von ihm gehört.«

»Von wem hast du gehört?«

»Von Johannes von Capestrano. Er nennt sich Geißel der Juden.«

»Geißel der Hebräer«, verbesserte sie der Inquisitor. Er betrachtete Judith mit emporgezogenen Augenbrauen, erstaunt und überrascht. Ein selbstgefälliges Pfaffengrinsen machte sich auf seinem glattrasierten Gesicht breit.

»Du scheinst mir eine recht gescheite Jungfer zu sein. Das wird uns allen eine Menge Schererei ersparen. Deshalb hör gut zu, was ich dir jetzt vorzulesen habe.« Er schlug den Folianten auf und las: »In der Fragstube im Angesicht der Folterwerkzeuge soll die Beschuldigte mit der Hand auf der Bibel den Eid leisten, die Wahrheit zu sprechen.«

»Das werde ich tun.«

»Später, später. Unterbrich mich jetzt nicht. Ich muss dich zuvor über den Hergang der Befragung aufklären.«

Er beugte sich über das Buch und fuhr fort: »Der Vertreter des hochwürdigen und erlauchten Bischofs und der hochwürdige Vertreter der heiligen Inquisition werden dich noch einmal ermahnen und dir väterlich und gütig raten, deine ganze Schuld einzugestehen. Denn wenn auch die Zeugenaussagen keinen Zweifel an deiner Schuld lassen, so muss dennoch das Schuldbekenntnis aus deinem Munde vernommen werden. Deshalb wird die Aufforderung an dich ergehen: Gestehe, sonst werden wir gezwungen sein, diese hochnotpeinlichen Gerätschaften anzuwenden.« Er zeigte auf die Folterwerkzeuge. »Und glaube mir, wir tun das sehr ungern.«

Pater Urban gab wie ein Echo seinen Kommentar dazu: »Volenti non fit iniuria. Dem Willigen geschieht kein Unrecht.«

Der Inquisitor wandte sich wieder dem Buch zu und las: »Alles, was du sagst und tust, wird von uns aufgeschrieben, deine Worte, deine Seufzer, deine Tränen, deine Klagen, deine Schreie. Wenn du hartnäckig bei der Unwahrheit verharrst, wird der hochwürdige Inquisitor zu dir sprechen: ›Ich fordere dich noch einmal auf zu gestehen, dass du mit dem Teufel im Bund stehst.‹ Lautet deine Antwort wiederum: ›Es ist nicht wahr. Ich habe nichts zu gestehen‹, so werden die Folterknechte dich entkleiden und fesseln. Währenddessen macht der Vertreter des hochwürdigen und erlauchten Bischofs als dein geistlicher Herr dich darauf aufmerksam, dass die nun folgende Folterung nichts mit deinen Verfehlungen zu tun hat. Für diese wirst du die vom Gesetz vorgeschriebene Strafe später erleiden. Wir wollen hier nur, dass die Wahrheit zutage tritt. Darauf gibt der ehrwürdige Inquisitor das Zeichen, die Verstockte nackt an den Stricken in die Höhe zu ziehen. Während sie dort hängt…«, er zeigte auf die daumendicken Hanfstricke, die von der Decke herabhingen, »…wird sie noch einmal aufgefordert, ihre Schandtaten zu bekennen. Alle Äußerungen, wie ›O mein Gott, mein Gott, ich sterbe‹ oder ›Wie schrecklich, hört auf!‹, jedes Stöhnen und jeder Schrei, alles wird gewissenhaft aufgeschrieben werden, als Beweis, dass die Befragung gerecht und im Einklang mit den Gesetzen erfolgt ist. Bleibt die Tortur ohne Resultat, so erhalten die Knechte den Befehl, an den Seilen zu reißen. Erst wenn die Verstockte das Bewusstsein verliert, gibt der hochwürdige Inquisitor das Zeichen, sie herunterzulassen. Man renke ihr die Glieder wieder ein und bringe sie in den Kerker zurück. So steht es hier zu lesen.«

Er hielt inne und nahm mit Genugtuung zur Kenntnis, dass Judith so kalkweiß wie die Wände des unterirdischen Gewölbes geworden war. Die nackte Angst stand ihr ins Gesicht geschrieben. Ihre in den Schoß gelegten Hände zitterten.

Auch Bruder Barnabas wischte sich mit dem Ärmel seiner Kutte den Schweiß von der Stirn, obwohl es in dem Gewölbe kalt wie in einem Bierkeller war.

Der Inquisitor lehnte sich in seinem Armstuhl zurück und spielte mit den Perlen seines am Gürtel befestigten Rosenkranzes.

»Hast du alles verstanden?«

Und als Judith mit dem Kopf nickte, herrschte er sie an:

»Sprich laut und deutlich! Wie soll der Schreiber sonst das Protokoll führen.«

»Muss ich diese Ermahnung auch aufschreiben?«, fragte der Genannte.

»Alles wird schriftlich festgehalten.«

Der Inquisitor wartete, bis das Kratzen des Federkiels auf dem Papier verstummte. Dann griff er wieder nach dem Buch, das aufgeschlagen vor ihm lag, und las weiter: »Am darauf folgenden Tag wird die Beschuldigte wieder in die Fragstube geführt. Dabei wird sie darauf hingewiesen, dass niemand zweimal gefoltert werden darf, dass es sich deshalb auch nicht um eine zweite Tortur handelt, sondern nur um die Wiederaufnahme der ersten, die nur wegen ihrer ungehörigen Verstocktheit und ihrer schwächlichen Konstitution unterbrochen werden musste.«

Den letzten Satz sprach der Inquisitor nicht ohne Häme aus. Er genoss es, über dem Gesetz zu stehen.

»Der hochwürdige Vertreter der Inquisition wird sprechen: ›Da wir mit deinen Antworten nicht zufrieden sind, werden wir die Folter fortsetzen, diesmal aber schmerzhafter. Vier Arten von gesteigerter Folter kennt das *Arsenale*. An erster Stelle: die Folterung durch Feuer und Glut. Dabei werden die nackten Füße mit Schweineschmalz bestrichen und dann der Hitze eines stark geschürten Feuers ausgesetzt. Schreit die Gefolterte sehr stark, so wird zwischen ihre Füße und der Glut ein Brett geschoben. Darauf wird die Frage an sie gerichtet, ob sie bekennen wolle; wenn nein, wird das Brett wieder weggezogen und die Tortur fortgesetzt. Dann gibt es da noch die Folter durch Fußschrauben. Dabei werden Eisenschuhe angelegt, die durch Schrauben immer enger gemacht werden. Es gibt diese Schrauben auch für Daumen und Brustwarzen. Der sechste Teil des *Arsenale* behandelt die Folter auf sechsundzwanzig Seiten.‹ Ich hoffe jedoch, dass wir sie nicht zur Anwendung bringen müssen. Deshalb möchte ich nur noch den Schlusssatz vorlesen: ›Wird die Gefolterte ohnmächtig, so soll man sie in kaltes Wasser tauchen oder Schwefel unter ihrer Nase verbrennen, bis sie wieder zu sich kommt. Dann kann die Tortur fortgesetzt werden.‹«

Der Inquisitor schloss das Buch und legte eine längere Pause ein, um seine Drohung auf die Angeklagte wirken zu lassen. Es war grabesstill in dem unterirdischen Gewölbe.

Judith brach als Erste das Schweigen: »Was habt ihr gegen mich vorzubringen? Welches Verbrechen werft ihr mir vor?«

»Wir stellen hier die Fragen, nicht du«, rügte sie Pater Urban. »Ist es wahr, dass schon deine Eltern und Geschwister von der heiligen Inquisition der Ketzerei überführt worden sind?«

»Sie wurden nicht ...«

»Ja oder nein?«, unterbrach sie der Pater. »Du sollst hier keine Reden halten, sondern unsere Fragen beantworten. Wurden sie verbrannt?«

»Ja.«

»Es scheint, der Teufel gehört gewissermaßen zur Familie. Sunt enim ingeniis semina innata virtutis. In unserem Inneren ist uns nämlich der Same der Tugend und des Lasters angeboren. Wir wüssten gerne, warum die Deinen verbrannt wurden.«

Weil sie reich waren, dachte Judith. Sie sagte: »Ich weiß es nicht. Ich war noch zu klein.«

»Wie alt?«

»Sechs Jahre.«

»Standest du damals schon mit dem Bösen im Bunde? Warst du älter oder jünger, als Satan das erste Mal zu dir sprach?«

»Ich habe nie ...«

»Beantworte meine Frage! Bei der ersten Begegnung mit dem Teufel, warst du da älter oder jünger als sechs? Älter oder jünger?«

Wie entsetzlich, dachte Bruder Barnabas, gleichgültig, was sie sagt, ihre Antwort ist immer zugleich ein Eingeständnis ihrer Schuld. Sie hat gar keine Wahl.

Auch Judith erkannte die Gemeinheit der Fragestellung. Sie wollte etwas sagen ...

»Ja oder nein?«

Da schwieg sie.

»Die junge Dame ist verstockt«, sagte der Inquisitor. »Das mögen wir ganz und gar nicht. Wir haben die Mittel, dich zum Sprechen zu bringen. Womit fangen wir an?«

»Mit dem Hängen«, sagte der Henkersknecht. »Soll ich sie ausziehen?«

»Nein«, bat Judith, »bitte ... nein ... ich ...« Panik überfiel sie. Der Angstschweiß rann ihr über das Gesicht.

»Dann beantworte unsere Fragen.«

»Ja.«

»Warst du älter oder jünger als sechs, als Satan in dich fuhr?«

»Ich glaube, jünger.«

»Wieso glaubst du das?«

»Ich war noch so jung.«

»So jung und schon so verdorben.«

Sie beantwortete die irrwitzigsten Fragen mit Ja und mit Nein. Sie sprach wie im Fieber. Das Nesselhemd klebte ihr am Leib. Ihr Verstand war längst ein Opfer der Angst geworden. Im Angesicht der fürchterlichsten Folterinstrumente tat sie alles, um der Tortur zu entgehen. Alles, nur das nicht, war ihr einziger Gedanke.

Erst in ihrer Zelle fand sie wieder zu sich. Jetzt wurde ihr bewusst, was sie getan hatte. Sie hatte sich selbst verraten und alles, woran sie glaubte und worauf sie so stolz gewesen war. Sie bestand nur noch aus Angst, aus nackter, panischer Angst. Sie war weniger wert als ein Wurm. Würmer wurden zertreten. Ihr Ende würde unvorstellbar qualvoll sein. Sie schlug sich die Fäuste an der Kellerwand blutig und schrie wie ein Tier. Am Ende versank sie in totenähnlichen Schlaf.

*

Heinrich Toppler und sein Sohn hatten nichts unversucht gelassen, um mit der Eingekerkerten in Verbindung zu treten. Nicht einmal schriftliche Lebenszeichen waren erlaubt. Keine Kontakte mit der Außenwelt. In diesem Punkt war die Inquisition unerbittlich. Der Bischof hatte die Überwachung sogar noch verstärkt. Die Ungewissheit würde den Reichen von Rothenburg so gefügig machen wie Handschuhleder.

Wäre Judith in Rothenburg eingekerkert worden, hätten die Topplers ganz gewiss Gelegenheit gefunden, die Isolation zu durchbrechen. Aus diesem Grund hatte der Bischof die Judenhexe, wie er sie nannte, nach Würzburg schaffen lassen, um sie dem Einfluss ihres mächtigen Schwiegervaters zu entziehen und um vor aller Welt zu demonstrieren, dass dieser Fall hier vor seinem Gericht verhandelt wurde.

Der König hatte Nürnberg voller Wut verlassen, als er erfuhr, die Inquisition habe den Fall an sich gerissen. Aber nachdem er den Beichtvater seiner Frau in der Moldau hatte ertränken lassen, war sein Verhältnis zur Kirche so gespannt, dass er es auf weitere Auseinandersetzungen nicht ankommen lassen durfte.

In geheimer Absprache war zwischen dem Bischof und Heinrich Toppler vereinbart worden, dass es gegen Zahlung eines Schutzbetrags nicht zu einer Verurteilung kommen würde.

»Kann ich mich darauf verlassen?«

»Ja, das kannst du«, sagte der Bischof. »Obwohl die Inquisition im Allgemeinen nicht mit sich handeln lässt, liegen in diesem Fall die Dinge günstig, weil Roderich von der Renken, der von mir ausgesuchte Inquisitor, sehr daran interessiert ist, dass sein Neffe mit einem bestimmten Kanonikat providiert wird, zu dem ich ihm aufgrund meiner guten Beziehungen zum Heiligen Stuhl verhelfen werde.«

»Und keine Tortur.«

»Wir werden ihr kein Haar krümmen.«

»Warum lassen wir sie es dann nicht wissen? Sie wird Todesängste ausstehen.«

»Sie muss Angst haben, damit der Prozess echt wirkt. Der Vertreter des Königs, Graf Eberhard von Schillingsfürst, ist ein alter Fuchs. Und außerdem«, ein böses Grinsen verzog das Gesicht des Bischofs, »wird es uns und dein Haus in Zukunft vor unliebsamen Zwischenfällen bewahren, wenn wir ihr jetzt einen gehörigen Schrecken einjagen.«

*

Alkuin und David waren hinausgeritten vor die Stadt in das staubige Labyrinth der Steinbrüche, wo der rote Sandstein für die besseren Bauten Nürnbergs gebrochen wurde. In einem stillgelegten Talkessel übten sie sich im Bogenschießen, eine Kunst, in der es Vater und Sohn Levi zu großer Meisterschaft gebracht hatten. Das Waffenverbot für Juden bezog sich auf Schwert, Säbel, Streitaxt, Speer und Lanze, aber nicht auf Pfeil und Bogen, die zum Jagdgerät gezählt wurden. Der Bogen, wenn man ihn beherrschte, war eine hervorragende Waffe, besser als alle Schlag- und Stichwaffen.

Sie pflockten die Pferde an und nahmen dem Maultier die Körbe von den Flanken, in denen ängstlich eine Schar von Tauben flatterte. Alkuin griff in den Korb, holte eine Taube hervor und warf sie in die Luft. David spannte den Bogen, schoss und traf. Mit durchbohrter Brust fiel der Vogel vom Himmel.

Auch als Alkuin die Tauben paarweise auffliegen ließ, erledigte sie der junge Strauß mit zwei dicht aufeinander folgenden Schüssen. Nur selten verfehlte er einen Vogel.

Als sie die toten Tiere einsammelten, sagte David: »Der Struzz zu Frickenhausen schaffte vier Tauben. Er war der beste Bogner, den ich kennen gelernt habe. Gegen ihn konnte keiner gewinnen. Schade um ihn.«

»Ja, schlimm, was die Rothenburger ihm angetan haben.«

»Hatte der Struzz nicht einen Sohn?«, fragte David.

»Ja, einen Bastard.«

»Weißt du, was aus ihm geworden ist?«

»Er arbeitet in Leutershausen bei einem Pferdehändler als Stallknecht.«

»Der Sohn des Struzz ein Stallknecht! Wie sehr muss dieser junge Herr voll Hass sein gegen die, die ihm das angetan haben.«

»Ja, ein armer Hund«, meinte Alkuin.

»Arm und voll Hass, das ist genau die richtige Verfassung für die Art von Auftrag, die er für uns erledigen wird. Du wirst ihn aufsuchen und ihm diese Geldkatze zeigen. Gib ihm vier silberne Doppelschillinge als Anzahlung und sag ihm, er kriegt den ganzen Beutel, wenn er den Bastard beiseite schafft, der seinen Vater auf dem Gewissen hat.«

SIEBENUNDVIERZIGSTES KAPITEL

Judith hockte zusammengekauert auf dem fauligen Stroh, die Knie mit den Armen umschlungen, das Leinenhemd über die nackten Füße gezogen. Sie fror. Der Knecht, der ihr Brot und Wasser brachte, hatte es zerrissen. Sie hatte sich gewehrt wie eine Katze. Als sie im grellen Fackellicht ihre entblößte Brust mit den Händen bedeckte, hatte er laut lachend gemeint: »Die Schamhaftigkeit wird dir noch vergehen, wenn wir dich in der Fragestube ausziehen und deinen Körper nach Hexenmalen absuchen.

Wir wollen alles sehen, und glaube mir, wir werden uns an deiner Nacktheit aufgeilen wie die Hirsche.«

Es war ein Albtraum, aus dem es kein Erwachen gab. Wenn keine Hilfe von außen kam, war sie verloren. In der Finsternis war ihr jedes Zeitgefühl abhanden gekommen. Wie lange sie wohl schon in diesem lichtlosen Loch lag?

Diese Einkerkerung war ein Teil der Untersuchung. Je länger sie hier lag, desto gefügiger sollte sie gemacht werden. So wie die Vorfreude die Freude übertrifft, so übertrifft die Angst vor der Folter den Schmerz.

Zwischendurch versank sie in ohnmachtsähnlichen Schlaf.

Dann war da wieder die Grabkammer, erfüllt von nebelhaftem Grauen, und dahinter wie eine Verheißung der Schimmer der Ewigkeit. Sie befand sich wieder in dem unterirdischen Gewölbe ihres immer wiederkehrenden Albtraums. Aber es war keine Grabkammer, wie sie geglaubt hatte, es war der Kerker unter dem Rathaus, in dem sie leibhaftig lag. Und da hörte sie wieder diese Stimme, die zu ihr sprach: Für den Menschen gelten andere Gesetze als für Tier und Pflanze. Aber die gelten nur für den, der sie annimmt. Wer das nicht tut, dessen Leben ist ohne Sinn. Und das ist die schlimmste aller Verfehlungen. Man muss mehr tun, als die Menschen fordern, denn keiner fordert von dir, was du brauchst. Und nichts brauchst du zu sein als du selbst. Du bist Judith. Geh deinen Weg! Sünde ist nicht nur das, was wir tun, sondern vor allem das, was wir nicht getan haben.

Die Stimme ihres Schuldbewusstseins fragte: Wer bin ich? Und Judith hörte sich sagen:

Gott nur weiß, woher ich stamme.
Heiß und hungrig wie die Flamme
brenne ich vor wilder Pein.
Glut wird alles, was ich fasse,
Asche alles, was ich lasse.
Feuer bin ich, will ich sein.

Und die verhüllten Gestalten, die durch die Felswände des unterirdischen Gefängnisses traten, als wären sie aus Nebelhauch, sprachen das schreckliche Wort: Tabun. Obwohl nur ein Flüstern, war es voller Nachhall wie ein Schrei im Schacht der Mikwa. Tabun, das ist der geheime Ort, wo das Feuer verwahrt wird, damit es nicht verlischt.

Als Judith wieder in die Fragestube geführt wurde, sagte sie: »Ich möchte ein Geständnis ablegen.«

»Wir hören«, sagte der Inquisitor. »Fit errantibus medicina confessio; Eingeständnis der Schuld ist wie Einnahme von Medizin.«

»Ich bekenne vor Gott und den Menschen: Ich habe eure Gesetze gebrochen. Ob das Sünde war, mag Gott entscheiden. Nicht mit dem Teufel, sondern gegen euch Teufel habe ich mich verbündet, verbündet mit dem fürchterlichsten Element der Schöpfung, mit dem Feuer, dem ihr so viele unschuldige Menschenleben geopfert habt.«

»Sie redet wirres Zeug«, sagte Pater Urban. »Sie fiebert. Bringt sie in ihre Zelle und ruft den Bader.«

Der Schreiber wollte schon den Federkiel aus der Hand legen, aber Judith sprach erregt weiter: »Nein, glaubt mir. Mein Verstand ist klar wie reines Wasser. Schreib! Schreib auf, was ich zu sagen habe! Halt es fest, jedes Wort! Es ist mein Vermächtnis, mein Bekenntnis, meine Rache. Hört mich an! Ich war es. Ich habe den Franziskanern die Häuser angezündet, immer wieder. Sie haben gebrannt, wie mein Vater und meine Brüder gebrannt haben, in Saragossa vor der Kathedrale der Heiligen Jungfrau von Valencia.«

»Sie spricht im Fieber«, sagte der Inquisitor. »Führt sie weg!«

»Nein«, widersprach Bruder Barnabas, »lasst sie reden. Sie spricht die Wahrheit: In Rothenburg haben die Häuser der Franziskaner gebrannt. Es macht Sinn, was sie sagt.«

»Lasst sie sprechen«, forderte auch Graf Eberhard von Schillingsfürst.

»Ich möchte ein paar Fragen an sie richten«, sagte Bruder Barnabas. »Darf ich?«

»Gut, frag sie.«

»Du behauptest, du hättest die Feuer in Rothenburg gelegt. Kannst du uns auch erklären, wie du das angestellt hast?«

»Ist das wirklich wichtig?«, fragte der Inquisitor.

»Ja, denn es brannten immer zuerst die Firstbalken der Dachstühle. Wie bist du dort hinaufgekommen? Und wie bist du in das Innere der Häuser gelangt? Sie waren alle fest verschlossen.«

»Hat dir der Teufel geholfen?«, wollte der Inquisitor wissen.

»Nein, es war der Vogel, den ihr am meisten verehrt, den ihr zum Götzenbild eures Heiligen Geistes erkoren habt: die Taube.«

»Die Taube? Sag mal, willst du uns zum Narren halten?«, fuhr sie Pater Urban an. »Hüte deine Zunge, und vergiss nicht, vor wem du hier sprichst.«

»Ich spreche die Wahrheit.«

»Dann erkläre sie uns. Wir hören.«

»Kann ich einen Becher Wasser haben?«

Der Inquisitor gab den Knechten ein Zeichen. Ein irdenes Gefäß wurde gebracht. Judith trank es leer und sagte: »Tauben waren meine Gehilfen. Ich habe ein Pärchen von ihnen in einen Käfig gesperrt, den der Kürbiskopf dann im Dachgebälk der Franziskanerhäuser aufgehängt hat.«

»Was für ein Kürbiskopf?«, fragte der Inquisitor und beugte sich weit über den Tisch, so als habe er soeben einen neuen Dämon entdeckt.

»Ein stadtbekannter Krüppel mit einem Wasserkopf«, sagte Bruder Barnabas. Und zu Judith gewandt fragte er: »Und wie ist der Kürbiskopf in die Häuser gelangt?«

»Die Häuser wurden nur bei Neumond bewacht. Die Tauben aber sind schon viele Tage vorher vom Kürbiskopf dorthin gebracht worden. Ein gutmütiger Narr verfügt über Narrenfreiheit. Mit seinen langen Armen konnte er klettern wie ein Affe.

Er hat die Tauben auch mit Futter versorgt, bis sie sich dort oben hinter dem Uhlenloch heimisch fühlten. Dann nahm er den Tauber heraus und brachte ihn mir.«

»Aber wie konnte die Scheune brennen, während dieser Kürbiskopf im Kerker lag?«

»Weil ich erst dann den Tauber fliegen ließ, den er zwei Tage zuvor aus dem Käfig unter dem Dachgiebel geholt hatte.

Ich steckte ihn in einen Einzelkäfig, wo er sich vor Sehnsucht zu seinem Weibchen verzehrte. Ließ ich ihn frei, so flog er auf kürzestem Weg zurück unter den Dachfirst.«

»Und was hat dieser ganze Taubenblödsinn mit dem Feuer zu tun?«, fragte Pater Urban ungehalten.

»Ich habe den Tauber mit byzantinischem Feuer bestückt.«

»Mit was für einem Feuer?«, fragte der Inquisitor, der hinter allem den Teufel vermutete.

»Mit dem byzantinischen.«

»Und was soll das sein?«, fragte Graf Eberhard.

»Habt Ihr je von dem Feuer der Griechen gehört, mit dem sie die Schiffe ihrer Feinde in Brand schießen?«, fragte Barnabas. »Von solcher Art ist dieser Stoff, den die Alchimisten auch weiße Naphtha nennen. Er ist hoch entflammbar und entzündet sich unter den richtigen Voraussetzungen von selbst.«

Barnabas hatte sich während seiner Erklärung von seiner Bank erhoben. Er hielt sich den Kopf mit beiden Händen und stand da, als habe er eine Erleuchtung. Sancta simplicitas, o heilige Einfachheit! Wie leicht war des Rätsels Lösung! Man brauchte keinen Meisterschützen, keine komplizierten Brandpfeile und Kugelblitze. Eine Taube, eine einfache Taube war der Schlüssel!

Und jetzt erinnerte er sich: Als sie diesen kleinen Gnom gefoltert hatten, da war er so ruckartig umherstolziert wie ein balzender Tauber. Er hatte seine Arme bewegt, als wollte er fliegen. Er hatte auf das Bildnis der Taube gezeigt, die als Verkörperung des Heiligen Geistes über der Tür zur Fragstube hing. Deutlicher konnte er es ihnen nicht sagen, und sie hatten geglaubt, er rufe die Heilige Dreifaltigkeit um Beistand an. Es war ein Geständnis.

Barnabas fragte: »Und wie erklärst du uns den letzten Brand in eurer Stadtscheune, bei dem dieser Kürbiskopf fast ums Leben gekommen ist? Er ereignete sich vor deiner Rückkehr.«

»Ich vermute, dass er auf eigene Faust handeln wollte. Er hat mir zugeschaut, wenn ich die Tauben mit Naphtha bestückt habe. Dabei ist ihm vielleicht ein Fehler unterlaufen. Nichts ist so leicht entflammbar wie Naphtha.«

»Ist sie die gesuchte Brandlegerin?«, fragte Eberhard, der als Vertreter des Königs für alle Verbrechen an der Stadt zuständig war. Schließlich unterstand Rothenburg als Reichsstadt direkt der Krone.

»Ja, sie ist es«, sagte Bruder Barnabas. »Ubi concordant res, ibi est veritas; wo die Dinge übereinstimmen, ist die Wahrheit.«

Und damit nahm der Prozess eine völlig unerwartete Wende. Sowohl der Bischof als auch Heinrich Toppler hatten fortan keine Möglichkeit mehr einzugreifen. Der Brandstifterin war auf Erden nicht mehr zu helfen. Sie war des Todes.

»Schafft sie fort!«, sagte der Inquisitor. »Sie soll brennen, auf dem Scheiterhaufen und im Höllenfeuer.«

»*Ihr* seid das Höllenfeuer!«, rief Judith. »Euer Wahrzeichen ist das Kreuz, das schlimmste Marterinstrument, das je von Menschen ersonnen worden ist. Ihr verwandelt Wein in Blut und Hostien in Menschenfleisch, um es euch einzuverleiben. Wer außer dem Teufel würde so widerwärtig handeln? Schaut euch doch an, schwarz wie eure Messen sind eure Kirchengewänder.«

»Halt dein loses Maul, Jüdin! Auf dir lastet die Erbschuld der Christusmörder.«

»Ihr sprecht mich schuldig, weil Jesus von Juden verurteilt worden ist? Warum nicht Schuld der Männer? Er wurde ausschließlich von Männern ergriffen, verurteilt und gekreuzigt. Oder warum nicht Erbschuld der Alten? Die Ankläger und Richter Christi gehörten alle dem Rat der Alten an. Und auch

Pontius Pilatus war weit über vierzig, so alt wie Ihr, Ihr Herren.«

»Aus ihr spricht der Teufel!«

»Der Teufel, der Männer und Frauen zu verbotener Liebe verführt, hat mehr Herz im Leib als ihr, die ihr die Liebe zur Wurzel aller Sünden gemacht habt. Selbst die Mutterschaft haltet ihr für so schmutzig, dass ihr von unbefleckter Empfängnis träumt. Ich sage euch: Es gibt keine allumfassende Schuld, aber eine allumfassende Schande. Wenn einer aus meiner Familie Franziskaner wäre oder zur Inquisition ginge, so würde ich mich zu Tode schämen.«

»Soll ich das aufschreiben?«, fragte der Schreiber.

Der Inquisitor war aufgesprungen. »Ergreift sie!«, schrie er. »Ergreift sie und reißt ihr das Hemd vom Leib. Ich bin sicher, sie trägt ein Hexenmal auf der Haut. Noch nie hat es ein Weib gewagt, so mit mir zu reden.«

Die Knechte ergriffen sie und zerrten ihr das Gewand vom Leib.

»Bindet sie im Stehen, dann können wir sie besser betrachten.«

Sie legten ihr Schlingen um die Handgelenke und zogen sie an einer Kette, die von der Decke herabhing, nach oben. Dann wurden ihre Beine auseinander gezerrt. Die Fußgelenke kamen in eiserne Schellen, die aus dem Boden ragten.

Als sich die Männer an ihrer Nacktheit satt gesehen hatten, sagte der Inquisitor: »Schert sie, damit wir auch nach versteckten Malen suchen können.«

Die Knechte griffen in Judiths Haar, um es ihr abzuschneiden.

»Nein, das Kopfhaar noch nicht, nehmt erst die Haare in den Achseln und an der Scham weg!«

All seiner Körperhaare beraubt, bot sich der Leib in völliger Nacktheit dar. Der Inquisitor wollte seine Hand zwischen ihre Schenkel schieben. Judith spuckte ihm ins Gesicht und schrie: »Du kannst mich töten, aber fass mich nicht an!«

Er wischte sich mit dem Ärmel den Speichel weg und berührte ihre Scham: »Da seht ihr es, das Hexenschürzchen. Pfui Teufel! Lasst uns nach anderen Satansmalen suchen.«

Er betastete ihre Brustwarzen und sagte zu Graf Eberhard gewandt: »Hart wie ein Hahnenkamm, ein typisches Merkmal der Inkubus-Buhlen. Überzeugt Euch mit eigener Hand.«

Der Graf betrachtete die junge Frau. Sie war von seltener Schönheit. Ein Zug von trotzigem Stolz war in ihrem Gesicht, der ihn an seine Tochter erinnerte. Obwohl Judith es war, die da nackt vor ihm stand, schämte er sich vor ihr.

Als sie Judith losbanden, hob der Graf das zerrissene Hemd auf und gab es ihr, damit sie ihre Blöße bedecken konnte.

»Möchtest du noch etwas sagen?«, fragte er sie zum sichtbaren Verdruss des Inquisitors. »Nach karolingischem Recht hast du das letzte Wort.«

»Wollt Ihr das wirklich hören?«, meinte Pater Urban.

»Als Vertreter des Königs ist es meine Pflicht, darauf zu achten, dass die verbrieften Rechte eingehalten werden.«

Und zu Judith gewandt fragte er erneut: »Hast du uns noch etwas zu sagen?«

»Ja, ich will sprechen«, sagte sie. »Wie viele Frauen und Männer habt ihr zu Tode gequält: zehntausend, hunderttausend? Sie alle haben gelitten für Verfehlungen, die sie nie begangen haben, die nur in eurer kranken Phantasie existieren. Ich sterbe in dem Bewusstsein, euch schmerzhafte Brandwunden zugefügt zu haben, bevor ihr mich verbrennt. Ich sterbe nicht wie ein Opfertier für euren erbärmlichen Aberglauben, sondern wie eine Löwin, die sich zu wehren weiß, die euch das Fürchten gelehrt hat. Und glaubt mir, ich habe es genossen. Es gibt eine Grenze, an der Geduld aufhört, eine Tugend zu sein.

Wenn ich vor meinen himmlischen Richter trete, so werde ich sagen: So dachte ich, so fühlte ich, so tat ich. Ich habe Gutes getan und Böses, das notwendig war, um dem Guten Gerechtigkeit widerfahren zu lassen. Ich habe versucht, die zu sein, die ich bin.

Gott helfe mir! Und wage es keiner von euch zu sagen, er sei besser als ich.«

Judith, dachte Bruder Barnabas, aus ihr spricht die Judith des Alten Testaments!

In der darauf folgenden Nacht öffnete ein bestochener Wächter den Kerker, vor dem bereits ein gesatteltes Pferd wartete. Auch für Kleidung und Nahrung war gesorgt. Mehr konnte der Fürstbischof für die Verurteilte nicht tun. Aber war sie nicht schon einmal erfolgreich entkommen? Sie würde es auch ein zweites Mal schaffen.

Der berittene Bote, den er Heinrich Toppler schickte, um ihn von der katastrophalen Wende des Prozesses in Kenntnis zu setzen, erreichte Rothenburg erst am Abend des nächsten Tages. Sein Pferd hatte sich beim Überspringen eines Grabens den Fuß verstaucht und musste am Halfter geführt werden.

Es erübrigt sich, den Schrecken zu schildern, den die Hiobsbotschaft im Haus Zum goldenen Greifen auslöste. Attila zögerte keinen Augenblick, Judith zu folgen. Er glaubte zu wissen, welchen Weg sie nehmen würde. Sie hatte einen Tag Vorsprung. Er würde sie noch vor Regensburg einholen.

Nur wenig später ertönte in der Oberen Schmiedgasse lautes Klopfen. Jemand polterte gegen die Haustür des Bürgermeisters.

Heinrich Toppler schickte Afra und Katharina ins Obergeschoss, bevor er die Tür öffnete, um den Schergen der Inquisition gegenüberzutreten. Zu seinem Erstaunen stand eine alte Frau davor. Außer Atem beschwor sie ihn, sofort zum Judenbad zu kommen, etwas Schreckliches sei geschehen.

Dunkle Wolken ballten sich über der Stadt. In der Ferne zerriss ein Wetterleuchten die Finsternis. Blitze spiegelten sich in schlammigen Pfützen. Der Sturm erwachte wie ein junger Jagdhund; unbeholfen noch und zögernd sprang er durch die engen Gassen, wirbelte Staub und Unrat vor sich her, rüttelte an Pforten und Fenstertüren, fuhr fauchend und jaulend in die kalten Kamine. Heinrich Toppler eilte Unheil ahnend zur Judengasse.

Seine Schritte hallten auf dem Pflaster der steil ansteigenden Straße.

Vor dem Judenbad brannten Fackeln. Laternen wurden aufgeregt hin und her geschwenkt. Eine Schar herbeigelaufener Leute erwartete den Bürgermeister und machte ihm ehrerbietig Platz. Am Ende der Allee von Menschenleibern kauerte der großköpfige Krüppel Kürbiskopf. Seine Brust zuckte vor wildem Schmerz. In seinen langen, spindeldürren Armen hielt er wie eine große Puppe den Leib einer jungen Frau. Ein Bild von erschütternder Tragik. Eine Kröte, eine große, hässliche Kröte, dachten die, die ihn sahen. Die Gesichtshaut zerrissen von Brandnarben, mit herausquellender Zunge und tränenden Glotzaugen bot er einen Anblick unbeschreiblicher Hässlichkeit und erregte doch tiefstes Mitgefühl.

Wange an Wange mit dieser von Rotz und Tränen feuchten Fratze ruhte das friedlich verklärte Gesicht eines der schönsten Mädchen, dem Heinrich Toppler je begegnet war. Ein Lächeln lag auf ihren Lippen. Der Krüppel strich ihr das Haar aus der Stirn. Es war nass.

»Wir haben sie in der Mikwa gefunden«, sagte eine alte Jüdin. »Sie lag da wie eine tote Taube.«

NEKROLOG

Attila Toppler wurde in Rothenburg nicht mehr gesehen. Man nahm an, dass er nach Bozen zurückgekehrt sei. Zwei Monate später fanden Bauern seine von Füchsen zerfressene Leiche. Irgendjemand hatte ihm den Schädel eingeschlagen.

Fürstbischof Gerhard von Schwarzburg starb im selben Jahr an blutigem Lungenauswurf. Der Tod erwürgte ihn während eines heftigen Gewitters über der Stadt. Die Würzburger sagten, der Teufel habe ihn geholt.

1408 wurde Heinrich Toppler unter nie wirklich geklärten Umständen entmachtet und ermordet. Der Rat der Stadt ließ alle Aufzeichnungen im Zusammenhang mit dem Umsturz vernichten. Fest steht, dass er in dem Kellerverlies unter dem alten Rathaus verschmachtete. Verkümmern hieß das in der Sprache seiner Zeit.

Die schicksalsmäßige Verbundenheit zwischen Toppler und den Juden lebt bis auf den heutigen Tag in der mündlichen Überlieferung fort. Dort heißt es, Toppler sei nicht verschmachtet, sondern habe vor seinem Tod mit eigenem Blut an seine Zellenwand geschrieben: H. T. starb nicht hungers. Ein Judenmädchen gab ihm Gift, um seine Qual zu verkürzen.

Die Raben von Carcassonne

Die Katharer glauben, oder vielmehr haben geglaubt, denn sie wurden ausgerottet, die Schöpfung sei nicht das Werk Gottes, sondern des Teufels.
Wenn ich religiös wäre, wäre ich Katharer.

Frei nach *Alfred Andersch*

1. Kapitel

In der Nacht hatte es geregnet. In den schlammigen Pfützen auf dem Platz vor der Basilika Saint Nazaire spiegelten sich die Türme des Gotteshauses. Von allen Dächern tropfte die Nässe, rann über zerfurchtes Gemäuer und altersrissige Fassaden, nährte rostige Rinnen und versickerte in ungepflasterten Gassen.

Im ersten Morgengrauen hatten sie auf einem Ochsengespann die Balken für das Gerüst herbeigekarrt, auf dem der Scheiterhaufen brennen sollte. Nun waren die Knechte des Henkers damit beschäftigt, sie zusammenzunageln. Dumpf und drohend wie Trommelschlag vor der Schlacht klang ihr Hämmern durch das noch schlafende Carcassonne. Die Raben vor dem Tour de Prison beobachteten sie gespannt, so als wüssten sie, dass es hier bald Fleisch geben würde. Die Stadt erwartete ihr Opfer.

Wäre sein Name im Taufregister verzeichnet gewesen, so hätte dort Leander Luis Latour gestanden. Da sich aber kein Priester gefunden hatte, der bereit gewesen wäre, den Bastard des Henkers zu taufen, so war seine irdische Existenz in den Kirchenbüchern von Carcassonne nicht dokumentiert worden.

Er hieß Leander, aber niemand nannte ihn so. So wie sich keiner erdreistet hätte, seinen Bischof oder König mit Taufnamen anzusprechen, so wie man davor zurückschreckte, ihm ins Angesicht zu blicken oder ihm gar die Hand zu geben. Er war namenlos, namenlos wie der Allmächtige. Er stand außerhalb der Gesetze, denn er war der Einzige, der eigenhändig ungestraft töten durfte. Er brach einem Menschen das Genick und besuchte anschließend die heilige Messe in der Basilika, nicht durch das Kirchenportal wie alle anderen, sondern durch die eigens für ihn errichtete Henkerspforte, um sich auf dem für ihn freigehaltenen Platz niederzulassen, ein Vorrecht, das sonst nur dem hohen Adel eingeräumt wurde. Wenn er durch die Menge ging, wichen die Menschen respektvoll zurück, wie einst das Meer vor Moses und dem auserwählten Volk.

Sie liebten ihn nicht, sie fürchteten ihn. Aber war nicht auch ihre Gottesfurcht größer als ihre Liebe zum Allmächtigen?

Der Henker von Carcassone stand vor der eisenbeschlagenen Kerkertür im Kellergeschoss des Henkerturms und betrachtete die Verurteilte. Er beobachtete sie mit der wachen Sorgfalt, mit der Eulenvögel ihre Opfer beäugen, bevor sie ihnen den Garaus machen.

Der Sehschlitz oberhalb des Türschlosses war so geschickt angebracht, dass die Gefangenen ihn nicht wahrzunehmen vermochten. Dennoch schien die Frau die Blicke des Henkers zu spüren. Sie verdeckte ihr Gesicht mit den Handflächen wie ein Kind, das sich schämt. Nach einer Weile erhob sie sich und begann umherzulaufen, mit müden, schlurfenden Schritten wie einer, der einen langen beschwerlichen Fußweg hinter sich gebracht hat.

Mein Gott, wie mager diese Vandalmonde de Castanier war! Jetzt blieb sie stehen. Ihre Augen suchten das Licht, das über ihr durch eine vergitterte Maueröffnung fiel. Das kalte Licht des neuen Tages erhellte ihre Gesichtszüge. Sie waren von gespenstischer Blässe. Das Haar hing ihr wirr bis über die Augen. Das blutige Kinn, die aufgeplatzte Oberlippe – der Henker nahm das alles zur Kenntnis wie ein Maler, der das Bild dieser todgeweihten Frau in sich aufnehmen will, um es zu einem Kunstwerk zu verarbeiten. Nun, auch der Henker war ein Künstler. Eine gute Hinrichtung erforderte allerhöchste Kunstfertigkeit, Beobachtungsgabe und anatomische Studien.

Körpergewicht, Alter und die richtige Einschätzung des

Knochenbaus bestimmten die Länge des Galgenstricks. Um einem Mann das Genick zu brechen, musste die Fallhöhe sorgfältig berechnet werden. War sie zu kurz, wurde der Ärmste stranguliert. Zappelnd wie ein Fisch an der Angel hing er dann am Galgenholz. War der Strick zu lang oder der Mann zu schwer, so wurde ihm mit einem Ruck der Kopf abgerissen.

Noch schwieriger verhielt es sich mit der Enthauptung. Es bedurfte höchster Zielgenauigkeit und eines kräftigen Hiebes, um die Nackenwirbel mit einem Schlag zu durchtrennen.

Mit Recht wurde die Arbeit des Scharfrichters höher honoriert als die des Stadtmedikus. Der brauchte dem kranken Körper nur zu helfen, mit dem Leiden allein fertig zu werden. Ein zum Tode Verurteilter aber wehrte sich mit jeder Faser seines Leibes gegen seine Vernichtung. Da gab es keine natürliche Kraft, die dem Henker geholfen hätte. Er musste seine verantwortungsvolle Aufgabe allein bewältigen, vor den Augen der ganzen Stadt.

Aber diesem Weib hier würde er nicht den Kopf abschlagen. Sie würde auch nicht ihre Seele am Galgen aushauchen, sie würde wie alle Hexen und Häretiker brennen.

Die Gefangene stand jetzt mit erhobenen Händen unter dem Fensterloch, als wollte sie nach dem Licht greifen. Die Morgensonne färbte ihre Finger blutrot. Ihre Lippen bewegten sich wie im Gebet.

»Gott sei deiner Seele gnädig«, sagte Leander Latour, »niemand sonst wird es sein.«

Sie hörte seine Worte nicht. Die Glocken der Basilica Saint Nazaire, die zur Frühmesse riefen, verschluckten sie.

Die Hinrichtungen erfolgten immer in den frühen Morgenstunden, nicht aber die Verbrennungen. Sie begannen erst nach Sonnenuntergang, wenn die Flammen vor dem nachtschwarzen Himmel am wirkungsvollsten in Erscheinung traten.

Leander Latour hatte Zeit.

2. Kapitel

Bevor die Nachmittgssonne hinter der hohen Stadtmauer versank, stieg Leander hinab in den unterirdischen Kerker, um mit der Verurteilten zu sprechen. Nirgendwo sonst war man dem Geheimnis Mensch so nahe wie auf der Schwelle zwischen Tod und Leben. Alle Verstellung, falsche Hoffnung und Selbstbetrug waren abgefallen wie Gewänder. Übrig blieb der nackte Mensch, häufig hässlich, erschreckend abstoßend, bisweilen bewundernswert schön – eine wahrhafte Entblößung.

Was ist das Leben, was der Tod? Auf der Grenzlinie zwischen beiden Welten offenbaren sich die letzten Dinge deutlicher als anderswo, weil wir den wahren Wert der Dinge erst erkennen, wenn sie uns entgleiten. Die Farben des Paradieses, der Jugend und der Liebe – nie leuchten sie kraftvoller als nach ihrem Verlust.

Als Leander den Kerker betrat, hockte die Frau auf dem Strohsack, der den Gefangenen als Schlafstelle diente. Die brennende Fackel in der Faust ließ sich Leander auf der Bank an der gegenüberliegenden Zellenwand nieder und fragte: »Du weißt, wer ich bin?«

»Du bist mein Arzt.«

»Dein Arzt?« Leander glaubte nicht recht verstanden zu haben. »Ich bin der Henker.«

»Das ist dasselbe«, sagte die Frau. »Das Leben ist eine Krankheit. Du wirst mich davon befreien.«

Leander betrachtete sie. Aus der Nähe wirkte sie viel jünger, aber welk und matt, ein Blütenzweig in einem Gefäß ohne Wasser. Aber die Ausgezehrtheit ihres hageren Leibes hatte keine Gewalt über das Feuer in ihren Augen – Augen so tief wie Festungsbrunnen und so lebhaft wie Funkenflug. Sie betrachtete ihn ohne Furcht.

Er fragte: »Hast du keine Angst vor dem Sterben?«

»Das kann so schwierig nicht sein. Denn bisher hat es noch jeder geschafft. Schlimmer als das Sterben ist für die meisten Menschen die Angst vor dem Sterben. Dabei ist es viel leichter als Gebären.«

»Woher willst du das wissen?«

»Nun, sterben kann jeder ohne Ausnahme. Gebären aber ist eine schwierige Kunst, und nicht jede Geburt verläuft weiß Gott erfolgreich.«

»Warum wurdest du verurteilt?«

»Weil ich eine Frau bin.«

»Noch nie wurde jemand verurteilt, weil er eine Frau ist.«

»Die erste Sünde kam von einer Frau, und alle müssen wir um ihretwillen sterben. Sie hat das Menschengeschlecht zugrunde gerichtet. Weib, du bist die Pforte zur Hölle. Wenn das keine Verurteilung ist, was ist es dann?«

»Wo steht das geschrieben?«

»Im Alten Testament und bei Tertullian.«

»Du bist eine Hexe?«

»Ich bin eine Katharerin.«

»Man sagt, euch Katharer graut es nicht einmal vor dem Feuer.«

Sie betrachtete ihren Henker und fragte: »Graut dir nicht vor dem, was du tust?«

»Ich erfülle einen Auftrag. Schuld verlangt Sühne.«

»Sühne von wem?«

»Von allen, die da schuldig sind.«

»Von allen, die schuldig sind? Du irrst dich. Wenn alle, die die Gesetze brechen, schuldig wären, so müssten alle Könige und Kardinäle verbrannt werden, alle Fürsten, Feldherrn und ein Gutteil des Volkes dazu.«

Sie erhob sich, so als könnte das, was sie zu sagen hatte, nur im Stehen gesagt werden: »In allen alten Religionen werden der Gottheit Opfer dargebracht. Ein Schaf wird abgestochen, damit die Götter einem Sünder vergeben. Stiere müssen auf brennenden Opferaltären sterben, damit der Allmächtige einem Fürsten zum Sieg verhilft. Unschuldige Geschöpfe müssen leiden, um die Götter gnädig zu stimmen oder, richtiger: um sie zu bestechen. In unserer Rechtsprechung ist es nicht besser. Ein Dieb wird am Galgen geopfert, um Gott zu versöhnen: Schau, in unserer Gesellschaft herrscht Recht und Ordnung. Wir halten die göttlichen Gebote ein. Zum Beweis dafür opfern wir dir einen von uns, einen in Vertretung für all die anderen, die sich ungestraft weiter an dem Gesetz vergehen. Dabei spielt es keine Rolle, ob einer schuldig ist oder nicht. Die Rolle des Unschuldslammes schützt ihn nicht. Im Gegenteil, gerade das Lamm ist das ideale Opfertier. Ausschlaggebend sind nicht Schuld oder Unschuld des Geopferten, sondern Schuld und Reue der Opfernden. Schuld und Unschuld liegen in ihrem Ermessen. Sie bestimmen, wer gut und wer böse ist.«

Leander schüttelte den Kopf, wollte widersprechen, doch sie ließ sich nicht beirren. »Mord ist ein Verbrechen, so sollte man meinen. Liebe ist gut. Wenn ich aber im Auftrag der Priester töte, so ist das lobenswert. Heiliger Krieg! Sieg der Gerechtigkeit! Liebe ich jedoch, was meinen stets opferbereiten Herren missfällt, meines Nachbarn Weib oder einen anderen Gott, so bin ich böse, ganz gleich, wie viel Gutes ich getan habe.«

Sie schlug sich vor die Brust und sagte: »Ich werde nicht verbrannt, weil ich schuldig bin, sondern weil ich nicht so bin wie meine Richter, ein Schaf unter Wölfen. Deshalb muss ich brennen.«

Das Gespräch hatte sie erregt. Sie begann wieder hin und her zu laufen, blieb einen Schritt vor Leander stehen und sagte: »Wenn es wirklich so etwas wie Hexerei und Teufelswerk gibt, dann ist der eher ein Teufel, der den Scheiterhaufen anzündet, als der, den man verbrennt.«

Leander holte aus den Taschen seiner ledernen Weste eine Phiole hervor, nicht größer als die Länge eines Fingers. »Ich habe hier eine Arznei aus Wasserschierling und Bilsenkraut. Sie macht die Glieder gefühllos. Beginnend bei Händen und Füßen steigt die Taubheit zum Herzen empor. Es ist ein gutes Gift. Schon Sokrates nahm es. Du wirst die Glut des Scheiterhaufens nicht spüren. Trink es, jetzt gleich. Es dauert, bevor die Wirkung einsetzt.«

»Warum tust du das für mich?«

»Ich gebe es allen Verurteilten.«

»Ist das erlaubt?«

»Nein.«

»Warum tust du es dann?«

Als Leander schwieg, sagte sie: »Mitleid gilt unter den Katharern als Königin aller Tugenden. Wir essen kein Fleisch aus Mitleid mit den Tieren. Unser Verbot des Mundes lautet: Keine fleischliche Nahrung, keine Lügen! Wir dürfen nicht einmal schwören. Unser Verbot der Hand verlangt absolute Gewaltlosigkeit gegenüber allen und jedem.«

Das laute Schlagen der Kirchenglocken unterbrach ihr Gespräch.

»Die Zeit drängt. Du musst den Schierlingssaft nehmen«, sagte Leander. »Komm!«

Die Frau schüttelte ihren zerzausten Haarschopf.

»Was soll das heißen? Noch keiner hat mein Angebot abgelehnt. Nimm es! Es wird dir helfen.«

»Es geht nicht.«

»Warum nicht?«

»Das Consolament.«

»Consolament. Was ist das?«

»Die verbleibende Zeit ist zu kurz, um es dir zu erklären.«

»Ich will es dennoch wissen.«

Sie strich sich das Haar aus der Stirn: »Ein Schwerkranker oder Sterbender, der das Consolamentum erhält, erfährt die Gnade der letzten Reinheit. Der so Getröstete ist rein gewaschen und frei von aller Schuld. Er darf im Angesicht der ewigen Seligkeit keinerlei Nahrung mehr zu sich nehmen. Mir ist das Consolamentum vor meiner Festnahme zuteil geworden. Ich stehe unter Endura.«

»Endura?«

»Reinigung durch Verzicht.«

»Das ist Selbstmord!«

Die Frau schwieg. Ihre Augen schienen im Halbdunkel der Zelle zu leuchten.

»Der Gekreuzigte steh dir bei«, sagte Leander.

»Nein, nicht der«, widersprach sie.

»Glaubst du nicht an Gott?«

»Natürlich glaube ich an ihn. Wie kann es anders sein? Aber ich glaube nicht an den Gekreuzigten.«

»Der Schöpfer von allem, was ist …«

»Der ist kein anderer als der Teufel in Person.«

»Weib, du versündigst dich im Angesicht des Todes. Wie willst du deinem Schöpfer gegenübertreten?«

»Er ist nicht der Schöpfer von allem, was da ist. Er ist der Schöpfer von allem, was da nicht ist.«

Den letzten Satz sprach sie so leise, als redete sie mit sich selbst.

»… von allem, was da nicht ist.« Leander wiederholte ihre Worte und dachte: Jetzt hat sie den Verstand verloren. Er sagte: »Du redest wirres Zeug.«

»Tue ich das?« Ein trotziges Lächeln umspielte ihre Lippen: »Glaubst du allen Ernstes, dass diese elende Welt voller Leid, Bosheit und Ungerechtigkeit das Werk eines Schöpfers ist, der selbst Inbegriff der Vollkommenheit ist? Wie kann das sein? Nein, glaube mir, diese irdische Welt ist das Werk des Bösen. Er ist der Schöpfer von allem, was da ist. Er ist die grausame Gottheit der Genesis und der Gesetzestafeln des Alten Testaments, im Gegensatz zur körperlichen Welt des Lichts und des Geistes. Gott ist frei von aller irdischer Stofflichkeit. Er ist der Gott der Güte und der Liebe.«

»Du meinst, es gibt zwei Götter? Wie kann das sein? Lautet nicht das erste Gebot: Es gibt nur einen Gott.«

»Du irrst. Es heißt nicht ›Es gibt nur einen Gott‹, sondern ›Du sollst nicht andere Götter haben neben mir‹. Das kann doch nur heißen, dass es noch andere gibt. Und die gibt es: die Gottheit des Bösen – Satan. Er ist nicht der untertänige Diener Gottes, wie manche naiven Seelen glauben. Warum sollte ein gütiger Gott sich solch eines grausamen Knechtes bedienen?«

»Um die Menschen auf die Probe zu stellen, um sie zu prüfen, so wie man Gold prüft.«

»Du meinst, um die Sünder von den Frommen zu scheiden? Nach der Lehre Roms sind alle Nachkommen Adams Sünder, ohne Rücksicht auf das, was sie tun. Böse ist nicht Mangel an Gut, wie der heilige Augustinus glaubte. Das Böse ist eine Macht, die von Anfang an existent war. Denn die Freiheit hätte keinen Sinn, wenn das Übel nicht schon als Alternative da gewesen wäre, um sich als freie Wahl anzubieten. Nichts beginnt ohne Ursache.«

»Und wie sieht deiner Meinung nach der gute Gott aus?«, fragte Leander.

»Er hat kein Aussehen. Wir können von ihm nicht sagen, wie er ist, sondern nur, wie er nicht ist. Er ist unsichtbar, unbegreiflich, unerforschlich. Jede sinnliche Vorstellung macht aus Gott einen Abgott. Wäre Gott begreiflich, könnte er nicht Gott sein. Er erschuf alles, aber die sichtbare Welt ist nicht sein Werk. Alles Materielle ist unrein, weil es unserem Geist ein Kerker ist. Wahrer Glaube ist innerlich und gegenstandslos. Gotteshäuser sind Steinhaufen. Das Kreuz ist Menschenwerk. Die kirchliche Hierarchie taugt zu nichts.«

»Du sprichst wie eine Ketzerin«, sagte Leander.

Die Frau überhörte seinen Einwand. »Das Paradies bezeichnet den körperlosen Zustand der Schöpfung. Der Sündenfall, das ist die Fleischwerdung der Geistwesen. Nicht die geschlechtliche Vereinigung, wie viele Pfaffen glauben, vertrieb uns aus dem Paradies, sondern die darauf folgende Geburt in die Stofflichkeit unserer Leiber. Mit ihr begann alles Leid, alle Schuldfähigkeit und der Tod.«

»In der Bibel steht es aber anders«, widersprach Leander. »Dort steht, dass Gott die Dinge erschuf, so wie sie sind.«

»Du irrst. Es heißt: Im Anfang war das Wort, und das Wort war bei Gott, und Gott war das Wort. Alle Dinge sind durch das Wort geworden. Was aber so gemacht wurde, in dem war Leben. So steht es bei Johannes.«

»Du sprichst wie eine Priesterin«, sagte Leander.

»Bei uns Katharern gibt es keine Priester. Ich bin eine Parfait.«

»Was ist das?«

»Der Parfait ist mehr als ein Priester. Er ist nicht nur Mittler zwischen Gott und den Menschen. Der Parfait lebt als Eingeweihter bereits in einer anderen Welt.«

Überzeugungskraft und Sendungsbewusstsein gingen von der Frau aus, so als bewegte sie sich wirklich in einer anderen Welt.

Leander sagte: »Der Allmächtige sei dir gnädig.«

»Gott ist nicht allmächtig. Denn er ist nicht mit der Allmacht ausgestattet, auch Übel zu erzeugen. Er ist ganz allein mächtig in seiner Güte. Urgrund und Ursache von allem Guten, kann er niemals Teil des Bösen sein. Die Schöpfung ist unvollendet, weil Gott die leidvolle Bosheit der materiellen Existenz erst an der Schwelle der Ewigkeit auslöschen kann. Erst dann wird der paradiesische Urzustand wiederhergestellt sein.«

»Wenn das stimmt, was du da sagst«, meinte Leander, »so wäre der Tod nichts weiter als ein Wechsel vom Übel zum Guten.«

»So ist es«, sagte die Frau. »Und nun weißt du, warum ich dich als meinen Medikus begrüßt habe.«

Inzwischen hatte sich ein Gewitter über dem Tal der Aude zusammengeballt. Wolken verdunkelten den Himmel und tauchten das Verlies in düsteres Halbdunkel. Ein Blitz zuckte auf. Die Fackel entglitt der Faust, fiel zu Boden und verlosch beinahe. Ein wilder Schrei. Die Gefangene war aufgesprungen. Ein zweiter Blitz zerriss die Finsternis.

»Heiliger Gral«, stöhnte sie. »Wie kann das sein! Nein!«

Sie starrte auf seine Stirn, als leuchtete dort ein Kainsmal oder ein Heiligenschein. Ihre Schultern zuckten vor wildem Schmerz. Oder war es Freude?

Sie sank vor Leander auf die Knie, umfasste seine Füße.

Leander wollte sich befreien, versuchte sie abzustreifen. Dabei verlor er das Gleichgewicht und fiel auf die Frau.

»Bist du von Sinnen? Das ist doch bloß ein Gewitter.«

Er wollte sich aufraffen, aber sie klammerte sich an ihn wie eine Ertrinkende. Die fast erloschene Fackel war wieder aufgeflammt. Sie rückte mit ihrem Gesicht ganz nah an das seine, als wollte sie ihm in die Augen sehen.

»Du bist… o mein Gott, du bist…«

Leander stieß sie von sich: »Was bin ich?«

»Ein Henker von seinem Blut – wie kann das sein?«

»Wovon redest du? Hör auf mit diesem Unsinn!«

Sie betrachtete ihn liebevoll und sagte: »Ich bin nicht verrückt, obwohl es zum Verrücktwerden ist.«

Ein Hustenanfall schüttelte sie: »Mir fehlt die Zeit, es dir zu erklären. Das Erbe der Merowinger. Ein Schatz von unerhörtem Ausmaß. Le sang de Saint. Der Heilige Gral. Du hältst ihn in deinen Händen. Baphomet queribus.«

Die letzten Worte hatte sie mehr geflüstert als gesprochen. Sie war ganz offensichtlich am Ende ihrer Kräfte. »Mir ist so kalt. Ich sehne mich nach dem Feuer. Segne mich«, flüsterte sie, »bitte, segne mich.«

Leander legte ihr die Hände auf den Scheitel, um sie zu beruhigen.

»Ja, so ist es gut«, hauchte sie. Sie griff sich ins Haar und holte ein Amulett hervor, eine Gemme, groß wie eine Bohne, befestigt an einem dünnen goldenen Kettchen. »Für dich. Trag es. Es wird dich beschützen. Mein Obolus für die Fahrt über den Styx.«

3. Kapitel

Die Sonne war schon hinter den fernen Rebhügeln versunken. Feurig spiegelte sich das Abendrot im Fluss bei der steinernen Brücke. Über den Pyrenäen türmten sich die Regenwolken, schwarz und bedrohlich. Auf dem Platz vor der Basilika drängten sich die Herbeigelaufenen, Kopf an Kopf, Schulter an Schulter bis tief in die angrenzenden Gassen. Seit dem ersten Aveläuten strömten sie in die Stadt. In ihrer Mitte wie ein Altar der Scheiterhaufen, noch verhüllt von Zeltplanen, mit denen die Henkersknechte die Regennässe von dem trockenen Reisig fern gehalten hatten.

Die kantigen Holzscheite zeichneten sich unter dem grauen Stoff ab wie das knochige Gerippe eines riesigen Tieres, ein Höllenhund oder Drachen, der darauf wartet, einen von ihnen zu verschlingen.

Leander hörte das alles, bevor er es sah. So wie der Wind in den Bäumen oder der Wellenschlag an steiniger Küste, so hatte auch die Masse ihr eigenes, unverkennbares Geräusch: ein brodelndes Stimmengewirr, böse, bedrohlich, unberechenbar wie ein Heuschreckenschwarm. Das waren nicht mehr einzelne Menschen – der Gerber aus der Rue Saint Michel oder der Gürtelschneider von Corbieres. Das blutige Schauspiel nahm ihnen alle Individualität, verschmolz sie zu *einem* Geschöpf. Wenn sie mit fiebrigen Augen mitansahen, wie er einem von ihnen den Kopf abhackte, so entrang sich aus Hunderten von Kehlen ein einziger Schrei, Urschrei der Masse. Kein Priester, nicht einmal der Papst, schlug die Menge so sehr in seinen Bann wie der Carnifex im Augenblick der Menschenschlachtung: Siehe, das ist euer Blut, das vergossen wurde zur Sühne für euch alle!

Leander hatte das Blutkleid aus rotem Leinentuch angelegt, das Messgewand des Scharfrichters. Er hatte den Gürtel mit dem Schwert umgebunden, das er auch trug, wenn es nicht zum Einsatz gelangte. Es war sein Marschallstab und Zepter. Zuletzt zog er sich die Kappe aus Katzenleder über die Ohren. Caput mortuum. Sie bedeckte sein Gesicht bis zur Nasenwurzel. Die Augen lagen jetzt hinter zwei Sehschlitzen. Nur der Mund und die Nasenlöcher waren zu erkennen. Das Gesicht ohne Augen hatte nichts Menschliches mehr. Wie konnte es anders sein. Ist nicht aller Tod ein Maskentanz!

Für einen Augenblick glaubte er, die Zelle sei leer. Dann sah er sie. Sie lag auf dem kalten Steinboden mit dem Gesicht zur Wand.

»Vandalmonde de Castanier, dein letzter Gang ist gekommen.«

Als sie sich nicht rührte, beugte er sich mit brennender Fackel über sie. Sie schien fest zu schlafen. Lächelte sie, oder war das nur das Spiel der Flammen auf ihren Lippen! Er berührte ihre Schulter und dachte: Welch ein Weib! Sie schläft wie in Abrahams Schoß, während ihr Scheiterhaufen schon brennt.

»Komm, steh auf! Wir müssen gehen.«

Er ergriff ihre Hand und fuhr erschrocken zurück. Es war die Hand einer Toten, kalt und starr. Der Spiegelscherben, den er ihr vor den Mund hielt, beschlug nicht mehr. Ihr Atem war erloschen. Es gab keinen Zweifel: Sie war tot.

Er hob sie auf. Sie war so leicht wie ein aus dem Nest gefallener kleiner Vogel. Durch den Stoff des Gewandes fühlte er ihre Rippen und Wirbelknochen.

Das Consolament! Sie hatte sich zu Tode gehungert.

Er strich ihr das Haar aus der Stirn. Der Tod hatte ihr nichts von der Würde genommen, die sie umgab wie eine Aura. Wie hatte sie gesagt: Ich bin eine Parfait, eine Reine.

Leander betrachtete sie lange. Sie war schön. Tote Menschen waren zumeist abstoßend hässlich: die Gesichter zur Fratze verzerrt, die Münder offen, die Augen verdreht, die Leiber von Kot und Urin besudelt. Völlig anders diese Frau. Sie erinnerte ihn an einen toten Vogel. Tiere besitzen auch im Sterben Würde. Der Schritt vom Leben zum Tod ist bei ihnen nicht so groß wie beim Menschen. Sie sind mehr Bestandteil der Natur als wir. Sie haben noch Zugang zu dem verlorenen Paradies, so wie diese Frau.

Als Leander hinaustrat auf den Platz vor der Basilika, verebbte das Stimmengewirr. Es schien, als hielte die Menge den Atem an. Dergleichen hatte niemand erwartet, noch jemals gesehen. Oben auf der Freitreppe, die den Justizturm mit dem tiefer liegenden Platz verband, stand zwischen zwei Fackelträgern der Unaussprechliche, bekleidet mit den Insignien der Menschenschlachtung. Daneben, auch mit Gesichtsmaske, sein Knecht Bero, ein Hüne von Mensch, der seinen Herrn um eine Elle überragte.

Auf seinen Armen trug er eine Frau. Sie lag da, leicht und entspannt wie ein schlafendes Kind. Ihr Haar hatte sich aufgelöst und reichte bis zum Boden.

Leander stieg die Stufen hinab. Die Trommler begannen zu schlagen. Gleichzeitig ertönte das Arme-Sünder-Glöckchen von Saint Nazaire. Der Lärm löste die Gaffer aus ihrer Erstarrung. Leander und Bero hatten den Platz zur Hälfte überquert, da wurden die ersten Protestrufe laut.

»Hat die Hexe keine Beine? Dann macht ihr welche!«

»Holt sie aus ihrer Ohnmacht. Wir wollen sie winseln hören.«

»Kaltes Wasser her. Die verstellt sich doch bloß.«

Bero trug sie zu dem Holzstoß auf dem Blutgerüst, neben dem die Vertreter der Kirche, des Rates und der Adelsfamilien bereits warteten. Auch sie blickten verstört auf das seltsame Schauspiel, und aus ihren Gesichtern und Gebärden sprach Ärger: Was in drei Teufels Namen ging hier vor sich?

Leander winkte den Stadtmedikus herbei. Der untersuchte die Leblose und meinte: »Der könnt ihr das Leben nicht mehr nehmen.«

Die Priester schlugen das Kreuz über sie. Dann legte Bero die Tote auf den Scheiterhaufen. Sie lag da wie ein Opfertier. Das Prasseln der Flammen übertönte das Stimmengewirr der Menge, die aus ihrer Enttäuschung kein Hehl machte. Die Leute waren von weit her zusammengeströmt, um eine Hinrichtung zu erleben, und waren nun Zeugen einer Leichenverbrennung.

Zum Ärgernis aller begann es nun auch noch zu regnen, so als wollte der Himmel das Feuer löschen, in dem die Reine verbrannte.

Der flackernde Schein der Flammen leuchtete noch lange und schien bis in den Garten hinter dem Henkersturm. Dort kauerte eine gespenstische Gestalt im Gras, die Arme um den Kopf geschlungen, als verursachte ihr das Licht Schmerz. Der Feuerschein fiel auf eine lederne Maske. Jeder kannte sie in der Stadt: Bero, der Gehilfe des Henkers, das Phantom, der Einzige, der Leander nahe stand. Bei seinem Anblick erstarrten die Menschen wie Mäuse im Angesicht der Schlange. Schaurig, erschreckend schaurig war dieser Unmensch. Das Gesicht zur starren Maske vernarbt, die Augen ohne Wimpern und Brauen, viel zu groß, weil auch Teile der Lider fehlten; die Lippen schorfig und dünn, so dünn, dass die Schneidezähne wie bei einer wütenden Ratte hervorbleckten; die Ohren verstümmelt; die Wangen blaurot, wie von Pocken zerfressen. Dabei war es das Feuer, das ihn so grausam entstellt hatte, so grausam, dass er in der Öffentlichkeit eine Ledermaske trug, was ihn noch unheimlicher erscheinen ließ. Wenn er durch eine Gasse lief, schlossen die Menschen erschrocken Fenster und Türen. Die Kinder, die für gewöhnlich ihren Spaß daran fanden, die Krüppel der Stadt zu verhöhnen, rannten kreischend davon, als wäre der Leibhaftige hinter ihnen her. In Wahrheit war Bero ein gutmütiger Riese von über sechs Fuß Körperlänge, mit breiten Schultern und großen Händen voller Brandflecken. Was ihn vollends unmenschlich erscheinen ließ, war seine Sprachlosigkeit. Er war stumm wie ein Tier, gab aber Laute von sich, die wie Bärengebrumm klangen oder wie das freudige Quieken von Ferkeln oder wie Hundehecheln.

Die Leute in der Stadt erzählten sich, die Kreuzritter hätten ihm die Zunge abgeschnitten, bevor sie ihn auf den Scheiterhaufen schickten. Vielleicht hatte ihm aber auch die Glut oder das Grauen die Sprache genommen.

Leanders Vater hatte Bero von einem Ritt aus Minerve mitgebracht. Seitdem hing das Phantom, wie die Bürger der Stadt ihn nannten, an seinem Meister wie ein Hund an seinem Herrn. Obwohl er selber keine Worte formen konnte, verstand er dennoch die der anderen. Und Leander, dem die Sprache der Tiere nicht fremd war, wusste stets, was sein stummer Begleiter wollte.

Sie ergänzten sich wie zwei Hände an einem Leib, voller Muskelkraft der eine, der andere überlegen durch Geschicklichkeit.

Bero wohnte in der Kammer über dem Pferdestall. Er schien dort nichts zu vermissen. Seine Nahrung holte er sich vom Markt. Das Wenige, das er benötigte, erhielt er dort ohne Bezahlung. Kein Händler hätte gewagt, ihn nach Geld zu fragen. Man betrachtete seine Versorgung als Opfergabe, so wie man der Heiligen Jungfrau Blumen auf den Altar stellte.

»Er ist nicht nur stumm wie ein Tier, er frisst auch wie ein Tier«, erzählten die Marktfrauen. Er rührte grundsätzlich keine gekochten, gebackenen oder gebratenen Speisen an. Zu groß war seine Abneigung vor dem Feuer, das ihn fast verschluckt hätte. Selbst Eier verspeiste er roh. Am liebsten aß er, was auch die Pferde bekamen: in Wasser aufgeweichten Dinkel- und Roggenschrot.

Da auch seine innere Nase vernarbt war, schlief er mit weit geöffnetem Mund und schnarchte dabei so laut, dass es durch alle Wände bis auf die Straße drang.

Wenn er wach war, starrte er mit seinen großen Augen hinter den ledernen Sehschlitzen ins Leere. Dabei bewegte er seinen Oberkörper hin und her wie ein gefangener Bär hinter den Gitterstäben seines Käfigs.

Zurückgekehrt in seinen Wohnturm an der äußeren Stadtmauer öffnete Leander die Ebenholztruhe, die ihm vom Großvater über den Vater vererbt worden war, und holte das Richtschwert hervor. Seine Schneide war blank wie Spiegelglas. Das bartlose Gesicht eines blassen jungen Menschen blickte ihm aus kritisch blinzelnden Augen entgegen. Waren das die Augen eines Menschen, der in den Abrechnungsbüchern der Stadt unter der Bezeichnung Carnifex geführt wurde, was aus dem Lateinischen wörtlich übersetzt »Der Fleischmacher« heißt. Er hatte mehr Ähnlichkeit mit einem Gelehrten oder einem Barden als mit einem Menschenschlächter. Da war mehr Gemeinsamkeit mit den Heiligen und himmlischen Heerscharen auf dem Altarbild in der Stadtkirche als mit den Teufeln, die die Sünder mit glühendem Eisen peinigten. Nur die blauen Augen erinnerten an den Vater, an Luis Latour.

Der hatte das Urbild eines Henkers verkörpert.

Den Verurteilten pflegte er zu sagen: »So wie eure Mutter bei der Geburt dabei war, so werde ich bei eurem Tod dabei sein.«

Nach der Hinrichtung von vier jungen Männern hatte Leander ihn gefragt, wie er so gefasst und so heiteren Sinnes so viel junge Leben auslöschen könne. Und der Alte hatte geantwortet: »Pah, in einer einzigen Mondnacht wird in dieser Stadt mehr Leben gezeugt, als wir heute ins Jenseits befördert haben.«

Auf die Frage, was die Jungen denn verbrochen hätten, gab er zur Antwort: »Das weiß ich nicht. Ich bin nicht ihr Richter, sondern ihr Hinrichter. Ich helfe ihnen aus dem irdischen Leben, so wie der Pfaffe ihnen ins ewige hilft. Unsere Arbeit unterscheidet sich nur wenig von der Arbeit der Bonne mère, der Hebamme. In beiden Fällen handelt es sich um Geburtshilfe von einer Daseinsform in eine andere. Gebären und Sterben sind wichtige Angelegenheiten am oberen und unteren

Ende unseres Lebensfadens, schmerzvoll und blutig wie alle großen Schlachten, die geschlagen werden müssen.«

Die Qualen, die er den Verurteilten zufügte, schienen ihn nicht sonderlich zu belasten. »Diese Menschen haben mit ihren Verbrechen schwere Schuld auf sich geladen. Auf sie wartet die Hölle. Was sind die Schmerzen des Handabhackens oder des Räderns gegen die Torturen des Teufels. Kurz ist das Sterben auf dem Scheiterhaufen, ewig die Qual im Höllenfeuer. Je schmerzhafter die Hinrichtung, umso mehr büßen sie noch zu Lebzeiten von ihrer Schuld ab, umso leichter und kürzer wird ihr Leiden im Fegefeuer sein. Glaube mir, was auf den ersten Blick wie Grausamkeit aussieht, ist in Wirklichkeit Wohltat. Mehr als alle Priester mildern wir ihr Höllenleid.«

Der Alte kannte keine Gewissensbisse. Er hatte das Henkerhandwerk von Kindheit an erlernt.

»Ich frage mich«, hatte er sinniert, »ob der gewaltsame Tod, den wir ausüben, nicht ehrlicher ist als all die Verirrungen unserer christlichen Moral. Wo gibt es das in der Natur, dass ein Geschöpf am Leben erhalten wird, bis es halb blind, taub, lahm und zahnlos sämtliche Gebrechen des körperlichen Verfalls durchlitten hat?« Oder: »Die Natur hat das Altern nicht vorgesehen. Kein Tier stirbt auf freier Wildbahn an Altersschwäche. Wenn ein Hase so alt ist, dass er nicht mehr schnell genug laufen kann, holt ihn der Fuchs. Der gewaltsame Tod ist das natürliche Finale von allem, was da lebt. Gott ist nicht nur der große Schöpfer, sondern auch der oberste Henker.«

Er lebte so, wie er dachte. Mit dem Tod stand er auf gutem Fuß.

Leander musste an den Großvater denken, ein muselmanischer Kamelmetzger aus dem Maghreb, der korsischen Korsaren in die Hände gefallen war. Bei der Belagerung der Stadt Latour, der er seinen Namen verdankte, gehörte er zum Beutegut venezianischer Söldner, die ihn an das Castrum von Lombers verkauften. Eigentlich für den Steinbruch bestimmt, machte man ihn zum Henker, weil der alte Carnifex am Knochenfraß gestorben war und sich keiner fand, der die Arbeit des Scharfrichters übernehmen wollte.

»Verglichen mit der Schufterei im Steinbruch war die Arbeit des Henkers ein leichtes Geschäft. Und was macht es schon für einen Unterschied«, soll der Alte gesagt haben, »ob ich ein Kamel schlachte oder einen Christen?« Mohammed bedeutete ihm mehr als Jesus von Nazareth.

Leander konnte sich nur schwach an den Großvater erinnern. Atta hatten sie ihn ehrfürchtig genannt. Ein geheimnisvolles Dunkel hatte ihn umgeben.

Leander legte das Schwert zurück in die Truhe. Seine Hand strich über das blanke Eisen. Er war der dritte Amtsträger einer fast hundertjährigen Henkersdynastie.

Neben den Hinrichtungen und Leibesstrafen hatte der Carnifex eine ganze Reihe von öffentlichen Pflichten zu erfüllen. In den größeren Städten war er auch Schinder, Abdecker, Hundefänger und Bordellwirt. In Carcassonne unterstanden die Huren dem Bader. Streunende Hunde gab es nicht. Die Arbeit der Schinder und Abdecker aber oblag dem Phantom. Es war Beros Aufgabe, alle Kadaver zu entsorgen. Die meisten verfütterte er an die Raben. Wenn in irgendeiner Gasse ein Tier verendete, so wurde das von den Rabenvögeln mit lautem Geschrei angekündigt. Dann machte sich Bero auf den Weg, um das tote Getier zu holen. Auf einem zweirädrigen Karren zog er es in den Garten zwischen Henkersturm und Stadtmauer. Die kahlen Äste der abgestorbenen Platane waren schwarz vor Raben, wenn er mit seiner Fracht dort aufkreuzte. So gierig erklang das Gezeter, dass die Pferde in dem angrenzenden Stall verängstigt an ihren Halftern rissen.

Dann unterbrach der Schmied beim Osttor sein Hämmern, und der Schreiner legte den Hobel aus der Hand. Die Menschen in den Gassen blieben stehen. Selbst der Priester schlug schaudernd ein Kreuz: Memento mori!

4. Kapitel

Papst Gregor IX. hatte sich nur widerwillig dazu bereit erklärt, noch am gleichen Tag den Abt von Clermont zu empfangen. Jetzt hatte er sich in sein Privatgemach im Lateranspalast zurückgezogen, um dort den Reisebericht des späten Besuchers anzuhören. Gregor liebte diese Stunde des Cherubim; so nannte er die Zeitspanne, in welcher der Tag in der Dämmerung versinkt. Halbdunkel erfüllte den mit Teppichen verhängten Raum. Die weiße Robe des Heiligen Vaters leuchtete wie Muschelkalk. Hager, vom hohen Alter gebeugt, thronte Gregor in dem kunstvoll geschnitzten Sessel. Nur wenige Tage trennten ihn von seinem neunzigsten Geburtstag. Er spürte den Todeskeim in sich. Die Schauer der nahen Vollendung streiften seine Seele. Ihm blieb nicht mehr viel Zeit. Schweiß perlte auf seiner Stirn. Die Augen geschlossen, verharrte er in fast völliger Bewegungslosigkeit, während seine Gedanken zurückeilten. Es war ein langer Weg, und er hatte ihn zu höchster Höhe geführt: Stellvertreter Gottes auf Erden, höchster Richter der Völker, Sonne, um die die Planeten der irdischen Herrscher kreist, Caput mundi.

Seine Gedanken beschworen die Großen, die ihm vorausgegangen waren – lebendige Schatten, unsterbliche Tote: Petrus, der Fels, auf dem die Kirche ruhte; Paulus, der die kleine jüdische Sekte zur erdumspannenden Idee erhoben hatte; Augustinus, der als Erster das Wort vom Gottesstaat ausgesprochen hatte; und übergroß und mächtig Papst Gregor VII., welcher der Kirche zur höchsten Macht verholfen hatte. Sie alle waren ihm auf dem dornenreichen Weg vorausgegangen. Er war nur ein Baustein in der Kathedrale des Christentums. Aber so mächtig dieses Gotteshaus auch aufragte, so bedroht war es ständig von äußeren Kräften.

Da war Kaiser Friedrich II., der sich Romanorum Caesar semper Augustus nannte und sogar Felix Victor ac Triumphator Mundi, Herr der Welt. Ein Anspruch, der einer Gotteslästerung gleichkam.

Die größte Gefahr aber ging von den aufkeimenden Ketzerbewegungen aus, den Katharern und Albigensern. Er hatte sie exkommuniziert, hatte ihnen die kirchlichen Gnadenmittel verweigert: keine Taufe, keine Kommunion, keine gültige Eheschließung, kein letzter Trost im Tod. Nichts hatte genutzt. Sie hatten ihn ausgelacht:

> O Rom, du frisst uns das Fleisch vom Gebein,
> führst uns in den Abgrund wie blindlings hinein.
> Gottes Gebote hast du schmählich entstellt.
> Mit Gier vergibst du Sünden für Geld.
> O wie gewaltig ist die sündige Last,
> die du aufs Haupt dir geladen hast!

Die christliche Ritterschaft hatte er gegen sie zu Hilfe rufen müssen. Unkraut muss brennen! Das Kranke muss weg! Mit Feuer und Schwert sollten sie in die Gemeinschaft des christlichen Abendlandes zurückgeführt werden. Ihre Städte gingen in Flammen auf. Die Einsichtigen kamen mit öffentlicher Kirchenbuße davon; die Unbeugsamen erlitten den Tod. Schreckliche Dinge geschahen. Ungeheuerlich war, was sich in Béziers ereignet hatte. Weil die Bürger sich weigerten, ihre Stadt dem Heer der Kreuzritter zu übergeben, wurden sie alle erschlagen: Männer, Frauen und Kinder, siebentausend an der Zahl. Die alten Hände des Papstes krampften sich wie im Schmerz zusammen, als er an die Verwüstungen und die Grausamkeit der aus aller Welt zusammengelaufenen Soldateska dachte.

»Herr, Dein Reich ist teuer erkauft«, murmelten seine blutleeren Lippen. »Aber der Kampf um den ungestörten Frieden des Gottesstaates darf nicht ruhen. Es rütteln zu viele Ketzer an den Grundfesten der Kirchenmacht.«

Schon einige Male war das erzene Becken vor der Tür angeschlagen worden. Da keine Antwort erfolgte, trat schließlich der Diener in das Kabinett. Er trug eine Öllampe, deren Schein die Dämmerung verdrängte.

»Vergebt, Heiliger Vater«, sagte er, »der Abt von Clermont Henri de Marcy und seine Begleiter bitten um Audienz.«

Mit einer kurzen Handbewegung gab Gregor sein Einverständnis.

Die hereingelassenen Männer beugten ihr Knie vor dem Stellvertreter Gottes und nahmen auf den bereitstehenden Stühlen Platz. Gregor betrachtete sie mit unbewegtem Gesichtsausdruck: »Was habt ihr Uns zu berichten?«

Der Abt von Clermont erhob sich und sagte: »Das Ketzertum im Süden der Provence ist aus der Asche wieder auferstanden wie der Vogel Phönix. Wenn diese Pestilenz sich weiter ungehindert ausbreitet, halte ich einen zweiten Kreuzzug für unumgänglich.«

»Quod deus avertat, was Gott verhüten möge! Kommt zur Sache. Was habt Ihr Uns zu berichten?«

»Begleitet von mehreren Bischöfen und weltlichen Herren hatte ich Gelegenheit, mich mit eigenen Augen von der wieder aufkeimenden Häresie in der Provence zu überzeugen. Sie ist schlimmer als befürchtet. Toulouse bereitete uns einen Empfang, der Böses ahnen ließ. Die Bürger zeigten johlend mit Fingern auf uns, so als wären wir Ausgeburten der Hölle. Sie beschimpften unsere Bischöfe, nannten sie Schandbuben und Heuchler. Wir flüchteten in unsere Quartiere und predigten anderen Tags vor der Hauptkirche zu dem versammelten Stadtvolk.«

Der Abt legte eine Pause ein, um zu sehen, welche Wirkung seine Worte auf den Papst ausübten. Der gab durch ein Handzeichen zu verstehen, dass der andere mit seinem Bericht fortfahren solle.

Die näselnde Stimme mit okzitanischem Akzent war ermüdend. Zudem quälte ihn seit Tagen wieder die Podagra. Gregor blickte auf seine gichtknotigen Hände mit den rostgelben Altersflecken und dem Anulus piscatoris, dem goldenen Papstring, den schon Könige und Kaiser geküsst hatten, die sichtbare Verkörperung der Macht, die Gott ihm verliehen hatte.

»Sprecht weiter!«

»Nach unserer Predigt forderte ich sie zu einem friedlichen Streitgespräch über den wahren Glauben auf. Keiner meldete sich. Die verwilderten Hunde hatten sich in Maulwürfe verwandelt.«

»Das ist gut so«, sagte der Heilige Vater.

»Was ist daran gut?«

»Oderint, dum metuant; wenn sie uns schon nicht lieben, so sollen sie uns wenigstens fürchten. Aber fahrt fort. Lasst Euch durch meine Bemerkungen nicht aufhalten!«

»Ich ließ mir von kirchentreuen Bürgern eine Liste der vermeintlichen Häretiker aufstellen und griff mir dann den angesehensten und reichsten heraus, einen gewissen Pierre Maurand, Besitzer mehrerer Häuser in der Stadt. Meine Vorladung ließ er unbeantwortet. Er gab erst nach, als der Graf von Toulouse ihm befahl, unverzüglich zu erscheinen. Den Grafen hatten unsere Bischöfe unter Druck gesetzt. Aus früheren Verhören wussten wir, wie man diese Katharer zum Reden bringt.«

»Und wie macht Ihr das?«, wollte der Papst wissen.

»Weigert sich der Befragte, sein Bekenntnis zum rechten katholischen Glauben abzulegen, so ist er als Katharer entlarvt. Dieser Pierre Maurand zierte sich zunächst mit Ausflüchten, gab dann aber nach. Ich ließ Reliquien und Hostien herbeiholen, bei deren Anblick unsere Kleriker die Gnade des Heiligen Geistes anriefen und in Tränen ausbrachen. Der Verdächtige aber verweigerte unseren heiligen Reliquien den Respekt. Er war der häretischen Überzeugung, dass das Abendmahl nicht der Leib Christi sei. Er wurde sofort von uns ergriffen und eingekerkert.«

»Und das alles geschah so ganz ohne Widerstand?«

»Ganz ohne allen Widerstand. Trotz der immer noch weit verbreiteten Häresie verfügt die Kirche mit dem Grafen als weltlichem Arm in Toulouse über autoritäre Macht.«

»Dieser Mensch verdient unsere Unterstützung.«

»Er hat sie. Er bat den Heiligen Stuhl um die Auflösung seiner Ehe.«

»Sie sei ihm gewährt.«

»Ihr habt sie ihm bereits gewährt«, sagte der Abt.

»Ja, gewiss.« Der Papst nickte, als erinnerte er sich. »Ja, gewiss doch.«

»Wir ließen die Gelegenheit nicht verstreichen, an dem stadtbekannten Maurand ein Exempel zu statuieren. In einer besonders demütigenden Zurschaustellung wurde der reiche und stolze Mann nackt und barfuß durch die Gassen geführt, die Hände in Schulterhöhe festgeschraubt in der Schandgeige, eine entehrende Kappe mit Eselsohren auf dem Kopf und das entblößte Geschlecht mit Henna rot eingefärbt wie ein Affenpenis.«

»Musste das sein?«, fragte Gregor angewidert.

»Es musste sein. Wer Gott verleugnet, stellt sich auf die Stufe des Tieres und wird entsprechend behandelt. So ging es bis zur Abteikirche Saint Sernin, wo er vor den Augen der ganzen Stadt mit Ruten gegeißelt wurde. Danach erfolgte die Verkündigung, dass seine Güter beschlagnahmt seien, dass seine Burg geschleift werden würde und er als Buße eine dreijährige Pilgerreise nach Jerusalem anzutreten habe. Die harte Strafe verfehlte nicht ihre Wirkung. Von Stund an wurde uns der gehörige Respekt erwiesen. Womit ich noch einmal meine Forderung wiederholen möchte, in der Provence härter durchzugreifen. Der römische Politiker Cato pflegte seine Reden vor dem Senat mit dem Hinweis zu beenden, dass Karthago zerstört werden müsse: Ceterum censeo Carthaginem esse delendam! Meine Forderung lautet: Ceterum censeo Katharem esse delendam. Im Übrigen bin ich der Meinung, das Katharertum muss vernichtet werden, mit Stumpf und Stiel und so bald wie möglich.«

»Aber das haben wir doch bereits getan«, meinte Seine Heiligkeit. »Wir tun seit einem halben Jahrhundert nichts anderes. Schon das dritte Laterankonzil schickte ein Kreuzritterheer nach Toulouse, unter Führung des Abtes Heinrich von Clairveaux – wenn ich nicht irre –, um dort mit Feuer und Schwert dem wahren Glauben zu seinem Recht zu verhelfen. Das war vor sechzig Jahren.«

»Ergebnislos, wie wir alle wissen«, sagte Kardinal Crispiano.

»Diese Schlangenbrut hatte sich eine besonders raffinierte Art von Widerstand ausgedacht. Sie unterwarfen sich scheinbar, um nach dem Abzug unserer Kreuzritter zu ihrem ketzerischen Glauben zurückzukehren.«

»Dreißig Jahre später unter Innozenz III. haben wir sie dann aber der gerechten Strafe zugeführt.«

»Und wieder haben wir sie nicht ausrotten können«, widersprach Crispiano. »Mit zwanzigtausend Rittern und zweihunderttausend Mann Fußvolk sind wir gegen Okzitanien marschiert. Wir haben Béziers erobert. Die Stadt starb in einem Meer aus Feuer und Blut. Carcassonne wurde belagert und eingenommen, Montreal, Fanjeaux, Limoux, Castres, Lombers und Albi. Wir haben alles niedergemacht, alles außer ihrem Glauben. Mit Waffen ist diesen Ratten nicht beizukommen. Wir haben mit unseren Kreuzzügen mehr Rechtgläubige als Ketzer erschlagen.«

»Der Papst ist alt geworden«, sagte Henri de Marcy nach dem Gespräch zu dem weißhaarigen Kardinal Segni. »Ihr kennt ihn länger als ich. Was für ein Mensch ist er?«

»Ja, ich kenne ihn schon sehr lange. Ich hatte die Ehre, ihm einige Male in Padua, Piacenza und Mailand zu begegnen. Damals hieß Seine Heiligkeit noch Hugo von Ostia. Ich halte ihn für einen äußerst leidenschaftlichen, willensstarken Mann, der seine Ziele mit Energie verfolgt. Eigenartig und unbegreiflich erschienen mir jedoch immer seine Hingabe und wahrhaft kindliche Verehrung, die er den wandernden Brüdern der Minoriten entgegenbringt. Der stolze und unbeeinflussbare Mann wird demütig wie ein gehorsamer Mönch, wenn er einem der Jünger des Franziskus oder Domenikus gegenübersteht. Dieser Mensch ist voller Gegensätze. Er hat mir vor Jahren von einer Prophezeiung berichtet, die ihn quält.«

»Was für eine Prophezeiung?«

»Er hat nur bruchstückhaft von ihr gesprochen. Ein Kind aus dem Hause Davids, vom Stamm Christi, ein Merowingerspross habe die Macht, das Papsttum zu Fall zu bringen. Zu seiner Amtszeit würde es geboren, in Okzitanien. Daher sein Interesse an Eurem Bericht und an allem, was dort unten im Süden geschieht.«

»Glaubt Ihr an solchen Unfug?«

»Hoch auf einsamem Gipfel der Majestät wird der Mensch vom Hauch unbegreiflicher Mächte gestreift. Daran glaubt auch Kaiser Friedrich. Sein Hofastrologe Michael Scotus hat ihm prophezeit, er würde *sub fiore*, unter Blumen, enden. Der Kaiser hat das so gedeutet, dass von Florenz Gefahr ausgeht. Die Stadt ist ihm so unheimlich wie dem Heiligen Vater die Katharer.«

Am Abend des darauf folgenden Tages fragte Gregor im Kreis seiner Berater: »Was sind das für Menschen, diese Katharer?«

Als er nicht gleich eine Antwort erhielt, wandte er sich an seinen Neffen, den jungen Kardinal Crispiano, dem er schon aus familiärer Verbundenheit mehr vertraute als allen anderen. »Sind sie wirklich so gottlos und verkommen, wie man sagt?«

»Verkommen? Nein. Verkommen sind sie ganz gewiss nicht.« Der Kardinal strich sich über seinen kurz gestutzten Kinnbart. Dabei schloss er die Augen, so als suchte er die rechten Worte. Und als ihm so schnell nichts einfiel, wiederholte er seinen letzten Satz: »Nein, verkommen sind sie nicht.«

»Aber alle Welt berichtet mir, dass sie die reinste Höllenbrut seien«, sagte Gregor.

»Wollt Ihr hören, was alle Welt sagt, oder wollt Ihr die Wahrheit hören?«

»Wer kennt schon die Wahrheit?«

Eine Frage, die Gottes Stellvertreter auf Erden nicht stellen sollte, dachte Crispiano, behielt den ketzerischen Gedanken aber für sich und sagte: »Bernhard von Clairveaux war zweimal in Südfrankreich, um den Katharern zu predigen, wie Ihr wisst erfolglos und dementsprechend erbost über sie. Aber was er über sie berichtet, klingt mehr nach Bewunderung als nach Verdammnis.«

»Bewunderung?« Gregor neigte seinen hageren Leib weit über die Tischplatte seinem Neffen zu, als traue er seinem Gehör nicht. »Der heilige Bernhard hat mit Bewunderung von ihnen gesprochen? Was hat er über sie gesagt?«

»Sie seien auffallend tüchtige und ordentliche Leute: Weber, Händler, Hirten und Bauern, in Gemeinschaft mit ehemaligen Geistlichen. Sie selber kennen keine Priester, nur Reine. Das sind Laien – Männer wie Frauen –, die sich durch vorbildliche Lebensführung auszeichnen. Obwohl diese Reinen in strengster Askese leben, erlauben sie ihren Anhängern mehr Freiheiten, als wir es tun, weil sie – so sagen sie – durch ihr opfervolles Leben die Schuld der anderen auf sich nehmen.«

»Ein bequemes, sündiges Leben, das am Ende durch ein falsches Sakrament geheiligt wird«, warf der alte Geistliche ein, den sie innerhalb der Kurie Re-Leone, König der Löwen, nannten. Seine Worte waren wie Prankenschläge. Er verzog angewidert sein faltiges Greisengesicht. »Sie leugnen die Taufe und das Abendmahl, weil unwürdige Priester unfähig seien, heilige Handlungen zu vollziehen. Sie sagen, das Bekennen des Glaubens sei kein Verdienst. Sündenbekenntnisse könnten nichts wieder gutmachen. Nur vorbildliche Lebensführung würde zählen. Priester seien Menschen wie alle anderen auch. Kirchen seien nutzlose Steinhaufen, in denen weder Gott noch die Heiligen anwesend wären. Das Kreuz …«

»Das alles haben wir bereits vernommen«, unterbrach ihn Gregor. »Aber was hat Bernhard von Clairveaux über sie gesagt?«

»Er hielt sie für Vorbilder der klösterlichen Zucht und Ordnung. Sie treten dafür ein, nicht zu heiraten, sondern das Fleisch von der Begehrlichkeit zu befreien. Niemanden hassen. Gleichgesinnte lieben. Von seiner Hände Arbeit leben, beten und fasten. Ora et labora. Nicht nur zur Fastenzeit verzichten sie auf Fleisch, sondern ständig. Am Ende ihres irdischen Daseins entsagen sie sogar allen Speisen, um sich zu Tode zu fasten und den Märtyrertod in aller Seligkeit auszukosten. Vor die Wahl gestellt, ihrem Glauben abzuschwören oder verbrannt zu werden, gehen sie erschreckend freudig in den Feuertod, erfüllt von der Gewissheit auf ein ewiges Leben.«

»Das klingt gut. Wo ist der Pferdefuß?«

»Sie halten die Welt für eine Schöpfung Satans. Moses ist für sie ein Werkzeug des Teufels. Die Fleischwerdung Christi betrachten sie als eine Art Sündenfall. Im Kreuz sehen sie nicht das sichtbare Zeichen des Trostes und der Rettung, sondern das Symbol von Satans Macht auf Erden.«

Kardinal Adriano Lugano, ein Neffe des päpstlichen Vorgängers Coelestin, hatte seine Vorwürfe gegen die Bugomilen – wie er die Katharer nannte – mit sichtbarer Erregung vorgetragen. Der Abscheu stand ihm ins Gesicht geschrieben.

»Sie leugnen das Jüngste Gericht und die Höllenstrafen für Sünden. Ja, sie versteigen sich sogar in der schwachsinnigen Vorstellung, mit der Erschaffung der irdischen Welt habe das Jüngste Gericht bereits stattgefunden. Wer aber glaubt, dass ihn keine Höllenstrafe mehr erwartet, weil er sich hier auf Erden schon in der Hölle befindet, dem ist mit Androhung von Höllenstrafen nicht mehr beizukommen. Weder Bußen, Kirchenstrafen noch Exkommunikation vermögen ihn zu schrecken. Er benötigt weder Sakramente noch Gnadenvergabe. Taufe, Beichte, Abendmahl – er braucht das alles nicht mehr.«

»Einer, der die Sündenvergebung der heiligen Kirche nicht anerkennt«, sagte der alte Re-Leone, »ist auch nicht bereit, den Zehnten an uns zu zahlen. Damit aber entzieht die katharische Häresie unserer Kirche die irdische Grundlage und bringt die gottgewollte Ordnung aus dem Gleichgewicht. Eine schlimmere Bedrohung für Rom hat es nie gegeben. Und sie greift schneller um sich als die Pest. In Südfrankreich werden die Erzdiözesen Narbonne, Bordeaux und Bourges vom Katharismus bedroht. Toulouse, Albi und Carcassonne sind immer noch infiziert. Auch im Norden Frankreichs, vor allem in Burgund, in der Champagne und in Flandern, mehrt sich ihr Einfluss, in Nevers, in Troyes, in Besançon, in Metz, in Reims, in Rouen, in Arras und vielen anderen Städten. Sie machen sich in Spanien breit und auf der englischen Insel. In den deutschen Landen findet man sie am Rhein entlang vor allem in den Bischofsstädten, aber auch an der Donau. Wien und Passau sind wichtige Mittelpunkte der Häresie. Ihr wahres Paradies aber ist Norditalien von Mailand bis Udine, von Como bis Viterbo. Eine weltweite Verschwörung.«

»Warum wenden sich all diese Menschen von Gott ab?«, fragte Gregor IX. »Was wollen sie?«

»Sie sagen: Wer eine Treppe kehren will, muss oben beginnen. Und wer mit oben gemeint ist, brauche ich Euch wohl nicht zu erklären. Hier lodert ein Feuer, das wir ersticken müssen, bevor es die ganze Erde in Brand steckt. Principiis obsta, wehret den Anfängen! Es ist besser, ein fauliges Glied zu verlieren als das Leben.«

Gregor fragte: »Was macht diese Christusleugner so anziehend, dass ihnen die Menschen in Scharen zulaufen? Liegt das wirklich nur an den Verfehlungen und Schwächen unserer Priester? Nein. Woher nehmen sie die Kraft, das Martyrium so furchtlos auf sich zu nehmen? Welches Geheimnis verbirgt sich hinter dieser ketzerischen Geheimlehre? Wir müssen es herausfinden – so schnell wie möglich.«

»Und wie stellt Ihr Euch das vor?«, fragte der alte Re-Leone. »Menschen, die bereit sind, für ihren Glauben zu sterben, sind schlechte Verräter.«

»Wenn es uns nicht gelingt, einen der ihren zu gewinnen, so müssen wir einen von uns in ihre Organisation einschleusen.« Gregor wandte sich an seinen Neffen Crispiano: »Geh und finde mir den rechten Mann!«

5. Kapitel

Gleich nach dem ersten Morgengebet hatten die Klosterfrauen den Garten aufgesucht, um das sonnige Wetter, das seit zwei Wochen herrschte, zu nutzen. In zahlreichen Beeten wuchsen Pfefferminze, Fenchel, Salbei, Rosmarin, Lattich, Majoran, Myrte und all die anderen Heilkräuter, die in den Schriften des Hippokrates und des Galenus von Pergamon so löblich empfohlen werden. Während die Mönche einen großen Teil ihres Lebens schreibend im Skriptorium verbrachten, widmeten sich die Klosterfrauen vor allem der Heilkunde. Ihr Skriptorium war die Klosterapotheke. Natürlich gab es auch bei ihnen eine Bibliothek. Ein Kloster ohne Bücher war wie ein Garten ohne Blumen. Aber es waren Schriften wie die *Materia medica* des römischen Medikus Dioskurides, der tausend Heilmittel, Salben und Kräuter beschrieben hat. Da lag das *Lorscher Arzneibuch* neben dem *Hortulus* des Klosters Reichenau, ein Lobgesang auf dreiundzwanzig Kräutlein in Gedichtform.

Schon die Novizinnen lernten, dass gegen Schlangenbiss der Saft der weißen Lilie hilft, dass Wermut Fieber vertreibt, dass Schlafmohnsirup den Schmerz betäubt. Die Medizin sorgt für den Leib, die Religion für die Seele, so stand es bei Hildegard von Bingen, dem großen Vorbild aller Klosterfrauen.

Die Arbeit im Garten war nur ein Teil der klösterlichen Heilkunst. In den Laboratorien wurden die Elixiere, Salben, Säfte und Tees angefertigt, die weit über die Klostermauern hinaus begehrt waren. Dazu wurden auch Materialien verwendet, die nicht im eigenen Garten wuchsen: Sandelholz, Muskatnuss, Zimt, Einhornpulver und andere arabische Wirkstoffe, wie

Avicenna sie beschrieben hat, vom getrockneten Schlangenfleisch bis zum Magneteisenstein. Das alles musste gemahlen, gemischt, gekocht, getrocknet und richtig gelagert werden.

Damit nicht genug, mussten Bücher geführt werden, Rezepturen, Bestell- und Versandlisten. Lateinische, griechische und arabische Texte waren zu studieren und zu übersetzen. Die hierfür zuständigen Nonnen wurden scherzhaft Vermis librorum genannt, die Bücherwürmer. Solch ein Wurm war Thekla.

Sie stammte aus einer Familie von niederem Adel, eine stolze Horde, die mit Tod und Teufel paktierte, Draufgänger, die nur das Faustrecht anerkannten. Raubkrieg und Hetzjagd waren ihre Hauptbeschäftigung. Was sich wehrte wurde niedergemacht. Das Geraubte und Erjagte wurde mit vollen Händen wieder ausgegeben. Sparsamkeit, Zucht und Keuschheit galten als Schafstugenden für Pfaffen, Pfeffersäcke und Spießbürger. Die Burgen, in denen sie mit ihrem Gesinde hausten, wimmelten von unehelichen Kindern, und niemand schämte sich ihrer. Die Männer waren es gewohnt zu nehmen, was ihnen gefiel. Ihr Appetit schien unersättlich zu sein. Vergewaltigung gehörte zum Alltag. Sie griffen sich das beste Stück Fleisch aus der Schüssel, tranken laut schmatzend aus einem Humpen, der von Mann zu Mann weitergereicht wurde. Was unter den Tisch fiel, fraßen die Hunde. Dazu erzählten sie sich wilde Geschichten, voller Kampf und abergläubischem Gräuel. Würfel wurden geworfen, Wetten abgeschlossen. Sie lachten über Späße, je derber, umso besser.

Die Frauen waren wenig geachtet. Kein Wunder, dass viele Zuflucht ins Kloster nahmen. Bei allem Fortschritt der Frauenorden, blieb die alte Standestradition erhalten. In den meisten Klöstern wurden nur adlige Mädchen aufgenommen, getreu dem Grundsatz der Hildegard von Bingen, die auf die Frage, warum nur Damen von Adel Aufnahme fänden, geantwortet hatte: »So wie man Kühe, Rösser, Schafe und Schweine nicht in einem Stall hält, so soll man auch nicht die Angehörigen verschiedener Stände in einer Herde hüten; sonst regieren Stolz, Schande und Zwietracht. Was Gott getrennt hat, soll der Mensch nicht zusammenführen.«

Wäre Thekla von höherer adeliger Geburt oder wenigstens mit reicher Mitgift gesegnet gewesen, sie hätte alle Voraussetzungen für eine gute Äbtissin erfüllt. Sie war willensstark, klug und zuverlässig-treu. Im Gegensatz zu den meisten Mädchen ihres Ordens, die ungefragt und häufig gegen ihren Willen zu Bräuten Christi gemacht worden waren, hatte sie sich für das Kloster entschieden, weil sie selbst es so wollte.

Ausschlaggebend dafür war vor allem ihr unbezähmbarer Drang, das Schicksal selbst in die Hand zu nehmen, sich nicht zur Haussklavin eines Mannes machen zu lassen.

Sie beherrschte mehrere Sprachen, kannte sich in der Kräuterkunde und Krankenpflege aus. Vor allem aber verfügte sie über eine vorzügliche Beobachtungsgabe und einen scharfen Verstand. Als sie im Herrensitz reitend von der Äbtissin gerügt worden war, das sei widernatürlich, antwortete sie: »Widernatürlich ist es, dass Männer nicht im Damensattel reiten. Der Herrensitz ist der weiblichen Natur viel gemäßer, weil es da nichts gibt zwischen uns und dem Pferdrücken, das wir uns einklemmen könnten.«

Im zarten Alter von zwölf Jahren hatte sie ihren Eltern mitgeteilt, sie wolle eine Braut Christi werden. Niemand hatte Einspruch erhoben. Der Priester, der sie getauft und gefirmt hatte, meinte: »Sie ist die geborene Nonne«, und dachte dabei an den Satz des Catull: Casta quam nemo rogavit. Die ist keusch, die von keinem begehrt wird.

In diesem Punkt irrte er sich jedoch. Von Natur aus heißblütig, wehrte sie sich mit jeder Faser ihres Herzens gegen die Vertreibung aus dem Paradies der kindlichen Unschuld. Wie eine Raupe, die kein Schmetterling werden will, tat sie alles, um nicht erwachsen werden zu müssen. Mit verschärftem Fasten gelang es ihr lange Zeit, die Menses hinauszuschieben. Als am Ende die Natur triumphierte, nahm sie den Schleier.

Die Novizenzeit war entbehrungsreich. Die Gänge des Klosters hallten vom Husten der jungen Nonnen. Es wurde viel und früh gestorben.

Bei der Weihe erhielt sie den Namen der Erzmärtyrerin Thekla, der treuen Begleiterin des Apostel Paulus, die in den heiligen Büchern stets mit einem Löwen dargestellt wird. Nomen est omen.

Der Morgen begann rein und kühl. Es war einer jener Herbsttage, an denen man sich glücklich fühlt, ohne sich darüber groß Gedanken zu machen. Im Klostergarten blühten die Cosmeen, Astern und Rosen. Ein Eichhörnchen war damit beschäftigt, die Haselnüsse vom Kiesweg aufzulesen, die der Wind in der Nacht von den Bäumen geschüttelt hatte. Aus dem geöffneten Tor der Kapelle ertönte der Gesang der frommen Frauen. Ein Bild ungetrübten Friedens.

Doch, was war das? Ein wehklagender Laut erfüllte die Luft, langsam anhebend und immer stärker werdend, bis er in höchstem Diskant abbrach, so schaurig anzuhören, dass das Eichhörnchen erschreckt das Weite suchte. Das Winseln erhob sich aufs Neue, noch lauter und schriller. Katzen mögen so schreien, wenn sie Schmerzen erleiden, Katzen oder kleine Kinder.

Der Chorgesang verstummte. Nonnen mit wehenden Gewändern eilten herbei, bekreuzigten sich, redeten aufgeregt durcheinander. Das Höllengeheul kam aus dem Schafstall.

Es war Thekla, die sich als Erste hineinwagte. Er war leer, denn die Tiere befanden sich alle auf dem Feld. Als sich ihre Augen an das Halbdunkel gewöhnt hatten, sah sie an der Rückwand des Raumes, wo sich das Heu zu einem hohen Berg aufhäufte, eine schwarze Gestalt, ein Schaf, wie sie glaubte. Es wälzte sich am Boden und gebärdete sich, als sei es verletzt. Dabei stöhnte es zum Steinerweichen. Als Thekla näher kam, sah sie, dass es ein Mensch war, eine Ordensfrau.

Gütige Mutter Gottes, nicht schon wieder, schoss es Thekla

durch den Kopf. Erst vor ein paar Wochen hatte diese höllische Raserei im Kloster gehaust wie eine ansteckende Seuche. Vier Nonnen hatte sie befallen. Die Mädchen hatten sich die Gewänder zerfetzt, die Brüste zerkratzt und geschrien, dass es einem das Herz zerriss. In der jungen Nonne, die sich zu Theklas Füßen am Boden wälzte, erkannte sie eine der Frauen, denen der herbeigerufene Exorzist nach tagelangem Ringen den Teufel aus dem Leib getrieben hatte. Wollte der Dämon schon wieder Besitz von ihr ergreifen? Die Augäpfel verdreht, dass nur das Weiße zu erkennen war, Schaum vor dem Mund und das Gesicht zur Fratze verzerrt, so bäumte sie sich mit durchgedrücktem Rücken auf.

»Holt den Exorzisten, Don Sebastiano«, befahl die Äbtissin. »Rasch, bevor der Inkubus sie umbringt.« Sie ließ sich neben der jungen Nonne auf die Knie nieder, kam aber sofort wieder hoch, streckte die Hände von sich und stammelte: »Blut! Sie liegt in ihrem Blut!«

Nun sahen es auch die anderen Ordensfrauen, die herbeigeeilt waren und die Rasende umstanden. Die Äbtissin hob den Rocksaum, bis das weiße Fleisch der Schenkel zum Vorschein kam. Die junge Nonne wollte sich wehren, versuchte sich aufzurichten.

»Haltet sie!«

Zwei der Klosterfrauen ergriffen ihre Arme und Schultern, drückten sie nieder, wie sehr sie auch strampelte. Die Äbtissin schob den Rock höher. Ein Aufschrei!

Ein rotes Rinnsal lief ihr die Beine hinab: Wie Blut auf weißem Schnee.

»Der Teufel hat sie entjungfert!«

»Der Inkubus – er hat ihr die Unschuld geraubt. Wie kann das sein?«

»Heilige Jungfrau, Mutter Gottes, steh uns bei!«

Die Ordensfrauen fielen alle auf die Knie und verbargen wehklagend ihre Gesichter in den Händen.

»Hier wurde nicht einer Jungfrau die Unschuld geraubt, hier

wurde ein Bastard in die Welt gesetzt«, sagte die Äbtissin. Sie erhob sich mit einem schleimigen Klumpen in ihren Händen, den sie angewidert und mit weit ausgestreckten Armen von sich hielt. »Eine Fehlgeburt, nur wenige Wochen alt. Seht sie euch an! Nichts demonstriert die Ekelhaftigkeit der Geschlechtlichkeit mehr als dieser Homunkulus mit schleimigem Fischleib und dem Kopf einer Kröte. Seht nur, seine Froschfinger! Das ist der Mensch, gezeugt und geboren zwischen Kot und Urin, schleimklebrig und mit Sünde behaftet, nur ein Vieh ohne die Gnadenmittel der allein seligmachenden Kirche Christi.«

Angeekelt warf sie den Fötus in die Jauchegrube und ging davon, ohne sich noch einmal umzudrehen.

Die junge Nonne wurde noch in der gleichen Nacht einem hochnotpeinlichen Verhör unterworfen. Sie schwor bei allen Heiligen, dass sie nie bei einem Mann gelegen habe. Außer von Don Sebastian sei sie von keinem berührt worden. Der habe sie bei der Teufelsaustreibung vor einem Jahr entkleidet und mit Ruten geschlagen. »Dabei geschah so vieles mit mir, das ich nicht kannte. Ich dachte, das müsse so sein.«

Die Äbtissin hatte genug gehört. Zu Thekla sagte sie anderen Tages auf der Fahrt zum Ordensgeneral des Klosters: »Schwangerschaft, vor allem die unerwünschte, ist eine grauenvolle Erfahrung für jede Frau. Sie erniedrigt uns zum Tier. Die Seele gehört Gott, aber der Rest von uns unterliegt dem unerbittlichen Gesetz des Fleisches. Der weibliche Körper hat von Natur aus nur eine Bestimmung: die Schwangerschaft. Die demütigende Seite dieser Tatsache bekommt die Frau am ärgsten zu spüren. Das so genannte Wunder der Geburt ist in Wirklichkeit nichts als die Natur, die ihren Willen durchsetzt, ohne Rücksicht auf uns.«

Die Äbtissin lehnte sich in dem offenen Zweispänner zurück. Die Augen geschlossen, die Hände im Schoß gefaltet, sah sie aus, als ob sie betete. »Es geschieht nicht oft, dass uns der Ordensgeneral zu sich ruft. Es muss sich um eine Angelegenheit von großer Wichtigkeit handeln.«

Sie sah besorgt aus, als fürchtete sie Schlimmes.

»Die Teufelsaustreibung…«

»Kein Wort davon«, unterbrach sie Thekla. »Vorgänge im Kloster unterliegen der Schweigepflicht. Kein Wort davon, hörst du. Lass mich sprechen. Halte du dich zurück!«

»Das werde ich. Denn er will ja Euch sprechen. Ich bin nur Eure Begleitung.«

»Du irrst dich. Ich bin dir zur Begleitung mitgegeben. Er will dich sprechen.«

»Mich? Wieso mich?«

»Die Frage kann dir nur der General beantworten.«

Jetzt war es Thekla, die besorgt aussah. Was wollte der Ordensgeneral von einer wie ihr?

Die Komturei lag gleich hinter dem Stadttor beim Töpfermarkt. Ein Wachtposten mit aufgepflanzter Hellebarde verstellte den Frauen den Weg zum Eingang. »Zu wem wollt ihr?«

»Zum Ordensgeneral. Er erwartet uns.«

Der Posten winkte einen Pagen herbei, der sie über eine Freitreppe und einen langen Gang zum Audienzzimmer führte. Bevor die Frauen Gelegenheit fanden, im Vorraum die Deckenmalereien zu bewundern, wurde eine Flügeltür geöffnet. Der Ordensgeneral kam ihnen mit ausgebreiteten Armen entgegen. Da war keine Spur von Verstimmung oder gar Zorn. Thekla nahm zur Kenntnis, dass der Äbtissin ein Stein vom Herzen fiel. Ein breites Lächeln glättete die Sorgenfalten auf ihrer Stirn.

»Gut, dass ihr so schnell gekommen seid. Ich hoffe, die Fahrt war nicht allzu beschwerlich.«

Er bat sie in sein Arbeitszimmer. Die Wände waren mit Teppichen verhängt. Ein langer Tisch mit einer geschnitzten Marienfigur darauf beherrschte den Raum. In dem einzigen Sessel dahinter nahm der Hausherr Platz. Besucher hatten grundsätzlich zu stehen. Den beiden Frauen wurde kühles Wasser aus einem Steinkrug angeboten. Die Früchte in der silbernen Schale auf dem Tisch wagten sie nicht anzurühren.

Der Ordensgeneral legte wie im Gebet die Handflächen aneinander. Es waren schöne Hände. Er war überhaupt ein gut aussehender Mann, wie Thekla feststellte. Ein wahrer Aristokrat: gütig und klug, streng mit seinen Untergebenen und hart gegen sich selbst. Er sagte: »Obwohl das eigentlich keiner besonderen Erwähnung bedarf, möchte ich dennoch ausdrücklich darauf hinweisen: Alles, was hier besprochen wird, unterliegt der Schweigepflicht gegenüber jedermann. Es handelt sich um eine Mission, um eine sehr wichtige und geheime Mission. Seine Eminenz, Kardinal Crispiano, Neffe des Heiligen Vaters, wie ihr wisst, sucht eine absolut zuverlässige Person zum Ausspionieren der Katharer.«

»Und was haben wir damit zu schaffen?«, fragte die Äbtissin.

»Der Kardinal ist zu Recht der Meinung, dass sich für diese delikate Aufgabe eine Frau besser eignet als ein Mann. Weil unsere Kirche eine männliche Gesellschaft ist, werden diese Häretiker nicht damit rechnen, dass wir ihnen einen weiblichen Spion schicken. Dabei kommt uns zugute, dass sie ihren Frauen Zugang zu allen Ämtern gewähren. Wir suchen eine, die sich als Katharerin ausgibt und eine Weile unter den Häretikern lebt. Wir wollen in Erfahrung bringen, was dieser ketzerische Geheimbund im Schilde führt, was diese Menschen im Verborgenen treiben.« Er blickte Thekla in die Augen. »Wir haben dabei an dich gedacht.«

»An mich? Warum an mich?«

»Du hast einen scharfen Verstand und eine gute Beobachtungsgabe. Du sprichst mehrere Sprachen, auch okzitanisch, wie man mir mitgeteilt hat. Du bist jung und robust. Du kannst lesen und schreiben, vor allem aber bist du eine Ordensfrau. Das setzt Treue und Opferbereitschaft voraus.«

»Unsere Tugend ist Treue und Demut«, sagte die Äbtissin.

»Demut ist bisweilen nicht weniger lebensfeindlich als Hochmut«, belehrte sie der Ordensgeneral. »Was wir hier brauchen ist Mut.«

Er wandte sich an Thekla und meinte: »Wir werden dich in der Lehre der Katharer unterweisen, bis dir ihre Sitten und Gebräuche geläufig sind.«

»Wann wollt Ihr damit beginnen?«, fragte die Äbtissin.

»Noch in diesem Monat. Die Angelegenheit duldet keinen Aufschub.« Der General erhob sich zum Zeichen, dass das Gespräch beendet war. »Alles Weitere wird euch mein Sekretär mitteilen.«

Thekla nahm zur Kenntnis, dass sie nicht gefragt worden war.

Auf der Heimfahrt von Piacenza nach Cremona besprachen die beiden Nonnen ausführlich die geheime Mission.

»Der Kardinal ist ein gestrenger Herr«, sagte die Äbtissin. »Gib Acht, dass du ihn nicht erzürnst. Aber ich bin sicher, dass keine von uns diese Aufgabe so gut bewältigen würde wie du. Die Mutter Gottes sei mit dir!«

Am Schluss kam sie noch einmal auf die Angelegenheit zu sprechen, die ihr anscheinend am meisten am Herzen lag: »Eine Fehlgeburt in unserem Haus – das dürfen wir so nicht hinnehmen.«

»Was soll mit Clarissa geschehen?«

»Mit Clarissa? Wieso mit Clarissa? Sie wurde doch wohl vergewaltigt, oder?«

»Ich weiß nicht«, sagte Thekla. »Kann man von einem Mann genommen werden, ohne dass man es merkt? Das muss man doch wahrnehmen. Aber vielleicht war sie von Sinnen?«

»Ja, von Sinnen«, nickte die Äbtissin.

»Wie meint Ihr das?«

»Nicht alle Frauen verkraften die Enthaltsamkeit. Sie werden zu Bräuten Christi im fleischlichsten Sinne des Wortes und erleben ihre Hingabe als dämonische Besessenheit. In dieser Verfassung sind sie willfährige Opfer für einen geschickten Verführer wie diesen Don Sebastiano. Er wird es wieder tun, wenn wir ihm nicht das Handwerk legen.«

»Aber wie?«

Sie lehnte sich zurück und sagte nach einer Weile angestrengten Nachdenkens: »Mir wird schon etwas einfallen. Ich bin es meinen Mädchen schuldig.«

Beichtvater Don Sebastiano, gebürtiger Lombarde, war äußerlich mehr Vater als Verführer, mehr fleischiger Kapaun als heißsporniger Hahn. Aber so wie stille Wasser als tief gelten, so sind auch bisweilen die, die so aussehen, als könnten sie kein Wässerchen trüben, die schlimmsten Schlammlöcher.

Er war weder klein noch groß, weder fett noch hager, nicht einmal alt oder jung. Auffallend an ihm waren seine fröhlich-flinken Knopfaugen und seine wulstigen, stets feuchten Lippen, die er bei Aufregung wie ein Karpfen vorstülpte, bereit zum Schmatzen und Saugen. Er verbreitete um sich eine Aura von auffälliger Sauberkeit. Es hieß, dass er sich nicht nur den Leib mit Wasser wasche, sondern auch seine Zähne nach jeder Mahlzeit mit einer Gänsefeder reinige. Damit aber war er im Gegensatz zu seinen Mitmenschen so geruchlos, dass die Hunde ihn verwirrt anbellten, sobald sie in seine Nähe gerieten. Manche hielten ihn auch für tugendlos. Hatte nicht der Kirchenvater Hieronymus gelehrt, eine reine Haut offenbare eine schmutzige Seele, und Waschungen oder gar Vollbäder seien das Fundament aller fleischlichen Sünden. Wie nicht anders zu erwarten, hatte Hieronymus Recht. Die Verführung der Ordensfrauen war der offensichtlichste Beweis. Die Äbtissin machte sich bittere Vorwürfe. Wie konnte sie solch einen Beelzebub als Teufelsaustreiber an ihre Mitschwestern heranlassen? Sie hätte den Fall dem Ordensgeneral melden können. Aber was hätte das gebracht? Es wäre zu einer peinlichen Untersuchung gekommen mit dem Resultat, dass eine ihrer Nonnen bei einem Mann gelegen hatte. Daran war nicht zu zweifeln, wohl aber daran, dass ein angesehener Geistlicher wie Don Sebastiano sich zu solch schändlicher Tat hatte hinreißen lassen. Es gab keine Beweise gegen ihn. Er würde alles abstreiten, und der Makel bliebe an den Nonnen haften. Dennoch war die Äbtissin nicht bereit, diesen Angriff auf die Ehre ihres Hauses kampflos hinzunehmen.

»Dieser eitle Hahn wäscht sich wie ein Pharisäer«, sagte sie nach der Lesung im Kapitelsaal.

»Wieso wie ein Pharisäer?«, wollte Thekla wissen.

Die Äbtissin schlug die vor ihr liegende Bibel auf und las aus dem Markus-Evangelium: »›Die Pharisäer und einige Schriftgelehrte, die aus Jerusalem gekommen waren, hielten sich bei Jesus auf. Sie sahen, dass einige seiner Jünger ihr Brot mit unreinen, das heißt mit ungewaschenen Händen aßen. Die Pharisäer essen nämlich wie alle Juden nur, wenn sie sich vorher die Hände gewaschen haben, wie es die Überlieferung der Alten vorschreibt.‹«

Sie klopfte mit dem Zeigefinger auf das Buch der Bücher und fuhr fort: »Wie Jesus darüber dachte, steht hier bei Lukas: ›Nach dieser Rede lud ein Pharisäer Jesus zum Essen ein. Jesus ging zu ihm und setzte sich zu Tisch. Als der Pharisäer sah, dass er sich vor dem Essen nicht die Hände wusch, war er verwundert. Da sagte der Herr zu ihm: Oh, ihr Pharisäer, ihr haltet zwar Becher und Teller außen sauber, innen aber seid ihr voll Schmutz und Bosheit.‹«

Sie schlug die Bibel zu und sagte: »Wir werden diesem Pharisäer die Bosheit austreiben. Ersticken soll er im Schmutz.«

Zwei Tage vor Peter und Paul erschien nach dem Abendläuten ein Bote bei Don Sebastiano mit der dringenden Bitte, er möge sofort ins Frauenkloster kommen, da sich eine der jungen Nonnen in wilder Raserei die Kleider vom Leibe reiße. Don Sebastiano raffte sein Exorzistengerät zusammen und eilte, so schnell ihn die Füße trugen, zur Klosterpforte, wo ihn die Äbtissin schon erwartete. »Voscienza sia benedetta. Seid gesegnet, Euer Ehren. Kommt rasch! Sie liegt im Schafstall.«

Sie überquerten den Hof. Vor der Stalltür sagte Don Sebastiano: »Ihr müsst draußen bleiben. Zur Austreibung des Inkubus muss ich mit der Besessenen allein sein.«

Ich weiß auch, warum, dachte die Äbtissin. Sie öffnete ihm

die Tür und zeigte nach rechts in den halbdunklen Raum: »Dort hinten auf dem Heu liegt sie, mit zerrissenem Gewand. Bis vor kurzem hat sie noch geschrien. Gewiss ist sie ohnmächtig. Könnt Ihr sehen? Soll ich Euch führen?«

»Nein. Schließt die Tür hinter mir. Und sorgt dafür, dass ich nicht gestört werde.«

Die Äbtissin legte von außen ihr Ohr gegen die Tür: ein splitterndes Geräusch, ein erschreckter Aufschrei. Dann Patschlaute wie Schläge auf nackter Haut oder, nein, wie Plantschen im Wasser: Patsch, patsch, patsch. Rief da nicht jemand um Hilfe? Es hörte sich an wie die gurgelnden Schreie eines Ertrinkenden.

Die Äbtissin schlug ein Kreuz und sagte: »Quando finisce, finisce. Wenn es zu Ende geht, geht es zu Ende.« Dann eilte sie beschwingten Schrittes zur Kapelle, um der Schutzpatronin des Klosters, der heiligen Sophia, eine Kerze zu stiften.

Als im Frühjahr die Jauchegruben der klösterlichen Ställe geleert wurden, fand man die fast vollständig verwesten Gebeine eines Menschen.

»Er muss in den Schacht gefallen sein«, sagte die Äbtissin. »Obwohl das eigentlich nicht denkbar ist, denn der Schacht ist mit Brettern zugedeckt. Und überhaupt, was hatte der Mensch in unserem Schafstall zu schaffen?«

Ohne die Gerätschaften, die bei dem Toten lagen, wäre niemand auf den Gedanken gekommen, dass es sich um den seit Monaten vermissten Don Sebastiano handeln könnte.

»Wenn ein Mann mit solchem Sauberkeitswahn in einer stinkenden Jauchegrube umkommt, so kann nur der Teufel dahinterstecken«, meinte die Äbtissin. Und die musste es ja wissen.

6. Kapitel

Carcassonne lag in tiefem Schlaf. Der Himmel mondlos und schwer von Wolken. Die Gassen menschenleer wie der Kirchhof zur Mitternacht. Selbst der Wind war eingeschlafen. Nur oben hinter einem Fenster im Henkersturm brannte noch Licht. Der Nachtwächter auf seinem Rundgang blickte hoch zu dem hellen Viereck und dachte kopfschüttelnd: Was der wohl dort oben treibt, mitten in der Nacht? Ob es wahr ist, was die Leute behaupten? Sie sagen, er schläft nie. Wer so viel Blut vergossen hat wie er, findet keinen Schlaf, irrt ruhelos umher wie Judas, der den Herrn verriet.

Oben im Turm saß Leander in seiner Studierstube, vor sich eine brennende Kerze. Er betrachtete sie wie ein Kind, das zum ersten Mal ein Licht sieht. Er griff nach der Kerze und neigte sie mehr und mehr, bis er sie waagrecht in der Hand hielt.

Wie kommt es, dass die Flamme immer senkrecht nach oben zeigt? Wie sehr wir die Kerze auch neigen oder fast auf den Kopf stellen, die Flamme steigt immer auf. Fällt nicht alles nach unten? Selbst ein Ding, so leicht wie eine Schneeflocke fällt zur Erde. Aber die Flamme steigt senkrecht in die Höhe. Wie ist das möglich?

Die Welt ist voller Wunder, welche die Menschen hinnehmen, ohne darüber nachzudenken. Würde ein schwerer Stein nach oben schweben, wäre das für die Leute Magie. Aber keiner staunt darüber, dass alle Dinge nach unten fallen. Ist das nicht auch ein Wunder? Warum tun sie das? Welche Kraft bewirkt das?

Das größte Rätsel aber ist der Mensch aus Körper und

Seele. Aber wie stecken die ineinander? Was der Körper gut findet, ist meist nicht gut für die Seele. Und was die Seele stark macht, schwächt den Körper, wie das Fasten und die Einsamkeit.

Die Empfindungen unserer Seele sind frei. Gedanken und Träume verlassen unseren Leib. Niemand kann sie einkerkern. Man sperrt den Körper eines Menschen ein, aber man lässt ihn träumen und mit seinen Gedanken frei umherschweifen.

Der Leib kann nicht ohne die Seele leben. Er zerfällt. Kann die Seele ohne den Körper leben? Wenn ja, wo und wie? Und wo befindet sie sich in unserem Körper?

Wenn einem Menschen der Kopf abgeschlagen wird, so lebt er noch für sehr kurze Zeit, bewegt Arme und Beine, rollt mit den Augen. Was denkt er in diesem Moment? Denkt er: Dort liegt mein Körper. Oder denkt er: Dort liegt mein Kopf? Wo ist der Sitz unserer Seele? Im Gehirn oder im Herzen, wie es uns Sprache und Religion lehren, wenn wir herzlich handeln, beherzt oder herzlos, herzhaft und von ganzem Herzen?

Beim Tod eines Menschen sagt man: Der hat seinen Geist aufgegeben. Müsste es nicht heißen: Der hat seinen Leib aufgegeben?

Womit erinnern wir uns? Wo steckt all das, was wir wissen? Im Gehirn oder im Herzen? Das hieße im Fleisch. Aber unser Fleisch verändert sich im Lauf unseres Lebens. Der Leib eines Kleinkindes ist ein völlig anderer als der eines Alten. Was also erinnert sich in uns? Dass Verletzungen am Gehirn unser Gedächtnis schmälern, ist kein Beweis dafür, dass dort unser Bewusstsein wohnt. Wenn einem Musiker das Instrument zerstört wird, schadet das zwar der Musik, aber nicht der Größe des Meisters.

Leander liebte seine Henkerstätigkeit nicht. Ein Metzger, dem das Töten Freude bereitet, ist kein Metzger, sondern ein Teufel. Leander nutzte das Vorrecht des Tötens, das ihm durch Geburtsrecht verliehen worden war, zur Befriedigung seines Wissensdurstes.

Zum Schrecken des ganzen Abendlandes hatte Kaiser Friedrich den Medizinscholaren von Palermo zwei Hingerichtete pro Jahr zu Studienzwecken genehmigt. Zu Recht hat der Papst diesen Kaiser mit dem Bann belegt, so ereiferten sich die Pfaffen von den Kanzeln. Wie kann man einen Christenmenschen zerschneiden, als wollte man ihn verwursten? Welch fürchterliches Sakrileg! Musste man nicht einem Menschen, der durch Unglück einen Fuß oder Finger verloren hatte, die abgetrennten Körperteile mit ins Grab legen, damit er am Jüngsten Tag unversehrt leiblich wieder auferstehen konnte? Leander ließen solche Skrupel kalt. Er sagte sich: Wenn es die Kirche gutheißt, dass den Verurteilten Kopf und Gliedmaßen abgehackt werden, so ist nicht einzusehen, warum man dem entseelten Leib nicht antun darf, was man bei dem lebendigen für notwendig erachtet. Innerhalb weniger Jahre hatte er sich mehr Kenntnisse über den menschlichen Körper angeeignet als all die Wurzkrämer, Zahnbrecher, Urinpropheten und Starstecher, die gemeinsam mit dem fahrenden Volk auf den Jahrmärkten auftraten und sich Ärzte und Heilkundige nannten.

Er kannte diese Pfuscher gut. Sie kamen zu ihm, um von ihm Blut, Fett, Haut und Leber von Hingerichteten zu kaufen. In gebildetem Latein hieß das dann *Adeps hominis,* Armer-Sünder Fett, oder *Cranium humanorum,* geraspelte menschliche Hirnschale, oder *Oleum ossium humanorum,* Öl aus Menschenknochen, lauter abergläubischer Unfug wie *Cervi genitale,* Hirschpenis, und *Epar ursi,* Bärenleber.

Leander würde nie vergessen, wie der Stadtschreiber von einem dieser Quacksalber fast umgebracht worden wäre. Der Doktor hatte den Bedauernswerten, der an Kopfschmerz und Verstopfung litt, ein Klistier verabreicht und ihn dann mit Stricken an den Füßen hochgezogen. So hing er mit dem Kopf nach unten, bis er bewusstlos wurde. Erst dann hat er ihn wieder heruntergelassen. Der Ärmste musste sich so heftig erbrechen und den Darm entleeren, dass es aus ihm hervorbrach wie aus einem Fass, dem man gleichzeitig beide Böden ausgeschlagen hat. Bei der brutalen Prozedur wurde dem Stadtschreiber das Hüftgelenk ausgerenkt, das Leander wieder richten musste, weil der Medikus erklärte, für so simple Tätigkeit sei er nicht zuständig.

An der Universität von Montpellier zerschnitten sie lebendige Frösche und Katzen, um an ihnen den Blutstrom oder die Muskelbewegung zu studieren. Sie stachen einem Storch die Augen aus, um herauszufinden, ob auch ein blinder Zugvogel fortfliegt. Nie hätte sich Leander zu solchen Grausamkeiten hinreißen lassen. Seine Studienobjekte mussten nicht sterben oder leiden. Sie hatten durch eigene Schuld ihr Leben verwirkt. Ihre Körper waren nach rechtmäßig vollzogener Verurteilung Abfall für den Schindanger und die Raben. Leander hatte viele Leichen zerschnitten, um in ihren Leibern zu lesen wie in einem Buch.

Er dachte an den Spießgesellen, der vier Fuhrleute beraubt und erschlagen hatte, ein junger Bursche, hoch gewachsen und abgemagerter als ein alter Jagdhund. Er hing am Galgenholz wie eine grüne Bohne. Im Schutz der Nacht hatte Bero ihn vom Galgen geholt und heimgekarrt. Ein Leichtfuß, dem man nicht viel Fleisch von den Knochen schneiden musste, um Gelenke und Bänder zu studieren.

Der Bursche hatte einen Schwanz wie ein Esel und stank übler als ein Ziegenbock.

Als Leander den Bauch aufschnitt, quollen ihm die Gedärme dampfend warm entgegen, Blut floss, und im gleichen Augenblick fing der Elende an zu schreien und wollte sich auf dem Steintisch aufrichten. Leander dachte mit Schaudern daran, wie er versucht hatte, ihn niederzuhalten. Vergeblich. Am Ende musste Bero ihn mit einem Faustschlag betäuben. Eine Ewigkeit hatte er damit verbracht, den Halbtoten wieder zuzunähen, ständig in Furcht, er könnte wieder aufwachen. Aber er kam nicht mehr zu sich. Bei Tagesanbruch war er tot.

Du hast ihn ermordet, sagte die Stimme seines Gewissens.

Nein, wehrte er sich. Ich hatte den Auftrag, ihn zu töten. War es meine Schuld, dass diese Bohnenstange zäher als eine Katze war? Und dennoch, er hatte daraus gelernt. Dergleichen war ihm nie wieder passiert.

Wenn schon Henker, dann wenigstens ein guter.

Im Gegensatz zu allen anderen Menschen hatte er ein vertrautes Verhältnis zum Tod. Er ist mein Dienstherr, pflegte er zu sagen.

Abgesondert von seinen Mitmenschen, fühlte er sich mit den Tieren brüderlich verbunden. Seit seiner frühesten Kindheit sprachen die Tiere zu ihm, nicht mit Wörtern, sondern mit inhaltsschweren Empfindungen, so wie sie uns von der Musik übermittelt werden. Er verstand, was seine befellten und gefiederten Freunde mit ihren Lauten und Gesten von sich gaben. Die Raben, die im Gebälk seines Turms hausten, sprachen zu ihm wie die Bienen, die er sich im angrenzenden Kräutergärtlein hielt. Und die Tiere verstanden ihn.

Im Käfig beim Turmfenster knackte Minerva mit ihrem Schnabel: »Ich will fliegen und fressen.« Die Waldohreule hockte mit aufgeplustertem Gefieder auf ihrer Stange, die Federohren aufgestellt wie Hörner. Leander öffnete den Käfig. Lautlos glitt der Eulenvogel heraus. Mit weichem Flügelschlag umkreiste er die Lampe, bevor er im Dunkel der angrenzenden Räume verschwand. Als er nach einer Weile wieder heranschwebte, hielt er eine junge Ratte in den Fängen: »Schau, was ich gefangen habe.«

»Gesegnete Mahlzeit«, sagte Leander. Er mochte die Ratten nicht. Nicht weil sie ihm die Vorräte auffraßen. Er war es gewohnt, sein Brot mit den Tieren seiner Umgebung zu teilen. Die Ratten aber hatten die unangenehme Angewohnheit, alle Lebensmittel mit ihrem Urin zu besudeln und auch die Dinge zu zernagen, die völlig ungenießbar waren: Kleider, Schuhe und alte Schriften, sogar Kerzen und hölzernes Küchengerät. Außerdem stahlen sie den Raben die Eier und den Bienen den Honig.

Totenstille herrschte im Turm. Es war die Stunde des Holzwurms. Leise, kaum vernehmbar, aber unaufhörlich pochte es im Holz der Möbel und Deckenbalken. »Die Totenuhr«, flüsterten die Menschen, wenn sie das Klopfen vernahmen. Leander wusste, der kleine Käfer trommelte nur im Dienst der Liebe. Er rief sehnsuchtsvoll nach einem Weibchen. In seinen dunklen Bohrgängen schlug er mit seinem harten Kopf gegen die Wand in einer für die Menschen so schwer verständlichen Sprache wie das Geigen der Grillen oder das Schluchzen der Nachtigallen. Aber die Botschaft war klar. Sie stand im Buch der Bücher: »Es ist nicht gut, dass ein Geschöpf allein sei.« Leander lag auf seinem Bett und lauschte der Liebesklage aus dem Holz. Sie erfüllte ihn mit Sehnsucht, weckte Träume und Wunschbilder, Lüste, quälend und süß. Wenn er sich in solchen Nächten Befriedigung verschaffte, stellte er sich vor, wie atemberaubend es sein müsste, geküsst zu werden. Fleischliche Erfüllung war Lust, die man sich auch eigenhändig verschaffen konnte; wer aber vermag sich selbst zu küssen.

7. Kapitel

Zwei berittene Büttel brachten die junge Frau zum Kerker von Carcassonne. Sie saß zwischen ihnen im Sattel, als sei sie ihre Herrin und nicht ihre Gefangene. Ihr Haar hatte sich während des langen Ritts gelöst und wehte im Wind. Die Anstrengung hatte ihre Wangen gerötet. Sie war noch sehr jung, höchstens siebzehn Jahre alt. Leander glaubte, nie eine schönere Frau gesehen zu haben. Ihm war, als habe er ihr Bild schon immer in sich getragen. Ein Wiedererinnern an vormals Verlorengegangenes, so erschien es ihm.

Beatrice Lauran schlug ihn vom ersten Augenblick an in ihren Bann.

Rabenschwarzes Haar streichelte Stirn und Wangen, verlor sich in seidiger Fülle in ihrem Nacken, fiel hinab bis auf den Rücken des Pferdes. Ein knöchellanges helles Gewand umhüllte ihren hoch gewachsenen Körper, schmiegte sich an ihre gewölbte Brust und umflatterte ihre Knie wie eine Fahne im Wind. Ihr wie gewaltsam geschlossener Mund demonstrierte Trotz, Hochmut, aber auch Anmut und Hunger nach Zärtlichkeit. Die Augen mutig und zögernd zugleich, scheu und leidenschaftlich. Leander ahnte, wohin er auch gehen würde, der Blick dieser Augen würde ihn nicht mehr loslassen.

Der Zauber, der von ihr ausging, schlug selbst ihre Bewacher – zwei raue Burschen aus den Pyrenäen – in den Bann. Sie halfen ihr vom Pferd und behandelten sie mit dem Respekt, den man normalerweise einer Dame entgegenbringt.

Leander war um seine Ruhe gebracht. In der Nacht fand er keinen Schlaf. Am liebsten wäre er hinabgestiegen in den Kerker, um sie durch den verborgenen Sehschlitz zu betrachten.

Aber dort unten war es in dieser mondlosen Nacht stockfinster. Und Fackellicht hätte seine Anwesenheit verraten.

Er sehnte sich nach ihr und fürchtete sich zugleich davor, sich in ihren Augen zu verlieren. Er war wie gelähmt. Ein heiliger Schrecken hatte seine Seele erfasst, ein schauderndes Erstaunen.

Im ersten Morgenlicht suchte er das Gefängnis auf. Sie stand hinter der Tür, als habe sie ihn erwartet. Sie erschien ihm noch schöner als in seiner nächtlichen Phantasie.

Später konnte er sich an kein Wort erinnern, das er mit ihr gewechselt hatte, nur an den warmen, mädchenhaften Klang ihrer Stimme. Und an ihre Augen, ihre schwermütigen, dunklen Augen.

Wie konnte er töten, was er mehr als alles andere zu besitzen wünschte? Voller Unruhe lief er durch die dunklen Räume seines Turms, der ihm seit dem Tod des Vaters allein gehörte. Nie kamen Menschen hier herauf. Zu groß war das Grauen vor dem Carnifex. Nur eine einzige Frau hatte hier gelebt. Das lag lange zurück. Sie war gestorben, als Leander noch in den Windeln lag. Sie lebte in seinen Träumen. Er trug das Bild der Mutter im Herzen. Und dieses Traumbild war dem Bildnis der jungen Frau unglaublich ähnlich. Wie konnte er sie hinrichten, ersäufen, so wie man Ratten erledigt! Der Gedanke erschien ihm wie Mord.

Aber war nicht auch diese Beatrice Lauran eine Mörderin, eine Hexe, die anderen das Leben genommen hatte? Konnte man das glauben? Ein Geschöpf wie ein Engel?

Aber was wusste er schon von den Frauen, wie sie wirklich waren, was sie dachten und empfanden? Eine Welt, zu der er keinen Zugang hatte. Seine Erfahrung mit dem weiblichen Geschlecht beschränkte sich aufs Töten. Nie hatte er Zuneigung oder gar Liebe erlebt, nur Angst und Entsetzen in ihren Augen gelesen. Nachts, wenn er wach lag, stellte er sich vor, wie beglückend es sein müsste, von einer Frau – von der richtigen Frau – geliebt zu werden. Eine Umarmung, ein Kuss –

wie oft hatte er davon geträumt. Und dieses Mädchen im Kerker, dem er das Leben nehmen würde, war die Richtige. Er spürte es mit jeder Faser seines Körpers.

Er lief durch die Räume seines Wohnturms. Der Wind heulte um die Zinnen, rüttelte an Fensterläden und Regenrinnen, fuhr fauchend in den Kamin, so dass die Glut erschreckt aufloderte. Und je länger er umherlief, umso einsamer und verlassener fühlte er sich.

»Henker sind wie einsame Wölfe«, hatte der Alte immer gesagt. Aber ihm schien das nicht viel auszumachen. »Jeder Mensch ist allein auf der Welt. Wenn du das einmal begriffen hast, mein Sohn, tut dir das Alleinsein nicht mehr weh.«

Leander hatte Zuflucht in seinen Träumen gesucht. Er lebte getreu dem Grundsatz: Du bist nicht arm, weil deine Träume sich nicht erfüllen; arm ist, wer nicht träumt.

Bisweilen träumte er von seiner Mutter, von liebevollen Berührungen und von einem Lied, das sie ihm sang, wenn sie ihn in den Schlaf wiegte. Wie zärtlich war ihre Stimme. Und auch sie war eine Mörderin. Sie hatte einen Menschen erschlagen, einen Knecht und zwei Hunde, mit einem Eichenknüppel. Wenn der Alte darüber sprach, leuchteten seine Augen voll Stolz. Was für eine Frau! Sie war die uneheliche Tochter des Herzogs Almarich von Arras, einem direkten Nachkommen der Merowinger. Ein stolzer Herr, der sich nicht viel um seine Kinder kümmerte, weder um seine ehelichen noch um seine Bastarde. Er wurde bei der Belagerung einer Burg bei Viviers von dem Geschoss einer Steinschleuder erschlagen. Mutter wuchs auf einem Landgut in der Auvergne heran, wo sie die Schafe hütete. Dabei geschah das Entsetzliche. Der Graf von Auxerre, ein leidenschaftlicher Jäger und rücksichtsloser Haudegen, geriet während einer Treibjagd mit seiner Meute in die Schafherde, für die Mutter verantwortlich war. Die Hunde hausten unter den Lämmern wie die Wölfe. In wilder Verzweiflung erschlug die junge Hirtin erst zwei Hunde und dann einen Treiber, der ihr den Knüppel entreißen wollte. Um den Jungen hat keiner getrauert, aber die Hetzhunde waren des Grafen ganzer Stolz. Er soll sie mehr geliebt haben als seine Söhne.

Tod durch das Schwert lautete das Urteil des gräflichen Kammergerichts. Blut schreit nach Blut!

»Als sie sie brachten, sah sie schlimm aus«, wusste der Alte zu berichten. »Sie hatten die Hunde auf sie gehetzt. Trotzdem war sie das schönste Mädchen, dem ich je begegnet bin. Ich habe ihre Wunden versorgt, habe sie gepflegt wie ein krankes Kind. Sie hat mich mit ihren großen Augen angeschaut und gefragt: ›Warum tust du das? Warum opferst du deine Zeit und versuchst zu flicken, was du in ein paar Tagen eigenhändig wieder zerstören wirst.‹«

Er hatte ihr kein Haar gekrümmt. Sie war sein Weib geworden. Denn da gab es dieses ungeschriebene Gesetz aus karolingischer Zeit. Die Augen des Alten leuchteten, wenn er seinem Sohn die aufregende Geschichte erzählte. Leander hatte sie oft genug gehört:

»Mit aufgepflanzten Hellebarden mussten die Männer der Stadtwache das Schafott vor dem Andrang der Massen schützen, ein Meer von Köpfen und wild gestikulierenden Händen. Sie hingen wie die Trauben an Mauervorsprüngen, Erkern und Zinnen. Jeder wollte einen Blick auf das blutige Schauspiel werfen. Selbst Stelzen und Leitern waren im Einsatz. Der Büttel und seine Knechte mussten dem Henker eine Gasse durch die menschliche Flut bahnen. Da war Lärmen und Schreien wie auf einer Kirchweih. Ich wusste, dass es Ärger geben würde, als ich das Blutgerüst bestieg. Die nackten Arme auf der Brust verschränkt, erwartete ich die Verurteilte. In einem zweirädrigen Fahrzeug mit einem Maulesel davor wurde sie herbeigekarrt, aufrecht stehend wie ein antiker Wagenlenker. Selbst das Arme-Sünder-Kleid aus grober Jute vermochte nicht den tiefen Eindruck zu mindern, den das Mädchen hinterließ. Als sie durch die Menge fuhr, waren keine Zwischenrufe zu hören. Da war nur das Rattern der eisenbeschlagenen Räder auf dem Kopfsteinpflaster und das Geschrei der Raben vom Tour de Prison. Der Karren fuhr bis dicht an das Schafott heran. Ich reichte der jungen Frau die Hand, und sie sprang leichtfüßig zu mir herüber, als bestiege sie ein Boot, als wäre der Verlust des Lebens die selbstverständlichste Sache der Welt. Furchtlos stand sie neben dem Hauklotz aus Eschenholz, daneben der Korb mit Sägemehl, der ihren abgeschlagenen Kopf aufnehmen würde.«

An dieser Stelle machte der Alte immer eine längere Pause, um seine Worte auf die Zuhörer wirken zu lassen.

»Schon hatte der Priester von der Basilika Saint Nazaire das Blutgerüst bestiegen, um der Verurteilten geistlichen Beistand zu spenden, als ich die Hand hob, zum Zeichen, dass ich etwas sagen wollte. Die eintretende Stille war erschreckend. Selbst die Raben verstummten. Und dann tat ich etwas, das ich noch niemals zuvor auf dem Schafott gemacht hatte: Ich nahm die Maske vom Gesicht und entledigte mich meiner Handschuhe. ›Hört mich an!‹, rief ich. ›Es gibt ein Gesetz, so alt wie die Mauern dieser Stadt. Und dieses Gesetz verleiht dem Henker das Recht, um eine Verurteilte zu freien. Die Werbung hat auf dem Schafott, vor den Augen aller zu erfolgen. Erhört sie mich, ist sie mein rechtmäßig angetrautes Weib und frei von aller Schuld.‹ Ich wandte mich dem Mädchen zu und fragte: ›Willst du mein Eheweib werden, so antworte laut und deutlich mit Ja.‹ Und in das atemlose Schweigen von vielen hundert Menschen ertönte Mutters helle, mädchenhafte Stimme: ›Ja, ich will.‹ Dann brach ein unbeschreibliches Getöse los, eine wilde Mischung aus Enttäuschung über die entgangene Hinrichtung, aus Freude über die unerwartete Wendung, aus Spott und Häme, dass sich eine junge Adelige dem Carnifex ausgeliefert hatte, um ihre schöne Haut zu retten. Die Überraschung war vollkommen. Selbst der Priester, der nicht wusste, ob er Trost oder Segen spenden sollte, stand da mit offenem Mund, als sei er Zeuge eines Wunders. Und glaubt mir, es war ein Wunder!«

Daran musste Leander jetzt denken. Auch er könnte von dem Gesetz Gebrauch machen. Ein Geschöpf wie sie zur Gefährtin – welch ein Gedanke! Was aber, wenn sie nein sagt? Welche Frau will schon einen Henker?

Je länger Leander darüber nachdachte, umso mehr kam er zu dem Schluss, dass er sie nicht fragen würde. Denn wenn sie nein sagte an der Richtstätte, so müsste er sie töten. Er war sich ganz sicher, dass er alles in seinen Kräften Stehende tun musste, um sie zu retten. Was will die Liebe anderes als das Glück des geliebten Menschen? Schönheit, wirkliche Schönheit hat ein Recht darauf zu blühen und unvergänglich zu leuchten wie das Glück, das sie schenkt.

Am Abend ging Leander zu ihr. Sie kauerte in der Ecke der Zelle wie ein junges Tier, das auf seine Schlachtung wartet, die Augen voller Angst. Sie erschien ihm im Fackellicht noch verlockender als bei Tag. Sie betrachteten einander, ohne zu sprechen. Nach einer Weile fragte Leander: »Du weißt, was dich erwartet?«

Sie nickte schweigend.

»Tod durch Ertränken, so lautet das Urteil, das ich an dir vollstrecken soll.«

Wieder nickte sie wie ein folgsames Kind.

»Es gehört zu meinen Pflichten, dich darüber aufzuklären, was dich erwartet. Kurz nach Sonnenaufgang wird der Priester zu dir in die Zelle kommen, um dir die Beichte abzunehmen. Dann wird dich der Henkersknecht auf den Schinderwagen heben. Sie werden dich zu den Feuerlöschteichen karren. Dort wird man dich mit dem Kopf voran – an Händen und Füßen gefesselt – in einen Hafersack stecken. Man wird dich mit Steinen bewehrt ins Wasser stoßen und erst wieder herausziehen, wenn feststeht, dass du deine Seele ausgehaucht hast.«

»Dauert das lange?«

Als Leander mit der Antwort zögerte, sagte sie: »Ich will es wissen.«

Leander dachte an das qualvoll langsame Sterben der Frauen im kalten Wasser. Manche mussten mehrmals untergetaucht werden, weil ihr Lebenswille stärker war als der Tod. Er dachte an die junge Frau, die auf dem Weg zum Totenacker wieder zu sich gekommen war. Mit einem Hanfstrick hatten sie sie erdrosseln müssen. Er dachte an das endlos erscheinende Sterben der Erstickenden und log: »Es geht schnell, sehr schnell.«

Sie schlug die Hände vor ihr Gesicht. Ihre Schultern zuckten im Schmerz. Leander trat einen Schritt näher an sie heran, wollte helfen, trösten. Voller Entsetzen fuhr sie vor ihm zurück: »Fass mich nicht an! Lass mich allein, bitte!«

Tränen traten ihr in die Augen. Sie wischte sie fort und versuchte zu lächeln: »Vielleicht ist das ja alles nur ein böser Traum, aus dem ich gleich erwachen werde.«

Ein böser Traum, aus dem ich gleich erwachen werde. Der Satz ging Leander nicht mehr aus dem Sinn.

Er lief durch seinen Turm, wie er es immer tat, wenn er erregt war, wenn er angestrengt nachdachte. Es war eine warme Sommernacht. Weiches Mondlicht lag über der schlafenden Stadt. Die Liebesklage einer Katze drang durch das offene Dachfenster. Leander verharrte eine Weile davor und lauschte dem wilden, sehnsuchtsvollen Werben. Sie empfindet wie ich, dachte er.

Plötzlich wie von Zauberhand herbeigeschafft war sie da. Reglos wie eine Skulptur stand sie am Fenster. Wie ein Scherenschnitt hob sich ihr Körper von dem mondhellen Himmel ab.

Stumm betrachteten sie einander, Mensch und Tier. Dann stellte die Katze ihren Schwanz auf und kam leise schnurrend näher. Ohne Scheu ging sie auf Leander zu und ließ sich streicheln. Ihre grünen Augen funkelten wie Feuer, Höllenfeuer. Hatten die Kirchenväter nicht gelehrt: In jeder Katze steckt ein Dämon? Er streichelte sie und sagte: »Dich hat der Himmel geschickt, du kleiner Teufel.«

Vor dem ersten Hahnenschrei stiegen sie die steile Treppe zum Kerker hinab, Leander mit der brennenden Fackel in der Faust, gefolgt von Zyprian, dem Pfarrer von Saint Nazaire. Leander stieß den schweren Schlüssel ins Schloss und öffnete dem Geistlichen die Tür. Der betrat die Zelle und stieß einen Schrei aus: »Jesus, Maria und Josef!«

Auf dem Strohsack, der den Gefangenen als Lager diente, hockte eine große, schwarze Katze. Mit funkelnden Augen blinzelte sie in das flammende Fackellicht. Der Pfarrer bekreuzigte sich.

Leander fand als Erster Worte. »Sie hat sich in eine Katze verwandelt.«

»Bist du sicher?«

»Wie kann es anders sein? Die Zelle war fest verschlossen. Es gibt nur einen Schlüssel, und den halte ich in Verwahrung. Niemand kann hier herein oder heraus, ohne dass ich die Tür öffne.«

Die Katze hatte sich erhoben. Sie streckte sich und riss gähnend den Rachen auf. Dabei streckte sie ihre Zunge weit heraus, so wie es die Teufel auf den Flugblättern der Inquisitoren taten. Sie ließ ein gefährliches Fauchen vernehmen und kam langsam, Pfote vor Pfote setzend, auf die Männer zu.

Entsetzt fuhr der Pfarrer zurück. Er hielt der Katze mit ausgestrecktem Arm das silberne Kreuz entgegen, das er sich vom Hals gerissen hatte: »Zurück, du Hexenbrut! Im Namen Christi befehle ich dir: Fahre zur Hölle!«

Die Katze, die glaubte, die Männer wollten mit ihr spielen, hob die rechte Vorderpfote, um nach dem blanken Kreuz an der Kette zu schlagen.

»Raus hier, bloß raus hier!«, rief der Pfarrer. Er rannte Leander fast um und schlug von außen die Kerkertür zu. »Es ist unglaublich«, stammelte er, »ganz und gar unglaublich. Nicht einmal der Gekreuzigte vermag sie aufzuhalten.«

»Was soll jetzt geschehen?«, fragte Leander.

»Das Urteil ist zu vollstrecken.«

»An einer Katze?«

»Das ist keine Katze. Das ist eine Ausgeburt der Hölle, eine Hexe. Wir müssen sie vernichten, sofort.«

»Vielleicht verwandelt sie sich ja zurück«, gab Leander zu bedenken.

»Nein, das wird sie nicht tun. Sie versucht uns zu täuschen. Sie hofft, dass wir ihr Versteckspiel nicht durchschauen. Sie muss brennen, ohne Aufschub.«

»Brennen? Das Urteil lautet Ertränken.«

»Dann lass sie uns zu Tode tauchen!«

»Und die Sterbesakramente?«

»Glaubst du, ich erteile einer Katze den letzten Segen? Fang sie! Steck sie in den Sack, gleich hier, damit sie uns nicht entwischt. Wir sollten sie vierteilen, bevor wir sie ins Wasser werfen.«

»Nein, nicht vierteilen. Ich habe den Auftrag, sie zu ertränken. Und genau das werde ich tun«, erwiderte Leander.

8. Kapitel

Leander hatte ein Krankenlager vor dem Kamin errichtet. Sie lag da wie eine Tote. Doch gottlob hob und senkte sich ihre Brust in gleichmäßigen Atemzügen. Das Schlafgift hatte sie fast umgebracht.

Leander kniete an ihrer Seite, flößte ihr belebenden Tee ein, trocknete den Schweiß auf ihrer Stirn und betete zu Gott und den Heiligen um Beistand. Sie glühte vor Fieber, sprach im Schlaf, gequält von Albträumen.

Am Abend beim Geläut der Glocken schlug sie die Augen auf. »Wo bin ich? Was ist mit mir geschehen?«

Sie wollte aufstehen, war zu schwach, sank zurück in ihre Kissen und blickte auf Leander: »Wer bist du? Bist du nicht …? Ja, du bist es, der Henker.«

Sie versuchte, ihre Gedanken zu ordnen. Man sah ihr an, wie schwer das fiel. »Wieso bin ich nicht mehr im Kerker? Warum bin ich hier? Ich bin so kraftlos. Was ist mit mir geschehen?«

Leander schob einen Hocker an ihr Bett: »Das ist eine wilde Geschichte. Du erinnerst dich, dass ich dir am Morgen vor der Hinrichtung heißen Kräutertee brachte? Ich sagte, es sei ein Beruhigungstrunk, den ich allen Verurteilten gebe.«

»Ja, ich erinnere mich. Es ist das Letzte, an das ich mich zu erinnern vermag.«

»Danach bist du in totenähnlichen Schlaf versunken. Es war ein sehr starker Schlaftrunk. Ich wollte sichergehen. Du hast in meinen Armen gelegen wie eine Tote.«

»Ich habe in deinen Armen gelegen?«

Sie versuchte, sich aufzurichten. Leander drängte sie zurück.

»Bitte bleib. Ich habe dich auf meinen Armen getragen, hier herauf in meinen Wohnturm.«

»Aber warum hast du das getan?«

»Bitte stell jetzt keine Fragen«, bat Leander. »Hör mich zuerst an.«

Und dann erzählte er ihr, was sich zugetragen hatte.

»In eine Katze?«, fragte sie ungläubig. »Ich habe mich in eine Katze verwandelt? Und diese Katze ist für mich gestorben?«

»So ist es.«

Sie legte sich zurück und sagte mit geschlossenen Augen: »Ich bin müde und durstig.«

Leander brachte ihr kalten Tee.

»Ist der auch …?«

»Nein.«

Sie trank den Becher leer, zog sich die Wolldecke über den Kopf und versank in tiefen Schlaf, aus dem sie erst am anderen Morgen erwachte. Als Leander zu ihr kam, saß sie an ihrem Bett. Sie sagte: »Ich danke dir.«

»Wofür?«

»Du hast mir das Leben gerettet. Warum?« Sie betrachtete ihn prüfend, als wollte sie ihm ins Herz blicken.

Leander erwiderte ihren Blick und sagte: »Du bist schön.«

Sie fuhr sich durch ihr wirres Haar: »Machst du das oft?«

»Was?«

»Dass du jungen Frauen das Leben schenkst und sie mitnimmst in dein Bett?«

»Nein, es war das erste Mal.«

»Du lügst.«

»Ich schwöre, es ist die Wahrheit, bei der Seele meiner Mutter.«

Sie blickte ihm in die Augen: »Ich glaube dir.« Ein Lächeln flog über ihr Gesicht, darin spiegelte sich Erleichterung und Dankbarkeit.

Leander nahm es erfreut zur Kenntnis: »Du bist doch gewiss hungrig?«

»Ich weiß nicht.«

»Du musst doch wissen, ob du hungrig bist?«

»Ich weiß überhaupt nichts mehr. Ich lebe, und doch bin ich tot.«

»Du bist nicht tot.«

»Doch. Für alle, die ich geliebt habe, bin ich tot. Ich werde sie nicht wiedersehen. In meiner mir vertrauten Welt darf ich mich nie mehr blicken lassen. Ich bin ein Gespenst.«

Leander reichte ihr einen Handspiegel: »Sieht so ein Gespenst aus?«

Sie betrachtete sich lange und sagte traurig: »Eine Wasserleiche, ein ertränktes Kätzchen.«

»Du musst essen, damit du auf andere Gedanken kommst.«

Er half ihr aus dem Bett, führte sie zum Tisch.

»Ich bin es gewohnt, mich vor dem Essen umzukleiden«, sagte sie, »aber ich habe nur dieses eine Gewand.«

»Ich werde dir andere machen lassen. Komm, iss mit mir.«

Es bereitete ihm Freude, sie beim Essen zu beobachten. Wenn sie zubiss, sah man ihre Zähne, weißer als geschälte Mandeln. Ihre Lippen, ein wenig zu voll, doch schön geformt. Das dichte Haar, lang mit blauen Reflexen wie Rabengefieder. Aber am ausdrucksvollsten waren ihre Augen. Sie hatten einen zärtlich-leidenschaftlichen und zugleich wilden Ausdruck. Offen und doch nicht ohne Scheu blickten sie ihn an.

Als Kind hatte er einen Raben gehabt. Leander erinnerte sich noch sehr genau an den Tag, an dem sein Vater ihn mitgebracht hatte. Wie hilflos und zerzaust der junge Vogel gewesen war. Der Alte hatte ihn belehrt: »Wenn du ihn anfasst, flößt du ihm Angst ein. Er muss aus eigenem Antrieb zu dir kommen. Er wird kommen. Gib ihm Zeit.«

Daran musste Leander denken, und er stellte fest, dass sie wirklich etwas Rabenhaftes an sich hatte. Die Augen so klug und lebendig wie Rabenaugen. Selbst die Art, wie sie ihren Kopf zur Seite neigte, wenn sie ihn anblickte, erinnerte ihn an einen Raben. Leander liebte die großen schwarzen Vögel, die im Dach seines Turms brüteten.

»Wie soll es weitergehen?«, fragte sie nach dem Essen.

»Du kannst so lange bleiben, wie du willst.«

»Und dann?«

»Du kannst weggehen, weit weg, wo dich niemand kennt.«

»Du bist sicher, dass uns hier niemand verraten wird?«, fragte sie. »Wer lebt noch unter diesem Dach?«

»Niemand.«

»Du lebst ganz allein in diesem dunklen Turm?«

»Seit vielen Jahren.«

»Wie kann einer so viel Einsamkeit ertragen?«

»Die Einsamkeit ist eine jener kostbaren Gaben, die mir eine gute Fee in die Wiege gelegt hat, jenes bei sich selbst Daheimsein, das keine Verlassenheit ist, sondern ein wunderbarer kraftvoller Zustand.

Und als Beatrice ihn anblickte, als verstünde sie ihn nicht, sagte er: »Einsamkeit ist kein Unglück, sondern ein Geschenk des Himmels.«

»Ein Geschenk des Himmels?«

»Ich bin der einzige Mensch, der mitten in der Stadt in burgartigen Räumen lebt, die kein anderer zu betreten wagt. Ich kann hier tun und lassen, was ich will. Ich könnte verbotene Schriften studieren oder fremde Götter verehren. Ich könnte den ganzen Tag nackt umherlaufen, könnte Dinge tun, die kein anderer wagt. Selbst der König von Frankreich kann in seinen Schlössern nicht so beneidenswert ungestört allein sein wie ich. Er ist ständig von Lakaien umgeben, denen nichts entgeht, nicht einmal die Beschaffenheit seines Stuhlgangs. Und erst die gewöhnlichen Sterblichen: Bauern, Bürger und Kaufleute! Ihre geheimsten Gedanken müssen diese armen Teufel im Beichtstuhl bloßlegen. Wer nicht regelmäßig zur Beichte geht, ist verdächtig. Ich war noch nie dort. Ich bin nicht nur der einzige Mensch, der ungestraft töten darf, ich bin auch der Einzige, der glauben darf, was er will. Mich schreckt kein Priester, nicht einmal der Papst. Für mich gelten weder die Zehn Gebote noch das weltliche Recht, denn ich verkörpere das Recht in letzter Instanz. Diese Dummköpfe außerhalb meines Elfenbeinturms halten mich für einen Ausgestoßenen. In Wahrheit leben sie in einem Käfig, und ich bin frei.«

»Glaubst du wirklich, du seiest frei und könntest tun und lassen, was du willst?«

»Die Freiheit eines Menschen liegt nicht darin, dass er tun kann, was er will, sondern dass er nicht tun muss, was er nicht tun will.«

»Ich musste immer tun, was die anderen wollten«, sagte Beatrice. »Ich war nie so frei.«

»Jetzt bist du es.«

»Eingesperrt in einen Turm, den ich nicht verlassen darf – nennst du das frei?«

»Innerhalb meiner Burg bist du so frei wie …«

»… wie ein Vogel in seinem Käfig«, ergänzte sie den Satz, fügte aber nach einer Weile hinzu: »Verzeih mir, jetzt bin ich undankbar. Ich war auch daheim eingesperrt, behütet wie ein Schaf, ein Fohlen an der langen Leine. Mädchen meines Alters sind nicht frei.« Nachdenklich betrachtete sie Leander und fragte dann: »Hattest du nie eine Frau?«

»Nein.«

»Magst du keine Frauen?«

»Ich bin der Henker. Den Henker liebt man nicht. Diesen Turm hat nie eine Frau betreten.«

»Und deine Mutter?«

»Sie ist schon lange tot.«

»Wie war sie? Erzähl mir von ihr.«

»Sie war … so wie du, fühlte sich so an wie du.«

»Woher willst du wissen, wie ich mich anfühle?«

»Aus meinen Träumen.«

»Du hast von mir geträumt?«

Und als er nicht antwortete, blickte sie ihm lachend in die Augen: »Du bist ein seltsamer Henker.«

Die Morgensonne schien durch das Fenster. Die Raben umflatterten krächzend den Turm.

»Warum schreien sie so schrecklich?«

»Sie sind hungrig«, sagte Leander. »Unsere Galgen sind zurzeit so leer wie die Laubbäume im Winter.« Er holte Speck aus dem Rauchfang, stieß ein Turmfenster auf. Flügelschlagend landeten die schwarzen Vögel auf dem Fensterbrett.

»Der große – das ist Barnabas«, stellte Leander seine Freunde vor. »Und die beiden neben ihm sind seine Schwestern Lilli und Annabel.«

»Sie haben Namen?«

»Ich habe allen einen Namen gegeben.«

»Gib mir auch einen Namen.«

»Heißt du nicht Beatrice?«

»Das war einmal.«

Als Leander sie erstaunt anblickte, sagte sie: »Ich bin eine von den Toten Wiederauferstandene, eine Neugeborene. Gib mir einen neuen Namen.«

Leander betrachtete sie prüfend. Dann sagte er: »Ich werde dich Corbeau nennen, mon petit corbeau. Ich finde, das passt zu dir.«

»Rabe, wieso Rabe? Sehe ich wie ein Galgenvogel aus? Raben bringen Unglück. Das weiß doch jedes Kind. Nimm dich in Acht vor mir!«

Leander blickte auf ihre Brüste und sagte: »Corpe beau, schöner Körper. Weißt du nun, warum ich dir diesen Namen gebe?«

Sie lachte. »Der Name gefällt mir.«

Ein Rabe landete auf Leanders Handrücken: »Schau ihn dir an. Sein Gefieder hat die Farbe deines Haares.«

»Du magst Tiere?«

»Mehr als die Menschen. Ein Tier könnte ich niemals töten.«

»Bis auf die Katze im Feuerlöschteich.«

»Das war keine Katze. Das war eine Hexe.«

»Ja, seltsam«, sagte sie, »erst war ich eine Hexe; dann wurde ich eine Katze, und jetzt bin ich ein Rabe. Aber das gefällt mir. Von allen Tieren sind mir die Vögel die liebsten. Sie können laufen, schwimmen, tauchen und fliegen.«

Leander gab ihr Recht. »Vögel sind ganz außergewöhnliche Tiere. Der Heilige Geist ist eine Taube. Den alten Griechen war die Eule heilig. Bei den Ägyptern war es der Ibis. Auf Odins Schultern aber saß ein Rabe, Wappenvogel der Henker. Im Stadttor von Albi hängt ein Bildnis, das den Galgenhügel oberhalb der Stadt zeigt. Man sieht drei Diebe, denen die Raben das Fleisch von den Knochen hacken, und etwas abseits einen kleinen Raben, der ihnen dabei zusieht. Als Kind soll ich bei der Betrachtung der Abbildung gesagt haben: Der arme Rabe, er hat keinen Räuber.

Raben sind liebenswerte Geschöpfe. Vom Schicksal dazu bestimmt, sich vom Galgen zu ernähren, sind sie dennoch auffallend friedliche Wesen, rücksichtsvoll im Umgang mit ihresgleichen. Keiner hackt dem anderen ein Auge aus. Wie viel brutaler sind dagegen die zu Unrecht friedlich genannten Tauben und wie viel dümmer die eitlen Pfauen und Fasane.«

»Dafür haben Rabenvögel hässliche Stimmen.«

»Gewiss, sie singen nicht, aber sie sprechen.«

»Sie sprechen zu dir?«

»Ja, das tun sie.«

»Und was erzählen sie dir?«

»Das Leben der Menschen ist wie das Leben der Vögel, sagen sie. Wenn der große Tag kommt, muss jeder allein fliegen.«

»Das sagen sie?«

»Ja.«

»Was noch?«

»Dem Vogelküken gleicht die Zeit. Erst kriecht sie, dann geht sie, und am Ende fliegt sie davon.«

»Das hört sich klug an.«

»Raben sind weise Gesellen«, meinte Leander. »Sie tauchen ihre Schnäbel mit priesterlicher Gebärde ins Wasser, wie in

Weihwasser. Sie bewegen sich so graziös und leicht, als liefen sie über dünnes Eis. Sie sind Standespersonen von Adel.«

»Schauen sie deshalb so ernst drein?«

»Wenn sie die Gabe besäßen zu lachen, so würden sie sich totlachen über uns Menschen, über diese absurdeste Kreatur der ganzen Schöpfung.«

»Du redest wie ein Benediktiner«, sagte Beatrice.

»Benediktiner? Gott bewahre! Die predigen: Ora et labora. Doch besser als beten und arbeiten ist denken und schöpferischer Müßiggang. Der Bauer muss sich täglich auf dem Acker plagen. Der Schmied steht von morgens bis abends am Amboss. Hingerichtet wird gottlob nicht oft. Kein Handwerker wird so selten gebraucht wie der Henker. Das lässt mir viel Zeit, über Gott und die Welt nachzudenken. Der Tag gehört mir, mir ganz allein, so wie dieser Turm.«

»Du bist ein seltsamer Heiliger.«

»Ein Heiliger – ich?«

»Ich dachte immer, Henker seien brutal und grausam.«

»Henker sind nicht grausam; sie verursachen Schrecken. Der Sinn meiner Arbeit liegt in der Abschreckung. Diebe werden nicht gehenkt, weil sie gestohlen haben, sondern damit in Zukunft nicht gestohlen wird. Die Menschen halten sich an die Gesetze, nicht weil sie gut sein wollen, sondern aus Angst vor Strafe. Und glaube mir, Angst ist schlimmer als Schmerz. Die Vorführung der Folterwerkzeuge löst die Zunge des verstocktesten Missetäters. Angst ist seelischer Schmerz. Schmerz ist körperliche Angst. Mit der Lust verhält es sich nicht anders. Sehnsucht ist mehr als Befriedigung. Ich habe in die Gesichter der Frauen geblickt, die sich bei den Hinrichtungen vorn am Blutgerüst drängeln. Ihre Augen leuchten vor fiebriger Erregung, so als empfänden sie fleischliche Lust. Und das tun sie auch. Das gilt sogar für die Verurteilten. Alle haben in der Stunde ihres gewaltsamen Todes einen Samenerguss. Wollust und Schmerz, Leben und Tod sind zwei Seiten derselben Münze.«

»Ich habe nie einen Menschen getroffen wie dich«, sagte Beatrice.

»Nichts prägt so sehr wie die Einsamkeit. Nicht ohne Grund sind alle Propheten in die Wüste gegangen. Langes Alleinsein macht dich stark oder bringt dich um, macht weise oder wahnsinnig. Dabei war ich eigentlich nie wirklich allein. Ich hatte mich. Ich habe lange Gespräche mit mir geführt. Ich habe mich lustvoll geliebt, bisweilen auch gehasst, habe mein Dasein beklagt und genossen und bin dabei gewachsen wie eine Bergkiefer auf stürmischer Höhe.«

Es entstand eine längere Pause, in der beide nicht sprachen. Dann sagte Leander: »Wichtiger als alle Wirklichkeit sind die Träume, die wir in uns tragen.«

»Und wovon hast du geträumt?«

Er blickte sie an und sagte: »Von dir.«

9. Kapitel

Beatrice blieb in dem Kaminzimmer, in dem Leander ihr am ersten Tag das Krankenlager errichtet hatte, denn es war der wärmste und hellste Raum. Er selbst zog in die darüber liegende Turmkammer, »zu den Raben«, wie er sagte. Sie übernahm den Küchendienst, und Leander aß von nun an so gut wie schon lange nicht mehr. Er schaffte vom Markt herbei, was sie benötigte. Für ihre Kleidung war vorerst auch gesorgt, denn es gab im Turm eine Kammer, angefüllt mit den Gewändern der Verurteilten, die alle im rauen Büßerhemd ihren letzten Gang angetreten hatten. Die zurückgelassenen Habseligkeiten aber gehörten dem Henker, vom Schuhwerk bis zum Schmuck.

Aus diesem Fundus wusste sich Beatrice reichlich zu bedienen, was beiden großen Spaß bereitete.

»Schau nur«, sagte sie, »sehe ich nicht aus wie eine Grande Dame?« Sie war in ein perlenbesticktes Kleid mit Pelzbesatz geschlüpft und hatte sich eine silberne Kette um den Hals gelegt. Mit schwingenden Hüften stolzierte sie durch den Raum. Oder sie hüllte sich in einen Wickelrock, dazu Hemd und Wams. Sogar ein Fächer, bemalt mit Kirschblüten, fand sich.

An Markttagen stand sie hinter dem Turmfenster und blickte hinab auf den mit Menschen gefüllten Platz. Schon im ersten Tageslicht drangen die Geräusche hier herauf: lautes Rufen, Lachen, Leben. In solchen Augenblicken wurde ihr bewusst, was sie verloren hatte. »Schau nur, wie gut sie es haben«, sagte sie dann traurig.

Leander gab sich große Mühe, sie zu trösten: »Erzähl mir nicht, dass diese Leute glücklich sind. Es hilft ihnen nichts, dass sie sich prächtig kleiden, lachen und tanzen. Schau sie dir aus der Nähe an. Die meisten sind nicht wirklich glücklich. Sie sind neidisch, unzufrieden, gelangweilt und leidend. Selbst Paare geraten sich wegen jeder Kleinigkeit in die Haare. Sie reden klug daher, um sich und der Welt zu beweisen, dass sie gescheiter sind als andere. Sie klingeln mit den Münzen in ihren Geldkatzen, als wären sie wohlhabend. Die Burschen stopfen sich den Hosenlatz aus und die Weiber die Blusen. Sie drängeln sich in großen Gruppen, um ihre Einsamkeit zu überspielen. Sie hüpfen und tänzeln umher wie die Kinder, um zu zeigen, wie jung und fern vom Tod sie sind. Sie kleiden sich umso kostspieliger, je welker und pockennarbiger ihr Fleisch ist. Alle wollen sie mehr sein, als sie sind.«

Leander erwachte. Dunkelheit, nur schwach erhellt vom Licht des Mondes, erfüllte den Raum wie Nebelhauch. Der Wind hatte aufgefrischt und heulte um die Mauern. Das Dachgebälk knarrte wie ein Schiff im Sturm. Wolkenschatten glitten gespenstisch über das fahle Viereck des Turmfensters, huschten durch die Kammer, täuschten Bewegung vor, wo keine war. Oder war da nicht doch etwas? Mit einem Satz fuhr er empor. Ein Griff. Ein Aufschrei.

»Du tust mir weh!«

»Beatrice! Was machst du hier, mitten in der Nacht?«

»Ich… verzeih mir. Der Sturm, das Mondlicht. Ein Albtraum. Ich hatte schreckliche Angst. Es tut mir Leid…«

Leander warf Reisig in die Glut. Da stand sie im Licht der Flammen wie ein Gespenst, eingewickelt in eine Wolldecke, barfuß mit aufgelöstem Haar, hilflos wie ein Kind.

»Komm«, sagte Leander, »setz dich zu mir.«

Sie ließ sich auf dem Bettrand nieder. Ihre nackten Beine leuchteten im Licht der Flammen.

»Du zitterst ja am ganzen Leib. Ist dir kalt?«

Sie schwieg. Leander legte seine Hand auf ihr Knie: »Du kannst bleiben, wenn du willst.«

Sie zögerte zwei Atemzüge lang. Dann kroch sie in sein Bett, rollte sich in ihre Wolldecke ein, mit dem Gesicht zur Wand. Leander legte sich mit ein wenig Abstand neben sie.

»Ich danke dir«, sagte sie.

»Wofür?«

»Dass du mich bei dir schlafen lässt. Daheim habe ich das Bett mit meinen Katzen geteilt. Ich habe nie allein geschlafen. Ich fürchte mich im Dunkeln.

Sie wandte ihm ihr Gesicht zu. Es schien in der Dunkelheit zu leuchten. Ihr Mund lag dicht bei seinem. Er streckte seine Hand aus und berührte ihre Schulter.

»Bitte nicht«, flüsterte sie.

Leander dachte an den kleinen Raben, der aus dem Nest gefallen war, der so verloren wirkte, dass er ihn am liebsten in den Arm genommen hätte. Wenn du ihn anfasst, hatte der Alte gesagt, flößt du ihm Angst ein. Er muss aus eigenem Antrieb zu dir kommen. Er wird kommen. Gib ihm Zeit.

»Gute Nacht, mon petit corbeau. Schlaf gut.«

Er selber fand keinen Schlaf. Es war das erste Mal, dass er bei einer Frau lag. Und es war ein wundervoll aufregendes Gefühl. Er betrachtete ihr schlafendes Gesicht im fahlen Mondlicht. Wie unbeschreiblich schön sie war. Mein Gott, dachte er, sie ist noch ein richtiges Kind, ein Kind, für das ich verantwortlich bin. Ich habe ihr das Leben gerettet. Sie ist abhängig von mir wie ein Kleinkind von seinem Vater. Sie kann nicht fortgehen. Gefangen in diesem Turm ist sie mir mit Haut und Haaren ausgeliefert. Wie unvorstellbar schön muss es sein, von ihr geliebt zu werden. Nicht sie ist meine Gefangene, ich bin der ihre.

»Warum hat man dich verurteilt?«, wollte Leander wissen.

»Das ist eine traurige Geschichte.«

»Erzähl sie mir! Ich weiß so wenig von dir.«

Sie standen am oberen Turmfenster und blickten hinab auf die Stadt. Die Menschen erschienen ihnen so klein und fremd wie Käfer, die geschäftig durcheinander krabbelten.

»Mein Vater war der wohlhabendste Winzer in weitem Umkreis von Lezignan, eine Tagesreise von Carcassonne entfernt am Fuß der Montagne noir«, fing Beatrice ihre Erzählung an. »Unsere Weine wurden bis nach Köln verkauft. Wir lebten in einem großen Haus mit vielen Bediensteten, fleißige, brave Leute und fast alle Katharer. Unsere Mutter unterstützte ihre Lehre. Sie mochte die Katharer. Wer tat das nicht? Vor allem das Keuschheitsgelübde der Katharer hatte es ihr angetan. Wie du vielleicht weißt, halten sie alle fleischlichen Freuden für Sünde. Ich liebte es, mich nackt vor den Spiegel zu stellen, meine Brüste zu betrachten, mich zu wenden und zu drehen. Als Mutter mich dabei überraschte, war sie so entsetzt, als hätte ich bei einem Mann gelegen. Sie schalt mich eine Dirne, für die sie sich schämen müsste. Ein tugendhaftes Mädchen tue so etwas nicht. Ich weiß nicht, wie oft ich diesen Satz gehört habe. Ich verstand das nicht, wollte es nicht verstehen. Nicht eines unter den Zehn Geboten verbietet uns, unserem Leib Gutes zu tun. Wenn es wahr ist, dass wir Abbilder Gottes sind, so kann es doch nicht Sünde sein, wenn wir Freude an unserem Fleisch finden. Hat nicht die ganze Schöpfung Freude an ihrer Leiblichkeit? Hast du je gesehen, wie genussvoll Katzen sich selber lecken. Der Jubel der Vögel, der lockende Duft der Blumen, das zärtliche Geflatter der Falter, all die Leiblichkeit und Sinnlichkeit kann doch unmöglich Sünde sein, so sagte ich mir. Und dennoch empfand ich immer wieder Scham, litt an meinen Gefühlen und Sehnsüchten, wollte gut sein und tugendhaft, wollte so sein, wie man es von mir erwartete. Und gleichzeitig wollte ich so schamlos frei sein wie meine Katzen. Ich hatte einen Hauslehrer, der fragte: Was ist der wahre Sinn des Lebens: Schönheit oder Güte? Er entschied sich für die Güte, denn er war hässlich. Ich fragte mich schon als kleines Mädchen: Wie kann er so scheußlich aussehen? Spiegeln sich nicht unsere Gedanken und Empfindungen in unseren Gesichtern wider? Von einem gewissen Alter ab hat jeder Mensch das Gesicht, das er verdient. Wie kann ein

Gottesmann so hässlich sein? Er lehrte: Die Schönheit will immer sich selbst; die Güte will niemals sich selbst. Schönheit wendet sich an die Sinne, Güte an die Seele, und das ist das Wichtigste, das der Mensch besitzt, so sagte er. Ich aber verehrte die Schönheit. Kein Wort kann die Kraft der schönen Bilder wiedergeben. Ich glaube, ich war von Natur aus sinnlicher veranlagt als andere Mädchen meines Alters. Dennoch hätte ich nie unerlaubten Kontakt zu einem Mann gesucht. Die Freude an mir selbst aber ließ ich mir nicht nehmen. Mehr und mehr flüchtete ich mich in meine Träume. Wir hatten eine Zofe aus der Normandie namens Leonora. Sie war meine Amme gewesen, wurde mein Kindermädchen und dann meine Vertraute. Obwohl gewiss zwanzig Jahre älter als ich, war sie mir mehr Freundin als Erzieherin. Liebesbedürftig wie ich war, erkannte sie als Einzige, wie sehr ich an mir selbst litt. Sie half mir, meine Träume auszuleben, ohne zu sündigen, so glaubte ich jedenfalls. Denn ich tat ja nichts Unerlaubtes. Die Dinge, die ich erlebte, waren nicht wirklich, sondern erträumt. Aufregende Bilder, Töne und Gefühle, die nur mir gehörten, wonnevolle Wahnvorstellungen.«

»Wie kann man einem anderen dabei helfen, seine Träume auszuleben?«, fragte Leander.

»Sie wusste einen Extrakt aus Kräutern herzustellen, der, auf die Haut gerieben, phantastische Träume erzeugte, wirre, wollüstige Phantasien, aber eben bloß Phantasien und ein harmloser Spaß, wie ich meinte. Als ich aus einem dieser Träume erwachte, lag Leonora tot neben mir. Die Droge hatte sie umgebracht. Es gab eine hochnotpeinliche Untersuchung. Dabei wurde die Hexensalbe entdeckt, wie sie der Inquisitor nannte. Ich wurde der Hexerei bezichtigt und verurteilt. Vater konnte mir nicht helfen. Er lag schwer krank darnieder. Der Schlag hatte ihn getroffen. Mutter waren die Hände gebunden. Auch sie war als Hexe mitangeklagt, wurde aber freigesprochen. Es war ein Exempel der Inquisition gegen unser Haus, das kein Hehl daraus gemacht hatte, Sympathie für die

Katharer zu empfinden. Es fiel den Inquisitoren nicht schwer, eine Hexe aus mir zu machen. Das Muttermal zwischen meinen Schulterblättern wurde zum Hexenmal. Und meine Katzen, mit denen ich sogar das Bett teilte, waren nun Ausgeburten der Hölle. So kam meine Verwandlung in eine Katze ihnen gewiss sehr entgegen. Sie bestätigte der Anklage nur, dass ich mit den Katzen einen teuflischen Bund geschlossen hatte.«

Sie entzündete die Tranlampe über dem Tisch mit einem Kienspan aus dem brennenden Kamin und fragte: »Magst du Katzen?«

»Wie kann es anders sein? Ihnen verdanke ich deine Anwesenheit.«

»Warum hast du keine? Ich war nie ohne Katzen.«

»Ich werde dir eine besorgen, damit du nicht allein bist, wenn ich nicht bei dir sein kann.«

»Du willst mich allein lassen, ganz allein in diesem düsteren Turm?«

»Nur für einen Tag. Ich muss einem Verunglückten die Knochen richten.«

»Bist du ein Medikus?«

»Bisweilen bin ich einer. Denn wer weiß, wie man einen Körper zerlegt, der weiß auch, wie man ihn wieder zusammensetzt.«

10. Kapitel

Leicht lernte Thekla die Gebete und Rituale der Katharer; schwer fiel ihr jedoch die Verleumdung des eigenen Glaubens. Wann immer sie ein Kruzifix erblickte oder sich einem Altar näherte, beugte sie das Knie zum demutsvollen Gruß, schlug das Kreuzeszeichen, sprach ein Ave.

»Ihr Ritual muss dir in Fleisch und Blut übergehen.« Wie oft hatte sie diesen Satz gehört. Pater Arnaud – im Glauben der Katharer erzogen – war ein strenger Lehrer. Bei der blutigen Eroberung von Béziers hatte er beide Eltern verloren und den rechten Glauben gefunden.

»Wie Saulus zum Paulus, so wurde ich über Nacht zum Christen. Gott hat die Stadt Béziers für ihren Irrglauben gestraft wie Sodom und Gomorrha«, pflegte er zu sagen. »Nur wenige Ketzer haben überlebt.« Wenn er vor Glaubenseifer zornig wurde, was recht oft geschah, sah er aus wie ein böses, altes Weib.

Schon bald kannte Thekla den Katechismus der Katharer so gut wie ihren eigenen:

Vergiss den Gekreuzigten!

Jesus von Nazareth ist nicht die irdische Inkarnation Gottes. Er ist der Bote aus dem Lichtreich, in dem einst alle Menschen lebten, bevor sie zu Gefangenen ihrer Leiber wurden.

Vergiss das Kreuz!

Das Kreuz ist kein Heilszeichen, sondern ein teuflisches Marterinstrument und damit ein Werkzeug des Bösen. Das Kreuz verehren heißt: den Teufel ehren.

Vergiss das Abendmahl!
Kein Pfaffe kann Brot und Wein in Fleisch und Blut verwandeln, schon deshalb nicht, weil Fleisch und Blut Teil der körperlichen Hülle und damit ein Machwerk des Teufels sind.

Vergiss die Taufe!
Denn es ist Unsinn zu glauben, nur der Getaufte habe eine unsterbliche Seele. Die Taufe ist kein reinigendes, sondern ein offenbarendes Sakrament. Das setzt die Einwilligung und Mitarbeit des Täuflings voraus. Aus diesem Grund können nur Erwachsene getauft werden. Säuglinge und Schwachsinnige sind wie Tiere davon ausgenommen.

Vergiss die Hölle!
Es gibt im Jenseits weder Fegefeuer noch Höllenstrafen. Die Hölle befindet sich hier und jetzt auf Erden.

Vergiss die Pfaffen!
Mittler zwischen Gott und Menschen sind die Parfaits. Sie sind Eingeweihte, die allem Irdischen entsagt haben, um die verborgenen Kräfte des Lichtleibes zu wecken und hervortreten zu lassen.

»Und wie wird das erreicht?«, fragte Thekla.

»Durch strengste Askese«, erklärte Pater Arnaud, »und durch langwierige spirituelle Schulung, die mehrere Prüfungen einschließt.«

»Was sind das für Prüfungen?«

»Wasser-, Wind- und Feuerweihen in finsteren Höhlen und auf windgepeitschten Berggipfeln. Was dabei wirklich geschieht, ist ihr Geheimnis. Es heißt, sie benutzen die Kräfte einer wundersamen Reliquie, die so wertvoll sein soll, dass sie nicht mit allem Geld der Welt aufgewogen werden könnte.«

»Habt Ihr sie je gesehen?«, fragte Thekla.

»Nur der Eingeweihte kennt das Geheimnis des Grals.«

»Des Grals? Ihr meint, sie seien im Besitz des Heiligen Grals?«

»Du sollst es herausfinden«, sagte Pater Arnaud, »deshalb schicken wir dich zu ihnen.«

»Erzählt mir mehr über diesen Lichtleib der Parfaits«, bat Thekla.

»Es heißt, sie seien von einer leuchtenden Aura umgeben, einem Kraftfeld, ähnlich den Aureolen auf den alten Kirchenbildern.«

»Einem Heiligenschein?«

»Ja, so eine Art Heiligenschein.«

»Habt Ihr dergleichen mit Euren Augen gesehen?«, fragte Thekla ungläubig.

»Nur Eingeweihte vermögen den Lichtleib zu erblicken, so sagen sie, Eingeweihte und Tiere.«

»Tiere?«

»Ja, auch Tiere. Sie nähern sich den Reinen ohne Scheu und ohne Wildheit.«

»So wie bei Daniel in der Löwengrube?«

Pater Arnaud nickte bestätigend.

»Glaubt Ihr daran?«

»Nein«, sagte er. »Diese Katharer sind wie alle Häretiker gottverdammte Lügner.«

Thekla lernte, wie die Katharer die Hände zum Gebet erheben, wie sie sich bewegen, begrüßen und im Gottesdienst verhalten. Zusammen mit Pater Arnaud las sie die Apokryphen des Johannes. In ihnen spielt der Apostel eine wichtige Verkündigungsrolle. Es sind nicht nur Weltuntergangsbotschaften wie in der Apokalypse, sondern Darstellungen der Schöpfungsgeschichte. Allerdings ist hier nicht Gott der Schöpfer des Menschen, sondern Satan. Wörtlich stand dort zu lesen:

»Und Satan erschuf den Menschen nach seinem Bild zu seinen Diensten. Er formte ihn aus Lehm und befahl dem Engel des zweiten Himmels, in den Körper aus Lehm zu gehen. Er nahm ein Stück davon und machte einen anderen Körper in der Gestalt der Frau und befahl dem Engel des ersten Himmels, dort hineinzugehen. Und er befahl ihnen die fleischliche Paarung. Sie aber wussten nicht, wie man sündigt. Darauf erschuf er das Paradies, setzte das Menschenpaar dort hinein und mit ihm die Schlange, die kein anderer als Satan persönlich war, auf dass sie in Eva die fleischliche Lust wecke, damit die Fortpflanzung der Leiber gesichert sei, immer wieder und wieder durch neue Lust.«

»Wie vermag eine Schlange in einem Weib Lust zu wecken?«

»Auch das wird in der Interrogatio genau beschrieben: Mit dem Schwanz in Evas Vulva.« Pater Arnaud legte die Schriftrolle, aus der er vorgelesen hatte, beiseite und sagte: »Das erste Menschenpaar war von Anfang an in dem von Satan geschaffenen Paradies verloren. Der Sündenfall beginnt nicht erst mit dem Verzehr der verbotenen Frucht.«

»Aber das ist doch völlig unsinnig«, empörte sich Thekla.

»Nun, so ganz abartig ist das nicht. Im ersten Brief des Johannes steht: ›Liebt die Welt nicht und nicht, was in der Welt ist. Wenn einer die Welt liebt, so ist nicht des Vaters Liebe in ihm, denn alles in der Welt stammt nicht her vom Vater.‹«

Später sprachen sie über die Verbote.

»Warum ist ihnen der Genuss von Fleisch verboten und der von Fisch erlaubt?«, fragte Thekla, die sich nicht viel aus Fleisch machte.

»Weil sich Fische ungeschlechtlich vermehren«, belehrte sie der Pater.

Und als Thekla ihn verständnislos anblickte, erklärte er ihr: »Alles Vieh vermehrt sich durch Kopulation, wobei das weibliche vom männlichen Tier penetriert wird. Die weiblichen Fische jedoch legen ihre Eier im Wasser ab, wo sie außerhalb ihres Leibes besamt werden.«

»Das tun doch die Frösche auch.«

»Richtig. Deshalb essen sie auch Frösche, die sie übrigens sehr schmackhaft zubereiten.«

Am Tag der heiligen Donata verließ eine bunt gemischte Gesellschaft von Händlern Piacenza. Noch bevor die Sonne den Horizont rot färbte, hatten sie die Stadt verlassen: zwölf Planwagen, acht Reiter und ein Dutzend Ersatzpferde. Die Fracht bestand in der Hauptsache aus toskanischem Tuch. Die Händler kamen aus der Lombardei und dem Piemont, und mit den Piemontesen reiste Thekla in einem Karren, der Ziegenleder geladen hatte. Zwei Nonnen ihres Ordens begleiteten sie.

Über Voghera, wo sie die erste Rast machten, quälte sich der Zug durch Tortona und schließlich auf gewundenem Weg den Giovipass hinauf, mit Peitschenknall, Fluchen und Stoßgebeten.

Außer der traurigen Tatsache, dass es immer wieder regnete, gab es keine Abwechslung. Einmal musste ein gebrochenes Wagenrad ersetzt werden. Und in Tortona wurde ein hinkendes Zugpferd ausgetauscht.

Die Klosterfrauen hatten den ersten Tag der Reise mit Rosenkranzbeten verbracht. Nun hockten sie stumpf auf den Ledersäcken, teilnahmslos ihre Gebete herunterleiernd. Man sah ihnen an, wie verloren sie sich fühlten.

Thekla empfand Mitleid mit ihren Ordensschwestern, obwohl eigentlich sie es war, die Anteilnahme verdient hätte. Denn ohne die gewohnte Klosterkluft fühlte sie sich wie entblößt, entblößt von allem, das ihr Halt gegeben hatte. Sie war gekleidet wie eine verheiratete Bürgersfrau aus Piacenza: langes Kleid mit gekraustem Hemd, Schnürweste, Mantel und Pelzkappe.

Am fremdartigsten aber empfand sie ihr Haar. Seit der Novizenzeit kahl geschoren, spross nun auf ihrem Kopf ein richtiges Stück Weizenfeld, erst stoppelig wie Bürstenborsten, dann pferdefellartig, sich immer mehr zur Mähne entwickelnd. Wenn sie die Mütze abnahm, brachen ihre Ordensschwestern jedes Mal in verschämtes Gelächter aus, so wie das kleine Mädchen tun, wenn sie sich voreinander entblößen.

Seltsam, dachte Thekla, dass solch äußerliche Dinge wie Kleidung und Haartracht Menschen miteinander verbinden und trennen.

In den Herbergen, wo sie die Nächte verbrachten, schliefen die Frauen zu dritt in einem Bett, ohne sich zu entkleiden. Sie aßen nur wenig. Das Rütteln und Schaukeln auf dem ungefederten Wagen verursachte ihnen Übelkeit und Kopfweh.

Als sie am Abend des vierten Tages endlich das Meer erblickten, fielen die Ordensfrauen auf die Knie und dankten Gott. Für die beiden Mitschwestern war die Überquerung des ligurischen Apennins ein unvergleichliches Abenteuer. Aber wie gering war dieser kurze Ausflug im Vergleich mit dem, was Thekla noch zu bewältigen hatte. Sie wurde in Genua verabschiedet, als ginge sie auf eine Reise ohne Rückkehr.

»Wir werden für dich beten«, beteuerten die Schwestern immer wieder. »Wir werden alle täglich für dich beten.«

Die Losung, die die Äbtissin Thekla mit auf den Weg gegeben hatte, lautete: Solum Deum oculis habentes. Nur Gott vor Augen und sonst nichts!

Die Santa Maria war ein Dreimaster, der im Auftrag der Tempelherren Pferde von Genua nach Narbonne schiffte. Thekla als einzige Frau an Bord begriff gleich am ersten Tag, dass man ihr wichtige Dinge vorenthalten hatte. Wie zum Beispiel sollte eine Frau auf einem Schiff ihre Notdurft verrichten? Die acht Männer der Mannschaft hockten sich über die Reling, nachdem sie ohne Schamgefühl die Hosen heruntergelassen hatten. Was aber machte eine in klösterlicher Zucht erzogene Nonne? Keiner von denen, die ihre Reise bis ins Detail geplant hatten, hatte sich Gedanken über solche Kleinigkeiten gemacht. Oft sind es aber gerade die kleinen Dinge, die am meisten ins Gewicht fallen. Wie viel Wichtigkeit liegt selbst im Kleinsten!

Nach längerem Umherirren fand sie schließlich Erlösung bei den Pferden im Unterdeck. Für die Dauer der Reise bewohnte sie die kleine Kajüte neben der Kapitänsbleibe: Bett, Tisch, Truhe, Tranlampe – mehr hatte nicht Platz in der engen Behausung.

Den größten Teil des Tages verbrachte sie an Deck oder bei den Pferden, edle, hoch gewachsene Kaltblüter, wie sie der Ritteradel für seine Turniere bevorzugte. Die Augen voller Angst vor der lichtlosen Enge in dem schwankenden Schiffsleib, wagten sie sich nicht niederzulegen. Mit erhobenen Köpfen und aufgestellten Ohren standen sie ständig unter höchster Anspannung. Nachts hörte Thekla sie ängstlich schnauben und mit den Hufen schlagen, besonders bei bewegter See. Nach Umsegelung des Kap Kamarat wurde das Schiff von starken ablandigen Nordwinden erfasst. Trotz rasch gereffter Segel geriet es äußerst bedrohlich in Schräglage, so steil, dass verschiedene Wasserfässer über Bord gingen. Die Rösser rissen an ihren Ketten, drängten sich schutzsuchend aneinander. Thekla versuchte, sie zu beruhigen, schlang den Tieren die Arme um den Hals und sprach mit ihnen, wie man mit Kindern spricht.

Als die Wut der Wellen ihren Höhepunkt erreichte, begann eine der Zuchtstuten zu gebären. Thekla nahm den Hergang erst wahr, als das Fruchtwasser an ihr herabrann. Im spärlichen Licht der Stalllaterne sah sie, wie das Fohlen aus dem Leib herausgequetscht wurde. Eine Frühgeburt, viel zu klein für ein Pferd. Das Geschöpf, das da zappelnd auf dem Stroh lag, hatte mehr Ähnlichkeit mit einem Ferkel als mit einem Fohlen. Fledermäuse haben so pergamentartige faltige Haut. Und all der Schleim, das Blut und die übel riechende Flüssigkeit! Wie abscheulich war das! So abscheulich, dass Thekla sich erbrechen musste.

Am darauf folgenden Tag war der Himmel wieder wolkenlos und azurblau. Die Sonne stieg hinter dem Massif des Maures wie ein Feuerball empor und spiegelte sich in der ruhigen, glatten See. Thekla beobachtete die Seeleute, die mit nackten Oberkörpern in der Takelage arbeiteten. In Gedanken verglich sie die braun gebrannten muskulösen Männerbrüste mit den Brüsten der Nonnen, schamhaft weggeschnürtes Fleisch, weiß wie Bohnenkeime, engerlingsblass. Zu ihrem eigenen Erstaunen musste sie sich eingestehen, dass die Körper der Männer weniger abstoßend waren als die der Frauen mit ihrem blutigen Ausfluss und all den Scheußlichkeiten der Geburt. Aber dafür hatten Frauen mehr Seele, mehr Gefühl, mehr Charakter. Wenn sie nur daran dachte, wie grausam diese Kerle mit den armen Pferden umsprangen. Als beim Einschiffen in Genua die verängstigten Tiere sich geweigert hatten, den schmalen Brettersteg zum Boot zu betreten, hatten ihnen die Männer brennende Strohbüschel unter die Schwänze gesteckt.

In der Nacht erwachte Thekla vom Hufschlag der Pferde. Obwohl die See ruhig war, schienen die Tiere äußerst beunruhigt zu sein. Barfuß tastete sie sich im Dunkeln zum Abstieg. Bevor sie die Schiffsleiter erreichte, hörte sie von unten das Stöhnen. Es hörte sich an, als ob jemand gewürgt wurde. Erschrocken schlich sie sich näher heran. Der Schein einer Lampe drang von unten herauf. Bewegte sich da nicht ein Mensch? Und dann sah sie die beiden Männer. Der eine hielt die Stute. Der andere stand dahinter, erhöht auf einer Kiste mit entblößtem Unterleib. Er drehte Thekla den Rücken zu und bewegte seinen nackten Hintern vor und zurück. Thekla fuhr sich über die Augen, als könne nicht wahr sein, was sie sah. Ein Mensch und ein Tier – gab es das wirklich? Sie schlug die Hand vor den Mund, um nicht aufzuschreien. Sie war Zeugin eines Verbrechens, für das der Herr Sodom und Gomorrha zerstört hatte.

In ihrer engen Kabine fand sie keinen Schlaf. Das Schiff war dem Untergang geweiht. Davon war sie fest überzeugt. Es würde zugrunde gehen, so wie Sodom und Gomorrha untergegangen waren. Sie dachte an eine Abbildung, die sie in einem Buch über die Antike gesehen hatte. Ein Ross mit dem Oberkörper eines Mannes. Zentaur hatte darunter gestanden. Eine Missgeburt aus Mensch und Pferd. Wie abscheulich war das alles!

Seemänner sind raue Gesellen, hatte die Äbtissin sie gewarnt. Aber waren diese Männer hier an Bord nicht auch Templer? Waren am Ende alle Männer so? Ja, sie waren alle so. Wurde nicht vor der Priesterweihe der angehende Geistliche in der Sündenoffenbarung gefragt, ob er Sodomie betrieben habe? Auch wenn das nur eine theoretische Frage war, so offenbarte sie doch, dass man es grundsätzlich jedem Mann zutraute, sich an einem Tier zu vergehen.

In der Nacht träumte sie von Zentauren, Sphynxen und Nixen, Menschen mit Tierleibern und Fischschwänzen, schauderhafte Kreaturen abartiger Wollust, Ausgeburten der Hölle ohne unsterbliche Seele.

11. Kapitel

So wie der Mensch in der Landschaft lebt, die ihn umgibt, so lebt auch die Landschaft in den Menschen. Der Graf wirkte auf Leander so grau und versteinert wie die Berge, die seinen burgartigen Besitz trugen. Blass wie Birkenrinde war seine Haut, faltig und mit weißem Barthaar bewachsen. Der alte Simon de Clermont war ein asketischer Greis mit den Augen eines alten Wolfs. Er sagte: »Ich verabscheue alle Doktores. Ihre stümperhafte Kunst beschränkt sich auf ekelhafte Arznei, auf Aderlass und Afterspülung. Da ist keiner, der sich mit Knochen und Sehnen so auskennt wie du. Du bist ein wahrer Heiler, ein Medikus.«

»Ihr irrt Euch«, erwiderte Leander. »Ich bin der Carnifex von Carcassonne.«

»Kein Gift, das nicht in der richtigen Dosierung ein Heilmittel wäre«, widersprach der Alte. »Das Wappentier des Äskulap war eine Giftschlange. Ohne deine Kunst hätte mein Erstgeborener sein Leben als Krüppel zugebracht. Nach dem Sturz vom Pferd vermochte er keinen Schritt mehr zu gehen. Sein linkes Bein hing schlaff an seinem Leib.«

»Der Oberschenkelknochen war aus der Gelenkpfanne gesprungen.«

»Soso«, sagte der Graf, »aus der Gelenkpfanne. Ich habe gar nicht gewusst, dass der Mensch eine Pfanne im Leib hat. Aber was soll's, er kann laufen wie zuvor. Und das verdanken wir dir. Kann ich dir irgendeinen Gefallen erweisen?«

»Ich sammle alte Schriften. Wenn Ihr so etwas besitzt und Euer Herz nicht daran hängt, so würdet Ihr mir eine große Freude bereiten.«

»Du liest?«, fragte der Alte erstaunt. »Ein Scharfrichter, der liest! Du bist ein ungewöhnlicher Mensch. Ich selber habe es nie erlernt. Ich glaube, es gibt da ein paar alte Pergamentrollen in der Waffenkammer. Sie befanden sich in der Kriegsbeute, die mein Oheim aus dem Orient mitgebracht hat. Ich werde sie heraussuchen und sie dir nach Carcassonne schicken. Bis dahin aber nimm das hier.«

Er schob einen mit Münzen gefüllten Lederbeutel über den Tisch. Leander steckte das Geld ein und wollte sich erheben.

»Nein, bleib noch«, sagte Simon de Clermont. »Für ein Glas Wein hast du noch Zeit.« Er füllte ihre Becher, erhob den seinen und sagte: »Auf dein Wohl!«

»Auf Euer Wohl und auf das Wohl Eures Adlernestes.«

»Ja, dieser Besitz hier oben ist wirklich mein Adlerhorst«, erwiderte der Alte. »Ich habe Ländereien in Albi und Agen, größer und fruchtbarer als das Land hier oben unter den Wolken. Aber hier bin ich am liebsten. Hier bin ich daheim.«

»Ist es bisweilen nicht recht einsam?«

»Einsam ja, aber nie zu einsam. Die Schrecken des Krieges gegen die Katharer sind uns in dieser Abgeschiedenheit erspart geblieben. Viele Verfolgte haben hier oben letzte Zuflucht gesucht und gefunden. Sie sind bis heute meine besten und treuesten Arbeiter. Die Aufforderung des Papstes, alle Katharer zum Teufel zu jagen, erschien mir damals wie heute so unsinnig, als würde man von mir verlangen, ich sollte meine besten Weinstöcke ausreißen und verbrennen. Und glaub mir, so denken die meisten Herren in diesem Land.«

Der Graf blickte zu den Pferdeställen, wo Bero damit beschäftigt war, Leanders Hengst zu satteln.

»Auch du hältst deine Hand über einen tüchtigen Knecht«, sagte er. »Wer oder was hat dem armen Teufel Gesicht und Stimme geraubt?«

»Das Feuer oder richtiger: der Scheiterhaufen. Aber das ist eine lange und traurige Geschichte. Ich erzähle sie Euch ein andermal.«

Sie tranken ihre Becher leer. Leander erhob sich und meinte: »Der Ritt durch die Berge ist beschwerlich. Ich muss vor Schließung der Stadttore zurück sein.«

»Das hört sich ganz so an, als würdest du erwartet«, sagte der Alte. Der spöttische Unterton war nicht zu überhören.

Leander blickte zum Himmel. Er musste sich beeilen. Der Graf führte ihn zur Freitreppe des Herrenhauses. Die Aussicht über das weite Tal war atemberaubend schön. Bero, begleitet von einem Knecht des Grafen, führte Leanders Pferd herbei.

»Nur eins?«, fragte Leander. »Wo ist Beros Pferd?«

»Es hat sich losgerissen und ist zum Bach hinuntergelaufen«, antwortete der Knecht. »Wir werden es gemeinsam wieder einfangen. Aber das kann eine Weile dauern.«

»Ich werde vorausreiten«, sagte Leander. »Folge mir, Bero, sobald du dein Ross zurückhast.«

Der Graf streckte die Hand aus, um Leander Lebewohl zu sagen. Und als der zögerte, meinte er: »Ich weiß, dem Henker gibt man nicht die Hand, so heißt es. Aber die gleichen Leute, die dir den Händedruck verweigern aus Grauen vor dem Henker, schrecken nicht davor zurück, dem Inquisitor die Hand zu küssen. Komm, gib mir deine Hand, damit ich dir danken kann, wie es sich unter Ehrenmännern geziemt. Gott mit dir!«

»Gott mit Euch!«

Einen Augenblick später trabte Leander durch das Burgtor mit dem Bärenschädel darüber, der, dort festgenagelt, die Zähne fletschte, als wollte er den Davonreitenden letztes Lebewohl entbieten. Vor ihm lag eine Welt aus Steinen und Stille. Da war nur das metallene Zirpen der Zikaden und der Hufschlag des Pferdes. Leander liebte die Einsamkeit dieser rauen, unberührten Bergwelt, die so ganz und gar verschieden war von der Welt der engen Gassen innerhalb der Stadtmauer. Die Glut der Sonne schien alle Farben auszulöschen, alle Geräusche zu ersticken. Gräser gebleicht von der Gewalt des Lichts. Krüppelwüchsige Bäume reckten ihre verdorrten Äste gegen das gleißende Blau des Himmels. Das Land war menschenleer. Leander lenkte das Pferd vorbei an aufgerissenem Gemäuer: die Ruine eines Schafstalls, zerborstene Schieferplatten, Dachbalken, rauchgeteert, überwuchert von Brennnesseln und wildem Majoran. Ein Bild ungestörten Friedens. Der Schatten eines großen Vogels fiel auf ihn. Er rührte von einem Geier, der mit unbeweglichen Schwingen hoch oben kreiste. Zugleich wehte mit dem Wind ein zäher, süßer Hauch der Verwesung heran, der das Pferd ängstlich erzittern ließ. Sie ritten an einem toten Schaf vorüber, umschwärmt von grünschillernden Schmeißfliegen. Bei einer umgestürzten Kiefer stieg Leander vom Pferd, um seiner Blase Erleichterung zu verschaffen. Er war noch keine zwei Schritte gegangen, als der Hengst die Ohren aufstellte und zu schnauben begann, wie er es immer tat, wenn er Gefahr witterte.

Prüfend blickte sich Leander um. Er nahm nichts wahr, das Anlass zur Besorgnis gegeben hätte. Als er sich die Hosen wieder zuknöpfte, sah er sie. Sie standen im Schatten der steil aufragenden Bergwand, halb verdeckt vom dornigen Gestrüpp der Macchia: drei Männer, keine hundert Schritte entfernt von ihm. Die Art, wie sie zu ihm hinüberspähten, war beunruhigend. Sie traten aus dem Schatten und kamen auf ihn zu, verwilderte Gestalten, die nichts Gutes verhießen.

Leander hätte sich auf sein Pferd schwingen und davonreiten können. Aber er gehörte nicht zu denen, die sich ängstlich aus dem Staub machen. Er war es gewohnt, dass man vor ihm davonlief. Als er aufsaß, tat er das nicht, weil er an Flucht dachte, sondern weil ein Mann hoch zu Ross über mehr Macht verfügte als ein Mensch auf zwei Beinen.

»Ein edles Pferd habt Ihr da«, sagte der Älteste der drei Männer. Er sprach mit lauter, herrischer Stimme, wie einer, der es gewohnt ist, Befehle zu erteilen.

»Ja, wirklich sehr schön«, sagte sein Begleiter mit der Lederkappe und griff Leander ans Bein. Er hatte Hände wie ein Holzfäller, wettergegerbt mit schwarz geränderten Fingernägeln.

»Nimm deine schmutzigen Finger von meinem Pferd. Ich mag es nicht, wenn man mich anfasst.«

»Er mag es nicht, wenn man ihn anfasst«, höhnte der Alte. »Habt Ihr das gehört, meine Söhne?«

Ein hässliches Lachen war die Antwort.

Leander spürte, wie ihm das Blut in die Schläfen schoss, aber er ließ sich nicht aus der Ruhe bringen. Er betrachtete die Männer, so wie er seine Todeskandidaten begutachtete, bevor er ihnen das Genick brach.

Der Alte wog gut hundertsechzig Pfund. Er hatte schwere Knochen, aber steife Gelenke. Seine verwundbarste Stelle war sein Genick. Die beiden anderen bezogen ihre Kraft aus der Anwesenheit ihres Leittiers. Wenn er den Alten niederstreckte, würden sie das Weite suchen. Aber Teufel, sie waren zu dritt! Wo Bero bloß blieb?

Jetzt griff der Jüngste, ein Pickelgesicht mit Haupthaar so verfilzt wie Schaffell, nach dem Steigbügel. Leander setzte ihm die Stiefelspitze ins Gesicht. Der Stoß erfolgte so unerwartet und mit solcher Wucht, dass der Junge rückwärts auf den steinigen Boden stürzte. Dort lag er mit offenen Augen wie ein erschossener Hase.

Leander sah, wie der Alte sich bückte und einen Stein aufhob. Der Bursche mit der Lederkappe zog ein Messer unter seinem Wams hervor.

Der Stein traf Leander an der linken Schulter. Dem Dolchstoß ins Bein konnte er gerade noch ausweichen. Die Klinge glitt am glatten Stiefelleder ab und fuhr dem Pferd in die Flanke. Mit wildem Entsetzensschrei erhob sich der Hengst auf die Hinterbeine und schlug mit beiden Vorderhufen auf seinen Peiniger ein. Die Tritte trafen den Kopf. Es klang wie Nüsseknacken. Das verwundete Tier gebärdete sich so wild, dass Leander abgeworfen wurde. Bevor er auf die Beine kam, stand der Alte vor ihm, breitbeinig und drohend wie das leibhaftige Strafgericht. In seiner Faust blinkte das blanke Eisen einer Axt.

Leander sah, wie die Axt sich hob. Es war wie bei einer Hinrichtung. Nur dieses Mal war er es, der unter dem Beil lag.

Nein, schrie es in ihm, nein. So durfte er nicht enden, nicht so! Ein Schatten fiel auf ihn, ein höllisches Krächzen. War das der Tod? Oder der Teufel in Person? Eine schwarze Wolke von Rabenvögeln ließ sich auf der umgestürzten Kiefer nieder.

Der Alte wandte erschrocken sein Gesicht zum Himmel, nur einen Lidschlag lang, aber dieser eine Augenblick rettete Leander das Leben. Mit einem Satz war er auf den Beinen. Der Axthieb verfehlte ihn um drei Finger Breite. Leander sah noch, wie der Alte erneut die Axt hob ... dann stürzte er in bodenlose Bewusstlosigkeit.

Die Glocken läuteten zur Vesper. Von Leander kein Lebenszeichen. Dabei wollte er bereits gestern zurück sein.

Der Tag verging. Die Türmer bliesen zur Schließung der Stadttore. Leander kam nicht. Beatrice war zutiefst beunruhigt. Unheil lag in der Luft. Sie spürte es mit jeder Faser ihres Herzens. Unendlich lang war die Nacht, dunkel und voller Albträume. Mit dem ersten Tageslicht erwachten hoffnungsvolle Gedanken: Heute wird er kommen.

Hufgeklapper vor dem Turm. Wurde da nicht der Schlüssel ins Schloss gestoßen. Aber es war nur der Wind, der an den Fensterläden rüttelte.

Am Ende der Woche wusste sie, dass ihm etwas zugestoßen war. So viele Tage würde er sie nicht warten lassen. Sie war in dem Turm gefangen wie eine zum Hungertod Verurteilte. Leander würde sie nicht so lange eingesperrt lassen, ohne Vorsorge getroffen zu haben.

In der zweiten Woche fand sich nichts Essbares mehr im Haus. Die Nahrung, die sie zum Leben brauchten, hatte Leander stets frisch vom Markt mitgebracht, weil er glaubte, zu viele Vorräte im Haus lockten die Ratten an.

Sie lag auf ihrem Bett und beobachtete die Stubenfliegen.

»Ihr habt es gut«, sagte sie. »Ihr kennt keinen Hunger. Für

euch ist die ganze Erde ein gedeckter Tisch. Ihr findet immer etwas Fressbares. Euch schmeckt jeder Dreck.«

Ihre Gedanken kreisten ständig um Nahrung: Ein gefräßiges Tier ist unser Körper. Wenn wir ihn nicht füttern, beginnt er sich selber aufzufressen. Besser, ich esse andere als mich selbst. Aber da gab es nichts.

Der Verzweiflung nahe, beschloss sie, im Schutz der Nacht auszubrechen. Wenn die Stadt im Schlaf lag, könnte sie es wagen. Aber selbst wenn ihr der Ausstieg gelänge, wie sollte es dann weitergehen? Das Stadttor wurde erst bei Tagesanbruch geöffnet. Bis dahin musste sie sich irgendwo innerhalb der Mauern verstecken. Aber man wird sie erkennen. Eine wie sie vergaß man nicht. Und wenn sie ihnen in die Hände fiel, dann gnade ihr Gott!

Trotzdem, sie musste es wagen. Aber wie? Es gab nur eine Tür, die in den Turm führte, und sie war von Leander verschlossen worden. Den Schlüssel hatte er mitgenommen. Das eisenbeschlagene Tor aus armdickem Eichenholz aufzubrechen war unmöglich. Die Fenster waren mit daumendicken Eisen vergittert. Unter dem Dachgebälk gab es ein unbewehrtes, kleines Fenster, aber es lag viel zu hoch, um von dort hinabzusteigen. Es war das Fenster, in dem die Raben gefüttert wurden. An dieser Stelle ihrer Überlegung drängte sich der Gedanke auf, dass Raben essbar waren, so essbar wie Hühnervögel. Sie hatte seit Tagen nichts gegessen.

Da auch die Raben kein Futter mehr erhalten hatten, flatterten sie gierig herbei, als sie das Fenster öffnete. Der größte unter ihnen, den Leander Barnabas getauft hatte, ließ sich auf ihrem ausgestreckten Arm nieder. Er blickte sie mit seinen blanken, klugen Augen erwartungsvoll an. Beatrice betrachtete ihn liebevoll: »Verzeih mir.«

Dann ergriff sie ihn und brach ihm das Genick. Er starb ohne Gegenwehr, als wüsste er, dass sie keine andere Wahl hatte. Einige Vögel hatten sich so weit in das Turmzimmer hineingewagt, dass sie eingesperrt waren, als Beatrice den Fensterladen zustieß. Zwei kochte sie noch am gleichen Tag, die anderen legte sie als Notration zurück, was sich als Fehler erwies, denn sie wurden von den Ratten gefressen.

Verdammte Ratten! Der Teufel soll sie holen! Nein, nicht der Teufel, sondern Minerva. Beatrice öffnete den Vogelkäfig und ließ die Eule frei. Die plusterte ihr Federkleid auf und flog – so wie sie es jeden Abend tat – mit lautlosem Flügelschlag von Raum zu Raum, in völliger Finsternis und ohne irgendwo anzustoßen. Der Turm war ihr Jagdrevier.

Es dauerte nicht lange, und sie kehrte mit einer fetten Ratte in ihren Fängen zurück. Wie ein Jagdfalke ließ sie sich auf Leanders Schreibpult nieder, stolz aufgerichtet, als wollte sie sagen: Schau mal, was ich erlegt habe.

»Heute musst du mit mir teilen«, sagte Beatrice. Der Vogel beäugte sie mit wissendem Eulenblick, so als verstünde er, was von ihm verlangt wurde. Er überließ ihr den Fang, flog erneut davon und kehrte schon nach kurzer Zeit mit einer noch größeren Ratte zurück. Vor Schreck gelähmt lag sie da wie tot, die Beine starr in die Luft gestreckt, nur der nackte Schwanz bewegte sich schlangenartig. Beatrice erstach sie mit dem Brotmesser und trug sie mit weit von sich gestrecktem Arm in die Küche. Sie briet sie in der Pfanne und erbrach sich.

In der Nacht schreckten sie schaurige Bilder. Ihr träumte, sie läge tief unter der Erde in einem Grab, nein, nicht in einem Grab, sondern im Kellerverlies unter dem Henkersturm. Sie fror, fürchtete sich vor der Finsternis. Und dann sprach Leander zu ihr. Aus weiter Ferne hallten seine Worte in dem Gewölbe, brandeten gegen die Mauern wie die Posaunen am Jüngsten Tag. Ihr Herz erzitterte vor Angst. Aus dem erstickenden Dunkel der Grabkammer löste sich lichtloses Grauen, der Schatten des Todes.

Leicht wie ein Hauch glitt eine verhüllte Gestalt aus der Wand. Der Tod? Der Schleier über dem Kopf wurde davongeweht. Sie blickte in Leanders blasses Gesicht. Traurigkeit umgab ihn. Bevor er verschwand, wies er mit dem Finger zur Stirnwand des Gewölbes. Beatrice fuhr aus dem Schlaf: »Er ist tot. O mein Gott, er ist tot!«

Er hatte aus der Unterwelt zu ihr gesprochen. Aber was wollte er ihr sagen? Worte, leer wie ein frisch ausgehobenes Grab. Und warum sprach er aus dem Kellerverlies zu ihr? Gab es dort etwas, das er ihr zeigen wollte? Vielleicht einen geheimen Gang, in dem sie den Turm verlassen konnte? Hatte er nicht mit dem Finger in eine bestimmte Richtung gewiesen?

Mit brennender Fackel stieg sie noch in der Nacht hinab in den Keller, tappte durch die verwinkelten Gänge, versuchte sich zu erinnern, wie das Gewölbe in ihrem Traum ausgesehen hatte. Ein langer Raum, ein Tonnengewölbe. Zur Stirnseite hatte Leander gezeigt. War da nicht eine Öffnung in der Wand? Im Näherkommen entdeckte sie die Pforte, gerade groß genug, um einen Menschen hindurchzulassen. Ihre Hand ertastete einen Riegel, schob ihn zurück. Knarrend öffnete sich die Tür. Sie schlüpfte hindurch und befand sich in einem hohen Gewölbe, getragen von mehreren Säulen. In der Mitte ein mächtiger Tisch. Darauf gläserne Gefäße. Sie trat näher. In klarer Flüssigkeit schwamm ein dunkler Gegenstand, rostrot und faustgroß. Eine faulige Frucht oder ein Herz, ein Schweineherz. Daneben … Es sah aus wie eine Hand. O mein Gott, es war wirklich eine Hand. Sie erkannte die Handlinien, die Fingernägel. Unten beim Gelenk hingen aus dem blutigen Fleisch die Sehnen und Adern heraus. Angewidert stellte sie das Glas zurück. Dabei stieß sie an ein anderes. Ein Auge schaute sie an. Ein Tierauge? Sie blickte auf die Hand. Nein, das hier war kein Schweine- oder Rinderauge. Dieser Augapfel hatte einem Menschen gehört. Ekel überfiel sie, Grauen. Bloß weg hier! Raus! Sie wandte sich zur Flucht und hielt den Atem an. Vor ihr stand der Tod, nicht als Albtraum oder als schauerliche Vision, sondern leibhaftig in Person. Er grinste sie mit gefletschten Zähnen an. Die flackernden Schatten der Flamme huschten über knöchernes Gebein. Sie bewegten sich in den leeren Augenhöhlen, als würde der Sensenmann mit den Augen rollen.

Die Fackel entglitt ihrer Hand. Die Dunkelheit war erdrückend, raubte ihr den Atem. Sie wollte fliehen, stürzte zu Boden.

12. Kapitel

Leander erwachte und blickte in zwei schwarze Augen, die ihn durch die Schlitze einer ledernen Maske ängstlich musterten: Bero! Daneben eine füllige Frau mit faltiger, weißer Haut. Ihre nackten Arme waren fleischig wie ihr Hals. In ihrer Jugend musste sie ein schönes Mädchen gewesen sein, doch jetzt waren ihre Haare zerzaust, ohne Glanz, die Fingernägel abgenagt und schwarz gerändert. Sie roch nach Holzkohlenasche, Zwiebeln und Ziegenmilch.

Sie stand da so selbstverständlich, als wäre sie ein Teil seiner Träume. Leander lag in einem Raum, den er nicht kannte: die Wände wie von Tierfell, der Boden aus gestampftem Lehm. Er fuhr sich über die Augen. Dabei berührten seine Finger den Stoff, der seine Stirn bedeckte. Eine Mütze? Nein, ein Verband. Warum trug er einen Kopfverband? Er wollte sich aufrichten. Bero drängte ihn zurück.

»Wo bin ich? Was ist mit mir geschehen?«

Ein junger Bursche, den Leander bis dahin nicht bemerkt hatte, antwortete aus dem dunklen Teil des Raums: »Wir sind Schäfer, unterwegs mit unserer Herde nach Cavaers. Wir haben dich gefunden, in den Bergen, bei Montallion. Du lagst neben einem toten Jüngling und neben einem Alten mit gebrochenem Genick. Nicht weit davon ein Mensch mit einer Lederkappe, dem man den Schädel eingeschlagen hatte. Und hundert Schritte weiter ein Pferd in seinem Blut mit Messerstichen in der Flanke. Es lebte noch, als wir es fanden. Die Raben hatten ihm die Augen ausgehackt. Wir gaben ihm den Gnadentod. Du warst der Einzige, der noch lebte, du und dein stummer Knecht mit der Maske. Er kniete neben dir und ließ keinen an dich heran. Wir haben dich hierher geschafft. Dein Knecht hat deine Wunden versorgt. Du musst einen guten Schutzengel haben. Du warst mehr tot als lebendig.«

»Wann war das? Wann habt ihr mich gefunden?«

»Wie lange ist das her?«, fragte der Hirte.

Die Frau antwortete: »Zwei Nächte nach Vollmond. Jetzt ist der Mond fast verschwunden. Gut eine Woche.«

Leander erhob sich von seinem Lager, schob Bero beiseite: »Eine Woche! O Gott, ich muss gehen. Ich werde dringend gebraucht. Habt ihr ein Pferd für mich?«

»Mit der Kopfverletzung dürft Ihr nicht reiten.«

»Ich muss. Gebt mir ein Perd, wenn ihr eins habt. Es soll euer Schaden nicht sein. Ich bezahle euch gut.«

»Warum nehmt Ihr nicht das Pferd von Eurem Knecht?«

»Richtig. Beros Ross – wo ist es?«

»Ihr wollt wirklich aufbrechen, noch heute? Unmöglich. Der Tag ist fast um. Ihr kämt nicht mehr weit. Ihr seid nach so langem Krankenlager auch viel zu schwach. Bitte ruht Euch noch etwas aus.«

Auch Bero schüttelte seinen massigen Kopf und ließ ein bärenhaftes Brummen vernehmen, wie er es immer tat, wenn er erregt war. Er drängte seinen Meister zurück auf das Lager und deckte ihn mit dem Schaffell zu. Die Geste war unverkennbar: Ihr müsst Euch noch schonen.

Leanders Augen hatten sich inzwischen an das Halbdunkel des Zeltes gewöhnt. Jetzt vermochte er ihre Gesichter deutlich zu erkennen. In ihren Augen lag so etwas wie ehrfürchtige Scheu. Die Frau verneigte sich vor ihm, bevor sie ihm die Schale mit Tee reichte. Sie beugte ihr Knie wie vor dem Allerheiligsten in der Kirche.

»Wer seid Ihr? Wo kommt Ihr her?«, fragte der Mann.

»Ich bin der Carnifex von Carcassonne.«

»Der Henker?!« Das Entsetzen stand ihnen ins Gesicht geschrieben: »Ihr scherzt.«

»Nein.«

»Habt Ihr diese Männer in den Bergen hingerichtet?«, fragte die Frau.

»Sie wollten mich hinrichten. Sie haben mir aufgelauert, um mir Pferd und Leben zu nehmen. Ich musste mich wehren. Mein Knecht kam mir im letzten Augenblick zu Hilfe. Ohne ihn wäre ich jetzt tot.«

Sie betrachteten ihn wie ein Wesen aus einer anderen Welt.

»Was ist das für ein Amulett, das Ihr um den Hals tragt?«, fragte der Hirte schließlich. »Woher habt Ihr es?«

»Eine Frau gab es mir.«

»Welche Frau?«

»Sie war Katharerin, eine Reine.«

Es entstand eine längere Pause. Dann fragte der Hirte: »Habt Ihr sie hingerichtet?«

»Nein, sie starb an der Endura in ihrer Zelle.«

»Und Ihr habt diesen Karneol an Euch genommen?«

»Nein, sie gab ihn mir.«

»Sie hat ihn Euch gegeben?«

»Ja.«

Sie blickten ihn ungläubig an.

»Sie hat mir diesen – wie nennt ihr ihn …?«

»Karneol.«

»… diesen Karneol um den Hals gelegt und gesagt …«

»Was hat sie gesagt?«, fragten der Mann und die Frau wie aus einem Mund.

»Es war nur ein Wort. Es klang wie Baphomet queribus. Sie war eine rätselhafte Frau. Sie wollte, dass ich sie segne.«

»Segne uns«, bat die Frau und sank vor ihm auf die Knie.

»Ja, gib uns deinen Segen«, sagte der Mann.

Verrückt, dachte Leander, sie sind alle völlig verrückt, diese Hirten. Die Einsamkeit der Berge bringt sie um den Verstand. Er segnete sie und schlug das Kreuz über ihren Köpfen.

Im ersten Morgenlicht brachten sie ihm das Pferd, einen alten Wallach, der auf dem linken Hinterhuf lahmte. Die Schäfer schauten ihm nach, bis ihn der Morgennebel verschluckt hatte.

»Es ist unglaublich«, sagte die Frau, »ein Henker vom Heiligen Gral. Wie kann das sein? Vandalmonde de Castanier war eine unserer Besten. Sie hätte ihm ihren Karneol nicht gegeben, wenn er nicht…«

»Und wenn er lügt? Wenn er ihr den heiligen Stein abgenommen hat?«

»Sie hätte den Karneol eher verschluckt als zugelassen, dass er in falsche Hände gerät. Nein, glaub mir, sie hat ihn erkannt, so wie auch ich die Kraft des heiligen Blutes in ihm gespürt habe, als ich seine Wunde versorgte«, sagte die Frau.

»Ein Henker vom Heiligen Gral! Wie kann sein, was nicht sein darf?«, erwiderte der Mann.

Sie lag im Wasser wie eine tote Katze, und das Wasser war kalt, eiskalt. Sie fror. Sie haben mich ersäuft. Ich bin tot.

Einen Atemzug lang schwebte sie zwischen Traum und Erwachen, zwischen Tod und Leben. Dann riss sie die Kälte aus der Ohnmacht. Wo bin ich? Sie lag auf hartem Untergrund. Eine Totengruft? Sie bewegte ihren Fuß, biss sich in die Hand. Nein, sie träumte nicht. Aber was war mit ihr geschehen? Und dann fiel es ihr wieder ein: das Kellerverlies!

Ich muss fort von hier, bevor ich erfriere. Schlotternd vor Kälte tastete sie sich an der Wand entlang, bis sie in der Finsternis die Türöffnung fand. Nur gut, dass sie sich in dem angrenzenden Kerkerkeller gut auskannte. Wer weiß, ob sie sonst den Weg nach oben gefunden hätte. Sie erreichte das Turmzimmer. Der Mond schien durch das Fenster. Wie schön war sein Glanz. Sie fühlte sich wie eine Blinde, die ihr Augenlicht zurückgewonnen hat.

Sie wickelte sich in wärmende Decken. Wenn nur der Hunger nicht wäre. Wie lange ein Mensch wohl ohne Nahrung zu leben vermag? Es muss doch irgendeinem auffallen, dass es Leander nicht mehr gibt. Vielleicht findet mich jemand, bevor ich verschmachte. Und dann? Dann werden sie mich ersäufen wie eine Katze. Mir bleibt keine andere Wahl als der Tod.

Schlafen, dachte sie, ich will schlafen. Schlafen ist so gut wie tot sein.

Im Traum war sie daheim. Die Sonne schien in ihr Zimmer. Sie hörte den Gesang der Erntehelfer im Weingarten. Ihre Amme Leonora streichelte ihr Haar, wie sie es immer tat, wenn ihr kleiner Liebling traurig war.

»Schön, dass du zurückgekehrt bist«, sagte sie.

Beatrice lag in ihrem Bett, umgeben von ihren Katzen. Wie wohlig sie schnurrten, und wie weich ihr Fell war.

Mutter brachte das Essen ans Bett: »Nudelbrühe, dein Leibgericht. Iss, damit du schnell wieder gesund wirst.«

Wie gut das duftete! Sie griff danach, verschüttete alles und erwachte.

Sie träumte von gebratenem Fleisch, von frisch gebackenem Brot, von Hirsebrei und Birnenmus. Der Duft der Speisen stieg ihr in die Nase, aber sie kam nicht dazu, auch nur einen Bissen an den Mund zu führen. Eine Hand, von irgendwoher, nahm ihr, wonach sie sich sehnte. Ein Windstoß wehte die Speisen davon. Die Ratten fraßen ihr das Essen vom Teller, Ratten und Küchenschaben.

Der Tod saß mit ihr am Tisch. Er beugte sich über die Tischplatte, bot ihr den Mund zum Kuss, zwischen den Zähnen eine reife Feige. Sie öffnete die Lippen, spürte die Berührung mit der Frucht. Ein Kuss. Welch ein Kuss!

Sie schlug die Augen auf. »Leander!« Sie schloss die Augen. Und als sie sie wieder öffnete, war er noch immer da. »Leander!«

Sie griff nach ihm. Er war es leibhaftig.

Sie lagen sich in den Armen, weinten und lachten vor Freude, wollten einander nicht mehr loslassen.

»Ich dachte, du wärst tot.«

»Ich hatte solche Angst, du wärst in dem Turm verschmachtet. Mein Gott, wie mager du bist.«

»Wo warst du so lange? Es war schrecklich ohne dich. Lass mich nie mehr allein.«

Sie küssten sich, streichelten sich die Tränen von den Wangen, freuten sich, wie man sich freut, wenn man aus hoffnungsloser Lage errettet worden ist.

»Warum trägst du einen Verband um den Kopf?«

Und dann musste Leander erzählen. Sie kauerten auf dem Fußboden. Er hielt ihren Kopf im Schoß und fütterte sie mit Trauben.

Das Kerzenlicht spiegelte sich im Glanz ihrer Augen.

Sie freuten sich aneinander, erschöpft und doch voller Leben. Die ersten Stunden ihrer Wiederbegegnung waren erfüllt von Vorfreude, Vorfreude auf das, was ihnen jetzt unweigerlich geschehen würde. Sie spürten einander, warm und weich. Ihre Kleidung war ein Hindernis, das sie am liebsten abgestreift hätten wie die Erinnerung an die vergangenen Tage. Zu erschöpft, um sich zu lieben, war jede Geste eine Verheißung, jeder Blick eine zärtliche Berührung.

Als sie eng umschlungen erwachten, schien die Sonne ins Zimmer. Leander spürte ihren Atem an seinem Ohr, weiche, warme Lippen auf seinem Hals. Ihr Duft stieg ihm in die Nase, ein herber, schweißiger Geruch. Er streckte seine Hand nach ihr aus und fühlte die feuchte Hitze zwischen ihren Brüsten. Im Halbschlaf schob sie ihren Unterleib vor, öffnete die Beine. Seine Finger glitten über die Innenseite ihrer Schenkel. Sie ließ es widerstandslos geschehen. Das alles ereignete sich wie im Traum. Leander sah, wie sie ihre Lippen leckte und schluckte. Völlig gelöst lag sie da, so als schliefe sie. Sie drückte ihren Schoß gegen Leanders Finger und wiegte sich ihm sanft entgegen, erst langsam, dann immer schneller werdend. Bei jedem Stoß stöhnte sie leise auf. Ihr Körper war angespannt wie ein Bogen. Unvermittelt bog sie ihren Hals weit zurück, presste ihre Schenkel fest um Leanders Hand. Ein Schauer durchlief sie. Sie schlug die Augen auf. Ihr Blick flackerte vor Erregung. Leander versank in ihren Augen.

Sie umschlang ihn mit ihren Armen und Beinen, warf sich über ihn. Ihre Lippen suchten seinen Mund: »Ich will dich.«

»Ich weiß nicht ...«

»Was weißt du nicht?«, fragte sie. »Schämst du dich vor mir?«

»Nein ... doch, ja. Ich bin ...«

»Was bist du?«

»Ich bin ...« Leander suchte nach den richtigen Worten. »Ich weiß nicht, wie ich es dir erklären soll.« Er zog sich das Hemd über den Kopf, streifte die Hose von den Beinen, die Wäsche darunter, bis er nackt vor ihr stand: »Schau mich an!«

Sie betrachtete ihn mit weit aufgerissenen Augen. Ungläubig schlug sie die Hand vor den Mund: »O mein Gott, du bist eine Frau.«

»Ja, ich bin eine Frau.«

»Wie kann das sein?«

Sie vergaß vor lauter Staunen, den Mund zu schließen. »Wer bist du?«

»Ich bin der Henker von Carcassonne.«

»Aber wie ist das möglich? Kann eine Frau Henker sein, eine Henkerin. Gibt es das? Darf das sein?«

»Es darf nicht sein. Aber wie du siehst, gibt es mich.«

Und als sie ihn aus ungläubigen, verständnislosen Augen anblickte, sagte er: »Komm, setz dich zu mir. Ich werde dir mein Geheimnis verraten:

Am Tag Mariä Lichtmess wurde in Carcassonne ein Kind in einem falschen Körper geboren. Man gab ihm den Namen Leander. Sein Vater war der Henker der Stadt, seine Mutter eine begnadigte Totschlägerin aus dem Geschlecht der Merowinger. Das Kind mit den mandelförmigen Augen und dem weich geschwungenen Mund hatte schon bald seine Freude an den zarten Dingen des Lebens, an der Anmut geschickter Bewegungen, an Musik und Gesang. Es liebte Märchen und spielte mit Puppen. Als es zum ersten Mal fahrendes Volk, Tänzer, Sänger und Schauspieler sah, glaubte es, die Bühne für sein Leben gefunden zu haben, vollendete Sprache, ausgelebte Gefühle, Verwandlungen, Passionen, Träume. Ein König wollte es werden, ein Heiliger, ein großer Künstler, ein Weiser aus dem Morgenland. ›So wie in alten Adelsgeschlechtern die Nachkommen häufig zu degenerieren pflegen, so ist auch der letzte Latour ganz und gar aus der Art geschlagen‹, meinten die Leute in Carcassonne, wenn der Henker mit seinem Sohn über den Markt schlenderte. Zart und feingliedrig wie ein Mädchen war dieser Knabe. Die blonden Locken fielen ihm bis über die Augen, Augen so leuchtend blau wie der Himmel über dem Aude-Tal. ›Aus dem wird nie ein richtiger Henker‹, sagten die Männer, und die Frauen fügten seufzend hinzu: ›Schade um ihn.‹ Ein Geheimnis umgab ihn, denn er war nicht der, für den man ihn hielt.«

Leander machte eine Pause und blickte Beatrice an, wie einer, der sich schuldig gemacht hat und um Verständnis bittet.

»Ich war acht Jahre alt, als mir mein Vater offenbart hat: ›Du bist kein Mann.‹ ›Ich weiß‹, habe ich geantwortet. ›Ich bin ein Kind.‹ ›Ja, du bist noch ein Kind. Aber aus dir wird nie ein Mann werden, weil du ein Mädchen bist.‹«

Beatrice fragte ungläubig: »Und das ist dir vorher nicht aufgefallen?«

»In der Abgeschiedenheit unseres Turms bin ich nie mit anderen Kindern in Berührung gekommen. Nie habe ich einen Menschen mit entblößtem Unterleib gesehen. Ich dachte, da gebe es keine Unterschiede. Ich war mir ganz sicher, dass ich eines Tages so aussehen würde wie mein Vater. Und dann die Feststellung, dass ich anders war. Ich war verwirrt, stellte Fragen. Doch der Alte schnitt mir das Wort ab: ›Hör mich an und unterbrich mich nicht!‹ Ich sehe ihn noch heute leibhaftig vor mir. Er saß da, wo du jetzt sitzt. Die Hände wie zum Gebet gefaltet. Das Geständnis fiel ihm sichtlich schwer. Er sagte: ›Ich habe dich selbst ans Licht der Welt geholt, mit diesen Händen.‹ Er streckte mir seine großen behaarten Pranken entgegen, mit denen er schon so manchem armen Sünder das Leben genommen hatte. Die Hebamme hatte sich geweigert, dem Weib des Henkers bei der Geburt ihres Bastards zu helfen. ›Es geht nicht‹, hat sie gesagt, ›es geht wirklich nicht. Ich wäre verfemt und brotlos obendrein.‹ Sie ließ sich nicht erweichen, wie viel ich ihr auch bot. Der Alte fuhr sich über die Bartstoppeln und meinte aufstöhnend: ›Ich habe schon Katzen gebären sehen, auch Kühe und Esel, aber natürlich noch nie ein Weib. Das kann nicht sehr viel anders sein als beim Vieh, hab ich mir gesagt. Auch Mutter hatte keine Ahnung.‹ Sie sagte: ›Was tausend Frauen vor mir geschafft haben, das werde auch ich schaffen, mit deiner und mit Gottes Hilfe.‹ ›Und Gott half, wenn auch nur mäßig. Es wurde eine schwere Geburt. Weiß Gott, daneben ist die Folter ein Fliegenschiss! Du wolltest und wolltest nicht kommen. Sie lag da auf dem Bett und schrie. Am Ende habe ich sie mit einem Tau unter den Achselhöhlen am Deckenhaken hochgezogen. Halb hängend, halb hockend hat sie dich endlich aus ihrem gemarterten Leib herausgepresst. Wir waren beide schweißnass und am Ende unserer Kräfte. Mutter weinte vor Glück. Und dann die Enttäuschung: ein Mädchen! Ich hatte so fest mit einem Nachfolger gerechnet, dass mir nicht ein einziges Mal der Gedanke gekommen war, es könnte ein Mädchen werden. Eine Henkerstochter – das ist wie ein Kalb mit zwei Köpfen, eine erbarmungswürdige Missgeburt, die niemals ein Kind gebären wird, weil sie niemals einen Mann finden wird. Eine alte Jungfer von Geburt an. Nicht einmal ein Kloster würde sie aufnehmen. Es wäre mir nicht schwer gefallen, dich mit einem Kissen zu ersticken. Bevor ich meine Absicht in die Tat umsetzen konnte, nahm dich deine Mutter und legte dich an ihre Brust, womit sie dir das Leben rettete, denn nach uraltem Gesetz darf ein Neugeborenes nur getötet werden, solange die Mutter es noch nicht gestillt hat. Danach ist es Mord. Und Mord an Hilflosen und Schlafenden ist ein Verbrechen, das vor Gott keine Vergebung findet.

Die ganze Nacht bin ich durch den Turm gelaufen, treppauf und treppab, denn nur laufend vermag ich klar zu denken. Am Morgen stand mein Entschluss fest. Ich brauchte einen Nachfolger, koste es, was es wolle. Wer weiß, ob Mutter noch so eine Geburt überleben würde? Und vielleicht war es dann wieder ein Mädchen. Nein, es gab nur diese eine Chance. Und die durfte ich mir nicht entgehen lassen. Wir hatten ein Kind, ein gesundes Kind mit dem falschen Geschlecht, aber das ließ sich korrigieren. Es gab keine Zeugen außer mir und deiner Mutter. Wem würde auffallen, ob da ein Mädchen oder ein Knabe heranwuchs? Niemand außer uns würde mit dir spielen. Keiner würde dich taufen oder unterrichten. Kinder sind geschlechtslose Geschöpfe. Ob aus ihnen ein richtiger Mann oder eine richtige Frau wird, ist auch Erziehungssache. Ich werde einen Mann aus dir machen.‹ So hat der Alte zu mir gesprochen. Ich erinnere mich an jedes Wort.

Er unterließ nichts, um aus dem Mädchen einen Mann zu machen. Ich war acht Jahre alt, als der Alte mich zwang, ein Lamm zu schlachten. Er hielt das zappelnde Tier an den Hinterbeinen hoch, und ich musste ihm, unter Androhung von Prügeln, die Gurgel durchschneiden. Es hagelte Ohrfeigen, als ich mich weigerte, dem noch warmen kleinen Schaf die Augen auszustechen. Vater sagte: ›Als ich so alt war wie du, hat mir mein Vater die Tortur an lebenden Schweinen beigebracht. Nur so lernst du, wie man einem Verurteilten die Knochen bricht, bevor man ihn aufs Rad flechtet. Finger abhacken kann jeder, aber die Tortur will gekonnt sein. Die Henkerei ist ein Handwerk, und gut Handwerk will erlernt werden.‹ Oder er sagte: ›Was soll ich mit einem Nachfolger anfangen, der kein Blut sehen kann, der aus Mitleid mit dem Vieh kein Fleisch isst? Hat man je von einem Henker gehört, der sich selber das Schreiben beigebracht hat, um in einem Buch lesen zu können? Du sollst dich nicht mit deinem Pferd unterhalten. Du sollst es reiten, reiten wie ein Mann!‹

Mit zwölf Jahren stand ich zum ersten Mal in Vertretung meines Vaters auf dem Schafott, um durch meine Anwesenheit die Verstümmelungsstrafe zu legalisieren, die von den Henkersknechten ausgeführt wurde. Ich fühlte mich auf dem im

Blut schwimmenden Podest wie ein Racheengel, eine verlorene Kinderseele. Starre Haltung und trotziger Stolz ließen mich älter erscheinen, als ich in Wirklichkeit war. Hinter den jungen Gesichtszügen von erschreckender Härte verbarg sich ein dünnhäutiger Mensch, der sich seiner Würde und Sonderstellung bewusst war, ein Mädchen im Gewand des Scharfrichters.«

Die letzten Worte hatte Leander fast geflüstert. Er wirkte so verloren, dass Beatrice ihren Arm um ihn legte und ihn küsste.

»Du Lieber«, sagte sie, »ich liebe dich, egal, wer du bist. Nein, nicht egal. Du bist mir viel vertrauter als ein Mann. Männer haben mir immer Angst eingeflößt. Ihr Wesen ist mir fremd. Meine erste Liebe war eine Frau: Leonore. Ich habe dir von ihr erzählt.«

Leander nahm sie in die Arme und küsste sie. Es gab kein Zögern mehr, kein Überlegen.

»Ich bin glücklich«, sagte Beatrice, »ganz und gar glücklich. Ich habe das tiefe befriedigende Gefühl, dass unsere Liebe, so ist wie sie ist, gut ist, dass nichts, aber auch gar nichts fehlt. Wir beide können alles tun, was Mann und Frau miteinander tun, alles und noch viel mehr. Nur eine Frau weiß, wie eine Frau empfindet. Unsere Möglichkeiten sind unbegrenzt. Nie könnte ich mich dem anderen Geschlecht so hemmungslos hingeben wie dem eigenen. Es gibt so viele Formen der körperlichen Liebe, unzählige Spielarten, sich miteinander zu vergnügen, Sehnsucht zu wecken und zu erfüllen. Wir wollen sie alle auskosten.«

Aus dem Henkersturm wurde in jenen dunklen Herbsttagen ein Paradies mit einem nackten Menschenpaar.

»Zieh dich aus, bitte. Ich will dich sehen, nur sehen.«

Sie legte ihr Kleid ab. Leander blies die Kerzen aus.

»Warum tust du das?«, fragte sie erschrocken. »Es ist dunkel. Wie kannst du mich sehen?«

»Ich will dich nicht mit meinen, sondern mit deinen Augen sehen. Beschreibe mir deine Brüste.«

»Schau sie dir an. Sie sind unverhüllt.«

»Ich möchte, dass du sie mir beschreibst.«

»Sie sind sehr blass, von zarter Haut, voll und rund.«

»Das ist mir zu ungenau. Ich glaube, sie sind mehr spitz als rund. Beschreibe mir deine Brustwarzen. Zupfe vorsichtig an ihnen, und sage mir, wie sie sich anfühlen.«

»Wie frische Oliven, wie das feste Fleisch vom Kamm eines jungen Hahns.«

»Das ist gut. Welche Farbe haben sie?«

»Wie Sandelholz.«

»Wonach sehnen sie sich?«

»Ich weiß nicht.«

»Du weißt es nicht? Feuchte deine Fingerspitzen an, und streichle deine Brüste. Lass dir Zeit. Lass sie schwellen. Sie lieben es, nackt zu sein und berührt zu werden. Ist es nicht so?«

»Ich weiß nicht.«

»Doch, du weißt es. Sie sehnen sich nach meinen Lippen. Oder ist es eine Katzenzunge, feucht und zärtlich-rau?«

»Warum machst du das?«, fragte sie irritiert, als die Kerzen wieder brannten.

»Ich möchte wissen, wie du dich in deinem Leib erlebst. Ich will dich mit den Augen der Phantasie betrachten. Die Wirklichkeit hat ihre Grenzen. Die Phantasie ist grenzenlos. Ich mag es, wenn du meine Phantasie anregst, wenn ich von dir träume.«

Sie blickte ihm lachend ins Gesicht: »Warum träumst du nur? Gefalle ich dir nicht?«

Er erwiderte: »Ich habe Angst, du verschwindest, wenn ich dich umarme.«

»Ich bin kein Traumgebilde. Ich bin eine Frau.«

Ihre Stimme lud ein, sie zu umarmen. Verlangen ergriff ihn. Milchweiß schimmerte ihre nackte Haut. Sie spürte seine Blicke auf ihren Brüsten und genoss seine Erregung.

Sie machten den Tag zur Nacht und die Nacht zum Tag, denn im Innern des Turms gab es kaum Unterschiede zwischen den Tageszeiten. Gleichmäßiges Halbdunkel umhüllte alle Gegenstände, machte sie unwirklich, nahm den Räumen die Begrenzung. Wände und Decken traten zurück, verloren sich wie in nebliger Landschaft. Kerzen und Öllampen schufen neue Räume, Scheinräume, ließen das Zinngeschirr aufleuchten und legten einen warmen Schimmer auf poliertes Holz und nackte Haut.

Sie liebten sich mit jener zärtlichen Hingabe, die Wirklichkeit und Alltag verdrängt. Es gab keine Stadt, keine Menschen mehr. Wann war gestern? Gab es ein Morgen?

»Wie schrecklich war es hier ohne dich«, sagte Beatrice. »Und wie himmlisch ist es mit dir. Aber schlimmer als der Hunger waren die Albträume, so deutlich, als hätte ich sie wirklich erlebt. Unten im Keller, gleich hinter dem Verlies ein düsterer Raum wie eine Gruft. Dort sah ich Gefäße mit deiner Hand, deinem Herzen und deinem Auge. Und dann der Tod. Er stand in voller Größe vor mir. Er hat mich mit seiner Knochenhand berührt. Es war schrecklich. Glaube mir, ich habe ihn wirklich gespürt. Welch ein Traum!«

»Das war kein Traum«, sagte Leander.

»Kein Traum ...?«

»Komm, ich will es dir erklären.« Er nahm sie bei der Hand und stieg mit ihr hinab in die Unterwelt. Sie durchquerten den Gefängnisbereich und erreichten die schmale Pforte, durch die Beatrice schon einmal geschlüpft war. Leander entzündete eine zweite Fackel und gab sie ihr: »Damit du dich nicht vor der Dunkelheit fürchtest.« Er stieß die Tür auf.

Und da stand er im grellen Licht der lodernden Flammen: der Tod. Beatrice schlug die Hand vor den Mund, um nicht laut aufzuschreien. Leander hielt ihr die Fackel vors Gesicht und sagte: »Schau ihn dir an, diesen morschen Knochenmann. Er lebte lange, bevor du das Licht der Welt erblickt hast. Er stand in der Universität von Cordoba als Lehrmodell für die Scholaren. Mein Vater erwarb das Skelett von einem spanischen Juden.«

»Und die Leichenteile?«, fragte Beatrice und zeigte angewidert auf die Gefäße im Wandregal.

»Das sind Organe, die ich Hingerichteten entnommen habe.«

»Warum tust du so etwas?«

»Weil ich wissen will, wie der Mensch beschaffen ist. Ich möchte wissen, was in unseren Köpfen geschieht, wenn wir denken. Warum müssen wir atmen? Warum werden wir krank? Warum klopft mein Herz so wild, wenn ich dich küsse?«

»Weshalb willst du das alles wissen?«, fragte Beatrice verwundert.

»Um die Welt zu verstehen, um mich zu verstehen, um ein guter Henker zu sein. Jeder Mensch hat einen Auftrag zu erfüllen, ob gut oder schlecht, liegt ganz an ihm.«

»Meine Aufgabe ist es, dich zu lieben«, sagte Beatrice und umschlang ihn mit den Armen, als wollte sie ihn für immer festhalten. »Versprich mir, dass du mich nie wieder einsperrst. Ein zweites Mal würde ich das nicht überstehen. Wenn dir etwas zugestoßen wäre, hätte ich Hungers sterben müssen, wenn ich nicht vorher vor Angst gestorben wäre.«

»Du hast Recht. So kann es nicht weitergehen«, sagte Leander. Er küsste sie und meinte: »Man kann nicht in einer Höhle hausen, wenn man wie du mit Flügeln geboren wurde.«

»Willst du mich wegschicken?«

»Wie könnte ich. Nein, ich will, dass du bleibst für immer und ewig.«

»Aber wie soll das gehen?«

»Wir werden einen Mann aus dir machen.«

»Einen Mann, aus mir?«

»Darin habe ich ja schließlich Erfahrung. Du wirst Männerkleider tragen so wie ich. Mit abgeschnittenem Haar wirst du einen prächtigen Burschen abgeben.«

»Ist das dein Ernst?«

»Ich brauche schon seit langem einen jungen Galgengehilfen. Hier im Turm bist du natürlich weiter eine Frau, die schönste, die mir je begegnet ist. Und draußen kannst du dich so frei bewegen wie der Carnifex von Carcassonne.«

»Glaubst du wirklich, dass das keiner merkt?«

»Schau mich an. Ich bin der lebende Beweis dafür, dass es geht.«

»Du bist von Kindheit an in diese Rolle hineingewachsen, so sehr, dass du schon selber daran glaubst«, widersprach Beatrice.

»Vertraue mir. Keiner wird dir zu nahe kommen. Der Henker ist dein Meister.«

Sie fiel ihm um den Hals und sagte lachend: »Du hast mich zur Katze gemacht. Mach mich zum Mann!«

Später, als er ihr das Haar abschnitt, fragte sie: »Findest du mich noch schön?«

»Schöner als zuvor.«

»Du lügst, ohne rot zu werden.«

»Nein, es ist wahr. Man sieht erst jetzt, was für einen aufregend schönen Nacken du hast! Und was für bezaubernd kleine Ohren!«

Beatrice schlüpfte in Leanders Hosen und meinte: »Schau nur, wie schrecklich ich aussehe.«

»Ich bin ja auch viel größer als du. Wir werden dir Männerkleidung anfertigen lassen.«

»Und wie soll das gehen? Beim Anpassen merkt doch jeder Schneider, dass ich kein Mann bin.«

»Das lass meine Sorge sein«, beruhigte sie Leander. »Ich kenne einen Schneider in der Vorstadt, der macht auch meine Sachen, ohne den Henker berühren zu müssen. Er hat einen Sohn so schlank und groß wie du. Den nehmen wir uns zum Vorbild.«

Und so geschah es.

»So wie du aussiehst«, lachte Leander, als sie in Jacke und Hose vor ihm stand, »wird sich so manche Maid in dich vergucken.«

13. Kapitel

Es war abgemacht, dass Thekla sich einer Gruppe von Pilgern anschließen sollte, die auf dem Weg zur schwarzen Madonna von Montauban waren. Da die Pilger jedoch noch nicht eingetroffen waren und auch nicht abzusehen war, wann sie im Hafen von Narbonne an Land gehen würden, beschloss Thekla, allein weiterzureisen. Die Strecke von Narbonne nach Carcassonne war nach Angabe der Templer an einem Tag zu bewältigen. Thekla war eine gute Reiterin, und der Wallach, den ihr die Tempelherren zur Verfügung stellten, war ein hervorragendes Ross. Thekla hatte lange genug untätig auf dem engen Schiff herumgesessen, und der Wallach wollte laufen. Die Sonne lachte vom Himmel. Worauf warten? Wie schön war dieses Land!

Sie bewunderte die blühende Mittelmeerlandschaft mit ihrer Fülle an biblischen Bildern und Symbolen: Weinstock und Feigenbaum, Lamm und Ölkrug. Frauen am Brunnen, Tonkrüge auf dem Kopf balancierend. Lang gehörnte Ochsen beim Pflügen. Die Madonna mit dem Kind. Mädchen mit aufgeschürzten Röcken durchwateten lachend einen Bach, aus dem Kühe tranken. Daneben ein Bauer. Er stand auf seinen Stock gelehnt und schaute den Mädchen nach.

Dann wieder einsame, wilde, sich selbst genügende Natur. Der schmale Pfad umwuchert von blühendem Gesträuch: Oleander, wilde Feigen, Spartium, Geißblatt und zart blühende Clematis. Ein großer Garten Eden war das weite Tal.

Hinter Lezignan wurde die Landschaft immer einsamer und waldiger. Thekla hatte sich und dem Pferd eine längere Pause in einem schattigen Pinienwäldchen gegönnt. Sie wollte gerade wieder in den Sattel steigen, als sie ihn bemerkte.

Er stand breitbeinig auf dem Weg und kaute an einem Grashalm. Er sah wie ein Holzknecht aus. Das Gesicht wettergegerbt und von den Jahren gezeichnet: graue Augen, graue Bartstoppeln. Die aufgekrempelten Hemdsärmel gaben ein Paar kräftige, sonnengebräunte Arme frei. Der Mann nahm den Hut ab. Sein Schädel war kahl, rot und verschwitzt. Er kratzte sich den Kopf und sagte: »Gott zum Gruß, schöne Frau.«

Thekla spürte, dass Unheil drohte. Sie fasste die Zügel kürzer und erwiderte den Gruß.

Mit dem Hut in der Hand kam er näher. Er betrachtete sie. Seine Augen funkelten. Es war ein gefährlicher Glanz, eine Mischung aus Selbstzufriedenheit und Verschlagenheit. Seine feuchten Lippen kräuselten sich. Dann schnalzte er mit der Zunge und sagte lächelnd: »So ganz allein unterwegs, ist das nicht gefährlich?«

Es war ein böses Lächeln.

Thekla griff nach der Reitpeitsche. Der Fremde bemerkte es. Sein Grinsen verstärkte sich. Er fasste das Pferd beim Zügel, schlug ihm die Faust aufs Auge. Ein Satz! Und Thekla lag auf dem Boden, bevor sie Zeit gefunden hatte, die Reitpeitsche zu heben. Sie wollte sich aufrichten, doch da kniete der Fremde bereits auf ihrer Brust. Mit allen zehn Fingern fuhr sie ihm ins Gesicht.

»Aber, aber, du bist mir ja eine rechte Wildkatze«, lachte der Mann. »Ich mag es, wenn ein Mädchen sich wehrt. Wir werden viel Spaß miteinander haben.«

»Lass mich, bitte lass lass mich. Ich bin eine Ordensfrau.«

»Eine Nonne, du? Sag mal, für wie dumm hältst du mich eigentlich? Meinst du, ich hätte noch nie eine Nonne gesehen? Ich beliefere zwei Klöster mit Holz. Eine Nonne erkenne ich aus hundert Schritt Entfernung. Und lass dir sagen: Du bist keine. Die laufen auch außerhalb des Klosters in ihrer Kutte herum. Vor allem tragen sie ihr Haar nicht so lang wie du. Und falls sie überhaupt reiten, dann nicht im Herrensitz. Wer immer du auch bist, eine Braut Christi jedenfalls nicht.« Er erhob sich und befahl: »Zieh dich aus!«

Als sie zögerte, griff er zum Messer am Gürtel: »Oder soll ich dir die Kleider vom Leib schneiden?«

»Du willst, dass ich mich ausziehe?«, fragte Thekla ungläubig.

»Wer Fleisch will, muss das Täubchen rupfen.«

»Du solltest dich schämen.«

»Ich habe das Gefühl, Schwester, dass du dich schämst. Aber ich mag schamhafte Mädchen. Das erhöht den Reiz. Komm, zier dich nicht, als wäre ich der Erste. Eine wie du ist bestimmt keine Jungfrau mehr.« Er steckte das Messer zurück. »Du willst doch nicht, dass ich dir wehtu, oder? Ich verspreche dir, dass auch du dein Vergnügen haben wirst.« Als er sah, dass Thekla keine Anstalten machte, seinem Begehr nachzukommen, sagte er: »Ich wiederhole mich nicht gern. Zieh dich aus!«

Thekla warf einen Blick zurück. Bis zum Pferd waren es keine drei Schritte. Mit einem Satz war sie bei dem Wallach. Doch bevor sie im Sattel saß, hatte der Mann sie erreicht. Seine Arme umfassten ihren Leib von hinten wie ein Schraubstock.

»Gut fühlst du dich an.« Er drehte ihr die Arme auf den Rücken und fesselte sie mit seinem Leibgürtel. Sie trat nach ihm, traf ihn am linken Knie. Er versetzte ihr einen Schlag ins Genick, der sie zu Boden streckte. Sie lag auf dem Rücken, hilflos und benommen. Er rammte mit einem Stein links und rechts von ihrem Hals Holzpflöcke in die Erde und fesselte ihren Hals so dazwischen, dass sie sich nicht erheben konnte, ohne gewürgt zu werden. Der Hanfstrick, der ihren Hals einschnürte, roch nach Pferdeschweiß. Dann pflockte er ihren linken Fuß fest, und im Abstand von zwei Ellen den anderen. Er arbeitete so zielsicher, als hätte er das schon öfter gemacht. Mit gespreizten Schenkeln lag sie da wie gekreuzigt.

Der Mann betrachtete sie mit grausamem Spott: »Nicht sehr

bequem, Schwester, aber du wolltest es nicht anders.« Er beugte sich über sie: »Lass mal sehen, was du da vor mir verbirgst.« Er fuhr ihr mit der Messerklinge in den Kragen und zerschnitt das Kleid bis zum Gürtel. Mit der Messerspitze schob er den Stoff auseinander: »Nicht schlecht.« Er betastete ihre Brüste: »Zwei Paradiesäpfel so weiß und fest wie Fischfleisch.«

Thekla bäumte sich mit durchgedrücktem Rücken auf. Zorn und Scham standen ihr ins Gesicht geschrieben. Aber sie gab keinen Laut von sich.

»Du kannst es wohl nicht abwarten, was?«, lachte der Mann. »Nur nicht so stürmisch. Wir haben Zeit, viel Zeit.«

Thekla rann der Schweiß in die Augen. Das Haar klebte ihr an Stirn und Gesicht.

»Ich sehe, dir ist warm«, sagte der Fremde. »Wir wollen dich ein wenig mehr entblößen.« Er schob sein Messer unter ihren Gürtel und schlitzte den Rock vom Nabel bis zu den Knöcheln auf. Langsam, sehr langsam, mit Pausen zwischendurch. Er schob den Stoff beiseite und genoss, was er sah.

Sie lag da wie eine Tote. Die Augen geschlossen. Die Lippen fest aufeinander gepresst. Die gefesselten Hände auf dem Rücken zu Fäusten geballt. Nach einer Weile stieg der Mann aus seinem Beinkleid. Er stellte sich mit entblößtem Unterleib zwischen ihre Schenkel und sagte: »Schau ihn dir an, diesen Prachtkerl. Er kann es kaum erwarten.«

Thekla hielt die Augen fest geschlossen. Sie wusste, was ihr bevorstand. Sie hatte im Klostergestüt mit angesehen, wie der Hengst die Stuten bestieg.

Als er in sie eindrang, schrie sie vor Verzweiflung, Schmerz, Scham, Zorn und Ekel. Ihr Leib bäumte sich auf. Die Halsfessel würgte sie. Sie spie ihm ins Gesicht. Er lachte. Ihre Fingernägel gruben sich ins eigene Fleisch. Hilflos war sie ihm ausgeliefert, seinem schweißnassen Fleisch und seinem stinkenden Atem. Speichel floss über seine Lippen. So muss einer Maus zumute sein, wenn sie von einer Schlange verschlungen wird.

Wenn ich ein Messer hätte und eine freie Hand, dachte sie, ich würde ihn ermorden. Sterben wollte sie oder wenigstens besinnungslos werden. Aber ihr blieb nichts erspart. Bei vollem Bewusststein erlebte sie das Martyrium bis zum bitteren Ende.

»Ich habe es mit eigenen Augen gesehen, so wahr mir Gott helfe.« Der zahnlose Alte musste seinen Bericht an diesem Abend mehrmals wiederholen.

»Ich war unten am Fluss, um Weidenruten zu schneiden. Da hörte ich im hohen Schilf Hufschlag. Ein Pferd preschte in vollem Galopp auf mich zu. Kurz vor mir kam es zum Stehen.« Der Alte bekreuzigte sich. »Es hätte nicht viel gefehlt, und es hätte mich totgetrampelt. Ich konnte nichts sehen, aber da war eine Stimme, die hörte sich an wie das Winseln eines Tieres oder Kinderweinen. Ich stellte mich auf die Zehenspitzen. Und da sah ich sie.«

Er blickte sich in der Runde der Zuhörer bedeutungsvoll um.

»Was sahst du da?«

»Die Frau. Sie keuchte und wimmerte wie ein verwundetes Tier, war wie von Sinnen. Sie riss sich die Kleider vom Leib und warf sich in den Fluss, so als stünde ihre Haut in Flammen.«

»Du meinst, sie war völlig nackt?«, fragten seine Zuhörer.

»Ja, ganz nackt. Sie rieb sich mit dem schwarzen Flussschlamm ein, als wollte sie etwas Ekelhaftes, Ätzendes abwaschen, Bauch, Brüste, Schenkel, immer wieder.«

»Mit dem schwarzen Schlamm?«, fragten die Frauen ungläubig. »Du meinst, sie wollte sich mit dem Schlamm waschen, Bauch und Brüste. Pfui Teufel!«

»Ja, sogar das Gesicht, die Lippen, den Mund.«

»Er ist übergeschnappt«, lachten die Männer, und die Frauen schüttelten angeekelt die Köpfe.

»Ihr glaubt mir nicht? Sie hat einen Stofffetzen von ihrem

Kleid verloren. Seht her. Das ist der Beweis, dass ich nicht geträumt habe. Bei meiner Seele, es ist wahr.«

Die alten Frauen betrachteten den Fetzen. »Wie sah ihr Gewand denn aus?«

»Es war vorne aufgeschnitten, von oben bis unten.«

»Du bist uns der rechte Aufschneider«, lachten die Männer und schlugen ihm auf die Schulter.

Die Wächter, die an jenem Morgen die Tore von Carcassonne öffneten, wichen erschrocken zurück vor dem Reiter, der sich aus dem Morgennebel löste und an ihnen vorbeiflog wie ein Spuk. Ein wildes Weib, das wehende Haar voller Kletten, das Gewand in Fetzen, die Augen vom Grauen geweitet. Oder war es Wut, Wahnsinn, unverhohlener Hass? Welch ein Weib! Nein, kein Weib: eine Furie, ein apokalyptischer Reiter, eine Schimäre aus dem Reich der Toten! Die Männer bekreuzigten sich. Als der Spuk vorüber war, wussten sie nicht zu sagen, ob das, was sie da eben wahrgenommen hatten, Wirklichkeit oder Vision gewesen war. Es gab so viele unglaubliche Dinge. War nicht erst zu Laurentius den Hirten an der Garonne die heilige Mutter Gottes erschienen, und hatte der Glöckner zu Albi nicht mit einem Werwolf gerungen? Was hatte das zu bedeuten?

Thekla war die ganze Nacht geritten. Endlich im Schutz der Mauern und am Ende ihrer Kräfte schleppten sich Ross und Reiter durch die noch menschenleeren Gassen bis zum Platz vor der Basilika Saint Nazaire. Dort hielt das Pferd mit bebenden Flanken, unfähig, noch einen Schritt weiterzugehen. Der Schaum quoll ihm aus dem Maul. Thekla ließ sich vom Pferd gleiten, fiel kraftlos auf die Knie und verharrte so zusammengesunken wie im Gebet.

Als Beatrice wenig später aus dem Turm trat, fand sie Ross und Reiter nebeneinander ausgestreckt auf dem Pflaster. Sie lagen da wie tot, die Frau mit aufgelöstem Haar und zerrissenem Gewand, die Brüste halb entblößt.

Beatrice beugte sich über sie und sah, wie sich ihre Lippen bewegten. Sie bedeckte die Ohnmächtige mit ihrem Mantel und lief zurück ins Haus, um Leander zu wecken.

»Komm, komm rasch! Vor unserer Tür liegt eine Frau mit ihrem Pferd.«

»Eine Frau mit einem toten Pferd? Du träumst. Was suchst du zur halben Nachtzeit draußen vor dem Turm?«

»Die Freiheit. Ich kann nach all dem Eingesperrtsein gar nicht oft genug den Himmel sehen.«

Sie zog ihn ans Turmfenster – und wahrhaftig, da lagen ein Pferd und ein Mensch. Die Raben waren auch schon da. Mit schräg gelegten Köpfen und in respektvollem Abstand begutachteten sie den verheißungsvollen Fund.

Gemeinsam trugen sie die Ohnmächtige in das große Turmzimmer. Beatrice flößte ihr heißen Holunderbeersaft ein, während sich Leander um das Pferd kümmerte.

Später saßen sie am Lager der immer noch bewusstlosen Frau.

»Wer sie wohl ist?«, fragte Beatrice.

»Sie stammt nicht von hier.«

»Sie hat im Schlaf gesprochen. Es klang wie Latein.«

Leander betrachtete sie: »Latein? Nun, eine Ordensfrau ist sie ganz gewiss nicht. Wer sie wohl so zugerichtet hat? Dieses zerschnittene Gewand. Schlachttiere werden so aufgeschlitzt, um sie auszuweiden. Und dieser seltsame Haarschnitt.«

»Ja, sie muss Schlimmes erlebt haben. Läge sie sonst halb tot vor unserer Tür? Sie muss geritten sein, als wäre sie dem Teufel begegnet. Sie hat ihr Ross fast zu Schanden geritten.«

»Vielleicht ist sie dem Teufel begegnet. Hast du die Flecken an ihrem Hals und auf ihren Brüsten gesehen? Sie sehen aus wie Bisse, Vampirbisse.«

»Seltsam«, sagte Leander, »jahrzehntelang hat keine Frau den Henkersturm betreten, und jetzt liegt hier schon wieder eine auf meinem Lager. Der Henkersturm – ein Siechenhaus für verlorene Frauen.«

Als er am Nachmittag nach ihr sehen wollte, lag sie noch immer da wie tot. Er beugte sich über sie. Da fuhr sie ihm mit beiden Händen ins Gesicht: »Lass mich!«, schrie sie. »Scher dich zum Teufel! Verflucht, verflucht, verflucht seist du bis in alle Ewigkeit, dass du es wagst, eine Braut Christi zu schänden.«

Leander musste seine ganze Kraft aufwenden, um sie niederzuhalten. Aber je mehr er sich anstrengte, umso wilder wehrte sie sich, verkrallte sich in seinem Haar, verbiss sich in seinem Ärmel. Erst gemeinsam mit Beatrice vermochte er die Frau zu bändigen.

»Niemand will dir Böses tun, Schwester. Du hast Schlimmes durchgemacht, hier bist du in guten Händen. Komm, trink den heißen Holundersaft. Er wird dir gut tun.«

Beatrice gab ihr den Becher. Thekla trank ihn leer. Danach legte sie sich mit geschlossenen Augen zurück auf ihr Kissen. Die Erinnerung kehrte zurück. Sie tastete nach ihrer Brust, spürte den Stoff des Leinenhemds.

»Es gehört mir«, sagte Beatrice. »Dein Gewand war völlig zerschnitten und schmutzig.«

»Wo bin ich?«

»In Carcassonne.«

»Ist es noch weit bis nach Toulouse?«

»Einen Tagesritt.«

»Ich muss weiter.«

»Dein Pferd braucht ein paar Tage Ruhe, um sich von dem Gewaltritt zu erholen. Du hast ihm viel zugemutet.«

»Ja, das habe ich.«

»Du bist geritten wie ein Hunne und nicht wie eine Braut Christi.«

»Woher weißt du, wer ich bin?« Thekla richtete sich in ihrem Bett auf. Sie heftete besorgt ihren Blick auf Leander.

»Du hast davon gesprochen.«

»Was habe ich gesagt?«

»Dass du eine Braut Christi bist. Bist du eine?«

»Ich war eine. Ich bin eine entlaufene Nonne«, antwortete Thekla, getreu der Absprache mit ihrem Orden. Es war die einzige Unwahrheit. Den Rest schilderte sie so, wie er sich zugetragen hatte: den Landgang in Narbonne, die Vergewaltigung und ihre Flucht zu Pferde.

Als sie ihren Bericht beendet hatte, fragte Beatrice: »Was hat dich veranlasst, von der Lombardei bis ins Languedoc zu reisen? Was suchst du hier?«

»Den rechten Glauben.«

»Und den glaubst du hier zu finden?«

»Ja«

Tags darauf wurde Leander vom Bürgermeister ins Rathaus gerufen. Er mochte den alten Loubatiere nicht: ein Mann mit den Augen einer Kröte. Von Statur schwächlich, untersetzt und klein, mit einem Zahn im Ober- und einem im Unterkiefer. Er zwirbelte seinen spitz zulaufenden Schnurrbart und sagte: »Ihr habt einen neuen Henkersknecht eingestellt?«

»Ja.«

»Die Stadtkasse zahlt aber nur für einen. Wozu jetzt einen zweiten?«

»Henkersknechte sind dünn gesät. Wer will schon sein Brot unter dem Galgenholz verdienen? Ich bin froh, diesen Menschen gefunden zu haben.«

»Wie heißt der Mann?«

»René Roquebert«, log Leander.

»Wo kommt er her?«

»Von einem Hof bei Besançon.«

»Man sagt, er sei noch sehr jung, vielleicht ein wenig zu jung für den Carnifex.«

»So alt wie David, als er den Goliath erschlug, und älter als unsere Metzgergesellen, wenn sie das Schlachten erlernen.«

»Er wohnt bei Euch?«, fragte der Bürgermeister.

»Wo sonst? Wer will einem wie ihm Quartier gewähren?«

»Ihr bürgt für ihn?«

»Ich bürge für ihn.«

»Dann nehmt ihn in Gottes Namen. Er soll den gleichen Sold erhalten wie Bero.«

Als Leander schon an der Tür zur Ratsstube war, fragte der Bürgermeister: »Ist es wahr, dass Ihr eine Frau in Eurem Turm beherbergt?«

»Ja.«

»Was macht sie hier?«

»Sie ist auf der Durchreise.«

»Seit wann nehmen reisende Damen im Henkersturm Quartier? Ich will die Frau sprechen. Schickt sie mir!«

Der Ratsdiener öffnete Leander die Tür, aus Angst, der Carnifex könne die Türklinke berühren. Aus dem gleichen Grund hatten sie ihm auch keinen Stuhl angeboten. Wer will schon auf einem Stuhl Platz nehmen, auf dem der Henker gesessen hat?

Thekla schien sich in dem Henkersturm wie daheim zu fühlen. Die dunklen Kammern erinnerten sie an die heimatlichen Klosterzellen, in denen sie ein gut Teil ihres bisherigen Lebens verbracht hatte. Eine Klosterfrau ohne Kloster ist wie eine Schnecke ohne Schneckenhaus. Der Satz stammte von der Äbtissin. Wie Recht sie hatte.

Thekla bewohnte eine Kammer im Obergeschoss neben dem Raum, in dem Beatrice schlief. An der Innentür gab es einen eisernen Riegel, den Thekla zur Nachtzeit vorschob. Denn wenn der Henker und sein Knecht René sie auch mit Respekt behandelten, so war das Misstrauen, das sie grundsätzlich gegen alle Männer hegte, doch stets gegenwärtig.

Am Abend saßen sie in dem Kaminzimmer am viereckigen Tisch unter der Öllampe. Die Buchenscheite im Kamin verbreiteten wohlige Wärme. Im Teekessel brodelte Wasser.

Die Gespräche kreisten um Henker und entlaufene Nonnen.

»Warum bist du fortgelaufen, Schwester? Was war verkehrt in eurem Kloster?«

»Ich bin Nonne geworden, um Gott zu dienen. Wie aber kann ich das, wenn ich eingesperrt bin? Beten, Singen, Fasten war mir zu wenig. Ich möchte den Armen helfen, die Kranken trösten. Ich will dienen und gebraucht werden. Auch Jesus und seine Jünger lebten nicht in Klausur.«

»Hast du nicht bei der Aufnahme in deinen Orden einen Eid geleistet, einen heiligen Eid auf die Bibel? Eidbrüchigen werden bei uns die Schwurfinger abgehackt, bisweilen auch der Kopf und zuvor die Zunge.«

Das hätte ich auch verdient, dachte Thekla, wenn ich mich zu solch schändlicher Tat erniedrigen könnte. Stattdessen sagte sie: »Ich tat es für Gott. Er wird mir verzeihen.« Und damit sprach sie die Wahrheit, denn alles, was sie hier an Verstellung auf sich nahm, tat sie für Gott.

»Ihr schneidet Eidbrüchigen wahrhaftig die Zungen ab?«, fragte sie angewidert. »Warum werden Verbrecher nicht einfach getötet, so wie man tollwütige Tiere tötet? Warum werden sie so unbarmherzig gefoltert und gequält? Ist das christlich?«

»Ja, das ist es«, sagte Leander. »Ohne Folter kein Christentum. Das Kreuz ist der Marterpfahl. Rom liebt die Folter. Papst Gregor, den sie den Großen nennen, hat verkündet: Für jede einzelne Sünde gibt es eine eigene Folterstrafe in der Hölle. Er behauptet es, obwohl dergleichen nirgendwo in der Heiligen Schrift zu finden ist. Von hundertvierundvierzigtausend Höllenstrafen will er wissen. Das sind mehr Qualen, als es Fische in der Aude gibt.«

»Das klingt so, als ob du Rom nicht magst.«

»Die Nähe zu Gott wächst mit der Distanz zur Kirche.«

»Du sprichst wie ein Katharer«, sagte Thekla.

So kamen sie auf die Katharer zu sprechen.

Leander erzählte von der Reinen, die er verbrennen sollte, von den Gesprächen mit ihr und von ihrem Tod durch Endura. »Sie war eine bemerkenswerte Frau. Ich werde sie stets in Erinnerung behalten: Vandalmonde de Castanier.«

»Was sagst du da?«

»Vandalmonde de Castanier, so hieß sie.«

Sie tranken von dem Wein, den Leander zu Ehren des seltenen Besuches kredenzte.

»Bevor ich es vergesse«, sagte er, »der Bürgermeister will dich sprechen. Du sollst morgen früh zu ihm ins Rathaus kommen.«

»Was will er von mir?«

»Er will dich in Augenschein nehmen. Es gehört zu seinen Pflichten als Bürgermeister.«

»Was ist er für ein Mensch? Muss ich ihn fürchten?«

»Ich mag ihn nicht, aber er ist kein schlechter Mensch. Man sagt, er sympathisiere mit den Katharern.«

Als Thekla den Bürgermeister Loubatiere am Morgen in seiner Amtsstube besuchte, thronte er in seinem ledernen Armstuhl wie ein Ordensgeneral. Er musterte sie und fragte dann: »Wer bist du? Wo kommst du her?«

»Ich komme aus Piacenza. Man nennt mich Thekla.«

»Aus Piacenza? Das liegt weit weg von hier. Was willst du bei uns?«

»Ich bin auf der Durchreise.«

»Ganz allein, ohne Begleitung?«

»Ja.«

»Seit wann nächtigen durchreisende Damen beim Henker?«

»Ich wurde überfallen. Der Henker fand mich und half mir.«

Der Bürgermeister schüttelte missmutig den Kopf, so als könnte er nicht glauben, was sie ihm da erzählte.

»Warum unternimmt eine Frau eine so weite und gefährliche Reise ohne Begleitung? Gehörst du zum fahrenden Volk? Bist du eine Wahrsagerin, eine Kräuterhexe oder eine Hübscherin? Wir dulden keine unehrlichen Leute in unserer Stadt.«

»Ich gehöre nicht zum fahrenden Volk.«

»Zu wem denn?«

»Ich bin eine Ordensfrau.«

»Eine Ordensfrau? Sag mal, für wie dumm hältst du mich?«

»Quare splendidum te, si tuam non habes, aliena claritudo non efficit«, erwiderteThekla.

»Was sagst du da?«

»Das war Latein. Spricht das fahrende Volk Latein?« Sie nahm ihre Kappe ab: »Trägt eine Hübscherin ihr Haar so?«

»Wahrhaftig, nein«, sagte der Bürgermeister. »Eine entlaufene Nonne! Wer hätte das gedacht. Was treibt eine wie dich zu uns?«

»Ich bin auf der Suche nach Gott.«

»Und du glaubst, ihn hier zu finden?«

»Ja.«

»Warum?«

»Ich hatte einen Traum. Eine Frau sprach zu mir.«

»Die Madonna?«

»Nein, nicht die Madonna. Eine Reine.«

»Eine Reine? Was für eine Reine?«

»Vandalmonde de Castanier, so nannte sie sich.«

»Vandalmonde ...« Das Erstaunen stand ihm ins Gesicht geschrieben.

»Ihr kennt sie, Herr?«

»Nein«, sagte der Bürgermeister, und man sah ihm an, dass er log. Er erhob sich und gab ihr die Hand: »Du kannst vorerst bleiben.«

Die Erwähnung der Vandalmonde hatte ihm Respekt eingeflößt. Wie hatte Pater Arnaud gesagt: Halte deine Augen und Ohren offen. Bisweilen ist eine Kleinigkeit von großem Nutzen. Wie gut, dachte Thekla, dass der Henker von dieser Reinen gesprochen hatte. Der erste Kontakt zu den Katharern war geknüpft.

In der Nacht hörte Thekla aus der Nachbarkammer beängstigende Geräusche. Es klang so, als würde dort jemand ermordet: Keuchen, Stöhnen. Sie sprang aus dem Bett, legte ihr Ohr an die Wand, vernahm Möbelknarren, scharrende Bewegungen. Ein unterdrückter Aufschrei! Was ging dort drüben vor sich? Sie wagte kaum zu atmen. Da war es wieder, das Keuchen: »Ja, ja, so ist es gut!«

Es waren die gleichen lustvollen Laute wie auf dem Schiff: der Mann hinter dem Pferd.

»Um Gottes willen«, entfuhr es ihr. »Der Henker und sein Gehilfe! Sodomie! Überall Sodomie, Sünde und Schmutz.«

Die Welt war ohne Scham. Nein, nicht die Welt, die Männer waren ohne Scham.

Den größten Teil der Nacht lag sie wach. Erst gegen Morgen verließ der Henker das Zimmer des Jungen. Ob er ihm wohl Gewalt antat? Endlich versank sie in unruhigem Schlaf. Im Traum erlebte sie noch einmal alle Schrecken der Vergewaltigung. Dieses Mal waren es sogar mehrere Männer, die ihr die Kleider vom Leib schnitten. Der Henker und sein Gehilfe waren auch dabei.

Nur zögernd wagte sich Thekla am Morgen aus ihrer Kammer. Sie wurde begrüßt, als wäre nichts geschehen. Die beiden Männer benahmen sich wie ganz normale Menschen. Während Thekla vor Scham am liebsten im Boden versunken wäre, bewegten sie sich so unbekümmert und mit solch heiterer Gelassenheit, als wäre fleischliche Wollust zwischen Männern die natürlichste Sache der Welt. Daheim in Piacenza gab es ein eigenes Amt zur Ermittlung und Verfolgung widernatürlicher Sodomie zwischen Männern, das Officiali di Notte. Bordelle hatte man einrichten müssen, um der Männerwelt das schlimmere Übel abzugewöhnen. Wie scheußlich war das alles!

»Du siehst heute Morgen so aus, Schwester, als wärst du mit dir und der Welt unzufrieden«, sagte Leander.

Thekla erwiderte: »Es ist besser, ein unzufriedener Mensch zu sein als ein zufrieden gestelltes Schwein.«

Auf dem Weg zu ihrem Pferd, das in einer Scheune bei der großen Mauer untergebracht war, wurde Thekla von einer jungen Frau angesprochen. »Gott zum Gruß, Schwester Thekla. Wir haben von dir gehört. Die Gemeinde der Rechtgläubigen heißt dich willkommen.«

Der Kontakt zu den Katharern war hergestellt.

14. Kapitel

Der Tag begann mit einem Blauton kalt wie Eisen. Der helle Streifen über dem Horizont hatte die Farbe von Flussfischen mit nassbleichem Bauch. Die fernen Bergkuppen der Pyrenäen färbten sich rosa. Die Türme, die die Stadtmauer überragten, schienen zu glühen. Immer deutlicher zeichneten sich die Umrisse der verwinkelten Häuser ab. Die Gassen verloren ihre Düsternis. Danach versank alles in gleißender Sonnenglut.

Im ersten Licht des Tages hatten sie Carcassonne verlassen. Nun trabten ihre Pferde den schmalen Ufersaum der Aude entlang. Schweif und Mähnen wehten im Morgenwind.

Die Sonne stand schon hoch am Himmel, als sie Rast machten. Sie ließen die Pferde weiden und breiteten am Fluss die mitgebrachten Lederdecken aus.

»Hier ist gut sein«, sagte Leander. Er zog sich die Stiefel aus und stieg in den Fluss. Das Wasser reichte ihm bis zum Knie.

»Du stehst so steif da wie ein Storch«, lachte Beatrice. Sie streifte ihre Kleidung ab und sprang nackt in das kühle, frische Wasser, vergnügt planschend und prustend.

»Nun komm schon!«, rief sie und spritzte ihn mit den Füßen nass. Da sprang er, so wie er war, mit Hemd, Hose und Wams in den Fluss, griff nach ihr, tauchte sie unter. Sie balgten sich verspielt wie junge Ottern.

Später lagen sie in der Sonne und spürten den Wind auf ihrer Haut. Sie beobachteten die davonschwebenden Wolken, lauschten dem Schwirren der Insekten in dem hohen Gras und dem Ruf einer Wacholderdrossel.

»Mich hat nie ein Mensch geliebt«, sagte Leander.

»Da irrst du dich«, erwiderte Beatrice. »Bero liebt dich. Und er liebt nur dich, dich ganz allein.«

»Er ist mir treu ergeben, aber ist das Liebe?«

»Wenn du das nicht erkennst, bist du blind. Er würde sich für dich in Stücke reißen lassen.«

»Woher willst du das wissen?«

»Frauen spüren so etwas. Seine Liebe zu dir ist ebenso wenig zu übersehen wie sein Zorn auf mich.«

»Warum sollte er dir zürnen?«

»Aus Eifersucht. Wie wäre dir zumute, wenn du über dem Pferdestall hausen müsstest, während ich mich mit einem schönen jungen Mann hier im Turm vergnügen würde?«

»Ich würde den Kerl umbringen.«

»Nun weißt du, warum ich mich bisweilen vor Bero fürchte. Die Art, wie er mich anschaut, macht mir Angst.«

»Ach, Unsinn«, belehrte sie Leander, »das liegt nur an seiner Ledermaske. Die hat mich anfangs auch erschreckt.«

Als sie auf dem Heimritt an einem Bärenzwinger vorbeikamen, sagte Beatrice: »Schau nur, der kleine Bär. Er tut mir Leid.«

»Nein«, sagte Leander, »wir tun ihm Leid.«

»Wieso sollte er Mitleid mit uns haben?«

»Weil wir aus seiner Sicht unfrei sind.«

»Aber *er* ist doch eingesperrt.«

»Für ihn leben *wir* hinter Gittern. Er sieht uns hinter Eisenstäben. Das Draußen dauert ihn. Der Zwinger ist für ihn die Welt, in die er hineingeboren wurde und die ihm ganz allein gehört, so wie uns der Turm.«

Ein sanfter Wind wehte durch das offene Fenster und ließ die Kerzenflammen flackern.

»Bist du glücklich?«

»Wie im Himmel.«

»Lass uns lieber auf der Erde bleiben«, meinte Leander. »Himmlische Wesen wie Götter und Engel sind körperlos. Für das, was wir Menschen Glück nennen, seliges Außersich sein und grenzenlose Lust, benötigen wir unsere körperlichen Sinne. Ohne sie gibt es keine Sinnlichkeit und kein Glück.«

»Dann kann Gott nicht glücklich sein«, erwiderte Beatrice.

»So wird es wohl sein.«

»Aber im Alten Testament ist er häufig zornig. Ob *wir* wohl seinen Zorn erregen?«

»Warum?«

»Weil wir uns nicht an seine Gebote halten.«

»Tun wir das nicht? Wir stehlen und wir morden nicht. Wir legen nicht falsches Zeugnis wider andere ab. Wir brechen nicht die Ehe. Wir haben nicht einmal unerlaubten Beischlaf miteinander. Unzucht ist nur, was Männer miteinander treiben und unverheiratete Paare. Zuneigung unter Frauen gilt im Buch der Bücher als Engelsliebe.«

»Außerhalb der Ehe ist alle fleischliche Lust Sünde«, sagte Beatrice. »So erklärten die Richter, die mich verurteilt haben.«

»Eine Henkerin und eine tote Hexe – welcher Priester würde uns seinen Segen erteilen?«, widersprach Leander. »Was können wir für den verworrenen Zustand der Welt, in der wir leben? Henker und Hingerichtete haben nicht Teil am Gesetz und an den Gnadenmitteln der Kirche. Dafür trifft uns auch kein Fluch und kein Bann. Für uns gilt nicht, was für andere gilt. Wir haben Rechte, die kein anderer hat. Wir sind frei.« Er nahm sie in die Arme. Durch den schmalen Saum zwischen Kleid und Haut atmete er die süße Wärme ihres Körpers ein, den Duft ihres Fleisches.

Später, nach Stunden seliger Bewusstlosigkeit, sagte sie: »Ich musste sterben, um wirklich zu leben. Und ich vergehe immer wieder in deinen Armen. Ob der Tod auch so schön ist?«

»Er ist weder schön noch schrecklich. Denn alles Schöne und Schreckliche beruht auf Empfindung. Mit dem Tod aber endet alle Empfindung. Der Sinn des Lebens ist es, das Leben zu erfahren. Auch die Sünde erfüllt eine Aufgabe. Man muss sich verlieren, um sich zu finden. Peccatum necessarium. Felix culpa. Der Mensch wurde erst durch den Sündenfall zum Menschen.«

»Woher weißt du solche Dinge?«, fragte Beatrice verwundert.

»Wer steht dem Tod so nah wie der Henker? Er ist mein Lehnsherr.«

»Fürchtest du ihn?«

»Nein. In Schrecken versetzt mich der Gedanke, er könnte dich mir nehmen.«

»Du hast mich einmal vor ihm bewahrt. Du wirst es wieder tun.«

»So wahr mir Gott helfe«, sagte Leander und küsste sie.

»Glaubst du an Gott?«

»Wie kannst du fragen? Um ich zu sein, brauche ich ihn. Aber ich mag nicht die, die behaupten, in seinem Auftrag zu handeln. Die schlimmsten Gräueltaten werden nicht von Verbrechern verübt, sondern von Fanatikern, die davon überzeugt sind, den einzig wahren Weg ins Paradies weisen zu können.«

»Du sprichst wie ein Ketzer.«

»Ich kann es mir leisten. Ich bin der Henker, Gladius Dei, das Schwert Gottes. Im Zimmer meines Vaters hing ein Kruzifix, ein Holzkreuz, drei Fuß hoch, mit einem Jesus daran, der sich in Schmerzen wand. Ich konnte nie an ihm vorübergehen, ohne von Entsetzen gepackt zu werden. Wie kann man sich einen gefolterten Menschen übers Bett hängen?, habe ich den Alten gefragt.

›Alle tun das‹, hat er erwidert, ›aber keinem steht das Kruzifix besser als uns. Es ist unser Zunftzeichen. Hängt sich nicht auch der Jäger die Trophäe des erlegten Wildes an die Wand? Und der Metzger beim Markusturm hat ein hölzernes Schwein herausgehängt mit einem Messer im Rücken.‹

Der Alte hatte einen galligen Humor. Ich aber träumte des Nachts von Golgatha, wurde selbst ans Kreuz geschlagen, spürte jeden Hammerschlag, mit dem sie mir die Nägel durch Hände und Füße trieben. Die Schmerzen waren höllisch.

Schon damals habe ich mir geschworen, niemals einem Geschöpf mutwillig Schmerz zuzufügen. Als Henker werde ich töten. Das ist mein Beruf. Ich werde töten, aber nicht quälen. Das schließt die Tiere mit ein. Es tut mir bis in die Seele weh, wenn ich mitansehen muss, wie herzlos die Menschen mit den Tieren umgehen.

Hast du einmal mitangesehen, wie sie am Tag der heiligen Perpetua in unseren Kirchen die zuvor gefangenen Singvögel frei lassen? Zur Freude der Menschen flattern sie so lange gegen die bleiverglasten Fenster, bis sie tot zu Boden fallen. Dort werden sie dann weggefegt wie welkes Laub.«

15. Kapitel

Im März 1242 reiste Henri de Marcy zum zweiten Mal nach Okzitanien. Mit den Befugnissen eines päpstlichen Legaten versehen, wollte er erreichen, was den Dominikanern mit ihren Predigten nicht gelungen war. Die grausame Bestrafung des armen Pierre Maurand in Toulouse war den Menschen noch gegenwärtig. Es würden weitere folgen, getreu seiner Devise, den Garten Gottes von allem Unkraut zu befreien.

Seine Heiligkeit reiste mit eindrucksvollem Gefolge: Lanzenreiter und Bannerträger und in ihrer Mitte die von vier Pferden gezogene Karosse mit dem päpstlichen Wappen. Die Fenster verhüllt von Vorhängen, durch die man hinaus-, aber nicht hineinblicken konnte – so wurde er durch das Land gefahren, unsichtbar wie Gott, das gestaltlose Strafgericht. Wenn sie sich einer Ansiedlung näherten, schlugen die Trommler ihre Pauken wie vor der Schlacht oder vor der Hinrichtung eines armen Sünders.

Die Sonne berührte den Saum der fernen Berge, als der Zug die steinerne Brücke über die Aude erreichte. Die Ebene leuchtete blutrot, lodernd wie Feuer. Der Himmel hatte die weiß-gelbliche Farbe von Knochen angenommen. Seine Heiligkeit, wie er sich anreden ließ, streckte die Hand aus dem Fenster, zum Zeichen, dass er zu rasten wünschte. Die Kutscher sprangen vom Bock, öffneten die Wagentür und halfen beim Aussteigen.

Henri de Marcy verweilte ein paar Atemzüge auf der Brücke, krumm und steif vom stundenlangen Sitzen. Er blickte hinab auf das gurgelnde Wasser. Ihn fror. Die Reiter waren abgestiegen, führten ihre Rosse zum Fluss, um sie zu tränken.

Den Kutschpferden wurde Wasser in ledernen Eimern gebracht. Auch die Männer labten sich an mitgeführtem Wein. Zwei junge Burschen waren auf das steinerne Geländer geklettert. Von dort aus pinkelten sie in hohem Bogen in den Fluss. Da war Lachen und Schwätzen wie in einem Feldlager.

Unbeachtet von den anderen hinkte Seine Heiligkeit zu dem Forst, der sich hinter der Brücke erstreckte, um dort seine Notdurft zu verrichten, nicht vor aller Augen, wie es sich für sein Amt geziemte.

Die Zeit verrann. Die Sonne war bereits untergegangen. Der Legat war immer noch nicht zurückgekehrt.

»Der Heilige Stuhl scheint einen harten Stuhl zu haben«, lästerte der Hauptmann der Lanzenreiter. »Wir müssen weiter. Seht mal nach ihm!«

Die beiden Kutscher machten sich auf, ihren Fahrgast zurückzuholen. »Los, beeilt euch!«

Schon nach wenigen Minuten waren sie wieder da, kreidebleich, unfähig, einen zusammenhängenden Satz zu sprechen: »Tot… o mein Gott!… Tot… wie schrecklich!… Blut, überall Blut.«

Die Männer hasteten über die Brücke, drangen in den Wald ein, prallten entsetzt zurück. Halb verdeckt von Farn und dichtem Brombeergestrüpp lag der Legat in seinem Blut, mit ausgebreiteten Armen wie ein Gekreuzigter, die offenen Augen gen Himmel gerichtet. Jemand hatte ihm die Kehle durchschnitten. Das Messer lag noch neben ihm im Gras. Der Schnitt verlief von einem Ohr zum anderen.

»Ihm ist nicht mehr zu helfen«, stellte der Hauptmann fest. »Lasst uns den Mörder fassen! Er kann noch nicht weit sein.«

Inzwischen war die Nacht hereingebrochen. Es war so finster in dem Forst, dass zwei der Lanzenreiter sich fast gegenseitig umgebracht hätten. Nach mehrstündiger vergeblicher Jagd teilten sie sich auf. Ein Teil unter Führung des Hauptmannes blieb zurück, um die Suche bei Tageslicht fortzusetzen. Die anderen zogen mit dem Toten in Richtung Carcassonne weiter, wo sie gegen Mitternacht eintrafen und von den Torwächtern nicht eingelassen wurden; denn das Gesetz der Stadt bestimmte, dass die Schlüssel nach Schließung der großen Tore vom Bürgermeister in Verwahrung genommen wurden. Erst als man der Wache den toten Legaten zeigte, wurde der Schlüssel geholt und das Tor geöffnet.

Man brachte den Leichnam zur Basilika Saint Nazaire und bahrte ihn dort auf. Zwei Lanzenreiter hielten die Totenwache.

Seine Heiligkeit sollte auch im Tod noch Staat machen. Bekleidet im vollen Ornat des päpstlichen Legaten lag er in seinem Sarg. Ein seidener Schal verdeckte die Schnittwunde. Nur das silberne Kreuz, das er ständig auf der Brust zu tragen pflegte, fehlte. Wie sehr sie auch am Tatort danach gesucht hatten, es blieb verschwunden. Der Mörder hatte es vermutlich an sich genommen.

Die Nachricht von der Ermordung des päpstlichen Legaten verbreitete sich in der Stadt wie ein Steppenbrand. Das Entsetzen darüber war den Bürgern ins Gesicht geschrieben. Nicht dass ihnen dieser Hundling Henri de Marcy Leid getan hätte – zur Hölle mit ihm! –, aber schon einmal hatten bei einem ganz ähnlichen Attentat auf einen päpstlichen Legaten Zehntausende von Menschen ihr Leben lassen müssen.

Am Tag des heiligen Antonius anno 1208 war der Legat Pierre de Castelnau in der Nähe von Saint Gilles erschlagen worden. Obwohl sich der Mord unter mysteriösen Umständen ereignet hatte, war für Rom der Fall klar: Niemand anders als die Katharer konnten den Anschlag geplant haben.

»Raimond VI., der Freund der Ketzer aus Toulouse, ist der wahre Mörder«, so tönte es damals aus Rom. Denn dieser hatte sich geweigert, die Katharer aus der Stadt zu vertreiben, wie der päpstliche Legat in beleidigender Weise von ihm gefordert hatte. ›Ich verfüge über die päpstliche Vollmacht zu zerstören, was ich für zerstörenswert erachte‹, hatte er dem Grafen gedroht, und der hatte ihn hinauswerfen lassen. Vorausgegangen war eine öffentliche Debatte in einem kleinen Ort zwischen

Carcassonne und Fanjeaux, wo nach Anhörung aller Argumente die unparteiischen Richter sich geweigert hatten, den Katharismus als Häresie zu verurteilen. Schäumend vor Wut musste Pierre de Castelnau das Feld räumen. Er sagte: ›Ich habe euch gepredigt, vergeblich. Wo der Segen nicht hilft, hilft der Stock. Wir werden die ganze Welt gegen euch zusammenrufen, eure Städte zerstören und euch und euren Hochmut brechen. Wenn die Sanftmut versagt, so herrsche Gewalt!‹ Wenige Wochen nach dem Attentat rief Papst Innozenz zum Völkermord auf, ein Kreuzzug nicht gegen ungläubige Sarazenen, sondern gegen Christenmenschen.

Darüber sprachen die Bürger an jenem Morgen in den Werkstätten, daheim und auf dem Markt. Es gab kein anderes Thema in der Stadt. Unheil hing in der Luft.

Graf Simon de Clermont war am Abend zuvor nach Carcassonne gekommen, um Pferde zu kaufen – eine gute Gelegenheit, um Leander die versprochenen Schriftrollen zu geben. Sie hatten sich in Leanders Garten getroffen. Und auch sie sprachen natürlich von nichts anderem als von dem Mord an dem päpstlichen Legaten. Die schrecklichen Bilder der Vergangenheit wurden wieder lebendig. Knapp dreißig Jahre war es her, dass das Heer der Kreuzritter vor Béziers gelegen hatte. Zwanzigtausend Ritter und zweihunderttausend Mann Fußvolk, ein wilder Haufen von Abenteurern und raubgierigem Gesindel: der Abschaum Europas. Herbeigelockt durch die Aussicht auf reiche Beute und Vergebung aller Sünden durch päpstlichen Ablass. Die Kreuzfahrer forderten die Auslieferung aller Ketzer, die sich innerhalb der Stadtmauer aufhielten. Die Bürger von Béziers wiesen diese Forderung empört zurück. Es begann ein beispielloses Morden. Als ein Feldhauptmann den Heerführer, Abt Almarich von Citeaux, fragte, wie man denn die Kirchentreuen von den Katharern unterscheiden könne, gab ihm der Gottesreiter zur Antwort: ›Erschlagt sie alle. Gott wird die Seinen schon erkennen.‹ Béziers wurde vollständig zerstört. Selbst die Kathedrale brannte. Ein

Meer von Blut und Feuer. Es gab kein Entrinnen. Ich glaube, nicht ein Einziger von ihnen ist damals mit dem Leben davongekommen«, sagte Simon de Clermont. »Wenig später fiel Carcassonne den Kreuzfahrern zum Opfer.«

»Ich war zu dieser Zeit noch ein Kind«, sagte Leander. »Wir flohen nach Latours, wo wir Aufnahme beim Grafen Pierre Roger de Cabernet fanden. Niemand brauchte in jenen Tagen einen Henker. Die Arbeit erledigte das päpstliche Kreuzritterheer. Sie henkten, zerhackten und verbrannten mehr Christenmenschen als alle Scharfrichter auf Erden, und das mit solcher Erbarmungslosigkeit gegen Unschuldige, dass mein Vater sagte: ›Neben diesen Schlächtern ist jeder Henker ein Heiliger.‹«

»Unsere ehrwürdigen alten Städte«, fuhr der Graf fort, «Montreal, Fanjeaux, Castres, Limoux und schließlich Lambers und Albi, eine nach der anderen wurden sie unter dem Befehl des Simon de Montfort Opfer der päpstlichen Horden. Obwohl sie uns zahlenmäßig vielfach überlegen waren, stießen sie auf erbitterten Widerstand, so wie vor Cabaret und Minerve, das selbst nach zweimonatiger Belagerung der hundertfachen Übermacht standhielt. Erst als sie mit ihren riesigen Steinschleudern alle Aquädukte zerstört hatten, mussten sich die Verteidiger, vom Verdursten bedroht, ergeben. Die Garnison kam mit dem Leben davon, doch alle Katharer endeten im Feuer. Zweihundert sollen es gewesen sein.«

Leander sagte: »Einer von denen, die öffentlich und bei lebendigem Leib verbrannt worden sind, war mein Henkersknecht Bero. Eine Frau fand ihn in der Asche neben dem Scheiterhaufen, bis zur Unkenntlichkeit verschmort. Die Glut hatte ihm die Ohren vom Kopf geschmolzen, Lippen, Lider und Nase versengt. Überlebt hat er nur durch den Vater, der sein Kind schützend umfing und ihm so die Flammen vom Leib hielt.«

»Auch ich habe einen Sohn im Feuer verloren«, sagte der Graf.

»Einen Sohn, im Feuer?« Leander blickte ihn ungläubig an.

Der Alte machte eine längere Pause und begann dann zu erzählen: »Im Frühjahr 1211 stand Simon de Montfort mit seinem Kreuzritterheer vor der Stadtfestung Lavour. Fünfzehntausend Angreifer gegen eintausend Verteidiger. Zu Jakobus, am 3. Mai, wurden die übernächtigten Mauerwachen im Schlaf niedergemetzelt. Es wurde verbissen gekämpft. Das Blutbad war fürchterlich. Wer überlebte, wurde hingerichtet. Als die Galgen unter dem Gewicht der Gehenkten zusammenbrachen, schnitt man den übrigen die Kehle durch. Sie wurden wie Vieh geschlachtet. Das Blut stand knöcheltief auf dem Marktplatz. Der Himmel war schwarz vor Rauch. Guiraude de Lavour, die Gattin des Festungskommandanten, wurde den Soldaten zur Vergewaltigung ausgehändigt. Danach warf man sie nackt in einen Brunnen und begrub sie unter einem Steinhagel. Es war ein Doppelmord, denn sie war hochschwanger. Alle, die nicht das Ave Marie aufsagen konnten, wurden verbrannt. Auch mein Sohn starb so. Und glaub mir, er war kein Katharer.«

Der Graf fuhr sich über die Augen. Da war nur das Summen der Bienen. Er hatte Leander den Rücken zugekehrt und starrte in den Himmel, als suche er dort eine Antwort auf all das Schreckliche, das diesem Land widerfahren war.

»Nicht von Mördern und Räubern werden die schlimmsten Verbrechen begangen, sondern von religiösen Fanatikern, die glauben, im Besitz der einzig gültigen Wahrheit zu sein.«

»Ja, die Welt ist ein Tollhaus.«

»Nun weißt du, warum ich mein Adlernest in den Bergen so liebe. Dort bin ich dem reinen Himmel näher als anderswo. Vor allem aber bin ich dort frei. Die Freiheit ist ein Gut, das der Mensch nur zu einem einzigen Preis verkaufen darf, nämlich dem noch größerer Freiheit.«

Leander fragte: »Wie geht es Eurem Jüngsten? Kann er wieder reiten?«

»So gut wie zuvor. Seitdem du ihn kuriert hast, fehlt ihm

nichts mehr. Er lässt dich grüßen und hofft, dass dir die Schriftrollen gefallen.«

»Ich hatte noch keine Gelegenheit, einen Blick darauf zu werfen, werde das aber heute Abend tun. Habt herzlichen Dank. Wann reitet Ihr zurück?«

»Noch heute, so Gott will.«

Aber Gott wollte nicht. Als der Graf kurz nach dem Mittagsläuten die Stadt verlassen wollte, wurde er beim Passieren der Porte Narbonnaise arrestiert und ins Schloss des Vizegrafen gebracht.

16. Kapitel

Spät in der Nacht brannte im oberen Fenster des Henkersturms noch Licht. Leanders Schatten lag über vergilbtem Pergament. Die Blätter waren, wie nicht anders zu erwarten, unvollständig und stark beschädigt. Man sah ihnen an, dass sie als Kriegsbeute durch viele Hände gegangen waren.

Leander las laut, wie das alle seine Zeitgenossen taten: »Die Kirche Christi ist gebenedeit, weil sie wegen ihres Glaubens Verfolgung erleiden muss. Ketzer dagegen werden wegen ihres Unglaubens verfolgt. Wir verfolgen aus Liebe, jene aber aus Hass, wir um zu bessern und vom Irrtum zu befreien, jene Gottlosen aber, um auszurotten und um Irrtum zu verbreiten.«

Leander hielt beim Lesen inne und dachte: Wie verlogen ist das, was Augustinus hier predigt. In Wahrheit irrt der, der andere verbrennt, um sie vom Irrtum zu befreien. Nein, er irrt sich nicht, er begeht ein Verbrechen. Manchmal empfinde ich wie ein Ketzer. Wie kann es anders sein. Mehr als alle anderen ist der Henker eine von der Erbsünde belastete Kreatur, ein schuldlos Schuldiger, ein Judas. Bin ich das wirklich? Gott allein weiß es. Ich bin der Carnifex von Carcassonne, der Vollstrecker der hohen Werke der Gerechtigkeit. Aber was ist Gerechtigkeit wert, wenn sie so schändlich missbraucht wird wie hier vom Kirchenvater Augustinus?

Leander war so vertieft in seine Gedanken, dass er das Poltern an der Turmpforte erst beim zweiten Mal hörte. Mit dem Harzlicht in der Hand stieg er die Stufen hinab.

»Wer da?«, fragte er.

»In Gottes Namen, mach auf! Ich bin es, Raimond, der Sekretär des Vizegrafen. Du sollst zu ihm kommen.«

»Jetzt, um diese Tageszeit?«

»Ja, es eilt.«

Barhäuptig, mit wehendem Mantel folgte Leander dem Sekretär zur Stadtburg. Ihre Schritte hallten auf dem Pflaster der menschenleeren Gassen wider. Durch eine Hintertür gelangten sie in die Festung. Sie überquerten den Innenhof, stiegen eine Wendeltreppe empor und betraten einen Saal. Die Kerzen in den Kandelabern flackerten beim Schließen der Tür, als sei der Sturm in sie gefahren. Ihr bewegter Schein fiel auf den Vizegrafen und auf zwei Männer in schwarzem Priesterornat. Der eine war Berengar, Inquisitor in Toulouse, den anderen kannte Leander nicht. Er blinzelte aus stark kurzsichtigen Augen. Ohne Begrüßung oder ein paar Worte der Erklärung winkte er Leander herbei, gab ihm ein geöffnetes Buch: »Lies!«

Leander ergriff es und las: »Ut sementem feceris, ita metes.«

Die drei Männer tauschten erstaunte Blicke aus: »Wahrhaftig, er kann lesen. Ein Henker, der lesen kann. Weißt du auch, was das heißt?«

»Wie du gesät hast, so wirst du ernten.«

»Der Graf hat die Wahrheit gesagt. Der Henker kann wahrhaftig lesen.«

»Welcher Graf?«, fragte Leander.

»Hier stellen wir die Fragen«, sagte der Inquisitor. »Du hast dich vor zwei Tagen mit Graf Simon de Clermont getroffen. Worüber habt ihr gesprochen? Was war der Grund für euer Treffen?«

»Der Graf hat mir ein Pergament gebracht.«

»Ein Pergament und weiter nichts?«

»Nein.«

»Was für ein Pergament war das, eine ketzerische Schrift?«

»Seit wann ist der heilige Augustinus ein Ketzer?«

»Der Kirchenvater Augustinus? Ist von ihm dieses Pergament?«

»So ist es.«

»Und wovon handelt es?«

»Von der gerechten und ungerechten Verfolgung. Ihr könnt es gern sehen.«

Der Vizegraf winkte ab: »Schon gut. Das reicht.« Zu den Geistlichen gewandt fügte er hinzu: »Die Aussage des Carnifex deckt sich mit dem, was uns der Graf gesagt hat.«

»Und wenn er lügt?«, fragte der unbekannte Priester.

»Warum sollte er?«, fragte der Inquisitor.

Er strich sich den Bart und betrachtete Leander: »Welchen Eindruck hat der Graf auf dich gemacht? War er bei eurem Treffen erregt? Hast du Flecken an seiner Kleidung bemerkt?«

»Was für Flecken?«

»Blut. Wenn einem Menschen die Kehle durchtrennt wird, spritzt das Blut in hohem Bogen heraus. Das muss ich dir als Henker doch nicht erklären.«

»Ihr meint… das ist doch nicht Euer Ernst. Der Graf…? Nein, niemals…«

»Er hat den päpstlichen Legaten ermordet«, sagte der Inquisitor.

»Warum sollte er das tun?«, fragte Leander.

»Weil er ein Katharer ist.«

»Aber das ist doch kein Grund, einen Mord zu begehen. Heißt es nicht, den Katharern sei jede Gewalt fremd?«

»Der ermordete Legat hat vor einem Jahr an dem Schwager des Grafen ein strenges Exempel statuiert. Der Häresie überführt, wurde der Elende nackt durch die Stadt geschleift, gedemütigt und enteignet.«

»Pierre Maurand war ein Schwager des Grafen?«, fragte Leander.

»So ist es«, antwortete der Vizegraf. »Hast du das nicht gewusst?«

»Und deshalb, meint Ihr, wurde der Legat ermordet?«

»Nicht nur deshalb. Simon de Clermont war voller Hass auf den päpstlichen Legaten, weil die Kreuzfahrer seinen Sohn nach dem Fall von Lavour verbrannt haben. Allesamt Katharer sind sie, die ganze Sippe Clermont, Gotteslästerer und Totschläger.«

Leander wollte widersprechen: »Aber der Graf ...«

»Gib dir keine Mühe, ihn zu verteidigen. Er hat den Mord bereits gestanden«, sagte der Inquisitor. »Er ist des Todes. Und du wirst ihn zur Hölle schicken.«

»Ist das Urteil schon gesprochen?«, fragte Leander den Vizegrafen.

»Morgen früh tritt das Gericht zusammen. Das ist auch der Grund, weshalb wir dich so spät in der Nacht noch anhören. Das Urteil soll so bald wie möglich vollstreckt werden. Die Bestrafung von Meuchelmord duldet keinen Aufschub.«

Der Vizegraf erhob sich, zum Zeichen, dass das Gespräch beendet war.

Als Leander den Saal verlassen hatte, sagte der Inquisitor: »Ein Schriftstück über die gerechte und ungerechte Verfolgung. Er fühlte sich also verfolgt, zu Unrecht verfolgt. Und so etwas bringt er Eurem Henker. Sie stecken doch alle unter einer Decke. Man sollte ihn gleich mit aufs Rad flechten.«

»Wen?«

»Den Henker.«

»Und wer sollte dieses blutige Geschäft erledigen?«, fragte der Vizegraf.

»Habt Ihr den Prälaten zur Hölle geschickt?«, fragte Leander, als er den Grafen in der Kerkerzelle aufsuchte.

»Einem Wehrlosen die Kehle durchschneiden – ich bin doch kein Metzger.«

»Aber warum habt Ihr dann den Mord gestanden? Euer Name steht unter dem Schuldbekenntnis. Hat man Euch Gewalt angetan? Wurdet Ihr gefoltert?«

»Nein.«

»Aber warum in drei Teufels Namen habt Ihr dann ein Geständnis abgelegt? Ihr seid des Todes.«

»Sind wir das nicht alle? Es gibt Schlimmeres als meinen

Tod. Erinnerst du dich an unser letztes Gespräch in deinem Garten? Wir sprachen über die Gräuel des Albigenser Kreuzzugs. Damals mussten Tausende ihr Leben lassen, weil Rom davon überzeugt war, die Katharer hätten den päpstlichen Prälaten Pierre de Castelnau ermordet. Das darf sich nicht wiederholen.«

»Ihr könnt doch nicht…«

»Mir bleibt keine andere Wahl. In ihren Augen bin ich schuldig. Sie haben keinen anderen als mich. Sie würden mich foltern, bis ich die Tat gestehe. Ich bin ein schwacher alter Mann. Ich hätte in der Tortur alles unterschrieben. Die Frage, die sie mir am häufigsten gestellt haben, lautete: Wer sind deine Mitverschwörer? Deine Söhne, deine Sippe, die Katharer? Nein, ich ganz allein war es! Ich habe es geschworen bei Gott und den Heiligen: Ich ganz allein. Gott wird mir den Meineid verzeihen. Ich habe aus Liebe gelogen. Ich musste es tun, um sie von dem Wahn abzubringen, es könnte sich um eine Verschwörung handeln.«

Leander betrachtete den weißhaarigen Alten und fragte: »Das haben sie Euch geglaubt? Was für einen Grund sollte einer wie Ihr haben, solch einen Mord zu begehen?«

»Die Vendetta hat in den Bergen Tradition. Rache ist eine Angelegenheit der Ehre und hat mit Religion und Politik nichts zu schaffen. Niemand außer mir muss dafür büßen.«

»Ihr seid ein…« Leander suchte nach dem rechten Wort.

»Ein Opfertier«, ergänzte der Alte den Satz. »Aber sind wir das nicht alle? Meine Frau starb im Wochenbett, mein Sohn im Kampf gegen unsere Feinde. Sie gaben ihr Leben für mich. Jetzt bin ich an der Reihe. Ärgern tut mich nur, dass ich keine Zeit mehr habe, die Ernte einzubringen. Liebe, Geburt und Tod – nichts davon kommt zum richtigen Zeitpunkt. Wann soll ich geschlachtet werden?«

»Morgen früh.«

»Schon morgen. Sie haben es verdammt eilig, mich umzubringen. Aber je schneller wir es hinter uns bringen, umso besser. Je länger ich in diesem dunklen Rattenloch liege, umso mehr graut mir vor dem Sterben.«

Leander sagte: »Ich werde Euch eine Droge geben, die Arme und Beine gefühllos macht. Der Tod wird rasch eintreten. Kann ich sonst noch etwas für Euch tun?«

»Ich möchte, dass das, was von mir übrig bleibt, in unserer Familiengruft die letzte Ruhe findet. Den Abschied von meinen Söhnen haben sie mir verwehrt. Den Priester, den sie mir schicken wollten, habe ich abgelehnt.«

»Glaubt Ihr an ein Leben nach dem Tod?«

Statt einer Antwort sagte der Graf: »Stell dir vor, du kommst in den Himmel und blickst in all die selbstzufriedenen Schafsgesichter der Pfaffen, die überheblich auf dich herabsehen. Und ganz oben an der Tafel zur Rechten Gottes sitzt sein Stellvertreter: der Papst. Das wäre nicht der Himmel, das wäre die Hölle. Was für ein fürchterlicher Glaube ist das, den man uns da aufgedrängt hat! Gott straft die gesamte Menschheit für eine einzige Sünde eines weit entfernten Vorfahren. Und diese Strafe soll mit erbarmungsloser Pein ewig währen. Keiner kann ihr entgehen ohne Vermittlung durch den Sohn, der qualvoll sterben musste, weil sein Vater es so wollte. Welch ein Schreckensbild der Feindseligkeit Gottes gegen seine sündigen Kinder. Wenn er wirklich so ist, wie die Pfaffen uns weismachen wollen, so stellt sich mir die Frage: Wer beschützt mich vor meinem Gott?«

Der Alte betrachtete Leander, als sähe er ihn zum ersten Mal.

»In was für einer entsetzlichen Welt leben wir«, fuhr er fort. »Vor ein paar Tagen warst du mir so nah wie ein Sohn, und morgen wirst du mir antun, was man seinem schlimmsten Feind nicht wünscht. Die Katharer haben Recht. Die Hölle liegt nicht irgendwo. Wir leben mittendrin.«

Und als Leander schon in der Zellentür stand, sagte er: »Glaub mir, es ist besser, im Stehen zu sterben, als auf Knien zu leben.«

»Wie kannst du ihn töten, wenn er den Prälaten nicht erschlagen hat?« Beatrice war so erregt, wie Leander sie noch nie erlebt hatte. »Was seid ihr nur für Menschen! Er ist dein Freund. Er ist unschuldig. Und du hackst ihm den Kopf ab.«

»Niemand wird ihm den Kopf abschlagen … leider.«

»Leider?«

»Das Urteil lautet Rädern. Rädern und anschließend Aufhängen; denn der Tod durch das Schwert ist nicht unehrenhaft. Der Strick jedoch schändet. Deshalb wird er gehenkt. Davor wollen sie ihn jedoch leiden lassen. Hast du schon einer Hinrichtung beigewohnt?«

»Nein.«

»Aber du weißt, wie das Rädern vor sich geht?«

»Nein.«

»Dem Verurteilten werden Arme und Beine gebrochen. Danach wird er auf ein Wagenrad geflochten.«

»Geflochten?«

»Die zerbrochenen Gliedmaßen werden wie Weidenruten durch die Speichen gezogen.«

»Bei lebendigem Leib?«

»Bei lebendigem Leib.«

Beatrice schlug die Hände vor den Mund. Das Grauen stand ihr ins Gesicht geschrieben: »Wie lange kann ein Mensch das überleben?«

»Einen Tag. Manchmal auch länger.«

»O Gott, wie schrecklich!«

»Es kommt noch schlimmer, denn du wirst den Ärmsten aufs Rad flechten.«

»Nein.«

»Doch, denn das ist deine Aufgabe als Henkersknecht. Bero wird dem Grafen die Knochen brechen, und du wirst seine Glieder durch die Speichen winden. Ich werde dir dabei helfen.«

»Nein, bitte nicht!«

»Doch, es muss sein. Es ist der Preis, den wir zahlen müssen, damit wir beisammen sein dürfen.«

»Können wir ihm nicht irgendwie helfen?«

»Ich habe ihm bereits geholfen. Ich habe ihm ein Gift gegeben, das seine Glieder gefühllos macht und sein Sterben beschleunigt. Mehr kann ich nicht für ihn tun.«

Im Süden über den Pyrenäen ballten sich dunkle Wolken, im Osten war der Himmel hell und voller Heiterkeit. Die Raben hielten sich noch zurück, aber die Wildenten badeten schon laut schnatternd in der Aude. Die Pferde beim Kreuzgang der Domherren ließen schläfrig ihre Köpfe hängen. Als die ersten Sonnenstrahlen die Zinnen der äußeren Ringmauer vergoldeten, war der Platz vor der Basilika Saint Nazaire dicht gedrängt mit Menschen. Anders als bei den üblichen Hinrichtungsspektakeln, bei denen der Lärm der Masse noch meilenweit außerhalb der Stadtmauer zu vernehmen war, lag an jenem Morgen Friedhofsstille über dem Platz, so als gelte es, einem Freund das letzte Geleit zu geben.

Dicke Taue umspannten das Schafott, um die Zuschauer auf Abstand zu halten. In dem inneren Bezirk zwischen der Absperrung und dem Blutgerüst standen Stühle für den Vizegrafen, den höheren Klerus und den Magistrat.

Barfuß im Büßerhemd aus rauem Nesselstoff wurde der Graf von einem Büttel herbeigeführt, mit Halsband und eiserner Kette wie ein Hund. Nicht einmal den Schinderkarren mit dem Esel davor hatten sie ihm gewährt. Als die Trommeln zu schlagen begannen und die Arme-Sünder-Glocke ertönte, nahmen die Männer die Hüte vom Kopf, und die Frauen bekreuzigten sich.

Mit hoch erhobenem Haupt überquerte der Graf den Platz, ungebrochen in seinem Stolz. Einmal blieb er stehen und blickte eine junge Frau an, die laut aufschluchzte, als er an ihr vorüberging. Niemand sprach.

Leander stand schon auf dem Gerüst und erwartete ihn, zur Linken Beatrice, zur Rechten Bero, alle drei mit den Insignien der Menschenschlachtung angetan. Es war das erste Mal, dass

Beatrice die lederne Henkersmaske trug. Der Schweiß rann ihr den Hals hinab, und ihr Herz schlug lauter als die Totentrommel. Sie lehnte sich an den Galgen, dessen herabhängende Schlinge für alle sichtbar darauf wartete, den Gemarterten zu erwürgen.

»Erst wenn er stirbt, wird er vom Rad genommen«, hatte der Inquisitor befohlen. »Keinen Atemzug früher und keinen später. Er muss noch leben, wenn wir ihn aufhängen.«

Der Graf stieg die Stufen zum Schafott empor. Er begrüßte Leander mit leichtem Kopfnicken. Das Laufen fiel ihm sichtlich schwer. Das Schierlingsgift entfaltete seine Wirkung. Er hinkte bis an den Rand der Plattform und schaute auf die Menschen hinab. Ein paar Herzschläge lang war es auf dem Platz so still, dass man das Fallen einer Nadel vernommen hätte.

»Worauf wartet Ihr?«, rief der Inquisitor dem Henker zu. »Waltet Eures Amtes!«

Bero war der Erste, der sich bewegte. Doch bevor er den Grafen erreichte, griff dieser nach der Schlinge, die dicht über ihm hing, zog sie sich über den Kopf, warf einen triumphierenden Blick auf den Inquisitor und sprang.

Das alles ging so schnell, dass selbst Leander, der in unmittelbarer Nähe stand, völlig überrascht wurde. Alle waren wie erstarrt. Doch dann löste sich ein Schrei aus den Kehlen der Menschen, ein tierischer Schrei, wilder Triumph.

»Hast du den Blick gesehen, den er dem Inquisitor zuwarf: Ich bin ein Clermont. Einen wie mich schlachtet man nicht. Ich entscheide, wann und wie ich aus dem Leben scheide.«

»Der Teufel soll ihn holen«, sagte der Inquisitor. «Und er wird ihn holen. Es gibt nur ein Verbrechen, das noch schlimmer ist als Meuchelmord, und das ist Selbstmord. Die Hölle ist diesem Hundesohn gewiss, auf ewig und ohne Erbarmen.«

17. Kapitel

Theklas Quartier lag beim Turm Moulin d'Avar, in einer Straße, in der vor allem Handwerker wohnten: Schreiner, Zimmerleute, Dachdecker, Maurer – alles Katharer und fest verbunden durch den gemeinsamen Glauben. Das Haus gehörte der Familie Tavernier, einem Steinmetz mit Frau und zwei kleinen Kindern. Im Keller unter der Werkstatt fanden regelmäßig geheime Gottesdienste statt. Thekla half im Haushalt und wurde dafür im Glauben der Katharer unterwiesen. Seit Jahren an klösterliches Leben gewohnt, erschien ihr die brüderliche Gemeinschaft dieser einfachen und freundlichen Menschen vertraut. Es wurde gesungen und gelacht. Bei Tisch waren sie oft so viele, dass die Männer Türen aushängen mussten, um die Tafel zu verlängern. Waagrecht aufgebockt, mit einem Tuch darüber, boten sie dann Platz für die Nachbarn aus den umliegenden Häusern. Essen, Teller, Holzlöffel und Messer brachten die Gäste mit. Unfassbar erschien es Thekla, wenn sie abends in ihrer Kammer lag, dass sie alle Ketzer sein sollten.

Beim Einkauf auf dem Wochenmarkt wurde sie von einer jungen Frau angesprochen: »Bist du die Frau, die zu Pferd aus der Lombardei nach Carcassonne kam?«

Und als Thekla ihre Frage bejahte, sagte sie: »Der Jude Jakob Roth möchte dich sprechen. Er lädt dich ein in sein Haus.«

»Jakob Roth – wer ist das? Wo wohnt er?«

»Deine Freunde werden es dir sagen.«

Die Taverniers wollten es nicht glauben: »Eine Einladung in das Haus des Juden Roth? Das gibt es nicht. Was will er von dir? Kennst du ihn?«

»Nein. Was für ein Mensch ist dieser Roth? Was macht er?«

»Er handelt mit Leder und Fellen. Ein blasser, hagerer Mann mit Vollbart und Gehstock. Sein Haus liegt gleich an der Mauer beim Turm Balthazard. Man sagt, er sei sehr reich. Er hat Niederlassungen in Toulouse und Narbonne und sogar in der Lombardei. Er genießt den besonderen Schutz des Vizegrafen.«

Von außen wirkte das Haus, als sei wäre ein Teil der Stadtmauer. Ein paar schmale, schießschartenartige Fenster blinzelten auf die Straße.

Thekla betätigte den Türklopfer. Die junge Frau vom Markt öffnete ihr: »Schalom. Es freut uns, dass du gekommen bist.«

Sie liefen durch einen Korridor in einen hohen Raum. Die Fenster blickten in einen Innenhof. Aus einer Brunnenschale floss Wasser in ein darunter liegendes Becken. Ein bärtiger Mann stand dort und fütterte die Zierkarpfen.

»Schön, dass du gleich Zeit für mich hast«, sagte er. Er gab ihr die Hand und führte sie in einen Raum, der mit Teppichen ausgelegt war. Darauf stand ein niedriger Tisch und ein Diwan nach Art der Mauren.

»Trinkst du eine Schale Tee mit mir?«

Er klatschte in die Hände. Ein Junge brachte auf einem silbernen Tablett Tee und Gebäck. Sie tranken und musterten sich über den Tassenrand hinweg.

»Du weißt, wer ich bin«, sagte er. »Und ich weiß, wer du bist.«

»Woher wisst Ihr, wer ich bin?«, fragte Thekla.

»Es gehört zu meinem Geschäft zu wissen, was sich um mich herum ereignet.«

»Ich bin ein Ereignis?«

»Aber natürlich. Eine Frau, die allein durch die Welt reist und beim Henker Quartier nimmt, ist in einer Stadt wie Carcassonne ein Ereignis.«

»Deshalb wisst Ihr aber immer noch nicht, wer ich bin.«

»Nun, lass es mich herausfinden. Eine Frau in deinem Alter

hat einen Mann und meist auch Kinder, es sei denn, sie ist hässlich oder entstellt. Du bist keins von beidem und hast keine Familie, sonst wärst du an dein Heim gebunden. Eine Frau ohne Mann und Kinder – das könnte eine Nonne sein, aber die werden weggesperrt in Klosterzellen. Wenn so eine allein durch die Welt zieht, dann hat sie ihr Gelübde gebrochen, oder ihr Verstand triumphiert über den blinden Glauben.«

Er betrachtete sie und sagte: »Wenn du deine Kopfbedeckung abnimmst, wird die Länge deines Haares mir verraten, ob ich Recht habe.«

Statt einer Antwort nahm Thekla die Kappe vom Kopf.

»Nun, habe ich es doch gewusst!«, sagte der Alte. »Ich suche eine Frau mit dem Verstand einer Klosterfrau und mit viel Chuzpe.«

»Du suchst eine Frau?«

»Nein, nicht eine Frau. Dafür bin ich zu alt. Ich suche eine Mitarbeiterin, die lesen, schreiben und rechnen kann, die mehrere Sprachen beherrscht. Du sprichst Okzitanisch, Italienisch, Französisch. Das höre ich an deinem Akzent. Ich brauche jemanden, der meine Geschäfsbücher führt. Meine Augen werden von Tag zu Tag schlechter. Ich kann nicht mehr lesen, was in meinen Abrechnungen und Bestellungen steht. Und mein Gedächtnis ist auch nicht mehr das beste. Drei Stunden am Tag. Mehr Arbeit ist es nicht, und ich bezahle dich gut. Du kannst, wenn du willst, auch hier wohnen. Das Haus ist groß. Ich teile es mit ein paar Angestellten. Die meisten Räume stehen leer.«

»Eine Christin im Haus eines Juden – ist das erlaubt?«

»Nein, das ist es nicht. Aber der Vizegraf wird mir eine Ausnahmegenehmigung erteilen. Das ist nur eine Frage des Geldes.«

»Des Geldes?«

»Was meinst du, was deine katharischen Freunde zahlen müssen, damit ihre Häresie nicht zur Kenntnis genommen wird.« Er trank von seinem Tee und sagte: »Wir sitzen in einem Boot. Der Kampf gegen die Katharer richtete sich gleichermaßen auch gegen uns. Als das Kreuzritterheer Narbonne belagerte, gab es dort kaum Katharer, dafür aber reiche Juden. Nach Übergabe des jüdischen Besitzes an den Befehlshaber der Kreuzfahrer blieb Narbonne unbehelligt.« Er betrachtete sie mit zusammengekniffenen Augen: »Du hast gut daran getan, dein Kloster zu verlassen. Du siehst nicht aus wie ein Schaf.«

»Wieso ein Schaf?«

»Um ein mustergültiges Mitglied einer Schafherde zu sein, muss man vor allem ein Schaf sein.«

Thekla wusste, dass sie soeben einen sehr wichtigen und einflussreichen Freund gewonnen hatte. Natürlich nahm sie das Angebot an. Die vor ihr liegende Arbeit schreckte sie nicht. Hatte sie nicht auch im Kloster die Buchführung verwaltet? Zunächst galt es zu überprüfen, ob sich die Warenbestände im Lagerhaus mit den Eintragungen in den Büchern deckten. Dabei halfen ihr die beiden Knechte, zwei muselmanische Bulgaren, die der alte Roth auf einem Sklavenmarkt freigekauft hatte. Sie dankten es ihrem Herrn mit fast hündischer Treue. Wenn er das Haus verließ, folgten sie ihm auf drei Schritt Entfernung, grimmig dreinblickend wie Leibwächter. Im Übrigen waren sie jedoch friedliebende Gesellen. Sie redeten untereinander in ihrer wohlklingenden Muttersprache und hielten sich von den übrigen Bewohnern der Stadt fern.

Nachdem der alte Roth Thekla in alle Besonderheiten seines Geschäfts eingeführt hatte, zog er sich zurück, so als wollte er ihr zu verstehen geben, dass er ihr vertraute. Die ein- und ausgehenden Ladungen und Bestellungen allerdings kontrollierte er persönlich. Es gab einen von den Templern betriebenen Postdienst zwischen Paris und Narbonne, der zweimal im Monat in Carcassonne Halt machte. Er versorgte die Händler im Aude-Tal mit den Nachrichten, Aufträgen und Bestellungen, ohne die es keinen Handel gibt.

Die bestellten Waren wurden dann von Fuhrleuten mit Planwagen ins Landesinnere oder zu den Mittelmeerhäfen verfrachtet: lange Karawanen von großrädrigen Karren mit weißen Ochsen davor. Maulesel, bepackt mit Säcken und Fässern. Herden von Rindern und Rössern. Schon von weitem zu erkennen durch die Staubwolken, die den Zug begleiteten wie die Rauchsäulen der Kinder Israel bei ihrem Zug durch die Wüste. Für Thekla, die einen großen Teil ihres Lebens in klösterlicher Abgeschiedenheit verbracht hatte, war es jedes Mal ein aufregendes Erlebnis: Peitschenknall, das Knarren der Wagenräder, Rinderblöken, Flüche, dazu das Hufgetrappel der berittenen Kuriere und Waffenträger, die die kostbare Fracht bewachten. Eine wilde Prozession lärmender Geschäftigkeit.

Thekla liebte die Gespräche, die sie abends im Innenhof des Hauses mit dem alten Juden führte. Er war weit in der Welt herumgekommen und wusste viel zu berichten aus dem Heiligen Land und dem himmlischen Jerusalem.

»Ist es wahr«, fragte er an jenem Abend, »dass die Nonnen im Kloster so abgeschieden leben, dass sie nicht wissen, was in der Welt geschieht? Man erzählt sich, dass im Kloster Lutzerath eine Nonne beim Anblick eines Ziegenbocks, der auf die Mauer des Obstgartens gestiegen war, gefragt haben soll: ›Was ist das?‹ Die Äbtissin, die die Einfalt ihrer niederen Mitschwester kannte, antwortete: ›Eine Frau von der Außenwelt.‹ Und sie fügte hinzu: ›Wenn die Weltweiber alt werden, wachsen ihnen Hörner und Bart.‹ Worauf die gutgläubige Nonne Gott lobte, dass sie hinter Klostermauern leben dürfe.«

Thekla musste laut lachen: »Nein, ganz so zurückgezogen leben die Klosterfrauen nun doch nicht.«

»Wie leben sie dann?«, fragte Roth.

»Der Tag im Kloster ist mit anstrengender Arbeit gefüllt. Er beginnt früh und endet spät. Von Ostern bis zum Sankt Emmeramstag arbeiten die Nonnen schon morgens von vier bis um acht im Garten. Nach kaum vierstündigem Schlaf stehen sie eine Stunde nach Mitternacht auf, um Psalmen zu singen.

Um drei Uhr werden die Laudes gebetet und beim ersten Tageslicht die Prim. Da gibt es wenig Schlaf bei viel Arbeit und nur zwei Mahlzeiten am Tag. Aber selbst während des Essens werden noch Texte in lateinischer Sprache vorgelesen und gelernt: Homilien, Ordensregeln und Lehrreiches. Die Räume sind auch im Sommer kalt, die Kleidung ist unangenehm rau. Nach der Ordensregel sind wir verpflichtet, voll bekleidet zu schlafen. Gebadet wird zweimal im Jahr: vor Weihnachten und vor Ostern.«

»Das klingt mühevoll«, sagte Roth. Er füllte ihre Becher mit Traubensaft, trank davon und meinte: »Verzeih mir die Frage, aber es interessiert mich sehr: Gibt es unter den Klosterfrauen auch so etwas wie Liebesgefühl?«

»Entsagung kann höchste Lust sein. ›Als ich am Kreuz stand‹, heißt es bei der Mystikerin Angela von Perugia, ›legte ich meine Kleider ab und bot mich Ihm selbst dar.‹ Es gibt keine größere Sehnsucht als die unerfüllte. Und auch keine größere Freiheit. Denn wer der Welt entsagt, bedarf des anderen nicht und hält sich die Lasten des Alltags vom Leib. Er bleibt Herr über sich selbst.«

Der alte Jude entgegnete: »Entsagung – das ist die Liebe des Egoisten zum eigenen Ich.«

Nie zuvor war ihr Leben so abwechslungsreich verlaufen, so angefüllt mit erfolgreicher praktischer Tätigkeit. Niemals war sie so vielen Menschen begegnet, die ihr, einer Fremden, so viel Wohlwollen und Vertrauen entgegengebracht hatten. Sie hätte allen Grund gehabt, glücklich zu sein, wenn da nicht der Zwang zur Falschheit und Verstellung wie ein Splitter in ihrem Herzen gesteckt hätte. Seit frühester Novizenzeit hatte sie sich um die Wahrheit bemüht, und jetzt wurde von ihr erwartet, so falsch wie eine Schlange zu sein.

Aber es war nicht nur ihr schlechtes Gewissen, das sie quälte, sie vermisste vor allem die vertraute Teilnahme an der heiligen Messe, am Abendmahl und an der Beichte, die ihr nun verschlossen war. Was hatte eine Klosterfrau, die ihr Gelübde gebrochen hatte und zu den Katharern geflohen war, in der heiligen Messe zu suchen?

Am Tag der heiligen Gundula war ihr Verlangen nach seelischem Beistand stärker als alle Bedenken. Am späten Vormittag, an dem die meisten Frauen der Stadt in der Küche und die Männer in ihren Werkstätten beschäftigt waren, schlich sie sich zur Basilika Saint Nazaire. Die Gassen waren leer. Vor dem Kirchenportal zankte sich eine Schar Raben um eine tote Ratte. Im Innern des Kirchenschiffs herrschte feierliche Stille. Das Sonnenlicht rieselte wie farbige, fein geriebene Kreide durch die Fenster. Über dem ewigen Licht hing der Gekreuzigte.

Sie war ganz allein in dem hohen Raum, allein mit Gott. Sie benetzte ihre Stirn mit geweihtem Wasser und wollte vor dem Marienbild niederknien, als eine Männerstimme zu ihr sprach: »Ich habe auf dich gewartet.«

Sie fuhr herum. Da war niemand zu sehen.

»Komm her zu mir!«

Die Stimme kam aus dem Beichtstuhl. Oder sprach der Gekreuzigte zu ihr? Sie stand da wie erstarrt.

»Nun komm schon!« Und diesmal gab es keinen Zweifel: Es war jemand im Beichtstuhl. Als sie sich näherte, sah sie hinter der halb geöffneten Tür den schwarzen Rock eines Geistlichen. Es war Pater Zyprian, der Priester von Saint Nazaire.

Sie betrat den Beichtstuhl und kniete nieder.

»Ich habe auf dich gewartet«, wiederholte Pater Zyprian.

O Gott, dachte sie. Er hält mich für eine, die ihr Gelübde gebrochen hat, das heilige Gelübde mit Gott. Gibt es ein schlimmeres Verbrechen? Er wird mich verdammen, und ich darf mich nicht rechtfertigen, ohne meine geheime Mission zu verraten. Selbst im Beichtstuhl muss ich mich verstellen und lügen. Wie entsetzlich ist das alles. Mit gesenktem Kopf wartete sie auf den Bannstrahl.

»Ich weiß, warum du zu uns gekommen bist, Schwester.

Man hat mich eingeweiht in euren Plan. Der Bischof lässt dir ausrichten, du sollst nicht, wie ursprünglich abgemacht, nach Toulouse reiten, sondern hier bleiben. Ich bin beauftragt worden, die Verbindung zwischen dir und der heiligen Mutter Kirche aufrechtzuerhalten. Wir werden uns in Zukunft nicht mehr hier in der Kirche treffen. Ich erwarte dich am kommenden Freitag nach Sonnenuntergang in meinem Haus. Der Herr sei mit dir. Und nun, Schwester, kannst du dein Herz erleichtern und beichten, was dich bedrückt.«

Vater Zyprian war ein ungewöhnlich kleiner Mann. Mit dem hellen Haarschopf über dem glatt rasierten Gesicht und dem Priesterrock wirkte er von weitem eher wie ein kleines Mädchen. Dabei war er gewiss doppelt so alt wie Thekla. Er saß ihr gegenüber am Tisch in der Mitte seiner ärmlich eingerichteten Kammer: zwei Hocker, eine Truhe, ein Bett und darüber an der weiß gekalkten Wand ein Kruzifix. Obwohl draußen die Mittagssonne schien, rieselte nur spärliches Licht durch die mit Schweinsblasen bespannten Fenster. Thekla verglich in Gedanken die höhlenhafte Behausung des Priesters mit ihrem hellen Zimmer im Haus des Juden Roth.

»Dem Herrn sei Dank«, sagte Pater Zyprian, »dass er dich zu uns geführt hat.«

Thekla dachte daran, wie sie geschändet und am Ende ihrer Kraft Carcassonne erreicht hatte. Sie konnte sich dem Dank nicht anschließen. Der Priester sah den Zweifel in ihrem Gesicht und meinte: »Wenn du wie beabsichtigt nach Toulouse gegangen wärst, so hättest du ganz gewiss nicht so schnell Zugang zu den Katharern gefunden wie hier. Die Häretiker dort sind eine stolze Gesellschaft, reich und zum großen Teil von Adel. Du hättest es schwer gehabt, dort Fuß zu fassen. Die Katharer hier sind kleine Leute.« Er sagte das fast liebevoll.

»Haltet Ihr sie nicht für Ketzer?«

»Ja, schon, wie kann es anders sein, aber sie sind tüchtige

Handwerker, die wir in der Stadt so dringend benötigen wie der Bauer den Regen. Sie sind fleißig, ehrlich und entrichten ihre Steuern. Mit ihnen verhält es sich wie mit unseren Rössern und Maultieren. Wir spannen sie vor unsere Wagen, ohne Skrupel, dass ihnen das ewige Leben verwehrt ist. Wenn mein Esel nicht meinen Glauben mit mir teilt, muss ich ihn doch nicht gleich verbrennen.«

Ein Lächeln flog über sein faltiges Gesicht. Es sollte ein Scherz sein. »Nein, von den kleinen Leuten werden wir nichts über das Geheimnis der Katharer erfahren, aber sie werden uns den Weg nach oben ebnen. Dabei trifft es sich gut, dass du die Gunst des Juden Roth gewonnen hast und sogar in seinem Haus lebst. Keine Nonne würde so etwas tun. Das beseitigt den letzten Zweifel an der Echtheit deiner Flucht aus dem Kloster. Die Tatsache, dass einer der reichsten Männer der Stadt dich mit der Führung seiner Geschäfte beauftragt hat, zeigt allen, dass du eine ganz außergewöhnliche Frau bist. Du wirst sehen, Schwester, es ist nur eine Frage der Zeit, dass sie dich nach Montsegur berufen.«

»Was hat es mit diesem Montsegur auf sich?«, wollte Thekla wissen.

»Ein Berggipfel in den Pyrenäen, kahl, wild, abweisend und unzugänglich. Seine Spitze ragt bis zu den Wolken empor, und über allem die Mauern der mächtigen Burg Montsegur, uneinnehmbar, so heißt es. Montsegur ist die mythische Mitte der Katharer, ihre Gralsburg, ihr Mekka und Rom. Noch nie ist es einem Nichtkatharer gelungen, diese heiligen Hallen – wie sie es nennen – zu betreten. Dort verbirgt sich das Geheimnis, nach dem wir suchen.«

18. Kapitel

Ich werde gebraucht«, sagte Leander. »Der Verwalter eines Weinguts bei Alet-les-Bains bittet mich um Hilfe. Es steht schlimm um ihn.«

»Alet-les-Bains? Dort komme ich her. Da steht mein Elternhaus.« Beatrice bekam vor Aufregung rote Ohren. »Du musst dort unbedingt vorbeischauen. Oder nein, nimm mich mit! Ja, ich will mit dir reiten. O ja, bitte.«

»Hältst du das für richtig?«, fragte Leander. »Hast du nicht Angst, dass dich dort jemand erkennt?«

»Keiner wird in dem Henkersknecht, der ich jetzt bin, das Mädchen vermuten, das ich einmal war. Außerdem bin ich tot.« Und als Leander immer noch mit dem Kopf schüttelte, sagte sie: »Ich werde mir einen Schnurrbart ankleben und den Hut tief in die Stirn ziehen. Ich will unser Haus nur aus der Ferne betrachten.«

Am Ende gab Leander nach.

Alet-les-Bains liegt einen Tagesritt von Carcassonne entfernt. Sie mussten zeitig aufbrechen, um ihr Ziel zu erreichen, und ritten am linken Ufer der Aude gen Süden. Träge wie die Zeit floss der Fluss dahin, begleitet vom Rauschen des Schilfs, in dem der Morgenwind erwachte. Der Tag würde schön werden.

Nie ist der Himmel so blau, der Mond so blank und bei Tag das Licht so klar wie im Frühjahr über dem Aude-Tal. Erste Falter wagen sich hervor, übereifrige Immen, verfrühtes Käfervolk und mancher Frosch. Ein Schmetterling ließ sich auf Leanders Schulter nieder. Beatrice betrachtete ihn und sagte: »Du bist schön.«

Leander gab ihr Recht: »Welch erstaunliche Kreatur. Erst ist er eine Raupe, gefräßig und ekelhaft wie ein Wurm, und am Ende wird aus ihm eines der schönsten Geschöpfe auf Erden.

Dabei ist es nicht so, dass der Raupe Flügel wachsen, wie viele meinen, nein, sie verwandelt sich völlig. Eines Tages hört sie auf zu kriechen und zu fressen, baut sich eine Puppenhülle und legt sich dort hinein wie in einen Sarg.

Ihr Körper löst sich auf, verwest und zersetzt sich zu wässrigem, klaren Brei. Über eine lange Zeitspanne liegt sie so, weder Raupe noch Schmetterling. Dann formt sie sich zu etwas völlig Neuem. Sie ist nicht mehr gefräßig, fett und faul, sondern schlank mit zart gefiederten Fühlern und eingerolltem Saugrüssel, geflügelt, zum Schweben und Gaukeln geschaffen, leicht und leuchtend bunt wie ein Blumenbeet. Ob sich dieser Falter wohl daran erinnert, dass er einmal eine Raupe war? Oder erlebt die Raupe ihre Auflösung als Tod?«

»Ich bin gestorben, um eine Katze zu werden«, sagte Beatrice.

»Und die Katze hat sich in einen Henkersknecht verwandelt. Ist das nicht ebenso wunderbar wie die Verwandlung der Raupe?«

Der Ritt zurück in die verlorene Welt ihrer Kindheit weckte alte Erinnerungen, ließ farbige Bilder der Vergangenheit wieder lebendig werden.

»Weißt du«, sagte Beatrice, »es gibt Orte, mit denen man immer verbunden bleibt. Man bewahrt sie in seinem Herzen und seinen Träumen. Sie prägen unser Leben, erfüllen uns mit Freude und Schwermut. Man kann ihnen nicht entrinnen. Nachts liegt man wach und sehnt sich heimlich dorthin zurück. Die Vernunft sagt uns, dass wir dort eigentlich nicht wirklich glücklich waren. Die Menschen, die wir kannten, waren nicht alle gut zu uns, oft waren sie unfreundlich, boshaft oder nur dumm. Aber die Wiesen standen jeden Sommer voller Blumen. Am Fluss gab es Anemonen und Sumpfdotterblumen, und der Wald war grün und erfüllt vom Duft der Piniennadeln.«

Gegen Mittag erreichten sie Limoux: Weinberge, so weit das

Auge reichte. Sie machten eine längere Rast, wärmten sich in der Mittagssonne und ließen die Pferde grasen.

Nach kurzem Ritt tauchten die Zinnen der Stadtmauer von Alet-les-Bains auf. Sie durchquerten die Stadt, ohne sich lange dort aufzuhalten, und erreichten noch bei Tageslicht ihr Ziel südlich von Saint Salvayre.

Der Gutshof lag auf einem Hügel. Eine Pappelallee führte zum Herrenhaus. Hundegebell schlug ihnen entgegen, als sie sich dem Tor näherten, das in den Hof führte. Ein Knecht ließ Leander und Beatrice ein, nachdem er die Doggen angeleint hatte.

»Ihr werdet erwartet. Es steht schlimm um unseren Herrn.«

»Was ist geschehen?«

»Ein Wolf. Wir haben ihn in der Schlagfalle gefangen. Die Vorderpfoten im Eisen, so fanden wir ihn, tobend vor Wut und Schmerz, die Augen blutunterlaufen. Der Geifer rann ihm aus dem Rachen. Als wir ihm den Schädel einschlagen wollten, passierte es. Er verbiss sich in die Hand unseres Herrn, und obwohl ich im gleichen Augenblick zuschlug, riss ihm die Bestie drei Finger der rechten Hand ab.«

Sie hatten jetzt die große Stube des Hauses erreicht, ein Raum wie ein Rittersaal, den mächtige Holzbalken überspannten. An den Wänden hingen Waffen und Jagdtrophäen. In einem mannshohen Kamin brannte ein Feuer. Davor lag auf einem Lager aus Fell ein Mann. Er erinnerte Leander an den Gekreuzigten in der Kirche Saint Sernin. Der schwarze Vollbart ließ das schmerzverzerrte Gesicht noch fahler erscheinen, als es war. Der Mann hatte die Augen geöffnet, schien aber durch die Ankömmlinge hindurchzublicken. Neben dem Lager kniete eine Frau. Sie erhob sich und eilte Leander entgegen: »Um der Wunden Christi willen flehe ich dich an, hilf ihm. Er stirbt. Das Fieber frisst ihn auf.«

Leander beugte sich nieder, um die Hand in Augenschein zu nehmen. Umhüllt von dickem Verband lag sie auf der Brust des Mannes, plump und schwer wie ein Elefantenfuß.

»Ich will sie sehen. Nehmt ihm den Verband ab!«

Der Knecht, der sie eingelassen hatte, befreite die Hand von dem Tuch. Als sie zum Vorschein kam, hielten alle den Atem an. »O mein Gott!«, entfuhr es der Frau.

Die Hand war schwarz wie die eines Mohren.

Leander warf einen Blick darauf und sagte: »Er wird sterben.«

»Nein!«, schrie die Frau. »Er darf nicht sterben. Du musst ihm helfen. Bitte!«

»Es gibt nur eine Möglichkeit, aber auch die garantiert nicht sein Überleben.«

»Und die wäre?«

»Wir müssen ihm die Hand abtrennen.«

»Nein«, sagte der Knecht. »Dann stirbt er.«

»Das kann gut sein«, erwiderte Leander. »Aber wenn wir es nicht tun, stirbt er ganz gewiss.«

Es war die Frau, die als Erste das Schweigen brach: »Worauf warten wir? Wir haben keine Zeit zu verlieren.«

»Dann los!«, befahl Leander. »Ich brauche kochendes Wasser, Lederriemen, Leinentuch und ein scharfes Messer. Habt ihr Branntwein im Haus?«

Während die Frau und der Knecht damit beschäftigt waren, die geforderten Gegenstände herbeizuschaffen, fragte Beatrice: »Willst du ihm wirklich die Hand abschneiden?«

»Ich habe keine andere Wahl.«

»Hast du so etwas schon gemacht?«

»An Toten schon öfter, an Lebenden erst einmal: Ein Dieb, der gehängt werden sollte und der dann zum Handabhacken begnadigt wurde. Natürlich habe ich sie nicht abgehackt – das wäre Stümperarbeit. Ich habe sie mit dem Messer abgetrennt. Der Bursche hat überlebt und wurde zwei Jahre später wegen weiterer Räubereien bei bester Gesundheit aufgehängt.«

Als alle zum Krankenlager zurückgekehrt waren, sagte Leander zu dem Knecht: »Du bindest ihm den gesunden Arm an den Leib und setzt dich auf seine Beine. Mein Famulus hält mit mir den anderen Unterarm, an dem ich schneide. Und du«, wandte er sich an die Frau, »wirst seinen Kopf halten und ihn beruhigen. Am besten, ihr schließt die Augen. Ich verspreche euch, es wird schnell gehen. Es muss schnell gehen, sonst verblutet er. Zuvor aber gebt ihm Branntwein.«

Er prüfte die Schneide des Messers, fand sie nicht scharf genug und ließ sie nachschleifen.

»Werft Reisig ins Feuer! Ich brauche Licht. Und gebt ihm mehr Branntwein.«

Er band sich eine lederne Kutscherschürze um, setzte das Messer am inneren Handgelenk an, holte tief Luft und trennte unter Umgehung aller Knochen mit raschen Schnitten die Hand vom Unterarm. Es ging so rasch, dass selbst der Kranke erst zu schreien begann, als Leander die Hand abgetrennt und ins Feuer geschleudert hatte, wo sie sich mehrfach zur Faust schloss und wieder öffnete, bevor sie endgültig verschmorte. Der bluttriefende Unterarmstumpf wurde mit Ledergurten abgebunden und mit frischem Verband versehen.

Der Patron war schweißgebadet. Er hatte sich in den Knebel verbissen, den sie ihm zwischen die Zähne geschoben hatten. Sein Stöhnen und Wimmern wurde übertönt von dem lauten Bittgebet, das seine Frau in endloser Folge wiederholte, wie ein trotziges Kind, das seinen Willen durchsetzen will.

Der Knecht, der das Blut vom Boden aufwischte, fiel immer wieder in den Schlussakkord der Beschwörung mit ein: »Heilige Jungfrau, hilf! Heilige Jungfrau, hilf!«

»Jetzt braucht er Ruhe, viel Heilkraft und einen tüchtigen Schutzengel«, sagte Leander. »Die Wunde wird eitern, und das ist gut so. Denn die Eiterbildung ist nach der Lehre der Bologneser Schule bonum et laudabile. Sie reinigt die Wunde. Sollte sie zu heftig werden, so lasst ihn zur Ader, haltet strenge Diät und wechselt den Verband zweimal am Tag.«

Er wusch sich die blutigen Hände in einer Schüssel, die ihm der Knecht brachte und sagte: »Jetzt brauche ich nichts weiter als ein Bett.«

In der Nacht sah Leander zweimal nach dem Operierten. Er fieberte, atmete aber tief und gleichmäßig. Er würde die Amputation überleben.

Beim ersten Hahnenschrei wurden die Pferde gesattelt. Gestärkt mit warmem Dinkelbrei, Eiermus und Ziegenmilch brachen sie auf. Der Rückweg würde sie über Beauville führen.

»Du hast ihn behandelt wie ein Arzt«, sagte Beatrice.

»Ich bin ein Arzt«, erwiderte Leander.

»Nimmt der Henker nicht Leben?«

»Das tun die Ärzte auch. Glaube mir, die meisten Menschen sterben nicht an ihren Krankheiten, sondern an ihren Ärzten, denn die sind in der Regel noch dümmer als die Pfaffen, was nicht wenig heißen will.«

Je näher sie ihrem Ziel kamen, umso aufgeregter wurde Beatrice. Der Vater würde nicht mehr leben, da war sie sich ganz sicher. Der Schlag, der ihn getroffen hatte, war tödlich. Aber die Mutter! Wie sie wohl lebte, ohne Mann und Kind? Und all die anderen. Die Mägde, die Knechte! Und die Katzen!

Sie ritten über einen bewaldeten Hügel. Beatrice stieß einen Freudenschrei aus. Unten im Tal lag Beauville: eine Gruppe weiß getünchter Häuser, locker um einen Hof gruppiert, umwuchert von Efeu und Heckenrosen. Rauch stieg aus dem Schornstein, Wäsche trocknete im Wind. Ein paar Hühner liefen im Hof umher. Menschen waren nicht zu sehen.

Beim Anblick ihres Elternhauses verließ Beatrice der Mut: »Nein, es geht nicht. Ich kann dort nicht hingehen wie ein Fremder. Wie kann ich ihnen gegenübertreten, ohne in Tränen auszubrechen, ohne sie zu umarmen?«

Wie sie dasaß auf ihrem Pferd und mit tränenüberströmtem Gesicht hinabsah auf die für immer verlorene Welt, wirkte sie so verlassen wie ein kleiner Vogel, der aus seinem Nest gefallen ist.

»Wir hätten nicht herkommen dürfen«, sagte sie. »Es ist nicht gut, wenn Tote wiederauferstehen. Ich wünschte, ich wäre tot, wirklich tot.«

»Du bleibst hier!«, sagte Leander. »Ich werde hinunterreiten. Warte auf mich, und rühr dich nicht vom Fleck!«

Er gab seinem Hengst die Sporen und galoppierte ins Tal.

Die Haustür stand offen. Als auf sein Klopfen und Rufen niemand antwortete, ging er hinein. Eine Frau kam ihm entgegen. Die Ähnlichkeit mit Beatrice war unverkennbar, die gleichen Gesichtszüge, die gerade schmale Nase, Mund und Stirn. Nur die Augen schienen nicht dazuzugehören. Leander hatte das Gefühl, in die Augen eines gehetzten Tiers zu blicken. Sie zitterte am ganzen Leib: »Was wollt Ihr von mir? Ich habe alles gesagt, was ich weiß, alles, wirklich alles.«

Bevor Leander etwas entgegnen konnte, fiel sie vor ihm auf die Knie und flehte: »Nein, nicht schon wieder. Bitte nicht!«

Eine junge Frau eilte herbei, half ihr auf und führte sie zu einer Bank am Fenster. Zu Leander sagte sie: »Verzeiht, Herr, sie ist nicht bei Sinnen und weiß nicht, wovon sie spricht. Sie hat Schlimmes erlebt.«

»Ich weiß«, sagte Leander. »Ich war ein Freund ihres Mannes.«

»Der Herr starb vor Gram, die Tochter durch den Henker, und sie hat den Verstand verloren. Sie fürchtet sich vor jedem Fremden.«

Die Magd betrachtete Leander und fragte: »Wer seid Ihr, und was führt Euch zu uns?«

»Ich schulde deinem Herrn noch Geld.«

»Euch schickt der Himmel. Wir können jeden Silberling gebrauchen. Wir haben nicht viel geerntet, wie Ihr Euch denken könnt. Unsere Knechte sind aus Angst vor dem Inquisitor in die Berge geflohen. Die Reben sind an den Stöcken verfault. Darf ich Euch etwas anbieten, Herr?«

»Ein Becher Wein und ein Stück Brot für mich und meinen Begleiter wären mir recht.«

»Ihr seid nicht allein? Wo ist der andere? Bittet ihn ins Haus.«

Während die Magd mit einem Weinkrug in den Keller hinabstieg, beeilte sich Leander, Beatrice herbeizuholen. »Ich habe mit deiner Mutter gesprochen. Sie wird dich nicht erkennen. Der Schmerz hat sie verwirrt. Die Magd, die bei ihr ist, scheint mir eine treue Seele zu sein. Sie wird dich selbst dann nicht erkennen, wenn sie dich erkennen würde.«

»Wie sieht sie aus?«

»Strohblond mit großem Busen.«

»Anne! Ja, sie ist eine treue Seele.«

Als sie ihre Pferde an dem hölzernen Treppengeländer vor der Haustür festmachten, griff Leander in die Satteltasche und nahm den Geldbeutel an sich, den er tags zuvor für die Handabnahme erhalten hatte.

»Was soll das?«, fragte Beatrice.

»Zur Bezahlung von Schulden.«

Bevor sie die Küche betraten, taumelte ihnen wieder die Herrin des Hauses entgegen: »Was wollt Ihr von mir? Ich habe Euch alles gesagt, was ich weiß.«

Dabei hob sie die Hände vors Gesicht, als wollte sie einen Schlag abwehren.

»Wir kommen in freundlicher Absicht«, sagte Beatrice. Sie ergriff ihren Arm und führte sie zurück zu der Bank am Fenster. Dort saß sie steif aufgerichtet, stumm, mit großen Augen wie ein Eulenvogel. Immer wieder wanderte ihr Blick zu Beatrice, so als sähe sie etwas, das sie nicht einzuordnen wusste. Nach einer Weile sagte sie: »Beatrice.«

»Sie spricht von ihrer Tochter«, erklärte die Magd. »Das tut sie oft.«

»Beatrice!« Ein freudiges Leuchten erhellte ihre Gesichtszüge. Sie erhob sich, ging zu Beatrice und streichelte ihre Wange.

»Verzeiht, Herr, sie weiß nicht, was sie tut. Sie hält Euch für ihre Tochter«, sagte die Magd und wollte eingreifen.

»Nein, bitte lass sie«, bat Beatrice. »Ich glaube, es tut ihr gut.« Sie erwiderte die Liebkosungen, berührte Haar und

Wangen, flüsterte mit zärtlicher Stimme. Ihre Gesichter waren sich so nah, dass sich ihre Wangen fast berührten.

»Das hat sie noch nie mit jemandem gemacht«, verwunderte sich die Magd. »Jetzt ist es aber genug.« Sie legte ihrer Herrin den Arm um die Schulter und führte sie aus dem Zimmer, und die folgte glücklich lächelnd, als habe sie soeben ein Wunder erlebt.

»Ich hoffe, sie hat Euch nicht belästigt.«

Beatrice schüttelte den Kopf. Der Schmerz schnürte ihr die Kehle zu. Durch die geöffnete Tür kamen zwei Katzen vom Hof herein. Misstrauisch, mit gekrümmtem Rücken, betrachteten sie die Fremden. Sie strichen um Leanders Beine, sprangen dann aber mit freudigem Gemaunze Beatrice auf den Schoß und ließen sich laut schnurrend kraulen.

»Mir scheint, Ihr habt nur Freunde in diesem Haus«, sagte die Magd.

Beatrice erwiderte: »Ich liebe Katzen.«

»Und die Katzen lieben Euch, wie man sieht.«

»Ich möchte die Katzen kaufen«, sagte Leander. »Was wollt ihr dafür haben?«

Die Magd zeigte auf den prall gefüllten Geldbeutel und meinte: »Ihr habt sie längst bezahlt. Sie gehören Euch.«

»Mutter hat mich erkannt«, sagte Beatrice auf dem Heimritt.

»Was habt ihr miteinander geflüstert?«

»Sie hat gesagt: Du lebst. Ich habe es gewusst.«

19. Kapitel

Zwei Katharer im Haus Tavernier sagten zu Thekla: »Man hat dich mit dem Priester gesehen. Was machst du im Haus des Zyprian?«

»Der Hirte versucht, ein verlorenes Schaf wieder einzufangen«, erwiderte sie.

»Und hatte er Erfolg?«

»Sehe ich wie ein Schaf aus?«

»Nimm dich in Acht. Dieser Zyprian ist hartnäckig. Er gibt so schnell nicht auf.«

»Glaubt ihr, ich bin aus dem Kloster geflohen, um mich von einem wie ihn wieder einfangen zu lassen?«

»Leg dich nicht mit ihm an. Der Friede mit ihm kostet uns viel Geld.«

»Ihr bezahlt ihn?«

»Er kassiert eine Zehntsteuer von uns. Dafür nimmt er nicht zur Kenntnis, dass wir des Abendmahls und der Beichte nicht bedürfen. Wenn du nicht zum rechten Glauben zurückkehrst, wird er dich schröpfen. Das eine ist ihm vermutlich so lieb wie das andere. Im Übrigen ist er ein geiler Bock. Er versucht es bei allen Weibern.«

»Ihr übertreibt.«

»Er ist wie alle Pfaffen. Der einzige Mann in dieser Stadt, der im Zölibat lebt, ist der Henker.«

So kann man sich irren, dachte Thekla. Dieser Leander trieb es sogar mit seinem eigenen Geschlecht. Als hätte er ihren Gedanken erraten, fragte der Ältere der beiden Katharer: »Hast du im Henkersturm gewohnt, als du in die Stadt kamst?«

»Ja.«

»Ist dir da etwas Besonderes an ihm aufgefallen?«
»An wem?«
»Na, an dem Henker.«
»Wie meinst du das?«
»So, wie ich es sage.«
»Nein, mir ist nichts aufgefallen«, log sie.

Am Abend des gleichen Tages erfuhr Thekla von den Frauen im Haus Tavernier, dass es da ein Geheimnis um den Henker von Carcassonne gebe, ein Geheimnis von höchster Wichtigkeit.

»Er wird ständig überwacht.«

»Und warum?«

Die Frauen zuckten mit den Schultern, schüttelten die Köpfe: »Wir wissen es nicht. Befehl von ganz oben: Montsegur.«

Thekla nahm zur Kenntnis, mit welcher Ehrfurcht sie dieses geheimnisvolle Wort aussprachen: Montsegur!

Welches Interesse konnten die Katharer an einem Henker haben? War ihnen nicht alle Gewalt verhasst? Der Gedanke ließ Thekla nicht mehr los.

Bei ihrem nächsten Treffen mit Pater Zyprian fragte sie: »Was wisst Ihr von Leander, dem Henker?«

»Warum willst du das wissen?«

»Er war gut zu mir. Warum fürchten ihn die Leute in der Stadt mehr als den Teufel?«

»Wohl weil er wie kein anderer den Tod verkörpert. Er ist ein unheimlicher Geselle.«

»Wie kann es anders sein, wenn einer von Berufs wegen Menschen tötet?«, erwiderte Thekla.

»Es ist nicht nur seine Tätigkeit, vor der allen graut. Es ist sein Aussehen.«

»Aber er sieht doch gut aus.«

»Zu gut, finde ich. Ein Henker mit einem Engelsgesicht. Wie ist das möglich? Seine Wangen sind so glatt, als wären sie nie von einem Rasiermesser gestreift worden.«

»Ja, ihr habt Recht. Was hat das zu bedeuten?«

»Satan hat viele Gesichter. Er kann abschreckend hässlich sein, aber auch gleißend schön, ahrimanisch und luziferisch. Dieser Leander verkörpert das luziferisch Böse wie kein anderer in dieser Stadt. Sein Knecht Bero dagegen sieht aus wie der leibhaftige Ahriman.«

»Luzifer und Ahriman«, sagte Thekla. »Ich habe nie dergleichen gehört. Ich kenne nur Gut und Böse.«

»Das Gegenteil von Mut ist nicht nur Feigheit, sondern auch Übermut. Die Sparsamkeit hat zwei Gegenpole: die Verschwendung und den Geiz. Alle Tugend liegt zwischen zwei Lastern. Gut ist das rechte Maß dazwischen.«

Pater Zyprian fuhr sich über seinen weißen Haarschopf und verschränkte die Hände hinter dem Kopf: »Wenn ich den Weibern im Beichtstuhl Angst einjagen will, dann drohe ich ihnen nicht mit dem Teufel oder dem Henker, sondern mit Bero. Und das verfehlt nur selten seine Wirkung. Hast du ihn gesehen?«

»Nein. Ist er wirklich so abstoßend?«

»Schlimmer, als du dir das in deiner Phantasie vorstellen kannst«, erwiderte Pater Zyprian. »Stell dir einen Riesen vor, einen Enak aus dem Alten Testament, groß wie der Goliath, den David erschlug. Bären bewegen sich so, Tanzbären, die auf heißem Eisenrost das Tanzen lernen. Wenn er dich mit seinen Pranken packt, gibt es kein Entrinnen. Das Schlimmste an diesem Bero aber ist, dass er kein Gesicht hat. Wo alle anderen Augen haben, hat er zwei Sehschlitze, seelenlos wie Schlüssellöcher: eine Maske des Grauens, und um das Maß voll zu machen, ist er auch noch stumm. Lautlos und ohne eine erkennbare Spur von Mitgefühl tötet dieser Menschenschlächter, unbarmherzig wie eine herabsausende Axt. Sein Anblick allein genügt, um einem armen Verurteilten die Sinne zu rauben.«

»Trägt er immer eine Maske?«, fragte Thekla.

»Immer. Es heißt, er habe kein Gesicht mehr. Die Flammen haben ihm Nase, Lippen und Ohren vom Kopf geschmolzen.«

»Geht er niemals in die Kirche?«

»Ich habe ihn nur einmal dort angetroffen. Er kam sehr früh am Morgen vor der ersten Messe, als die Kirche noch leer war. Als er ging, lag die lebensgroße Holzskulptur des heiligen Florian zerstört am Boden. Er hat dem Schutzpatron gegen Feuersbrunst den Kopf vom Rumpf geschlagen.«

»Ein armer Mensch«, sagte Thekla.

»Manche meinen, er sei gar kein Mensch.«

»Was soll er sonst sein?«

»Ein Gnom aus dem Reich der Sagen und Märchen. Bero und Leander! Zwei Wesen, wie sie gegensätzlicher nicht sein können: der Schöne und das Biest. Das Phantom ohne Gesicht und der Henker mit dem Engelsgesicht.«

Pater Zyprian begann im Zimmer auf und ab zu laufen: »Ich habe Unglaubliches erlebt mit diesem Carnifex. Eine junge Hexe, die sich in seinem Gewahrsam befand, hat sich in eine Katze verwandelt, in eine böse schwarze Katze, die nicht einmal vor dem geweihten Kruzifix zurückschreckte.«

»Ist das wahr?«, fragte Thekla ungläubig.

»So wahr wie Christus am Kreuz starb.«

»Was habt Ihr mit der Höllenbrut gemacht?«

»Wir haben sie ersäuft und anschließend verbrannt. Und trotzdem ...«

»Trotzdem was?«, wollte Thekla wissen.

»Du wirst mir nicht glauben. Es ist zu phantastisch.« Pater Zyprian blieb stehen und beugte sich zu Thekla hinab. »Ich habe sie danach noch gesehen.«

»Wen? Die Katze?«

»Nein, die Hexe. Sie stand oben am Fenster im Henkersturm und fütterte die Raben. Ich habe sie sofort erkannt. Sie war von luziferischer Schönheit, die Fleisch gewordene Versuchung.«

Zyprian schüttelte sich vor Entsetzen: »Ihr Geist geht um im Henkersturm.«

»Sie hat wirklich die Raben gefüttert?«, fragte Thekla.

»Sie haben ihr aus der Hand gefressen. Eine scheußliche Brut, diese Galgenvögel. Sie ernähren sich vom Fleisch der Gehenkten, Höllengeschmeiß wie die Fliegen. Und so wie man den Teufel ›Herr der Fliegen‹ heißt, so ist dieser Bero der Herr der Raben. Sie lieben ihn. Wenn er einen Kadaver in den Hof hinter dem Henkersturm karrt, begrüßen sie ihn mit so gierigem Gekrächze, dass man es noch am anderen Ufer der Aude hört, ein höllischer Chor wie zur Walpurgisnacht, eine wirbelnde Wolke aus Rabengefieder, und dieser Bero mittendrin.«

»Was haltet Ihr von dem neuen Henkersknecht René?«

»Er ist noch sehr jung, ein wenig zu jung.«

»Und zu schön«, sagte Thekla.

»Ja, ein zweiter Luzifer. Diese Menschenschlächter sind eine höllische Zunft.«

Eigenartig, dachte Thekla, obwohl ich mich hier viel mehr bewege als im Kloster, nehme ich ständig zu.

Schon zweimal hatte sie sich neue Gewänder machen lassen, die ihr nach kurzer Zeit zu eng wurden. Anfangs hatte sie geglaubt, der Stoff sei beim Waschen eingelaufen. Doch als sie feststellen musste, dass auch die Löcher im Ledergürtel nicht mehr ausreichten, um ihren Leib zu umspannen, begann sie sich Sorgen zu machen. Wann hatte sie das letzte Mal ihre Monatsblutung gehabt? Im Kloster, wo jeder Tag und jeder Monat einer festen Regel unterlag, wusste sie immer ganz genau, wie es um sie stand. Aber hier bei der hektischen Tätigkeit, die ihr kaum Zeit ließ, die wichtigsten Gebete einzuhalten, hatte sie sich selbst nur wenig Beachtung geschenkt, zumal sie von Natur aus kein Verhältnis zu ihrem Leib besaß.

Sie versuchte sich zu erinnern und kam zu dem Ergebnis, dass sie seit ihrer Ankunft in Carcassonne zwei Monate zuvor keine Monatsblutungen mehr gehabt hatte. Lag das an der Umstellung der gewohnten Lebensführung? Wohl kaum. Zwei Monate waren eine lange Zeitspanne. Aber dann … Sie wagte die Vermutung nicht zu Ende zu denken.

Die Vergewaltigung! Ein Kind! Ein Kind von diesem Teufel! Sein Bastard in meinem Leib! Die Vorstellung verursachte ihr solche Übelkeit, dass sie sich erbrechen musste. Nein, diese Satansfrucht würde sie nicht austragen. Das war so gewiss wie das Amen in der Kirche.

Zwei Wege gab es, eine ungewollte Schwangerschaft abzubrechen: die Austreibung, bei der die Gebärmutter sich krampfartig zusammenzog und so eine Fehlgeburt einleitete. Die Kräuter, die man dafür benötigte, waren schon Hippokrates bekannt: Nießwurz, Bibergeil, Schlangenkraut und Tausendgüldenkraut. Daneben gab es Gewächse, die das Ungeborene im Mutterleib vergifteten. Das Ergebnis war eine Totgeburt. Dafür eigneten sich vor allem Heilkräuter, die ätherische Öle oder Bitterstoffe enthielten. Das bekannteste und wirksamste war der Sadebaum, der im Volk auch Totengräberkraut genannt wurde. Und das nicht nur, weil dabei die Ungeborenen ihr Leben lassen mussten, sondern häufig auch die Mütter.

Eine lebensgefährliche Prozedur stand ihr bevor, aber sie hatte keine andere Wahl. Thekla wusste, mit der Einnahme der Kräuter war es nicht getan. Es bedurfte anstrengender Vorbereitungen. Der Körper musste durch Hunger und Aderlass geschwächt werden. Erst danach konnten die Drogen ihre volle Wirkung entfalten. Sie entschied sich für das Totengräberkraut, weil es das wirksamste war, und vor allem, weil es im Umkreis der Stadt Sadebäume gab.

Noch am gleichen Tag begann sie zu fasten. Nachts fand sie keinen Schlaf. Gewissensbisse quälten sie. Die Beseelung der Leibesfrucht im Mutterleib erfolgte für Knaben nach vierzig, für Mädchen nach achtzig Tagen, so wusste es schon Aristoteles. Die Abtreibung eines beseelten Menschleins aber war Mord.

Was wird aus meiner Mission, wenn ich es nicht tue? Ich bin hier, um einen Auftrag zu erfüllen. Soll dieser Plan durch einen Bastard durchkreuzt werden? Nein. Sie war sich ganz sicher, die Absolution war ihr gewiss. Sie musste handeln, und zwar rasch.

Ihre Losung lautete: Solum Deum oculis habentes. Nur Gott vor Augen und sonst nichts!

Sie empfand das Kind, das da in ihr heranreifte, nicht als natürliche Leibesfrucht, sondern als bösartige Krebsgeschwulst. Die Mutterschaft begriff sie als Krankheit, so wie die Cholera oder die Beulenpest. Sie war nie wirklich krank gewesen. Schmerzen schreckten sie nicht. Lust erfreute sie nicht. Sie lebte in ihrem Körper, ohne ihn richtig wahrzunehmen. Er war einfach da wie der Atem und der Herzschlag, eine verlässliche Selbstverständlichkeit.

Sie war eine gute Reiterin, körperliche Arbeit fiel ihr leicht. Das Verhältnis zu ihrem Leib wäre harmonisch gewesen, hätte es da nicht diese Widerwärtigkeit ihres Geschlechts gegeben, den Sündenfall des Fleisches, der Monat für Monat mahnend ihren Schoß mit unreinem Blut füllt: ein Kainsmal, das immer wieder aufbrach wie die Wunde eines Stigmatisierten. Ein Menetekel der Sünde, so hatte der heilige Bernhard es genannt.

20. Kapitel

In Carcassonne kannte jeder jeden. Die Häuser hinter der hohen Stadtmauer drängten sich aneinander wie Bienenwaben. Die Gassen waren so eng, dass man sich aus gegenüberliegenden Fenstern die Hand reichen konnte. Die Wände waren dünn, die Fenster unverglast. Hier ließ sich nichts verbergen. Wenn einer sein Weib schalt, so hörten es die anderen. Sie bekamen auch mit, wie oft und wie heftig er sie liebte. Man roch, was der Nachbar auf dem Herd hatte und wie reinlich er war. Man wusste, mit wem er verkehrte, und sah, was er tat. Der Korbflechter verrichtete seine Arbeit vor dem Haus wie der Spengler und der Gürtelschneider. Zähne wurden auf dem Markt gezogen. Der Sterbende wurde auf die Straße getragen, wo er umgeben von Nachbarn und Bürgern seinen letzten Willen verkündete. Der Alltag war öffentlich.

Der Klatsch gehörte zur Stadt wie das Brummen zum Bienenstock oder das Gackern zum Hühnerhof, und eine Frau wie Thekla war immer ein willkommener Anlass, um die Köpfe zusammenzustecken.

Aus dem Grund konnte sie sich nicht wie ein verwundetes Tier verkriechen, ohne Aufsehen zu erregen. Größere Lieferungen von Lamm- und Ziegenleder waren fällig, und der alte Roth war ins Rheinland gereist, um neue Märkte aufzutun.

Die Katharer, derentwegen sie ja hier war, durften auch nicht vernachlässigt werden, zumal ausgerechnet jetzt hoher Besuch aus Montsegur angekündigt war. Remigius Auxerre, die rechte Hand des Großmeisters, bereiste die Gemeinden Okzitaniens.

Wie sehr sehnte sie sich nach der Ruhe im heimatlichen Kloster. Normalerweise fiel Thekla das Fasten nicht schwer.

Sie hatte sich immer bescheiden ernährt. Jetzt aber litt sie an quälendem Hunger. Der Schmarotzer in ihr verlangte mit vampirhafter Gier nach Nahrung, die er so dringend für sein Wachstum benötigte wie die Pflanzen das Licht. Die ersten zwei Tage Verzicht waren die schlimmsten. Danach begann ihr Körper einen Widerwillen gegen die meisten Speisen zu entwickeln. Allein der Geruch von Haferbrei, Zwiebeln oder Fleischmus verursachte ihr Brechreiz. Dafür wurde das Verlangen nach Fruchtsäften oder frischer Milch übermächtig.

Reichlich Wasser und ein wenig hartes Brot, mehr gönnte sie sich nicht. Drei Wochen lang wollte sie so fasten, bevor sie den Saft der Sadepalme nehmen würde. Kraftlos mühte sie sich durch den Tag. Wenn sie abends auf ihr Lager sank, fiel sie in tiefen Schlaf, erwachte aber nach Mitternacht und lag dann bis zum Morgengrauen wach. Kraft fand sie vor allem im Gebet. Manchmal sprach sie auch mit dem Teufel, der in sie gefahren war. »Anathema sit! Und wenn du dich noch so fest in mir verkrallst, ich werde dich austreiben. Und wenn es mich mein Leben kostet, du boshafter Bastard, du wirst das Licht der Welt nicht erblicken. Ich schwöre es bei den Wunden des Gekreuzigten.« Sie dachte an den schleimigen, froschartigen Fötus in der Hand der Äbtissin bei der Fehlgeburt im Schafstall. In diesem Monstrum hatte sich die ganze Ekelhaftigkeit der Sexualität offenbart. Die Schwangerschaft und vor allem das Gebären degradierte die Frau zur Kuh. Sie hatte es auf dem Schiff aus nächster Nähe miterlebt, wie widerwärtig diese blutige Entleerung der Gebärmutter war.

Am Ende der dritten Woche war ihr Verlangen nach geistlichem Beistand so groß, dass sie glaubte, ohne die Tröstung des heiligen Abendmahls sterben zu müssen.

»Du siehst schlecht aus«, sagte Pater Zyprian, als sie ihn aufsuchte. »Ist dir nicht gut?«

»Ein wenig überarbeitet.«

»Du solltest dir vom Stadtmedikus eine Arznei geben lassen.«

»Die Medizin, die ich brauche, könnt nur Ihr mir geben«, sagte Thekla.

Als Pater Zyprian ihr die Hostie auf die Zunge legte, fühlte sie sich befreit von aller Last, so leicht wie eine Daunenfeder. Sie wurde emporgehoben, schwebte durch die Luft und versank in einem Blumenbeet.

Als sie wieder zu sich kam, fiel ihr Blick auf den Gekreuzigten in Pater Zyprians Zimmer. Sie lag auf seinem Bett. Agatha, die Haushälterin des Priesters, tätschelte ihr die Wange. In der Hand hielt sie eine Tonschale. Der Geruch von heißer Fleischbrühe stieg Thekla in die Nase. Angewidert schloss sie die Augen: »Wie komme ich in dieses Zimmer?«

»Du bist in Ohnmacht gefallen«, sagte Agatha. »Wir haben dich hierher getragen. Sollen wir den Medikus rufen?«

»Nein, es geht schon wieder. Ein Schwächeanfall.«

Thekla erhob sich. Die Haushälterin wollte ihr helfen. Der Priester kam ins Zimmer, eilte auf Thekla zu: »Bleib doch noch liegen. Du hast uns einen gehörigen Schrecken eingejagt.«

»Frauen haben das bisweilen«, sagte Thekla. Sie versuchte zu lächeln. Es misslang.

»Soll dich Agatha nach Hause begleiten?«

»Nein. Es geht schon wieder.«

Als sie fort war, sagte Agatha: »Sie ist schwanger. Da gibt es keinen Zweifel.«

»Schwanger? Unmöglich, ganz und gar unmöglich. Ich habe ihr die Beichte abgenommen, wiederholt abgenommen. Sie ist eine tief gläubige Seele. Eine so schwer wiegende Sünde hätte sie mir gestanden. Dafür würde ich meine Hand ins Feuer legen. Nein, solch eine Sünde würde sie nicht verschweigen.«

»Vielleicht ist es gar keine Sünde«, entgegnete Agatha.

»Eine Nonne, die ein Kind erwartet! Wenn das keine Sünde ist!«

Agatha sagte: »Ihr habt Recht. Eine Frau wie sie laviert sich nicht schamlos durch die Beichte. Aber vielleicht verschweigt sie aus Scham ein Verbrechen, das an ihr begangen wurde.

Eine Frau, die vergewaltigt wird, ist keine Sünderin, sondern Opfer eines grausamen Verbrechens.«

»Warum verschweigt sie uns das?«

»Aus Scham. Vielleicht auch aus Furcht vor dem, der ihr das angetan hat. Vielleicht gibt es da Gründe, die sie berücksichtigen muss.«

Dieser Satz ging Zyprian nicht mehr aus dem Sinn. Worauf musste Thekla Rücksicht nehmen? Sie war hier, um einen Auftrag zu erfüllen. Der Auftrag war das Wichtigste. Ihm hatte sie sich verschrieben. Wer hatte ihr das angetan?

Von den Katharern kam keiner in Frage. Er wäre in den Augen der anderen erledigt gewesen. Sie waren eine eingeschworene Gemeinschaft. Aber da war dieser Jude Roth. Thekla war in hohem Maß abhängig von ihm. Die herausgehobene Tätigkeit in seinem Geschäft sollte ihr Zugang zur Zentrale der Katharer verschaffen. Sie wohnte in seinem Haus und war ihm ausgeliefert wie keinem anderen in dieser Stadt. Dieser Roth hatte das ausgenutzt. Er war reich und mächtig. Wie konnte sie, die entlaufene Nonne, den Freund des Vizegrafen anklagen, er habe ihr Gewalt angetan? Sie würde sich zum Gespött der ganzen Stadt machen. Gab es nicht genug Spottlieder über die Geilheit der Nonnen? Erst in das Haus eines allein lebenden Mannes ziehen – welche ehrbare Frau würde das tun? – und dann hochschwanger zu behaupten: Ich bin vergewaltigt worden. Wer würde ihr das glauben?

Je länger Zyprian darüber nachdachte, umso sicherer war er sich: Es gab nur einen, der für diese Schandtat in Frage kam: der Jude Roth.

Ein paar Tage später wusste Agatha zu berichten: »Ich habe der Thekla das Geständnis abgerungen, sie sei vergewaltigt worden; von wem, wollte sie nicht sagen. Sie würde die Frucht des Frevels abtreiben. Hilfe brauchte und wollte sie nicht. Ich musste ihr versprechen zu schweigen. Bitte lasst Euch nicht anmerken, dass Ihr Bescheid wisst.«

Der Schmerz fuhr Thekla in den Leib wie glühendes Eisen. Sie war mit ihrer Stute über die Felder geritten, um sich zu bewegen und damit die Fehlgeburt auszulösen. Seit zwei Tagen nahm sie den Sadesaft. Die Krämpfe zwangen sie in die Knie. In einem Distelfeld jenseits der Aude kam sie nieder. Sie lag auf dem harten Boden und krümmte sich wie ein Wurm. Unendlich lang zog sich die Qual hin. Sie schrie, dass ihre Stute verstört das Weite suchte. In ihren blutigen Händen hielt sie den ausgetriebenen Fötus. Er war nicht größer als eine Fledermaus, genauso nackt und von Häuten umspannt und nicht weniger ekelhaft. Er starrte sie aus seelenlosen Knopfaugen an. Der Kopf viel zu groß für den winzigen Leib. In seinem gallertartigen, fast durchsichtigen Körperchen pulste das Leben.

Als sie sich in der Aude wusch, begannen in Carcassonne die Abendglocken zu läuten. Unter einer Weide verscharrte sie ihren Erstgeborenen mit eigenen Händen. Ein paar Raben schauten ihr dabei zu. Heilige Mutter Gottes, vergib mir.

Fieberschauer schüttelten sie. Ihre Zähne schlugen aufeinander wie die Knochen beim Totentanz. Am Ende schwanden ihr die Sinne.

Sie erwachte von dem Gefühl, hochgehoben zu werden. Als sie die Augen öffnete, blickte sie in das Gesicht des Teufels, dicht vor dem ihren, schauerlich beleuchtet vom kalten Mondlicht. Eine entsetzliche Fratze! Schrecklicher als der schlimmste Albtraum!

Sie wollte schreien und brachte keinen Laut hervor. Die Angst schnürte ihr die Kehle zu. Sie schloss die Augen, versuchte in einen anderen Traum zu fliehen. Vergeblich, denn das hier war kein Albtraum. Es war die Wirklichkeit: Der Teufel hatte sie geholt.

Hinter der Maske des Bösen funkelten seine Augen so kalt wie Eis. Er roch nach Ziegenbock und Pferdeschweiß. Sie blickte auf seine Hände, die sie gepackt hatten: braunschorfige Pranken voller Brandnarben, verätzt vom Höllenfeuer.

Sie wollte sich wehren, mit den Beinen strampeln. Es misslang. Sie war zu schwach. Der Teufel hatte sie fest im Griff.

Lasciare omni speranza! Lass alle Hoffnung fahren! Ich bin verloren.

Bero trug sie auf seinen Armen bis zum Portal der Basilika Saint Nazaire. Hier fand sie Pater Zyprian vor der ersten Morgenandacht.

21. Kapitel

Es war ein warmer Frühlingsabend, windstill und sonnig. Im Garten hinter dem Turm blühten die Apfelbäume, umschwirrt von summenden Bienen.

»Sie sind nicht nur fleißig, sondern auch klug«, sagte Leander zu Beatrice. »Anders als bei uns Menschen, wo ein Töpfer nur Töpfe macht und ein Schuhmacher nur Schuhe, beherrschen sie ein ganzes Dutzend verschiedener Berufe.«

»Du meinst, jede Biene beherrscht mehrere Berufe? Hat nicht jede ihre eigene Aufgabe zu erfüllen?«

»Im Lauf ihres Lebens erledigt jede einzelne von ihnen alle im Stock erforderlichen Aufgaben in der Reihenfolge ihres Alters. Nach dem Ausschlüpfen aus ihrer Zelle versorgt sie die junge Brut. Dann wird sie zum Baumeister, formt Waben aus Wachs. Und wenn sie das lange genug gemacht hat, verstaut sie die eingebrachten Futtervorräte, schafft die Abfälle aus dem Bau. Danach versieht sie wichtigen Wächterdienst am Flugloch. Ganz zuletzt beginnt sie mit dem Honigsammeln. Die Bienen, die du hier umherfliegen siehst, sind alle ältere, erfahrene Tiere.«

Eine Biene landete auf Leanders Finger. Ihr Pelz glänzte in der Abendsonne. »Ist sie nicht schön?«

»Und du meinst, sie sind wirklich gescheit?«, fragte Beatrice.

»Ja, denn sie handeln durchaus mit Verstand. Ihre Entwicklung verläuft nicht selbstständig, wie das Wachsen der Pflanzen, die keimen, Blätter ansetzen, blühen und Frucht tragen. Nimmt man dem Bienenvolk die Bauarbeiter weg, so unterlassen die älteren Bienen das Honigsammeln und werden wieder zu Wabenbauern. Das gilt auch für alle anderen Berufe im

Stock. Diese kleinen Tiere handeln wie die Bürger einer Stadt, Überlegung und Gemeinsinn folgend.«

»Gibt es auch Henker unter ihnen?«, wollte Beatrice wissen.

»Nein, keine Henker, aber jede Menge Henkerinnen.«

»Ist das wahr?«

»Sie richten nach dem Hochzeitsflug die Männchen hin. Bienen sind eine eingeschworene Gemeinschaft von Weibchen.«

»So wie wir«, sagte Beatrice. »Du bist die Königin,und ich bin deine Arbeitsbiene.«

»Nein«, sagte Leander. »Du bist der Honig.«

Er küsste sie und lachte: »Wahrhaftig, du bist so süß wie der Honig.«

Als sie sich später am Abend vor dem Kamin liebten, sagte Beatrice: »Ein Glück, dass du keine Drohne bist, sonst müsste ich dich jetzt töten.«

»Noch schlimmer erginge es mir, wenn ich ein Spinnenmännchen wäre«, lachte Leander, »die werden nach dem Liebesspiel von den Weibchen aufgefressen.«

Sie biss ihm ins Ohrläppchen und meinte: »Ich habe dich zum Fressen gern.«

»Weißt du«, sagte Leander, »dass es eine Zeit gab, in der ich nichts so widerwärtig fand wie Essen, vor allem gemeinsames Essen? So habe ich früher nie verstanden, warum Menschen zusammenkommen, um in Gesellschaft Essen in sich hineinzustopfen.«

»Hast du nie mit anderen an einem Tisch gegessen?«, fragte Beatrice.

»Als Kind mit meinem Vater, bisweilen. Er war fast zahnlos und roch aus dem Mund. Es war eine Qual, ihm beim Essen zuzusehen. Er hat es wohl selbst so empfunden und aß meist allein.«

Als sie am anderen Morgen durch das Stadttor ritten und von den Wächtern achtungsvoll gegrüßt wurden, sagte Beatrice: »Gewiss gibt es in der ganzen Stadt nicht eine Frau, der so viel Ehrerbietung entgegengebracht wird wie uns.«

Leander antwortete: »Wenn sie wüssten, wer wir wirklich sind, würden sie uns steinigen, denn ein Bauer, der sich als Graf ausgibt, macht sich lächerlich, aber eine Frau, die Männerkleider trägt, begeht ein Verbrechen.«

Beatrice wagte nicht zu fragen, was sie erwartete, falls man ihr falsches Spiel entlarven würde. Nur nicht daran denken! In letzter Zeit quälten sie angstvolle Vorstellungen, besonders nachts, wenn sie keinen Schlaf fand, während Leander neben ihr in tiefem Schlummer lag.

Sie fühlte sich beobachtet. »Sieh nur«, sagte sie, »der Alte da drüben, der mit dem braunen Barett, ist uns erst vorgestern gefolgt. Jetzt steht er da drüben bei der Kirchenpforte und blickt zu uns herüber.«

»Das ist ein harmloser alter Mann«, erwiderte Leander. »Er schaut sich nur die Vorübergehenden an.«

»Nein, glaube mir, wir werden beobachtet.«

Der Mond schien durch das Fenster. Sein Licht erhellte den Raum. Wolkenfetzen glitten als Schatten über Wände und Dielen.

Leander lag mit offenen Augen auf seinem Lager und verfolgte das Lichtspiel. Eben noch Sichtbares wurde von der Finsternis verschluckt. Zinnbecher blitzten auf. In den Falten der Vorhänge bewegten sich die Schatten. Es sah aus, als sei der Wind in sie gefahren. Truhe, Tisch und Stühle schienen von Unruhe ergriffen. Minerva, die Eule im Käfig an der Wand, knackte mit ihrem Schnabel, wie sie es immer tat, wenn sie erregt war.

Unheil lag in der Luft, namenloses Grauen aus jener Welt, zu der unsere fünf Sinne keinen Zugang haben. Eine dunkle Wolke schob sich vor den Mond. Leander schloss die Augen.

Er stand vor einem Kirchenportal. Die bronzenen Flügeltüren öffneten sich wie von Geisterhand. Musik ertönte. Er lief durch das hohe Kirchenschiff dem ewigen Licht entgegen. Ein Priester in weißem Gewand erwartete ihn. War das nicht …? Aber ja, er war es: Graf Simon de Clermont. Wie jung er aussah. Leander kniete nieder, empfing die Hostie: »Siehe, das ist mein Blut, das vergossen wurde zur Vergebung für viele.« Die Hostie brannte wie Feuer auf der Zunge. Erschrocken schlug Leander die Augen auf. Er befand sich im Turm, in seinem Zimmer. Aber, was war das? Träumte er? Vor ihm stand ein Engel oder, richtiger, der Schatten eines Engels. Lebensgroß schwebte er an der Wand gegenüber dem Bett. Er hing da steil und stolz aufgerichtet mit Flügeln wie ein Cherub. Sie überragten seinen Kopf, bewegten sich sanft auf und nieder, leicht wie ein Lufthauch. Leander hielt den Atem an. Da vernahm er die Botschaft. Sie bestand nicht aus Worten, war der Musik verwandter als der Sprache, farbige Töne, Klangbilder, die er verstand, so wie die Sprache der Vögel und vor allem der Raben. Sie lautete: »Du trägst ein Kind unter deinem Herzen.«

»Ein Kind! Ich? Wie kann das sein?«

Und der Engel wiederholte seine Botschaft.

Leander erhob sich von seinem Lager. Ein Rabe, der im Fenster hockte, flog erschreckt davon. Der Schatten des Engels verschwand.

Leander weckte Beatrice. Sie schlug die Augen auf und fragte: »Was hast du?«

»Ein Engel. Er war hier im Zimmer.«

»Du träumst.«

»Nein, er war wirklich hier, dort drüben an der Wand. Er hat zu mir gesprochen.«

»Was hat er gesagt?«

»Dass ich ein Kind unter dem Herzen trage.«

»Wie kann man nur solchen Unsinn träumen«, lachte Beatrice. »Siehe, ich verkündige euch große Freude: Der Henker von Carcassonne ist gebenedeit unter den Weibern. Komm, leg dich zu mir, und schlaf weiter.«

»Es war kein Traum.«

Beatrice strich Leander über die Wange. Er schien wirklich sehr erregt zu sein. »Was genau hast du gesehen und gehört?«

»Einen Engel, so groß wie du.«

»Wie sah er aus? War er weiß?«

»Nein, schwarz.«

»Ein schwarzer Engel?«

»Es war der Schatten eines Engels.«

»Und er hat sich bewegt?«

»Ja, mit den Flügeln.«

»Vielleicht war es der Schatten eines Vogels. Schau!« Beatrice ging zum Fenster und hielt die Hand ins Mondlicht. Vielfach vergrößert fiel der Schatten auf die gegenüberliegende Wand. »Vielleicht hat dort eine Eule gesessen.«

»Ja, vielleicht«, erwiderte Leander und dachte an den Raben im Fenster. »Ja, vielleicht hast du Recht.« Aber er fand in dieser Nacht keinen Schlaf mehr. Selbst wenn er einen Vogelschatten gesehen hatte, die Botschaft blieb. Galten die Raben nicht seit altersher als Wahrsager? Auf den Schultern von Odin saß ein Rabe, der ihm die Zukunft prophezeite.

Die seltsame Verkündigung ging Leander nicht mehr aus dem Kopf. Sie hatte ihm vor Augen geführt, dass er als Frau ein Kind empfangen konnte. Nie war ihm dergleichen in den Sinn gekommen. Die Vorstellung schien ihm völlig abwegig zu sein. Kinder hatte es in seiner Welt nie gegeben. Wohl erinnerte er sich an eine Puppe, die er vor dem Vater versteckt hielt, aus Angst, er könnte ihr den Kopf abschneiden. Natürlich zog es ihn als Kind in die Nähe anderer Kinder. Aber stets stieß man ihn beiseite: »Bleib weg!« »Lass den kleinen Bastard des Henkers nicht zu dicht an die Wiege!« Nicht einmal dem hölzernen Christkind in der Weihnachtskrippe durfte er zu nahe kommen.

Ich – eine Mutter mit Kind? Unvorstellbar. Dazu bräuchte

ich einen Gatten. Einen Mann! Er musste lachen. Zu irrwitzig war der Gedanke, von einem Mann geschwängert zu werden.

Er rückte näher an Beatrice heran, legte seinen Arm um ihre nackte Hüfte und atmete den Duft ihrer Haut.

22. Kapitel

Leander strich sich über den nackten Leib: »Ich glaube, ich bin wirklich schwanger.«

»Aber wie kann das sein?«, widersprach Beatrice. »Dazu braucht es einen Vater. Hast du mit einem Mann …«

»Unsinn«, schnitt Leander ihr das Wort ab. »Du weißt, dass das Unsinn ist.«

»Das kann auch ohne dein Wissen passiert sein.«

»Ohne mein Wissen? Wie soll das gehen?«

»Du hast mir erzählt, dass du nach dem Überfall in den Pyrenäen mehrere Tage bewusstlos bei Schafhirten gelegen bist.«

»Ja, du hast Recht. O Gott!« Leander war aufgesprungen und lief im Zimmer hin und her. »Nein, das kann nicht sein. Sie waren fromme Katharer. Außerdem hat Bero keinen an mich herangelassen.«

»Du meinst, er war Tag und Nacht bei dir?«

»Ja, er wich nicht von meiner Seite.«

»Dann kann nur er der Vater sein.«

»Bero? Bist du von Sinnen? Er ist mir treu ergeben. Er liebt mich.«

»Und da fragst du noch, wer der Vater sein könnte!«

»Nein«, widersprach Leander, »das würde er nicht tun.«

»Er ist auch nur ein Mensch, ein Mann und einsam obendrein. Er liebt dich. Du bist schön.«

»Ich war schwer verletzt, mehr tot als lebendig, hilflos wie ein Kind.«

»Ja, er hat dich umsorgt wie ein Kleinkind und dich nicht nur gefüttert, sondern auch gewaschen. Das heißt: Er hat sich an deinem Unterleib zu schaffen gemacht. Weiß er, dass du eine Frau bist?«

»Ja, das weiß er.«

»Und weil er der Einzige ist, der das Geheimnis kennt, von dem niemand erfahren darf, weiß er auch, dass du nichts gegen ihn unternehmen kannst, ohne dich selbst zu verraten.«

»Das würde Bero mir niemals antun.«

»Wer war es dann?«

»Keiner.«

»Eine Jungfernzeugung«, sagte Beatrice. Der spöttische Unterton war nicht zu überhören.

»Warum nicht. Es wäre nicht das erste Mal, dass eine Frau ein vaterloses Kind zur Welt bringt. Es mag sehr selten sein. Aber was besagt das schon? Gold ist auch seltener als Sand, und trotzdem ist jeder, der an der Existenz dieses Edelmetalls zweifelt, ein Narr. Fliegen und Mäuse entstehen aus Schmutz, ganz allein und ohne Zeugung wie die Alraunen.«

»Du bist weder eine Fliege noch eine Maus«, widersprach Beatrice.

»Das war Maria auch nicht«, entgegnete Leander, »denn auch sie war eine jungfräulich Geborene.«

»Das war einmalig.«

Am anderen Tag ging Leander zu Bero. Er fand ihn im Pferdestall, wo er auf der Futterkiste saß und mit seinem steifen Glied spielte. Er war so sehr mit sich selbst beschäftigt, dass er ihn erst wahrnahm, als er schon vor ihm stand.

»Was machst du da?«, fragte Leander.

Die Frage war unsinnig, aber ihm fiel nichts Besseres ein.

Erschrocken bedeckte Bero sein Geschlecht. Obwohl die Maske sein Gesicht verhüllte, sah man seiner Körperhaltung an, dass er sich schämte.

»Du brauchst dich vor mir nicht zu schämen«, beruhigte ihn Leander. »Natürliches ist mir nicht fremd. Ich schäme mich ja auch nicht vor dir, weil ich dir während meiner Ohnmacht ausgeliefert war wie ein Kleinkind in den Windeln. Du weißt, dass ich eine Frau bin.«

Er nickte, ein wenig nur, aber es war unverkennbar. »Hat das während meiner Ohnmacht sonst noch jemand bemerkt?«

Dieses Mal schüttelte er heftig den Kopf.

»Niemand darf das je erfahren, hörst du, niemand. Nur du und ich.«

Er bewegte den Kopf, als wollte er sagen: Da gibt es noch jemanden.

»Wer?«

Er deutete zum Henkersturm.

»Ach, René. Ja, du hast Recht. René weiß es auch.«

Bei der Erwähnung von Renés Namen ging ein Ruck durch Beros Körper. Leander sah, wie er die Hände zur Faust ballte.

Als er Beatrice von dem Gespräch erzählte, sagte sie: »Er ist eifersüchtig auf mich, weil du mich in den Turm geholt hast und er im Stall haust. Früher bist du mit ihm zu den Kranken geritten. Jetzt nimmst du mich mit, und er muss hier bleiben.«

»Aber das ist doch etwas ganz anderes«, widersprach Leander. »Er ist mein väterlicher Freund. Ich war noch ein Kind, als Vater ihn mitgebracht hat. ›Du brauchst einen kräftigen Gehilfen, einen Vertrauten, der unser Geheimnis zu bewahren weiß. Keiner ist dafür besser geeignet als ein Stummer.‹ Das waren seine Worte. Und Bero war mir immer ein treuer Begleiter.«

»Hast du ihn nie mitgenommen in den Turm?«

»Nein. Ich glaube, das hätte er auch gar nicht gewollt. Daran gewöhnt, dass sein Aussehen die anderen Menschen entsetzt, hält er von sich aus Abstand. Er würde mir niemals zu nahe treten.«

Sie hatten den Nachmittag am Fluss verbracht. Der Blick reichte über Wiesen und Gärten bis zu den blauen Höhenzügen in der Ferne. Schweigend gaben sie sich der Verzauberung des schwindenden Tages hin. Das trockene Gras verwob sich golden mit dem Dunst des letzten Lichts. Auf dem Heimritt kam ihnen eine junge Bäuerin mit einem Wickelkind entgegen. Sein Gesicht lag an ihrer halb entblößten Brust. Sie war barfuß und trug einen Kranz aus Feldblumen im Haar. Als sie den Henker erkannte, verbarg sie das Gesicht ihres Kindes mit der Hand, um Unheil von ihm abzuwenden.

»Ist es ein Junge oder ein Mädchen?«, fragte Beatrice.

»Ein Mädchen.«

»Und wie heißt es?«

»Antoinette.«

»Ein schöner Name.Gott mit dir und deiner Antoinette.«

Zu Leander gewandt fragte Beatrice: »Und wie soll dein Kind …?«

»Unser Kind«, unterbrach sie Leander.

»Wie soll unser Kind heißen? Soll es den Namen des Heiligen erhalten, an dessen Namenstag es das Licht der Welt erblicken wird? So machen es wohl die meisten. Ich wurde an dem Tag geboren, an dem auch die heilige Beatrice zur Welt kam.«

»Du irrst dich«, sagte Leander, »die Namenstage der Heiligen sind nicht die Tage, an denen sie geboren wurden, sondern die Tage, an denen sie hingerichtet wurden.«

»Hingerichtet?«

»An dem sie das Martyrium erlitten. Origines lehrte, man müsse das irdische Leben als leeren Schein ansehen, als eine glücklicherweise nur kurze Zeit. Erst der Tod erlöse die Seele vom Körper und mache sie frei für das wahre Leben. Deshalb sei der Tag des Todes nicht Ende, sondern Anfang, sei Wiedergeburt zum Leben, sei kein Anlass zur Trauer, sondern Grund zur Freude. Der Geburtstag aber, an dem der Mensch ins irdische Leben tritt, sei ein Grund zur Trauer.

»Das hört sich schlimm an«, meinte Beatrice.

»Das ist es auch«, erwiderte Leander. »Genug, dass ich ein Henker bin, wie kann ich da meinem Kind einen Namen geben, der als Erinnerung an eine Hinrichtung im Kalender festgeschrieben wurde? Wenn es ein Junge wird, so soll er Merowin heißen. Merowin nach dem Geschlecht der Merowinger, dem meine Mutter entstammt. Wird es ein Mädchen, so soll es heißen wie du.«

November: Nebel, Nässe, frühes Dunkel. Der Regen prasselte vom Himmel, und von den Bergen wehte ein kalter Wind durch das Tal.

Leander und Beatrice verbrachten ganze Tage im Bett, träumten, liebten sich, sprachen über Gott und die Welt.

»Ob wir Menschen wirklich Gottes Ebenbild sind?«, wollte Beatrice wissen.

»Wie schrecklich für Gott, wenn ich ihm ähnlich bin«, erwiderte Leander.

»Du bist ihm nicht nur ähnlich«, lachte Beatrice, »du bist Gott. Die Menschen empfinden so viel ehrfurchtsvolle Scheu vor dir wie vor ihrem Herrgott.«

»Ein Herrgott, der eine Frau ist.«

»Glaubst du an Gott?«

»Wie kannst du fragen? Um ich zu sein, brauche ich ihn wie die Luft zum Atmen. Aber mein Gott ist nicht der, dessen Stellvertreter in Rom sitzt.«

»Es gibt nur einen Gott«, sagte Beatrice.

Leander widersprach: »Die Muselmanen beten zu Allah, die Juden zu Jahve, die Chinesen zu Ich-weiß-nicht-Wem. Die Katharer kennen einen guten und einen bösen Gott. Alle beten etwas anderes an. Und das sind nur die lebenden Götter.«

»Gibt es auch tote?«, fragte Beatrice verwundert.

»Gewiss doch. Unsere Vorfahren haben Jupiter verehrt, Zeus, Apollo, Baal, Zarathustra, Wotan und viele andere Gottheiten, die es alle nicht mehr gibt. Auch Götter haben eine begrenzte Lebenszeit.«

»Vielleicht war und ist er immer derselbe.«

»Ja, vielleicht. Warum lässt er dann aber zu, dass sich seine Anhänger gegenseitig zerfleischen?«

»Mein Gott ist ein guter Gott«, sagte Beatrice. »Er hat mein Gebet erhört und mich vor dem Tod im kalten Wasser bewahrt. Er hat das Wunder vollbracht, meinen Henker in meinen Geliebten zu verwandeln.«

Leander fiel auf, dass er für sie nicht die Geliebte, sondern der Geliebte war, wenn sie von ihm sprach. Aber wie konnte es auch anders sein. Ein Henker war immer ein Mann.

Wie aber kann ein Mann ein Kind gebären?

23. Kapitel

Beatrice hatte sie zuerst entdeckt: »Eine Schlange! Nimm dich in Acht!«

Die Schlange lag im Garten auf einem Stein in der Mittagssonne.

Leander wollte sie aufheben. Beatrice trat dazwischen. »Bist du von Sinnen. Sie ist giftig.«

»Sie ist nicht gefährlich. Siehst du den gelben sichelförmigen Fleck hinter dem Kopf: eine Ringelnatter.«

Mit geschmeidigen Bewegungen wollte sich die Natter davonmachen. Leander ergriff sie, und im selben Augenblick geschah Unglaubliches. Sie führte sich auf wie toll, ringelte sich zusammen, schnellte auseinander, verknotete ihren langen Leib in abenteuerlichster Weise, wirbelte umher wie im Todeskampf. Leander ließ sie fallen. Und da lag sie, die weiße Unterseite zum Himmel gekehrt, das Maul weit aufgerissen.«

»Du hast sie umgebracht«, sagte Beatrice.

»Nein, sie ist eine Meisterin der Verstellung. Während die meisten Tiere die Flucht ergreifen, stellt sie sich einfach tot, und zwar so überzeugend, dass ihre Feinde, die nur lebendes Getier fressen, von ihr ablassen. Auch dich hat sie getäuscht«, lachte Leander.

Sie entfernten sich ein paar Schritte, und siehe da: Die kleine Schauspielerin erwachte zu neuem Leben und glitt davon.

»Ich liebe Schlangen«, sagte Leander. »Die Bibel hat ihnen Unrecht getan, indem sie sie verteufelte. Bei den Griechen und den alten Okzitaniern verkörperten die Nattern Heilkunst und Weisheit. Kreuzottergift in der richtigen Dosierung ist ein sehr wirksames Schmerzmittel. Ich habe einmal …«

»Verzeih, wenn ich dich unterbreche«, sagte Raimond, der Sekretär des Vizegrafen, der unbemerkt in den Garten getreten war, »du sollst sofort zum Grafen kommen.«

Leander warf Beatrice einen Blick zu. Sie verstanden sich ohne Worte: Das bedeutet nichts Gutes!

Beatrice blieb sorgenvoll zurück. Hieß es nicht: Der Schrei einer Eule und der Anblick einer Schlange bringen Unglück.

O Heiland, gütige Mutter Gottes, beschütze uns!

Endlich kehrte er zurück. Sie lief ihm entgegen: »Was wollte er von dir?«

»Wir sollen nach Toulouse gehen. Der dortige Henker ist erkrankt.«

»Und du sollst ihn kurieren?«

»Nein, ich soll ihn vertreten und einem zum Tode Verurteilten den Kopf abschlagen.«

»Wann?«

»Am Freitag. Wir müssen morgen früh aufbrechen, du und ich. Bero bleibt hier. Wir benötigen sein Ross als Packpferd.«

Es wurde ein mörderischer Ritt. Seit Sonnenaufgang goss es in Strömen. In Castelnaudry hielten sie längere Rast in einem alten verwinkelten Wirtshaus bei der Kirche St. Michel. Sie wärmten sich mit heißem Beerenwein und trockneten ihre nassen Mäntel am Kamin, während die Pferde im Stall mit Heu versorgt wurden. Es hätte nicht viel gefehlt, und es wäre ihnen nicht gelungen, Toulouse vor Schließung der Stadttore zu erreichen. Die Wächter wiesen ihnen den Weg zur Herberge Le Pied de Cochon, wo sie am Ende ihrer Kräfte ohne Abendspeise ihr Bett aufsuchten. Sie hatten eine Kammer für sich allein, während die anderen Schlafgäste sich zu mehreren Personen Zimmer und Betten teilen mussten.

»Lasst euch nicht anmerken, dass ihr Henker seid«, bat der Wirt sie, »weil sonst niemand mehr in dem Zimmer schlafen mag.«

Die Hinrichtung sollte auf dem Platz vor der Kirche Les Jacobins erfolgen. Die dem heiligen Jakob geweihte Kapelle war von den Dominikanern gegründet worden, um die Ketzerei der Katharer zu bekämpfen, und hatte schon so manche Hinrichtung erlebt.

Der Henker von Toulouse war ein viel beschäftigter Mann. Die Galgen am Ufer der Garonne waren nie leer. Die Aufgehängten wurden erst abgenommen, wenn der Platz für einen neuen Todeskandidaten gebraucht wurde. Beatrice zählte zwölf.

Es war das erste Mal, dass Leander außerhalb von Carcassonne einen Auftrag auszuführen hatte. Die Tätigkeit würde die gleiche sein wie immer. Aber die fremde Umgebung verunsicherte ihn. Daheim im Schatten seines Turms war er ein Bär vor seiner Höhle. Hier fühlte er sich wie ein Vogel, der sich verirrt hat. Hinzu kam, dass er Toulouse nicht mochte. Carcassonne lag auf einem Hügel über dem Aude-Tal. Die Stadt war klein und übersichtlich. Bei klarem Wetter reichte der Blick bis zu den Bergen. Toulouse hingegen war ein Häusermeer. Die Straßen waren schmutzig und so voller Kot, dass man sie nur an bestimmten Stellen überqueren konnte. Überall suhlten sich Schweine. Der Gestank in den engen Gassen war an windstillen Sommertagen so infernalisch, dass die Patrizier die heißen Wochen des Jahres in den Bergen verbrachten.

Am Morgen nach der Ankunft erhielt Leander Gelegenheit, den Verurteilten zu sehen. Er lag im Kellerverlies unter dem Rathaus, ein dicker Mann mit kahlem Schädel. Sein Kopf saß nahezu ohne Hals auf dem fetten Leib: gut zum Aufhängen, aber schlecht zum Enthaupten. Der Kerl würde Schwierigkeiten machen.

Er hatte seine Frau getötet. Erschwerend kam hinzu, dass er sie im Schlaf erschlagen hatte. Damit war es heimtückischer Mord; und darauf stand nach geltendem Recht die Todesstrafe.

»Ich habe einen großen Fehler gemacht«, sagte er zu Leander. »Ich hätte ihr bei Tag den Schädel einschlagen sollen. Sie war ein böses Weib. Sie hat den Tod verdient.«

Reue war ihm fremd. Das Töten war sein Beruf. Er war Metzger.

Noch nie hatte Leander so viele Menschen gesehen wie an jenem Morgen. Die Menge drängte sich bis hinunter zum Flussufer der Garonne. Das Geschrei war noch wüster als in Carcassonne. Schmalzbäcker, Wurstverkäufer und Pillendreher versuchten lauthals, ihre Ware an den Mann zu bringen. Die Gassenjungen der Stadt forderten in Sprechchören den Kopf des Metzgers. Dazu wurden Rasseln gedreht und Trommeln geschlagen. Es herrschte ein solcher Höllenlärm, dass die Raben sich vor Schreck im Gebälk des Glockenstuhls verkrochen.

Als Leander sein Henkersgewand anlegen wollte, erlebte er eine böse Überraschung: Beinkleid und Wams passten ihm nicht mehr. Sein Bauch war so angeschwollen, dass er sich nur mit Mühe hineinzuzwingen vermochte. Das Atmen fiel ihm schwer.

Schon begann das Arme-Sünder-Glöcklein zu läuten. Sie mussten hinaus auf den Platz vor der Kapelle. Der Verurteilte wurde auf den Schinderkarren gehoben. Er hockte da wie ein Schwein, das zum Schlachter gebracht wird, dachte Beatrice. Sie trug bereits die Henkersmaske. In ihren Händen hielt sie das entblößte Richtschwert. Seine Scheide blitzte bedrohlich auf, wenn sich die Morgensonne darin spiegelte.

Das Schafott überragte den Platz so hoch wie ein beladener Heuwagen, damit auch die weit entfernt Stehenden an dem Spektakel teilhaben konnten.

Der Metzger, der sich weigerte, die Leiter emporzuklettern, wurde von den Bütteln an einem Strick hinaufgezogen wie ein Sack Haferkorn. Das Gejohle der Zuschauer spornte die Büttel an, ihn dabei kräftig durchzurütteln. Immer wieder rissen sie an dem Hanfseil, das der Dicke jedes Mal mit einem schrillen Quieken quittierte.

Endlich oben, war er zu erschöpft, um auf die Beine zu kommen. Mit verbundenen Augen wurde er auf einen Stuhl gehoben und festgebunden. Die Rückenlehne reichte bis fast zu den Schulterblättern.

Wo ist der Klotz, auf den er seinen Kopf legen muss?, fragte sich Beatrice. Da war nur der Korb mit den Sägespänen.

Wollten sie ihm etwa aufrecht sitzend den Kopf vom Rumpf schlagen? Aber ja, das wollten sie, damit jeder miterleben konnte, wie der Kopf fiel. Beatrice schlug das Herz bis zum Hals.

Sie reichte Leander das Schwert. Er schwankte ein wenig, als er es aufnahm. Sie hörte ihn hinter der ledernen Maske keuchend atmen. Es schien ihm nicht gut zu gehen. Sie spürte es.

Seine Fäuste umschlossen den Knauf des Schwerts. Leander holte aus. Die Stimmen auf dem Platz erstarben. Der Tod betrat das Schafott. Wie ein gewaltiger Sensenschwung fuhr der scharfe Stahl durch die Luft. Ein Schrei!

Aber es war nicht nur die Menge, auch der Metzger schrie, schrie wie ein Schwein, dem das Messer an der Kehle sitzt. Das Schwert war ihm eine Handbreit unter dem Genick in die Schulter gefahren.

Ein bedrohliches Grollen ging durch die Menge. Leander holte zum zweiten Schlag aus und verfehlte erneut den Hals. Der Metzger war vornüber gesunken. Das Blut rann ihm den Rücken hinab. Zugleich erhob sich wildes Geschrei. »Holt diesen Stümper vom Schafott! In die Garonne mit ihm! Der Teufel soll ihn holen!« Schon flogen die ersten Steine, da schlug Leander zum dritten Mal zu. Der Kopf fiel, rollte über die Bretter des Blutgerüstes, verschwand im Gedränge der wild gestikulierenden Menschen. Ein beherzter Bursche hob ihn auf und schleuderte ihn zurück, zielgenau in den Korb mit den Sägespänen. Die Menschen lachten über den gelungenen Wurf. Leander nutzte die Gelegenheit, um sich vor der Volkswut in Sicherheit zu bringen.

Es war der schwärzeste Tag seines Lebens.

Die Toulouser ließen den Vizegrafen wissen, dass er sie in

Zukunft vor einem Nichtskönner wie diesen Leander bewahren möge. Dieser Mensch trüge die Bezeichnung Carnifex zu Recht. Er sei ein Fleischmacher, ein Hackfleischmacher.

Der Vizegraf führte mit Leander ein Gespräch unter vier Augen. Zu seiner Gattin sagte er am Abend des gleichen Tages: »Ich glaube, er ist krank. Er wirkt so aufgedunsen. Wenn er ein Weib wäre, würde ich sagen, er ist schwanger.«

Eine Bemerkung, die die Gräfin köstlich amüsierte: »Unser Henker ist guter Hoffnung.«

Danach lag Leander tagelang im Bett. Er fieberte und nahm keine Nahrung zu sich: »Ich bin ein Nichtsnutz, ein elender Nichtsnutz, schlechter als ich kann man nicht sein.«

Diesen Satz hörte Beatrice immer wieder. Sie entgegnete: »Du bist nicht schlecht, du bist schwanger. Und wenn du das nicht sein willst, dann müssen wir darüber nachdenken, wie wir das ändern können.«

»Du willst es abtreiben?«

»Und du?«

»Ich weiß nicht.«

Beatrice meinte: »Zu verheimlichen, eine Frau zu sein, ist schon schwer genug, aber im Henkersturm ein Kind so zu verstecken, dass es niemand bemerkt – ist das überhaupt möglich?«

»Magst du Kinder?«

»Wie kannst du fragen.«

Am Abend sagte Leander: »Ich will es haben.«

Gegen Ende des Monats hatte Leander nicht nur einen beachtlichen Leibesumfang, auch seine Brüste schwollen an und wölbten sich immer deutlicher hervor. Die Schwangerschaft veränderte sein ganzes Verhalten. Hatte er früher nur selten und flüchtig in den Spiegel geschaut, nahm er jetzt jede Gelegenheit wahr, sich lange und ausgiebig zu betrachten, so als wollte er herausfinden, wer er wirklich war.

»Ich bin ein Mann im Körper einer Frau«, sagte er zu Beatrice. »Ich bringe ein Kind zur Welt und werde ihm mehr Vater als Mutter sein.«

Bei Tisch bemerkte er: »Seit meiner Kindheit habe ich Fleisch verabscheut. Mit einem Mal verspüre ich Heißhunger auf gebratenes Huhn, auf Wurst und Geselchtes.«

Dann wieder streichelte er seinen Leib und sinnierte laut: »Ich habe so manchen Burschen ins Jenseits befördert; das hier wird der Erste sein, den ich in die Welt setze.«

Bei allem Ernst der Situation war das, was er sagte, nicht ohne Komik. Die Situation war einfach zu unglaublich.

»Wir müssen uns vor allem Gedanken darüber machen, wie wir das Wunderkind zur Welt bringen«, sagte Beatrice. »Wir haben beide keine Erfahrung im Gebären, und keine Hebamme wird uns helfen.«

»Ich werde mir Rat holen.«

»Bei wem?«

»Bei Giselle, der Hebamme.«

»Und wie? Willst du ihr sagen, dass du guter Hoffnung bist?«

»Das lass nur meine Sorge sein.«

24. Kapitel

Leander besuchte nur selten die heilige Messe. Sein Erscheinen in der Basilika verursachte immer Aufsehen, so auch diesmal, als er durch die Henkerspforte trat. Alle Augenpaare waren auf den Carnifex gerichtet, der sich, ohne das Weihwasserbecken berührt zu haben, auf seinem Platz niederließ. Erst als die Glöckchen der Ministranten mehrmals ertönten, wandten die Menschen ihre Aufmerksamkeit wieder dem Allerheiligsten zu.

Während Pater Zyprian mit lateinischen Zauberformeln Gott und die Heiligen beschwor, fand Leander Gelegenheit, sich umzublicken. Die Rangordnung im Gotteshaus war nicht zu übersehen. Dem Altar am nächsten saßen auf kunstvoll geschnitzten Bänken die Patrizier und Ratsherren, hinter ihnen die Kaufleute der Gilde und die Zunftmeister des ehrbaren Handwerks, alle mit Frauen und Kindern. Dann die Bauern, stehend wie die Hirten und Schäfer. Am Ende dieser Rangordnung standen die Gaukler, die Spielleute, Bärenführer, Bettler und die Hebamme.

Ihretwegen war Leander hier. Sie stand nur wenige Schritte entfernt von ihm, stolz und aufrecht. Leander betrachtete sie von der Seite: eine hagere Frau mit früh ergrautem Haar, kräftigem Kinn und einem harten, entschlossenen Zug um den Mund, aber mit gütigen Augen.

Sie hat mehr von einem Mann als von einer Frau, dachte Leander. Vielleicht ist sie einer. Die Vorstellung belustigte ihn: eine männliche Hebamme und ein weiblicher Henker!

Als er sie nach der Messe ansprach, sah sie ihn aus großen erstaunten Augen an. »Du brauchst meinen Rat?«

»Ich kann nicht zu dir kommen und du nicht zu mir. Deshalb schlage ich vor, dass wir uns nach dem Abendläuten an der steinernen Brücke treffen, wenn es dir Recht ist.«

Es war ihr Recht.

Leander erwartete sie auf seinem Pferd sitzend bei der Brücke. Das Läuten war bereits verklungen, da kam sie in gestrecktem Galopp den Hügel herab. Sie ritt im Herrensitz. Es gab nur wenige junge Menschen in der Stadt, die sie nicht ins Leben geholt hatte. Bei einem dieser nächtlichen Ritte zu einer Wöchnerin war sie gestürzt, und Leander hatte ihr den Arm wieder richten müssen. Seitdem fühlt sie sich in seiner Schuld.

Sie banden ihre Pferde am Brückengeländer fest und liefen den Uferpfad entlang. Leander sagte: »Wir beide dienen der gleichen Sache, nämlich dem Leben. Du hilfst den Menschen hinein, und ich befördere sie wieder hinaus.«

»Bisweilen ist es aber auch umgekehrt«, erwiderte Giselle. »Manchmal nehme ich einem unerwünschten Menschlein das Leben, bevor es geboren wird. Und du spielst den Medikus und rettest bedrohtes Leben.«

»Ja, Tod und Leben, Gebären und Sterben liegen dicht beieinander. Vom Letzteren verstehe ich viel, vom Ersten gar nichts. Das ist der Grund, warum ich mit dir reden will. Du weißt so vieles, das ich nicht weiß. Ich möchte von dir lernen, will wissen, wie wir das Licht der Welt erblicken. Als Henker habe ich keinen Zugang zu solchen Dingen.«

»Warum willst du das wissen?«

»Will nicht jeder wissen, woher er kommt? Selbst die dümmsten Bauern erlernen alles, was nötig ist, um die Ernte einzubringen. Warum sollte die Ernte eines Menschleins eine Ausnahme machen?«

Sie sah ihn kopfschüttelnd an: »Was bist du nur für ein Mensch? Man sagt, dass du lesen und schreiben kannst, dass du die Natur studierst wie ein Alchemist. Warum tust du das?«

Leander zuckte mit den Schultern: »Es gibt so vieles, das ich wissen möchte.«

Sie bückte sich, hob einen Stein auf und warf ihn in den Fluss. »Die Geburt ist ein Kampf auf Leben und Tod. Zwei, die bisher ein Leib waren, werden in ein schauriges Ringen verwickelt. Die Mutter muss sich von ihrer Last befreien, wenn sie überleben will. Das Kind muss aus dem Gefängnis des Mutterleibs ausbrechen, sonst stirbt es. Ein schmerzhafter Zweikampf mit ungewissem Ausgang, bei dem einer den anderen töten kann. Bisweilen bringen sie sich beide um.«

»Und welche Rolle spielst du in diesem Kampf?«

»Das Kind schläft im Mutterleib. Zunächst muss man es aufwecken und zum Kommen anspornen.«

»Wie machst du das?«

»Am besten mit Mutterkorn, aufgelöst in Fleischbrühe oder warmem Wein. Das zieht die Gebärmutter zusammen. Manche Hebammen verwenden auch Ekel erregende Mixturen. Diese *cueils de secrets* lösen Brechreiz aus und damit die Wehen.«

»Und wenn die Wehen einsetzen, was dann?«

»Kinder können auf vielerlei Art zur Welt gebracht werden: im Sitzen, in der Hocke, auf Knien oder auf allen vieren. Ich halte das Niederkommen im Stehen für die beste Gebärhaltung. Am schlechtesten ist es, dabei flach auf dem Rücken zu liegen.«

»Wie kann man dabei stehen, ohne umzufallen?«

»Die Ellbogen werden auf einem Tisch abgestützt, möglichst beim Herdfeuer. Das ist der einzig wahre Platz dafür.«

Sie waren weitergegangen. Leander dachte über das Gehörte nach.

»Ganz wichtig sind Topika«, fuhr Giselle fort.

»Topika, was ist das?«

»Zum Beispiel der Adlerstein. Man findet ihn im Horst. Der König der Vögel holt ihn von weit her in sein Nest, vornehmlich aus China. Er will damit seine Brut vor Blitzschlag schützen. Es gibt auch pflanzliche Hilfen. Am bekanntesten sind die Alraune und die Rose von Jericho. Für Erstgebärende gibt es nichts Besseres als Schlangenhaut. Um den rechten Oberschenkel geschlungen, verkürzt sie die Wehen ganz erheblich.«

»Und wie verhält es sich mit dem praktischen Gerät?«, wollte Leander wissen.

»Du meinst, welche Gegenstände ich für meine Arbeit benötige?«

»Ja.«

»Oh, das sind viele. Ein großer Wasserkessel darf nicht fehlen, und viele Lappen, um die Mutter und den Boden sauber zu halten; feines Leinen für die zarte Kinderhaut, Kissen, die man unter Knie und Hüfte schiebt, ein Tisch zum Abstützen, ein Strohsack beim Feuer zum Ausruhen, eine Schere zum Durchtrennen der Nabelschnur und ein Leinenfaden zum Abbinden. Sehr hilfreich ist auch ein Fläschchen mit Weihwasser und ein Knebel aus Tuch, gefüllt mit Schlafmohn und Honig zum Hineinbeißen. Die meisten Frauen schreien bei der Geburt, einige so laut und so lange, dass sie am Ende keine Stimme mehr haben. Manche Niederkunft verläuft so leicht wie Bohnenpflücken. Ich kenne Frauen, die bis zuletzt auf dem Feld arbeiten. Sie haben lediglich eine Schere und ein Knäuel Garn dabei. Am Abend kehren sie dann mit einem Säugling in der Schürze heim.«

»Gibt es Mittel, um die Wehenschmerzen zu lindern?«, fragte Leander.

»Es gibt sie, aber sie sind bei Todesstrafe verboten. Linderung der Leiden im Zusammenhang mit der Fortpflanzung ist ein Verbrechen. Wer das tut, widersetzt sich Gottes Willen, denn er hat bestimmt, dass Eva und alle weiblichen Nachkommen unter Schmerzen gebären sollen.«

Als sie schon wieder bei ihren Pferden angekommen waren, sagte die Bonne mère: »Du bist der erste Mann, der sich bei mir über meine Arbeit erkundigt. Selbst die meisten Frauen wollen davon nichts wissen, wenn sie nicht gerade guter Hoffnung sind. Wir Hebammen erfüllen eine undankbare Aufgabe. Weißt du, wie unser Stadtmedikus meine Arbeit nennt: den schmutzigsten Teil der Heilkunde. Und der Pfarrer hält meine Tätigkeit für die niedrigste von allen. Sie sei befleckt von Schande, Schmutz und Teufelei. Hexe und Engelmacherin heißt er mich.«

»Warum Engelmacherin?«

»Weil ich den Frauen helfe, ihre unerwünschte Leibesfrucht loszuwerden.«

»Kommt es häufig vor, dass dich eine Mutter bittet, sie von ihrer Leibesfrucht zu befreien?«, fragte Leander.

»Nein, nicht sehr oft. Die meisten wollen das Kind, vor allem die Männer.«

»Auch die Katharer?«

»Warum fragst du?«

»Man sagt, die Katharer verachten die Leiblichkeit als Werk des Bösen. Sie glauben, es sei besser, nicht geboren zu werden.«

»Sie verachten auch Abtreibungen.«

»Gibt es körperliche Liebe unter ihnen?«

»Natürlich lieben sie sich«, antwortete Giselle, »aber anders, als ihr das tut.«

»Warum sagst du ›als ihr das tut‹? Gehörst du zu den Katharern?«

»Gewiss! Wie kann jemand, der so von der Kirche verteufelt wird wie ich, ihr angehören?«

Sie liefen ein paar Schritte schweigend nebeneinander her. Dann fragte Leander: »Und wie lieben sich die Katharer?«

»Nach Art der Minnesänger. Sehnsucht bedeutet ihnen mehr als Erfüllung. Es ist kein Zufall, dass die Kultur der Minne hier in Okzitanien ihren Ursprung hatte. Sie ist ganz und gar katharisch. Und glaube mir, sie ist sehr viel reizvoller als die schnell zur Sache kommende Befriedigung der Hähne und Kaninchen.«

»Muss nicht, wer Appetit hat, auch essen?«, wollte Leander wissen.

»Ja, aber der Hunger des Fleisches lässt sich auch ohne Penetration stillen. Das Reich der Zärtlichkeit kennt keine Grenzen, vom Liebesgedicht bis zum Spiel der Lippen, von erregenden Berührungen bis zur erlösenden Liebkosung. Nach der Lehre Roms ist die geschlechtliche Liebe, die nicht der Zeugung dient, Sünde. Bei den Katharern verhält es sich umgekehrt; denn Sehnsucht ist eine geistige Kraft, im Gegensatz zum Schwängern, dem Ursprung aller teufelgewollten Leiblichkeit. Ein Kind wird hier nur gezeugt, um die Nachfolge in der Werkstatt oder auf dem Hof zu sichern.«

»Und das gelingt den Katharern?«, fragte Leander ungläubig. »Was ist, wenn ein junges Paar sich vergisst und seinem natürlichem Verlangen erliegt?«

»Dann machen sie es so, wie das die jungen Männer untereinander tun«, erwiderte Giselle, *»a tergo.«*

»Das ist wie die gleichgeschlechtliche Liebe unter Christen ein Verbrechen«, sagte Leander. »Onan wurde sogar bestraft, weil er seinen Samen auf die Erde fallen ließ.«

»Das ist bei den Katharern alles ganz anders. Wir kennen nicht einmal die Ehe. Die Liebe bestimmt das Zusammenleben, gleichgültig, welchen Geschlechts die Partner sind.«

Als Leander am Abend Beatrice von dem Gespräch berichtete, meinte sie: »Dann sind wir beide Katharer.«

25. Kapitel

Der Tag der Niederkunft rückte immer näher. Leander hatte seit Tagen den Turm nicht mehr verlassen. Sein weit vorgewölbter Leib ließ sich auch unter einem weiten Gewand nicht mehr verstecken. Ausgerechnet jetzt brachten die Büttel eine Frau, die zum Tode verurteilt worden war. Ihre Hinrichtung sollte am kommenden Samstag stattfinden.

»Du kannst dich in deinem Zustand unmöglich unter Menschen wagen«, warnte Beatrice. »Du musst um Aufschub bitten. Sag ihnen, du bist krank, schwer krank.«

»Das geht nicht«, sagte Leander. »Eine Hinrichtung lässt sich nicht aufschieben. Bei einer Enthauptung würden sie den Henker von Toulouse rufen. Da es sich bloß um eine Hexentaufe handelt, wird das Gericht anordnen, dass du für mich einspringst.«

»Ich?«

»Als der von der Stadt eingesetzte Henkersknecht ist das deine Aufgabe.«

»O Gott!« Beatrice schlug die Hände vors Gesicht. »Es ist noch gar nicht so lange her, da sollte ich ertränkt werden, und jetzt soll ich …« Ihr versagte die Stimme. Zu entsetzlich war der Gedanke. Sie zitterte am ganzen Leib.

»Es geht nicht anders«, sagte Leander. »Das ist der Preis, den wir für unser Zusammensein bezahlen müssen.«

»Ich kann das nicht. Ich werde alles falsch machen.«

»Bero wird dir helfen.«

»Was ist das für eine Frau?«

»Du wirst zu ihr in den Kerker gehen, so wie ich dich damals aufgesucht habe.«

Die Frau hatte das unschuldige Gesicht eines Mädchens. Ihr strohblondes Haar war zu Zöpfen geflochten. In den Augen flackerte die Angst. Von den Richtern des gräflichen Gerichts zum Tode verurteilt, sollten ihr vor dem Ertränken die Schwurfinger der rechten Hand abgehackt werden, mit denen sie im Namen Gottes einen Meineid geleistet hatte.

Nun lag sie im Verlies unter dem Henkersturm. Ihr Wehklagen erfüllte das dunkle Gewölbe. Sie hatte ihre Herrschaft bestohlen, mehrfach bestohlen: zwei geweihte Kerzen, ein Tuch und einen Ring. Sie hatte die Tat geleugnet und ihre Unschuld beteuert, bis man das Diebesgut bei ihr fand.

Beatrice hatte sie in der Zelle aufgesucht. Ein Gespräch war nicht zustande gekommen, weil sie vor lauter Schluchzen und Weinen kein Wort herausbrachte. Sie gab ihr ein starkes Beruhigungsmittel und beobachtete durch den Sehschlitz, wie sie in unruhigen Schlaf versank. Ihr Busen hob und senkte sich. Aus dem Mundwinkel rann Speichel.

Am Morgen würde man sie im kalten Wasser versenken. Zuvor jedoch musste sie ihr die Schwurfinger abhacken. Sie blickte auf die Hand, die im Schoß der Schlafenden lag. Es war eine wohlgeformte Frauenhand, wie geschaffen zum Streicheln. Der Meineid war aus Angst geschworen worden. Was taten die Menschen nicht alles aus Angst! Waren die Kerzen und der übrige Plunder mehr wert als das Leben dieses Mädchens? Ein gütiger Gott würde ihr die Notlüge verzeihen.

»Was empfindest du, wenn du einem Menschen den Kopf oder die Finger abhackst?«, fragte Beatrice Leander.

»Ich gebe mir Mühe, meinen Auftrag ordentlich auszuführen, sauber und möglichst ohne Qual.«

»Ohne Empfindung?«

»Wie kannst du fragen? Nur die mit kaltem Herzen und leeren Köpfen kennen keine Seelenqual. Mein Vater, der nie Schwäche zeigte, betrank sich nach jeder Hinrichtung. Das tun die Zimmerleute auch, wenn sie ihre Arbeit erledigt haben, sagte er lachend.

In Wahrheit tat er es, weil er sonst keinen Schlaf fand. Mir gab er den Rat: Hüte dich davor, dem Verurteilten auf dem Schafott in die Augen zu sehen. Er meinte: Der Leib, das ist nur Fleisch, aber aus den Augen blickt der Mensch selbst dich an.«

Pater Zyprian kam im ersten Morgengrauen. »Hoffentlich hat die Hexe sich nicht wieder in eine Katze verwandelt«, sagte er. Für ihn waren alle verurteilten Frauen Hexen.

Ein seidiger Himmel spannte sich wie ein Zelt über das Tal. An die hundert Schaulustige hatten sich eingefunden, die meisten waren Frauen. Vor dem Steg, der zum Weiher führte, stand der Hackklotz. Bero verband der Frau die Augen. Er stand hinter ihr. Seine Arme umspannten ihren Leib wie ein Schraubstock. Sie schien sich in ihr Schicksal gefügt zu haben.

Ihre Hand war mit gespreizten Fingern an den Klotz gefesselt. Alle Augen waren auf Beatrice gerichtet. Sie hob die Axt und erschrak vor ihrer eigenen Bewegung. War das ihr Arm, der da zum Schlag ausholte? Sie blickte auf die Mädchenhand, sah das rhythmische Pulsieren des Blutes in den Adern und das Zittern der Finger.

Nein, dachte sie, nein! Der Schweiß rann ihr in die Augen. Die Zuschauer wurden unruhig. Zyprian rief ihr etwas zu, das sie nicht verstand.

Nein! Schmerz durchfuhr sie. Bero hatte ihr einen Tritt gegen das Schienbein versetzt. Da schlug sie zu, so wie man aus Zorn, Trotz und wilder Verzweiflung eine Tür hinter sich zuschlägt, bevor man die Flucht ergreift.

Ein Schrei, nur kurz wie das Hacken der Axt. Blitzschnell zog Bero der Verurteilten den Sack über den Kopf. Ein kräftiger Stoß, und schon lag die Frau im Wasser.

Beatrice blickte voller Entsetzen auf die zappelnden Bewegungen in dem nicht versinken wollenden Sack, sah die stoßweise emporquellenden Luftblasen, hörte das Platschen und

Keuchen, das kein Ende nehmen wollte. Welch fürchterlicher Todeskampf!

Nein, schwor sie sich, nein, so werde ich niemals sterben. Jeder Tod ist besser als das qualvolle Ersticken in kaltem Wasser.

Der Morgenwind fuhr in die Weiden und ließ die Blätter aufwirbeln. Der klagende Ruf eines Eichelhähers wehte von der steinernen Brücke herüber. Dann war es wieder still, totenstill.

Die Augen der umstehenden Frauen waren voller Ekel und Entsetzen.

Pater Zyprian sagte laut und vernehmlich: »Wer einen blühenden Garten haben will, muss Unkraut jäten und verdorrtes Geäst abhacken.«

Die abgehackten Finger wurden in den nassen Sack gesteckt, in dem sie die Tote zum Schindanger karrten.

26. Kapitel

Seit Wochen lagen die Hilfsmittel bereit, die die Hebamme für unerlässlich erklärt hatte: Schere, Garn, Leinentücher, ein Korb, ausgepolstert mit weichem Tuch für das Kind. »Ein richtiges Nest«, hatte Beatrice gemeint. Selbst eine Schlangenhaut hatte sie von einem Quacksalber erstanden.

Alles war wohl geplant, ungewiss nur der Tag, an dem das große Ereignis stattfinden würde.

»Es kann nicht mehr lange dauern«, sagte Leander. »Ich spüre bereits seine Bewegungen. Er will kommen.«

»Wieso er?«, fragte Beatrice. »Vielleicht ist es ein Mädchen.«

»Es ist ein Junge. Da bin ich mir ganz sicher.«

»Hoffentlich wirst du nicht enttäuscht wie dein Vater, der einen Nachfolger wollte und am Ende ein Mädchen im Arm hielt.«

»Mir wäre ein Mädchen genauso lieb.«

»Noch eine Henkerin.«

»Nein, keine Henkerin. Niemand wird je erfahren, dass ich sein Vater bin.«

»Du bist seine Mutter«, lachte Beatrice.

Leander nahm sie in die Arme und sagte: »Du bist die Mutter. Ich bin sein Vater.«

»Ein Vater, der ein Kind gebiert.«

»Ein mütterlicher Vater ist nicht ungewöhnlicher als ein weiblicher Henker. Ich bin für alle ein Mann. Wie kann ich da bei ihm eine Ausnahme machen?«

Beatrice entgegnete: »Ein Kind, das eine Henkerin zum Vater und einen Henkersknecht zur Stiefmutter hat, wobei Letzterer eine Hexe ist, die als Katze ertränkt wurde und dann von einer Frau zur Frau genommen wurde. Nichts in unserem Leben ist so, wie es sich gehört. Wir sind anders als alle anderen.«

»Auch unser Kind wird anders sein«, erklärte Leander. Er sagte es mit so feierlichem Ernst, dass Beatrice ihn erstaunt anblickte.

In der Nacht Mariä Lichtmess ballten sich über dem Tal der Aude dunkle Gewitterwolken. Der Marin noir blies mit wachsender Gewalt feuchte Meeresluft durch das Tal. Schon am Abend war es so finster, dass die Torwachen ein Feuer entzündet hatten. Die Gassen waren leer, als sei die Stadt ausgestorben. Selbst die frei umherlaufenden Schweine hatten sich vor dem aufkommenden Unwetter verkrochen. Fenster und Türen waren aus Angst vor dem Sturm verhängt worden. Oben im Henkersturm flackerte Feuerschein hinter geschlossenen Fensterläden. Der Nachtwächter nahm es zur Kenntnis und schlug ein Kreuz: »Herr, sei der armen Seele gnädig und gib ihr deinen Frieden.«

Den hatte Leander bitter nötig. Er lag auf seinem Bett, die Hände zu Fäusten geballt. Der Schmerz verzerrte sein Gesicht. Beatrice tupfte ihm den Schweiß von der Stirn, flößte ihm krampflindernde Arznei ein. »Ich glaube, es ist so weit«, sagte sie. Aber das Ungeborene ließ sich Zeit.

Unendlich lang war diese Nacht.

Im Balkenholz tickte der Totenwurm, unterbrochen vom Schnabelknacken der Käfigeule und vom Prasseln der Flammen, die aus dem trockenen Kaminholz schlugen. Niemand sprach. Es gibt Augenblicke, in denen sich unsere Empfindungen nicht in Worte fassen lassen, in denen wir dem Leben ausgeliefert sind wie die Wolken dem Wind. Der Morgen war nicht mehr fern, da zuckten die ersten Blitze auf.

Leander hatte sich erhoben. Es hielt ihn nicht länger auf seinem Lager. Er schleppte sich zum Fenster. Über den Corbieren zerhackten Lichtblitze den Himmel. Das Krachen kam immer näher, wurde lauter, die Abstände zwischen den Entladungen immer kürzer.

»Mir ist, als wenn mir die Blitze in den Leib fahren. Der Herr sei mir gnädig. Ich habe im Garten unter dem Faulbeerbaum von Bero eine Grube ausheben lassen. Dort liegt auch mein Vater. Wenn ich die Geburt nicht überlebe, so soll Bero mich dort begraben.«

»Du darfst nicht sterben, ja nicht einmal daran denken. Was soll dann aus mir werden?«

»Dann bist du der neue Carnifex.«

»Nein, niemals!«

»Dann musst du dein Heil in der Flucht suchen. Gehe in die Berge. Es gibt keinen besseren Schutz. Die Menschen dort oben sind dem Himmel näher.«

Wirre Gedanken quälten ihn. Er hörte die Stimme der Bonne mère: »Die meisten Frauen schreien bei der Geburt, einige so laut und so lange, dass sie am Ende keine Stimme mehr haben.«

Zwischen dem Aufleuchten der Blitze und dem Flackern der Flammen im Kamin sah er wieder den Schatten des Engels an der Wand: Siehe, ich verkündige dir ... Was verkündigst du mir? Ist es der Tod? Ja, der Tod! Er sehnte den Tod herbei, wie einer, den sie aufs Rad geflochten haben. Stehend, über den Tisch gebeugt, das harte Holz umkrallend, schweißgebadet und keuchend, versuchte er sich von der tödlichen Last zu befreien.

»Ein Kampf auf Leben und Tod.« Da war sie wieder, die Stimme der Bonne mère. »Die Mutter muss sich von der Last befreien, wenn sie überleben will. Das Kind muss aus seinem Gefängnis heraus, sonst stirbt es. Ein Zweikampf mit ungewissem Ausgang. An jedem Wochenbett steht der Tod. Manchmal holt er bloß einen, bisweilen auch beide.«

Endlich zwängte sich der Kopf hervor. Der Rest ging überraschend schnell. Am Ende hielt Beatrice das kleine schleimige Wesen in ihrem Arm: »Ein Junge. Es ist ein Junge!«

»Ich habe es gewusst«, sagte Leander. Er kniete vor dem Kaminfeuer auf blutigem Stroh, nackt, geschunden und erlöst: »Ich habe es gewusst.«

Es war ein auffallend kleines Kind mit langen Wimpern und dunklen Augenbrauen über hellblauen Augen. Seine Hände waren zu winzig, um Leanders Daumen zu umfassen. Das Kräftigste an ihm schien die Stimme zu sein. Kaum hatte es den ersten Atemzug getan, da begann es auch schon zu schreien.

»Mit dieser Stimme wird er gewiss einmal ein großer Prediger«, sagte Beatrice.

»Aber bis dahin müssen wir uns bemühen, dass sein Geschrei nicht nach draußen dringt«, meinte Leander. »Hast du gewusst, dass so kleine Geschöpfe schon einen solchen Lärm veranstalten können?«

»Nestvögel schreien auch.«

»Aber nicht so laut. Was er wohl hat?«

»Hunger.«

Leander legte ihn an die Brust. Nach mehreren missglückten Versuchen fanden die kleinen Lippen, wonach sie suchten. Dann schlief er ein.

»Schau nur, wie schön er ist.«

»Ja, das ist er. Ein kleiner Engel.«

Beatrice betrachtete den Säugling. »Er hat deine Augen und wird gewiss so werden wie du. Das Einzige, das er nicht von dir hat, ist dieses kleine Ding zwischen seinen Beinen. Mein Gott, ist das klein!«

Die nächsten Tage und Wochen verbrachten sie im Turm, ganz dem Kind zugewendet, das mit seiner Anwesenheit die düsteren Räume mit Licht zu erfüllen schien. Nicht nur Beatrice und Leander erlagen seinem Zauber, auch die Tiere wurden von ihm angezogen. Die beiden Katzen, die für gewöhnlich zu Füßen ihrer Herrin schliefen, hatten ihr Nachtquartier neben dem Kinderkörbchen bezogen und verließen auch tagsüber nur ihren Posten, um zu fressen und ihre Notdurft zu verrichten. Selbst die Wärme des Kaminfeuers vermochte sie nicht wegzulocken.

Tagsüber drängten sich die Raben vor dem Fenster. Nachts kamen die Eulen und Käuze. Alle wollten sie dem Neugeborenen nah sein. Wenn er schrie, flogen die Vögel herbei, einen Wurm im Schnabel, so als wollten sie ihn füttern. Zum Entsetzen von Beatrice legte die Käfigeule Minerva dem Kleinen tote Ratten ins Bettchen. Die Bienen kamen vom Garten heraufgeflogen, krochen dem Säugling über Gesicht und Hände. Nie wurde er gestochen, selbst wenn er mit seinen kleinen Händen nach ihnen griff.

»Wie Franz von Assisi«, stellte Beatrice fest. »Er wird einmal den Fischen und den Vögeln predigen.«

Leander, der nie ein anderes Kind aus der Nähe erlebt hatte, sagte: »Vermutlich sind sie alle so.« Doch dann verbesserte er sich: »Nein, er ist ein ganz besonderes Kind.« Und die Raben, deren wortlose Sprache er verstand, gaben ihm Recht.

27. Kapitel

Die Zypressen verströmten einen harzigen Duft. Von den Marmorstatuen, die den Weg im Park säumten, tropfte der Tau. Der Kies knirschte unter den Schritten der beiden Männer, die hinter dem Papstpalast nebeneinander herliefen.

»Ich hatte heute Nacht einen beängstigenden Traum«, begann Gregor. »Mir träumte, ich kniete vor dem Kruzifix in meiner Kapelle, und als ich aufblickte, war es leer. Der Heiland hing nicht mehr daran. Die rostigen Nägel steckten noch im Holz. Eine Hand berührte meine Schulter. Als ich mich umblickte, stand Er hinter mir.«

»Ihr meint, der Gekreuzigte stand hinter Euch?«, fragte Kardinal Crispiano. »Wie sah Er aus?«

»Du kennst das lebensgroße Kruzifix in meiner Hauskapelle. Genauso sah er aus, nur dass er nicht mehr mit ausgebreiteten Armen dort hing, sondern aufrecht vor mir stand, mit großen, tieftraurigen Augen. Sein Blick drang mir bis ins Herz.«

»Hat Er zu Euch gesprochen?«

»Nur einen Satz.« Der Papst war stehen geblieben und blickte seinem Neffen bedeutungsvoll in die Augen: »Er hat gesagt: Warum verfolgst du mich?«

»Das sind doch die Worte Christi an Saulus vor den Toren von Damaskus«, erwiderte Kardinal Crispiano. »Saulus war ein Christenverfolger. Ihr seid Gottes Stellvertreter auf Erden. Solch eine Frage an Euch ist blanker Unsinn. Träume sind Schäume.«

»Sind sie das? Als ich erwachte, fiel mein Blick auf den Bericht von Toulouse, den du mir gestern ausgehändigt hast von dieser … Wie heißt die Nonne, die wir zu den Katharern geschickt haben?«

»Thekla.«

»Ja, Thekla. Ich nehme an, du hast ihn gelesen.«

»Aber ja, gewiss doch.«

Gregor verschränkte seine Handflächen wie zum Gebet und sagte: »Was sie da von den Katharern berichtet, klingt beunruhigend.«

»Wieso beunruhigend?«

»Haben wir das Recht, Menschen mit so christlichen Tugenden zu verfolgen?«

»Sie glauben nicht an die heiligen Sakramente, weder an die Taufe noch an das Abendmahl.«

»Glaubst du daran?«

Der Kardinal war mit einem Ruck stehen geblieben. Er blickte den Papst an, als habe er nicht recht verstanden. »Wie könnt Ihr …?« Ihm fehlten die Worte.

»Crispiano, du bist mein Neffe. Seien wir ehrlich zueinander. Du hast genau wie ich die griechischen Philosophen studiert, die Logik der Vorsokratiker und das Gedankengebäude des Aristoteles. Du verfügst über gesunden Menschenverstand, bist ein Mann der Tat. Glaubst du wirklich, dass unsere Priester in der Lage sind, einem Täufling eine Seele einzuhauchen, wie das Gott mit Adam getan hat? Glaubst du wirklich, dass einer von uns es fertig brächte, roten Wein in Blut zu verwandeln, nicht symbolisch, sondern in das wahre Blut Christi? Wenn du den geringsten Zweifel daran hegst, bist du ein Ketzer und gehörst verbrannt wie die Katharer. Und was die Steuer angeht, die diese Menschen uns verweigern – kannst du mir eine Stelle in der Bibel zeigen, wo von solch einer Pflicht die Rede ist? Die Verweigerung der Kirchensteuer ist keine Angelegenheit des Glaubens. Sie ist streng genommen nicht einmal ein Verstoß gegen weltliches Gesetz. Hast du je von einem Fürsten gehört, der Menschen, die nicht einmal seine Untertanen sind, verbrennt, weil sie nicht bereit sind, Steuern an ihn zu zahlen? Die Frage des Gekreuzigten an mich ist berechtigt, denn als sein Stellvertreter auf Erden begehe ich Unrecht. Als Papst aber habe ich die Pflicht, die Macht der Kirche zu erhalten. Macht beruht auf Gewalt. Gewalt und Liebe sind Gegensätze wie Feuer und Wasser. Mit dieser Gegensätzlichkeit muss ich leben, so wie Judas, der den Herrn verraten musste, damit dieser sein Werk vollenden konnte. Patior ut potiar – Ich muss Leid ertragen, um zu herrschen.«

Und nach einer Pause nachdenklichen Schweigens fuhr Gregor fort: »Wir predigen Tugenden, die wir selber nicht besitzen.«

»Welcher Wegweiser geht in die Richtung, die er anzeigt«, erwiderte Crispiano. »Der Bote ist immer unbedeutender als die Botschaft.«

Sie liefen über eine schmale Holzbrücke. Crispiano spielte nervös mit dem silbernen Kreuz auf seiner Brust. Er betrachtete sein Spiegelbild in dem schlammschwarzen Wasser: »Hegt Ihr wirklich Zweifel an der wundertätigen Kraft Gottes?«

»Du missverstehst mich. Ich zweifle nicht an Gott. Ich hege berechtigte Zweifel an unserer Fähigkeit, Wunder zu vollbringen. Wenn wir Wein in Blut verwandeln könnten, warum machen wir dann nicht Wasser zu Wein? Das wäre gewiss eine leichtere Übung, als Wein in das Blut eines Menschen umzuwandeln, der vor über tausend Jahren in Israel sein Leben gelassen hat. Nein, wir sind keine Wundertäter – wir sind Machthaber. Wir verbrennen, was sich uns nicht unterwirft. Die Katharer haben weder Macht noch Geld. Sie sind so sehr gegen alle Gewalt, dass sie nicht einmal Tiere töten. Der Ketzerei angeklagt lassen sie sich widerstandslos verbrennen. Keiner von uns würde das auf sich nehmen. Sie sind uns in ihrem Glauben überlegen.«

»Ratten sind sie.«

»Wenn ein Fuchs eine Ratte jagt, wer ist dann im Vorteil?«

»Der Fuchs, denn er ist der Stärkere.«

»Nein«, widersprach Gregor, »der Fuchs läuft nur um eine Mahlzeit, die Ratte aber um ihr Leben. Für den Fuchs steht wenig auf dem Spiel, für die Ratte alles.«

Im Weitergehen sagte er: »Crispiano, du unterschätzt diese Menschen. Sie sind uns überlegen. Woher nehmen sie diesen unerschütterlichen Glauben? Es gibt da etwas, das ihnen ungeheure Kraft verleiht. Eine Reliquie ohne Beispiel, eine heilige Lanze, eine himmlische Verheißung, wie sie Kaiser Konstantin zuteil wurde, die ihn unbesiegbar machte: Hoc signo vinces. In diesem Zeichen wirst du siegen! In dem Brief dieser Nonne steht, dass die Katharer einen Henker beobachten, weil er etwas an sich habe, das kein anderer hat, eine Art Aura, die ihn wie eine Glorie umgibt. Ist das nicht seltsam? Menschen, die ihr Leben der Gewaltlosigkeit verschrieben haben, fühlen sich zu einem Henker hingezogen. Ein Henker mit einem Heiligenschein, wie passt das zusammen? Ein Engel mit einem Richtschwert. Behaltet den Mann im Auge. Ich will alles über ihn wissen.«

Ein paar Tage später setzte Crispiano den Heiligen Vater davon in Kenntnis, dass der Priester von Carcassonne ihm mitgeteilt habe, die Nonne Thekla erwarte ein Kind.

»Du meinst, sie ist schwanger? Mein Gott, was für Menschen beherbergen wir unter dem Dach unserer Kirche? Eine Nonne, und noch dazu eine unserer besten, wie du mir versichert hast. Kaum der klösterlichen Zucht entronnen, schon verfällt sie der Wollust des Fleisches. Wir hätten doch einen Mann schicken sollen. Fortes adiuvat ipsa Venus – mutigen Männern hilft selbst Venus. Für die Weiber aber gilt, was Catull über sie gesagt hat: In cauda venum – ihr Verhängnis ist der Schwanz.« Er lehnte sich in seinem Sessel zurück und fragte mit geschlossenen Augen: »Wie soll es nun weitergehen?«

»Sie wird die Leibesfrucht abtreiben.«

»Der Teufel soll sie holen! Kann man einem Weib, das vor lauter Geilheit seine Mission vergisst, noch vertrauen?«

»Sie sagt, sie sei vergewaltigt worden. Sie beschwört es bei Gott und den Heiligen. Der Priester von Carcassonne glaubt ihr.«

»Die Vergewaltigung einer Nonne ist ein todeswürdiges Verbrechen. Weiß man, wer es getan hat?«

»Der Jude, bei dem sie wohnt, meint der Priester. Er hat sie in sein Haus geholt, damit sie ihm bei der Buchführung hilft. Wir hielten das für eine gute Entscheidung, weil wir damit die Aufmerksamkeit der Katharer auf ihre Person lenken konnten und dadurch eine günstige Verbindung zum Bischof von Toulouse gegeben war. Die Pferdetransporte des Juden passieren mehrmals im Monat die Bischofsstadt. Wer konnte wissen, dass dieser alte Bock die Abhängigkeit so schändlich ausnutzen würde. Der Mann hat einen guten Leumund in der Stadt.«

»Das sind die Schlimmsten«, entgegnete Gregor. »Aber dafür werden wir ihn zur Rechenschaft ziehen.«

»Er ist ein Freund des Vizegrafen. Und der wird Euch fragen, warum Ihr so viel Aufhebens um eine macht, die ihr Gelübde gebrochen hat. Gilt eine entlaufene Nonne nicht als vogelfrei?«

»Ja, du hast Recht. Aber dieser Jude soll trotzdem nicht ungestraft davonkommen. Fiat iustitia – die Gerechtigkeit soll ihren Lauf nehmen.«

28. Kapitel

Pater Zyprian hatte den Bürgermeister um ein Gespräch gebeten, um ein dringendes Gespräch, wie er betonte. Nun saßen sich die zwei in der Ratsstube gegenüber, Zyprian sichtlich erregt. »Der Teufel treibt im Henkersturm sein Unwesen.«

»Der Teufel – im Henkersturm? Hast du ihn gesehen?«

»Nein, aber gehört.«

»Und was hat er gesagt?«

»Er hat geschrien, geschrien wie ein Säugling.«

»Wie kommt ein Säugling in den Henkersturm?«, fragte der Bürgermeister. »Du hast dich getäuscht.«

»Ich weiß, was ich gehört habe. Es war keine Täuschung.«

Der Bürgermeister betrachtete den Priester mit ungläubigem Lächeln.

»Ihr glaubt mir nicht? Nun gut, wie aber erklärt Ihr Euch die folgende Tatsache: Die Frau des Bäckers vom Osttor hat mir berichtet, dass sie gesehen hat, wie der junge Knecht des Henkers auf dem Markt in Castelnaudary Windeln und Kinderwäsche erstanden hat. Wozu braucht er das? Und warum besorgt er sie sich in Castelnaudary und nicht hier bei uns? Weil ihn dort keiner kennt. Der Henker und sein Knecht – was verbergen die beiden da vor uns? Haben sie einen Homunkulus gezeugt, einen Golem aus dem Samen eines Gehenkten? Ich sage Euch, da geht eine Teufelei vor sich. Es ist Eure Sache, die Stadt vor Schaden zu bewahren.«

»Was erwartet Ihr von mir? Soll ich den Henker vorladen und zur Rede stellen?«

»Nein, er würde sich herausreden und wäre gewarnt. Wir müssen in den Turm und ihn durchsuchen.«

»Das gefällt mir nicht«, sagte der Bürgermeister.

»Mir auch nicht, aber wir haben keine andere Wahl.«

Das Eindringen in den Henkersturm wurde geplant wie die Erstürmung einer Burg. Pater Zyprian, der Stadtschreiber und der Sekretär des Vizegrafen sollten in Begleitung zweier Büttel in den Turm eindringen, um ihn in Augenschein zu nehmen. Aus Scheu vor dem Henker hatten sie Leander tags zuvor die falsche Botschaft zukommen lassen, er werde dringend in Castelnaudary gebraucht. Ein Holzknecht habe sich beide Beine gebrochen.

Vom Rathausfenster aus beobachteten sie, wie Leander allein davonritt. Diese Feststellung war wichtig, denn damit war sichergestellt, dass der Henkersknecht sich im Turm befand. Er würde sie einlassen. Man musste sich nicht mit Gewalt Einlass verschaffen.

Es war abgemacht, dass der Sekretär des Vizegrafen an der Turmpforte klopfen sollte. Sobald man ihm öffnete, würden die anderen, die unter dem Vordach bei der Treppe warteten, herbeieilen und in den Turm eindringen.

Nach kurzem Klopfen öffnete sich ein Fenster. Der Knecht des Henkers lehnte sich heraus und fragte: »Wer da?«

»Ich bin es, Raimond, der Sekretär des Grafen.«

»Der Henker ist nicht daheim.«

»Ich habe eine wichtige Botschaft zu überbringen.«

»Nennt sie mir!«

»Sie ist niedergeschrieben. Nimm sie in Empfang, und gib sie deinem Herrn. Es ist wichtig.«

Der Riegel wurde zurückgeschoben, knarrend öffnete sich die schwere Tür. Das war das Signal für die Wartenden. Bevor der Knecht des Henkers wusste, wie ihm geschah, waren die Männer im Turm.

»Was wollt ihr?«

»Eine Inspectio«, antwortete Pater Zyprian. »Wir sind beauftragt, eine Untersuchung vorzunehmen. Wir wollen nur nach dem Rechten sehen.«

Er bemerkte, wie der Knecht blass wurde. Starr vor Schreck und keines weiteren Wortes fähig, hielt er sich am Treppengeländer fest. Er stand da, als sei ihm ein Dolch ins Herz gefahren.

Die Männer drängten an ihm vorbei, die Treppe empor. Türen wurden aufgestoßen. Da war Poltern und Stiefelgetrampel, laute Stimmen. Und dann, mit einem Schlag, legte sich der Lärm. Alle hielten lauschend den Atem an. Hatten sie sich getäuscht? Aber da war es wieder und diesmal laut und vernehmlich: das Geschrei eines Säuglings.

Pater Zyprian stürmte als Erster in das große Kaminzimmer. Und da lag es, das höllische Kind, nicht weit vom Feuer, flankiert von zwei Katzen, die fauchend und mit ausgefahrenen Krallen aufsprangen, als die Fremden hereinpolterten. Im Käfig schlug Minerva ängstlich mit den Flügeln.

»Seht euch das an!«, rief Zyprian. »Ich habe es gewusst! Teufelsbrut, bewacht von Katzen und Eulen. Uriel in Urbe! Satan mitten in unserer Stadt!« Er bekreuzigte sich, und die anderen folgten seinem Beispiel.

Die Büttel zogen ihre Degen.

»Nein!«, schrie Beatrice, die in diesem Augenblick ins Zimmer stürzte. Sie riss dem jüngeren der beiden Büttel die Waffe aus der Hand und schlug damit nach dem anderen. Der Hieb traf das linke Ohr. Blut spritzte. Ein Stuhl wurde umgestoßen. Die Lehne fiel in die Glut. Funken sprühten. Die Katzen fuhren fauchend auf. Der Sekretär prallte zurück. Seine Hände suchten Halt und rissen den Vogelkäfig von der Wand; der fiel zu Boden und zerbrach. Minerva war frei. Flügelschlagend umflatterte sie die Eindringlinge. Dazu schrien das Kind und die Katzen. Es war ein Spektakel wie am Jüngsten Tag. Beatrice hatte das Kind an sich genommen und hielt es mit beiden Armen umklammert. Zyprian wollte es ihr entreißen, als die Tür aufgestoßen wurde und Bero hereinstürzte. Sein wuchtiger Leib füllte den ganzen Rahmen aus. Schlagartig war es still. Selbst die Tiere verstummten. Beros Augen hinter den

Sehschlitzen der Ledermaske funkelten vor Zorn. Er sah, wie Zyprians Hand den nackten Arm des Säuglings umklammerte. Mit einem furchtbaren Hieb schlug er den Priester zu Boden. Die anderen wichen entsetzt zurück. Unbehelligt mit dem Kind im Arm verließ er den Raum. Niemand rührte sich, als er polternd die Treppe hinabstieg.

»Lasst ihn«, sagte der Sekretär. »Er entkommt uns nicht.« Den Bütteln befahl er mit Blick auf Beatrice: »Fesselt ihn, und bringt ihn zur Stadtburg!«

Zyprian wurde mit einem Guss kalten Wassers wiederbelebt.

Als Leander am frühen Abend des gleichen Tages nach Carcassonne zurückkehrte, fand er die Pforte im Turm unverschlossen und nur angelehnt. Welch unverzeihlicher Leichtsinn!

Während er noch die Treppe hinaufstieg, rief er Beatrice' Namen.

Keine Antwort.

Der Säuglingskorb war leer. Leer! Von Beatrice keine Spur. Warum lag der Vogelkäfig am Boden? Der umgestürzte Stuhl. Der dunkle Fleck auf den Dielen. Leander bückte sich, berührte ihn mit den Fingerspitzen: Blut! Mein Gott, Blut!

Irgendetwas Schreckliches war passiert. Er lief in den Pferdestall. Die Stute, die er Beatrice geschenkt hatte, stand frisch und ausgeruht an ihrem Platz. Also musste sie irgendwo in der Nähe sein. Aber wo, wenn nicht im Turm? Und das Kind! Wie konnte sie mit dem Kind das Haus verlassen? Wie konnte sie nur!

Leander ließ sich auf einem Hafersack nieder und versuchte seine Gedanken zu ordnen. Welch ein Tag! In Castelnaudary wusste keiner etwas von einem Holzknecht, der sich die Beine gebrochen hatte. Den anstrengenden Ritt – vier Stunden hin, vier Stunden zurück – hatte er vergeblich unternommen. Und jetzt waren auch noch Beatrice und das Kind verschwunden.

Er rief nach Bero. In der Wohnung über dem Stall war er nicht.

In tiefer Sorge stieg er hinab zu den unterirdischen Verliesen. Irgendwo mussten sie doch sein. Vor der Zelle, in der Beatrice gelegen hatte, blieb er stehen. Er lehnte seine Stirn gegen die Gefängnistür: »Herr, halte Deine Hand über sie. Gib, dass ihr und dem Kind nichts geschehen ist.« Er sprach laut, wie das Menschen tun, die viel Zeit ihres Lebens allein verbracht haben.

Nach einer Weile lauten Betens war ihm, als erhalte er Antwort.

»Einer, der betet, spricht zu Gott«, hatte der Alte gesagt. »Aber einer, zu dem Gott spricht, ist verrückt.« Bin ich verrückt? Aber da war sie wieder, die Stimme. Sie kam aus dem hinteren Teil des unterirdischen Tunnels. Er packte die Fackel und stieg tiefer hinab in die Unterwelt. Einmal war ihm, als hörte er die Stimme seines kleinen Sohnes. Doch dann herrschte wieder Stille. Er drängte sich durch die enge Pforte und befand sich in seinem Laboratorium. Er entzündete eine zweite Fackel, blickte sich suchend um. Obwohl er nichts Ungewöhnliches wahrnahm, spürte er, dass er nicht allein war. Hinten, am äußersten Ende des Raums bei der Nische mit den Glaskolben, war da nicht etwas? Im Näherkommen erkannte er eine Gestalt. Sie kauerte mit angezogenen Knien auf dem Boden und hielt ein helles Bündel im Arm. Er richtete beide Fackeln darauf. Eine Ledermaske starrte ihn an. Bero! In seinen Armen lag, eingewickelt in warme Decken, das Kind.

»Bero, was machst du hier unten mit dem Kind? Wo ist René? Was ist geschehen?«

Aus den Gesten Beros erfuhr Leander, dass Männer in den Turm eingedrungen waren. Beatrice hatte sie eingelassen. Also musste sie sie gekannt haben. Es hatte einen Kampf gegeben. Bero hatte einen niedergeschlagen und war mit dem Kind geflohen. Beatrice war von den Männern mitgenommen worden.

Wer waren die Eindringlinge? Tödliche Bedrohung lag in

der Luft. Leander fühlte sich wie unter dem Galgen mit der Schlinge um den Hals. Sie würden herausfinden, dass Beatrice kein Mann war. Vermutlich wussten sie es bereits. Als Nächstes würde er an der Reihe sein. Leanders Sorge galt nicht sich selbst, sondern Beatrice und dem Kind. Bero hatte ihnen den Kleinen entrissen. Aber sie würden wiederkommen, und ihre Strafe würde fürchterlich sein. Er könnte mit dem Kind fliehen, doch was würde dann aus Beatrice? Nein, er musste sich seinem Schicksal stellen. Wenn er wenigstens wüsste, in wessen Gewalt sie sich befand. Die Inquisition? Großer Gott, bloß nicht die Inquisition! Aber wer war es dann?

Wie leer, wie entsetzlich leer war der Turm ohne sie!

Zyprian hatte den Bürgermeister veranlasst, unverzüglich einen Boten nach Toulouse zu schicken, um den Inquisitor herbeizurufen. Ein Abgrund an Teufelei habe sich aufgetan. Ein Inkubus mitten in der Stadt. Ein Homunkulus, gezeugt aus den sterblichen Überresten eines Hingerichteten, ein Heiland der Hölle, ein Antichrist. So hatte Zyprian den schaurigen Fund aus dem Henkersturm geschildert.

Er selbst wollte bis zur Ankunft des Inquisitors in dem vermaledeiten Fall nichts weiter unternehmen. Die Torwächter waren angewiesen, Leander und Bero nicht aus der Stadt hinauszulassen.

29. Kapitel

»Wie kommt das Kind in den Henkersturm? Woher habt Ihr es?«

Pater Zyprian hatte nur diese Frage gestellt, immer wieder. Beatrice hatte geschwiegen. Nun lag sie im Keller der Burg, in einem Verlies, noch düsterer und feuchter als das Gefängnis im Henkersturm. Es wimmelte von Ratten und Kakerlaken. Sie wusste, der Priester würde den Inquisitor rufen, den Richter und die Büttel. Sie würden alle die gleiche Frage stellen: Woher stammt dieses Kind? Und sie konnte diese Frage nicht beantworten, ohne Leander zu verraten.

Grauenhafte Bilder schreckten sie in der Finsternis der Zelle. Ob sie auch das Kind töten würden? Dieses kleine zarte Geschöpf. Was konnte es dafür, dass es in so verworrene Verhältnisse hineingeboren worden war? Auch Bero, der tapfere Bero, würde nicht ungestraft davonkommen.

Aber vor allem Leander würde die ganze Härte ihrer grausamen Gesetze treffen. Sie würden ihn rädern, henken und vierteilen. An sich selber dachte sie am allerwenigsten. Sie hatte mit dem Leben abgeschlossen. Da war keiner mehr, der ihr noch einmal helfen könnte. Das alles war nur ein Traum gewesen, zu schön, um wahr zu sein. Glück war zerbrechlich wie Glas.

Wie werden diese Menschenschlächter erst schauen, wenn sie erfahren, wer ich wirklich bin? Sie werden mich verbrennen.

Als das Morgenlicht durch den Belüftungsschacht hereinsickerte, wusste sie, was sie zu tun hatte. Dem Kerkerknecht, der nach ihr sah, befahl sie: »Sag dem Vizegrafen, ich will ihn sprechen. Er soll die Wahrheit erfahren. Ich will ein Geständnis ablegen, jetzt sofort. Es eilt.«

Schneller als erhofft wurde der eiserne Riegel zurückgeschoben. Geblendet vom Licht und mit steifen Gliedern führte man Beatrice nach oben in ein Kabinett, in dem der Vizegraf und sein Sekretär sie erwarteten. Sie standen am Fenster und betrachteten sie neugierig: »Nun, was hast du uns zu berichten?«

»Das ist eine lange Geschichte.«

»Wir wollen hier keine Geschichten hören«, wies der Sekretär sie zurecht. »Wir wollen wissen, was es mit diesem Kind auf sich hat. Wem gehört es?«

»Mir.«

»Dir? Bist du sein Vater?«

»Ich bin seine Mutter.«

»Willst du uns für dumm verkaufen? Ich warne dich.« Die Augen des Sekretärs funkelten zornig. »Noch so eine törichte Bemerkung, und du verschwindest wieder im Kerker. Wir können dich auch in Eisen legen.«

»Lass ihn!«, sagte der Graf. Er betrachtete Beatrice. Ein Lächeln umspielte seine Lippen: »Du bist also seine Mutter. Das lässt sich nachprüfen. Würde die junge Henkersknechtmutter wohl die Güte haben, uns zu zeigen, was sie in ihrer Hose verbirgt?«

Nun musste auch der Sekretär grinsen. »Runter mit der Hose! Lügen haben kurze Beine, bisweilen auch lange Schwänze.«

Und als Beatrice zögerte, befahl er: »Runter damit! Oder sollen wir sie dir ausziehen?«

Da öffnete sie die Gürtelschnalle und ließ ihr Beinkleid fallen. Hätte sie sich in diesem Augenblick in eine Katze verwandelt, das Erstaunen der Männer hätte nicht größer sein können. Sie standen da wie erstarrt. Der Sekretär trat einen Schritt näher, so als könnte er seinen Augen nicht trauen: »Aber das ...«

Beatrice zog ihre Hose wieder hoch: »Glaubt Ihr mir jetzt?«

Der Graf nickte.

»Bitte, hört mich an. Es ist eine Geschichte, die sich nicht mit einem Satz erklären lässt.«

»Wer bist du?«, fragte der Sekretär.

»Die Frau des Henkers.«

»Leanders Geliebte! Sieh an, unser Henker hat einen Bettschatz«, schmunzelte der Graf. »Und nicht nur das, jetzt hat er auch noch einen Sohn. Wir haben einen kleinen Henker. Wie erfreulich.«

Er betrachtete Beatrice wohlwollend und fragte: »Wie heißt du?«

»Beatrice.«

»Beatrice, warum läufst du in Männerkleidern herum? Was soll das?«

»Leander wollte es so. Wir sind nicht Mann und Frau. Wir wurden nicht getraut. Er meinte, es sei besser so.«

»Er meinte, es sei besser so. Hast du das gehört?«, wandte er sich an den Sekretär. »Das ist eine köstliche Geschichte. Ein Henkersknecht, der ein Kind kriegt. Es ist nicht zu glauben.«

»Was soll nun werden?«, fragte der Sekretär. »Soll ich ihn … ich meine, soll ich sie wieder einschließen?«

»Nein, lass sie laufen. Auch der Henker hat ein Recht darauf, sich an Frauenfleisch zu erfreuen.«

»Ich kann gehen?«, fragte Beatrice ungläubig.

»Ja, geh in Gottes Namen, aber lauf nicht länger wie ein Mann herum.«

Als Beatrice schon davongeeilt war, sagte der Vizegraf: »Ich habe diesen ganzen Unsinn mit dem Teufelskind – uriel in urbe – sowieso nicht geglaubt. Vieles, das wir für teuflisch halten, ist in Wirklichkeit Menschenwerk.«

Beatrice und Leander lagen sich in den Armen wie zwei zum Tode Verurteilte, die ein gütiges Geschick gerettet hat. Leander sagte: »Diesmal hast du mir das Leben gerettet; was sage ich: Du hast uns alle vor dem Untergang bewahrt. Ohne dich läge ich jetzt im untersten Kerker der Burg. Ich hatte solche Angst um dich. Ich glaubte alles verloren. Deine Geistesgegenwart hat uns gerettet.«

»Freue dich nicht zu früh«, entgegnete Beatrice. »Was ist, wenn jemand in Erfahrung bringt, wer ich wirklich bin?«

»Ich glaube an unseren Schutzengel. Er hat uns so oft geholfen und wird uns auch in Zukunft nicht im Stich lassen.«

Pater Zyprian konnte seine Enttäuschung nur schwer verbergen: »Leanders Sohn? Und dieser Bursche, den wir im Turm verhaftet haben, soll seine Mutter sein? Wie ist das möglich? Der Henkersknecht eine Frau? Das ist doch Unsinn!«

»Es ist die Wahrheit«, beteuerte der Sekretär. »Wir haben uns mit eigenen Augen davon überzeugt, der Graf und ich. Und glaubt mir: Sie ist ein hübsches Weib mit festem Hinterteil.«

Zu seiner Haushälterin sagte Zyprian: »Da stimmt etwas nicht. Müsste eine Mutter mit einem Säugling nicht volle Brüste haben? Der Knecht des Henkers aber hatte keine, sonst wären sie uns doch aufgefallen.«

»Im Gegensatz zu den meisten jungen Weibern, die ihren Busen hochschnüren, um die Blicke auf sich zu lenken, wird sie ihren umwickelt haben, um nicht aufzufallen«, sagte Agatha.

»Aber warum tut sie das? Warum verkleidet sie sich als Mann?«

»Vielleicht hat sie sich geschämt, der Bettschatz des Henkers zu sein.«

»Geschämt, du meinst, sie hat sich geschämt? Dann kommt sie aus gutem Haus. Glaubst du, dass eine solche Frau sich freiwillig den Henker zum Gatten nimmt? Nein. Und wenn sie keine herbeigelaufene Metze ist, wo stammt sie dann her?«

Der Inquisitor hatte bereits anspannen lassen, als ein zweiter Bote aus Carcassonne in den Hof galoppierte und die Meldung überbrachte, die Anwesenheit Seiner Heiligkeit sei nicht mehr erforderlich. Die Angelegenheit habe sich von selbst erledigt.

Der Henker hat ein Kind gekriegt! Von seinem Knecht! Welch aberwitzige Liebesgeschichte. Die Leute sprachen von nichts anderem. Beatrice wagte sich nicht mehr auf die Straße, nicht nur, weil sie angestarrt wurde wie ein Wesen aus einer anderen Welt, sondern vor allem aus Angst, erkannt zu werden, wenn sie sich nicht länger als Mann verkleiden durfte. Die Kleiderordnung untersagte es Frauen bei Strafe, Hosen zu tragen oder das Haar nach Männerart kurz zu schneiden. Sie unterschied sehr genau zwischen der Tracht einer verheirateten Frau, einer Ledigen oder einer Witwe, zwischen Adeligen, Bürgerlichen und Huren. Wenn es auch keine Kleidervorschrift für die Geliebte des Henkers gab, so stand doch zweifelsfrei fest, dass sie sich nicht als Mann ausgeben durfte.

Sie traute sich nicht mehr aus dem Turm. Die Freiheit, die sie als Mann gewonnen hatte, war dahin. Wenn sie sich in der Morgendämmerung nach draußen schlich und erkannt wurde, hagelte es Spott: Ach, schau nur, die schöne Henkershure. Die Carnifexmetze. Ist unser Scharfrichter auch im Bett scharf?

Leander tröstete sie dann: »Was kümmert es den Mond, wenn ihn die Hunde anbellen. Gesindel sind sie alle. Sie drängen sich um das Schafott wie Schweine um den Futtertrog und laben sich am Unglück der anderen.«

»Ich habe heute etwas Eigenartiges erlebt«, sagte Beatrice. »Ich war im Stall, um nach meiner Stute zu sehen. Da stand plötzlich Bero vor mir. Er betrachtete mich, als sähe er mich zum ersten Mal, erstaunt und ohne Feindschaft. Ich streckte ihm meine Hand entgegen. Er nahm sie und legte sie an seine lederne Wange. Es war eine unendlich liebevolle Bewegung, so als wollte er mich um Verzeihung bitten und mir zeigen, dass er mich mag. Er muss sich sehr erleichtert fühlen, dass ich eine Frau bin.«

Ihr ganzes Glück war in diesen Tagen das Kind. Es gedieh prächtig, zumal es nun nicht mehr im Turm versteckt werden musste, sondern bei schönem Wetter in den Garten gebracht und von Bero wie von einem Hütehund bewacht wurde. Es war ein Bild wie aus der Märchenwelt. Das Kleinkind: strampelnd, lachend, lebendig. Daneben starr wie ein Fels das Phantom, Maske ohne Gesicht. Wie rosa Blütenblätter neben der rissigen Rinde eines alten Apfelbaums wirkten die Hände des Kindes neben den Pranken mit den rostbraunen Brandnarben.

Er liebt das Kind wie sein eigenes, dachte Beatrice.

Aber sie schwieg, weil sie wusste, dass Leander das nicht hören mochte. Leander sagte: »Er ist in das Kind vernarrt, weil es der einzige Mensch ist, der bei seinem Anblick nicht erschrickt. Es jauchzt vor Freude, wenn es ihn erblickt. Es liebt ihn, wie ein Kind seine Puppe liebt. Für ihn muss das ein ungeheuer beglückendes Gefühl sein.«

»Nicht nur für ihn«, erklärte Beatrice, »auch für seine Mutter.«

Wenn sie den Jungen in den Garten brachten, kamen die Raben herbeigeflogen, als hätte Bero Futter für sie mitgebracht. Aber während sie sonst bei der Fütterung ein lautes Gezeter anstimmten, saßen sie jetzt still da, so als wollten sie sich wie die Katzen, die den Korb umlagerten, in der Sonne wärmen. Auch die Ringelnatter mit dem weißen Fleck auf dem Kopf lag dann auf ihrem Stein und starrte zu dem Kind herüber.

Der Tag war zu Ende. Nun wölbte sich der blauschwarze Nachthimmel mit seinen funkelnden Sternbildern über Carcassonne. Hunderte von Fledermäusen jagten in wildem Zickzackflug über Dächer und Türme. Unten bei den Hexenteichen ertönte die Liebesklage der Unken und Kröten.

Sie standen am weit geöffneten Turmfenster und ließen ihren Blick über die Dächer der Stadt schweifen.

»Du siehst traurig aus«, sagte Leander. »Was betrübt dich?«

»Das vollkommene Glück ist etwas, das der Traurigkeit sehr nahe kommt«, antwortete Beatrice lächelnd. »Ich glaube, man muss sich verlieren, um sich wiederzufinden.«

»Ich will dich nicht verlieren«, entgegnete Leander. »Ich will dich für immer – Tage, Jahre, Ewigkeiten.«

Sie küsste ihn. »Ich weiß, dass ich nicht lange leben werde. Aber ist ein Fest schöner, weil es länger währt? Mein Leben ist ein Fest, ein wildes, verrücktes Fest, ein Maskenball und Mummenschanz. Ich wollte immer wissen, wie es ist, ein Mann zu sein. Jetzt weiß ich es. Ich wollte ein Kind haben. Jetzt besitze ich eins. Und ich habe einen Geliebten, der mich so zärtlich liebt, wie nur eine Frau es vermag.«

Sie entkleidete sich und sagte: »Liebe mich.«

Und ein paar Atemzüge später, als sie schon nackt in seinen Armen lag, flüsterte sie: »Erwache und träume.«

Sie hatten den großen Holzzuber, in dem die Wäsche gewaschen wurde, vor dem Kaminfeuer aufgestellt und mit warmem Wasser vom Herd gefüllt. Nackt und aneinander geschmiegt wie zwei junge Vögel im Nest genossen sie ihre Körper, zwei Wasserhexen, die sich gegenseitig verzauberten. Kerzenlicht ließ ihre nasse Haut schimmern.

»Was ist die Vernunft der ganzen Welt gegen die Wonne dieses Wahnsinns! Man berührt den Himmel, wenn man seine Lippen auf die eines geliebten Menschen legt.«

»Deine Brüste sind wie zwei Kitzlein, wie die Zwillinge einer Gazelle, die in den Lilien weiden«, sagte Leander.

»Woher kennst du so schöne Worte?«

»Aus der Bibel.«

»Nein.«

»Doch, aus dem Hohen Lied des Salomo.«

»Seit wann besingt die Bibel Frauenbrüste? Sind sie nicht Teufelsköder? Äpfel vom Baum der Versuchung hat der heilige Antonius von Padua sie genannt.«

»Die meisten Heiligen sind seelisch und körperlich verkümmert«, erwiderte Leander. »Auf ein lustvolles Leben verzichten heißt: die Schöpfung beleidigen. Mohammed hat gelehrt: Lust soll nicht abgetötet, sondern ein Akt der Verehrung werden. Wohnt euren Weibern bei, als ob ihr betet. Liebe ist etwas Göttliches.«

»Dann lass uns beten«, forderte Beatrice Leander auf.

»Beten ist eine treffliche Bezeichnung für die innige Verzückung, die du mir bereitest, wenn ich über dir knie. Überhaupt bin ich der Meinung, wir sollten unserem Liebesspiel schönere Namen geben.«

Den Gipfelpunkt der Lust nannte sie *volupté admirable* und für den Weg dorthin erdachte sie das wohlklingende Wort *merveilleux plaisir*.

Sie hatte ihren Lebensmut wiedergefunden. »Ich war ein wohl behütetes Mädchen und hatte Angst vor dem Leben. Ich litt unter der Unkeuschheit, die man mir eingeredet hatte, und war unglücklich. Das Geheimnis des Glücks ist die Freiheit. Das Geheimnis der Freiheit aber ist der Mut.«

30. Kapitel

Remigius Auxerre, die rechte Hand des Großmeisters von Montsegur, wirkte auf Thekla wie einer der Apostel aus dem Heiligen Land. Selten hatte sie einen so hageren, asketischen Mann gesehen. Die Kutte aus grob gewebtem Linnen umgürtet mit einem Hanfstrick, die nackten Füße in Sandalen, so reiste er von Ort zu Ort, einfach wie ein Bettelmönch. Das Johannes-Evangelium war sein einziges Gepäck. Thekla begegnete ihm im Haus Tavernier. Er saß am Tisch und brach das Brot. Es war eine heilige Handlung. Alles an ihm war sakral, auch die Stimme. Er sagte: »Nach allem, was ich über diesen Leander gehört habe, besteht kein Zweifel daran, dass er ein Gral ist.«

»Ein Henker! Wie kann ein Henker ein Gral sein? Ein Menschenschlächter! Ein Judas.« Alle Anwesenden widersprachen.

Remigius entgegnete: »Die Bugomilen glauben, dass Judas der Allerheiligste gewesen sei, denn er habe im Gegensatz zu den anderen Jüngern, denen ewige Verehrung gewiss ist, die schwere Last auf sich genommen, für immer geschmäht und verdammt zu sein. Er wurde um Christi Willen zum Henker. Jesus erkannte beim letzten Abendmahl den, der ihn schon bald verraten sollte. Er schob ihm den besten Bissen zu und sprach: ›Was du tust, tue bald.‹

Der Kirchenvater Augustinus hat bestätigt, dass Judas im Auftrag Gottes gehandelt hat: ›Wissend gebrauchte Gott den unwissenden Judas.‹ Von Gott gebraucht! Wie kann einer unrein sein, der im Auftrag Gottes handelt? Das gilt auch für den Henker. Die Wege des Herrn sind verschlungen und für uns nicht durchschaubar. Behaltet ihn im Auge! Wenn er der ist, für den ich ihn halte, so ist er der einzige lebende Gral, von dem wir wissen. Es gibt die Prophezeiung, wonach in Okzitanien der Stamm Christi Knospen treiben wird. Der verborgene Quell Baphomete queribus wird wieder zutage treten. Wer Augen hat zu sehen, der sehe.«

Am anderen Tag fragte er: »Ich möchte mit dem Henker sprechen. Lässt sich das einrichten?«

»Das wird nicht ganz einfach sein. Er meidet die Menschen, so wie sie ihm aus dem Wege gehen, aber er kommt, wenn man ihn braucht, um einen gebrochenen Knochen zu schienen oder ein ausgekugeltes Gelenk einzurenken.«

»Das trifft sich gut. Ich habe Schmerzen in den Knien.«

Beim Aveläuten betrat Leander das Haus Tavernier. Thekla begrüßte ihn an der Tür: »Gott zum Gruß, Leander.«

Es kam nicht oft vor, dass man ihn mit seinem Namen anredete.

»Gott zum Gruß, Thekla. Wie geht es dir? Hast du dich eingelebt in unserer Stadt?«

»Ja, ich fühle mich wie daheim.«

»Was kann ich für dich tun?«

»Nicht für mich. Die Taverniers haben einen Gast, der über Schmerzen in den Knien klagt.«

»Wo ist der Mann?«

»Ich führe dich zu ihm.«

Im Haus war es bereits dunkel. Ein paar Öllampen verbreiteten spärliches Licht. Beim Kamin erwartete ihn Remigius. Er erhob sich, als Leander eintrat. »Setz dich zu mir ans Feuer, Bruder«, sagte er.

Sie musterten einander.

»Du siehst nicht aus wie ein Henker.«

»Die meisten Pfaffen sehen nicht wie Priester aus«, erwiderte Leander, »warum sollte da ein Henker wie ein Henker daherkommen.« Er blickte dem Alten ins Gesicht und meinte: »Ihr seht wie ein Priester aus und seid wahrscheinlich keiner.«

»Nein, ich bin ein Parfait.«

»Das ist mehr als ein Priester.«

Remigius blickte erstaunt auf: »Wer hat dir das gesagt?«

»Vandalmonde de Castanier. Sie war auch eine Parfait.«

»Woher kennst du sie?«

»Sie sollte verbrannt werden.«

»Hast du sie verbrannt?«

»Nein, sie starb an Endura.« Leander zeigte dem Alten das Amulett. »Sie gab mir diesen Stein.«

»Sie gab ihn dir?«

»Ja, am Abend, bevor sie starb.«

»Warum?«

»Sie war verwirrt.«

»Verwirrt. Woraus schließt du das?«

»Sie bat mich, sie zu segnen.« Leander spürte die Augen des Alten auf sich gerichtet. Hypnotische Kraft ging von ihnen aus. »Warum habt Ihr mich rufen lassen?«, fragte er.

Der alte Parfait fuhr sich über die Augen, als wollte er ein Bild fortwischen, um sich wieder dem Diesseits zuzuwenden: »Was hast du gesagt?«

»Warum habt Ihr mich rufen lassen?«

»Ich habe Schmerzen in den Knien.«

»Seit wann?«

»Seit längerem.«

»Entblößt Eure Knie, damit ich sie sehen kann.«

Der Alte hob den Saum seines Gewandes. Leander strich mit den Fingerspitzen über beide Knie, befühlte sie von allen Seiten. Am Ende umfassten seine Hände die knochigen Gelenke.

»Schließt die Augen, und konzentriert Euch auf Eure Knie«, forderte er ihn auf. Nach einer Weile, die Remigius wie eine Ewigkeit erschien, sagte Leander: »Ihr habt zu wenig Fleisch auf den Knochen. Esst mehr und salbt die Knie morgens und abends mit Terpentinöl und Melkfett. Mehr kann ich nicht für Euch tun.«

»Was bin ich dir schuldig?«

»Gebt die Hilfe, die ich Euch gewährt habe, weiter an einen anderen Hilfsbedürftigen.«

Als Leander gegangen war, rief Remigius die anderen Katharer herbei: »Ecce homo! Was für ein Mensch! Wenn ich es nicht am eigenen Leib erfahren hätte, ich würde es nicht glauben. Er hat seine Hände auf meine Knie gelegt, und der Schmerz war verschwunden. Diesen Menschen umgibt ein unglaubliches Kraftfeld. Seine Aura leuchtet wie brennender Schwefel, Mondlicht auf bewegtem Wasser. Fast hätte ich ihn um seinen Segen gebeten.«

31. Kapitel

Zu dem Rindermarkt, der einmal im Jahr vor dem Narbonner Tor abgehalten wurde, kamen die Menschen von weit her, nicht nur der Rinder wegen. Die ganze Stadt war dann ein prächtiger Jahrmarkt. Die Plätze und Straßen vermochten kaum die Menschen zu fassen. Die Häuser waren mit frischem Grün geschmückt. Girlanden überspannten die Gassen. Jedermann präsentierte sich in seiner besten Kleidung. Die Mädchen trugen Blütenkränze im Haar. Selbst die Rosse und Ochsen glänzten mit silberbeschlagenem Zaumzeug und bunten Schleifen. Honigmandeln wurden feilgeboten, Pfefferkuchen, Hefewecken und Rosinenbrot. In eisernen Kesseln kochte Sudfleisch. Spanferkel und Lämmer drehten sich über offenem Feuer. Würste, Tauben und Flussfische wurden geröstet.

Überall fiedelten Geigen, ertönten Schalmeien und Flöten. Trommeln, Zimbeln und Kastagnetten schlugen den Takt dazu. Die Menschen drängten sich in dichten Trauben um Spaßmacher, Bärenführer und Artisten, die Eisenstangen auf ihren Armmuskeln verbogen, mit ihren Leibern hohe Türme errichteten und Feuer schluckten.

Und natürlich gab es auch Zauberer und Wunderdoktoren, bei denen man für jedes Leiden die richtige Medizin erstehen konnte: Fledermausblut, Mumienlatwerge, Teufelswurz! Und bei Schlaflosigkeit Igelurin und Krötenschleim. Jordanwasser macht Blinde sehend. Zimtblüte nimmt den Zahnschmerz!

Eine Augenweide aber waren die weißen Ochsen, massige Tiere, so hoch, dass ein ausgewachsener Mann ihnen nicht über den Rücken schauen konnte. Zwei Ellen weit spannten sich die Hörner. Wenn sie sich bewegten, verschob sich über ihren Muskeln das Fell wie weißer Samt.

Leander sagte: »Ich könnte sie stundenlang betrachten, um ihr Wesen in mir aufzunehmen. Ganz in sich ruhend, verkörpern sie mehr als alle anderen Geschöpfe die Natur, die immer wieder neues Leben hervorbringt. Zu Recht war der Stier den alten Völkern heilig.«

Der wiederkäuende Riese gab einen dumpfen Muhton von sich.

»Spricht er zu dir?«, fragte Beatrice.

»Ja.«

»Was sagt er?«

»Das Leben ist schön.«

Sie hatte sich mit Leander unter die Menschen gemischt, in der Hoffnung, dass in dem Gedränge kaum einer Notiz von ihr nehmen würde. Das kräftig nachgewachsene Haar verbarg sie nach Art der Bäuerinnen aus den umliegenden Dörfern unter einem Kopftuch. Eine Haube, wie sie die verheirateten Frauen in Carcassonne trugen, war ihr verwehrt. Und natürlich durfte sie auch nicht den Kopfschmuck der Ledigen tragen. Trotz des wenig kleidsamen Tuchs aus grobem Stoff war sie eine schöne junge Frau, fand Leander.

Sie hatten einen Platz beim Turm Moulin du Midi erreicht, wo eine Gruppe von Schauspielern die biblische Tragödie Salomé aufführte. Eine bemalte Bretterwand mit erhöhtem Podest und Vorhang vor einem Planwagen war Bühne und Kulisse. In dem Wagen wechselten die Darsteller ihre Kostüme, verwandelten sich in Könige, Priester und Henker.

Salomé hatte gerade ihren Schleiertanz vor Herodes begonnen. Zwei Flöten und ein Tamburin begleiteten ihre schlangenartigen Bewegungen. Es hatte sich nach einigen vorangegangenen Vorstellungen herumgesprochen, dass die junge Salomé nicht nur eine gute Tänzerin, sondern auch eine auffallend reizvolle Frau war, mit glutvollen Augen und ungehemmt zur Schau gestellter haselnussbrauner Haut. Entsprechend viele Leute besuchten ihre Vorführung, vor allem Männer. Leander entdeckte in dem Gedränge der Glatzen und Bärte auch den Kopf des Priesters Zyprian.

Die aufgeregte Menge vor der Bühne erinnerte an das Menschengewühl vor dem Schafott. Die gleichen gierigen Blicke, als jetzt die junge Zigeunerin den letzten Schleier fallen ließ, um nackt mit wippenden Brüsten das Haupt Johannes des Täufers zu fordern.

Leander und Beatrice erlebten das alles aus unmittelbarer Nähe. Sie waren von den Nachdrängenden bis an den Rand der kleinen Bühne geschoben worden.

Es war totenstill, als ein Mohr das blutige Haupt auf einem silbernen Tablett präsentierte. Alle Augen waren auf die Bühne gerichtet.

Die atemlose Stille wurde von einem Schrei zerrissen. Eine Frauenstimme – sie rief nur ein Wort, aber alle hatten es gehört: »Beatrice!« Eine vollbusige, blonde Frau in der ersten Reihe starrte mit ungläubigem, erschrockenem Blick auf Beatrice, so als sehe sie ein Gespenst. Nur wenige Schritte trennten die beiden Frauen.

War die eine nicht die Frau des Henkers, der Henkersknecht, der ein Kind bekommen hatte? Was wollte die Blonde von ihr? Warum schrie diese dumme Gans nur so laut an der spannendsten Stelle der Tragödie? »Scht, scht, Ruhe!«, ertönte es aus dem Publikum.

Da verstummte die Frau und schlug die Hände vor ihr Gesicht. Jetzt erst merkte Beatrice, dass ihr im Gedränge das Tuch vom Kopf gerutscht war. Sie zog es sich über das Haar und verließ mit Leander den Schauplatz, bevor der Vorhang gefallen war.

»Beatrice!«, hatte die Frau gerufen. Und wie sie diesen Namen hervorgestoßen hatte, so als könne nicht wahr sein, was sie sah. Es gab keinen Zweifel, sie hatte die Geliebte des Henkers gekannt und nicht erwartet, sie hier anzutreffen.

Ich habe es immer geahnt, dachte Zyprian. Irgendetwas stimmt da nicht. Und das Gesicht dieser Beatrice! Sie war zu Tode erschrocken und hatte sich fluchtartig zurückgezogen. Warum?

Warum kommt auch mir ihr Gesicht bekannt vor? Ich bin mir sicher, ich habe es schon irgendwo gesehen.

Er musste unbedingt mit dieser blonden Frau sprechen. Wer ist sie? Woher kommt sie? Sie war nicht aus Carcassonne.

Er suchte sie. Vergeblich. Sie schien sehr erregt gewesen zu sein. Würde ein Mensch in dieser Verfassung einfach weiter durch die Stadt spazieren? Nein. Dann hatte sie die Stadt verlassen. Wohl kaum. Eine junge Frau wie sie war nicht allein angereist.

Wo würde ich hingehen, dachte Pater Zyprian, wenn mir etwas widerfahren wäre, das mir Angst macht?

Er schlug sich mit der flachen Hand vor die Stirn: Natürlich! Ja, das war es. Er eilte, so schnell es die mit Menschen voll gestopften Gassen erlaubten, zur Basilika. Und da sah er sie vor dem Standbild der Mutter Gottes. Sie schien ihre innere Ruhe zurückgewonnen zu haben. Als sie ihr Gebet beendet hatte, sprach der Priester sie an: »Was hat dich vorhin so erschreckt?«

»Ich habe eine Tote gesehen.«

»Eine Tote, mitten im Gedränge der Menschen?«

»Ja.«

»Du hast jemand gesehen, der dich an eine Tote erinnert hat.«

»Nein, sie war es. Sie sah ganz genauso aus. Kann es einen Menschen zweimal geben?«

»Von wem sprichst du?«

»Von Beatrice Bousquet.«

»Und die ist gestorben?«

»Sie wurde …«

»Was wurde sie?«

»Sie wurde hingerichtet.«

»Hingerichtet? Warum wurde sie hingerichtet?«

»Weil sie eine Hexe gewesen sein soll. Sie war aber keine Hexe. Das müsst Ihr mir glauben. Ich kannte sie von klein auf.«

»Sie wurde verbrannt?«

»Nein, ertränkt.«

»Wo?«

»Hier in Carcassonne.«

»Hier bei uns in Carcassonne! O mein Gott!« Die Erkenntnis überfiel Pater Zyprian wie eine Erleuchtung. Mit einmal wusste er, woher er die Geliebte des Henkers kannte: die Hexe, die sich in eine Katze verwandelt hatte. Der Geist, der oben im Turmfenster die Raben fütterte. Und jetzt spukte sie am helllichten Tage zwischen all den Menschen auf der Straße herum. Nein, das war kein Spuk. Das war ein Weib von Fleisch und Blut, das mit dem Henker das Bett teilte und Kinder in die Welt setzte. Die Verwandlung in eine Katze war ein übler Taschenspielertrick gewesen. Wie konnte ich nur auf so etwas hereinfallen? Das war auch der Grund, weshalb sie sich als Mann verkleidet hat. Dieser Henker hatte sie alle an der Nase herumgeführt. Aber dafür sollte er büßen!

32. Kapitel

Der Inquisitor war am Abend zuvor in Carcassonne eingetroffen. Pater Zyprian hatte ihn rufen lassen, ohne das Einverständnis des Vizegrafen einzuholen. Das hier war sein Tribunal. Zu oft hatte diese verdammte Henkersbande ihn getäuscht. Jetzt wurde abgerechnet. Gottes Mühlen malen langsam, aber gerecht.

Das Gericht tagte im Empfangssaal der Burg. Geführt wurde die Verhandlung vom Vizegrafen als oberstem Richter der Grafschaft. Der Inquisitor, unterstützt von Pater Zyprian, vertrat gewissermaßen die Anklage. Zwei Stadtbüttel und der Sekretär des Vizegrafen fungierten als Beisitzer.

Beatrice lag wieder in dem untersten Verlies der Burg, das sie bereits kannte. Leander hatte man die Einkerkerung erspart, obwohl er der Angeklagte war. Als er umgürtet mit dem Richtschwert den Saal betrat, ging ein Raunen durch die Reihen seiner Richter.

»Wie kannst du es wagen?«, fuhr ihn der Inquisitor an. »Nehmt ihm die Waffe ab!«

»Das ist keine Waffe«, erwiderte Leander. »Ich trage das Schwert an meinem Gürtel, wie Ihr das Kreuz auf Eurer Brust tragt. Es symbolisiert die mir von Gott verliehene Macht.«

»Die du schändlich missbraucht hast«, sagte der Inquisitor. »Anstatt die Hexe hinzurichten, wie es deine Pflicht gewesen wäre, hast du sie in dein Bett geholt. Du hast nicht nur Recht und Ordnung gebrochen, sondern uns alle durch falschen Zauber arglistig getäuscht. Wir sind gespannt, was du zu deiner Verteidigung vorzubringen hast.«

»Ich liebe sie. Ich liebe sie mehr als mein Leben.«

»Ihr habt es gehört«, sagte der Inquisitor. »Sie hat ihn in ihren Bann geschlagen. Das ist typisch für die teuflische Macht der Hexen. Das falsche Spiel mit der Verwandlung in eine Katze, war das ihre Idee?«

»Nein, das war meine.«

»Du glaubst, das sei deine gewesen. In Wahrheit hat sie sie dir in den Kopf gesetzt, so wie sie dir die Liebe ins Herz gesenkt hat. Hexenkunst. Die Protokolle der Inquisition sind voll von diesem Verführungszauber.«

»Warum hast du nicht um sie gefreit?«, fragte der Vizegraf.

»Um sie gefreit?« Der Inquisitor glaubte, nicht recht gehört zu haben.

»Es gibt ein Gesetz bei uns, das dem Henker das Recht einräumt, eine zum Tode Verurteilte zu freien. Nimmt sie die Werbung an, ist sie frei und wird des Henkers Gattin. Leanders Vater hat davon Gebrauch gemacht. Warum hast du darauf verzichtet?«

»Ich hatte Angst.«

»Angst wovor?«

»Dass sie mein Angebot ablehnen könnte. Dann hätte ich sie hinrichten müssen.«

»Warum hätte sie solch ein verlockendes Angebot ablehnen sollen?«

»Welches Mädchen will schon einen Henker zum Mann?«

Der Graf betrachtete Leander und sagte lächelnd: »Ich bin sicher, sie hätte dich genommen. Dann stündest du heute nicht hier.«

»Ihr sagt es: Ich werde verurteilt, weil ich versäumt habe, sie zu fragen, ob sie meine Frau werden will.«

»Hört euch das an«, höhnte der Inquisitor, »er glaubt, wir würden ihn wegen einer versäumten Frage verurteilen! Die Anklage gegen dich lautet: Rechtsbruch, Amtsanmaßung, arglistige Täuschung. Was glaubst du wohl, wie es in der Welt aussehen würde, wenn es im Ermessen jedes Einzelnen läge, die Gesetze einzuhalten oder zu brechen? Du hast eine ganze

Reihe von Verbrechen begangen. Eine Frau, die sich die Haare abschneidet, begeht Unzucht. Im Ersten Korinther Brief verlangt der Apostel Paulus von den Frauen, dass sie ihr Haar lang und bedeckt tragen müssen um der Engel willen. Wir haben in Toulouse eine Frau, die gegen das Gebot verstieß, verbrannt.

Du hast in betrügerischer Weise ein Weib mit einem Amt bekleidet, das Männern vorbehalten ist. Das ist mehr als ein Verstoß gegen das Gesetz. Das ist gotteslästerlicher Frevel, denn Gott verabscheut und straft alles, was wider die Natur ist.«

Leander erwiderte: »Alle Urberufe sind ihrer Natur nach weiblich. Im Lateinischen, der Sprache der Gelehrten, sind der Bauer, der Seemann, der Dichter und der Papst alle weiblichen Geschlechts. Es heißt: agricola, nauta, poeta und papa. Warum soll das nicht für den Henker gelten?«

Der Inquisitor erwiderte: »Sei dankbar, dass wir dir überhaupt die Gnade gewähren, dich anzuhören. Wir könnten dich und die Hexe auch ohne Gerichtsurteil am nächsten Baum aufhängen: Sie, weil sie schon rechtmäßig zum Tode verurteilt worden ist, und dich, weil ehrlose Menschen wie Aussätzige, Irre, fahrendes Volk und Henker außerhalb der Gesellschaft stehen und damit rechtlos sind.«

Leander blickte in das blasse, hochmütige Gesicht des Inquisitors und dachte: Er hat kein Laster als die Tugend. Menschen seines Schlages verdammen alles, was von ihren Prinzipien abweicht. Seine Verdammnis heißt Zerstörung. Sie sind die wahren Henker. Ich bin nur ihr Werkzeug.

Fragen über Fragen musste er über sich ergehen lassen. Die meisten waren dumm und gehässig: Wie habt ihr euch beigewohnt? Ist sie auf dir geritten? Hat sie deinen Samen geschluckt? Wie ist das Kind aus ihrem Leib herausgekommen, mit dem Kopf zuerst oder erst mit dem Steiß? Hat sie sich mit Hexensalbe eingerieben?

»Die einzige Hexerei, von der ich weiß«, erwiderte Leander, »hat im Kopf von Pater Zyprian stattgefunden, als der so töricht war zu glauben, die arme Katze im Verlies sei eine Ausgeburt der Hölle gewesen.«

»Zügle deine Zunge, Henker. Ich verbiete dir, so von einem Priester zu reden, sonst landest du im Kerker.«

Leander beantwortete alle Fragen und dachte: Warum tut ihr so, als sei euch an der Wahrheit gelegen? An welcher Wahrheit in diesem Sumpf von Aberglauben? Euer Urteil steht längst fest. Hier wird nicht Recht gesprochen, hier wird ein Opfer dargebracht.

Als ihnen keine Fragen mehr einfielen, zogen sie sich zur Beratung zurück. Leander wurde in den Burghof geführt, um dort das Urteil abzuwarten. Er saß in der Sonne und fror. Wie es Beatrice wohl erging? Das Kind befand sich bei Bero in guten Händen. Ein Glück, dass sie Gwendolin hatten. Ohne seine Amme wäre der Kleine längst verhungert.

Die Urteilsverkündung erfolgte durch den Vizegrafen. Er sagte: »Die Hexe wurde bereits vor zwei Jahren zum Tod verurteilt. Ihre Hinrichtung soll so bald wie möglich erfolgen. Die Forderung der Anklagevertretung, auch Leander Latour vom Leben zum Tod zu befördern, wird von Uns mit der Begründung abgelehnt, dass die Stadt ihren Henker nicht entbehren kann. Außerdem ist die Exekution seiner Geliebten Strafe genug. Selbstverständlich kann ihm nicht zugemutet werden, die Mutter seines Erstgeborenen eigenhändig zu töten. Wir werden Garwin, den Henker von Toulouse, rufen. Das Kind bleibt bei seinem Vater. Das garantiert uns auch in Zukunft einen tüchtigen Carnifex. Welche Stadt verfügt schon über eine Henkersdynastie, die auf vier Generationen zurückblicken kann!«

Der Inquisitor legte Protest ein: »Nach der Lehre der allein selig machenden Kirche gehören die Kinder Gott und nicht den Eltern. Mütterliche oder väterliche Besitzansprüche haben hinter denen der Kirche zurückzustehen. Wir erheben Anspruch auf das Kind.«

Der Vizegraf verwarf die Forderung und erklärte die Verhandlung für beendet. Leander nahm das Urteil gefasst auf. Er hatte nichts anderes erwartet. Als er darum bat, Beatrice noch einmal zu sehen, wurde ihm der Wunsch vom Vizegrafen gewährt.

Sie stand hinter der Zellentür.

»Ich habe so sehr auf dich gewartet.«

Der Gefängniswächter, der Leander begleitet hatte, entzündete eine kleine Kerze an seiner Fackel: »Wenn sie verlischt, ist eure Zeit um.«

Er schloss die Gefängnistür von außen und ließ die beiden Liebenden allein. Es war wie bei ihrer ersten Begegnung im Kellerverlies unter dem Henkersturm. Wie lange lag das schon zurück? Fast zwei Jahre!

»Sechshundertachtundachtzig Tage«, sagte Beatrice. »Ich habe sie gezählt. Jeden Tag und jede Nacht.«

Sie streichelte sein Gesicht, wollte wissen, wie es dem Kind geht. »Was wird mit ihm geschehen?«

»Sie werden es mir lassen.«

»Wo ist es jetzt?«

»Bei Bero.«

Sie küsste ihn und fragte: »Welche Strafe haben sie dir auferlegt?«

»Sie haben mich zum Tod verurteilt und begnadigt.«

»Du dauerst mich«, sagte sie. »Sterben ist für Überlebende schwer. Der Tote hat alles hinter sich.«

Sie lagen auf dem Stroh, das den Gefangenen als Lager diente.

»Ich habe mit dir das Leben entdeckt«, erklärte sie.

Leander erwiderte: »Die Welt ist voller Paare, die sich gleichgültig oder einander überdrüssig sind. Warum sucht der Tod sich immer die heraus, die am nötigsten gebraucht werden? Warum trennt er die, die sich am meisten lieben?« Er hielt sie in seinen Armen: »Mon petit corbeau.« Die Tränen rannen ihm die Wangen hinab.

»Weine nicht«, sagte sie. »Alles Leben ist Abschied, ein Abschied nach dem anderen. Du bist traurig, dass unser Glück vorüber ist. Ich bin glücklich, dass wir es erleben durften.«

»Du bist so stark. Woher nimmst du die Kraft?«

Sie versuchte zu lächeln und sagte: »Der Tod ist seit langem unser Begleiter, schon vom ersten Augenblick unserer Begegnung an. Meist umschlich er uns unbemerkt, verkleidet in einer Hoffnung, in blinder Leidenschaft oder in seligem Glücksempfinden. Du vergisst, ich bin schon einmal zum Tod verurteilt worden. Mit der Zeit gewöhne ich mich daran.«

Sie lagen sich schweigend in den Armen, küssten sich die Tränen fort, waren ein Leib. Die Kerze, die der Wächter ihnen gelassen hatte, war fast heruntergebrannt.

»So wie mein Leben«, sagte Beatrice. »Meine Kinderfrau hat mir erzählt, dass Sterbende im Augenblick des Todes noch wunderschöne Visionen haben. Ich werde davon träumen, dass du mich zum Traualtar und danach ins Brautbett führst.«

Kurz bevor der Wächter die Zelle betrat, sagte sie: »Ich habe einen letzten Wunsch ...«

Die Tür wurde aufgestoßen. Schlüsselbundrasseln.

»Die Zeit ist um. Ich habe euch mehr Zeit gelassen als erlaubt.«

Sie umarmten sich. Ihr Mund lag dicht an seinem Ohr. Sie sprach mit beschwörender Stimme.

»Nein«, stieß er hervor. »Nein, bitte nicht. Alles, nur das nicht.«

»Doch, ich will es so. Es ist meine letzte Bitte an dich.«

»Los, komm«, befahl der Wächter.

Sie küssten sich zum letzten Mal. Dann wurde die eiserne Tür unbarmherzig zugeschlagen.

Als am Abend vor der Hinrichtung Pater Zyprian den Henker aufsuchte, um ihm geistlichen Beistand anzubieten, sagte Leander: »Ich brauche deine Hilfe nicht. Beten, Flehen, Verfluchen – alles Zeitvergeudung. Der himmlische Henker erhört uns ebenso wenig, wie ich meine Verurteilten erhöre. Das Schicksal ist unerbittlich.«

Zyprian versprach: »Ich werde für dich beten.«

»Lass das«, sagte Leander. »Keiner kann für mich essen, schlafen oder lieben, für mich beten oder sterben. Es gibt Dinge, die sind nur sinnvoll, wenn man sie selbst tut.«

33. Kapitel

Der Graf strich seiner Geliebten über den bloßen Rücken. Beim Halsansatz hielt er inne. Seine Fingerspitzen berührten die feinen Nackenhaare.

»Kannst du dir vorstellen?«, fragte er, »dass ich dir den Kopf abhacke? Hier an dieser Stelle würde mein Hieb dich treffen. Wumms!«

Er schlug mit der Handkante gegen ihren Hals. Es war nur ein leichter Schlag, aber sie fuhr mit einem Schreckensschrei auf und sprang nackt aus dem Bett. »Was soll das? Bist du von Sinnen? Ist der Teufel in dich gefahren?«

Der Graf betrachtete sie mit spöttischem Lächeln. Wie schön sie war! Der üppige Schwung der Hüften. Die aufwärts gewölbte Form ihrer Brüste. Er bewunderte das blasse Rosa ihrer Brustknospen, ihre seidige Haut und das lockende Rot ihres viel zu großen Mundes.

»Könntest du dir vorstellen«, wiederholte er seine Frage, »dass der Mann, den du liebst, dir den Kopf abschlägt?«

»Wie kannst du so etwas Entsetzliches auch nur denken?«

»Es gibt eine Frau, die das will.«

»Die was will?«

»Dass ihr der Geliebte, der über alles geliebte Vater ihres Kindes ihr den Kopf abschlägt.«

»Nein!«

»Doch.«

»Eine Verrückte.«

»Nein, eine zum Tode Verurteilte, die junge Frau des Henkers. Du hast gewiss von ihr gehört.«

»Der schöne Henkersknecht, der ein Kind bekommen hat?«

»Ja. Sie liegt in unserem Burgverlies und soll von Garwin, dem Henker aus Toulouse, ertränkt werden. Ich hielt es für unmenschlich, ihren Gatten damit zu beauftragen. Doch jetzt kommt dieser zu mir und fleht mich an, ich möge ihm die Gunst erweisen, den Kopf vom Rumpf seiner Frau zu hacken.«

»So sehr hasst er sein Weib?«

»Nein, so sehr lieben sie sich. Es ist ihr Wunsch, von seiner Hand zu sterben.«

»Wie entsetzlich! Allein der Gedanke daran verursacht mir eine Gänsehaut.« Sie schlüpfte zurück ins Bett und zog sich die Daunendecke bis unter das Kinn: »Erzähl!«

»Dieser Leander kam zu mir«, begann der Graf, »und bat mich darum, die Strafe des Ertränkens umzuwandeln in eine ehrenhafte Enthauptung, ausgeführt von ihm selbst. ›Frauen werden bei uns nicht enthauptet‹, habe ich ihm gesagt. Und weißt du, was er mir geantwortet hat? ›Sie war zwei Jahre lang ein Mann. Als Henkersknecht hat sie der Stadt treue Dienste erwiesen. Habt Ihr je einen Diener der Stadt wie eine Ratte ersäuft?‹«

Der Vizegraf ließ sich auf dem Bettrand nieder: »Und jetzt frage ich mich, was ich tun soll. Kann man einer zum Tode Verurteilten den letzten Wunsch verweigern? Außerdem stehe ich in der Schuld des Henkers. Er hat mir vor Jahren den Fuß gerichtet, den ich mir bei der Fuchsjagd gebrochen hatte. Und zudem gefällt mir diese Geschichte: Eine Frau wünscht von der Hand des Geliebten den Tod zu empfangen. Eine Liebe, von der alle Welt sprechen wird. Die Troubadoure werden davon singen. Wem schaden wir damit, wenn ich den beiden diese Gunst erweise?«

»Niemandem«, antwortete sie mit leuchtenden Augen. Die Erregung bei dem Gedanken an den unglaublichen Liebestod hatte auch von ihr Besitz ergriffen.

»Komm ins Bett. Ich will in deinen Armen sterben. Nimm mir den Leib vom Kopf!«

»Du sprichst fürwahr wie eine Sünderin«, lachte der Graf.

Sie erwiderte: »Christus starb für unsere Sünden. Dürfen wir zulassen, dass sein Martyrium umsonst war, indem wir diese nun nicht begehen?«

Der Platz vor der Basilika würde die Menschen nicht alle fassen. Aus diesem Grund hatte der Vizegraf den großen Burghof seiner Stadtfestung zur Verfügung gestellt. Dem kam entgegen, dass die Verurteilte im Verlies der Burg lag und somit nicht durch die engen Gassen gekarrt werden musste, in denen sich die Schaulustigen bis zu den Stadttoren hinausdrängten.

Das Schafott stand in der Mitte des rechteckigen Hofs, damit alle die Hinrichtung aus der Nähe miterleben konnten. Der Vizegraf und seine Mätresse hatten auf dem Balkon Platz genommen. Der Klerus und der Rat der Stadt drängten sich an den Fenstern. Der Hof war normalerweise für das Stadtvolk unzugänglich, und die meisten Bürger befanden sich an jenem Morgen zum ersten Mal innerhalb der bedrohlich hohen Mauern. Das hatte zur Folge, dass die Menge sich gesitteter verhielt, als das für gewöhnlich bei einem solchen Spektakel der Fall war. Zudem hatten die Wachen gedroht, jeden Störenfried einzukerkern.

Als Leander, gefolgt von Bero, das Blutgerüst bestieg, verstummten die Gespräche. Das Geschrei der Raben aber wurde in der plötzlichen Stille noch lauter. Die Arme-Sünder-Glocke ertönte vom Turm der Basilika. Es war wie am Altar, wenn die Messdiener mit dem Klingeln zum Abendmahl aufriefen: Siehe, das ist mein Blut, das vergossen wird zur Bezahlung für viele.

Eine Tür in der Burg öffnete sich. Heraus kam, flankiert von zwei Wächtern, Beatrice. Wie bei unserer ersten Begegnung, dachte Leander. Zwei berittene Büttel hatten sie gebracht. Sie saß zwischen ihnen im Sattel, als sei sie ihre Herrin und nicht ihre Gefangene. Ihr Haar hatte sich während des langen Ritts gelöst und wehte im Wind. Die Anstrengung hatte ihre Wangen gerötet. Leander sah das alles vor seinen Augen, als geschähe es noch einmal in diesem Augenblick. Wie jung sie war und wie schön!

Rabenschwarzes Haar umrahmte Stirn und Wangen, verlor sich in seidiger Fülle in ihrem Nacken. Das knöchellange Gewand umhüllte den hoch gewachsenen Körper. Ihr Mund drückte Trotz, Hochmut, aber auch mädchenhafte Anmut und Sehnsucht nach Zärtlichkeit aus. Ihr Blick war mutig und zögernd zugleich, scheu, aber ohne Angst.

Die Bilder der Erinnerung vermischten sich mit der Gegenwart, das Gewesene mit dem unerträglichen Sein.

Gibt es Schlimmeres, als den Menschen zu verlieren, den man am meisten liebt? Wenn es einen gerechten, gütigen Gott gibt, so ist das der Augenblick, in dem er eingreifen muss. Herr, lass nicht zu, was nicht sein darf! Andernfalls muss das Licht der Sonne verlöschen, die Erde versinken, müssen die Bäume verdorren, die Vögel tot vom Himmel fallen. Es kann nicht sein!

Sie schritt die Stufen zum Schafott hinauf, aufrecht, mit wehendem Haar. Sie lief auf Leander zu wie ein kleines Mädchen, das sich in die Arme seines großen Bruders flüchtet. Sie lehnte ihre Wange an seine Brust, und er hielt sie, als wollte er sie nie mehr loslassen, sie für alle Zeit beschützen. Am Ende nahm er die Maske vom Gesicht. Sie küssten sich unter dem Jubel der tausendköpfigen Menge. Die Männer warfen ihre Hüte in die Luft, und die Frauen schwenkten ihre Schals und Tücher wie bunte Fahnen. Es war ein langer und dennoch viel zu kurzer Kuss.

Danach ging alles sehr schnell. Sie nahm auf dem bereit stehenden Stuhl Platz. Bero wollte ihr die Augen verbinden. Sie nahm ihm die Binde aus der Hand und warf sie in die Menge, so wie es die Bräute in Okzitanien mit ihrem Brautschleier tun. Wer ihn fängt, ist als Nächster an der Reihe. Aufrecht, wie es ihr letzter Wunsch gewesen war, und mit einem Lächeln auf den Lippen erwartete sie den tödlichen Streich.

»Ich weiß, du wirst mir keinen Schmerz zufügen.«

Als Leander das Schwert hob, war es so still wie in der Kirche, wenn zwei Menschen vor den Altar treten, um ihr Leben in die Hand Gottes zu legen: Bis dass der Tod euch scheidet!

Die Glocken läuteten zur Bluthochzeit. Die Raben krächzten ihr schauriges Lied.

Willst du diesen Mann zum Gatten?

Ja, ich will.

Da fiel der Kopf.

34. Kapitel

Leander konnte sich später nicht erinnern, wie er in den Turm gelangt war. Als er aus totenähnlicher Ohnmacht erwachte, hoffte er, auf der Schwelle zwischen Sein und Nichtsein, dass alles nur ein Albtraum gewesen war. Er ruhte nackt auf seinem Lager. Henkersmaske, Haube und Schwert lagen verstreut am Boden. Er hatte sie abgestreift wie eine Schlange, die sich häutet. An der Klinge klebte noch ihr Blut.

Er schloss die Augen, wollte nicht wahrhaben, was geschehen war, wollte der Wirklichkeit entfliehen, sehnte sich zurück in Bewusstlosigkeit. Schlafen, tot sein, niemals mehr aufwachen.

Warum schrien die Raben bloß so schrecklich? Welch wilde Totenklage! Oder war es Gier? Bero würde doch wohl nicht ... Der Gedanke an das Entsetzliche ließ ihn endgültig aus dem Schlaf auffahren.

Er kleidete sich rasch an und lief hinab zu den Ställen. Das Geschrei der Raben schwoll an. Eine schwarze Wolke aus gefiederten Leibern bevölkerte die Bäume des Gartens, krächzend und zeternd.

»Bero!«

Da stand er unter dem Faulbeerbaum neben der Grube, die er vor der Geburt des Kindes für Leander ausgehoben hatte. Jetzt türmte sich dort ein Grabhügel aus frisch aufgeworfener Erde.

Leander nahm ihm den Spaten aus der Hand und pflanzte den Efeu auf ihr Grab, den sie von ihrem Ritt nach Beauville mitgebracht hatten.

»Ich weiß, ich werde nicht lange leben«, hatte sie gesagt, »aber ist ein Fest schöner, weil es länger währt?«

Die Tränen rannen ihm über die Wangen.

»Du bist traurig, dass unser Glück vorüber ist. Ich bin glücklich, dass wir es erleben durften.«

Überall begegnete er ihr, hörte ihr Lachen, sah ihr Gesicht im Faltenwurf der Vorhänge. Selbst der Duft ihrer Haut lebte noch in den Kissen, auf denen sie gelegen hatte. In der Nacht fand er keinen Schlaf. Die Unruhe trieb ihn durch den dunklen Turm, treppauf und treppab bis in die unterirdischen Gewölbe, wo alles begonnen hatte. Er hatte seit Tagen keine Nahrung zu sich genommen. Wenn er am Morgen auf sein Bett sank, quälten ihn grauenvolle Bilder.

Sie lag in seinen Armen und lachte ihn an. Oh, wie er dieses Lächeln liebte, jenes unvergleichliche Lächeln, wie es nur Kindern und sehr jungen Frauen gegeben ist. Er wollte sie küssen, und dann rollte ihr Kopf von den Schultern. Ihr Blut ergoss sich über ihn, schwarz und kalt wie das Wasser im Hexenteich.

Der einzige Trost, den er hatte, war das Kind. Unser Kind hatte sie gesagt. Ja, es war ihr gemeinsames Kind!

Leanders Milchfluss war längst versiegt. Der Kleine verbrachte die Nacht bei der Amme, die nicht für Geld und gute Worte zu bewegen war, den Henkersturm zu betreten. Das Zimmer, das sie bewohnte, lag Wand an Wand mit dem Turm und besaß einen eigenen Zugang über ein paar steile Stufen im Hinterhof. Hier nahm Leander jeden Morgen seinen Sohn in Empfang. Der Kleine strampelte dann mit den Beinen, als könnte er es nicht erwarten, allein durchs Leben zu gehen.

Manchmal sprach Leander mit dem Kind, dann sagte er: »Ich könnte schreien vor Schmerz. Es würde mir helfen, aber nichts ändern. Ich kann nicht einmal trauern, denn ich begreife nicht, dass sie wirklich tot ist. Ich habe das Gefühl, dass sie jeden Augenblick durch die Tür tritt. Nachts höre ich ihre Stimme.«

Oder er sagte: »Ich wollte, irgendwer hätte sie erschlagen, einer, an dem ich meine Wut auslassen könnte. Wie kann man am Schicksal Rache nehmen? Was hilft es, mit Gott zu hadern? Das Schlimme ist, dass alles so weitergeht, als wäre nichts geschehen. Ich will nicht mehr in diesem Turm leben, in dem mich tausend Dinge an sie erinnern. Ich will nicht mehr die Luft dieser Stadt atmen. Ich werde niemals mehr das Schwert berühren, mit dem ich sie getötet habe. Ich werde fortgehen, weit fort. Aber kann man vor sich selbst davonlaufen?«

Merowin hörte ihm mit großen Augen zu. Er blickte so ernst drein, als verstünde er die Klage, als empfände er Leanders Schmerz.

»Wie kann man töten, was man liebt? Ich habe es getan und geschwiegen. Die ganze Stadt hat geschwiegen, dass es zum Himmel schrie. Sie haben gegessen und getrunken, gescherzt und getanzt, als ob nichts geschehen wäre. Sie haben sogar gut geschlafen, obwohl es jedem von ihnen das Herz zerreißen würde, wenn sie den, den sie am meisten lieben, töten müssten.«

Leander kniete auf der Erde beim Grab. Ein Rabe ließ sich vor ihm nieder. Er betrachtete den Menschen mit schräg gelegtem Kopf. Die schwarzen Augen funkelten.

»Du hast es gut«, sagte Leander, »du weißt nichts von Vergängnis. Du lebst den Augenblick. Dich erschreckt nicht die Zeit.«

Deine Zeit oder meine?, fragte der Rabe.

Ich meine die Zeit.

Jedes Geschöpf hat seine eigene Zeit. Ein Berg hat eine andere Zeit als eine Fliege. Ich habe eine andere Zeit als du. Aber selbst in deinem Leben gibt es noch große Zeitunterschiede. Ein Tag im Leben eines Kindes ist eine kleine Ewigkeit. Ein Tag im hohen Alter ist ein vorübergleitender Augenblick.

Und dennoch erwartet uns alle das gleiche grausame Ende, der Tod.

Warum nennst du ihn grausam?, wollte der Rabe wissen. Bist du nicht sein Gehilfe?

Ja, das bin ich. Und deshalb weiß ich, wie schrecklich das Sterben ist.

Sterben und Tod sind zwei völlig verschiedene Dinge, entgegnete der Rabe. Wir alle sterben täglich, ohne tot zu sein. Du stirbst mit jedem Haar, das dir vom Kopf fällt, mit jedem Zahn, der dir gezogen wird. Wir schwinden Stück für Stück. Man stirbt, so lange man lebt. Der Tod erlöst uns erst vom Sterben.

Wenn man dir zuhört, könnte man meinen, der Tod wäre nicht wirklich.

So ist es, bestätigte der Rabe. Ich will dir ein Geheimnis verraten: Nur der Tod der Menschen, die du liebst, ist wirklich.

Dann flog er davon. Sein Flügelschlag schreckte Leander aus seinem Dämmerschlaf.

Am Morgen wurde Leander vor dem ersten Hahnenschrei geweckt. Jemand hämmerte an die Pforte. Eine Frauenstimme. War das nicht Gwendolin? Er rannte die Treppe hinunter, öffnete die Tür. Und da stand sie mit rotem Kopf, nach Atem ringend.

»Was ist los?«

»Das Kind – habt Ihr es an Euch genommen?«

»Ich? Das Kind? Es ist doch bei dir.«

»Da war es. Ich habe es noch spät in der Nacht gestillt. Als ich erwachte, war das Körbchen leer.«

»Leer? Wie kann das sein?«

Die Morgensonne schien auf den Korb neben dem Bett der Amme. Kissen und Bettdecke des Kleinen lagen auf dem Fußboden. Wer immer das Kind entführt hatte, es war in großer Eile geschehen.

»War deine Tür verschlossen?«, fragte Leander.

»Ich verschließe sie nie. Wer sollte mir etwas wegnehmen?«

»Und du hast nichts gehört?«

»Nein, nichts.«

»Wer kann das getan haben?«

»Vielleicht war es Bero. Er liebt den Kleinen wie seinen eigenen Sohn. Vielleicht wollte er mit ihm spielen und mich nicht wecken.«

Sie eilten zu den Ställen. Bero striegelte die Pferde.

»Ist Merowin bei dir?«

Er zeigte auf die Amme.

»Nein, da ist er nicht. Als sie heute Morgen erwachte, war der Korb leer.«

Bero stieß ein bedrohliches Grollen aus. Er drängte die Amme beiseite und eilte davon, um sich mit eigenen Augen vom Verschwinden des Kindes zu überzeugen. Als er zurückkehrte, war er sehr erregt. Er gestikulierte mit den Armen, und sein Atem hinter der Maske kam keuchend und stoßweise.

»Wer kann das getan haben?«, wiederholte Leander.

Bero zeichnete mit der Hand ein Kreuz in die Luft.

»Die Kirche. Du meinst die Kirche?«

Heftiges Kopfnicken.

»Aber warum sollte sie das tun? Der Vizegraf hat mir das Kind zugesprochen.«

»Vielleicht hat das dem Inquisitor nicht gefallen«, gab Gwendolin zu bedenken. Sie weinte so herzzerreißend, als habe sie ihr eigenes Kind verloren. »Wie konnte mir das nur passieren. Ich hätte es besser behüten müssen.«

Leander tröstete sie und meinte: »Keiner wird ihm etwas antun. Sie werden versuchen, es mir wegzunehmen. Es wird ihnen nicht gelingen. Ich weiß es. Ich weiß es mit meinem Herzen.«

Kurz nach dem Mittagsläuten kam Bero zu Leander. Er war noch aufgeregter als am Morgen. Seine Gesten signalisierten: Komm mit! Ich will dir etwas zeigen.

Der Platz vor der Basilika Saint Nazaire war wie leer gefegt. Hinter der Apsis blieb Bero stehen und deutete hinüber zum Pfarrhaus. Seine Fensterläden waren geschlossen. Rauch stieg aus dem Schornstein. Da war nichts Auffälliges. Bero wies auf den Pfarrgarten. Und da sah Leander, was er meinte. Die Bäume waren voller Raben. Zyprian hasste die Raben. In seinen Predigten nannte er sie Teufelsbrut, schlimmer als Katzen, Ratten und Fliegen. Futter hatten die Vögel dort drüben ganz gewiss nicht zu erwarten. Was also zog sie dorthin, wenn nicht … ja, das Kind! Es übte auf die Vögel eine magische Anziehungskraft aus wie der Honig auf die Bienen oder das Licht auf die Motten.

»Es befindet sich im Haus des Priesters.«

Sie klopften an der Tür. Niemand öffnete. Sie lauschten an den Fensterläden. Schrie da nicht ein Kleinkind? Bero versuchte, die Tür mit Gewalt zu öffnen. Es misslang. Das Eichenholz hielt aller Gewalt stand. Die Fenster waren vergittert.

Schon wurden in den Nachbarhäusern die Fensterläden aufgestoßen: »Was soll denn der Lärm?« Zu allem Überfluss begannen nun auch noch die Raben zu krächzen.

»Bleib hier, und behalte das Haus im Auge. Ich bin gleich zurück«, sagte Leander. »Ich laufe zum Vizegrafen. Er muss mir zu meinem Recht verhelfen.«

Als er eine Stunde später in Begleitung des gräflichen Sekretärs zurückkehrte, war Bero nicht mehr an seinem Platz. Auch die Raben waren fortgeflogen. Die Haustür stand offen.

Leanders erster Gedanke war: Bero hat das Kind gefunden und mitgenommen.

Sie klopften an der geöffneten Tür. Weinte da nicht jemand?

Am Ende des Flurs hinter halb geöffneter Tür ertönten Klagelaute. Eine Frau! Die beiden Männer liefen ins Haus und prallten entsetzt zurück: Vor ihnen auf dem Fußboden lag Zyprian in seinem Blut. Die Haushälterin kniete neben ihm, hielt seine Hand, als wollte sie nicht zulassen, dass er von ihr ging. Aber Leander erkannte auf den ersten Blick, dass dem Priester nicht mehr zu helfen war. Jemand hatte ihm den Schädel eingeschlagen. Sie untersuchten ihn flüchtig. Er atmete nicht mehr, sein Blick war ohne Leben. Leander schloss ihm die Augen.

»Was ist geschehen?«

»Das Phantom, die Ledermaske«, schluchzte sie. »Es war grässlich.«

Die Männer halfen ihr auf die Füße, brachten sie zum Tisch und ließen sie auf einem Schemel Platz nehmen.

»Was ist geschehen? Erzähl!«

»Wir waren in der Sakristei«, begann sie. »Und als wir zurückkamen, stand dieser Unmensch vor der Tür. Er folgte uns ins Haus. Er benahm sich so, als ob er etwas suchte. Und als er es nicht fand, begann er auf meinen Herrn einzuschlagen, bis dieser zu Boden stürzte. Es war fürchterlich.« Sie legte schluchzend die Hände vors Gesicht. Ihre mageren Schultern zuckten vor Schmerz.

»Diese Bestie mit der Maske«, sagte der Sekretär. »Ich habe immer vor ihm gewarnt.«

»Er ist keine Bestie«, widersprach Leander.

»Er hat den armen Priester umgebracht.«

»Ich kann das nicht glauben.« Und zur Haushälterin gewandt, fragte Leander: »Wo ist das Kind?«

»Was für ein Kind?«

»Mein Kind. Es befand sich hier in diesem Haus.«

»Hier war kein Kind«, entgegnete sie, und Leander sah ihr an, dass sie log. Er blickte sich im Zimmer um. Da war nichts, was auf die Anwesenheit eines Kindes hingewiesen hätte. Leander lief durch die angrenzenden Räume, ohne dass ihm etwas auffiel. Und dennoch war er sich ganz sicher, dass Merowin hier gewesen war. Wo hatten sie ihn versteckt? Was hatte Bero so erzürnt, dass er den Priester getötet hatte? Und warum log die Haushälterin?

»Wir haben keine Zeit zu verlieren«, unterbrach der Sekretär Leanders Gedankengang. »Wir müssen diesen Bero finden, bevor er weitere Morde begeht.«

»Ich werde mit ihm reden. Er wird sich freiwillig dem Gericht stellen.«

»Seit wann werden wilde Tiere vor Gericht gestellt?«, fragte der Sekretär. »Kreaturen wie er werden erschlagen wie tollwütige Hunde.«

Am Markttag zu Johannis wurden die beiden Katzen aus

dem Henkersturm in einem Korb über glühenden Kohlen aufgehängt, wo sie vor lauter Angst und Pein klägliche Jammerlaute von sich gaben, bis der Korb zu glimmen begann und die Katzen ins Feuer fielen, wobei die herbeigelaufene Menge ihr Wehgeschrei mit viel Gelächter und Fratzenschneiden nachäffte.

35. Kapitel

Thekla wollte es nicht glauben: »Zyprian tot? Wie ist das möglich? Und was ist mit dem Kind geschehen?«

Agatha wischte sich die Tränen aus den Augen. »Der Knecht des Henkers, dieses Ungeheuer ohne Gesicht, er war hier und wollte das Kind holen.«

»Woher wusste er, dass das Kind sich hier befand? Hat dich jemand beobachtet, als du bei der Amme warst?«

»Nein, ganz gewiss nicht. Da war niemand.«

»Woher wusste dieser Bero dann, dass das Kind sich im Pfarrhaus aufhielt?«

»Ich weiß es nicht.«

»Jemand muss dich gesehen haben, sonst hätte Bero das Kind nicht holen können.«

»Er hat es nicht geholt.«

»Er hat es nicht geholt?«

»Nein.«

»Wo ist es dann?«

»Ich weiß es nicht.«

Thekla blickte die Haushälterin an, als zweifelte sie an deren Verstand. Sie schob ihr einen Stuhl hin und meinte: »Das musst du mir erklären.«

»Wir waren in der Basilika, und als wir zurückkamen, war das Kind nicht mehr da.«

»Ihr habt es allein zurückgelassen?«

»Was sollten wir machen? Wir konnten es doch nicht mitnehmen.«

»Ihr hättet das Haus doch verschließen können.«

»Das haben wir getan. Der Schlüssel war in meiner Verwahrung. Aber als wir zurückkamen, stand die Haustür offen, und das Kind war verschwunden. Einige Zeit später tauchte dieser Bero auf und forderte wild gestikulierend das Kind zurück. Er hat uns gedroht und Zyprian geschlagen. Es war schrecklich. Wir konnten es ihm nicht geben, weil wir es nicht mehr hatten.«

Wie gut, dachte Thekla, als sie etwas später an der Bahre des toten Priesters stand, dass ihm der Fehler mit dem Kind unterlaufen war. Der Bischof von Toulouse war ein strenger Herr. Er würde sehr zornig sein, sich solch blamable Blöße vor dem Kardinal gegeben zu haben.

Die Nachricht von der Ermordung des Priesters verbreitete sich in der Stadt wie ein Lauffeuer. »Das Phantom hat ihm den Schädel eingeschlagen, mit bloßen Fäusten.«

Andere behaupteten, er hätte sein Opfer erwürgt.

»Weiß man, warum er es getan hat?«

»Aus Hass auf die Kirche und die Priester, die ihn zum Monster gemacht haben. Er hätte den Inquisitor gleich miterschlagen sollen.«

Die meisten empfanden Mitleid mit dem armen Bero.

»Was werden sie wohl mit ihm anstellen?«

»Hängen. Oder nein, sie werden ihn verbrennen.«

Alle fragten sich, wo er wohl steckte. In seiner Behausung über den Ställen beim Henkersturm war er nicht. Niemand machte sich die Mühe, nach ihm zu suchen. Einer wie er würde nicht weit kommen. Irgendwann musste er sein Versteck verlassen. Und dann gnade ihm Gott!

Seine Hinrichtung würde ein Spektakel ohnegleichen werden. Jedermann in der Stadt kannte Beros panische Angst vor dem Feuer. Ohne Maske würden sie ihn durch die Stadt schleifen, um ihn am Ende auf dem Scheiterhaufen zu rösten.

Leander glaubte, das Versteck des Armen zu kennen. Und richtig, er fand ihn, wo er ihn schon einmal aufgestöbert hatte: im hintersten Winkel seines unterirdischen Laboratoriums. Er kauerte dort wie ein verwundetes Wild, das sich vor seinen

Jägern verkrochen hat, um in Frieden zu sterben. Sein Leib war noch warm, aber sein Herz hatte aufgehört zu schlagen. In der Hand hielt er die Phiole, in der Leander die Droge aufbewahrte, die er den zum Tode Verurteilten gab, um ihnen das Sterben zu erleichtern. Er hatte den ganzen Inhalt geschluckt.

Nur mit äußerster Anstrengung gelang es Leander, den Toten auf den steinernen Tisch zu heben, auf dem er mit Beros Hilfe so manchen Hingerichteten seziert hatte. Jetzt lag sein treuer Freund darauf.

Leander nahm ihm die Ledermaske ab und betrachtete lange sein Gesicht. Der Tod hatte seine Züge entspannt. Die fratzenhafte Starre hatte sich gelöst. Friedlich wie ein schlafendes Kind lag er da.

Leander entkleidete ihn, um ihm den letzten Dienst, die Totenwäsche, zu erweisen. Bis auf die Brandwunden war Beros Körper schön, ebenmäßig gewachsen und kraftvoll.

Zu einer anderen Zeit, an einem anderen Ort wärst du ein prächtiger Mann gewesen, ein liebevoller Gatte und Vater. Nach allem, was du auf dieser Erde erleiden musstest, ist dir das Paradies gewiss.

Im Schutz der mondlosen Nacht zog er den toten Freund die Stufen hinauf und karrte ihn in den Garten, wo er ihn begrub. Niemand würde je davon erfahren. »Sucht ihn bis zum Nimmerleinstag! Er wird euch niemals in die Hände fallen.«

Pater Erasmus, der Nachfolger von Pater Zyprian, behauptete, der Teufel habe den Priestermörder geholt. Die Leute in der Stadt aber sagten zu ihren Kindern: »Den haben die Engel zur Mutter Gottes gebracht. Er war ein Märtyrer.«

Unter dem Strohsack, auf dem Bero geschlafen hatte, fand Leander einen Lederbeutel, wie ihn die Händler zur Aufbewahrung ihrer Münzen verwenden. Darin lagen zwei Gulden, ein Fingerring und ein silbernes Kreuz, wie es der ermordete Legat getragen hatte. Ob Bero …? Nein, er nicht. Aber wie kam er dann an das Kreuz des Legaten, nach dem alle vergeblich gesucht hatten? Alles ist denkbar. Beatrice hat es sogar für möglich gehalten, dass er der Vater meines Kindes ist. Was wissen wir schon von den Menschen, mit denen wir unser Leben teilen?

Als Thekla an jenem Nachmittag ins Haus Tavernier kam, war Bernadette damit beschäftigt, ihr Kind zu stillen.

»Ist er nicht süß?«, fragte sie.

Thekla betrachtete das Kind. Das war doch nicht die kleine Tavernier. Und warum sagte sie: Ist er nicht süß? Sie hatte doch eine Tochter, und die war kleiner und jünger. Thekla neigte sich tiefer zu dem Kind hinab. Das Herz schlug ihr bis zum Hals. Beinahe hätte sie gefragt: Wie kommt das Kind des Henkers hierher? Im letzten Augenblick hielt sie ihre Zunge im Zaum und tat so, als hätte sie nichts bemerkt. Aber wie konnte das sein? Was hatte das zu bedeuten?

Die Katharer hatten sich des Kindes bemächtigt. Was hatten sie mit ihm vor? Sie konnte keine Fragen stellen, ohne sich zu verraten, und zu allem Unglück auch nicht bleiben, da noch am gleichen Tag eine größere Ladung Rinderhäute aus dem Lager des alten Roth abgefertigt werden musste.

Als sie tags darauf zurückkehrte, stillte Bernadette wieder ihr eigenes Kind.

»Es erschien mir gestern viel größer«, sagte Thekla.

»Der Kleine, den ich gestern an der Brust hielt, war auch älter als meine Kleine.«

»Seit wann stillst du fremde Kinder? Bist du eine Amme?«

»Nein«, lachte Bernadette, »eine Amme bin ich nicht. Das war eine Ausnahme, für ein Kind, das auf der Reise nach Montsegur ist.«

»Hat das Kind keine Mutter oder Amme?«

»Doch, aber …«

»Aber was?«

»Ich darf eigentlich nicht darüber sprechen. Du weißt, wir haben den Henker und seinen Sohn beobachtet und dabei gesehen, wie die Haushälterin des Priesters Zyprian das Kind gestohlen und ins Haus des Priesters gebracht hat. Nach den harten Urteilen, die gegen die Eltern des Kindes verhängt worden sind, mussten wir das Schlimmste befürchten. Wir sind in das Haus des Priester eingedrungen, als der in der Sakristei war, und haben das Kind in Sicherheit gebracht.«

Thekla hatte genug gehört. Nach dem Tod von Zyprian war sie in ihrer Mission ganz auf sich allein gestellt. Die Verbindung zwischen dem Priester Zyprian und seinem Bischof war ein natürlicher Vorgang gewesen. Aber eine entlaufene Nonne, die Briefe an den Bischof von Toulouse schrieb, würde Aufsehen erregen. Die erste Nachricht, die Thekla von dort erhielt, lautete: Omnia sunt conandi, ut puer in possessionem nostram redigatur. Alles muss unternommen werden, um den Knaben wieder in unseren Besitz zu bringen.

Eine klare Forderung. Wie aber ließ sie sich erfüllen?

Thekla benötigte zuverlässige Helfer. Je länger sie über das Problem nachdachte, umso klarer wurde ihr, dass es nur einen Menschen gab, der das Kind wieder zurückholen konnte.

Leander saß im Garten auf der Bank, die Bero noch vor wenigen Tagen gezimmert hatte. Jetzt lag er wie Beatrice unter der Erde, nicht unter geweihter wie all die anderen Toten in der Stadt. Für Hexen und Ungeheuer war auf dem Gottesacker kein Platz. Auch er und Merowin würden hier enden. Wo der Kleine nur steckte? Eine innere Stimme sagte ihm, dass er sich keine Sorgen zu machen brauchte. Dein Kind lebt, und es fehlt ihm an nichts. So wussten es die Raben.

Auch der Vizegraf hatte ihm Mut gemacht. »Niemand wird dem Kind etwas antun.« Aber auch er wusste keine Erklärung dafür, wo der Knabe sein könnte. »Wir werden alles tun, um ihn zu finden. Vielleicht hat ihn Bero mitgenommen. Man sagte mir, dass er sehr an dem Kind hängt.«

Die Sonne war schon untergegangen. Die ersten Fledermäuse jagten durch die Abenddämmerung. »Die Stunde der Eule« hatte Beatrice die kurze Zeitspanne zwischen Tag und

Nacht genannt, wenn alle Konturen verwischen und die Umwelt zum Schattenreich wird.

Ein Ast knackte. Leander blickte sich um. War da jemand?

Und da sah er sie. Sie stand an der Gartenpforte: unbeweglich, hoch aufgerichtet, in langem fließendem Gewand. Beatrice! Jetzt bewegte sie sich, kam auf ihn zu. Leander hatte sich erhoben. Sie kam näher. Es war Thekla.

»Thekla, du? Was suchst du um diese Tageszeit hier?«

»Ich muss mit dir reden.«

»Komm, setz dich zu mir.«

Sie blickte auf die frisch aufgehäufte Erde: »Ist das ihr Grab?«

»Ja.«

»Sie war eine gute Frau.«

Sie blickten schweigend auf das Grab. Nach einer Weile begann Thekla: »Du und Beatrice, ihr habt mir beide sehr geholfen, als ich damals am Boden lag. Jetzt brauchst du Hilfe. Ich bin gekommen, um dir deine Güte zu vergelten. Ich weiß, wo sich dein Sohn befindet.«

»Wo?« Leander war aufgesprungen. »Wo ist er? Wer hat ihn?«

»Er ist in Montsegur.«

»In Montsegur? Warum in Montsegur?«

»Die Katharer haben ihn entführt.«

»Seit wann rauben die Katharer Kinder?«

»Sie wollen nur sein Bestes. Sie glauben, dass dem Kind besondere Kräfte innewohnen. Es geht um die Erfüllung einer Prophezeiung, die ihnen sehr viel bedeutet. Aber glaube mir, sie sind nicht gewalttätig. Wenn du zu ihnen gehst und dein Kind zurückforderst, werden sie es dir nicht verwehren. Da bin ich mir ganz sicher.«

»Montsegur«, wiederholte Leander. Es klang ungläubig.

»Es ist die Wahrheit«, versicherte Thekla. »Ich habe Merowin mit meinen eigenen Augen bei den Katharern gesehen. Ich schwöre es im Namen aller Heiligen.«

»Wo hast du ihn gesehen? Hier in Carcassonne? Bei wem?«

»Ich darf nicht darüber sprechen. Aber ich versichere dir, dem Kind geht es gut. Mehr kann ich nicht für dich tun. Viel Glück und Gott mit dir!«

Es war dunkel geworden. Sie hatte sich erhoben.

»Soll ich dir leuchten?«

»Nein, bitte nicht«, sagte sie. »Ich möchte nicht, dass man mich hier sieht.«

36. Kapitel

Reiten, Reiten, Reiten. Den ganzen Tag war er geritten. Selbst der Regen hatte ihn nicht aufzuhalten vermocht. Der nächtliche Himmel war von gläserner Klarheit. Die Sterne funkelten wie Edelsteine.

Als gegen Morgen die Nebel aus den Niederungen aufstiegen und das noch kraftlose Licht zum Leben erwachte, gönnte er sich und seinem Pferd eine längere Ruhepause. Auf dem Stumpf eines alten, vom Blitz gespaltenen Olivenbaums versank er in kurzen Schlaf, während sein Pferd im knöchelhohen Gras am Weg weidete. Der Flügelschlag eines Vogels, der sein Nachtlager verließ, weckte ihn. Nachdem er sich in kaltem klarem Wasser gewaschen hatte, ritt er weiter. Er fühlte sich so frei wie ein Falke im Aufwind.

Gegen Mittag erreichte er bewaldete Höhen, genoss auf windstiller Lichtung die Sonne und ließ dem Pferd freien Lauf. Er selber stärkte sich mit Brot und Käse.

Das Gehölz wurde dichter, der Weg schmaler. Plötzlich war da Bewegung. Krachen und Knacken im Unterholz. Wildschweine oder gar ein Bär? Vorsichtig spähte er nach vorn. Sein Pferd signalisierte ihm Gefahr. Eine Horde Menschen brach laut johlend hervor, die Männer bewaffnet mit rostigen Schwertern, Sensen und Knüppeln. Sie reckten drohend die Fäuste.

Leander blickte in von Narbenwülsten verunstaltete Gesichter, auf mit schlotternden, schmutzigen Tuchfetzen verhüllte Skelette. Aussätzige! Mein Gott, Aussätzige!, schoss es ihm durch den Kopf. Der Gaul scheute vor den grauenvollen Gestalten, vor dem Geschrei, vor dem fauligen Gestank.

Leander löste die Geldkatze vom Gürtel und warf der Horde zwei Hände voll Münzen vor die Füße. Gierig wie hungrige Hühnervögel stürzten sie sich auf die Silberpfennige, griffen mit knochigen, fleischlosen Fingern nach dem blinkenden Metall.

Leander gab dem Pferd die Sporen und suchte das Weite. Erst in sicherem Abstand hielt er an, wandte sich in den Steigbügeln stehend um. Er blickte in die entstellten Gesichter der vom Tod Gezeichneten und dachte: Wie viel gnädiger ist dagegen der schnelle Tod auf dem Schafott.

Nie zuvor hatte Leander ein so atemberaubendes Bauwerk erblickt wie die Burg von Montsegur. Auch Carcassonne war eine stolze, unbezwingbare Festung, vom Heer der Kreuzritter nur eingenommen, weil die Belagerten, halb verhungert und von Krankheit geschwächt, dem Feind die Tore geöffnet hatten. Carcassonne lag in einem fruchtbaren grünen Tal, Montsegur aber ragte auf steinigen Felsen wie eine Götterburg bis in den Himmel hinein.

Der Weg war trotz vieler Windungen und Spitzkehren häufig so steil, dass Leander immer öfter absitzen und sein Pferd am Zügel führen musste. Herabgestürzte Felsbrocken versperrten den Pfad. Tief hängende Wolken nahmen Ross und Reiter die Sicht. Dazu bliesen eiskalte Fallwinde. Regenschauer und Hagelkörner prasselten auf sie nieder.

Beim ersten Licht des Tages war er am Fuß des Gebirges aufgebrochen. Im Abendrot erreichte er die Zugbrücke, die über einer Schwindel erregenden Schlucht in die Burg führte. Sie war herabgelassen. Außer ein paar Bergdohlen war keine lebendige Seele zu erblicken.

Atemberaubend in seiner massig abweisenden Schroffheit erhob sich Montsegur vor ihm. Er las die in Stein gemeißelte Inschrift: »Erst wenn du den Gipfel des Berges erreicht hast, wird dein Aufstieg beginnen.« Ihm war, als fiele ein dunkler, schwerer Schatten auf ihn, als griffe eine kalte Hand nach seinem Herzen. Und als er sich schutzsuchend umblickte, fiel sein Blick auf die zwei Raben in dem Wappen über dem Tor. Er deutete sie als gutes Omen, ritt bis zum Tor und zog an der Türkette, die dort im Wind pendelte. Eine Glocke ertönte laut und scheppernd.

Leander wartete eine Weile. Als sich nichts regte, wiederholte er das Läuten. In der Stille der Berge dröhnte das angeschlagene Eisen wie die große Glocke im Turm der Basilika. Die Felswände warfen das Echo zurück. Erschreckt flogen die Dohlen davon, aber niemand erschien. Erst beim vierten Läuten wurde ein Fensterladen oberhalb der Pforte geöffnet.

»Wer da?«

»Der Carnifex von Carcassonne.«

»Was willst du?«

»Ich will zu Remigius Auxerre.«

»Erwartet er dich?«

»Nein.«

»Dann kannst du nicht zu ihm.«

»Ich habe hier etwas, das ich ihm geben will.«

Ein Seil wurde heruntergelassen. Leander nahm das Amulett, das ihm Vandalmonde de Castanier vor ihrem Hungertod gegeben hatte, und knüpfte es an den Strick: »Zeig ihm das!«

Leander brauchte nicht lange zu warten. Die Pforte wurde geöffnet. »Folge mir, Bruder!« Ein junger Stallknecht übernahm das Pferd. Der bärtige Torwächter führte ihn. Sie überquerten mehrere Höfe, stiegen über steile Stufen und Treppen, durch ein Labyrinth von finsteren Fluren und Gewölben, gelangten am Ende in eine hell erleuchtete Halle.

Remigius Auxerre kam ihm mit ausgebreiteten Armen entgegen: »Willkommen auf Montsegur. Wir haben dich erwartet.«

»Ihr habt mich erwartet?«, Leander wollte seinen Ohren nicht trauen.

»Der Großmeister wird dir alles erklären. Aber zunächst brauchst du trockene Kleidung. Du holst dir sonst den Tod.«

Leander wurde in eine Kammer geführt, in der sich ein

Lager aus Lammfell befand. In einer Kupferschale glühte Holzkohle. Ein Junge brachte warme Wäsche, Wolldecken und heißen Tee. Leander versank in unruhigen Schlaf.

Schweißgebadet erwachte er von einem trommelartigen Geräusch. Wo bin ich? Beatrice. Er tastete nach ihr an seiner Seite. Der Platz war leer. Suchend blickte er sich um. In einer Ecke des Raums brannte eine Ölfunzel. Er wollte aufstehen. Stiche in der Brust quälten ihn. Er griff sich an die schmerzende Stelle. Es war sein Herz, das so laut klopfte. Wo bin ich? Was ist mit mir geschehen? Nur langsam erwachte die Erinnerung: Montsegur. Ich bin auf Montsegur. Ich bin krank. Wie lange liege ich hier wohl schon?

Jeder Atemzug bereitete ihm Pein. Er sehnte sich nach Schlaf. Als er erwachte, saß der Knabe, den er schon kannte, an seinem Bett. »Wie lange habe ich geschlafen?«

»Eine Nacht, einen Tag und eine Nacht.«

Leander trank die heiße Milch, die der Junge ihm reichte.

»Der Großmeister will dich sehen. Fühlst du dich kräftig genug? Auf dem Tisch steht eine Schüssel mit Wasser, damit du dich waschen kannst. Kleidung liegt auf der Truhe.«

Leander beeilte sich mit Waschen und Ankleiden. Er sah aus wie ein Verkündigungsengel: Über wollener Unterwäsche trug er ein Leinenhemd, das ihm bis zu den Knöcheln reichte, dazu einen geflochtenen Sisalgürtel und Sandalen aus dem gleichen Material.

»Wo sind meine Sachen?«

»Du erhältst sie zurück, wenn du uns verlässt.«

Wieder wurde er über viele Treppen und Gänge geführt. Nirgendwo erblickte er Menschen. Am Ende erreichten sie einen kreisrunden Raum. In einem mannshohen Kamin brannte Feuer. Davor saß in einem Sessel Merimé, der Großmeister von Montsegur, der Hüter des höchsten Geheimnisses, wie der Junge dem Gast erklärt hatte.

Er erhob sich, als Leander das Zimmer betrat, und sagte: »Willkommen auf Montsegur. Wir haben dich erwartet.«

Leander erwiderte: »Es liegt wohl in der Natur der Sache, dass ein Dieb damit rechnen muss, von dem Bestohlenen aufgesucht zu werden. Ich bin gekommen, um meinen Sohn zurückzuholen. Und erzählt mir nicht, dass er nicht hier ist.«

»Wir haben deinen Sohn nicht geraubt, sondern ihn aus den Fängen von Entführern befreit und in Sicherheit gebracht. Sein Leben war und ist immer noch in Gefahr.«

»Was geht Euch das an?«

Der Großmeister bedachte Leander mit einem viel sagenden Blick. »Verzeih mir, wenn wir dir Leid zugefügt haben, aber ich glaube, wir haben dich vor größerem Leid bewahrt. Wir hätten uns mit dir in Verbindung gesetzt, aber du hattest Carcassonne bereits verlassen.«

»Was hat das alles zu bedeuten?«, wollte Leander wissen. »Warum liegt Euch so viel an meinem Sohn?«

»Er ist ein ganz besonderes Kind.«

»Und was ist das Besondere an ihm?«

Der Großmeister legte ein Holzscheit in die Glut. »Ich kann dir das nicht in zwei, drei Sätzen erklären. Du würdest mich nicht verstehen.«

»Ich will es wissen.«

»Du sollst es erfahren, aber manche verborgenen Schätze sind von solchem Gewicht, dass ihre Hebung Zeit braucht. Um deines Kindes Leben willen bitte ich dich, ein paar Tage bei uns zu verweilen. Sei unser Gast. Außerdem kannst du uns jetzt sowieso nicht verlassen. Deine Lungen sind noch vom Fieber geschwächt, und der Winter hat die Berge erreicht. Hast du hinausgeschaut?« Merimé wies auf ein in Blei gefasstes Fenster aus venezianischem Glas gegenüber dem Kamin.

Leander blickte auf weiß gepuderte Hänge. Schneeflocken wirbelten in wildem Reigen vom Himmel.

»Du wirst dich bei uns nicht langweilen. Man hat mir berichtet, du interessierst dich für die Wissenschaft, für Anatomie und Insekten.«

»Woher wisst Ihr das?«

»Obwohl weit abgelegen, sind wir doch nicht aus der Welt.«

»Ich will zu meinem Sohn. Wo ist er?«

»Wir werden nach dem Essen zu ihm gehen. Du bist gewiss hungrig.«

»Ich will ihn jetzt sehen.«

Merimé öffnete eine Tür. Dahinter lag eine Wendeltreppe, die steil nach oben führte. Er gab Leander ein Zeichen, ihm zu folgen. Über einen Vorraum erreichten sie eine Kemenate, hell und warm wie das Gemach des Großmeisters. In der Mitte des Raums stand ein Kinderbett mit einem Baldachin darüber. Auf einem Schemel beim Bett saß eine junge Frau. Sie legte beim Eintreten der Männer einen Finger auf die Lippen, zum Zeichen, dass der Kleine schlief. Leander trat näher. Sein Sohn lag mit rosigen Wangen und blonden Locken da wie ein kleiner Engel. Leander musste an sich halten, ihn nicht aufzuwecken und in die Arme zu schließen. Die Amme schien seine Gedanken zu lesen. Sie hob abwehrend die Hände. Die Geste war eindeutig: Bitte nicht! Lass ihn schlafen!

Leander blickte sich um. Ein Zimmer wie im Schloss des Vizegrafen in Carcassonne. Wände und Decken waren mit Holz verkleidet. Ein Ofen aus grünen Kacheln verströmte Wärme. Ein gräfliches Gemach für den Sohn des Henkers. Was hatte das zu bedeuten?

Jetzt schlug der Kleine die Augen auf. Er blinzelte in das Licht, erkannte Leander. Mit einem Freudenschrei streckte er ihm die Arme entgegen. Leander hob ihn aus dem Bett, wiegte ihn, küsste ihn und schwenkte ihn hoch in die Luft. Es war ein so stürmisches Wiedersehen, dass die Amme um ihren Schützling bangte. »Nicht so wild! Nicht so wild! Du bringst ihn ja um.«

Sie legte den Jungen an ihre Brust, und Leander sah zu, wie er trank.

»Du kannst ihn jederzeit besuchen«, sagte der Großmeister.

»Nein, nicht jederzeit«, widersprach die Amme. »Er braucht seinen Schlaf.«

Während der nächsten Tage hatte Leander Gelegenheit, sich in Montsegur umzuschauen. Obwohl die Burg von außen betrachtet nicht groß erschien, konnte man sich leicht in ihr verirren. Sie war ein unübersichtliches Labyrinth von ineinander verschachtelten Räumen. Innenhöfe stießen an zinnenbewehrte Türme. Unterirdische Tunnel verbanden mächtige Gewölbe.

»Wozu der Aufwand?«, fragte Leander. »Was gibt es hier zu verteidigen? Ich sehe keine Menschen. Wo sind sie alle?«

»Im Notfall bietet Montsegur Schutz für alle Katharer aus den umliegenden Tälern«, erklärte Remigius, der Leander durch die Burg führte. »Aber das ist nicht unsere eigentliche Aufgabe. Montsegur wurde nicht als Fluchtburg errichtet. Wie die alten Pyramiden hat dieser Bau eine viel größere Aufgabe zu erfüllen. Diese Mauern bewahren einen Schatz, der mit allem Geld der Welt nicht aufgewogen werden kann.«

»Sind die Katharer so reich?«, verwunderte sich Leander.

»Ja, das sind wir«, antwortete Remigius.

Leander hatte viele Fragen, aber der Alte wiegelte sie mit den Worten ab: »Merimé wird dir deine Fragen beantworten.«

In der Nacht hatte es gefroren. Die Fenster im Zimmer des Großmeisters waren voller Eisblumen. Als Leander den Raum betrat, saß Merimé davor und betrachtete sie mit glänzenden Augen.

»Schau dir das an«, sagte er. »Dieser Reichtum an pflanzlichen Formen: Agaven, Farne und Grashalme, Koniferen, zierliche Moose und Flechten. Und hier«, er deutete auf ein anderes Fenster: »Blätter, herzförmig und gefiedert, eingekerbt wie Eichenlaub.«

Er erhob sich, ging ganz dicht heran, wies auf hohe, schlanke Schilfstängel, auf Algen und Pilze. »Welch ein wundersamer Eisgarten. Er lehrt uns, dass die Ideen eher da sind als das Erschaffene. Im Wasser lebt bereits, was später materiell in Erscheinung treten wird. Die Apriorität der Ideen, die

Vorexistenz des Geistes vor dem Fleisch, die Wahrheit des Wortes, dass der Geist Gottes über dem Wasser schwebte, ehedem die Welt war, das bestätigen uns diese Eisblumen.«

Der Großmeister ging zum Kamin und legte ein Buchenscheit in die Flammen. »So wie das irdische Leben im Wasser seinen Ursprung hat, so wurzelt das ewige im Feuer der Sonne und der Gestirne.«

»Glaubt Ihr an die Macht der Sterne?«, fragte Leander.

»Warum sollen mächtig wandelnde Gestirne, deren Lauf eine solche Ordnung offenbart, dass wir ihn für Jahrtausende im voraus berechnen können, nicht Einfluss auf uns haben? Wissen wir doch, dass die Kräfte des Mondes die Meere bewegen. Warum sollten sie dann vor den Menschen Halt machen? Glaube mir, Bruder, die Sonne ist der wahre Quell allen Lebens. Das Leben entspringt dem Feuer. Wir verbrennen in uns Nahrung und erzeugen damit Wärme und Bewegung. Der Tod ist kalt und starr. Die Hölle ist nicht Feuer. Die Hölle ist Eis, ewiges Eis.

Gott offenbart sich uns jeden Tag aufs Neue in der Sonne. Sie leuchtet, wärmt, heilt, spendet Leben. Sie ist wie Gott nicht Materie, sondern Licht, Wärme, Lebenskraft.«

Merimé füllte Tee in die Tassen, trank davon und setzte seine Rede fort: »Jesus soll gesagt haben: Selig sind, die nicht sehen, sondern glauben. Ich bin sicher, dass das nicht seine Worte waren. Das Gegenteil ist richtig: Selig sind, die nicht alles glauben, sondern mit wachen Augen sehen. Ein typisches Beispiel dieser falschen Betrachtungsweise ist der heilige Bernhard von Clairvaux, der behauptete: All unser Wissen basiert auf der Heiligen Schrift und dem Wissen der Kirchenväter. Eigene Ansicht ist Anmaßung, ja, Sünde.« Merimé schüttelte angewidert den Kopf.

Nach einer Weile nachdenklichen Schweigens fuhr er fort: »Denker, denen der heilige Bernhard geistig nicht gewachsen war, machte er mundtot, wie den großen Abaelard, den er beim Papst so anschwärzte, dass Innozenz ihn ungehört zum

Ketzer erklärte. Von diesem Lieblingsheiligen Roms stammt auch der Satz: Denn der Tod, den man um Christi willen erleidet oder zufügt, ist kein Verbrechen und verdient höchste Verehrung. Er forderte sogar die Vernichtung ganzer Stämme, wie beim Kreuzzug gegen die Wenden, wo er predigte, man solle sie bekehren oder ausrotten. Dieser Heilige ist ein Beispiel dafür, wohin blinder Glaube zu führen vermag.«

Nie war Leander einem so geistig lebendigen Menschen begegnet wie dem Großmeister. Es gab kein Thema, über das man mit ihm nicht reden konnte. Beim Essen hielt er eine getrocknete Erbse hoch und meinte: »Der Lagerverwalter beklagt sich, dass der Erbskäfer unsere Vorräte befallen hat. Er wünscht ihn zum Teufel, weil er nichts von der Großartigkeit dieses kleinen Überlebenskünstlers weiß. Wenn im Garten die Erbspflanzen blühen, legt das Weibchen des Käfers seine Eier an der jungen Schote ab. Die ausschlüpfenden Larven nagen sich durch die Hülle bis zu den grünen Erbsen. Sie dringen in den Samen ein, wobei sie ein Bohrloch hinterlassen, das sie sorgfältig wieder verschließen. Sie bleiben in der saftigen Erbse bis zu ihrer Verpuppung. Vorher aber müssen sie noch eine lebenswichtige Aufgabe erfüllen, denn die grüne Erbse bleibt ja nur für kurze Zeit weich. Sie wird schon bald gelb und steinhart, so wie die getrocknete, die ich hier in meiner Hand halte. Wenn in dieser harten Kugel der kleine Käfer ausschlüpft, so müsste er in seinem Gefängnis umkommen. Deshalb bohrt die Larve vor ihrer Verpuppung einen Gang in das noch grüne Erbsfleisch, der fast bis zur Oberfläche der Frucht führt. Wenn nun der Käfer ausschlüpft, braucht er nur diesen Gang entlangzukrabbeln und das hauchdünne Fensterchen zu durchstoßen.«

Merimé reichte Leander die Erbse und deutete auf den Ausstieg.

»Wie erkennt die Larve, dass ihre weiche Umwelt bald steinhart sein wird? Wie kann sie wissen, dass ihr eigener Körper sich während der Verpuppung völlig auflösen wird, um dann wieder zu neuem Käferleben zu erwachen? Und woher weiß der völlig neu entstandene Körper, welchen Weg er in der stockdunklen Erbse zu folgen hat, damit er nach draußen gelangt? Offenbart sich in diesem Winzling nicht der Satz: Nicht du findest den Weg; der Weg findet dich.«

Der Großmeister blickte Leander an und sagte: »Nun weißt du, warum du hier bist. Du hast nicht Montsegur, Montsegur hat dich gefunden.«

37. Kapitel

Am Tag des heiligen Eusebius fand vor dem Osttor ein Pferdemarkt statt, zu dem die Käufer und Verkäufer von weit her angereist kamen. Schon am Abend des vorangegangenen Tages schlugen viele Rosshändler ihre Zelte in den Wiesen der Aude auf, um gleich beim ersten Tagesgrauen ihre kostbare Ware anbieten zu können. Dann brannten am Fluss Lagerfeuer. Gesang und Gitarrenklang ertönte. Es roch nach gebratenem Fleisch, Sattelleder und Pferdeschweiß. Der Rossmarkt war ein Fest, an dem die ganze Stadt teilnahm.

Auch Thekla war nach dem ersten Läuten vor die Stadt geeilt, um die Pferde zu bewundern, edle Tiere mit feurigen Augen und wehenden Mähnen. Das sorgfältig gestriegelte Fell glänzte in der Morgensonne. Da war Wiehern, Schnauben und Hufgetrappel. Die warmen Leiber dampften in der kühlen Luft.

Menschentrauben umringten die Tiere, die meistbietend feilgeboten wurden. Die Händler priesen ihre Ware mit lauter Stimme an:

»Ein besseres Ross zu einem so geringen Preis werdet ihr in ganz Okzitanien nicht finden. Der hohe edle Wuchs, die schlanken Fesseln, das makellose Gebiss, so prachtvoll wie die Zähne einer Jungfrau von fürstlichem Geschlecht. Und seht euch sein Fell an. Es glänzt wie die Soutane eines päpstlichen Prälaten. Die Hoden – so prachtvoll geschwollen wie Pfaffeneier. Ein Hengst wie gemacht für die Zucht.«

Die Menschen lachten, und der Rappe wechselte seinen Besitzer.

Thekla wollte sich dem nächsten Schauspiel zuwenden, als

sie wie vom Blitz getroffen stehen blieb. Die Füße versagten ihr den Dienst. Die Männerstimme, die da vor ihr ein Pferd anpries, war die Stimme des Teufels. Sie brauchte ein paar Atemzüge, um sich aus der Erstarrung zu lösen. Sie näherte sich dem Halbkreis der Zuschauer und erblickte den, den sie bereits wiedererkannt hatte, bevor sie seiner ansichtig geworden war. Er trug dieselbe Mütze, dieselbe Hose und Jacke, hielt wie damals die Reitpeitsche in der Hand. Er stand breitbeinig und herrisch da, so wie damals, als er ihr den Weg versperrt hatte.

Thekla zitterte so sehr, dass sie sich an der Schulter eines alten Mannes festhalten musste. Er ließ sie gewähren, ohne Notiz von ihr zu nehmen. Das Ross, das angepriesen wurde, war ein auffallend schönes Tier, eine Stute, rehfarben mit blonder Mähne. Stolz wie das Tier war der Preis. Niemand bot.

»Sind die Leute von Carcassonne so arme Schlucker, dass sie sich kein anständiges Pferd leisten können?«, spottete der Teufel und ließ sein hässliches Lachen ertönen, das gleiche hämische Lachen, mit dem er ihr die Kleider vom Leib geschnitten hatte.

Thekla hörte sich sagen: »Ich nehme die Stute.«

»Bei meiner Ehre, ein guter Kauf. Wollt Ihr sie reiten?«

»Wie kann ich, in diesem Kleid und diesen Schuhen? Ich muss mich auf meine Augen und Euer Wort verlassen.«

»Es ist ein gesundes Tier von bester Rasse. Gott ist mein Zeuge.«

Er fasste sich ans Herz und warf einen heuchlerischen Blick gen Himmel. Thekla nestelte unter ihrem Mantel die Geldkatze hervor, die sie am Gürtel trug, und zahlte dem Teufel die Hälfte der geforderten Summe in harten Silbermünzen.

»Die andere Hälfte erhaltet Ihr nach dem Mittagsläuten im Haus des Juden Roth. Jedermann in der Stadt kennt seine Adresse, so wie jedermann mich kennt.«

Nur ein Schritt trennte sie. Der Teufel betrachtete sie, ohne sie zu erkennen. Welcher Hahn merkt sich schon die Hennen, die er bestiegen hat. Man sah ihm an, wie froh er war, das Pferd losgeworden zu sein. Wahrscheinlich hatte er es gestohlen. Einer wie er nahm sich, was ihm gefiel. Er wollte den Kauf mit Handschlag besiegeln. Sie übersah die Rechte, die er ihr entgegenstreckte, nahm das Pferd und ging mit ihm davon.

Das alles war ohne Absicht geschehen. Thekla wusste selbst nicht, warum sie die Stute gekauft hatte, mit Geld, das ihr nicht gehörte, das sie nur für ihren Brotherrn in Verwahrung hielt. Sie hatte wie unter Zwang gehandelt, so wie man sich vor einem heranfliegenden Gegenstand duckt. Wenn es göttliche Gerechtigkeit gab, konnte sie diesen Teufel nicht einfach davonkommen lassen, als wäre nichts geschehen. Gott wird ihn strafen, sagte sie sich. Und ich werde Gottes Werkzeug sein. War das nicht die Aufgabe einer Ordensfrau? Ich will dir dienen, damit dein Wille geschehe, hieß es im Lied der Nonnen.

Mit der Anzahlung hatte sie ihn in der Hand. Er würde kommen, um sein Geld zu holen. Doch was dann? Ihr würde schon das Rechte einfallen.

Das Mittagsläuten war noch nicht verklungen, als es an der Haustür klopfte. Thekla persönlich ließ den Teufel ein. Er schien sichtlich guter Dinge zu sein, lachte, sprach mit lauter Stimme. Sein Atem roch nach Wein. Thekla führte ihn in die Halle. Sie hatte dafür gesorgt, dass die beiden bulgarischen Knechte des alten Roth sich im Haus befanden. Er selbst war wieder einmal auf Reisen.

Der Teufel hatte sich unaufgefordert in einem der Sessel niedergelassen. Er betrachtete Thekla mit glasigen Augen und zufriedenem Grinsen. Sie fühlte sich von seinen Blicken entblößt. Brechreiz stieg in ihr auf. Dann verlor sie die Beherrschung. Sie schrie, wie sie noch nie geschrien hatte. Alle Scheußlichkeit, alle Ängste und Schmerzen, die ihr dieser Unhold zugefügt hatte, brachen aus ihr hervor. Sie schrie, zerriss sich die Kleider, stürzte sich auf ihn, um ihm die Augen auszukratzen. Ihr Angriff kam für ihn unerwartet. Es dauerte eine Weile, bis er sich zur Wehr setzen konnte. Er umklammerte sie mit seinen Armen, versuchte sie zu beruhigen. Da stürzten auch schon die beiden Bulgaren ins Zimmer, sahen Thekla mit zerrissenem Gewand in den Armen des Fremden, hörten sie schreien. Ohne auch nur einen Augenblick zu zögern, warfen sie sich auf den Eindringling und schlugen ihn nieder.

In dem folgenden Gerichtsverfahren sagte Thekla unter Eid aus, dass der Viehhändler sie vergewaltigt habe. Der aber schwor, dass er ihr nicht zu nahe getreten sei. Natürlich wurde der Aussage Theklas mehr Glauben geschenkt, zumal die beiden Bulgaren als Augenzeugen auftraten und die Gewalttat mit großen Gesten vorführten. Es hätte nicht viel gefehlt, und dem Angeklagten wären die Schwurfinger abgehackt worden, weil er einen Meineid geleistet hatte. Man hielt ihm seine Trunkenheit zugute. Am Ende wurde er zu vierundzwanzig Stockschlägen verurteilt.

Bei Prügelstrafen hatte der Geschädigte das Recht, den Verurteilten eigenhändig zu züchtigen oder einen Freund oder Verwandten zu benennen, der das für ihn erledigte. Thekla beauftragte die beiden Bulgaren mit dem Vollzug des Urteils. Am Pranger empfing er die verdienten Schläge. Er schrie so gottserbärmlich, dass man es noch bei der steinernen Brücke über der Aude hören konnte. Als man ihn losband, schleppte er sich in die Basilika, wo er sich zu Füßen der Mutter Gottes noch bis zur Nacht vor Schmerzen wand.

Als Thekla ihn dort aufsuchte, sagte er: »Ich habe dich nicht angerührt, und das weißt du. Du hast mit der Hand auf der Bibel im Namen aller Heiligen einen Meineid geschworen. Die Hölle wird dich verschlingen.«

Thekla erwiderte: »Du irsst dich. Ich habe keinen Meineid geschworen. Du büßt für ein Verbrechen, das du an einer Ordensfrau begangen hast, an der Straße von Narbonne nach Carcassonne. Du hast sie vom Pferd gezerrt, um ihr mit dem

Messer die Kleider aufzuschlitzen. Wie kann einer wie du vor der Schmerzensmutter Zuflucht suchen? Scher dich zum Teufel, denn dort gehörst du hin.«

38. Kapitel

Leander erlebte die Tage auf Montsegur wie im Traum, ein Fiebertraum, aus dem er irgendwann erwachen würde. Seine Lungen hatten sich von der schweren Entzündung noch nicht erholt. Er fühlte sich kraftlos und sehnte sich nach Schlaf.

Seltsam, dachte er, wenn ich schlafe, bin ich nicht mehr. Der Schlaf löscht mich aus, und trotzdem will ich schlafen. Möchte ich ausgelöscht werden? Nein, das Leben ist so kurz. Ich liebe nichts so sehr, wie geistig wach zu sein. Warum sehne ich mich danach, dass mir der Schlaf die wenigen Tage nimmt, die mir noch bleiben?

Später schien der Mond in seine Kammer. Im Niemandsland zwischen Traum und Wirklichkeit vernahm Leander seine Stimme: »Jedes Erwachen ist wie eine Wiedergeburt. Morgen und Abend, Jugend und Alter, wie unerträglich wäre das Leben ohne diesen Wechsel. Ewiges Wachsein, das wäre wie ewige Sonne. Die Welt wäre eine Wüste.«

Es gab Tage, an denen weder Remigius noch Großmeister Merimé Zeit für Leander hatten. Dann standen Pferde im vorderen Burghof. Tritte hallten über ferne Flure. Stimmen, Bewegung, Unruhe.

Bisweilen war ihm, als hörte er Gesang aus der Tiefe des Berges. Leander wagte nicht zu fragen, was da vor sich ging, zumal an solchen Tagen selbst der Knabe Guilhem, der ihm seit seiner Ankunft zu Diensten stand, mit solch feierlicher Miene umherlief, als würde ein ganz besonders heiliges Fest gefeiert. An diesen Tagen war ihm sogar der Zugang zu seinem Sohn verwehrt.

»Le sang de Saint«, sagte Remigius. »Baphomet queribus. Die höchste Weihe. Nur wenige dürfen daran teilnehmen. Es ist ein langer Weg zum Licht.«

Am Abend saß Leander dem Großmeister gegenüber. Im Kamin brannte ein helles Feuer. Der Sturm fuhr heulend um den Turm. Sie tranken schweigend Tee. Merimé hatte sich mit geschlossenen Augen in seinem Sessel zurückgelehnt. Seine langen, schmalen Hände auf dem dunklen Holz der Armlehnen waren weiß und wächsern. Sein Gesicht wirkte im flackernden Licht der Flammen gespenstisch lebendig. Das Haar hatte er nach Art der Araber mit einem weißen Tuch verhüllt, was seinem Gesicht eine weiche weibliche Note verlieh. Eine Art von femininem Adel umgab ihn: den geistigen Dingen mehr verbunden als der rauen Wirklichkeit. Verästelte Adern schimmerten blau durch die helle Haut der Schläfen. Seine Wangen waren glatt und bartlos.

Er ist wie ich, dachte Leander: ein Mann im Körper einer Frau.

»Die meisten Menschen müssen ihr Leben lang an sich arbeiten, um Wissende zu werden«, sagte Merimé. »Aber es gibt einige wenige, denen die Erleuchtung in die Wiege gelegt wird. Es ist fast so wie mit den musischen Talenten. Die meisten von uns brauchen viele Jahre, um es zu einer gewissen Meisterschaft zu bringen, andere werden als Wunderkinder geboren.«

Merimé neigte sich zu Leander und legte ihm die Hand auf die Schulter: »Du und dein Sohn, ihr gehört zu den Auserwählten, in denen der lebendig machende Geist der Lichtseele leuchtet.«

Leander wollte etwas erwidern. Der Großmeister machte eine abwehrende Handbewegung: »Bitte, unterbrich mich nicht. Höre dir erst an, was ich dir zu sagen habe. Vieles wird dir unglaubwürdig erscheinen. Aber sei versichert, nichts von dem, was du hier erfährst, ist allein dem Glauben überlassen. Für uns sind Glauben und Wissen keine Gegensätze. Unser

Glaube beruht auf Beobachtung und wissenschaftlicher Erkenntnis.«

»Woher nehmt Ihr die Erkenntnis, ich sei ein Erleuchteter?«, fragte Leander den Großmeister. »Ist das nicht eine Art Aberglaube?«

»Nein, wir Eingeweihten sehen mit unseren Augen, was andere nicht sehen. Dich umgibt eine Aura, wie sie keinem Parfait gegeben ist; die von deinem Sohn ist ganz und gar einmalig. Nicht nur die Reinen erleben das, sondern auch und vor allem die Tiere, und von denen ganz besonders die Vögel. Das kann dir doch nicht entgangen sein? Der heilige Franziskus war solch ein Erleuchteter. Er ist nicht zu den Tieren gegangen, um ihnen zu predigen. Die Tiere sind zu ihm gekommen, um ihn zu hören.«

Merimé blickte in Leanders Gesicht: »Du bist voller Zweifel? Ich will dir etwas zeigen.«

Er erhob sich und ging zu dem Tisch an der Stirnseite seines Arbeitszimmers. »Ich habe hier ein paar flache Gefäße, in die ich aufgelöstes Kupferchlorid gieße. Die Flüssigkeit wird verdunsten. Zurück bleiben Kristalle von immer gleich bleibender Gestalt; denn nicht nur jede Pflanze und jede Tierart hat seine ureigenste Form, sondern auch jedes Mineral. Wenn ich nun in diese Schale einen Tropfen Blut gebe, so bilden die Kristallnadeln um den Tropfen herum ein ganz bestimmtes Muster. Bei einem Kind ist es anders als bei einem Alten, bei einem Leprakranken anders als bei einem Gesunden.«

Er stach sich mit einer Nadel in den Finger und ließ sein Blut in die Schale tropfen. »Und nun lass uns dein Blut nehmen«, sagte er. »Du wirst überrascht sein, wenn du morgen siehst, welch ungewöhnliche Kraft durch deine Adern fließt.«

Er nahm eine Schale von dem Wandregal und erklärte: »Das hier ist das Blutbild deines Sohnes.«

Leander blickte auf ein Muster, das aussah wie eine strahlende Sonne oder eine goldene Monstranz.

»Warum ausgerechnet er?«, fragte Leander.

»Jeder Mensch hat eine Aufgabe, die ihm selbst unbekannt ist.«

Ihr Gespräch wurde unterbrochen: »Ein Unfall! Ein Kind ist gestürzt. Es braucht Hilfe. Schnell, beeilt Euch.«

Sie liefen bis zum großen Tor bei der Zugbrücke. Dort lagen die Pferdeställe. Darüber brannte Licht in einem Fenster. Das Weinen einer Frau drang nach draußen. Sie hasteten eine steile Stiege empor: ein niedriger Raum, ein Tisch und darauf ein Mädchen, höchstens zwei Jahre alt. Es war bewusstlos. Eine wehklagende Frau hielt es an den Händen, als wollte sie das schwindende Leben festhalten.

»Was ist passiert?«

»Sie ist aus ihrem Bett gestiegen und die Treppe hinabgestürzt. Der Mond. Es war der Mond«, jammerte die Mutter.

Leander beugte sich über die Kleine. Der Kopf war bis auf eine Schramme an der Stirn unverletzt. Leander knöpfte das Hemd auf und tastete den Körper ab. »Sie hat sich zwei Rippen gebrochen. Es sieht schlimmer aus, als es ist. Ihr Schutzengel ist ihr beigestanden. Sie braucht einen Wickelverband und Bettruhe.«

Aber der Schutzengel war doch nicht so gut, wie alle gehofft hatten. Die Kleine mit dem schönen Namen Angelique wurde von so hohem Fieber befallen, dass sie in tiefen Schlaf versank und keine Nahrung mehr zu sich nahm.

Leander untersuchte sie mehrmals und äußerte den Verdacht, dass sich ein Knochensplitter in ihre Lunge gebohrt haben könnte, zumal sie Blut gespuckt hatte.

Remigius sagte zu Leander: »Sie hat die letzte Weihe erhalten. Es geht mit ihr zu Ende. Deine Heilkunst wird nicht mehr benötigt. Sie steht unter Endura. Gott sei ihrer reinen Seele gnädig.«

Ein paar Tage später berichtete der Knabe: »Es ist schrecklich. Stell dir vor, die kleine Angelique ist aufgewacht. Es geht ihr gut.«

»Was ist daran schrecklich?«, wollte Leander wissen.

»Sie steht unter Endura.«

»Ich weiß.«

»Aber du weißt anscheinend nicht, was das bedeutet. Sie darf keine Nahrung mehr zu sich nehmen.«

»Aber es geht ihr wieder besser.«

»Das ist unwichtig. Ihr Leben wurde in Gottes Hände gelegt.«

»Und wenn sie dennoch isst, um zu überleben?«, fragte Leander.

»So nimmt sie Schaden an ihrer Seele, und die ist wichtiger als ihr Leib.«

»Du meinst, sie muss verhungern?«

»Nicht verhungern«, erklärte Remigius, als Leander mit ihm darüber sprach. »Sie übt heiligen Verzicht.«

»Aber sie ist noch ein Kind.«

»Auch Kinder haben eine Seele, die auf das wahre Leben in der anderen Welt vorbereitet werden muss.«

Am Abend desselben Tages ging Leander zu der kleinen Angelique. Mit großen Augen blickte sie ihn an. Wie mager das Mädchen aussah! Er setzte sich neben die Mutter an den Bettrand. Die junge Frau sah müde aus. Sie sagte: »Ich danke dir und deinem Sohn.«

»Wieso meinem Sohn?«

»Er hat vollendet, was du eingeleitet hast.«

Sie sah, dass er nicht verstand, was sie sagte.

»Ich habe Angelique zu Merowin gebracht. Er hat sie berührt und geheilt, wahrhaftig geheilt.« Sie begann zu weinen. »Was soll ich tun? Ich habe ihr Leben Gott geweiht. Der Bruch des heiligen Gelübdes hat schreckliche Folgen für ihr Seelenheil. Ich weiß, die Endura darf nicht gebrochen werden, aber mein Herz verbietet es mir, mein Kind verhungern zu lassen. Was soll ich tun?«

Leander sagte: »Folge deinem Herzen.«

39. Kapitel

Die Amme deines Sohnes hat nur noch wenig Milch in ihren Brüsten«, sagte Remigius. »Zudem ist die Zeit gekommen, in der Merowin von der Muttermilch entwöhnt werden sollte. Wir geben unseren Söhnen in seinem Alter Stutenmilch. Das macht sie stark und robust. Wenn uns die Amme verlässt, braucht der Knabe eine gute Erzieherin. Sie sollte klug und kinderlieb sein, sanft und dennoch willensstark.«

»Ich kenne so eine Frau«, entgegnete Leander. »Eine Nonne, die ihr Kloster verlassen hat, um den Glauben der Katharer anzunehmen. Sie spricht mehrere Sprachen, ist bewandert in der Kräuter- und Heilkunde, reitet wie der Teufel und ist mir zu Dank verpflichtet. Ihr kennt sie. Ihr seid ihr in Carcassonne im Haus Tavernier begegnet.«

»Thekla, die dem Juden die Kontobücher führt?«

»Ja.«

»Und du glaubst, sie würde zu uns kommen?«

»Da bin ich mir ganz sicher.«

»Wir werden sie fragen. Du hast Recht, sie wäre eine gute Wahl.«

»Dem Herrn sei gedankt! Welch frohe Kunde!«, sagte der Bischof, als Thekla ihm von der Einladung berichtete. »Nach Montsegur! Und noch dazu als Erzieherin dieses Kindes! Brich sofort auf, und sorge dich nicht! Wir werden Kontakt mit dir halten. Es gibt dort einen Köhler, der die Burg mit Holzkohle beliefert. Er hat sich mit den Katharern angefreundet und kundschaftet sie für uns aus. Er wird sich deiner annehmen. Und vergiss nicht: Solum Deum pro oculis habentes. Nur Gott vor Augen und sonst nichts!«

Nach den schrecklichen Erfahrungen, die sie auf ihrer letzten Reise hatte machen müssen, wollte Thekla nur noch mit männlichem Begleitschutz reisen, was ihr auch ohne Widerspruch gewährt wurde.

Den ersten Teil des Wegs legte sie in einem Planwagen des Juden Roth zurück. Der Alte ließ sie nur ungern ziehen: »Komm so bald wie möglich zurück«, bat er. »Ich brauche dich dringender als die Leute von Montsegur.« Sie hatte ihm gegenüber kein Geheimnis daraus gemacht, wohin sie ging.

Am Morgen des zweiten Reisetags wartete ein Wollweber, ein gütiger Mensch mit großen Kinderaugen, mit zwei Reitpferden vor der Herberge, in der Thekla die Nacht verbracht hatte. Er stieg auf einen Baum an der Straße, um den jungen Vogel, der aus dem Nest gefallen war, zurück zu seinen Geschwistern zu bringen. »Es gibt Leute, die essen Vögel«, sagte er. »Wie kann man nur.«

Am Fuß der Pyrenäen übernahm ein bärtiger Köhler das Geleit. Er hörte auf den Namen Kabal. Er war ein Mensch mit Mohrenhänden und fleckigem Gesicht, hinkte und hatte einen bitteren Zug um den zahnlosen Mund. Thekla dachte: Er sieht aus wie einer jener armen Menschen, die die Prügel erhalten, die andere verdienen.

Erschreckend wie sein Aussehen war auch seine Stimme, rauer als Rabenkrächzen. Er sprach nur wenig, wie alle, die ihr Leben im Wald verbringen, um Bäume zu fällen und Holzkohle zu brennen. Seinen Mund benutzte er vor allem, um zu spucken. Nur wenige kannten sich in den Tälern von Montsegur so gut aus wie er, weshalb er dazu ausersehen war, Thekla auf der letzten unwegsamen Strecke zu begleiten.

»Kabal ist treu und zuverlässig«, hatte ihr der Bischof versichert. »Jeden Ersten des Monats beliefert er die Burg mit Holzkohle. Er wird dir in jeder Weise behilflich sein.«

Die Kardinäle Crispiano und Segni hatten sich in der Sakristei der Kirche Santa Maria della Croce getroffen, einem abgeschiedenen Raum, den der Neffe des Papstes gern für Gespräche unter vier Augen benutzte.

Nach kurzer Begrüßung sagte Crispiano: »Es ist mir gelungen, einen Spitzel in Montsegur einzuschleusen.«

»Großartig! Wie heißt der Mann?«

»Kein Mann. Es ist eine Nonne.«

»Eine Nonne? Wie zum Teufel habt Ihr das angestellt?«

»Sie hat so getan, als sei sie ihrem Kloster entlaufen und liebäugle mit der Lehre der Katharer, und zwar so überzeugend, dass sie nach Montsegur berufen wurde, um dort für ein Kind zu sorgen.«

»Ein Kind? Was für ein Kind?«

»Das ist eine unglaubliche Geschichte. Es handelt sich um den Bastard, den der Henker von Carcassonne mit einer zum Tod verurteilten Hexe gezeugt hat, die dann eigenhändig von ihm enthauptet wurde.«

»Ihr meint, er hat der Mutter seines Kindes den Kopf abgeschlagen?«

»So ist es.«

»Wie entsetzlich!«

»Die Katharer bringen diesem Kind so viel Interesse entgegen, dass sie es wochenlang überwacht haben.«

»Aus welchem Grund?«

»Den würden wir auch gerne wissen. Wir haben den Säugling entführt, um ihn uns näher anzusehen. Doch bevor wir uns ein Bild von ihm machen konnten, wurde uns der Knabe wieder weggenommen und nach Montsegur gebracht, wo sich jetzt auch sein Vater aufhält.«

Kardinal Segni blickte Crispiano prüfend an. »Was geht hier vor? Warum bemüht sich eine Sekte von Friedfertigen so sehr um einen Henker und seinen Bastard?«

»Ich habe letzte Nacht eine Botschaft von unserer Nonne auf Montsegur erhalten«, sagte Crispiano. »Hört Euch an, was sie uns mitteilt. Sie verwendet aus Gründen der Geheimhaltung keine Anrede. Der Text lautet: Der Knabe, den ich zu versorgen habe, genießt allerhöchste Verehrung. Der Weg zu seinem Zimmer führt durch die Wohnräume des Großmeisters. Ein paar Mal fielen im Zusammenhang mit dem Kind die Worte ›Le sang de Saint‹ und ›heiliger Gral‹.«

»Incredibile est auditu«, meinte Kardinal Segni. »Was hat das zu bedeuten?«

»Der Heilige Vater hat mir von einer Prophezeiung erzählt. Es heißt, dass während seiner Amtszeit ein Kind geboren wird, welches in der Lage ist, einen Sturm zu entfachen, der uns alle hinwegfegt.«

»Glaubt Ihr solchen Unsinn? Ein Henkerskind!«

»Jesus war auch nur das Kind eines Zimmermanns. Mein Gefühl für Gefahr, das mich nie im Stich gelassen hat und dem ich wiederholt mein Leben verdanke, sagt mir: Hier braut sich Unheil zusammen.«

»Die Katharer verehren ein Kind. Na und? Sie verehren sogar ihre Frauen. Ich sage dir, die Liebe, wie sie von den Minnesängern verherrlicht wird, ist Sünde. Bei Gratian heißt es, dass jeder, der ein Weib zu überschwänglich liebt, einem Ehebrecher gleichkommt. Welch eine Anmaßung, wenn behauptet wird: Wer den Frauen nicht dient, kann auch Gott nicht dienen. Gott und die Frau auf einer Stufe.« Segni hatte seine Worte mit priesterlichem Pathos vorgetragen. »Das ganze Schmachten der Troubadoure erscheint mir wie die Balz der Birkhähne. Amor spiritualis facile labitur in nudum canalem amorem. Die geistliche Liebe verfällt rasch in eine rein fleischliche. Frauen sind Objekte der Befriedigung. Alles andere ist Selbstbetrug. Libenter homones id, quod volunt, credunt. Die Menschen glauben an das, was sie sich wünschen.«

»Aber Glaube vermag Berge zu versetzen«, erwiderte Crispiano. »Ich habe Euch hierher gebeten, um mit Euch zu überlegen, was geschehen soll.«

»Was habt Ihr vor?«

»Ich werde unserer Nonne den Auftrag erteilen, das Kind einzuschläfern. Sie stammt aus einem Kloster, das seiner Kräuterkunde wegen landesweit bekannt ist. Ihr wird schon das richtige Gift einfallen.«

»Ihr habt Recht. Tun wir, was getan werden muss. Nutzen wir die göttliche Fügung, die uns diesen falschen Prophetenspross in die Hände gespielt hat.«

40. Kapitel

Außerhalb der Burg erstreckte sich eine fahle, baumlose Weite und Einsamkeit, die sich im Dunst der Berge verlor. Verdorrtes Gras zwischen zerklüftetem Gestein. Unablässig wie die Brandung eines fernen Meeres war das Tosen des Windes zu hören, der sich in den engen Schluchten der Pyrenäen verfing.

Wenn das Wetter es erlaubte, verließ Leander die Festung, um das umliegende Bergland zu erkunden. An jenem Mittag begleitete ihn Thekla. Der schmale Pfad war steil. Herabgestürzte Felsbrocken versperrten immer wieder den Weg, mussten überwunden werden, kosteten Zeit und Kraft. Schweigend atmeten sie die kühle Bergluft. An einem Bach machten sie Rast, aßen von den Trauben und dem Brot, das sie mitgenommen hatten. Leander musste daran denken, wie oft er mit Beatrice nach langem Ausritt an irgendeinem Wasserlauf gelegen hatte.

Er genoss Theklas Nähe. Es war ein vertrautes Gefühl, von einer Frau begleitet zu werden. Wie bei Beatrice zeigten sich Grübchen in ihren Wangen, wenn sie lachte. Ein paar Mal hatte er ihr die Hand gereicht, um ihr beim Überqueren eines Bachs behilflich zu sein. Mit gerafften Röcken sprang sie leichtfüßig von Stein zu Stein.

Hinter einem Waldstück aus niedrigen Krüppelkiefern entdeckten sie eine Höhle. Als sich ihre Augen an das Dunkel gewöhnt hatten, erkannten sie einen hohen Raum. Mächtige Tropfsteinsäulen säumten einen unterirdischen Teich mit kristallklarem Wasser. Durch ein Loch in der Decke fiel Sonnenlicht. Eine Märchengrotte für Feen und Kobolde. Sie warfen

Steine in den See und erfreuten sich an den silbernen Fontänen, mit denen das Wasser aufspritzte. Ihr Lachen verhallte in der dunklen Weite des Gewölbes.

Plötzlich war da ein Grollen, erst ganz verhalten und kaum vernehmbar, doch dann anschwellend und böse. Wölfe knurrten so, bevor sie zum Angriff übergehen. Thekla griff erschrocken nach Leanders Hand: »Was war das?«

Sie starrten in die Finsternis hinter dem Wasser.

»Komm, lass uns gehen«, bat Thekla.

So leise wie möglich zogen sie sich zum Ausgang der Höhle zurück. Sie waren noch nicht weit gekommen, als das Grollen losbrach wie Gewitterdonner, schaurig verstärkt durch das Felsengewölbe.

»Ein Bär!«, rief Leander.

Es war ein riesiges Tier. Auf vier Tatzen trabte es kraftvoll heran. Seine kleinen, dicht beieinander liegenden Augen blickten böse. Zehn Schritte vor ihnen blieb es stehen. Es richtete sich zu seiner vollen Größe auf und stieß ein gefährliches Brummen aus. Das war vermutlich der Augenblick, bei dem alle Geschöpfe um ihr Leben rannten. Aber Leander stand da wie eine Steinsäule. Er bot dem Riesen die Stirn und sah ihm fest in die Augen. Thekla hatte hinter seinem Rücken Schutz gesucht. Aus dem weit aufgerissenen Bärenrachen drang ein zweites, noch lauteres Brummen. Anstatt die Flucht zu ergreifen, ging Leander, ohne ihn aus den Augen zu lassen, einen Schritt auf ihn zu. Sie hielten sich mit ihren Blicken in Schach. Es war wie ein Zweikampf. Am Ende ließ der Bär sich auf seine Vordertatzen nieder, hob noch einmal witternd die Nase und zog sich dann, den breiten Schädel hin und her schwingend, in den Hintergrund der Höhle zurück.

Thekla schlug aufatmend ein Kreuz: »Dem Herrn und allen Heiligen sei Dank. Es hat nicht viel gefehlt, und er hätte uns umgebracht. Hast du sein Gebiss gesehen? Und die Pranken! Woher hast du bloß den Mut genommen, ihm entgegenzutreten?«

»Wenn wir davongelaufen wären, hätte er uns getötet. Er ist es gewohnt, dass seine Beute vor ihm flieht.«

»Eine Bestie, böse wie der Leibhaftige.«

»Das war kein Teufel«, erklärte Leander. »Eine Bärin, die sich um ihre Jungen sorgt.«

»Woher weißt du das?«

»Sie hat es mir gesagt.«

»Können Bären sprechen?«

»Alle Tiere können sprechen, sogar die Bäume sprechen zu uns. Man muss sich nur die Zeit nehmen, ihnen zuzuhören.«

Neugeborene waren für Thekla stets blasse, faltige Wesen von abschreckender Hässlichkeit, die ihre Umwelt mit vollen Windeln und Hungergeschrei von den wichtigen Dingen des Lebens abhalten. Eine junge Mutter wird zur Sklavin ihrer Brut.

Mitleid erfüllte sie, wenn sie an die Frauen in der Umgebung ihres Klosters dachte, die zwischen zwei Waschtagen ihre Kinder zur Welt brachten und ausgezehrt vom Gebären und Stillen dahinwelkten, ohne Zeit für sich selbst zu finden.

Nie hätte sie es für möglich gehalten, dass sie Liebe für ein Kind empfinden könnte. Wann immer sie mit Merowin allein war, überkam sie ein Gefühl der Zärtlichkeit für das hilflose Geschöpf. Am liebsten hätte sie ihn mit ins Bett genommen und an sich gedrückt. Mit welchem Vertrauen er ihr die Arme entgegenstreckte, und wie seine Augen leuchteten, wenn sie mit ihm sprach.

Es gab nur ein Kind in ihrem Leben, das ihr vertraut war, und zwar das auf dem Arm der Madonna über dem Altar in der Klosterkirche. Der Christusknabe hatte sogar Ähnlichkeit mit Merowin: die blonden Locken, die geschwungenen Lippen und die großen Augen.

Sie sprach mit Merowin, als spräche sie zu dem Kind in der Krippe von Bethlehem. Wie konnte sie solch einem winzigen Wesen etwas antun? Bei dem Gedanken an ihren Auftrag vermochte sie ihm nicht in die Augen zu blicken. Es war ihr, als wisse das Kind um sein grausames Schicksal.

Und da gab es noch etwas, das sie verwirrrte. Noch nie hatte sie sich so zu einem Mann hingezogen gefühlt wie zu diesem Leander. Sie suchte seine Nähe, wann immer sie konnte. Er schien so anders als alle Männer zu sein, denen sie begegnet war. Für einen Sodomisten hatte sie ihn zuerst gehalten, bis sich herausstellte, dass der Henkersknecht eine liebenswerte junge Frau war. Dabei sah dieser Leander selbst wie eine junge Frau aus. Ein rätselhafter Mensch. Die Katharer hatten ihn nicht aus den Augen gelassen. Ein Geheimnis umgab ihn, eine geheimnisvolle Kraft, der auch sie immer mehr erlag.

Sie hatte einen jungen Raben mit gebrochenem Flügel zu Leander gebracht: »Kannst du ihm helfen?«

Leander schiente die Schwinge, und schon bald war der Vogel so zahm wie ein Jagdfalke.

»Hat er auch einen Namen?«, fragte Thekla.

»Ja, Mon petit corbeau.«

»Ein schöner Name.«

»Es gibt keinen schöneren.«

»Wie kann jemand, der sein ganzes Leben lang Henker war, so liebevoll zu einem Tier sein?«

Leander antwortete ihr mit einer Gegenfrage: »Wie kann jemand, der sein ganze Leben lang Nonne war, so liebevoll zu einem Kind sein?«

Am Abend führte Merimé ein Gespräch mit Thekla. Er fragte: »Was gedenkst du zu tun, wenn Merowin deine Hilfe nicht mehr benötigt?«

»Ich weiß es nicht.«

»Es gibt auch unter den Katharern klösterliche Frauengemeinschaften. Würde es dir Freude bereiten, solch einen Orden zu leiten?«

»Ihr meint, es gibt Ordensfrauen unter den Katharern?«

»Nicht ganz so wie in der Kirche von Rom, aber durchaus vergleichbar in der Form. Eine unserer großen Ordensgründerinnen war Isabel de Foix. Eine hoch begabte Person. Sie hat eine öffentliche Disputation mit den Dominikanern und dem Bischof von Toulouse geführt, und zwar so überlegen, dass der in die Enge getriebene Bischof sie anherrschte: ›Weib, scher dich zu deinem Spinnrad! Es steht dir nicht zu, in dieser Versammlung zu sprechen.‹

Sie hat ihm geantwortet: ›Keiner behandelt Frauen herablassender als ein Mann, der sich seiner Männlichkeit nicht sicher ist.‹

Ein Satz, der ihr das Leben gekostet hat. Sie wurde ein paar Monate später cum igno interrupto verbrannt.«

»Was heißt das?«

»Die Hinrichtung auf dem Scheiterhaufen wird unterbrochen, die Verurteilte mit schweren Verbrennungen aus dem Feuer genommen und anderentags wieder der Glut ausgeliefert. Das kann mehrmals wiederholt werden.«

»Nein.«

»Doch.«

In jener Nacht träumte Thekla, sie wäre eine Katharerin und stünde auf dem Scheiterhaufen. Ein Priester in schwarzem Ornat, mit silbernem Kreuz auf der Brust und einer brennenden Fackel in der Hand fragte sie: »Willst du dem Irrglauben abschwören?«

»Nein, niemals!«

Da stieß er die Fackel in den Holzstoß, auf dem sie stand.

Die Flammen schlugen über ihr zusammen, und sie hörte die Stimme der Äbtissin: Solum Deum oculis habentes!

Aber da war noch eine Stimme, die Stimme ihres Gewissens: stark wie der Tod, wie das Licht, wie das Feuer, stärker als der Auftrag und der Wille zur Tat.

Sie erwachte und wusste, dass sie dem Kind kein Leid zufügen würde.

41. Kapitel

Merimé fragte: »Woran glaubt ein Henker?« »Ich glaube an den Gekreuzigten«, antwortete Leander. »Er ist ein gütiger Gott.«

»Ist er das?«

»Er hat sich aus Liebe geopfert.«

»Und sein Vater?«, fragte Merimé. »Was hältst du von seinem Vater?«

»Welch ein furchtbarer Gott ist das, der seinen Sohn ans Kreuz schlagen lässt, um sich mit der Menschheit zu versöhnen. Ich habe das Buch Hiob gelesen und denke, dass Gott da nicht gut wegkommt. Mehr noch als Hiobs Leid hat mich Gottes Mitleidlosigkeit erschüttert. Mein Gott ist der, der für mich am Kreuz starb.«

Merimé schüttelte verneinend den Kopf, aber er schwieg.

»Ich liebe die Gespräche mit Euch«, sagte Leander. »Ich hatte nie Gelegenheit, mich mit einem so gelehrten Menschen, wie Ihr es seid, zu unterhalten.«

»Ich hatte nie Gelegenheit, einen Henker kennen zu lernen«, erwiderte Merimé. »Deine Erfahrungen sind mir so fremd wie dir die meinen. Du weißt Dinge, die ich nicht weiß.«

»Und was wäre das?«

»Das Hinrichten zum Beispiel.«

»Das ist ein weites Feld. Es gibt mehr Möglichkeiten, einem Menschen das Leben zu nehmen, als es ihm zu geben.«

»Ich würde gern mit dir über eine ganz besondere Hinrichtungsart sprechen.«

»Über welche?«

»Über die Kreuzigung.«

»Was wollt Ihr wissen?«

»In den Evangelien steht, dass Jesus um die sechste Stunde ans Kreuz genagelt wurde und um die neunte seinen Geist aufgab. Nach der damaligen Tagesaufteilung war die sechste Stunde zwölf Uhr mittags, die neunte drei Uhr nachmittags. Selbst Pilatus fand den raschen Tod höchst ungewöhnlich.«

»Tat er das?«

»Ja. Es steht geschrieben: Pilatus aber verwunderte sich, dass er schon tot sein sollte. Er ließ den Hauptmann zu sich rufen und fragte ihn, ob er schon lange gestorben sei. Und als er es vom Hauptmann erfahren hatte, schenkte er den Leichnam dem Joseph von Arimathäa.« Merimé faltete die Hände über der Brust, musterte Leander prüfend und fragte: »Was sagst du als Henker zu dem raschen Tod? Ich weiß, wir kreuzigen heute nicht mehr, aber wie lange lebt einer, der mit zerbrochenen Gliedern aufs Rad geflochten wird?«

»Maximal einen Tag, eine Nacht und einen Tag.«

»Und wenn es schnell geht?«

»Das hängt von der körperlichen Verfassung und dem Alter ab.«

»Wenn der Verurteilte ein gesunder Mann und nicht älter als dreißig wäre.«

»Er würde mindestens noch einen Tag leben, vermutlich aber länger.«

»Auf jeden Fall mehr als drei Stunden?«, wollte Merimé wissen. »Ist das richtig?«

»Ja, das ist richtig. Aber aufs Rad flechten ist nicht kreuzigen.«

»Beides ist gleichermaßen grausam. Der Kirchenvater Origenes schreibt: Die Gekreuzigten leben unter Qualen eine Nacht und danach noch einen ganzen Tag. Der römische Philosoph Seneca schreibt in einem Brief an den Imperator: Den so Verurteilten – er meint die Gekreuzigten – schwindet das Leben schmerzvoll langsam Tropfen für Tropfen dahin. Wieso starb Jesus so schnell?«

»Vielleicht war er zu schwach, um drei Stunden Qual zu überleben?«

Merimé widersprach. »Er war ein weit umhergereister, asketisch lebender Mensch. Mit dreißig Jahren ist man im besten Mannesalter. Die Peitschenhiebe, die jeder Verurteilte vor der Kreuzigung erhielt, ertrug er wie jeder andere auch. Das Petrus-Evangelium überliefert uns: Als er ans Kreuz genagelt wurde, schwieg er, als ob er keinen Schmerz empfände. So benimmt sich kein Schwächling!«

»Vielleicht haben seine Henker ihm ein Schmerzmittel verabreicht«, sagte Leander.

»Tun Henker so etwas?«, fragte Merimé.

»Ich habe allen Verurteilten schmerzlindernde Drogen gegeben.«

»Warum sollten seine römischen Henker so gnädig sein«, fragte Merimé, »wenn sie gleichzeitig alles tun, um ihm Schmerz zuzufügen? Die Geißelung, die Dornenkrone, die Schläge ins Gesicht. Aber du hast Recht, es sieht ganz so aus, als habe er eine Droge erhalten.«

»Das erklärt aber nicht seinen ungewöhnlich raschen Tod«, meinte Leander. »Es sei denn, man hat ihm Gift gegeben.«

»Nein«, widersprach Merimé, »vergiftet hat man ihn nicht. Im Gegenteil, man hat alles getan, um ihn am Leben zu erhalten.«

»Wie meint Ihr das?«

»Die Kreuzigung war von Anfang an eine sorgfältig geplante Rettungsaktion. Der reiche Joseph von Arimathäa hatte in unmittelbarer Nähe des Golgathahügels einen Garten gekauft und dort eine Grabeshöhle in den Fels schlagen lassen. Warum macht ein Reicher so etwas? Wer will schon neben der Hinrichtungsstätte von Schwerverbrechern bestattet werden? Niemand. Das Grab diente nur einem Zweck, nämlich den verletzten Messias auf kürzestem Weg in Sicherheit zu bringen und so rasch wie möglich mit Arzneien zu versorgen.«

»Ihr meint, Jesus lebte noch, als man ihn vom Kreuz nahm?«

Leander hatte sich von seinem Stuhl erhoben. Zu ungeheuer war das, was der Großmeister da behauptete. »Das kann unmöglich sein. Es wäre das Ende von allem, woran wir glauben. Es wäre …«

»Bitte, unterbrich mich jetzt nicht«, schnitt ihm Merimé das Wort ab. »Höre dir erst an, was ich dir zu sagen habe. Aber bleiben wir bei dem Thema, von dem du mehr verstehst als ich: bei der Hinrichtung. Die beiden Verbrecher, die mit Jesus gekreuzigt wurden, lebten noch. Die römischen Soldaten brachen ihnen die Wadenbeine, damit sie sich nicht länger mit den Füßen abstützen konnten. An den Armen hängend drückte ihnen ihr eigenes Körpergewicht den Brustkorb ein, bis sie am Ende qualvoll erstickten.

Bei Johannes steht: Als die Kriegsknechte sich aber Jesus zuwandten, sahen sie, dass er schon tot war. Und sie zerschlugen seine Beine nicht. Ist das nicht sonderbar?

Ausgerechnet der, der besonders erniedrigend behandelt worden war, verspottet als König der Juden, mit einer Dornenkrone auf dem Kopf, ausgerechnet der wurde bevorzugt behandelt. Die römischen Legionäre waren gewiss raue Burschen. Was bewog sie, nachdem sie zwei Strolchen die Beine zerschlagen hatten, den dritten unbehelligt zu lassen?«

»Aber hat nicht einer der Kriegsknechte seine Lanze in die Brust Christi gestoßen, worauf Blut herausfloss?«, fragte Leander.

»Auch das war ein Teil des Rettungsplans«, sagte Merimé. »Wenn dieser Lanzenstich tatsächlich ausgeführt wurde, so war er mehr ein leichtes Ritzen als ein Durchbohren. Denn nun kann der Hauptmann zu Pilatus gehen und ihm melden, er habe sich durch den Lanzenstich persönlich vom Tod des Nazareners überzeugt. Pilatus kann den Körper freigeben.«

»Ihr redet so, als sei der römische Hauptmann ein Verbündeter gewesen«, sagte Leander.

»Das war er auch. Dieser Mensch, der in den apokryphen Pilatus-Akten Longinus genannt wird, ist derselbe, der unter dem Kreuz Jesus für den wahren Sohn Gottes hält. Ganz gewiss war er ein heimlicher Anhänger Christi und stand schon vor der Kreuzigung in Verbindung mit dessen Gefolgsleuten, einer Gruppe von Eingeweihten, der die Jünger nicht angehörten, um den Kreis so klein wie möglich zu halten. Diese Mitverschwörer wussten, dass sich die Kreuzigung nicht verhindern ließe, aber es musste alles getan werden, damit der Messias die mörderische Tortur überlebte.«

»Ihr meint, die Jünger waren in diesen Plan nicht eingeweiht?«

»So ist es. ›Sie wussten nicht, dass er von den Toten auferstehen musste‹, heißt es bei Johannes.«

»Wie aber konnte erreicht werden, dass Jesus so schnell in totenähnlicher Ohnmacht versank?«, fragte Leander ungläubig.

»Auch das verrät uns der Evangelist Johannes: Es stand da ein Gefäß mit Essig gefüllt. Sie steckten einen essiggetränkten Schwamm auf eine Stange und hielten ihn an seinen Mund. Als Jesus den Essig genommen hatte, sprach er: Es ist vollbracht. Dann neigte er das Haupt und gab seinen Geist auf.«

Merimé lehnte sich in seinem Sessel zurück und sagte: »Aus dem Text geht zweifelsfrei hervor, dass Jesus, kurz nachdem er den Essig zu sich genommen hatte, scheinbar verstarb. Weißt du von einem Elixier, das solche Wirkung zeigt?«

»Ich kenne eine Reihe von Drogen, die nicht nur schmerzfrei machen, sondern auch totenähnliche Ohnmacht bewirken. Bei einer so schnell wirkenden Droge kann es sich nur um Schlafmohn handeln, den die Araber Opium nennen. Bei richtiger Dosierung verursacht er Gefühllosigkeit und eine Art Scheintod«, antwortete Leander. »Galenus schreibt, dass schon mehr als drei Gramm Schlafmohn tödlich sein können und Myrrhe in Form von Dämpfen und Tinkturen die Wirkung herabzusetzen vermag.«

»Myrrhe vermag das?«, fragte Merimé.

»Ja, aber nur in sehr hoher Dosierung.«

»Das ist sehr aufschlussreich und passt wie ein fehlendes Steinchen in mein Mosaik.«

»Weiter! Aber wie geht es weiter?«, wollte Leander wissen.

»Jesus hing leblos am Kreuz. Jetzt musste in Windeseile alles unternommen werden, um den Leblosen abzunehmen. Dabei war es von Vorteil, dass die Kreuzigung am Rüsttag erfolgt war. Die Heiligkeit des Sabbats, der mit der untergehenden Sonne begann, hätte keine Grablegung zugelassen. Man konnte sich beeilen, ohne Verdacht zu erregen. Jesus wurde in die nahe liegende Begräbnishöhle gebracht. Betäubt vom Opium schlief er tief und schmerzfrei.

Dennoch hatte die dreistündige Tortur ihn bis an den Rand des Todes gebracht. Der Schwerverletzte wurde in Tücher gehüllt, um ihn warm zu halten, so wie wir es heute noch mit unseren Kranken machen. Bei Johannes lesen wir: Da nahmen sie den Körper und banden ihn in leinene Tücher, zusammen mit Spezereien, wie die Juden zu begraben pflegen.«

Merimé zitierte die Texte aus dem Gedächtnis, ohne im Buch der Bücher nachschlagen zu müssen. »Wenn du mir nicht glaubst«, sagte er, »so kannst du dich in meiner Bibliothek mit eigenen Augen von der Wahrheit überzeugen. Bei Johannes heißt es: ›Es kam aber auch Nikodemus, und er brachte eine Menge von Myrrhe und Aloe, etwa hundert Pfund‹. Das ist fürwahr eine riesige Menge. In getrocknetem Zustand wären das viele große Säcke. Was wollten sie mit so viel Spezereien? Weißt du eine Antwort darauf?«

»Nein«, erwiderte Leander.

»Die römischen Theologen legen diese Stelle so aus, als sollte eine Art Einbalsamierung erfolgen. Doch die Juden kannten und kennen nur die letzte Ölung. Die Verwendung von Spezereien, und noch dazu in solcher Menge, gehörte nie zum jüdischen Begräbnisbrauch. Die Körper von Verstorbenen wurden gewaschen, geölt und bekleidet, nachdem man ihnen Haare, Bart und Fingernägel geschnitten hatte.«

»Wozu wurden dann all die Säcke mit Aloe und Myrrhe gebraucht?«, fragte Leander, der die ganze Zeit mit großer Anspannung zugehört hatte. »Habt Ihr eine Antwort darauf?«

»Aloe wurde und wird immer noch als Heilmittel bei Hautwunden verwendet. Es gibt nichts Besseres bei Entzündungen und Verbrennungen. Myrrhe war schon zu Abrahams Zeiten das heilige Salböl der Israeliten. In den Klosterapotheken wird es gegen Seuchen und Ausschlag empfohlen. Diese unglaublichen Mengen von Heilkräutern hatten keinen anderen Zweck, als die Wunden Christi zu behandeln, und nicht wie die meisten Bibelleser glauben, um seinen Leichnam mit Spezereien zu salben. Denn der Gekreuzigte war gar nicht tot. Er hat seine Kreuzigung überlebt.«

»Glaubt Ihr das wirklich?«

»Ich glaube nicht daran, ich weiß es. Jesus ist mein Zeuge. Er hat es mehrmals selber ausgesprochen.«

»Was hat er ausgesprochen?«

»Dass er die Kreuzigung überlebt hat.«

»Nein.«

»Doch. Er hat vergeblich versucht, den Jüngern klar zu machen, dass er überlebt hat. Die Jünger, die in den Rettungsversuch nicht eingeweiht waren, hielten ihn für einen Geist. Und er sprach zu ihnen: Warum seid ihr erschrocken, und warum steigen Zweifel auf in euren Herzen? Seht meine Hände und meine Füße. Erkennt, dass ich es bin. Rührt mich an und seht, denn ein Geist hat nicht Fleisch und Knochen, wie ich es habe und wie ihr an mir sehen könnt. Mit diesen Worten zeigte er ihnen seine Hände und Füße. Da sie aber vor Freude nicht glauben wollten und staunten, sagte er zu ihnen: Habt ihr etwas zu essen hier? Da reichten sie ihm ein Stück von einem gebratenen Fisch. Und er nahm und aß es vor ihren Augen. So steht es beim Evangelisten Lukas.«

Merimé griff nach dem ledergebundenen Evangeliar, das hinter ihm in Regal stand, und schlug die Stelle auf. »Da lies! Jesus versucht hier alles, um seine Anhänger davon zu überzeugen, dass er überlebt hat und sein Leib irdischer Natur ist.

Er zeigt ihnen die verschorften Wundmale als Beweis dafür, dass er sich nicht in einen überirdischen Leib verwandelt hat. Den ungläubigen Thomas fordert er sogar auf, mit der Hand die Stichwunde an der Brustseite zu berühren. Er tut alles, um sie von der absurden Idee abzubringen, er sei eine gespenstische Erscheinung in einem überirdischen Wunderleib. Schon damals hat keiner geglaubt, was er hörte, sah und berührte. Bis auf den heutigen Tag will keiner wahrhaben, was wahr ist: Jesus starb nicht am Kreuz. Ohne Kreuzigung aber keine Auferstehung, keine Himmelfahrt und all der andere Aberglaube. Sie haben ihn zum Gott gemacht, um als seine Stellvertreter Anspruch auf die Weltherrschaft erheben zu können. Das Fundament der Kirche basiert auf Täuschung. Die Aufdeckung der Wahrheit wäre das Ende Roms. Nun weißt du, warum sie uns so fürchten und verfolgen.«

Es war lange Zeit still im Raum. Dann fragte Leander: «Und Ihr glaubt wirklich, er sei kein Gott gewesen?«

Merimé erwiderte: »Das Leben Christi unterlag den naturwissenschaftlichen Gesetzen der Erde. Er ist nicht wie ein Geist vom Himmel gefallen. Er wurde geboren, in Windeln gewickelt, genährt. Er wuchs heran wie tausend andere Kinder, musste essen, schlafen, lernen. Erst Rom hat aus der Kreuzigung eine Legende gemacht. Sie haben ihn, um ihre Macht zu festigen, gen Himmel fahren lassen und zu ihrem Gott erkoren. Alle Christen leben seit über tausend Jahren unter dem Fluch einer Lüge.«

»Alle Christen leben seit über tausend Jahren unter dem Fluch einer Lüge.« Leander hatte den letzten Satz laut wiederholt, als könne er nicht fassen, was er da soeben vernommen hatte. »Ihr behauptet, Christi Leben unterlag den naturwissenschaftlichen Gesetzen, aber hat er nicht Wunder vollbracht? Hat er nicht den Lazarus von den Toten auferweckt?«

»Von dieser Begebenheit berichtet nur der Evangelist Johannes. Er will hier auf etwas hinweisen, das viel bedeutsamer ist als das Lebendigmachen von Toten, ein Wunschtraum, den man in allen Religionen antrifft. Aus diesem Grund erfahren wir von der eigentlichen Wiedererweckung nur sehr wenig, dafür aber umso mehr von den Begräbnisbräuchen jener Zeit.

Der Körper des Lazarus war, so heißt es im griechischen Urtext, von oben bis unten in Kairai eingewickelt. Das sind lange Leinenbinden. Wenn Johannes von der Grablegung Christi berichtet, so spricht er nicht von Kairai, in die der Gekreuzigte gehüllt wird, sondern von Othonia. Das sind keine Binden, sondern Tücher, mit denen Kranke und Schlafende zugedeckt wurden.

Warum werden für gleiche Bestattungsriten so unterschiedliche Begriffe verwendet? Der Verfasser des Evangeliums will uns vor Augen führen, dass es sich bei Lazarus um einen Leichnam handelt. In der Grabkammer Christi aber lag kein Toter, sondern ein Verletzter.«

Leander hätte noch so viele Fragen gehabt, aber der Sakristan rief zum gemeinsamen mitternächtlichen Gebet, an dem alle teilnahmen.

42. Kapitel

Ich habe hier die Schale mit dem Kupferchlorid und deinem Blut«, sagte Merimé. »Die Anordnung der Kristalle verrät mir, was ich bereits weiß. Aber da ist etwas, das ich nicht verstehe, das mich verwirrt. Verheimlichst du uns etwas?«

»Was soll ich euch verheimlichen?«

Merimé blickte ihm in die Augen, als wollte er bis auf den Grund seiner Seele sehen. »Du bist eine Frau«, sagte er schließlich.

»Ich bin ein Mann im Körper einer Frau.«

»Wie kann das sein? Kann ein Weib Henker sein? Und vor allem: Wie kannst du dann der Vater von Merowin sein?«

»Ich bin seine Mutter.«

»Und der Vater?«

»Es gibt keinen Vater.«

»Soll das heißen …?«, Merimé brachte den Satz nicht zu Ende.

»Ja, so ist es.«

»Die Prophezeiung! O mein Gott! Ich habe es gewusst!« Merimés Augen leuchteten vor Freude. Er ging einen Schritt auf Leander zu, schloss ihn in die Arme, berührte sein Gesicht mit der Stirn: »Ich hätte es sehen müssen. Deine Wangen sind so glatt wie die meinen.«

Leander berührte Merimés Wange: »Auch Ihr seid kein Mann!«

»Du sagst es, Schwester.«

Sie standen sich gegenüber und betrachteten einander, als sähen sie sich zum ersten Mal. Leander fragte: »Wissen Eure Leute, wer Ihr seid?«

»Du meinst, ob sie wissen, dass ich eine Frau bin? Vielleicht. Die Frage hat sich nie gestellt. Unterschiede der Geschlechter gibt es auf Montsegur nicht. Die Benachteiligung der Frau ist den Katharern fremd. Wir haben eine neue Seite im Buch der Geschichte aufgeschlagen. Das Gestirn der Frau steigt am historischen Horizont empor. Dieser Wandel nimmt seinen strahlenden Anfang hier in Okzitanien, in der Provence, überall dort, wo Katharer Fuß gefasst haben. Während auf den päpstlichen Konzilien noch darüber debattiert wird, ob Frauen vollwertige Menschen sind, gibt es bei uns kein Amt, das nicht von Frauen besetzt wird.

In einer reinen Männergesellschaft, die bisher nur Jagd, Gelage und Kriegshandwerk gekannt hat, rückt die Frau in den Mittelpunkt der höfischen Gesellschaft. Die Liebe beginnt wie eine zarte Melodie alle Lebensbereiche zu verzaubern. Aber selbst die Liebe hat sich gewandelt, hat sich über alles Triebhafte erhoben. Die Minne der Troubadoure ist vor allem Sehnsucht und Anbetung. Anbetung der Frau. Man will den kostbaren Besitz erwerben und nicht länger bezwingen. Der Beherrscher macht sich freiwillig zum Gefangenen. Damit aber geraten wir in scharfen Gegensatz zu Rom. Die Kirche verdankt ihre Existenz der Verderbtheit der Frau. Ohne Eva, die Schlange und den Apfelbaum gibt es keinen Sündenfall, keinen zürnenden Gott, keine Hölle, keine ewige Verdammnis und somit auch kein Bedürfnis nach einem Erlöser mehr. Damit wird der gesamten christlichen Theologie der Boden entzogen. Nun weißt du, warum sie uns so hassen.«

»Und was ist mit Maria und den weiblichen Heiligen?«, fragte Leander.

»Maria wird verehrt, weil sie einen Sohn geboren hat. Aber mit der jungfräulichen Zeugung wird die Gottesmutter wieder entfraulicht. Die weiblichen Heiligen, allesamt Märtyrerinnen, zeichnen sich vor allem dadurch aus, dass sie wie Männer gestorben sind.« Merimé hatte sich erhoben und begann mit großer Erregung im Zimmer auf und ab zu laufen.

Das Alte Testament fordert an mehreren Stellen erbarmungsloses Vorgehen gegen Frauen. Die Zauberin sollst du nicht leben lassen, heißt es im Zweiten Buch Mose. Und Zauberinnen sind wir seit dem Sündenfall alle. Die Hexenverfolgung ist nur die äußere Projektion eines schrecklichen Machtkampfes, der sich außerhalb unserer Verstandeswelt abspielt. Wir Katharer verkörpern das weibliche Prinzip. Es wird ein langer Weg werden, aber wir werden ihn gehen und uns gewaltlos behaupten. Am Ende wird es weibliche Gelehrte, Minister, Künstler und Priester geben, aber ganz gewiss keine Päpstin. Das wäre ein Widerspruch wie glühendes Eis oder leuchtende Finsternis.«

Merimé fasste Leander an den Schultern: »Du gehörst zu uns. Ein Mann im Körper einer Frau ist in der wölfischen Rotte der Kirche ein Schaf im Wolfspelz. Sie werden dich zerfleischen, so wie sie dein Weib zerfleischt haben und deinen Sohn zerfleischen wollten. Wenn du bei uns bleibst, werde ich dich in unsere Geheimlehre einweihen. Rein ist, wer die drei Stufen der Vollkommenheit erklommen hat: die Reinheit der Hände, die Reinheit des Mundes und die Reinheit des Herzens. Wenn du bereit bist, dich dem Ritual zu unterwerfen, so sollst du die Weihe empfangen, die Unterweisung im Gesang der Sterne. Wissen ist mehr, als man abfragen kann.« Und etwas später, als sie über die Wahrheit sprachen, sagte er: »Die Wahrheit ist in der Religion eine so bedeutende Sache, dass man sie hinter einem Vorhang von Lügen verstecken muss.

Unsere Flucht vor der Wirklichkeit ist nichts weiter als die Flucht in eine noch größere Wirklichkeit«, fuhr Merimé fort. »Neben den bekannten gibt es noch andere Ebenen der Wahrnehmung.«

So begann Leanders Eintritt in eine Welt, die so völlig anders war als seine bisherige.

Montsegur erschien ihm nicht wie ein Gebäude, sondern wie ein ausgehöhlter Fels, ein Zauberberg mit Gängen und Kasematten, die sich bis tief in die Erde erstreckten. Die meisten Räume waren fensterlos. Überall herrschte Finsternis. Bei verlöschendem Licht war man in dem Labyrinth verloren. Während draußen der Sturm um die Zinnen tobte, war es totenstill in dieser Unterwelt, bis auf den regelmäßigen Gongschlag, der die Stunden ansagte. Es gab da einen Zeitmesser, wie Leander ihn niemals zuvor gesehen hatte. Eine brennende Kerze, armdick und ellenlang, stand auf einem bronzenen Becken. In dieser Kerze steckten in gleichmäßigen Abständen übereinander eiserne Nägel. Wenn die Kerze bis zu dem obersten Nagel abgebrannt war, fiel dieser in das Bronzebecken, wodurch ein lauter Gongschlag ertönte. So wurde der Tag hörbar in gleichmäßige Stunden eingeteilt, die zum Gebet, zum Essen oder zur Arbeit riefen.

Außerhalb der Burg herrschte Eiseskälte oder Sonnenglut. Im Inneren aber war es Sommer wie Winter gleichmäßig kühl.

Leander begegnete anderen Parfaits. Alle waren glatt rasiert, trugen ihr Haar lang. Ein schwarzes, kittelartiges Gewand umhüllte ihre Körper. Darunter war ein helles Hemd mit Ärmeln zu erkennen. Ein Gürtel, eng um die Taille geschlungen, betonte die hagere asketische Gestalt. Die nackten Füße steckten in Sandalen. Sie waren wie der Gürtel aus geflochtenem Bast. Überall herrschte tiefe Stille. Selbst das gemeinsame Mahl aus Brot, Hirsebrei und frischen Früchten wurde schweigend eingenommen.

Sie saßen um einen großen runden Tisch mit steinerner Platte. Leander zählte achtzehn Männer. Vielleicht waren auch Frauen darunter. Kleidung und Haartracht ließen keine Unterscheidung zu. Trotz ihres Höhlendaseins wirkten sie auf Leander heiter, gelassen und stolz. Eine geheime Kraft schien ihnen Lebensfreude zu spenden. Nach dem gemeinsamen Mahl verschwanden sie wieder in verschiedene Richtungen, als hätten sie wichtige Aufgaben zu erledigen.

»Warum lebt ihr hier so abgesondert von aller Welt wie die Maulwürfe?«, fragte Leander.

»Du denkst, wir leben hier vergraben und untätig wie die

Maulwürfe. Aber glaube mir, Gebet und Stille sind wie das Spannen eines Bogens. Sie sind nicht verlorene Zeit, sondern Vorbereitung für die Tat.«

»Für welche Tat?«, wollte Leander wissen.

»Wir sind die Saat einer neuen Menschheit. Gemeinsam mit den Tempelherren, mit denen uns das Wissen um den wahren Jesus verbindet, werden wir die Irrlehre Roms widerlegen. Nicht mit Gewalt – die Wahrheit braucht keine Waffen. Sie ist bereits eine – die wirkungsvollste, die es gibt.

Die derzeitige Kirche ist ein Heilmittel, das schlimmer ist als die Krankheit, die sie bekämpft. Sie reden vom Licht und verbreiten Finsternis. Der Tod ist nicht der Sünde Sold, sondern Heimkehr. Und das Fleisch ist nicht sündig, sondern Stoff gewordene Spiritualität. Unsere Körper sind die sichtbare Entsprechung der Seele. Der Himmel liegt nicht in weiter Ferne. Wenn du nicht ein Stück von ihm in dir trägst, wirst du ihn im ganzen Universum nicht finden.«

Beim Burgtor gab es Werkstätten, in denen Korn gemahlen und Brot gebacken wurde. In einem Innenhof erblickte Leander Töpfer und Weber bei der Arbeit.

»Wie viele Handwerker habt ihr hier?«, wollte Leander wissen.

»Das sind keine Handwerker, sondern Parfaits. Hast du je einen Priester hinter dem Pflug oder beim Schmiedefeuer gesehen? Alle Reinen aber beherrschen ein Handwerk.«

So wie ich, dachte Leander, aber er sprach es nicht aus.

»Der Reine besitzt nichts«, erklärte Merimé. »Er gehört nicht einmal sich selbst. Die Frau, mit der er zusammenlebt, ist nicht seine Frau, denn wir lehnen die Ehe ab.

Wir bevorzugen das Alleinsein, sehen aber in der eheähnlichen Gemeinsamkeit keine Unvollkommenheit, eher ein Hemmnis auf dem Weg zur Vollkommenheit.«

»Glaubt ihr an das ewige Leben?«

»Alle Religionen glauben an ein Leben nach dem Tod«, sagte Merimé. »Sie hegen keinerlei Zweifel an der Ewigkeit.

Ewigkeit aber ist endlos und kann weder Ende noch Anfang haben. Denkbar ist unsere Unsterblichkeit nur, wenn unsere Existenz auch vor der Geburt unendlich weit vorausreicht. Aber kaum einer macht sich Gedanken über das Leben vor dem Leben.«

Leander verstand nicht viel von dem, was Merimé da von sich gab. Aber es wurde mit solcher Überzeugung vorgetragen, dass für Zweifel kein Raum blieb.

Bisweilen unterbrach Merimé seinen Vortrag. »Du schaust so ungläubig«, sagte er dann. »Aber das ist dein gutes Recht. Wahre Erleuchtung kann nur der erlangen, dessen Glaube in Zweifel gezogen wurde.«

Zweimal am Tag besuchte Leander seinen Sohn. Es freute ihn zu sehen, wie Merowin heranwuchs. Es würde nicht mehr lange dauern, bis er seine ersten Schritte machte. Sie spielten miteinander, waren sich nah und dennoch fremd. Er ist mein und gehört mir dennoch nicht, dachte Leander. Er weiß nichts von dem, was war, und ich vermag ihm auf seinem Weg in die Zukunft nicht zu folgen. Er ist ein fliegender Pfeil, und ich bin der Bogen.

Thekla hatte sich verändert. Blass und schweigsam lief sie umher, saß allein im Hof und zog sich zurück, wenn Leander sich zu ihr setzte. Sie wich seinen Blicken aus, klagte, ihr sei nicht wohl. Als Leander sie zu einer kurzen Wanderung außerhalb der Burg einlud, sagte sie: »Es geht nicht.«

»Bist du krank? Oder habe ich dich gekränkt?«

Sie schüttelte verneinend den Kopf und eilte davon.

Vielleicht hat sie Heimweh, dachte Leander. Diese abweisende Burg ist kein Heim für eine junge Frau. Aber was wird dann aus Merowin?

Merimé meinte: »Ich glaube, ich weiß, was ihr fehlt.«

Und als Leander ihn fragend anblickte, sagte er lächelnd: »Du. Du fehlst ihr.«

»Ich? Wieso ich?«

»Weil sie sich in dich verliebt hat.«

»Nein.«

»Doch.«

»Aber warum benimmt sie sich dann so, als hätte ich ihr etwas angetan?«

»Du hast ihr etwas angetan. Du hast sie um ihren Seelenfrieden gebracht. Es muss ein unglaublich zwiespältiges Gefühl für eine Nonne sein, sich zu einem Mann hingezogen zu fühlen.«

»Sie ist doch keine Nonne mehr.«

»In ihrem Herzen ist sie es noch immer. Wie kann es anders sein? In der Welt, aus der sie kommt, gibt es keine Männer. Männer empfindet sie als so fremd wie das Kleinkind das Feuer. Sie hat sich die Finger verbrannt, und das schmerzt.«

Leander runzelte die Stirn. »Ist das Euer Ernst?«

»Nicht mir, ihr ist es ernst. Liebe ist immer eine ernste Angelegenheit. Auf Montsegur aber ist sie ein Tabu.«

»Kommt es vor, dass euer Tabu gebrochen wird?«

»Es gibt kein Gebot, gegen das Menschen nicht verstoßen hätten.«

»Und was geschieht dann?«

»Die Betreffenden werden verwarnt.«

»Und wenn das nichts bewirkt?«

»Dann werden sie bestraft.«

»Wie werden sie bestraft?«

»Warum willst du das wissen?«

»Weil ich ein Henker bin.«

»Sie erhalten Stockhiebe. Die Rutenstrafe ist eine gerechte Strafe. Der Schlagende befreit sich von seinem aufgestauten Zorn, und der Verprügelte wird von seiner Schuld und seinem schlechten Gewissen befreit.«

»Gilt das Verbot auch für die gleichgeschlechtliche Liebe?«

»Warum redest du immer von Verbot? Es ist ein freiwilliger Verzicht unter Eingeweihten. Alle übrigen Katharer können lieben, wen und wie sie wollen, wobei nach unserer Auffassung der Austausch von Zärtlichkeiten über der Fortpflanzung steht. Diese Art von Liebe ist auch den Klosterfrauen nicht verwehrt. ›Liebe, die keiner beim Namen nennt‹ hat die heilige Hildegard sie genannt. Das wird auch der Grund sein, weshalb sich deine Freundin nach dir sehnt. Sie spürt mit dem Instinkt der Frau, dass du eine Frau bist. Es würde ihr gewiss helfen, wenn sie wüsste, wer du wirklich bist.«

Thekla litt. Da war niemand, dem sie sich anvertrauen konnte. Und gerade jetzt verspürte sie mehr als je zuvor den Wunsch, über ihre verwirrenden Gefühle zu sprechen. Aber wie hätte sie einem anderen Menschen erklären sollen, was mit ihr geschehen war?

Sie schämte sich ihrer eigenen Empfindungen.

Nie war sie so nackt gewesen wie in ihren Träumen. Im Kloster schliefen sie angekleidet. Und selbst beim Waschen legten sie ihr Unterkleid nicht ab. Plötzlich war sie nackt, fühlte sich entblößt, erlebte Träume voller schlangenartiger Umschlingungen, zärtliche Berührungen, Küsse. Sein Gesicht glatt und sanft mit dem Lächeln eines Engels. So muss der Cherub vor dem Paradies ausgeschaut haben, dachte sie, genau so. Aber Engel waren geschlechtslose Wesen, und Leander war ein Mann. Wie konnte sie sich so zu einem Mann hingezogen fühlen?

Die Geschlechtlichkeit an sich war schon eine schwere Last, die getragen werden musste wie alle Ekelhaftigkeit des Fleisches. Verbunden mit sehnsuchtsvollen Empfindungen aber wurde sie zu einem teuflischen Sumpf, aus dem es kein Entrinnen gab.

»Wenn dein Vater doch eine Frau wäre«, sagte sie zu Merowin. »Welch wundervolle Freundin könnte er mir sein.«

43. Kapitel

Am Abend vor Mariä Lichtmess sagte Merimé zu Leander: »Um Mitternacht werden wir aufbrechen. Bist du so weit?«

»Ich bin bereit.«

Sie trafen sich im Donjon, der heiligen Halle. Der Mond schien durch die Deckenöffnung. Nach der rituellen Waschung wurde ein Gebet gesprochen. Auf dem Altar stand ein Kelch bereit. Merimé hielt ihn mit beschwörender Geste ins Mondlicht. Sie tranken daraus. Ein rubinroter Saft, der nach Bittermandeln schmeckte, nach Tollkirsche und wilder Myrte. Merimé entzündete eine Fackel und reichte sie Leander. »Folge mir!«

Er lehnte sich gegen die Altarwand. Eine steinerne Geheimtür tat sich auf. Leander blickte in einen stockfinsteren Gang. Merimé ging voraus. Der Fackelschein huschte über steile Stufen, streifte grünschimmeliges Gemäuer, erlaubte Einblicke in tunnelartige Schächte. Geheimnisvolle Schriftzeichen leuchteten auf. Noch bedrückender als die Finsternis war die Stille. Da war nur der Hall ihrer Schritte und das Geräusch ihres Atems. Hin und wieder fiel ein Tropfen von der Decke. Sie durchquerten eine Höhle, drängten sich an herabhängenden Stalaktiten vorbei, spitz und riesig wie Drachenzähne. Sie stiegen über skurrile Versteinerungen, die sich im flackernden Flammenschein geisterhaft bewegten: tanzende Gnome, zappelnde Höllenbrut, schlafende Elfen und flügelschlagende Engel, Feuersalamander, vielköpfige Monster.

Wie Licht am Ende eines Tunnels leuchtete ein goldenes Tor auf. Merimé öffnete es mit einem Schlüssel, den er am

Gürtel trug. Sie betraten ein Gewölbe. Der Fackelschein fiel auf einen Granitblock. Darauf stand unter einer gläsernen Glocke ein Totenschädel. Das Licht flackerte in den leeren Augenhöhlen.

Leander trat näher und las die Inschrift, die in den Stein eingemeißelt war: INRI.

»Jesus von Nazareth«, sagte Merimé. Er ließ sich auf den Knien nieder.

Auch Leander fiel auf die Knie. Merimé nahm ihm die Fackel aus der Hand, legte sie auf den Boden und trat die Flammen mit den Füßen aus. Er hatte die seine vor dem Mausoleum brennend in einen eisernen Wandring gesteckt. Als sich die Augen an die Lichtlosigkeit gewöhnt hatten, nahm Leander den phosphorisierenden Glanz wahr, der von dem Totenkopf ausging.

»Kannst du es sehen?«, fragte Merimé.

»Ja, ich sehe es.«

Irrlichter über dem Moor leuchten so, dachte Leander, Licht, das durch blaues Glas fällt, Schatten auf frisch gefallenem Schnee.

»Ich wusste, dass du es sehen würdest«, sagte Merimé. »Viele sind berufen, aber nur wenige sind auserwählt.«

Später im Burghof sagte Merimé: »Er muss ein ganz außergewöhnlicher Mensch gewesen sein, ein Erleuchteter, wie er nur alle paar hundert Jahre der Menschheit erscheint. Er kam nicht zur Sühne auf die Erde – Sühne wofür? –, sondern um die Wahrheit zu verkünden. Er war ein Erleuchteter, ein lebendig machender großer Geist. Einer, der so war, wie wir Menschen nach Gottes Willen sein sollten. Die Seele ist eine komplizierte Angelegenheit. Sie kann von einer Aureole umgeben, aber auch so lichtlos wie ein Brunnenschacht sein.«

Remigius erläuterte im Gespräch mit Leander: »Wir Katharer verachten den Reliquienkult. Wir halten die Verehrung von Leichenteilen für widerwärtige Barbarei. Für die meisten Menschen des Abendlandes aber gibt es nichts Wertvolleres als Reliquien. Das sind, wie du weißt, Körperteile von Märtyrern, die für Christus ihr Leben ließen. Durch sie geschehen göttliche Wunder. Eine Kirche wird nur dann zum Gotteshaus, wenn sie mindestens eine Reliquie enthält. Erst vor diesem Hintergrund lässt sich der unermessliche Wert unserer Reliquie ermessen. Aber sein wahrer Wert liegt in seiner Beweiskraft: Seit über tausend Jahren wird die Welt belogen.«

»Wie kommt Jesus nach Okzitanien?«, wollte Leander wissen.

»Das ist eine Geschichte, über die wir nur Vermutungen anstellen können. Fest steht, dass er und Maria Magdalena hier Zuflucht suchten und fanden. Die Landschaft Okzitaniens war dem damaligen Palästina sehr ähnlich.«

»Ihr meint, Jesus und Maria Magdalena waren Mann und Weib?«

»Sie hatten drei Töchter miteinander. In späterer Überlieferung wurden drei Söhne daraus. Die Bevorzugung des Männlichen ist so alt wie das Christentum.«

»Gibt es auch dafür Beweise in den alten Schriften?«

»Niemand außer Maria Magdalena und ihre Frauen haben Jesu Grabeshöhle aufgesucht, heißt es in den Evangelien. Markus berichtet, dass sie als Erste bei ihm war, als er wieder zu sich kam. ›Denn sie stand ihm am nächsten‹, heißt es in den gnostischen Evangelien. ›Er liebte sie mehr als alle anderen, und er küsste sie oft.‹

Aber selbst wenn wir diese schriftlichen Belege nicht besäßen, so wüssten wir, dass Jesus verheiratet war, denn er wurde mit Rabbi angesprochen, und Rabbi kann bis auf den heutigen Tag nur einer werden, der verheiratet ist. Nach altem jüdischem Gesetz war ein Mann ohne Weib ein Mann ohne Land, ja, mehr noch: Die Ehe galt als unerlässlich für die geistige Entwicklung eines Mannes. Maria Magdalena hat ihn um viele Jahre überlebt. In St. Maximin-la-Sainte Baume wird seit Jahrhunderten ihr Grab verehrt. Sie haben eine Kirche darüber errichtet. Die Weinbauern der Gegend bringen ihr für gute Weinlesen bis heute Kerzen dar. In der Kathedrale Santa Dei Genetrix und in Santa Maria Maggiore hat sie eigene Altäre. Im Magdalenen-Tempel zu Marseille soll sie zu Ostern das Herrscherpaar zum wahren Glauben bekehrt haben. Rom hat alles getan, diesen Kult auszurotten, und versucht, aus Maria Magdalena die Gottesmutter Maria zu machen. Ein augenfälliges Beispiel ist die Pieta, eine künstlerische Darstellung, die man in vielen Kirchen antrifft: der Gekreuzigte in den Armen Marias, die stets jünger gezeigt wird als ihr Sohn. Das ist keine gleichnishafte Verklärung, wie die Pfaffen uns weismachen wollen, sondern ein Hinweis auf Maria Magdalena. Wahre Kunst verbirgt und enthüllt mehr, als den meisten Betrachtern bewusst ist. Wissen ist mehr, als man erlernen oder abfragen kann.«

»Und Jesus?«, fragte Leander. »Was geschah mit Jesus?«

»Er starb wie alle Menschen, wurde beigesetzt und betrauert ohne leibliche Wiederauferstehung. Über seinen Tod und sein Grab gibt es Aufzeichnungen, welche die Merowinger als Beweis ihrer blutsmäßigen Abstammung von dem »Sohn Gottes«, wie sie ihn nannten, dem Grab entnahmen.

In einer Welt, die von unwürdigen Tyrannen regiert wird, gebührt seinem Geblüt das Vorrecht vor allen anderen Herrschern, so glaubten die Merowinger. Sie waren das letzte Königsgeschlecht, das seine Abstammung bis auf den Erleuchteten von Galiläa zurückführen konnte. Der letzte Merowinger wurde im Auftrag des Papstes ermordet. Seitdem versuchen Eingeweihte in aller Welt, die unterbrochene Blutlinie aufzuspüren, um ihr die Vormachtstellung zurückzuerobern, die ihr gebührt.

Die Gründung des Templerordens im Tempel von Jerusalem weist in diese Richtung, ebenso die Legende vom Heiligen Gral, von dem Uneingeweihte glauben, er sei ein Gefäß, in welchem Joseph von Arimathäa das Blut des Gekreuzigten aufgefangen habe. Er hat es aufgefangen, indem er Jesus am

Leben erhielt. Aber der Gral ist keine Schale oder ein Kelch, sondern die lebendige Blutlinie des Heilands und seiner Nachkommen.«

»Und was habe ich mit alldem zu schaffen?«, fragte Leander.

»Weißt du es immer noch nicht? Warum hast du deinen Sohn Merowin genannt?«

»Weil meine Mutter aus dem Geschlecht der Merowinger stammt. Ihr meint, ich sei …?«

»Ja, du bist der wiedergefundene Gral.«

»Ich bin der Henker von Carcassonne. Wie kann einer, der anderen die Köpfe abschlägt, ein Urenkel Christi sein?«

»Wie kann ein Papst, der auf einem Kreuzzug gegen Christen Tausende von Unschuldigen abschlachten lässt, ein Stellvertreter Christi sein?«, fragte Merimé.

44. Kapitel

Im Licht hunderter Wachskerzen erwartete der Heilige Vater den erlösenden Tod. Die Kleriker des Lateran hatten sich in seinem Schlafgemach eingefunden, um ihm das letzte Geleit zu geben.

Fast hundertjährig, mit trüben, halb blinden Augen diktierte Gregor seine letzten Worte an die Nachwelt. Der Sekretär musste sein Ohr bis an die Lippen des Greises herabneigen, um ihn zu verstehen.

Von der Straße drang Lärm in den päpstlichen Palast herauf. Es war Krieg. Das kaiserliche Heer rückte gen Rom. Der alte Streit zwischen weltlicher und geistlicher Macht war wieder einmal ausgebrochen. Der große Vermittler Hermann von Salza, Hochmeister des Deutschen Ordens, war am Pfingstmontag aus dem Leben geschieden. Und noch am selben Tag hatte Gregor den Bannfluch gegen Friedrich geschleudert: »Der Leib des Kaisers werde dem Satan übergeben. Ein apokalyptisches Tier ist er, eine Bestie, die mit ihren Klauen und eisernen Zähnen alles zerreißen will.«

Die kaisertreuen Städte verlasen auf ihren Marktplätzen die Antwort des Herrschers: »Dieser nichtswürdige Greis ist der große Drache, der die Welt verführt hat. Der Antichrist, den er aus Uns machen will.«

Kaiser Friedrich hatte seine Truppen zusammengezogen und befand sich auf dem Weg nach Rom. Gregor hatte die gesamte Christenheit zum Widerstand aufgerufen. Engländer, Franzosen und Spanier hatten sich in Genua eingefunden, um auf den Schiffen der papsttreuen Stadt nach Ostia auszulaufen. Vor der Insel Elba waren die siebenundzwanzig genuesischen Schiffe auf die kaiserlichen Geschwader gestoßen. Es kam zum Seegefecht, bei dem über hundert Prälaten, mehrere Kardinäle und Erzbischöfe in die Hände der Kaiserlichen gefallen waren. »Der Pfaffenschwarm«, wie Friedrich die Gefangenen nannte, wurde wie wilde Tiere in mehreren Kastellen eingekerkert. Welch eine Schande für den Heiligen Stuhl!

Noch waren die stärksten Verbündeten des Papstes, die lombardischen Städte, unbezwungen. Herr, hilf! Errette die Deinen!

Doch das kaiserliche Heer rückte immer näher, um sich mit den rebellierenden Familien in Rom zu verbünden, welche die päpstlichen Garden in der Engelsburg und im Lateran belagerten. Die Menschen im ganzen Abendland fragten sich: Was geschieht, wenn der Papst in die Hände der weltlichen Macht gerät? Wird das Gottesreich dann untergehen? Das Heer rückte immer näher. Schon brannten die Vorstädte Roms.

Ich werde ihm nicht mehr in die Hände fallen, dachte der sterbende Papst. Der Triumph sei ihm nicht gegönnt. Aber was wird aus meiner Kirche? Ist das ihr Ende?

Mit einer matten Geste winkte er seinen Neffen herbei: »Die Prophezeiung – sie darf sich nicht erfüllen. Das Antichristkind von Montsegur. Es darf nicht triumphieren.«

»Was hat er Euch ins Ohr geflüstert?«, fragte Kardinal Segni den Neffen des Papstes, nachdem sie das Sterbezimmer verlassen hatten.

»Er hat bis zum letzten Atemzug Montsegur mehr gefürchtet als seine weltlichen Widersacher.«

»Das verwundert mich nicht. Den Tag seiner Krönung ließ er von Astrologen bestimmen. Das Konsistorium wurde mit Hilfe von Horoskopen geplant. Für ihn gab es einen engen Zusammenhang zwischen den Aposteln und den Tierkreiszeichen. Er war ein abergläubischer Greis.«

»Ich weiß nicht«, sagte Kardinal Crispiano. »Das, was unsere Nonne von dort zu berichten weiß, klingt unheimlich.«

»Habt Ihr neue Botschaft erhalten?«

»Ja. Sie traf wegen der Kriegswirren mit großer Verspätung ein.«

»Kann ich sie sehen?«

»Nein. Sie befindet sich in meinen Stanzen auf der Engelsburg, die von dem gottverdammten Orsini belagert wird.«

»Und was steht in dieser Botschaft?«

»Ihr werdet es nicht glauben: Montsegur, so schreibt unsere Nonne, ist keine Verteidigungsburg, sondern ein riesiger Tresor, der keinen anderen Zweck hat, als den Schatz der Katharer zu bewahren. Es leben dort nur wenige Menschen, die sich Gralshüter nennen.«

»Gralshüter? Ihr meint, sie seien im Besitz des Grals? Hat unsere Nonne ihn gesehen?«

»Nein, nur wenige haben Zugang zu dem unterirdischen Gewölbe. Aber alle, die den Schatz gesehen haben, sollen wie geblendet sein von seiner unbeschreiblichen Pracht.«

Kardinal Segni griff nach dem silbernen Kreuz auf seiner Brust. »Wofür brauchen Menschen, die in mönchischer Armut leben, einen Schatz, der so wertvoll ist, dass sie ihn in eine Festung einschließen müssen?«

»Gold regiert die Welt«, antwortete Crispiano. »Mit ihm lässt sich alles erkaufen: Bundesgenossen, Privilegien, Macht, sogar das ewige Leben, wie Ihr wisst, seitdem der Ablasshandel blüht.«

»Glaubt Ihr wirklich an den Schatz der Katharer?«

»Ja.«

»Was habt Ihr vor?«

»Wir werden Gregors letzten Willen erfüllen und dieser ketzerischen Natter den Kopf zertreten. Mit Montsegur reißen wir das Übel an der Wurzel aus und holen uns den Schatz, von dem es heißt, er sei mit allem Geld der Welt nicht aufzuwiegen.«

Unbeweglich wie eine Wachspuppe lag Merowin in seinem Bett. Die großen Augen waren auf ein Ziel gerichtet, das sich in weiter Ferne zu befinden schien.

»Er hat seit gestern keine Nahrung mehr zu sich genommen«, klagte Thekla. »Sein kleiner Leib glüht vor Fieber.«

Sie hatte ihm Fliedersaft eingeflößt, vergeblich. Er erbrach sich. Auch kalte Umschläge halfen nicht. Das Fieber stieg.

»Sieht aus wie eine Vergiftung«, meinte Leander, nachdem er ihn untersucht hatte.

»Vergiftung? Wie kann das sein?«, fragte Merimé. »Er lebt von Stutenmilch und von Säften, die Thekla sorgfältig überwacht. Nein, das ist ganz unmöglich.«

Bei dem Wort Vergiftung wurde Thekla noch fahler als sie ohnehin schon war. Mit gefalteten Händen kniete sie neben dem Krankenbett. Ihre Lippen bewegten sich in stummem Gebet: Herr hilf! Lass nicht zu, dass das Kind stirbt!

Obwohl das Gift noch unangetastet in ihrer Truhe lag, fühlte sie sich dennoch zutiefst schuldig an Merowins Dahinsiechen. Es war ihr, als sei die böse Absicht bereits zur Tat gereift. Du wirst, was du denkst. Es geschieht, was du willst, hieß es im Kirchenlied. Ich habe ihn vergiftet, vergiftet mit meiner Heimtücke. Mein Fluch hat ihn getroffen wie Hexenzauber. Bin ich eine Hexe? Nein, ich bin eine Klosterfrau, aber eine mit einer bösen Mission.

Sie tupfte Merowin den Schweiß von der Stirn. Wie kann man ein Kind töten? Wie kann man nur? Aber da war der Auftrag, für den sie unter vielen auserwählt worden war. Und war nicht Gehorsam die höchste Tugend des Ordens?

Die Ermordung eines Kindes im Auftrag Gottes – welch wahnwitziger Gedanke! Aber hatte nicht Abraham von Gott persönlich den Befehl erhalten, seinen Sohn zu töten? Und er hatte nicht gezögert, den Befehl auszuführen. Erst im letzten Augenblick hatte der Allmächtige das blutige Opfer verhindert. Aber Abraham hätte den Mord begangen. Daran gab es keinen Zweifel.

Abraham war ein Mann, dachte sie. Nur ein Mann vermag so herzlos zu handeln. Wie aber konnte Gott so grausam sein? Er wollte Abrahams Treue auf die Probe stellen, hatte die Äbtissin gesagt.

Vielleicht war auch das hier nur eine Prüfung? Vielleicht würde Gott am Ende noch eingreifen, um das Entsetzliche zu verhindern. Ja, so muss es wohl sein.

Aber was wird geschehen, wenn Gott schweigt? Und es wäre nicht das erste Mal, dass er sie in höchster Not allein gelassen hatte. Des Allmächtigen Wege sind schwer durchschaubar.

In unruhigem Halbschlaf versunken, vernahm sie eine Stimme, die wie ihre eigene klang: Sei doch froh, dass die Krankheit dir die Tat abnimmt. Der Würgeengel des Herrn, der allen Erstgeborenen im Ägyptenland das Leben nahm, wird auch an Merowin Gottes Auftrag erfüllen.

Der Gedanke an den Tod des Kindes ließ sie aufschrecken: »Nein, lass ihn mir! Heilige Mutter Gottes, erbarme dich seiner.«

Sie lag auf den Knien und betete, wie sie noch nie gebetet hatte. Die Nacht verrann. Die Kerzen waren längst verloschen. Da war nur der keuchende Atem des Kindes.

»Herr, nimm ihm nicht das Leben. Heilige Mutter Gottes, hilf!« Immer wieder tastete ihre Hand nach dem Gesicht des Knaben. Bisweilen glaubte sie, das Fieber würde nachlassen, doch dann ertönte wieder das entsetzliche Röcheln.

»Herr, nimm mein Leben für das Seinige!«

Der Auftrag, der Ordensgeneral, Montsegur – all das erschien ihr nebensächlich, unwirklich im Vergleich mit der lebendigen Wirklichkeit, die sich ihr in diesem Kind offenbarte. Ihr war, als fiele ihr ein schwerer Mantel von den Schultern. Eine Woge trotzigen Triumphes befreite ihre Seele.

Als die Sonne die Zinnen der Burg purpurrot färbte, lag Merowin in tiefem Schlummer. Sein Atem ging ruhig und gleichmäßig.

Thekla aber war nicht mehr die, welche sie einmal war. Selbst wenn sie jetzt wieder in die vertraute Umgebung ihres Ordens zurückkehrte, sie würde von nun an dort ein Fremdling sein.

Wie ist es möglich, dachte sie, dass mein Glaube mir so nah und so fern sein kann? Mit meiner Seele so vereint und meinem Leben so fremd? Bin ich deshalb eine schlechte Christin? Achtung und Verachtung, wie dicht liegen sie beieinander.

Herr, ich bedarf deiner, um zu wachsen. Ich danke dir, du hast mich mit diesem Kind geheiligt.

Die Nebel stiegen aus dem Tal empor. Darüber spannte sich ein leuchtend blauer Himmel. Es sah aus, als ob Montsegur über den Wolken schwebte. Ein Raubvogel hing in der Luft. Thekla verfolgte seinen Flug, bis er sich im Dunst des Morgens auflöste.

Plötzlich stand Kabal vor ihr. Die Augen in dem rußgeschwärzten Gesicht funkelten drohend: »Hast du ihm das Gift gegeben?«

»Nein.«

»Wann wirst du es tun?«

»Ich weiß nicht.«

»Was weißt du nicht?«

Sie schüttelte den Kopf.

»Was soll das heißen?«

»Ich kann nicht. Ich werde es nicht tun.«

»Du musst es zu Ende führen oder …«

»Oder was?«

»Du weißt, was mit Verrätern geschieht. Du hattest einen Auftrag.«

»Mein Auftrag lautete herauszufinden, welches Geheimnis sich hinter den Mauern von Montsegur verbirgt. Mit dem Tod dieses Kindes will ich nichts zu tun haben. Ich werde es nicht tun. Niemals!«

Seine nackten Arme umfassten ihre Hüften. Er hob sie hoch

wie ein Stück Holz. Ein paar Atemzüge lang schwebte sie nur von seinen Händen gehalten über dem Abgrund. Sie sah noch das Morgenrot über den Zinnen der Burg, hörte das Krächzen der Bergdohlen, dann ließ Kabal sie fallen. Ihr letzter Gedanke galt dem Kind, dem sie das Leben bewahrt hatte. Sie spürte den Fallwind, der sie streifte. Seltsam, wie leicht sie war, wie frei und ohne Angst. Sie erlebte den Aufschlag und fühlte sich befreit. Das Leben, das wirkliche Leben, ward ihr geschenkt.

Im gleichen Monat wurde auch mit dem Juden Roth abgerechnet. Die Anklage gegen ihn lautete: Mord an der entlaufenen Nonne Thekla. Die Haushälterin des Priesters sagte unter Eid aus, die Klosterfrau habe ihr gestanden, sie sei vergewaltigt worden und trüge ein Kind unter ihrem Herzen. Da sie zu der Zeit im Haus des Juden gewohnt hatte, käme wohl kaum ein anderer als der alte Roth in Betracht. Es gab Zeugen, die gesehen haben wollten, wie Thekla auf einem Planwagen des Juden in großer Eile fortgeschafft worden war. Seitdem fehlte jede Spur von ihr.

Er hat sie ermorden lassen, um der Strafe zu entgehen, behauptete der Richter. Denn bei Blutschande mit einer Christin hätte ihm zumindest die Verbannung gedroht. Der Angeklagte, der sich verzweifelt gegen die Verleumdung wehrte, behauptete, Thekla sei einer Einladung nach Montsegur gefolgt.

»Nach Montsegur?«, hatte der Richter kopfschüttelnd gefragt. »Was sollten die Reinen wohl von einer so unreinen Person wollen? Eine geflohene, schwangere Nonne auf Montsegur! Da musst du dir schon eine glaubwürdigere Lüge ausdenken.«

Roth schwor bei allem, was ihm heilig war, dass er die Wahrheit sage. Man glaubte ihm nicht. Was ist einem Juden schon heilig! Er wurde der Tortur überantwortet und blieb bei seiner Aussage, was nicht als Beweis seiner Unschuld ausgelegt wurde, sondern als Zeichen boshafter Verstockheit. Sein Tod stand fest, bevor das Urteil gesprochen wurde.

Da das Amt des Scharfrichters in Carcassonne seit dem Verschwinden Leanders vakant war, wurde der Jude in Toulouse gehenkt. Sein Besitz fiel zu gleichen Teilen an den Vizegrafen und an den Bischof.

Epilog

Im Mai 1243 zog ein Kreuzritterheer gen Montsegur. Pierre Amiel, der Erzbischof von Narbonne, hatte es im Auftrag des Heiligen Stuhls aufgeboten. Obwohl von langer Hand geplant, gab es einen Grund zum Eingreifen. In der Stadt Aviognet hatten zwei Inquisitoren so fürchterlich unter der Bevölkerung gewütet, dass die Geschundenen keinen anderen Ausweg mehr wussten, als die Wachen Montsegurs zu Hilfe zu rufen. Die waren von den dort geschehenen Greueltaten so entsetzt, dass sie – nicht aus Rache, wie sie ausdrücklich betonten, sondern zum Schutz der Bürger – die Teufel im Priestergewand erschlugen, »so wie man Ratten erschlägt«.

Daraufhin beschloss das Konzil von Béziers die Zerstörung der Ketzerburg Montsegur. Wie bei den vorausgegangenen Kreuzzügen gegen die Katharer versprach der Papst reichlich Sündenerlass für alle Teilnehmer.

Die Katharer, die aus allen Richtungen herbeigeeilt kamen, um Montsegur zu verteidigen, wurden von Merimé abgewiesen. »Unsere Überlebensstrategie ist nicht die der Löwen und Tiger, sondern die der Igel und Schildkröten«, sagte er. »Je weniger Menschen sich in der Burg aufhalten, umso länger werden unsere Vorräte reichen.«

Als sich der Belagerungsring um Montsegur schloss, befanden sich kaum dreihundert Katharer in der Bergfestung. Bei eisigen Winterstürmen im Dezember wurde der Roc de la Tour, der Vorhof der Burg, eingenommen. Unter Leitung des Bischofs Durand von Albi hatten sie eine riesige Wurfmaschine, in Einzelteile zerlegt, auf den Berg geschafft. Von nun an hagelten zentnerschwere Steingeschosse gegen die Burgmauern, zerschlugen Dächer und Wasserleitungen. Es gab Verletzte und Tote. Krankheiten brachen aus. Die Vorräte schmolzen dahin. Zu Beginn des Monats März, nach einjähriger Belagerung, wurde die Lage so hoffnungslos, dass sich Merimé gezwungen sah, mit den Kreuzrittern zu verhandeln.

Leander sagte an jenem Abend zu seinem Sohn: »Ich spüre den Tod. Er ist hier. Wir kennen uns. Ich habe ihm oft genug gedient.«

Die Bedingungen der Übergabe lauteten: Alle Katharer, die bereit sind, ihrem Irrglauben abzuschwören, erhalten freien Abzug, andernfalls erwartet sie der Scheiterhaufen.

Merimés Antwort lautete: »Auch wenn ihr Montsegur zerstört, unserem Glauben könnt ihr nichts anhaben.«

Am Morgen des 16. März erstürmte das bischöfliche Kreuzritterheer die zerstörte Burg. Die Katharer ergaben sich kampflos. Der Erzbischof persönlich ermahnte sie, ihren Glauben aufzugeben. Nicht ein Einziger verspürte den Wunsch, im Zeichen des Kreuzes gerettet zu werden.

In der Nacht vor der Übergabe der Burg hatte Merimé nach gemeinsamem Gebet gesagt: »Keiner weiß, wie es ist, wenn sich der letzte Atemzug zur Ewigkeit dehnt. Keiner kann sagen, welche Räume uns aufnehmen werden, wenn wir der irdischen Welt entgleiten. Aber eines wissen wir mit Sicherheit: Es wird nicht so sein, wie es die, die uns nach dem Leben trachten, von allen Kanzeln verkündigen. Sie werden alle unsere Schriften verbrennen, so wie sie uns verbrennen. Sie werden uns verteufeln. Unsere Wahrheit lebt in diesem Kind. Sein Überleben ist unseres. Seine Flucht wurde sorgfältig vorbereitet. Fünf von uns werden es unter Einsatz ihres Lebens in Sicherheit bringen. Einer davon ist sein Vater.«

Leander widersprach. »Ich bleibe.«

Zu Merowin sagte er zum Abschied: »Als Vater im Leib einer Mutter und als Henker, der seinen Beruf verfehlt hat, würde ich dir mehr schaden als nutzen.«

In der Nacht blickte er auf die Feuer der Belagerer hinab.

Es war, als brenne der ganze Hang. Er sah Bero vor sich, zerfressen vom Feuer, ein gequälter Leib ohne Gesicht. Er dachte an die Hinrichtungen, die er als Henker ausgeführt hatte, wie sich die Frauen in der Glut gewunden hatten. Sie hatten geschrien, bis der beißende Rauch ihnen die Stimme nahm. Nein, so wollte er nicht sterben. Als der von Gott eingesetzte Träger des Richtschwerts hatte er ein Anrecht darauf, durch das Schwert zu sterben. Auch Beatrice hatte so sterben wollen.

Wie hatte der Alte gesagt: Wir müssen alle sterben, und wir können uns nicht aussuchen, wie. Aber einige sterben wie Männer, andere wie Hühner. Er wollte wie ein Mann sterben.

Sie hatten alle das Consolament erhalten.

»Erschreckende Gestalten, abgemagert bis auf die Knochen, als hätten sie seit Wochen nichts mehr zu essen gehabt«, so beschrieb sie der Oberbefehlshaber des Kreuzritterheeres, der Senneschall Pierre de Arcis, in einem Brief, den er dem Kardinal Segni schickte.

»Dabei«, so wunderte er sich, »waren ihre Vorratskammern noch gut gefüllt. In dieser Herde von verlorenen Schafen gab es nur einen, der Widerstand leistete: ein Mensch mit hellem Haar und bartlosem Gesicht. Er entriss einem Ritter das Schwert und schlug damit einem halben Dutzend unserer Leute den Kopf vom Rumpf. Erst ein Armbrustpfeil vermochte diesem Henker das Handwerk zu legen. Im Zusammenhang mit diesem Menschen hat sich noch etwas höchst Eigenartiges ereignet. Als sich die Knechte anderentags anschickten, die Toten einzusammeln, stellten sie fest, dass der Henker, wie sie ihn nannten, fast vollständig von den Raben aufgefressen worden war, während sie unsere Toten nicht angerührt hatten. Die Rabenvögel haben sich diesen Menschen mit solcher Gier einverleibt, dass die Knechte sie mit Knüppeln vertreiben mussten. Bei der Beseitigung der sterblichen Überreste wollen unsere Leute festgestellt haben, dass der einzige Katharer, der wie ein Mann gekämpft hat, ein

Weib war. Incredibili est auditu. Das klingt zu unglaublich, um wahr zu sein.«

Die Überlebenden wurden alle verbrannt. Zweihundertfünfundzwanzig Männer und Frauen starben an einem Ort unterhalb der Burg, der seitdem den Namen Camp de Cremat, Feld der Verbrannten, trägt.

Aus den Berichten der Inquisition geht hervor, dass sich in der Nacht vor der Eroberung Montsegurs vier Katharer in Richtung der Lassetschlucht abseilten, um den Ketzerschatz in Sicherheit zu bringen, von dem es heißt, er sei ad pecuniam infinitam, von nicht mit Geld aufzuwiegendem Wert.

Wir kennen sogar die Namen dieser Eingeweihten. Es waren die Perfecti Amiel, Udaut, Hugo und Potevin. Aber seit einem dreiviertel Jahrtausend zerbrechen sich die Menschen den Kopf darüber, wo dieser sagenhafte Schatz der Katharer geblieben ist. Keine Höhle in den Pyrenäen und den Schluchten der Aude, die nicht von Historikern und Schatzsuchern erkundet worden wäre. In den schwer begehbaren Felsspalten bei der Festung Usson wird noch heute danach gesucht – vergeblich, denn dieser unbezahlbare Schatz war ein Kind.

Nicht unter der Erde wartet der Gral darauf, entdeckt zu werden. Sein Licht leuchtet noch heute in der Güte einer Mutter Teresa oder in der Friedensliebe eines Mahatma Ghandi, vielleicht auch im Mitleid eines Henkers.

Ende

btb

E. W. Heine bei btb

Die Kille-Kille-Serie

Kille Kille · Makabre Geschichten
(72902)

Das Glasauge · Neue Kille Kille Geschichten
(72805)

Kinkerlitzchen · Neue Kille Kille Geschichten
(73087)

An Bord der Titanic · Kille Kille Geschichten
(73127)

Ruhe sanft · Noch mehr Kille Kille Geschichten
(73268)

Die anderen Romane

Das Halsband der Taube · Roman
(72000)

Brüssler Spitzen · Roman
(72491)

Toppler · Ein Mordfall im Mittelalter
(72855)

Der neue Nomade · Ketzerische Prognosen
(72901)

Nur wer träumt, ist frei
(72112)

btb

Aus Freude am Lesen